Pierre Lemaitre,
1951 in Paris geboren, ist Autor mehrerer preisgekrönter Romane und Kriminalromane. Sein letztes Buch, »Wir sehen uns dort oben«, wurde mit dem wichtigsten französischen Literaturpreis, dem Prix Goncourt, ausgezeichnet. Nun liegt sein neuer, hochgelobter Roman »Drei Tage und ein Leben« in deutscher Übersetzung vor. Der Autor lebt in Paris.

Tobias Scheffel,
1964 in Frankfurt am Main geboren, hat unter anderem Robert Bober, Fred Vargas, Georges Perec und Léon Werth übersetzt. 2005 wurde er mit dem Eugen-Helmlé-Übersetzerpreis ausgezeichnet.

Pierre
Lemaitre

Drei Tage und ein Leben

Roman

Aus dem Französischen
von Tobias Scheffel

Klett-Cotta

Klett-Cotta
www.klett-cotta.de
Die Originalausgabe erschien unter dem Titel
»Trois jours et une vie«

Printed in Germany
Cover: ANZINGER UND RASP Kommunikation GmbH, München
Unter Verwendung eines Fotos von © Anselme Servain/Arcangel
Gesetzt von Dörlemann Satz, Lemförde
Gedruckt und gebunden von CPI – Clausen & Bosse, Leck
ISBN 978-3-608-98106-3

Für Pascaline

*Für meinen Freund Camille Trumer,
mit Zuneigung*

1999

1

Ende Dezember 1999 ging eine überraschende Reihe tragischer Ereignisse auf Beauval nieder, darunter an erster Stelle natürlich das Verschwinden des kleinen Rémi Desmedt. In dieser waldreichen Gegend, in der das Leben langsamen Rhythmen folgt, löste das plötzliche Verschwinden des Kindes Bestürzung aus und wurde von einigen Einwohnern sogar als Vorzeichen der kommenden Katastrophen angesehen.

Für Antoine, der im Mittelpunkt des Dramas stand, begann alles mit dem Tod des Hundes. Odysseus. Versuchen Sie nicht herauszufinden, weshalb sein Besitzer, Monsieur Desmedt, dem spindeldürren, fahlgelb-weißen Mischling mit den langen Beinen den Namen eines griechischen Helden gegeben hatte, das wird nur eines der Rätsel in dieser Geschichte sein.

Die Desmedts waren die Nachbarn, und Antoine, damals zwölf, hing umso mehr an diesem Hund, als seine Mutter Haustiere immer abgelehnt hatte, keine Katze, kein Hund, kein Hamster, nichts, das macht nur Dreck.

Odysseus kam bereitwillig ans Gartentor, wenn Antoine

ihn rief, oft folgte er der Bande von Freunden zum Weiher oder in die Wälder der Umgebung, und wenn Antoine allein dorthin ging, nahm er ihn immer mit. Er ertappte sich dabei, dass er mit Odysseus redete wie mit einem Gefährten. Der Hund neigte ernst und konzentriert den Kopf, dann haute er plötzlich ab, ein Zeichen, dass die Stunde der Vertraulichkeiten zu Ende war.

Den Spätsommer hatte Antoine zum großen Teil damit verbracht, mit den Klassenkameraden im Wald, auf der Anhöhe von Saint-Eustache, eine Hütte zu bauen. Die Idee stammte von Antoine, und Theo hatte sie wie gewöhnlich als seine ausgegeben und sich so die Führung der Operationen gesichert. Die Autorität des Jungen über die kleine Bande war dem Umstand zu verdanken, dass er zugleich der Größte von allen und Sohn des Bürgermeisters war. Das sind Dinge, die in einer Stadt wie Beauval zählen (man verabscheut die Leute, die man regelmäßig wiederwählt, sieht den Bürgermeister aber als heiligen Schutzpatron und seinen Sohn als Kronprinzen; diese soziale Rangordnung entsteht in den Läden, weitet sich auf die Vereine aus und erreicht über Kapillarwirkung die Schulhöfe). Außerdem war Theo Weiser der schlechteste Schüler seiner Klasse, was in den Augen seiner Kameraden als Beweis für Charakter galt. Versetzte sein Vater ihm eine Tracht Prügel – was nicht selten war –, trug Theo stolz die blauen Flecken zur Schau wie einen Tribut, den größere Geister dem Konformismus ihrer Umgebung eben zahlen müssen. Er machte auch nicht gerade wenig Eindruck auf die Mädchen, weshalb er von den Jungen gefürchtet und bewundert, aber nicht geliebt wurde. Antoine selbst verlangte nichts und war auf nichts neidisch. Der Bau der Hütte genügte zu seinem Glück, er brauchte nicht Chef zu sein.

Alles hatte sich geändert, als Kevin eine PlayStation zum Geburtstag bekommen hatte. Der Wald von Saint-Eustache hatte rasch seinen Reiz verloren, alle trafen sich zum Spielen bei Kevin, dessen Mutter sagte, das sei ihr lieber als die Wälder und der Weiher, die sie immer für gefährlich gehalten hatte. Antoines Mutter dagegen missbilligte diese Mittwoche auf dem Sofa, ihr verblödet noch mit dem Zeug; schließlich verbot sie ihm hinzugehen. Antoine rebellierte gegen die Entscheidung, weniger, weil ihm die Videospiele gefallen hätten, als wegen der Treffen mit den Freunden, um die er gebracht war. Mittwochs und samstags fühlte er sich allein.

Er verbrachte ziemlich viel Zeit mit Émilie, der Tochter der Mouchottes, ebenfalls zwölf, blond wie ein Küken, lockiges Haar, lebhafte Augen, ein echtes kleines Biest, so eines, dem man nichts abschlägt, selbst Theo war in sie verknallt, aber mit einem Mädchen zu spielen, ist eben nicht das Gleiche.

Antoine kehrte also in den Wald von Saint-Eustache zurück und nahm den Bau einer Hütte in Angriff, diesmal aber in der Luft, im Geäst einer Buche, in drei Meter Höhe. Er hielt den Plan geheim und genoss schon im Voraus seinen Sieg, sobald die Freunde, der PlayStation überdrüssig, in den Wald zurückkommen und den Bau entdecken würden.

Die Arbeit nahm viel Zeit in Anspruch. Im Sägewerk sammelte er Planenreste zusammen, um die Öffnungen vor Regen zu schützen, Teerpappenstücke für das Dach, Stoffe zum Verschönern, er baute Nischen, um seine Schätze unterzubringen, er kam nie zum Ende, schon allein deshalb nicht, da ihn das Fehlen eines Gesamtplans zu zahlreichen Neuanfängen zwang. Wochenlang füllte diese Hütte all seine Zeit und seine Gedanken aus, machte das Geheimnis schwer zu bewahren. Zwar erwähnte er in der Schule eine Überraschung, die mehr als einen von ihnen sprachlos vor Bewunderung machen würde, aber er erzielte damit kaum Erfolg. Zu dieser Zeit war die Bande buchstäblich elektrisiert von der angekündigten neuen Tomb-Raider-Version, es gab nichts anderes mehr.

Während der ganzen Zeit, in der sich Antoine seinem Werk widmete, war der Hund Odysseus sein Gefährte. Nicht, dass er zu viel nutze gewesen wäre, aber er war da. Seine Anwesenheit brachte Antoine auf die Idee eines Hundefahrstuhls, der es Odysseus erlauben würde, ihm Gesellschaft zu leisten, wenn er in seine Hütte hinaufstieg. Rückkehr zum Sägewerk, um eine Rolle zu entwenden, dann ein paar Meter Seil und schließlich alles Nötige, um eine Plattform herzustellen. Dieser Lastenaufzug, der dem Bauwerk den letzten Schliff verlieh und zeigte, wie ambitioniert es war, erforderte viele Stunden der Entwicklung, von denen er einen großen Teil damit verbrachte, dem Hund hinterherzulaufen, den die Aussicht abzuheben vom ersten Versuch an in Panik versetzte. Die Plattform blieb nur mit Hilfe eines Stocks in der Waagerechten, der dazu diente, die linke Ecke zu stabilisieren. Das war nicht ganz zufriedenstellend, aber Odysseus gelangte doch nach oben. Während des gesamten Aufstiegs stieß er ein erbärmliches Quieken aus, und sobald Antoine ihm gefolgt war, drückte er sich zitternd an ihn. Das nutzte Antoine, um seinen Geruch einzuatmen und ihn zu streicheln, er schloss vor Wohlbehagen die Augen. Der Abstieg war immer leichter, da Odysseus nie wartete, bis er auf Bodenhöhe war, sondern schon vorher auf die Erde sprang.

Antoine versah den Ort mit Dingen, die er auf dem Speicher eingesammelt hatte, eine Taschenlampe, eine Decke, etwas zu lesen und zu schreiben, also alles, was erforderlich war, um in Autarkie zu leben, oder zumindest fast.

Aus all dem darf man nicht schließen, dass Antoine von einzelgängerischem Temperament gewesen wäre. In diesem Moment war er es zwangsläufig, durch den Umstand, dass seine Mutter Videospiele nicht ausstehen konnte. Sein Leben war voll von Gesetzen und Vorschriften, die Madame Courtin ebenso regelmäßig wie kreativ verkündete. Sie hatte ein unbeugsames Temperament und war nach ihrer Scheidung zu einer Frau mit Prinzipien geworden, wie so oft bei alleinerziehenden Müttern.

Sechs Jahre zuvor hatte Antoines Vater einen Wechsel der Stelle genutzt, um einen Wechsel der Frau vorzunehmen. Er hatte seinen Antrag auf Versetzung nach Deutschland mit dem Antrag auf Scheidung verbunden, der Blanche Courtin schwer getroffen hatte, was umso überraschender war, als die Ehe nie gut funktioniert hatte und die intimen Beziehungen zwischen den Eheleuten nach Antoines Geburt auf dramatische Weise selten geworden waren. Monsieur Courtin war seit seinem Auszug nie wieder nach Beauval zurückgekehrt. Er schickte pünktlich Geschenke, die kontinuierlich nicht den Wünschen seines Sohnes entsprachen, schickte Geschenke für Sechzehnjährige, als er acht war, für Sechsjährige, als er elf war. Ein Mal war Antoine zu ihm nach Stuttgart gefahren, sie hatten sich drei lange Tage feindselig angeblickt und das Experiment in gegenseitigem Einvernehmen niemals wiederholt. Monsieur Courtin war ebenso wenig dazu geschaffen, einen Sohn zu haben, wie seine Frau, einen Mann zu haben.

Diese bestürzende Episode brachte Antoine seiner Mutter näher. Bei seiner Rückkehr aus Deutschland setzte er den schwerfälligen, langsamen Rhythmus ihres Lebens mit dem gleich, was er für ihre Einsamkeit, ihren Kummer hielt, und sah sie in einem neuen, unbestimmt tragischen Licht. Und natürlich fühlte er sich, wie es bei jedem beliebigen Jungen seines Alters der Fall gewesen wäre, am Ende für sie verantwortlich. Mochte sie auch eine enervierende (und bisweilen eindeutig schwierige) Frau sein, so glaubte er in ihr doch etwas Entschuldbares zu sehen, das alles überwog, den Alltag und die Fehler, den Charakter, die Umstände … Für Antoine war es undenkbar, seine Mutter noch unglücklicher zu machen, als er sie sich vorstellte. Von dieser Gewissheit löste er sich nie.

In Verbindung mit seiner wenig mitteilsamen Natur machte all das aus Antoine ein insgesamt leicht depressives Kind, was durch das Auftauchen von Kevins PlayStation nur noch verstärkt wurde. In dem Dreieck aus abwesendem Vater, strenger Mutter und fremd gewordenen Freunden nahm der Hund Odysseus offensichtlich einen zentralen Platz ein.

Dessen Tod sowie die Art und Weise, wie er geschah, stellten für Antoine ein besonders brutales Ereignis dar.

Monsieur Desmedt, der Besitzer von Odysseus, war

ein wortkarger, jähzorniger Mann, robust wie eine Eiche, mit buschigen Brauen und dem Gesicht eines wütenden Samurai, immer davon überzeugt, recht zu haben, einer, den man nicht leicht dazu bringt, die Meinung zu ändern. Und ein Raufbold. Nie war er etwas anderes gewesen als Arbeiter bei *Weiser, Holzspielzeug seit 1921*, dem größten Unternehmen in Beauval, wo seine Laufbahn von Auseinandersetzungen und Streitereien begleitet war. Zwei Jahre zuvor war er sogar freigestellt worden, weil er Monsieur Mouchotte, seinen Werkmeister, vor allen Kollegen geohrfeigt hatte.

Er hatte eine fünfzehn Jahre alte Tochter, Valentine, die in Saint-Hilaire eine Friseurlehre machte, und einen Sohn, Rémi, sechs Jahre alt, der Antoine grenzenlos bewunderte und ihm folgte, wann immer er konnte.

Der kleine Rémi war im Übrigen keine Last. Ganz nach dem Modell seines Vaters gebaut, war er bereits kompakt wie ein künftiger Holzfäller, er war mühelos fähig, mit Antoine nach Saint-Eustache hinaufzulaufen und sogar bis zum Weiher. Madame Desmedt hielt Antoine, und nicht zu Unrecht, für einen verantwortungsbewussten Jungen, dem man Rémi überlassen konnte, wenn die Gelegenheit sich bot. Ohnehin genoss das Kind eine große Bewegungsfreiheit. Beauval ist eine Stadt von bescheidener Größe, im selben Viertel kennen sich alle oder fast alle. Ob die Kinder im Sägewerk spielen oder in den Wald gehen, ob sie sich bei Marmont oder Fuzelières austoben, immer sind sie im Blick eines Erwachsenen, der dort arbeitet oder vorüberkommt.

Antoine, dem es schwerfiel, sein Geheimnis zu bewahren, hatte Rémi eines Tages mitgenommen, um ihm die schwebende Hütte zu zeigen. Das Kind hatte seine Bewunderung für das technische Meisterwerk nicht zurückhalten können, absolut begeistert war es mehrmals mit dem Fahrstuhl auf und ab gefahren. Danach ein ernstes Gespräch, hör mal zu, Rémi, das ist ein Geheimnis, niemand darf von der Hütte wissen. Bis sie ganz fertig ist, verstehst du? Kann ich mich auf dich verlassen? Wir erzählen niemandem was davon, o. k.? Rémi hatte es hoch und heilig versprochen, großes Indianerehrenwort, und soweit Antoine wusste, hatte er Wort gehalten. Mit Antoine ein Geheimnis zu teilen, bedeutete für ihn, zu den Großen zu gehören, bedeutete, selbst ein Großer zu sein. Er hatte gezeigt, dass er vertrauenswürdig war.

Der 22. Dezember war ein recht milder Tag, ein paar Grad wärmer als zu dieser Jahreszeit normal.

Antoine war natürlich aufgeregt wegen des bevorstehenden Weihnachtsfests (er hoffte sehr, dass sein Vater seinen Brief diesmal aufmerksam lesen und ihm eine PlayStation schicken würde), fühlte sich aber noch ein bisschen einsamer als gewöhnlich.

Da er es nicht mehr aushielt, hatte er es gewagt: Er hatte Émilie von der Hütte im Wald erzählt.

Ein Jahr zuvor hatte Antoine das Masturbieren entdeckt, und diese Betätigung erfolgte seitdem mehrmals täglich.

Immer wieder hatte er sich im Wald mit einer Hand an einen Baum gestützt, die Jeans über den Knöcheln, und sich in Gedanken an Émilie erleichtert. Ihm war bewusst geworden, dass er im Grunde alles für sie vollbracht hatte, dass er ein Nest gebaut hatte, in das er sie gerne führen wollte.

Ein paar Tage zuvor hatte sie ihn in den Wald begleitet, skeptisch hatte sie die Konstruktion gemustert – da sollte man hinaufklettern? Sie war dem Ingenieurswesen nicht sehr zugetan und eigentlich in der Absicht gekommen, mit Antoine zu flirten, nur mühsam konnte sie sich vorstellen, das in drei Metern Höhe über dem Boden tun zu müssen. Sie hatte sich einen Moment geziert und eine blonde Locke um den Zeigefinger gezwirbelt, und da Antoine, gekränkt von ihrer Reaktion, nicht in Stimmung schien, bei dem Spiel mitzumachen, war sie wieder gegangen.

Ihr Besuch hatte bei Antoine einen schalen Geschmack im Mund hinterlassen, Émilie würde den anderen davon erzählen, er fühlte sich irgendwie lächerlich.

Er war aus Saint-Eustache zurückgekehrt, und nicht einmal die Weihnachtsatmosphäre, die Aussicht auf sein Geschenk konnten ihn dazu bringen, ihn den Misserfolg bei Émilie vergessen zu lassen, der sich in seinem Kopf allmählich in Erniedrigung verwandelte.

Tatsächlich war die Feierstimmung in Beauval weitgehend von Sorge durchdrungen. Weihnachtsdekorationen, Tanne auf dem Marktplatz, Konzert des städtischen Gesangvereins usw. – die Stadt huldigte wie jedes Jahr den Feierlichkeiten zum Jahresende, dies aber mit einer gewissen Zurückhaltung, seit die Firma Weiser gefährdet war und damit alle ein wenig gefährdete. Dass das Interesse des breiten Publikums an Holzspielzeug zurückging, war offenkundig. Man stützte sich auf die Fabrik für Hampelmänner, Kreisel und Holzeisenbahnen aus Esche, aber schenkte seinen Kindern Spielkonsolen. Man spürte sehr wohl, dass etwas nicht rund lief, dass die Zukunft bedroht war. Gerüchte über eine Verkleinerung des Betriebs von Weiser gingen immer wieder um. Die Zahl der Beschäftigten war bereits von siebzig auf fünfundsechzig reduziert worden, dann auf sechzig, dann auf zweiundfünfzig. Monsieur Mouchotte, der Werkmeister, war zwei Jahre zuvor entlassen worden und hatte immer noch nichts Neues gefunden. Selbst Monsieur Desmedt lebte in Sorge, obwohl er zu den Betriebsältesten gehörte. Er befürchtete, wie viele andere seinen Namen auf der nächsten Liste zu lesen, von der manche behaupteten, sie komme kurz nach den Feiertagen …

An diesem Tag überquerte der Hund Odysseus kurz vor 18 Uhr auf Höhe der Apotheke die Hauptstraße von Beauval und wurde von einem Wagen umgefahren. Der Fahrer hielt nicht an.

Man trug den Hund zu den Desmedts. Die Nachricht verbreitete sich. Antoine kam angerannt. Odysseus lag im Garten und atmete schwer. Er wandte den Kopf zu Antoine, der starr am Gartentor stehenblieb. Da ein Bein und Rippen gebrochen waren, musste das Tier dringend zum Tierarzt. Monsieur Desmedt hatte die Hände in den Taschen, sah seinen Hund lange an, ging ins Haus, kam mit seinem Gewehr wieder zurück und schoss ihm aus nächster Nähe eine Patrone in den Bauch. Dann stopfte er den Kadaver des Hundes in einen Plastiksack für Bauschutt. Sache erledigt.

Alles war so schnell gegangen, dass Antoine mit offenem Mund dastand, unfähig, auch nur das geringste Wort hervorzubringen. Übrigens hätte er keinen Gesprächspartner gehabt. Monsieur Desmedt war wieder ins Haus gegangen und hatte die Tür geschlossen. Der graue Sack mit den

Überresten von Odysseus lag am Ende des Gartens bei den anderen Säcken, die voller Gips- und Zementreste waren, da Monsieur Desmedt in der Woche zuvor seinen Kaninchenstall abgerissen hatte, um einen neuen zu bauen.

Erschlagen ging Antoine nach Hause.

Sein Kummer war so groß, dass er am Abend nicht die Kraft fand, seiner Mutter davon zu erzählen, der das Ereignis sowieso entgangen war. Mit zugeschnürter Kehle und schrecklich schwerem Herzen sah er die Szene immer wieder vor sich, das Gewehr, den Kopf von Odysseus, vor allem seine Augen, die massige Gestalt von Monsieur Desmedt … Unfähig, etwas zu sagen, ja auch nur zu essen, behauptete er, ihm sei nicht gut, ging in sein Zimmer hinauf und weinte lang. Von unten fragte seine Mutter: »Alles in Ordnung, Antoine?« Er war überrascht, dass es ihm gelang, ein recht deutliches »Ja, geht schon!« herauszubringen, das Madame Courtin genügte. Er schlief erst sehr spät ein, im Traum wurde er von toten Hunden und Gewehren heimgesucht, er erwachte wie gerädert.

Donnerstags brach Madame Courtin sehr früh zur Arbeit auf dem Markt auf. Von allen kleinen Jobs, die sie über das Jahr verteilt hier und da ergattern konnte, war das der einzige, den sie wirklich hasste. Wegen Monsieur Kowalski. Ein Geizkragen, sagte sie, der seinen Angestellten den Minimaltarif zahlte, immer zu spät, und ihnen Waren, die er hätte wegwerfen müssen, zum halben Preis verkaufte. Bei Tagesanbruch aufstehen wegen ein paar Kröten! Aber sie tat es seit fast fünfzehn Jahren trotzdem. Pflichtbewusstsein. Sie redete schon am Vortag darüber, das machte sie krank. Monsieur Kowalski war groß und mager, mit einem knochigen Gesicht, eingefallenen Wangen, schmalen Lippen und glühenden Augen, sehnig wie eine Katze – er entsprach nur wenig dem Bild, das man sich von einem Fleischer und Geflügelhändler macht. Antoine, der ihm regelmäßig begegnete, fand, er habe ein Gesicht zum Fürchten. In Marmont hatte er eine Fleischerei gekauft, die er seit dem Tod seiner Ehefrau, zwei Jahre nach seiner Ankunft in der Gegend, mit zwei Gehilfen führte. »Will nie einstellen«, brummelte Madame Courtin, »findet immer, wir sind schon genug.« Er hatte einen Stand auf dem Markt von Marmont und machte jeden Donnerstag mit seinem Verkaufswagen eine Runde durch mehrere Dörfer, die in Beauval endete. Monsieur Kowalskis langgezogenes, ausgemergeltes Gesicht bot Anlass für Witze unter den Kindern, die ihm den Spitznamen Frankenstein gegeben hatten.

An jenem Morgen nahm Madame Courtin wie jeden Donnerstag den ersten Bus nach Marmont. Antoine, der schon wach war, hörte, wie sie vorsichtig die Türe schloss; er stand auf, sah aus dem Fenster seines Zimmers, sah den Garten von Monsieur Desmedt. Dort, in einer Ecke, die er nicht erkennen konnte, lag der Bauschuttsack, der …

Wieder überwältigten ihn die Tränen. Nicht allein der Tod von Odysseus machte ihn untröstlich, auch der schmerzhafte Widerhall all der Einsamkeit der letzten Monate, den dieser in ihm auslöste, eine gewaltige Summe von Misserfolgen und Enttäuschungen.

Da seine Mutter nie vor dem frühen Nachmittag nach Hause kam, schrieb sie die Aufgaben des Tages auf eine große Schiefertafel, die in der Küche hing. Es gab immer Dinge im Haushalt zu erledigen, Besorgungen oder Einkäufe im kleinen Supermarkt sowie endlose Ermahnungen, räum dein Zimmer auf, im Kühlschrank liegt Schinken für dich, iss wenigstens einen Joghurt und ein bisschen Obst usw.

Auch wenn Madame Courtin alles penibel vorbereitete, fand sie immer etwas für ihn zu tun, daran mangelte es ihr nie. Seit über einer Woche schielte Antoine im Wandschrank nach dem Päckchen, das sein Vater geschickt hatte und das in seiner Verpackung der Größe einer PlayStation entsprach, aber er war nicht bei der Sache. Der Tod des Hundes ließ ihm wegen der brutalen und plötzlichen Weise, mit der er erfolgt war, keine Ruhe. Er machte sich an die Arbeit. Er erledigte die Einkäufe, ohne mit jemandem zu sprechen, dem Bäcker antwortete er nur mit einem Nicken, er wäre unfähig gewesen, ein Wort zu sagen.

Am frühen Nachmittag hatte er nur einen einzigen Wunsch – sich nach Saint-Eustache flüchten.

Er sammelte ein, was er nicht gegessen hatte, um es irgendwo im Vorbeigehen wegzuwerfen. Vor dem Haus der Desmedts zwang er sich, nicht in die Gartenecke zu sehen, wo die Müllsäcke gestapelt wurden, er lief schneller, sein Herz schlug zum Zerspringen, die Nähe belebte seinen Schmerz neu. Er ballte die Fäuste, rannte los und blieb erst vor dem Baum mit seiner Hütte wieder stehen. Als er zu Atem gekommen war, hob er die Augen. Die Schutzhütte, der er so viele Stunden gewidmet hatte, erschien ihm von erschreckender Hässlichkeit. Diese Planen-, Stoff-, Teerpappenreste erinnerten an Wellblechhütten. Er sah Émilies verdrossenes Gesicht vor diesem Bau vor sich. Wütend kletterte er auf den Baum und zerstörte alles, warf die Holzstücke, die Bretter weit weg. Als sämtliche Teile verstreut waren, stieg er atemlos wieder hinunter. Er lehnte sich an den Baum, ließ sich zu Boden gleiten und fragte sich lange, was er tun solle. Das Leben bereitete keine Freude mehr.

Odysseus fehlte ihm.

Stattdessen kam Rémi.

Von weitem sah Antoine seine kleine Gestalt näherkommen. Er lief vorsichtig, als hätte er Angst, Pilze zu zertreten. Schließlich stand er vor Antoine, der, den Kopf zwischen den Armen, von Schluchzern geschüttelt wurde, blieb dort mit hängenden Armen stehen. Er sah hoch in den Baum, bemerkte, dass alles zerstört worden war, öffnete den Mund, wurde aber unvermittelt unterbrochen.

»Warum hat dein Vater das gemacht?«, brüllte Antoine. »Sag! Warum hat er das gemacht?«

Er war vor Wut aufgesprungen. Rémi sah ihn starr an, mit weit aufgerissenen Augen, hörte die Vorwürfe, ohne sie recht zu verstehen, weil man ihm zu Hause nur gesagt hatte, Odysseus sei weggelaufen, was er in regelmäßigen Abständen tat.

Von einem unüberwindlichen Gefühl der Ungerechtigkeit erfüllt, war Antoine plötzlich nicht mehr er selbst. Der Effekt der Erstarrung, den Odysseus' Tod ausgelöst hatte, verwandelte sich in diesem Moment in Raserei. Blind vor Zorn packte er den Stock, der vor kurzem noch den Lastenaufzug gestützt hatte, schwenkte ihn, als wäre Rémi ein Hund und er der Besitzer.

Rémi, der ihn nie in einem solchen Zustand gesehen hatte, war verängstigt.

Er wandte sich um, machte einen Schritt.

Da nahm Antoine den Stock in beide Hände und schlug voller Wut auf das Kind ein. Der Stock traf die rechte Schläfe. Rémi brach zusammen, Antoine ging näher, streckte die Hand aus, schüttelte ihn an der Schulter.

»Rémi?«

Er musste betäubt sein. Antoine drehte ihn um, wollte ihm die Wangen tätscheln, aber als das Kind auf dem Rücken lag, sah er dessen offene Augen.

Starr und glasig.

Und eine Gewissheit durchzog ihn: Rémi war tot.

2

Der Stock ist ihm gerade aus den Händen gefallen. Er betrachtet den Körper des Kindes direkt vor sich. In dessen Haltung liegt etwas so Seltsames, er wüsste nicht zu sagen, was, eine Selbstaufgabe … Was habe ich getan? Und jetzt, was tun? Hilfe holen? Nein, er kann ihn da nicht aufgeben, nein, er muss ihn mitnehmen, nach Beauval rennen, schnellstens zu Doktor Dieulafoy.

»Keine Angst«, murmelt Antoine. »Wir bringen dich ins Krankenhaus.«

Er hat sehr leise gesprochen, wie zu sich selbst.

Er beugt sich nieder, schiebt die Arme unter den Körper des Kindes und richtet sich auf. Er spürt nicht, wie anstrengend das ist, und das ist nur gut, denn er wird einen ganz schönen Weg zurücklegen müssen …

Er rennt los, aber Rémis Körper in seinen Armen ist plötzlich sehr schwer. Antoine bleibt stehen. Nein, nicht schwer, schlaff ist er. Der Kopf ist ganz nach hinten gekippt, die Arme hängen am Körper herunter, die Füße baumeln wie die eines Hampelmannes. Es ist, als trüge er einen Sack.

Antoines Wille weicht mit einem Mal, er beugt die Knie, ist gezwungen, Rémi wieder auf den Boden zu legen.

Ist er wirklich … tot?

Bei dieser Frage blockiert Antoines Gehirn, nichts funktioniert mehr, die Ideen kommen nicht mehr durch.

Er geht um Rémi herum, um sein Gesicht zu betrachten. Sich hinzukauern erfordert eine schreckliche Anstrengung. Er mustert die Farbe der Haut, den halb offen stehenden Mund … Er streckt den Arm aus, aber es gelingt ihm nicht, das Gesicht des Kindes zu berühren, eine unsichtbare Mauer ist zwischen ihnen gewachsen, seine Hand stößt sich an einem nicht fassbaren Hindernis, er kann ihn nicht erreichen.

In Antoines Kopf nehmen allmählich die Konsequenzen Gestalt an.

Er ist aufgestanden und geht weinend auf und ab, es gelingt ihm nicht mehr, Rémis Körper anzusehen. Er geht hin und her, mit geballten Fäusten, heißem Kopf, angespannten Muskeln, was soll er tun, die Tränen strömen so heftig, dass er nicht mehr gut sieht, er wischt sie mit dem Ärmel ab.

Plötzlich überwältigt ihn eine Welle der Hoffnung, Rémi hat sich gerührt!

Antoine möchte am liebsten den Wald zum Zeugen anrufen: Er hat sich gerührt, da, nicht? Habt ihr gesehen? Er beugt sich über ihn.

Aber nein, nicht das kleinste Zucken, nichts.

Nur die Stelle, wo der Stock ihn getroffen hat, ändert die Farbe, sie ist jetzt dunkelrot geworden, ein breites Mal, das den ganzen Backenknochen umschließt und sich auszubreiten scheint wie ein Weinfleck auf einem Tischtuch.

Antoine braucht Klarheit, muss wissen, ob Rémi atmet. Das hat er einmal erlebt, im Fernsehen, da hielt einer jemandem einen Spiegel vor die Lippen, um zu sehen, ob er beschlägt. Aber hier, von wegen, Spiegel …

Es bleibt nichts anderes übrig: Antoine versucht, sich zu konzentrieren, er beugt sich über den Körper, hält das Ohr an Rémis Mund, aber die Geräusche des Waldes und das Pochen seines Herzens verhindern, dass er etwas hört.

Er muss es also anders angehen. Antoine sperrt die Augen auf, streckt mit gespreizten Fingern die Hand zu Rémis Brust, seinem Fruit-of-the-Loom-T-Shirt hin. Beim Kontakt mit dem Stoff verspürt Antoine Erleichterung: Wärme! Er lebt! Seine Hand legt sich daher entschlossen auf den Bauch des Kindes. Wo ist das Herz? Er sucht nach seinem eigenen, um es zu lokalisieren. Es liegt weiter oben, weiter links, er hatte es nicht da vermutet, er dachte … Und vor lauter Tasten vergisst er plötzlich, was er gerade tut. So, die linke Hand spürt sein eigenes Herz, und die rechte ist an derselben Stelle auf Rémis Oberkörper. Unter der einen schlägt es kräftig, aber unter der anderen nichts. Er drückt, tastet hier und da, aber nein, er legt beide Hände ordentlich flach auf, nichts schlägt. Das Herz ist tot.

Es überkommt ihn, er versetzt Rémi eine Ohrfeige. Mit vollem Schwung. Warum bist du tot, hä? Warum bist du tot?

Unter den Schlägen pendelt der Kopf hin und her. Antoine hält inne. Was tut er da! Rémi schlagen … der tot ist!

Erschüttert steht er auf.

Was tun? Immer wieder stellt er sich dieselbe Frage, seine Gedanken kommen keinen Schritt weiter.

Er nimmt sein Hin und Her vor dem Körper wieder auf, knetet die Hände, wischt sich die Tränen ab, ein endloser Sturzbach.

Er muss sich stellen. Der Polizei. Was wird er sagen? Ich war mit Rémi zusammen, ich habe ihn mit einem Stockschlag getötet?

Und außerdem, wem soll er das alles sagen, die Gendarmerie ist in Marmont, das ist acht Kilometer von Beauval entfernt … Seine Mutter wird es von den Gendarmen erfahren. Sie wird darüber sterben, sie wird es nie ertragen, Mutter eines Mörders zu sein. Und wie wird sein Vater reagieren? Er wird Päckchen schicken …

Antoine ist im Gefängnis. Eine schmale Zelle mit drei älteren Jungen, sie sind für ihre Brutalität bekannt. Sie ähneln den Figuren aus *Oz*, er hat heimlich ein paar Folgen gesehen, ein Typ heißt Vernon Schillinger, grauenhaft, er hat eine Vorliebe für kleine Jungs. Im Gefängnis wird Antoine so einem gegenüberstehen, das ist sicher.

Und wer wird ihn besuchen kommen? Da zieht alles an ihm vorbei, die Freunde, Émilie, Theo, Kevin, der Direktor der Schule … Und das Bild von Monsieur Desmedt drängt sich nach vorn, sein plumper Körper, der Blaumann, das eckige Gesicht, die grauen Augen!

Nein, Antoine wird nicht ins Gefängnis gehen, dafür wird er gar nicht die Zeit haben; sobald Monsieur Desmedt es erfährt, bringt er ihn um, ganz sicher, so wie er es mit seinem Hund getan hat, ein Gewehrschuss in den Bauch.

Antoine sieht auf die Uhr. 14 Uhr 30, Mittag in der Sonne. Er ist schweißnass.

Er muss eine Entscheidung treffen, aber etwas sagt ihm, dass er das schon getan hat: Er wird nach Hause gehen, nichts sagen, in sein Zimmer hinaufgehen, als hätte er es nie verlassen, wer wird erraten, dass er es war? Bis jemand Rémis Verschwinden bemerkt, werden ... Innerlich rechnet er, aber alles gerät durcheinander, er zählt an den Fingern ab, aber was soll er zählen? Wie lange wird es dauern, bis man Rémi finden wird? Stunden? Tage? Außerdem hat man Rémi so oft mit Antoine und seinen Freunden gesehen, die Polizei wird sie befragen ... Vielleicht sitzen sie jetzt gerade alle zusammen bei Kevin vor der PlayStation, nur er fehlt, Antoine, und deshalb werden sich alle Blicke auf ihn richten.

Nein, er muss dafür sorgen, dass man Rémi nicht findet.

Das Bild des Müllsacks mit dem toten Hund darin geht ihm durch den Kopf.

Ihn loswerden.

Rémi ist verschwunden, niemand weiß, was aus ihm geworden ist, genau, das ist die Lösung, man wird ihn suchen, und niemand wird auf die Idee kommen ...

Antoine läuft weiter neben dem Körper auf und ab, den er nicht mehr ansehen will, das versetzt ihn in panische Angst, das hindert ihn daran, klar zu denken.

Und wenn Rémi seiner Mutter gesagt hat, er würde Antoine in Saint-Eustache treffen?

Vielleicht wird er schon gesucht, bald wird er die Stimmen hören: »Rémi! Antoine!«

Antoine spürt, wie die Falle über ihm zuschnappt. Die Tränen steigen ihm wieder in die Augen. Er ist verloren.

Der Körper muss versteckt werden, aber wo? Wie? Hätte er die Hütte nicht zerstört, hätte er Rémi hinaufschaffen können, da oben hätte ihn niemand gesucht. Die Raben hätten ihn gefressen.

Das Ausmaß der Katastrophe hat ihn niedergeschmettert. Innerhalb weniger Minuten hat sein Leben die Richtung geändert. Er ist ein Mörder.

Die beiden Bilder passen nicht zusammen, man kann nicht zwölf Jahre alt und ein Mörder sein …

Ihn überwältigt schwindelerregender Kummer.

Und die Zeit vergeht, und Antoine weiß immer noch nicht, was er tun soll, in Beauval wird man sich jetzt Sorgen machen. Der Weiher! Man wird denken, er sei ertrunken!

Nein, der Körper wird auf dem Wasser treiben. Antoine hat nichts, um ihn zu versenken. Wenn man ihn rausfischt, wird man den Hieb auf den Kopf bemerken. Wird man denken, er sei allein gefallen, er habe sich gestoßen?

Antoine ist völlig aufgeschmissen.

Die große Buche! Antoine sieht sie plötzlich vor sich, als stünde er vor ihr.

Die große Buche ist ein riesiger Baum, der vor Jahren umgestürzt ist. Eines Tages ist er umgefallen, einfach so, ohne Ankündigung, wie ein alter Mensch, der plötzlich stirbt, und hat dabei seinen Sockel aus Wurzeln mitgerissen, ein gewaltiger Erdfladen, hoch wie ein Mensch. Er hat weitere Bäume mit sich gezogen, das Geäst bildet ein dichtes Gewirr von Zweigen, wo sie vor langer Zeit eine ganze Weile mit den Freunden zum Spielen hingegangen sind; inzwischen haben sie den Spaß an dem Ort verloren, keiner weiß, warum … Die Buche ist auf den Eingang zu einer Art Bau oder so etwas gefallen, ein sehr breites Loch, in das sie sich selbst vor dem Sturz nie hineingetraut hatten, niemand weiß, wo es hinführt, nicht einmal, ob es tief ist, aber Antoine sieht keine andere Lösung.

Seine Entscheidung ist getroffen, er dreht sich um.

Rémis Gesicht hat sich nochmal verändert, es ist grau, der Bluterguss wird größer, immer dunkler. Und der Mund öffnet sich immer weiter. Antoine fühlt sich mies. Nie wird er die Kraft haben, dahin zu laufen, ans andere Ende von Saint-Eustache, schon unter normalen Umständen braucht man dafür fast eine Viertelstunde.

Er wusste nicht, was ihm noch an Tränen blieb. Sie rinnen, fallen in schweren Tropfen, er schnäuzt sich in die Finger, wischt sich mit Blättern ab, nähert sich dem Körper des Kindes, beugt sich darüber, greift dessen Handgelenke. Sie sind schmal, warm, weich, wie schlafende kleine Tiere.

Antoine wendet den Kopf ab und beginnt, ihn zu ziehen …

Er legt keine sechs Meter zurück, schon stößt er auf Hindernisse, Baumstümpfe, Zweige. Der Wald von Saint-Eustache hat seit Urzeiten keinen Besitzer mehr, er ist ein unglaubliches Durcheinander aus dichtem Gestrüpp, zusammengedrängten Bäumen, die teils übereinandergestürzt sind, aus Gesträuch und Hochwald, einen Körper zu ziehen ist unmöglich, er wird ihn tragen müssen.

Antoine kann sich nicht dazu durchringen.

Um ihn herum knarzt der Wald wie ein altes Schiff. Er tänzelt von einem Fuß auf den anderen. Wie soll er seinen Mut zusammennehmen?

Er weiß nicht, woher die Kraft kommt, aber mit einem Mal bückt er sich, packt Rémi und lädt ihn sich in einem einzigen Schwung auf den Rücken. Und er beginnt zu laufen, läuft sehr schnell, läuft um die Stämme herum, wenn er nicht über sie hinwegsteigen kann.

Beim ersten falschen Schritt bleibt er mit dem Fuß an einer Wurzel hängen und fällt hin, Rémis Körper über sich, schwer wie ein Krake, lasch, einhüllend, Antoine stößt einen Schrei aus und schiebt ihn weg, heult auf, erhebt sich wieder und drückt sich gegen einen Baum, versucht zu Atem zu kommen ... Er dachte, so eine Leiche sei starr, er hat Bilder davon gesehen, tote Menschen, starr wie eine Tür. Aber im Gegenteil, die hier ist schlaff, als hätte sie keine Knochen.

Antoine versucht, sich Mut zuzusprechen. Los jetzt, du musst den Körper verstecken, ihn verschwinden lassen, danach wird alles gut. Er geht zu ihm, schließt die Augen, packt Rémis Arme, bückt sich, hievt ihn sich wieder über die Schultern und läuft los, vorsichtig. Als er ihn so auf dem Rücken trägt, fühlt er sich, als wäre er ein Feuerwehrmann, der jemanden aus einem Feuer rettet. Peter Parker, der Mary Jane trägt.

Es ist ziemlich kalt, aber er ist schweißgebadet. Und erschöpft, seine Füße sind tonnenschwer, die Schultern hängen herab. Und doch muss er schneller gehen, in Beauval macht man sich schon Sorgen.

Und seine Mutter wird bald nach Hause kommen.

Und Madame Desmedt wird bei ihr klingeln und fragen, wo Rémi ist.

Und wenn er nach Hause kommt, wird man ihn dasselbe fragen, er wird antworten, nein, Rémi hab ich nicht gesehen, ich war …

Wo war er?

Während er über Baumstümpfe klettert, um unpassierbares Dickicht herumläuft, sich an Schösslingen und Adventivwurzeln stößt, die sich dicht über dem Boden entlangziehen, unter dem Gewicht des toten Kindes schwankt, überlegt er, wo er sein könnte, wenn er nicht hier wäre, findet aber nichts. »Dem Jungen fehlt es ein bisschen an Phantasie …«, hat die Lehrerin letztes Jahr gesagt, kurz bevor er in die Sechste kam. Monsieur Sanchez hat ihn nie sonderlich gemocht, er mochte immer nur Adrien, das ist sein Liebling, schon immer, manchmal hörte man jemanden sagen, Monsieur Sanchez und die Mutter von Adrien … Eine Frau, die Parfüm benutzt, ganz anders als die Mutter von Antoine, bei Schulschluss gucken alle nach ihr, sie raucht auf der Straße und trägt …

Es musste ja passieren, er schlägt zum zweiten Mal hin, stößt sich den Kopf an einem Stamm, lässt seine Bürde fallen und schreit auf, als er sieht, wie Rémi über ihn fliegt und schwer zu Boden fällt. Instinktiv hat er ihm die Hand hingehalten … Einen Augenblick lang hat er sich sogar vorgestellt, Rémi hätte sich weh getan, er hat an ihn gedacht wie an einen Lebenden.

Er sieht den Rücken, die kleinen Beine, die kleinen Hände, es ist so trostlos.

Antoine kann nicht mehr. Er verharrt da, bleibt im Laub

liegen, im Geruch der Erde, den er einatmet, wie er den Geruch von Odysseus' Fell einatmete. Er ist so erschöpft, dass er am liebsten einschlafen würde, sich in den Boden drücken, ebenfalls verschwinden.

Er wird es sein lassen, er wird die Kraft nicht haben.

Sein Blick fällt auf die Armbanduhr. Seine Mutter muss inzwischen zu Hause sein. Es ist schwer zu erklären, aber dass er es jetzt schafft, wieder auf die Beine zu kommen, liegt nur an ihr. Sie hat das nicht verdient. Sie wird darüber sterben. Wenn rauskommt, dass er ... dann tötet er damit auch sie.

Schmerzerfüllt erhebt er sich. Rémi hat Schürfwunden am Arm und am Bein, Antoine stellt sich unwillkürlich vor, dass ihm das trotz allem weh tut, verrückt, irgendwie will ihm nicht in den Kopf, dass Rémi tot ist, nein, es gelingt ihm nicht, das zuzugeben. Das ist keine Leiche, sondern das Kind, das er kennt, das er jetzt wieder auf den Rücken nimmt und durch den Wald von Saint-Eustache transportiert, das Kind, das er mit Odysseus auf die Plattform hochgezogen und das dabei waouhhhh! gerufen hat. Er war begeistert von dem Ding.

Antoine beginnt zu phantasieren.

Während er sich mit großen Schritten vorwärtsbewegt, sieht er, wie Rémi vor ihm auftaucht, wie er lächelt, ihm winkt, Hallo, er hat Antoine immer bewundert. Ach, sag bloß, ist das eine Hütte? Er sieht über ihn in die Höhe, er ist ein kleiner Junge mit rundem Gesicht, ausdrucksvollen Augen, er drückt sich ganz schön gut aus für sein Alter, o.k., er ist noch ein Kleiner, er denkt wie ein Kleiner, aber er ist interessant, er stellt ganz schön gute Fragen ...

Antoine hat die Strecke gar nicht gemerkt. Er ist da.

Da ist es. Die umgestürzte große Buche.

Um den Stamm und den darunterliegenden Bau zu erreichen, muss er ziemlich gegen das wuchernde Gestrüpp kämpfen, vor allem, da es in diesem Teil des Waldes noch dunkler ist.

Antoine denkt nicht mehr nach, er rückt vor. Ein paar Mal verliert er das Gleichgewicht, klammert sich fest, wo er kann, ist kurz davor, alles loszulassen, er zerreißt sich die Hemdmanschette, aber er rückt vor. Rémis Kopf schlägt gegen einen Baum, das verursacht einen dumpfen Schlag ... Zwei Mal bleiben seine Arme an Dornen hängen, Antoine muss zerren, um sie freizubekommen.

Schließlich hat er, nach einer langen Guerilla, Ort und Stelle erreicht.

Zwei Meter von ihm entfernt, direkt unter dem massiven Stamm der Buche, der große schwarze Spalt des Baus. Eine Höhle. Um sie zu erreichen, muss man auf einen kleinen Erdhügel steigen.

Antoine legt den Körper vorsichtig zu seinen Füßen ab, bückt sich und beginnt, ihn zu rollen. Wie einen Teppich.

Der Kopf des Kindes schlägt hier und da an, Antoine schiebt weiter und schließt die Augen. Als er sie wieder öffnet, ist er auf der Hälfte des Hügels. Der düstere große Spalt, dem er sich nähert, macht ihm Angst, wie die Öffnung eines Ofens. Der Schlund eines Riesen. Niemand weiß, was da drin ist. Nicht einmal, ob es tief ist. Und was ist das überhaupt? Antoine dachte immer, es sei das Loch, das früher einmal der Stumpf eines anderen entwurzelten Baumes hinterlassen hat, auf den dann die Buche stürzte.

So. Jetzt ist er da.

Antoine ist unfähig, Erleichterung darüber zu empfinden. Der Körper des kleinen Rémi liegt ihm zu Füßen, am Rand des Lochs, und beide werden sie von dem kolossalen Stamm der umgestürzten Buche überragt.

Jetzt wird er ihn schubsen müssen. Antoine kann sich nicht dazu durchringen.

Er drückt sich die Hände an die Schläfen und brüllt vor Schmerz. Trunken vor Kummer, lehnt er sich an die Rinde des Baumes, streckt den rechten Fuß vor, schiebt ihn unter die Hüfte des Kindes, hebt ihn leicht an.

Er wendet den Blick zum Himmel und stößt abrupt das Bein vor.

Der Körper rollt langsam, am äußersten Rand des Loches scheint er zu zögern, dann, mit einem Mal, kippt er und fällt.

Das letzte Bild, das in Antoines Gedächtnis haften bleiben wird, ist das von Rémis Arm, seiner Hand, die aussieht, als wolle sie sich an den Boden klammern, sich festhalten, um nicht zu fallen.

Antoine steht wie angewurzelt da.

Der Körper ist verschwunden. Zweifel überkommen ihn, er kniet nieder, streckt den Arm aus, schüchtern zunächst, er sucht in der Grube, tastet. Seine Hand stößt sich an nichts.

Vollständig benommen richtet er sich auf. Nichts mehr da. Kein Rémi mehr, nichts, alles ist verschwunden.

Bis auf das Bild der kleinen Hand mit den gekrümmten Fingern, die langsam verschwindet …

Antoine dreht sich um und steigt mit Riesenschritten mechanisch über Buschwerk.

Als er am Rand des Dickichts angekommen ist, stürzt er die Anhöhe hinunter und rennt, rennt, rennt.

Der kürzeste Weg zwingt ihn dazu, zweimal die Landstraße zu überqueren. Antoine rollt sich ins Dickicht. Da er sich am Ausgang einer Kurve befindet und nicht sehen kann, was kommt, spitzt er die Ohren, aber immer noch dieses verdammte Herzklopfen ...

Er richtet sich auf, blickt suchend rasch rechts, dann links und entschließt sich. Er rennt über die Straße und taucht in dem Moment wieder in den Wald ein, als der Lieferwagen von Monsieur Kowalski auftaucht.

Antoine wirft sich in den Graben und verharrt reglos. Der Lieferwagen rauscht die Landstraße entlang.

Antoine wartet nicht ab, er rennt wieder los. Dreihundert Meter vom Ortsrand entfernt bleibt er einen Moment im Gestrüpp stehen, aber er spürt, dass er nicht nachdenken darf, im Gegenteil, er muss sich rasch entscheiden. Er verlässt den Wald und läuft mit Schritten, die, wie er hofft, sicher wirken; er versucht, zu Atem zu kommen.

Sieht er normal aus? Er bringt seine Haare in Ordnung. An den Händen hat er ein paar Schrammen, nichts sonderlich Auffälliges, mit der Hand wischt er eilig die Erde und die an Hemd und Hose hängenden kleinen Zweige ab ...

Er dachte, er würde Angst haben, nach Hause zurückzukommen, aber nein, im Gegenteil, die Bäckerei, der Lebensmittelladen, das Tor des Rathauses, all die vertrauten Orte bringen ihn ins gewohnte Leben zurück, bringen den Albtraum auf Abstand.

Um den Riss an seinem Ärmel zu verstecken, tastet er nach der Manschette, die er mit der Hand festhalten will.

Er senkt den Blick.

Er hat seine Uhr verloren.

3

Es war eine Taucheruhr mit schwarzem Zifferblatt, grün fluoreszierendem Armband und einer beeindruckenden Anzahl von Funktionen: ein Tachymeter, eine drehbare Lünette mit Anzeige der Weltzeit, eine Stoppuhr, ein Taschenrechner … Es war eine sehr breite Uhr, zu groß für Antoines Handgelenk, aber genau das hatte ihm gefallen. Um sie kaufen zu dürfen, hatte er seine Mutter wochenlang bedrängen müssen und die Erlaubnis erst nach einem Haufen von Versprechen und verschiedenen Verpflichtungen erhalten sowie nach einer Moralpredigt über den Begriff des Sparens, des Nötigen und Unnötigen, über den Umgang mit Wünschen und über einige andere für ihn recht obskure Begriffe, die seine Mutter in Zeitschriften fand, in Artikeln über Kindheit und Erziehung.

Wie würde er das plötzliche Verschwinden der Uhr erklären? Denn seine Mutter würde nach ihr fragen, ganz sicher, für solche Dinge hatte sie einen unfehlbaren Blick.

Sollte er umkehren? Wo konnte er sie verloren haben? Vielleicht war sie in den Graben gefallen, unter der großen Buche … Und wenn er sie auf dem Rückweg verloren hatte? Vielleicht sogar auf der Straße? Wäre sie ein Beweismittel gegen ihn, wenn jemand sie finden würde? Schlimmer, würde das den Ermittlungen nicht klar eine Richtung geben und geradewegs zu ihm hinführen?

Von diesen Fragen durcheinandergebracht, bemerkte Antoine nicht sofort, dass im Garten der Desmedts ein ungewöhnliches Treiben herrschte.

Eine gewisse Unruhe herrschte in einer Gruppe von sieben oder acht Personen, im wesentlichen Frauen: die Lebensmittelhändlerin, die man nie in ihrem Laden sah, Madame Kernevel, Claudine und sogar die alte Madame Antonetti, so mager, dass sie fast durchsichtig war, die mit meckernder Stimme redete und einen mit ihren blauen Hexenaugen durchbohrte, dazu noch bös wie ein Giftzwerg.

Dieser Schwarm verbarg die Gestalt von Madame Desmedt, von der man nur schwach die leicht näselnde Stimme hörte. Sie war von Anfang bis Ende des Jahres durchgängig erkältet. »Allergie gegen Sägemehl«, behauptete sie immer schulmeisterlich. »Was wollen Sie machen, in so einem Dorf!« Dann ließ sie die Arme fallen, die Hände klatschten mit dem Geräusch einer Ohrfeige an die Oberschenkel, um die Unausweichlichkeit des Schicksals zu unterstreichen, dem sie unterworfen war.

Als Antoine die Aufregung im Garten sah, lief er etwas langsamer. Hinter sich hörte er rasche Schritte, es war Émilie. Sie war ganz außer Atem und hatte ihn gerade eingeholt, als eine Stimme rief:

»Ach, da ist er ja! Da ist Antoine!«

Madame Desmedt drängte sich mit Ellbogeneinsatz an die Spitze, verließ den Garten, das Taschentuch in der

Hand, und lief auf ihn zu. Die gesamte Gruppe stürzte ihr nach.

»Weißt du, wo Rémi ist?«, fragte sie hastig.

In diesem Augenblick begriff er, dass er es nie schaffen würde zu lügen. Seine Kehle war wie zugeschnürt, und er schüttelte den Kopf. Nein …

»Also …«, stieß Madame Desmedt hervor.

Allein dieses Wort, hervorgebracht von einer erstickten Stimme, war so voller Angst, dass Antoine beinahe in Tränen ausgebrochen wäre. Nur der Einmischung der Lebensmittelhändlerin hatte er es zu verdanken, nicht sofort etwas sagen zu müssen:

»Er war nicht mit dir zusammen …«

Er schluckte, sah sich um. Sein Blick fiel auf Émilie, die, in ihrer Bewegung zu Antoine gestoppt, die Szene mit großer Neugier verfolgte. Es gelang ihm, leise zu antworten:

»Nein …«

Er klappte beinahe zusammen, als die Lebensmittelhändlerin fortfuhr:

»Wo hast du ihn das letzte Mal gesehen?«

Er wollte gerade sagen, er habe ihn den ganzen Tag nicht gesehen. Sein Gesicht war weiß wie ein Bettlaken, als er unbestimmt auf den Garten deutete. Die Bemerkungen gingen noch heftiger weiter.

»Ja, aber«, rief die Lebensmittelhändlerin, »das Kind hat sich doch wohl nicht in Luft aufgelöst!«

»Wenn er durchs Viertel gelaufen wäre, hätte ihn jemand gesehen …«

»Wer weiß …!«

Madame Desmedt starrte Antoine weiter an, aber sie vermittelte eher den Eindruck, sie würde durch ihn hindurchsehen und gerade erst bemerken, was geschah. Ihre Unterlippe hing herab, ihr Blick war starr. Ihr Elend traf Antoine mitten ins Herz.

Er machte langsam kehrt und ging, ohne Émilie auch nur anzusehen, nach Hause.

Bevor er die Tür aufschloss, wandte er sich um. Er bemerkte eine eigenartige Ähnlichkeit zwischen Madame Desmedt und der Frau von Monsieur Préville, die gelegentlich der Aufmerksamkeit ihrer Krankenwärterin entfloh und die man dann verstört auf der Straße antraf, wo sie nach ihrer einzigen Tochter schrie, die vor fünfzehn Jahren gestorben war; die Frische von Émilies blondem Haar bildete dazu einen schmerzhaften Kontrast.

Als er das Haus betrat, empfand Antoine Erleichterung. Im Wohnzimmer funkelte der mit Lichterketten behängte Weihnachtsbaum wie eine Leuchtreklame.

Er hatte gelogen, und man hatte ihm geglaubt. Aber war er deshalb aus den Schwierigkeiten raus?

Und die Uhr …

Seine Mutter war noch nicht zu Hause, aber sie würde bald kommen. Er ging nach oben, zog sein Hemd aus, knüllte es zusammen und schob es unter die Matratze. Er zog ein sauberes T-Shirt an, trat ans Fenster, schob ganz leicht die Gardine beiseite und sah auf der Straße die massige Gestalt von Monsieur Desmedt, der von der Fabrik nach Hause kam und auf den Garten zusteuerte, wohin die kleine Gruppe wieder zurückgekehrt war. Von ihm ging eine solche Kraft, eine solche Brutalität aus, dass Antoine zurückwich … Allein der Gedanke, sich in Gegenwart dieses Mannes zu befinden, verursachte ihm Bauchschmerzen. Übelkeit überkam ihn, er hielt sich die Hand vor den Mund, hatte gerade noch Zeit, zur Toilette zu rennen und sich vorzubeugen ...

Sie würden Rémis Körper am Ende finden und wiederkommen, um ihm Fragen zu stellen.

Er ging in sein Zimmer, doch die Beine versagten, er fiel auf die Knie.

In vielleicht nicht mal einer Stunde, wenn man seine Uhr auf dem Weg auflesen würde, würde man bemerken, dass er gelogen hatte ...

Eine Gendarmerieeinheit würde das Haus umstellen, um ihn am Fliehen zu hindern. Man würde die Räume absuchen, sie kämen zu dritt, sogar zu viert. Bewaffnet würden sie langsam die Treppe hinaufsteigen, den Rücken an die Wand gedrückt, während man ihm von draußen mit einem Megaphon befehlen würde, sich zu ergeben und mit erhobenen Händen herauszukommen ... Er würde sich nicht verteidigen können. Man würde ihm sofort Handschellen anlegen. »Du hast Rémi umgebracht! Wo hast du die Leiche versteckt?«

Vielleicht würde man ihm etwas über den Kopf legen, um ihn nicht zu erniedrigen. Er würde an seiner Mutter vorbeigehen, die völlig gebrochen im Erdgeschoss dasitzen und nur Antoine, Antoine, Antoine wiederholen würde ... Auf der Straße wäre die ganze Stadt versammelt, man würde Rufe hören, Gebrüll: Dreckskerl, Mörder, Kindermörder! Die Gendarmen würden ihn zum Transporter schubsen, aber in dem Moment käme Monsieur Desmedt, mit einer Handbewegung würde er die über Antoines

Kopf geworfene Jacke wegreißen, damit Antoine ihn sehen könnte, wie er sein Gewehr an die Hüfte hält und schießt.

Antoine spürte einen schrecklichen Schmerz im Bauch, er hatte das Bedürfnis, wieder zur Toilette zu rennen, aber verharrte da, kniete weiter auf dem Fußboden seines Zimmers, erschüttert, er hatte gerade eine Stimme gehört:

»Antoine, bist du da?«

Schnell, so tun als ob.

Er erhob sich und setzte sich an den Schreibtisch.

Schon stand seine Mutter beunruhigt im Türrahmen.

»Was ist los? Bei Bernadette ist so ein Trubel!«

Er verzog machtlos das Gesicht, ich weiß nicht.

Aber Madame Desmedt hatte ihn befragt, er musste wissen, was los war.

»Es geht um Rémi ... Die suchen ihn.«

»Ach so? Weiß man denn nicht, wo er ist?«

Das war typisch seine Mutter.

»Er wird gesucht, weil man nicht weiß, wo er ist, Mama, sonst würde man ihn nicht suchen.«

Aber Madame Courtin hörte nicht zu, sie war ans Fenster gegangen. Antoine stellte sich hinter sie.

Seit Monsieur Desmedt gekommen war, hatten sich noch mehr Leute im Garten versammelt, seine Kumpel aus dem Bistrot, Kollegen aus der Firma Weiser. Stahlgraue Wolken wälzten sich über einen verdüsterten Himmel. Im Licht der Dämmerung wirkten all die um Monsieur Desmedt herumstehenden Menschen wie eine Meute. Ein Frösteln überkam ihn.

»Ist dir kalt?«, fragte seine Mutter.

Antoine machte eine ungeduldige Geste.

Unten wandten sich alle Blicke dem Bürgermeister zu, der gerade den Garten betreten hatte. Madame Courtin öffnete das Fenster.

»Nur die Ruhe, nur die Ruhe«, sagte Monsieur Weiser, der oft wiederholte, was er sagte.

Er hielt Monsieur Desmedt die weit geöffnete Hand vor die Brust.

»Man ruft nicht grundlos die Gendarmerie.«

»Was heißt hier grundlos!«, brüllte Monsieur Desmedt. »Mein Sohn ist verschwunden und für Sie ist das nichts ...«

»Verschwunden, verschwunden ...«

»Ja, wissen Sie denn, wo er ist? Ein sechsjähriger Junge, den ...«, er blickte auf die Uhr, rechnete stirnrunzelnd, »... seit fast drei Stunden keiner gesehen hat, ist für Sie nicht verschwunden?«

»Gut, wo wurde das Kind denn zum letzten Mal gesehen?«, fragte Monsieur Weiser, der sichtlich konstruktiv zu sein versuchte.

»Er ist ein Stückchen mit seinem Vater gegangen, nicht, Roger?«, sagte Madame Desmedt mit zitternder Stimme.

Monsieur Desmedt nickte. Mittags kam er immer nach Hause, und wenn er in die Fabrik zurückging, begleitete Rémi ihn nicht selten ein paar Schritte, woraufhin der Junge in aller Ruhe nach Hause zurückkehrte.

»Und wo waren Sie, als er umgedreht hat?«, fragte der Bürgermeister.

Man spürte deutlich, es gefiel Monsieur Desmedt nicht allzu sehr, dass der Direktor der Fabrik, der ihn beschäftigte, sich so zum Fragesteller aufspielte. Würde er ihm jetzt Anweisungen geben, wie er seine Familie zu führen hatte? In seiner Antwort war die unterdrückte Wut zu spüren:

»Sollte sich nicht eher die Gendarmerie an die Arbeit machen als Sie?«

Er überragte den Bürgermeister um einen Kopf und war dicht vor ihn getreten, um ihn noch deutlicher zu überragen. Er redete mit Stentorstimme, und Monsieur Weiser musste sich sichtlich anstrengen, keine Zugeständnisse zu machen. Es ging um seine Autorität, seine Würde. Die Frauen waren zurückgetreten, die Männer hatten sich genähert, in gewisser Weise war er umzingelt: Alle waren Arbeiter, Väter oder Brüder von Arbeitern der Fabrik von Monsieur Weiser. Diese unerwartete Konfrontation rief bei einigen die drohende Arbeitslosigkeit wach, die dumpf auf allen lastete. Man wusste nicht mehr so recht, wer in Monsieur Desmedt der Wütendere war, der Vater von Rémi oder der Arbeiter.

Madame Kernevel, die sich wenig für den Streit zwischen Monsieur Desmedt und dem Bürgermeister von Beauval interessierte, hatte beschlossen, die Initiative zu ergreifen, sie war nach Hause gegangen und hatte den Hörer abgenommen.

Die Ankunft der Gendarmen war mehr, als Madame Courtin ertragen konnte. Sie stürzte hinaus.

Es waren noch weitere Nachbarn gekommen, Passanten waren stehen geblieben, Abwesende gerufen worden, wer nicht in den Garten der Desmedts passte, bezog auf der Straße Position, die gesamte kleine Menge drängte sich, redete und rief sich Dinge zu, aber alles erfolgte leise, man murmelte, das Rauschen hatte etwas Ernstes und Besorgtes.

Der Gendarmerietransporter faszinierte Antoine sehr.

Er kam häufig durch den Ort, man kannte die Gesichter der Gendarmen, sie hielten gern mal im Café an, bestellten ostentativ nur alkoholfreie Getränke und achteten darauf, zu bezahlen, was sie konsumierten. Manchmal schritten sie bei Streitigkeiten ein oder sie erschienen, um offizielle Papiere auszuhändigen; wenn sie kamen, war das immer ein kleines Ereignis, man fragte sich, was wohl der Anlass war, und wenn der Transporter nicht allzu weit entfernt parkte, so ging man gern mal hin.

Antoine kannte sich mit den Dienstgraden nicht aus und fand, dass der Chef ganz schön jung aussah. Er fühlte sich eigenartig beruhigt.

Die drei Gendarmen schoben die Menge beiseite, um in den Garten zu kommen.

Der Chef befragte rasch Madame Desmedt. Während er konzentriert ihrer Antwort zuhörte, nahm er sie am Arm und nötigte sie, ins Haus zu gehen. Monsieur Desmedt folgte und drehte sich zum Bürgermeister um, der seinerseits versuchte, der Gruppe zu folgen.

Dann verschwanden alle. Die Tür schloss sich.

Die kleine Menge spaltete sich in mehrere Gruppen, nach Zugehörigkeiten, die Weiser-Arbeiter, die Leute aus dem Viertel, die sich kannten, die Eltern der Schüler. Niemand ließ auch nur im Geringsten erkennen, sich zurückziehen zu wollen.

Antoine bemerkte, dass die Stimmung sich verändert hatte. Das Eintreffen der Ordnungskräfte hatte den kleinen

Vorfall in den Rang eines regelrechten Ereignisses erhoben. Es handelte sich nicht mehr um etwas Individuelles, sondern um etwas, das die Gemeinschaft betraf. Antoine spürte es. Die gemäßigteren Stimmen, die besorgteren Fragen, all das nahm, da er betroffen war, in seinen Augen eine bedrohlichere Wendung.

Eilig schloss er das Fenster, er musste wieder zur Toilette. Er setzte sich auf die Schüssel, beugte sich vor, aber nichts kam. Sein Magen war wie Brei, von schrecklich schmerzhaften Krämpfen durchzogen. Er drückte die verschränkten Arme gegen …

Er hörte Geräusche … Mit einem Schlag hörte der Schmerz auf, er hob den Kopf. Er dachte an den Hirsch, den er einmal im Wald überrascht hatte, hoch auf den Beinen aufgerichtet, der langsam den Kopf drehte, die Schnauze in der Luft, und versuchte zu hören, was er nicht sehen konnte, er hatte Antoines Anwesenheit gespürt und sich augenblicklich in ein gejagtes, nervöses, angespanntes Tier verwandelt …

Antoine begriff sofort, dass seine Mutter nicht allein war, es waren Stimmen zu hören, Männerstimmen. Er richtete sich auf, und ohne auch nur den Gürtel seiner Jeans zu schließen, rannte er in sein Zimmer.

»Ich hol ihn runter«, sagte seine Mutter, die bereits auf der Treppe war.

Antoine wich so weit wie möglich von der Tür zurück, er musste sich gelassen zeigen, hatte dazu aber nicht die Zeit.

»Da sind die Gendarmen«, sagte seine Mutter, als sie hereinkam. »Sie wollen mit dir reden.«

Ihr Ton hatte nichts Besorgtes. Antoine spürte darin sogar eine Art Genüsslichkeit: Ihr Sohn und somit sie waren interessant für die Behörden, man erkundigte sich bei ihnen, sie hatten etwas zu sagen. Sie waren wichtig.

»Mit mir reden … worüber?«, fragte Antoine.

»Ja, aber … über Rémi natürlich!«

Madame Courtin war über Antoines Antwort beinahe schockiert. Aber beide brachte das Erscheinen des Gendarmen noch stärker durcheinander.

»Erlauben Sie …?«

Er trat langsam, aber mit Autorität ins Zimmer.

Antoine wäre unfähig gewesen, sein Alter zu schätzen, auf jeden Fall war er nicht so jung wie vom Fenster aus gedacht. Er begnügte sich damit, den Jungen mit einem vertrauensvollen Lächeln zu mustern, verschaffte sich rasch einen Überblick über das Zimmer, kam näher und kniete sich vor ihn. Er hatte perfekt rasierte Wangen, einen wachen, durchdringenden Blick und recht große Ohren.

»Sag mal, Antoine, du kennst doch Rémi Desmedt, nicht?«

Antoine schluckte und antwortete mit einem Nicken. Der Gendarm streckte die Hand in Richtung seiner Schulter aus, aber hielt in der Bewegung inne.

»Hab keine Angst, Antoine … Ich will nur wissen, wann du ihn das letzte Mal gesehen hast.«

Antoine hob den Blick und sah seine Mutter an der Zimmertür, die der Szene mit befriedigter, fast stolzer Miene beiwohnte.

»Schau bitte mich an, Antoine. Antworte mir.«

Die Stimme war nicht mehr dieselbe, bestimmter, er wollte eine Antwort … über die Antoine noch nicht richtig nachgedacht hatte. Mit Madame Desmedt war es einfacher gewesen. Um sich Mut zu machen, wandte er sich zum Fenster.

»Im Garten«, brachte er raus. »Da, im Garten ...«

»Wie spät war es da?«

Der Umstand, dass seine Stimme nicht sonderlich gezittert hatte, nicht mehr als die Stimme von jedem zwölfjährigen Jungen zittern würde, der von einem Gendarmen befragt wird, ermutigte Antoine.

Er dachte nach: Was hatte Madame Desmedt vorhin gesagt?

»Gegen halb zwei, ungefähr ...«

»Gut. Und was hat Rémi im Garten gemacht?«

Die Antwort kam sofort:

»Er hat den Sack mit dem Hund angesehen.«

Der Gendarm runzelte die Stirn. Antoine begriff, dass seine Antwort ohne weitere Erklärung nicht sehr verständlich war.

»Das war der Vater von Rémi. Der hat gestern seinen Hund getötet. Er hat ihn in einen Müllsack gesteckt.«

Der Gendarm lächelte.

»Na, sag mal, da passieren ja Sachen in Beauval ...«

Aber Antoine war nicht zu Scherzen aufgelegt.

»O. k.«, fuhr der Gendarm fort. »Und wo ist dieser Müllsack?«

»Da«, sagte er und deutete aufs Fenster, »im Garten. Beim Bauschutt. Er hat ihn mit dem Gewehr erschossen und in einen Müllsack gesteckt.«

»Und Rémi war also im Garten und hat sich den Müllsack angesehen, ja?«

»Ja. Er hat geweint …«

Der Gendarm presste die Lippen zusammen, na, das kann ich verstehen.

»Und dann hast du ihn nicht mehr gesehen …«

Nein, Kopfschütteln. Der Gendarm musterte ihn mit zusammengekniffenen Lippen, konzentriert auf das, was er gerade gehört hatte.

»Und du hast nicht gehört, wie ein Auto anhielt oder so etwas?«

Nein.

»Ich meine, nichts Ungewöhnliches?«

Nein.

»Gut!«

Der Gendarm schlug mit den Händen auf die Knie, gut, das war's noch nicht ganz, aber …

»Danke, Antoine, das wird uns sehr helfen.«

Er stand auf. Beim Rausgehen nickte er Madame Courtin zu, die sich anschickte, ihm zur Treppe zu folgen.

»Ach, Antoine, sag mal …«

Er war in der Tür stehen geblieben, hatte sich umgedreht.

»Als du ihn da im Garten gesehen hast … wo bist du da hingegangen?«

Reflexartige Antwort:

»Zum Weiher.«

Antoine spürte, wie schnell er geantwortet hatte. Zu schnell.

Daher wiederholte er ruhiger:

»Ich war am Weiher.«

Der Gendarm nickte zustimmend, am Weiher, o. k., alles klar.

4

Der Gendarm blieb eine Weile zweifelnd auf dem Bürgersteig stehen.

Er betrachtete den Menschenauflauf auf der Straße, der immer dichter und unruhiger wurde.

Man vernahm ungeduldige, laute Stimmen, die sich über die Art und Weise ausließen, wie mit dieser Sache umgegangen wurde. Es wurde dämmerig, und eine Rückkehr Rémis wurde immer unwahrscheinlicher. Was war zu tun? Wer kümmerte sich worum? Der Bürgermeister ging von dem Grüppchen Fabrikarbeiter zum Gendarmerietransporter, versuchte, die einen zu beschwichtigen und die anderen zu befragen ... Die Gefahr eines kollektiven Wutausbruchs war nicht auszuschließen, weil sich jeder aus den sicherlich unterschiedlichsten Gründen für das Opfer einer Ungerechtigkeit hielt und sich jetzt eine Gelegenheit bot, dem Ausdruck zu verleihen.

Der junge Gendarm schüttelte sich. Er klatschte leise in die Hände und rief seine Kollegen zusammen.

Ein paar Minuten später wurde eine Generalstabskarte entfaltet, und der Gendarm wandte sich an die freiwilligen

Helfer, die wie in der Schule die Hand hoben und sich meldeten. Man zählte durch. Da Madame Desmedt den Ortskern bereits abgeklappert hatte, nachdem ihr Rémis Verschwinden aufgefallen war, erhielt jeder die Anweisung, auf den Straßen und Wegen, die nach Beauval führten, durch ein Außengebiet zu patrouillieren.

Motoren wurden gestartet. Kraftstrotzend setzten die Männer sich hinters Steuer und vermittelten den Eindruck, sie gingen zur Jagd. Auch der Bürgermeister war in den Wagen der Stadtverwaltung gestiegen, um sich an der Suche zu beteiligen. Obwohl sich alle für einen guten Zweck einsetzten, lag eine gewisse Eroberungslust und Rachsucht in der Luft, ein Tugendeifer, den man häufig am Ursprung von Lynchjustiz und rassistischen Ausschreitungen findet.

Antoine stand am Fenster und besaß die paradoxe Gewissheit, dass all jene sich entfernenden Menschen sich eigentlich auf ihn zubewegten.

Der junge Gendarm stieg nicht gleich wieder in den Wagen. Nachdenklich beobachtete er die kollektive Entschlossenheit. Was sich jetzt in Gang setzte, würde vielleicht nicht so leicht wieder zum Stillstand kommen.

Es wurde Alarm für das gesamte Departement ausgelöst.

Das Foto des kleinen Rémi Desmedt und eine Personenbeschreibung wurden an allen öffentlichen Orten ausgehängt.

Bei den Desmedts gaben sich die Frauen die Klinke in die Hand, um Bernadette beizustehen. Selbst Madame Courtin rief, nachdem sie ihre Einkäufe weggeräumt und das Abendessen vorbereitet hatte, von unten herauf:

»Antoine, ich geh zu Bernadette!«

Sie wartete seine Antwort nicht ab. Antoine sah, wie sie mit eiligen Schritten durch den Garten lief.

Der Besuch des Gendarmen hatte ihn sehr erschüttert. Dieser Mann hatte etwas Durchdringendes und Argwöhnisches an sich gehabt …

Er hatte Antoine nicht geglaubt.

Diese Gewissheit überwältigte den Jungen. Wie er da so lange auf dem Bürgersteig gestanden, über Antoines Worte nachgedacht und sich überlegt hatte, ob er noch einmal hochgehen sollte, um Rechenschaft von ihm zu fordern.

Antoine sah in den nun menschenleeren Garten hinab und wagte nicht, sich zu rühren. Würde er sich umdrehen, so stünde da wieder der Gendarm im Zimmer, er hätte die Tür geschlossen, sich auf Antoines Bett gesetzt und würde ihn unverwandt ansehen. Draußen wäre die Stadt ungewöhnlich still, wie aller Lebenskraft beraubt.

Eine ganze Weile bliebe der Gendarm wortlos da sitzen, und Antoine würde, ohne dem etwas entgegensetzen zu können, begreifen, dass sein eigenes Schweigen ein Geständnis war.

»Du warst also am Weiher …«

Antoine nickt, ja, genau.

Der Gendarm wirkt betrübt, er presst die Lippen zusammen und macht mit dem Mund leise Geräusche, die seine Enttäuschung ausdrücken.

»Weißt du, was passieren wird, Antoine?«

Er zeigt zum Fenster.

»Nicht mehr lang, dann kommen sie alle zurück. Die meisten haben natürlich nichts gefunden, aber Monsieur

Desmedt, der hat in der Nähe des kleinen Weges angehalten, der nach Saint-Eustache hochführt.«

Antoine schluckt. Er will nicht, dass man ihm die Fortsetzung erzählt, aber der Gendarm ist entschlossen, ihn nicht zu schonen.

»Er wird deine Uhr auf dem Weg finden, daher wird er bis zur großen Buche weitergehen. Er wird sich hinabbeugen, die Hand ausstrecken, etwas zu fassen kriegen, er wird daran ziehen, und was wird zum Vorschein kommen, Antoine? Na, was wird zum Vorschein kommen? Der kleine Rémi … So tot wie nur was. Mit seinen schlaffen Händen und Beinen, dem kleinen Kopf, der hin und her schlackert, genau wie auf deinem Rücken, erinnerst du dich?«

Antoine kann sich nicht mehr rühren, er öffnet den Mund, aber kein Ton kommt heraus.

»Dann wird Monsieur Desmedt ihn in den Arm nehmen und nach Hause bringen. Stell es dir vor, Monsieur Desmedt, wie er durch Beauval läuft, mit seinem toten Kind in den Armen, gefolgt von allen Bewohnern des Viertels. Und was meinst du, was er als Nächstes tun wird? Er wird mit ruhigen Schritten nach Hause gehen, Rémis Mama ihren Jungen in die Arme legen und dann mit seinem Gewehr wieder rauskommen, den Garten durchqueren, die Treppe hochsteigen und hier hereinkommen …«

In diesem Augenblick dringt Monsieur Desmedt mit seinem Gewehr ins Zimmer ein. Er ist so groß, dass er den Kopf einziehen muss, um durch die Tür zu passen. Der Gendarm rührt sich nicht, er sieht Antoine bloß an, ich hab's dir gesagt, was erwartest du jetzt von mir?

Monsieur Desmedt kommt näher, das Gewehr an der

Hüfte, sein Schatten fällt auf Antoine und auf das Fenster hinter ihm und auf die ganze Stadt …

Ein Knall.

Antoine stieß einen Schrei aus.

Er lag auf den Knien, am Boden, und hielt sich den Bauch, hatte ein wenig Galle gespuckt.

Er hätte alles darum gegeben, nicht mehr da zu sein … Der Gedanke ließ ihn stocken.

Nicht mehr da sein …

Das war die Lösung. Er musste fliehen.

Er hob den Kopf, verblüfft über die Erkenntnis. Warum hatte er nicht schon früher daran gedacht? Die glänzende Aussicht befreite ihn aus seiner Benommenheit. Sein in Zeitlupe arbeitendes Gehirn setzte sich wieder in Bewegung. Er war ganz aufgekratzt.

Er hatte sich den Mund mit dem Ärmel abgewischt und ging nun im Zimmer auf und ab. Um nichts zu vergessen, schnappte er sich sein Hausaufgabenheft und einen Filzstift und kritzelte hastig alles hinein, was ihm in den Sinn kam: Kleidung, Geld, Zug, Flugzeug (?), Spider-Man, Pass!, das Dokument für Deutschland, Essen, Zelt (?), Reisetasche …

Er musste schnell machen. Noch diesen Abend aufbrechen, diese Nacht.

Wenn er es geschickt anstellte, wäre er morgen früh schon weit fort.

Er verwarf die Idee, heimlich zu Émilie zu gehen und sich von ihr zu verabschieden, sie würde nur alles ausplaudern, das kam nicht infrage. Ganz im Gegenteil, sie würde am nächsten Tag erfahren, dass Antoine allein losgezogen war, nie mehr würde sie etwas von ihm hören, oder doch, er würde ihr Postkarten schicken, aus der ganzen Welt, die würde sie ihren Klassenkameradinnen zeigen und abends weinend betrachten und sie in einer Schachtel aufbewahren …

Wohin sollte er gehen? Man würde vermuten, dass er in Richtung Saint-Hilaire aufgebrochen war, also würde er die entgegengesetzte Richtung einschlagen, auch wenn er nicht wusste, wohin das führte, weil man Beauval immer über Saint-Hilaire verließ. Er würde auf einer Karte nachsehen.

Die Einfälle sprudelten nur so aus ihm hervor. Für jedes Hindernis fand sich sofort eine Möglichkeit, es zu überwinden. Der Bahnhof von Marmont lag acht Kilometer entfernt, er würde nachts laufen, sich abseits der Straße halten. Am Bahnhof angekommen, müsste er einen Fahrschein kaufen, aber um nicht erkannt zu werden, würde er jemanden bitten, das für ihn zu übernehmen, mit dieser List war er sehr zufrieden. Am besten eine Frau, das war einfacher. Er würde sagen, seine Mutter hätte ihn gerade zum Bahnhof gebracht, sie wäre wieder weggefahren und hätte vergessen, ihm seinen Fahrschein zu geben, er würde sein Geld vorzeigen … Das Geld! Wie viel hatte er eigentlich auf dem Sparbuch?

Er stürzte nach unten, ließ beim Aufziehen fast die Schublade des kleinen Abstelltischs am Eingang zu Boden fallen, da lag das Sparbuch! Sein Vater überwies gewissenhaft jedes Jahr Geld zum Geburtstag. 1565 Francs! Bisher war das eine abstrakte Summe gewesen, seine Mutter erzählte ihm ständig, er könne über das Geld verfügen, aber

»erst, wenn du volljährig bist, um dir was Nützliches davon zu kaufen«. Letztes Jahr hatte sie für die Taucheruhr eine einzige Ausnahme gemacht (und nach wie viel Überzeugungsarbeit!).

Die Uhr …

Antoine schnaubte.

Über 1500 Francs auf dem Sparbuch! Damit konnte er weit kommen, eine ganze Weile durchhalten!

Aufgeregter als zuvor nahm er das Sparbuch mit auf sein Zimmer. Jetzt musste er logisch und methodisch vorgehen. Er brannte darauf, sich für ein Ziel zu entscheiden. Zuerst mit dem Zug nach Paris? Oder nach Marseille? Australien und Südamerika schienen ihm die sichersten Ziele, aber er fragte sich, ob man von Marseille aus … Das würde er vor Ort sehen. Das Beste wäre, mit dem Schiff zu reisen, er könnte anbieten, an Bord zu arbeiten, um die Überfahrt zu bezahlen, und sein Geld für später aufsparen. Er wollte einen Schritt zu seinem Globus machen. Nein, später … Diese Nacht …

Ein Koffer, nein, eine Reisetasche, die braune, die seine Mutter im Keller aufbewahrte. Er hastete los. Als er sie hoch in sein Zimmer trug, merkte er, wie groß sie war, sie schleifte beim Tragen beinahe über den Boden. Er fragte sich, was für einen Eindruck er mit so einer riesigen Tasche am Bahnhof machen würde. Wäre es nicht klüger, etwas anderes zu nehmen, seinen Rucksack zum Beispiel? Er legte beide nebeneinander aufs Bett. Die eine war zu groß, der andere zu klein … Eine Entscheidung, schnell. Die Wahl fiel auf den Rucksack, den er sofort mit Socken und T-Shirts vollstopfte. Er schob Spider-Man ins Außenfach und ging dann wieder nach unten, um die Reisetasche zurück an ihren Platz zu räumen und seinen Pass und das Dokument zu holen, das seine Mutter für ihn hatte ausstellen lassen, bevor er seinen Vater in Deutschland besuchte, er wusste nie, wie das hieß, ach ja, hier, die Reisevollmacht für Minderjährige. War das Ding überhaupt noch gültig?

So weit war er mit seinem Hin und Her gediehen, als unten die Haustür aufging.

Er erkannte die Stimme seiner Mutter, aber auch die von Claudine und Madame Kernevel.

Leise schlich er im Flur vorwärts.

Madame Courtin setzte Teewasser auf, und die drei Frauen setzten das Gespräch fort, das sie auf der Straße begonnen hatten:

»Wo hat er sich nur rumgetrieben, dieser Bengel?«

»Na, am Weiher«, sagte Claudine. »Wo soll er sich sonst verlaufen haben? Bestimmt ist er reingefallen ...«

»Ach, davon ist man doch längst abgekommen, meine liebe Claudine«, erwiderte Madame Kernevel. »Jetzt, wo man den Raser gefunden hat ...«

»Wie – was für einen Raser?«

»Also wirklich, Claudine! Der den Hund von Monsieur Desmedt überfahren hat.«

Man merkte Madame Kernevel die Verärgerung an. Claudine war ein nettes Mädchen, das musste man ihr lassen, aber so dumm, und wenn man ihr was begreiflich machen wollte ... Madame Courtin mischte sich ein, in dem belehrenden Tonfall, mit dem sie sonst Antoine Vorträge hielt:

»Sie meint den Raser, der gestern den Hund der Desmedts überfahren hat. Ja, und heute Morgen hat jemand den Wagen gesehen, in der Nähe des Weihers. Der treibt sich also hier herum …«

»Ach, und ich dachte, der Kleine hätte sich verlaufen …«

Claudine war von der Erkenntnis ganz erschüttert.

»Denk doch mal nach, Claudine: Man hat ihn seit ein Uhr nachmittags nicht mehr gesehen, jetzt ist es fast sechs. Der Junge wurde überall gesucht, er kann doch nicht weit gekommen sein mit seinen sechs Jahren!«

»Du meinst, man hat ihn … Das wäre dann eine Entführung, um Gottes willen, wozu denn?«

Diesmal antwortete niemand.

Antoine hätte nicht sagen können, warum, aber es beruhigte ihn, dass man an Kidnapping dachte. Es schien ihm, als würde diese Hypothese den Verdacht ablenken.

Hinter sich hörte er, wie die Autos wieder zurückkehrten. Er trat rasch ans Fenster.

Es waren drei. Die hereinbrechende Dunkelheit hatte die Suche unterbrochen. Ein vierter Wagen kam hinzu. Dann folgte das Auto der Stadtverwaltung mit dem Bürgermeister am Steuer, der ebenfalls am Straßenrand parkte. Die Männer unterhielten sich leise auf dem Bürgersteig. Ihr forsches, entschlossenes Auftreten war weg, jetzt wirkten sie linkisch und unbestimmt schuldbewusst.

Madame Desmedt wartete nicht, bis einer von ihnen seinen Mut zusammennehmen und ihr Neuigkeiten überbringen würde, die keine waren, sie eilte aus dem Haus, vollkommen aufgelöst, und hörte sich den Bericht des einen, dann des nächsten an. Jede neue Information schien sie noch ein wenig mehr in sich zusammensinken zu lassen. Die Männer, die mit leeren Händen zurückkehrten, die

Nacht, die inzwischen hereingebrochen war, die Stunden, die verstrichen … Schließlich kehrte auch Monsieur Desmedt zurück. Er stieg mit hängenden Schultern aus dem Wagen. Bei seinem Anblick taumelte Bernadette, Weiser konnte sie gerade noch auffangen.

Monsieur Desmedt rannte zu ihr, nahm seine Frau in die Arme, und der traurige Zug bewegte sich zum Haus.

Bernadettes kreidebleiches Gesicht, die Schatten unter ihren Augen, die Art, wie sie sich die Faust vor den Mund presste und wie sie so plötzlich in Ohnmacht gefallen war, das alles hatte Antoine erschüttert.

Er hätte ihr Rémi gern zurückgegeben.

Er begann leise zu weinen, still, es war ein tiefer Kummer, weil er wusste, dass Bernadette ihren kleinen Jungen nie mehr lebend wiedersehen würde.

Bald würde sie ihn tot sehen.

Aufgebahrt auf einem Aluminiumtisch, von einem Tuch bedeckt. Sie würde sich an ihren Mann drücken, der ihr den Arm um die Schultern legen würde. Der Angestellte vom Leichenschauhaus würde behutsam das Tuch aufdecken. Sie sähe Rémis bläuliches Gesicht, ausdruckslos, mit dem riesigen Bluterguss auf der gesamten rechten Seite des Schädels. Sie bräche in Schluchzen aus, Monsieur Desmedt würde sie stützen. Beim Hinausgehen würde er dem Gendarmen, der in der Nähe stünde, ein Zeichen geben, ja, das ist er, das ist unser kleiner Rémi …

Wenige Minuten später kam auch der Gendarmerietransporter zurück.

Antoine sah den Hauptmann mit zwei Kollegen durch den Garten gehen und an der Tür klingeln. Dann gingen die Männer den gleichen Weg wieder zurück, diesmal aber mit Monsieur Desmedt, der mit ausladenden Schritten zwischen ihnen lief. Man konnte ihm seine Wut förmlich ansehen. Die vier steuerten auf den Transporter zu, wo sich alle noch anwesenden Männer rasch zusammenfanden.

Als er Rufe hörte, öffnete Antoine das Fenster.

»Wo bringen Sie ihn hin?«

»Wer gibt Ihnen das Recht …?«

»Jetzt lasst sie doch durch!«, schrie der Bürgermeister, der sein Möglichstes tat, damit niemand über die Gendarmen herfiel.

»Hält der Bürgermeister jetzt etwa zur Gendarmerie? Gegen seine Leute?«

Die Gendarmen setzten ruhig und zielstrebig ihren Weg fort, beförderten Monsieur Desmedt in ihr Fahrzeug und fuhren sofort los.

Die meisten Männer stiegen ins Auto und folgten dem Transporter.

Antoine wusste nicht, was er denken sollte.

Warum nahm man den Vater mit? Hatte man einen Verdacht gegen ihn?

Oh, wenn man an seiner Stelle jemand anderen verhaften konnte, und noch dazu Monsieur Desmedt, der ihm solche Angst einjagte … Er dachte an Bernadette, die gerade gesehen hatte, wie ihr Mann weggebracht wurde. Von widersprüchlichen Gefühlen bombardiert, wusste Antoine nicht mehr, wo ihm der Kopf stand.

Claudine und Madame Kernevel waren gegangen, Madame Courtin wärmte das Abendessen auf.

Antoine machte sich heimlich wieder an seine Vorbereitungen. Sein Rucksack war klein, er konnte nicht alles einpacken, was er gern mitgenommen hätte, aber egal, mit seinem Geld würde er sich unterwegs kaufen, was er brauchte.

Gegen 19 Uhr 30 rief ihn seine Mutter zum Abendessen.

»Kannst du dir so eine Geschichte vorstellen, also wirklich ...«

Sie redete genauso sehr mit sich selbst wie mit Antoine.

Bisher war ihr das Ereignis fast wie eine Zeitungsmeldung vorgekommen, eine dieser Nachbarschaftsgeschichten, die man sich noch Jahre später von Zeit zu Zeit erzählt, denn sie war überzeugt gewesen, dass Rémi wieder auftauchen würde, und ihrem Fassungsvermögen gelang es nicht, sich vorzustellen, er könne wirklich verschwunden sein. Sie erinnerte sich an mehrere Beispiele von Kindern, die man gesucht hatte. Während sie den Tisch deckte, erzählte sie Antoine:

»Also, zum Beispiel der Sohn einer Nachbarin deiner Tante ... Vier Jahre war der. Er ist in der Wäschetruhe eingeschlafen, wirklich! Stundenlang haben sie ihn gesucht, die Polizei war schon verständigt, die Stieftochter hat ihn dann gefunden.«

Im selben Augenblick drang der Schein von Blaulichtern durch die Fenster. Madame Courtin stand als Erste an der Tür und öffnete.

Der Gendarmerietransporter stand nicht vor dem Haus der Desmedts, sondern vor dem der Courtins.

Madame Courtin legte rasch die Schürze ab. Antoine stand hinter ihr.

Der junge Gendarm trat auf sie zu.

Antoine dachte, er würde sterben.

»Tut mir leid, dass wir Sie stören, Madame Courtin. Aber wir würden gern mit Ihrem Sohn sprechen.«

Während er das sagte, beugte er sich ein wenig vor und neigte den Kopf, um Antoine ansehen zu können. Madame Courtin runzelte die Stirn.

»Aber warum ...«

»Eine reine Formsache, nichts weiter. Antoine?«

Diesmal versuchte der Gendarm nicht, sich durch Niederknien auf Antoines Augenhöhe zu begeben.

»Kommst du bitte mit mir, mein Junge?«

Antoine folgte ihm in den Nachbargarten, zu den beiden anderen Gendarmen. Monsieur Desmedt wartete dort ebenfalls, mit verschlossenem Gesicht. Er starrte Antoine mit seinen wütenden Augen an.

Der Gendarm wandte sich an Antoine.

»Zeigst du mir genau, an welcher Stelle du Rémi zum letzten Mal gesehen hast?«

Alle sahen ihn an. Seine Mutter stand hinter ihm.

Was hatte er Bernadette gesagt? Was hatte er dem Gendarmen gesagt? Er wusste es nicht mehr genau, er hatte Angst, sich in Widersprüche zu verstricken. Er hatte vom Hund erzählt. Antoine rührte sich nicht, der Gendarm wiederholte seine Bitte:

»Antoine, zeig mir bitte genau, wo er stand.«

In diesem Augenblick begriff Antoine, dass der Gendarm sich absichtlich genau an diese Stelle gestellt hatte, um ihm die Sicht auf den Haufen Müllsäcke zu versperren. Alles erschien ihm mit einem Mal viel leichter. Er machte einen Schritt, streckte den Arm aus.

»Da.«

»Geh an die Stelle, wo er stand.«

Antoine ging bis zu den Säcken. Er stellte sich die Szene vor. Er sah sich selbst, wie er auf der Straße vorüberging, bemerkte den weinenden Rémi in der Nähe des Sacks.

Er trat näher. Da.

Der Gendarm stellte sich neben ihn, griff nach dem ersten Sack, zog ihn zu sich heran, öffnete ihn, warf einen Blick hinein. Monsieur Desmedt beobachtete die Szene mit verschränkten Armen.

In der Haustür zeichnete sich Bernadettes Silhouette im Gegenlicht ab. Sie hielt ihren Mantel am Kragen zusammen.

»Und was hat Rémi gemacht?«, fragte der Gendarm.

Es ging zu lange. Ein paar Minuten hätte Antoine ausgehalten, aber in dem Garten, der nur schwach von der Lampe neben dem Glasdach und dem Schein der Straßenlaternen erhellt wurde, unter den eindringlichen Blicken von Bernadette, Monsieur Desmedt, dem Gendarmen und seiner Mutter, die zu begreifen versuchte, wozu das alles gut sein sollte ... Unter den Blicken der Leute, die jetzt auf der Straße stehen blieben, um die Szene zu beobachten ...

Er begann zu weinen.

»Ist schon gut, Junge«, sagte der Gendarm und fasste ihn an der Schulter.

In dem Augenblick vernahm man ein dumpfes Schlagen, wie von den Flügeln eines weit entfernten Vogels. Ein Hubschrauber zog in der Ferne vorbei, über den Baumwipfeln, in der Nähe von Saint-Eustache, und richtete einen schwankenden Scheinwerfer auf den Boden.

Antoines Herz schlug im selben Rhythmus wie die unsichtbaren Rotorblätter des Hubschraubers, der Kreise in den Nachthimmel zeichnete.

Der Gendarm wandte sich an Monsieur Desmedt und tippte sich ans Käppi.

»Vielen Dank für Ihre Mitarbeit. Die Vermisstenmeldung ist raus, wir halten Sie natürlich auf dem Laufenden, falls es Neuigkeiten gibt.«

In Begleitung seiner Kollegen ging er zurück zum Transporter und fuhr davon.

Alle gingen nach Hause.

»Sie versuchen zu verstehen, wie das passiert ist«, sagte Madame Courtin.

Sie machte die Haustür zu, schloss ab und kam ins Wohnzimmer zurück.

Antoine blieb im Türrahmen stehen, den Blick auf den Fernseher geheftet, auf dem Rémis Gesicht erschienen war, lächelnd, die Strähne ordentlich glatt, es war ein Klassenfoto aus dem letzten Jahr. Antoine kannte das gelbe T-Shirt mit dem Aufdruck eines kleinen, blauen Elefanten.

Der Sprecher verlas gerade eine Beschreibung des Jungen: was er bei seinem Verschwinden angehabt hatte, die Vermutungen darüber, welchen Weg er genommen haben könnte. Er war 1,15 Meter groß.

Aus irgendeinem Grund brach diese Zahl Antoine fast das Herz.

Es folgte ein Zeugenaufruf, über den unteren Bildrand lief eine Telefonnummer. Man sprach davon, dass Taucher zum Weiher geschickt würden. Antoine stellte sich die Feuerwehrleute vor, die ihre Fahrzeuge mit eingeschalteten Blaulichtern auf dem Weg zum Weiher abstellten, und die Froschmänner auf dem Rand ihrer Schlauchboote, die sich mit einem raschen, gezielten Ruck nach hinten fallen ließen.

Antoine hatte die Journalistin, eine Frau um die Vierzig, schon oft im Fernsehen gesehen, aber heute nahm er sie mit anderen Augen wahr, weil sie von ihnen sprach, in ernstem, fast feierlichem Tonfall: »Bisher war die Suche erfolglos …«

Man sah einige Aufnahmen von Beauval, die schon etwas älter waren, vermutlich aus dem Archiv. Und ein paar Einstellungen mit Wagen der Gendarmerie, die angeblich die Umgegend der Stadt durchkämmten.

»… und die hereinbrechende Dunkelheit zwang die Ermittler, die weitere Suche auf morgen zu verschieben.«

Antoine konnte die Augen nicht vom Bildschirm lösen. Ihm kam das alles wie ein erstaunliches Déjà-vu vor, die Meldung einer Kleinstadttragödie, wie sie häufig vorkam, nur dass sie ihn diesmal direkt betraf, weil er der Mörder war.

»…öffnung eines Ermittlungsverfahrens durch die Staatsanwaltschaft von Villeneuve veranlasst, um die Gründe für das Verschwinden herauszufinden.«

»Kommst du zum Essen, Antoine?«, fragte Madame Courtin.

Sie drehte sich zu ihm um und fand, er sehe ungewöhnlich blass aus.

»Na, wenn du mir mal nicht irgendwas ausbrütest … würde mich nicht wundern.«

5

Antoine aß kaum etwas, oder besser gesagt, er aß nichts. Kein Hunger.

»Na, kann ich verstehen«, sagte seine Mutter. »Bei allem, was heute passiert ist …«

Antoine half ihr beim Abräumen, dann trat er zu ihr, wie jeden Abend, hielt ihr die Wange für den Gutenachtkuss hin und ging in sein Zimmer hinauf.

Er musste sich bereitmachen, den Rucksack fertig packen, wann konnte er das Haus verlassen, ohne gesehen zu werden? In der Nacht …

Er zog seine Sachen unter dem Bett hervor und plötzlich überfielen ihn Zweifel: Wie würde er das Geld von dem Sparbuch abheben?

Immer wenn seine Mutter ihm ausnahmsweise erlaubt hatte, etwas davon zu nehmen – zum Beispiel als er sich die Uhr kaufen durfte –, war sie dafür auf die Post gegangen, das kannst du nicht selbst machen, dafür muss man volljährig sein. Er würde an den Schalter gehen, man würde ihn nach seinem Ausweis fragen, nein, nicht mal das, ein Blick würde genügen, tut mir leid, so geht das nicht, mein

Junge, du musst mit deiner Mutter oder deinem Vater wiederkommen.

Ohne Geld war die Flucht unmöglich.

Alles war wieder infrage gestellt. Er war dazu verdammt, zu bleiben und darauf zu warten, dass man ihn festnahm.

Er fühlte sich entmutigt, ja, aber weniger als er erwartet hätte. Er betrachtete die Dinge in seinem Zimmer mit neuen Augen. Auf einmal kam ihm sein mit Socken und T-Shirts vollgestopfter Rucksack, aus dessen Außentasche die Spider-Man-Figur ragte, lächerlich vor.

Er hatte sich an der Idee seines Weggangs, seiner Flucht, berauscht, aber hatte er wirklich daran geglaubt?

Plötzlich überkam ihn bleierne Müdigkeit. Tränen hatte er keine mehr. Er war nur noch erschöpft.

Er stopfte den Rucksack unters Bett, legte Sparbuch und Papiere in die Schreibtischschublade und warf sich aufs Bett.

Im Schlaf verfolgte ihn die Erinnerung an seinen Marsch auf den großen, umgestürzten Baum zu, mit Rémi auf dem Rücken. Dauernd gerieten ihm die schlaffen, baumelnden Arme des Kindes vors Gesicht.

Und er kam einfach nicht voran. Trotz aller Anstrengung schien der Baum immer wieder gleich weit entfernt zu sein. Er sah nach unten auf seine Füße, wo seine Uhr lag. Sie sah genauso aus wie in Wirklichkeit, mit einem grün fluoreszierenden Armband, aber noch größer, unmöglich zu übersehen.

Rémi hing nicht länger über seinen Schultern. Stattdessen schleppte Antoine diese riesige Uhr auf dem Rücken, die noch schwerer war als der Junge. Er lief durch den Wald, entfernte sich von Saint-Eustache. Als er von irgendwoher, hinter sich, ein Geräusch hörte, blieb er stehen und drehte sich um.

Es war Rémi. Er lag bäuchlings in der dunklen Grube. Er war nicht tot, nur verletzt, aber er hatte fürchterliche Schmerzen, Beine und Rippen waren gebrochen. Er reckte die Hände zum Grubenrand empor, zum Licht. Zu Antoine. Er rief um Hilfe, er wollte, dass man ihn aus diesem Loch herauszog. Er wollte nicht sterben.

Antoine!

Rémi hörte nicht auf zu schreien.

Antoine versuchte, ihm zu Hilfe zu kommen, aber seine Füße verweigerten ihm den Dienst, er sah, wie ihm der kleine Junge die Arme entgegenstreckte, er hörte sein Flehen, das sich zu Schreien steigerte …

Antoine!

Antoine!

»Antoine!«

Er schreckte auf. Seine Mutter saß auf der Bettkante und sah ihn besorgt an. Sie rang die Hände.

»Antoine.«

Er setzte sich auf, plötzlich hellwach. Alles fiel ihm wieder ein.

Wie viel Uhr war es?

Das Zimmer war dunkel, bis auf das gelbliche Licht, das vom Erdgeschoss heraufdrang.

»Du hast mir eine Heidenangst eingejagt mit deiner Schreierei. Antoine, ist irgendwas?«

Antoine schluckte. Er schüttelte den Kopf.

»Sag doch! Ist irgendwas nicht in Ordnung?«

War jetzt der Augenblick, alles zu gestehen? Wäre er richtig wach gewesen, hätte er der Versuchung wohl nachgegeben, sich von dieser für ihn zu schweren Bürde befreit, er hätte seiner Mutter alles gesagt, alles. Aber er hatte Mühe zu erfassen, was überhaupt vor sich ging.

»Du schläfst komplett angezogen, sogar mit Schuhen … Das sieht dir gar nicht ähnlich. Wenn du dich krank fühlst, wieso sagst du es dann nicht?«

Seine Mutter legte ihm die Hand auf den Arm; er zog ihn heftig zurück, er mochte es nicht, wenn sie ihn berührte. Sie nahm es ihm nicht übel, Heranwachsende sind halt so, sie hatte darüber schon Artikel gelesen, das durfte man nicht persönlich nehmen, es war das Alter, das würde vorbeigehen.

»Geht's dir nicht gut?«

»Doch, doch, schon okay«, antwortete Antoine.

Madame Courtin fühlte ihm die Stirn, seit jeher dieselbe Geste.

»Dich nimmt die Sache auch mit, natürlich. Ist ja klar. Und die Gendarmerie mit ihren ganzen Fragen, nein, das ist man nicht gewohnt.«

Sie sah ihn an und lächelte lieb. Normalerweise nervte Antoine dieses Verhalten, guck mich nicht so an, ich bin kein Baby mehr, aber diesmal gab er der Versuchung nach und ließ sich trösten. Er schloss die Augen.

»Na los«, sagte seine Mutter schließlich. »Zieh dich um und geh schlafen.«

Sie schaltete das Licht aus und ließ die Tür offen stehen.

Erst am Morgen fand Antoine zurück in den Schlaf.

6

Der Hubschrauber des Zivilschutzes nahm am nächsten Tag bei Morgengrauen seine Erkundungsflüge wieder auf. In regelmäßigen Abständen sah man ihn seine Runden drehen, man hob den Kopf, blickte ihm nach. Weitere Gendarmen des Departements kamen ihren Kollegen aus Beauval zu Hilfe. Die Transporter und blauen Autos durchquerten wieder und wieder das Zentrum, um von dort aus die Landstraßen der Umgebung abzufahren.

Bald wären es vierundzwanzig Stunden, seitdem der kleine Rémi verschwunden war.

In den Geschäften, wo Neuigkeiten ausgetauscht wurden, überwog der Pessimismus. Sowie ein unbestimmter Zorn, der sich mal gegen die Gendarmen, mal gegen das Rathaus richtete. Denn die Gendarmen hatten ganz schön gebraucht, bis sie sich für das Verschwinden des Kleinen interessiert hatten, oder? Sie hätten sofort suchen müssen. Über die tatsächliche Verzögerung gingen die Meinungen auseinander, manche behaupteten drei Stunden (ist doch einfach unglaublich, drei Stunden, wenn ein Sechsjähriger verschwindet!), andere sagten fünf, tatsächlich rechnete niemand gleich, denn niemand ging vom gleichen Zeitpunkt aus. Wann hatte man das Fehlen des Kleinen bemerkt, gegen Mittag? Nein, es war mindestens schon zwei gewesen, jemand hatte gehört, wie Madame Desmedt sich besorgt beim Einkaufen erkundigt hatte. Ach, Unsinn, Rémi hat doch seinen Vater begleitet, und der muss um 13 Uhr 45 wieder in der Fabrik sein. Na schön, meinte Madame Kernevel, bei der Uhrzeit sind wir uns nicht ganz sicher, aber der Bürgermeister hätte was unternehmen müssen. Darüber waren sich so gut wie alle einig, Monsieur Weiser hatte ja nicht einmal die Gendarmerie benachrichtigen wollen! Er war der Meinung gewesen, der Kleine käme schon wieder zurück, und man würde dumm dastehen, wenn man für nichts und wieder nichts angerufen hätte!

Antoine blieb in seinem Zimmer. Er versuchte, sich auf seine Transformers zu konzentrieren, und beobachtete zugleich den Nachbargarten, wo sich nicht mehr viel tat. Monsieur Desmedt war seit dem frühen Morgen mit dem Wagen unterwegs und suchte nach Rémi, man hatte ihn seither nicht mehr gesehen.

Antoines Mutter hingegen kam regelmäßig mit neuen Informationen nach Hause, die den vorherigen widersprachen.

Am späten Vormittag rollte der Wagen eines Regionalsenders in die Stadt, und eine Reporterin befragte Passanten; das Team kam und filmte das Haus der Desmedts und zog dann wieder ab.

Madame Courtin kehrte gegen Mittag erneut nach Hause zurück und verkündete, dass ein Lehrer aus Antoines Schule seit dem Morgen von der Gendarmerie verhört werde, konnte aber keinen Namen nennen.

Danach machte folgende Nachricht die Runde: Die Taucher des Zivilschutzes würden gegen 14 Uhr beim Weiher sein.

Madame Courtin lief hinüber zu Bernadette, um ihr abzuraten, dort hinzugehen (und war damit nicht die Einzige), aber vergebens. Gegen 13 Uhr 30 standen etwa ein Dutzend Nachbarn im Garten, um Madame Desmedt zu begleiten, um ihr beizustehen und sie zu stützen. Als sie aufbrachen, hätte man schwören können, sie wären auf dem Weg zu einer Beerdigung, das war kein zuversichtliches Verhalten.

Antoine sah, wie die Gruppe sich entfernte. Sollte er auch dort hingehen? Was ihn dazu brachte, war die Gewissheit, dass man nichts finden würde.

Auf dem Weg war einiges los. Von Weitem ließ sich schlecht sagen, ob gerade eine Prozession oder ein Touristenereignis stattfand.

Madame Antonetti saß auf ihrem alten Stuhl aus Rohrgeflecht und beobachtete mit einem Blick offenkundiger Verachtung, die aber schon lange niemand mehr kümmerte, wie die Einwohner Beauvals an ihr vorüberzogen.

Die Polizisten hatten Absperrgitter errichtet, damit die Bevölkerung nicht bis ans Ufer des Weihers konnte, die Taucher sollten in Ruhe ihrer Arbeit nachgehen. Als Bernadette eintraf, gestützt auf Madame Courtin und Claudine, wusste der diensthabende Beamte nicht, was er tun sollte. Man konnte schlecht der Mutter die Anwesenheit verbieten, empörten sich die Umstehenden. Der Gendarm zögerte, aber die Absperrungen begannen zu zittern, vereinzelte Rufe wurden laut, eine Beleidigung ertönte, man fand in den leicht fiebrigen Zustand zurück, der die Geschichte vom ersten Moment an begleitet hatte. Der Beamte zog sich lieber ein Stück zurück und überlegte, wen er zusammen mit Bernadette in die abgesperrte Zone lassen sollte.

Zum Glück kam in diesem Augenblick der Gendarmeriehauptmann. Entschlossen nahm er Bernadette beim Arm und führte sie persönlich zum Transporter, wo er ihr Tee aus seiner Thermoskanne einschenkte. Von hier aus konnte sie nicht sehen, was auf dem Weiher vor sich ging, aber sie war vor Ort.

Antoine hielt sich abseits. Émilie kam zu ihm. Sie wollte ein Gespräch beginnen, kam aber nicht dazu, denn schon tauchte Theo auf, danach Kevin, und bald auch all die anderen, Jungen wie Mädchen. Alle hatten die Mienen ihrer Eltern übernommen, die Worte ihrer Eltern. Einige kannten Rémi nur über drei Ecken, aber man hatte trotzdem das Gefühl, er sei der kleine Bruder aller Kinder, so wie er bereits der Sohn aller Erwachsenen war.

»Sie haben Monsieur Guénot festgenommen«, bemerkte Theo.

Diese Enthüllung löste einen Schock aus. Guénot war Lehrer für Naturwissenschaften, ein feister Kerl, über den Gerüchte umgingen. Manche hatten ihn in Saint-Hilaire gesehen, wo er gewisse Orte verlassen hatte …

Überrascht wandte Émilie sich an Theo.

»Aber Monsieur Guénot kann nicht bei der Gendarmerie sein, wir haben ihn heute Morgen gesehen!«

Theo war sehr entschieden:

»Wenn du ihn heute gesehen hast, dann vor der Verhaftung. Aber ich weiß ganz genau, dass er auf der Wache ist und dass … nun, mehr darf ich nicht sagen.«

Diese Art, Informationen nur deshalb zurückzuhalten, damit man angebettelt wird, war ermüdend, aber so war er immer, er spielte sich auf. Man musste es wissen, mehrere Stimmen drängten ihn. Theo musterte seine Schuhspitzen und presste die Lippen zusammen, als überlegte er noch, wie er sich verhalten sollte.

»Also gut …«, meinte er schließlich. »Aber behaltet das für euch, klar?«

Zustimmendes Gemurmel. Theo senkte die Stimme, er war kaum mehr zu verstehen, man musste sich zu ihm beugen:

»Guénot … also der ist eine Schwuchtel. Angeblich hat er schon mal was mit Schülern gehabt … Es gab Beschwerden, aber die wurden vertuscht. Vom Rektor natürlich! Anscheinend mag er ganz junge, wenn ihr wisst, was ich meine. Er wurde schon mehrmals in der Nähe der Desmedts gesehen. Man fragt sich sogar, ob nicht auch der Rektor …«

Die Gruppe war durch die Neuigkeiten wie betäubt.

Antoine begriff nicht mehr so richtig, was vorging. Gestern schien die Gendarmerie noch hinter Monsieur Desmedt her zu sein, hatte ihn dann aber wieder laufen lassen. Heute war Monsieur Guénot dran. Und vielleicht auch der Schuldirektor. Man suchte den Weiher ab, wo man nichts finden würde, wie Antoine wusste. Zum ersten Mal seit vierundzwanzig Stunden war ihm, als würde das Gewicht auf seiner Brust ein wenig leichter. Entfernte sich die Gefahr? Sie konnte nicht verschwinden, und doch gelang es ihm nicht, sich von der Frage zu lösen: Und wenn man Rémi niemals finden würde?

Den ganzen Tag über war diese Stelle am Weiher, von der aus niemand etwas erkennen konnte und die nirgendwohin führte, wie ein Anhängsel Beauvals, die Informationen trafen am Ende eines Weges ein, den niemand hätte rekonstruieren können, und sie wurden von diesem Ort aus weitergeleitet, angereichert mit Kommentaren, also quasi wie neu.

Im Laufe des Nachmittags kristallisierte sich eine enge Verbindung zwischen der Suche der Taucher dort am Weiher und der Verhaftung eines Mannes heraus, über dessen Identität die Meinungen, trotz Theos Beteuerungen, geteilt blieben. In diesem Wettlauf um die Täterschaft hatte Monsieur Guénot klar die Nase vorn, aber auch der Raser, der vorgestern den Hund von Monsieur Desmedt überfahren hatte, lag gut im Rennen. Auf der Stelle tot, erzählte man sich. Der arme Roger hatte seinen Hund nur noch in einen Müllsack stopfen können, und meint ihr, der Kerl hätte angehalten und sich entschuldigt? Von wegen! Und genau diesen Wagen hatte jemand gesehen, als er gerade aus Beauval rausfuhr, ein Fiat. Oder ein Citroën. Blau metallic. Mit einer 69 im Nummernschild, sind eh alles Raser da in der Gegend. Aber war das am selben Tag? Ist der Hund nicht einen Tag vor dem Verschwinden des Kleinen überfahren worden? Aber der Fiat ist zurückgekommen, wenn ich's Ihnen doch sage!

In der Rangfolge der möglichen Schuldigen hatte man noch ein paar andere Namen vorgebracht, etwa den von Monsieur Danesi, dem Inhaber des Sägewerks Du Pont, doch diese Theorie fand kaum Zuspruch, sie stammte von Roland, einem Angestellten von Monsieur Danesi, mit dem er sich einige Wochen zuvor wegen einer kleinen, nicht ganz geklärten Diebstahlgeschichte geprügelt hatte. Gerüchte sind eine heikle Angelegenheit, entweder sie verfangen oder sie verfangen nicht. Dieses hier verfing nicht.

Was Monsieur Desmedt betraf, der rangierte nur als wenig glaubwürdiger Außenseiter. Er war grob, oft brutal, gern mal rauflustig und wurde nicht gerade geschätzt, genoss aber den unbestreitbaren Vorzug, ein Einwohner Beauvals zu sein, und war damit zwangsläufig weniger verdächtig als Monsieur Guénot, der aus Lyon stammte, oder erst recht als der Raser, der aus dem Nirgendwo kam. Niemand glaubte ernsthaft, dass er seinen Sohn entführt oder getötet haben könnte, wieso sollte er? Außerdem hatte die Gendarmerie die gesamte Gegend in der Nähe des Weges durchkämmt, den er angeblich mit Rémi zur Fabrik gegangen war, und nichts war dabei herausgekommen. Tatsächlich hatten selbst jene Mühe, Roger Desmedt zu verdächtigen, die ihn nicht ausstehen konnten.

Der schlichte Gedanke, dass jemand Rémi getötet haben könnte, einen goldigen Jungen, überall bekannt für sein süßes, rundes Gesichtchen und den wachen Blick, ließ die Unterhaltungen von Zeit zu Zeit erstarren, langes Schweigen machte sich angesichts einer Vorstellung breit, deren ganzen Schrecken sich niemand recht ausmalen konnte. Nicht einmal Antoine konnte das, denn im Laufe des Nachmittags hatte sich seine eigene Wahrnehmung des Geschehens gewandelt. Er war der vorletzte Mensch gewesen, der Rémi lebend gesehen hatte. Über dieses Detail gerieten die

Gemüter gelegentlich in Harnisch. Hatte Antoine Rémi gesehen, bevor der Kleine ein Stück mit seinem Vater gegangen war oder danach? Eine Frage von Gewicht. Eine Frage von Minuten, die schwer zu entscheiden war. Daher wurde Antoine immer und immer wieder gedrängt, die Szene nachzuerzählen. Man scharte sich um ihn, man hörte sich zum x-ten Mal den Bericht über den Moment an, als er das Haus verlassen hatte, man beobachtete mit ihm zusammen noch einmal den kleinen Rémi, der starr vor dem vom Vater abgerissenen Kaninchenstall stand, man sah die Müllsäcke vor sich, von denen einer den Hundekadaver enthielt. Am Ende glaubte Antoine selbst an diese Geschichte; wenn er sie erzählte, sah er alles ganz genau vor sich, er war dort, seine Erzählung gewann in seinen eigenen Augen wie in den Augen seiner Zuhörer eine Prägnanz, die sich der Wahrheit immer stärker annäherte.

Theo Weiser, dem dadurch die Schau gestohlen wurde, hielt sich zurück. Antoine beobachtete ihn aus dem Augenwinkel. Stets umgeben von Freunden aus der Grundschule oder aus der Sekundarschule, tuschelte Theo und sah Antoine dabei schief an.

Ohne recht zu wissen warum, hatten Theo und er sich nie gemocht. Émilie, Theo und er bildeten so etwas wie ein zwangloses und sonderbares Trio. Antoine war ein guter Schüler, der das erste Trimester der sechsten Klasse mit ausgezeichneten Ergebnissen in fast allen Fächern abgeschlossen hatte. Émilie war eine durchschnittliche Schülerin, eine von denen, der man in der neunten Klasse raten würde, sich für den aktuell beliebtesten Berufszweig zu entscheiden. Theo schließlich war ein Faulpelz, allerdings ausreichend auf Zack, dass er bislang nur eine Klasse hatte wiederholen müssen. Er war ein Jahr älter als die anderen und ging in Antoines und Émilies Parallelklasse. Zusammen mit Kevin und Paul.

Diese Situation – die Einzigen ihrer Klassenstufe aus Beauval, schon immer miteinander bekannt, täglicher Umgang – hätte Antoine und Émilie einander eigentlich näherbringen müssen, aber Antoine konnte sich noch so bemühen ... Sein letzter Versuch, sie zu fragen, ob sie mit ihm gehen wolle, unter dem Baumhaus von Saint-Eustache, war ein krachender Misserfolg gewesen. Allgemein kriegte er das mit den Mädchen nicht so gut hin. Bei Émilie war es noch schlimmer. Obwohl sie vor dieser ganzen Geschichte das Objekt all seiner Träume und Phantasien gewesen war ...

Kurz vor 17 Uhr gaben die Taucher auf, und was an Schaulustigen noch vor Ort war, entschloss sich, den Rückweg nach Beauval anzutreten.

Antoine beeilte sich, zu Émilie aufzuschließen, die mit einigen Mädchen vorausging. Augenblicklich spürte er die Reserviertheit, mit der er empfangen wurde. Keine sah ihm in die Augen, keine richtete das Wort an ihn. Hatte er es übertrieben, indem er den Bitten nachgegeben und wiederholt seine kleine Geschichte erzählt hatte? Nahm man ihm übel, dass er so viel Aufmerksamkeit auf sich zog? Er hielt es nicht länger aus, fasste Émilie grob am Arm und nötigte sie, ein paar Schritte mit ihm zur Seite zu treten.

»Es ist wegen Theo«, sagte sie schließlich.

Das war nicht überraschend.

»Der ist eifersüchtig, sonst nichts.«

»Oh nein!«, rief Émilie aus. »Darum geht es nicht …«

Sie senkte den Blick, aber innerlich brannte sie darauf, Antoine die Wahrheit zu sagen, und er musste nicht lange darum bitten.

»Er behauptet dauernd, dass du Rémi zuletzt gesehen hast und …«

»Und was?«

Émilies Stimme wurde ernst und fieberhaft:

»Und dass Rémi dir oft in den Wald gefolgt ist …«

Antoine zuckte unwillkürlich zusammen, als wäre ihm eiskalt, als hätte er sich auf einmal erkältet.

»Und er sagt … statt im Weiher zu fischen, sollte man besser bei Saint-Eustache suchen …«

Das war eine Katastrophe.

Émilie sah ihn lange an, mit geneigtem Kopf, als wollte sie Wahrheit und Lüge entwirren. Antoine stand noch einen Moment unter dem Bann dieser Enthüllung. Dieser Theo war wirklich von seltener Bösartigkeit, einem erbärmlichen Neid, es kam Antoine gar nicht in den Sinn, dass Theo unwissentlich die Wahrheit ausgesprochen hatte.

Émilies fragender Blick beschleunigte seine Entscheidung.

Er nahm sich nicht die Zeit, über die Situation oder die Konsequenzen nachzudenken, er rannte der Gruppe hinterher. In vollem Lauf streckte er die Arme aus und rammte sie Theo in den Rücken, der durch den Stoß zwei Meter nach vorn katapultiert wurde. Die Mädchen schrien. Antoine stürzte sich auf Theo, setzte sich ihm rittlings auf die Brust und begann, ihm ohne Pausen mit beiden Fäusten aufs Gesicht zu schlagen. Es entstanden Geräusche, die keiner kannte, dumpf und organisch. Theo war größer und stärker als Antoine, aber der Angriff hatte ihn völlig überrumpelt. Als es ihm gelang, den Gegner abzuschütteln, war sein Gesicht bereits blutüberströmt. Antoine lag jetzt auf der Seite, er sah, dass Theo sich aufrichten wollte, aber er war schneller. Er stand, sah sich um, suchte einen Stein, fand stattdessen einen recht dicken Stock, machte einen Schritt, ergriff ihn und, gerade als Theo taumelnd auf ihn zukam, hob er ihn mit beiden Händen in die Luft und schmetterte ihn Theo gegen die rechte Wange.

Der Stock war etwa vierzig Zentimeter lang, ziemlich wuchtig, aber vollkommen morsch.

Er zerstob mit einem schwammigen Geräusch an Theos Schädel. Antoine stand da, mit einem zersplitterten Stück Holz von pilzbrauner Farbe in den Händen.

Die kleine Gruppe war durch den Vorfall derart verdutzt, dass niemandem die Lächerlichkeit der Situation bewusst wurde. Auch wenn sein Angriff recht kläglich geendet hatte, hatte Antoine doch den Sturm auf eine Autorität gewagt, die bis jetzt niemand infrage gestellt hatte.

Erwachsene kamen, um die Streithähne zu trennen. Rufe, Eifer, Taschentücher, man wischte Blut ab, zum Glück nichts Ernstes, nur eine aufgeplatzte Lippe.

Bald machte man sich wieder auf den Weg nach Beauval.

Die Gruppe der Kinder teilte sich spontan in zwei Lager. Auf Antoines Seite waren mehr als bei Theo.

Antoine fuhr sich nervös mit der Hand durchs Haar, aufgewühlt, verunsichert durch diese beunruhigende Parallele. In nur zwei Tagen hatte er zweimal einen Jungen mit einem Stock geschlagen. Den ersten, der es überhaupt nicht verdiente, hatte er getötet.

Würde er ein tumber Schläger werden, blindwütig, wie man sie manchmal auf dem Schulhof erlebte?

Er bemerkte, dass Émilie neben ihm ging. Er hätte nicht sagen können, warum, aber das beruhigte ihn nicht. Diese seltsame Schwäche der Mädchen für Raufbolde …

Kurz vor 17 Uhr brachte der Gendarmerietransporter Bernadette Desmedt nach Hause. Der Anblick dieser Frau, die vor Angst wie geschrumpft schien, ging einem zu Herzen.

Während Antoine auf die Rückkehr seiner Mutter wartete, schaltete er den Fernseher ein und schaute die Nachrichten, den Bericht über das beunruhigende Verschwinden des kleinen Rémi Desmedt. Es folgten einige Aufnahmen der Stadt, zunächst die Kirche, das Rathaus. Dann die Hauptstraße. In einem Versuch, die Geschehnisse aufzubauschen (was etwas kläglich wirkte, da der Reporter nichts zu zeigen und auch nichts zu sagen hatte), verfolgte die Kamera einen Weg, der vom Ortskern zum Haus des kleinen Rémi führte.

Antoine bedrückte es, diese Bildfolge anzusehen: die Hauptstraße, den Marktplatz, das Lebensmittelgeschäft, schließlich die Schule.

Die Kamera näherte sich nicht dem Haus des Kindes, sondern seinem eigenen.

Was sie suchte, war nicht das Kind, sondern er.

Schließlich sah man ihre Straße, das Haus der Mouchottes mit seinen dunkelgrünen Fensterläden, dann der Garten der Desmedts. Um die Leerstelle abzubilden und zu betonen, die der kleine, verschwundene Junge hinterlassen hatte, zeigte die Kamera seine unmittelbare Umgebung, verweilte lange bei der Schaukel, um ihre Verlassenheit zu unterstreichen, beim Gartentor, das Rémi aufgestoßen haben musste, als er fortging …

Als eine Totale ein Stückchen vom Garten der Courtins zeigte, rechnete Antoine damit, dass die Kamera sich gleich auf sein Haus richten würde, dass sie über die Fassade wandern, ihn suchen, ihn schließlich hinter dem Fenster finden, sich nähern und ihre Fahrt mit einer Nahaufnahme seines Gesichts beenden würde: »Und hier der Junge, der Rémi Desmedt getötet und seine Leiche im Wald von Saint-Eustache verscharrt hat, wo die Gendarmerie ihn morgen in aller Frühe finden wird.«

Antoine trat unwillkürlich einen Schritt zurück und flüchtete in sein Zimmer.

Madame Courtin kam endlich vom Einkaufen aus der Stadt, wofür sie dreimal länger gebraucht hatte als gewöhnlich. Antoine hörte, wie sie in der Küche herumfuhrwerkte, dann kam sie zu ihm nach oben. Ihr Gesicht wirkte angespannt.

»Sie haben gar keinen Lehrer von deiner Schule festgenommen.«

Antoine legte seine Transformers-Figur beiseite und sah seine Mutter an.

»Sondern Monsieur Kowalski.«

7

Die Festnahme hatte Madame Courtin und ihren Sohn erschüttert. Antoine warf sich vor, das zu denken, aber er konnte nicht anders: Wenn Monsieur Kowalski schuldig gesprochen würde – er stellte sich nicht die Frage, wie das möglich wäre –, würde ihn das weniger stören als bei jemand anderem. Seine Mutter war schon immer unglücklich gewesen, für ihn arbeiten zu müssen, er hatte einen üblen Ruf und ein gemeines Gesicht. Die Nachforschungen, die nichts ergeben hatten, der Weiher, in dem man vergeblich herumgefischt hatte, jetzt die Verhaftung Frankensteins … Antoine hatte sich langsam an die Vorstellung gewöhnt, dass der Albtraum auf solche Art enden könnte, dass man ihn in Frieden lassen würde, aber da war Theo gewesen, dessen boshafte Andeutungen den Verdacht durchaus auf ihn lenken konnten. Wie weit würde er gehen? Und wenn er seinem Vater davon erzählte? Oder den Gendarmen?

Antoine machte sich Vorwürfe, dass er seinem Zorn nachgegeben und sich mit Theo geprügelt hatte, er hätte die Sache auf sich beruhen lassen sollen, es war dumm gewesen.

»Wenn ich mit irgendwas nicht gerechnet hätte ...«, murmelte Madame Courtin. »Monsieur Kowalski ...«

Die Nachricht nahm sie sichtlich mit.

»Du hast ihn doch sowieso nie gemocht«, meinte Antoine. »Kann dir doch egal sein.«

»Ja, natürlich! Aber trotzdem ... Es ist was anderes, wenn man die Leute kennt.«

Sie blieb lange stumm. Antoine stellte sich vor, dass seine Mutter sich die möglichen Auswirkungen der Verhaftung auf ihr Leben ausmalte, vielleicht auch auf ihre Arbeit, sie schien besorgt.

»Du kannst doch woanders arbeiten. Du hast dich dauernd beklagt und wolltest nie hingehen.«

»Ach ja? Denkst du, Arbeit fällt einfach so vom Himmel?«

Sie war wütend.

»Erzähl das mal den Arbeitern, die Monsieur Weiser an Neujahr entlassen wird!«

Diese Entlassungsgeschichte zog sich seit Wochen durch Beauval. Wenn man Monsieur Weiser darauf ansprach, gab er ausweichende Antworten. Er wusste es noch nicht genau, das war von vielen Faktoren abhängig, man musste erst die Geschäftszahlen des Quartals abwarten ... Die Arbeiter stellten fest, dass in den letzten zwei Monaten mehr Bestellungen eingegangen waren als sonst, aber das war jedes Jahr in der Vorweihnachtszeit so. Monsieur Weiser hatte einige Leute wieder einstellen müssen, für ein paar Stunden pro Woche, Arbeiter, denen er drei Monate zuvor gekündigt hatte, selbst Monsieur Mouchotte hatte seine Tätigkeit für wenige Wochen wieder aufgenommen; konnte das die Krise vom Herbst wettmachen, als die Auftragslage stark eingebrochen war? Niemand verstand etwas davon.

Antoine fragte sich oft, ob seine Mutter überhaupt arbeiten gehen musste. Seit fünfzehn Jahren schimpfte sie auf Monsieur Kowalski, und was verdiente sie bei ihm? Antoine wusste nichts Genaues, aber viel konnte es nicht sein, hatten sie das wirklich nötig? Madame Courtin hatte sich, was die Alimente betraf, nie über die Zahlungsmoral ihres Mannes beschwert. »Zumindest in diesem Punkt ist er korrekt«, sagte sie manchmal, auch wenn Antoine nicht recht wusste, auf welchem anderen Gebiet sie ihm etwas vorzuwerfen hatte.

»Na, das ist nicht alles«, meinte sie schließlich. »Aber es wird Zeit, dass du dich fertig machst.«

Aber sie war mit den Gedanken woanders.

Die Weihnachtsmesse wurde im Wechsel mit den Nachbarorten gefeiert, und in diesem Jahr fand sie in Beauval statt, um 19 Uhr 30, da der Pfarrer das halbe Departement abklappern und mehr als sechs Messen nacheinander lesen musste.

Madame Courtin pflegte zur Religion ein vorsichtiges und pragmatisches Verhältnis. Sie hatte Antoine vorsorglich zum Religionsunterricht geschickt, aber als er nicht länger hatte hingehen wollen, hatte sie nicht darauf bestanden. Sie besuchte die Kirche, wenn sie Beistand brauchte. Gott war ein entfernter Nachbar, dem man gern mal begegnete und den man hier und da um einen kleinen Gefallen bitten konnte. Sie ging zu Weihnachten in die Kirche, so wie sie auch eine alte Tante besucht hätte. Zu dieser zweckorientierten Beziehung zur Religion gehörte auch ein Großteil Konformismus. Madame Courtin war hier geboren, hier aufgewachsen und hatte stets hier gelebt, in einer kleinbürgerlichen Welt, in der jeder von dem beäugt wird, den er beäugt, in der die Meinung der anderen eine überwältigende Kraft entfaltet. Madame Courtin tat in jeder Hinsicht, was sich *gehörte*, und schlicht deshalb, weil alle um sie herum das taten. Sie hütete ihren Ruf, wie sie ihr Haus hütete, und vielleicht sogar wie sie ihr Leben hütete, denn an einem Verlust ihrer Achtbarkeit wäre sie vermutlich gestorben. Für Antoine war die Christmette nur eine von vielen Pflichten, denen er übers Jahr hinweg aufopferungsvoll nachkam, damit seine Mutter sich selbst weiterhin als eine Person sah, mit der man verkehren konnte.

Wie überall waren die Gläubigen in Beauval weniger zahlreich als früher. Wenn die Sonntagsmessen unterm Jahr eine akzeptable Menge an Kirchgängern zählten, so nur, weil die Gemeindemitglieder aus Marmont, Montjoue, Fuzelières, Varennes und Beauval zusammenkamen.

Der religiöse Eifer war eine recht saisonale Angelegenheit. Die meisten Gläubigen kamen zur Messe, wenn es Probleme in der Landwirtschaft gab, wenn der Rinderpreis fiel oder die Fabriken im Umkreis Entlassungen planten. Die Kirche bot eine Dienstleistung an, also verhielt man sich als Konsument. Nicht einmal die großen Feste im Jahr wie Weihnachten, Ostern oder Mariä Himmelfahrt entgingen dem Nutzen-Gedanken. In den Augen der Mitglieder wurde an diesen Tagen die Abonnementsgebühr entrichtet, die es einem erlaubte, für den Rest des Jahres nach Belieben Dienste zu beanspruchen. Aus diesem Grund wurde die Weihnachtsmesse immer ein schöner Erfolg.

Ab 19 Uhr strömten zahlreiche Einwohner Beauvals ins Zentrum. Sie hätten sich zu ihrer gut gefüllten Kirche beglückwünschen können, doch die Freude wurde ihnen durch den Umstand vergällt, dass viele Besucher nicht von hier waren.

Die Frauen betraten gleich die Kirche, die Männer hingegen hielten sich wie immer noch einige Minuten auf dem Vorplatz auf; man rauchte, schüttelte Hände, tauschte Neuigkeiten aus, begegnete Kunden, mit denen man schon länger nichts mehr zu tun hatte, sah Frauen, mit denen man früher einmal geschlafen hatte, und alte Bekannte, auch wenn die Beziehungen sich mit der Zeit gelockert hatten.

Das Verschwinden des kleinen Rémi Desmedt hatte überall Neugier geweckt, was ebenfalls zum Erfolg des Ereignisses beitrug. Alle Welt hatte den Beitrag über Beauval in den Nachrichten gesehen, und wer nicht selbst hier lebte, versuchte durch seinen Besuch, zwei widersprüchliche Bilder miteinander in Einklang zu bringen: den eigenen Blick auf diese Stadt, die absolut nichts Aufregendes hatte, und den Widerhall eines Unglücks, das von Stunde zu Stunde tragischere Dimensionen annahm.

Nach dreißig Stunden musste man Rémis Verschwinden als höchst beunruhigend ansehen.

Jeder sah voraus, wie es ausgehen würde.

Wann würde man ihn wiederfinden? Und was würde man finden?

Vor der Kirche sprach man von nichts anderem, und die Festnahme Monsieur Kowalskis gab wie magnetisch die Richtung der Unterhaltungen vor. Madame Mouchotte riss ihre großen, blauen Augen auf, während sie Claudine lauschte, die sich wie durch ein Wunder im Laden befunden hatte, als die Gendarmen eintrafen.

»Hat nicht mal fünf Minuten gedauert, wirklich. Der Fleischer hat es richtig mit der Angst gekriegt.«

Madame Courtin fragte:

»Aber – was wirft man ihm denn eigentlich vor?«

Es ging um ein Alibi. Jemand hatte gehört, sein Lieferwagen sei in der Nähe von Beauval gesehen worden, direkt am Waldrand.

»Wo war der da, dieser Kerl?«, fragte jemand.

»Aber das ist doch kein Beweis!«, rief Madame Courtin. »Ich will ihn bestimmt nicht in Schutz nehmen, na, vielen Dank, aber trotzdem! Wenn man nicht mal mehr mit dem Wagen rumfahren kann, ohne dass die Leute einen für einen Kindesentführer halten, dann finde ich ...«

»Darum geht's doch gar nicht«, sagte Madame Antonetti.

Sie redete mit schriller Stimme und betonte jede Silbe, als wäre es die letzte, was ihren Worten einen abgehackten, entschiedenen Ausdruck verlieh, der allgemein Eindruck machte. Ihr Einwurf erregte großes Aufsehen, alle wandten sich ihr zu.

»Vor allem kann dieser Kowalski (in dessen Laden ich übrigens keinen Fuß setze, so weit kommt's noch) nicht erklären, was er in der Zeit gemacht hat, als der Junge verschwunden ist! Man sieht seinen Wagen, aber er kann sich nicht mehr erinnern, was er gemacht hat ...«

Sie genoss ein solches Ansehen, dass niemand auf die Idee gekommen wäre, sie nach der Quelle ihrer Informationen zu fragen. Außerdem gehörte sie in Beauval stets zu den Ersten, die etwas wussten, und war immer bestens informiert, sodass sie mit der Miene derjenigen schließen konnte, die den rechten Glauben hat:

»Schon irgendwie merkwürdig, oder?«

Madame Courtin nickte, tatsächlich, das ist merkwürdig, sogar verdächtig ... Aber sie wirkte nicht restlos überzeugt.

Antoine ließ seine Mutter stehen und lief zu den wenigen festlich gekleideten Schulfreunden hinüber, die ebenfalls zum Kirchgang verpflichtet worden waren. Émilie trug ein geblümtes Kleid, das aussah, als sei es aus Vorhangstoff geschneidert, und erschien ihm noch lockiger als sonst, noch blonder, noch lebhafter, unfassbar hübsch, was durch das spektakuläre Desinteresse aller anwesenden Jungen nur bekräftigt wurde. Ihre Eltern, Frömmste der Frommen, verpassten niemals einen Gottesdienst, Émilie lernte schon seit frühester Kindheit den Katechismus auswendig. Madame Mouchotte ging bisweilen dreimal täglich in die Kirche, ihr Mann war der einzige Mann im Gemeindechor, er hatte ein gewaltiges Organ, das er völlig ungeniert einsetzte und alle anderen mit einer Stimmgewalt übertönte, die die Inbrunst seines Glaubens ausdrückte. Émilie selbst glaubte nicht an Gott, aber sie hing so sehr an ihrer Mutter, dass sie sogar Nonne geworden wäre, wenn diese sie darum gebeten hätte.

Schweigen legte sich über die Gruppe, als Antoine hinzutrat. Theo, der nach Zigarettenqualm roch, sah demonstrativ auf seine Füße. Seine Lippe war geschwollen, tiefrot und leicht verkrustet. Er konnte nicht umhin, Antoine einen Racheblick zuzuwerfen. Aber er war clever genug zu begreifen, dass die plötzliche Verhaftung Frankensteins die Gemüter stärker bewegte als seine Streitereien mit Antoine. Im Übrigen wurde er auch gleich von Kevin angesprochen:

»So! Du hast ja mitgekriegt, dass es nicht Monsieur Guénot war, du erzählst totalen Mist!«

Es zählte zu Theos Schwächen, dass er niemals Unrecht hatte. In der Beziehung war er wie sein Vater, es war das Markenzeichen der Weisers, man irrte sich nicht. Deshalb war es für Theo unbedingt notwendig, wieder die Oberhand zu gewinnen.

»Stimmt überhaupt nicht!«, gab er zurück. »Sie haben zuerst Guénot verhaftet und ihn dann wieder laufen lassen, aber sie behalten ihn im Auge, das kannst du mir glauben. Der ist schwul, eindeutig. Merkwürdiger Typ …«

»Trotzdem!«, beharrte Kevin, hochzufrieden, dem Sohn des Bürgermeisters ausnahmsweise einmal voraus zu sein.

»Was trotzdem? Was trotzdem?«, rief Theo aufbrausend.

»Na, trotzdem haben sie Frankenstein verhaftet!«

Zustimmendes Gemurmel zog sich durch die kleine Gruppe. Diese Verhaftung bestärkte vollkommen die öffentliche Meinung, die von Kevin großartig in einem Satz zusammengefasst wurde:

»Wie der schon aussieht …«

Theo, der seinen Einfluss verloren hatte, war nicht gewillt, die Flinte so schnell ins Korn zu werfen, und versuchte ein geniales Ablenkungsmanöver:

»Ich weiß viel mehr darüber als ihr alle! Der Junge … der ist tot!«

Tot.

Das Wort verursachte Schwindel.

»Wie meinst du das, tot?«, fragte Émilie.

Die Unterhaltung wurde unterbrochen. Der Notar war soeben eingetroffen, Maître Vallenères, und der Anblick des Mannes, der seine im Rollstuhl sitzende Tochter vor sich herschob, gebot allgemeines Schweigen. Das Mädchen war fünfzehn Jahre alt und spindeldürr, die Handgelenke hätten durch einen Serviettenring gepasst. Ihre Hauptbeschäftigung bestand darin, ihren Rollstuhl zu verzieren. Man hatte sie noch nie dabei beobachtet, aber es wurde gemunkelt, dass sie eine besondere Schutzmaske bestellt hatte, damit sie ihn mit einer Spraydose lackieren konnte. Dieser Rollstuhl war eine sich ständig verändernde Kuriosität, erst kürzlich hatte sie lange, biegsame Radioantennen daran anbringen lassen, die für Autos gedacht waren, man hätte denken können, ein riesiges, farbenfrohes Insekt. Manche Kinder nannten sie Mad Max. Ihr heiteres Werk bildete einen auffälligen Kontrast zu ihrem Gesicht, stets konzentriert, gleichgültig gegenüber ihrer Umwelt, es hieß, sie sei verflixt schlau, werde aber jung sterben, und es stimmte, man konnte sich gut vorstellen, wie ein starker Windstoß sie eines Tages hinwegfegen würde. Sie hatte das Alter von vielen anderen Kindern in Beauval, traf sich aber mit niemandem. Oder vielleicht traf sich niemand mit ihr. Seit Beginn ihrer Krankheit wurde sie von einer Hauslehrerin unterrichtet.

Der extravagante Rollstuhl, der in die Kirche gerollt wurde, wirkte wie eine Provokation. Man fragte sich, ob Gott ihr nicht mangelnden Anstand vorwerfen würde. Ihrem Vater und ihr folgte Madame Antonetti, diese Natter, die es um nichts in der Welt versäumt hätte, mit eigenen

Augen die kleine Welt zu studieren, die sie seit Urzeiten aus tiefstem Herzen verabscheute.

»Ist man denn sicher, dass er tot ist?«, nahm Kevin das Gespräch mit leiser Stimme wieder auf, als alle vorbei waren.

Eine idiotische Frage, da die Leiche nicht gefunden worden war, aber sie ließ deutlich erkennen, in welche Erregung die Vorstellung von Mord die Gruppe gestürzt hatte. Das Wort raubte einem den Atem. Antoine fragte sich, ob Theo es gesagt hatte, um sich weiter interessant zu machen, oder ob er Informationen hatte.

»Und woher willst du das überhaupt wissen?«, bohrte Kevin weiter.

»Mein Vater ...«, setzte Theo an.

Er ließ das Wort in der Luft hängen, dann blickte er ernst zu Boden und schüttelte den Kopf, ein Mann, der Bescheid weiß, aber nicht darüber sprechen darf. Antoine hielt es nicht länger aus:

»Was ist mit deinem Vater?«

Seit der Rauferei am Nachmittag hatte eine Einmischung Antoines ein ganz neues Gewicht. Sie zwang Theo, ihn zu überbieten. Er warf einen Blick über die Schulter, um sich zu vergewissern, dass niemand ihnen zuhörte.

»Er hat mit dem Gendarmeriehauptmann gesprochen ... Man weiß jetzt, wie es passiert ist.«

»Was weiß man?«

»Sagen wir mal so ...« Geduldig holte Theo tief Luft. »... es gibt Beweise. Sie wissen jetzt, wo sie nach der Leiche suchen müssen. Es kann sich nur noch um Stunden handeln. Aber mehr kann ich wirklich nicht verraten.«

Er sah Antoine an, Émilie, die anderen und fügte hinzu:
»Tut mir leid.«

Dann drehte er sich langsam auf dem Absatz um, überquerte den Vorplatz und betrat die Kirche.

Das war eindeutig geblufft, aber warum hatte Theo zuallererst Antoine so durchdringend angesehen? Émilie klemmte eine Haarsträhne zwischen Daumen und Zeigefinger und zwirbelte sie nachdenklich. Wenn sie mit Theo ging (das blieb für Antoine weiterhin ein Rätsel), wusste sie dann auch Bescheid? Sie hatte sich nicht an der Diskussion beteiligt, hatte kein Wort gesagt. Antoine wagte nicht, sie anzusehen.

»Gut, ich geh dann auch«, verkündete sie schließlich.

Sie ließ die anderen stehen und betrat ebenfalls die Kirche.

Antoine wäre am liebsten abgehauen. Vermutlich hätte er das auch getan, wenn nicht seine Mutter in diesem Augenblick aufgetaucht wäre.

»Na los, Antoine!«

Um ihn herum wurden Zigaretten ausgedrückt, Hüte und Mützen gezogen, dann schloss sich die Kirchentür.

Gott will, du sollst empfangen, gebären seinen Sohn. Wie kann ich dies erlangen, erkenne keinen Mann. Gott sendet seinen Geist, der wird dich überschatten, damit du Mutter seist.

Antoine saß, an der Seite seiner Mutter, nah beim Mittelgang, und fast genau vor sich sah er Émilies Nacken, der normalerweise großen Eindruck auf ihn machte, aber nicht an diesem Abend. Theos Worte gingen ihm unentwegt im Kopf herum. Man hatte Beweise … Unwillkürlich griff er sich ans Handgelenk. Wenn das stimmte, worauf warteten sie dann noch? Warum hatte man ihn nicht längst abgeholt?

Vielleicht wegen der Messe …

Ich heiße Sie alle herzlich willkommen in dieser Heiligen Nacht, in der wir voll Freude die Geburt Christi feiern.

Der Pfarrer war ein junger, bartloser Mann, füllig, mit fleischigen Lippen und fiebrigem Blick. Er positionierte sich leicht von der Gemeinde abgewandt, als wäre er schüchtern, als sorgte er sich, jemandem zu nahe zu treten, aber es war bekannt, dass er von einem strikten, strengen und fordernden Glauben beseelt war, der in erstaunlichem Gegensatz zu seiner äußeren Erscheinung stand. Man konnte sich gut vorstellen, wie er sich nackt, dickbäuchig und aufgedunsen in einer Mönchszelle geißelte.

… der uns zu sich ruft und uns Freude, Frieden und Hoffnung bringt.

Links vom Altar scharten sich einige Frauen um Monsieur Mouchotte, der sie um Kopf und Schultern überragte, davor stand die kleine Orgel, die Madame Kernevel schon seit über dreißig Jahren ertönen ließ.

In regelmäßigen Abständen wandten sich Köpfe zur Kirchentür. Man war schwer enttäuscht über das Fehlen des Ehepaars Desmedt. Man konnte die beiden natürlich verstehen, aber trotzdem, zur Weihnachtsmesse … Köpfe wandten sich der Tür zu, es wurde getuschelt.

Dann kamen sie schließlich.

Sie gingen untergehakt wie ein altes Brautpaar. Bernadette sah aus, als wäre sie um mehrere Zentimeter geschrumpft. Ihr Gesicht war kreidebleich, unter den Augen lagen tiefe Schatten. Monsieur Desmedt presste die Lippen aufeinander wie ein Mann, der nur mit Mühe die Haltung wahrt. Valentine, ihre Tochter, folgte ihnen, in einer roten Hose, die in dieser Kirche und dieser Situation unangemessen wirkte. Émilie sprach aus, was alle dachten, als sie bemerkte, Valentine sei ein »Flittchen«, was Antoine schockierte, aber zugleich seine Phantasie anregte.

Als die Familie an ihnen vorbeiging, konnte Antoine den schweren, strengen und groben Geruch Monsieur Desmedts wahrnehmen.

Nachdem die drei vorüber waren, sah Antoine, wie sich Valentines roter, runder Hintern mit gewaltiger Ausdruckskraft hin und her wiegte, was ihm einen fremdartigen Geschmack im Mund verursachte.

Herr Jesus Christus, Du bist vom Vater gesandt, zu heilen, was verwundet ist …

Die Familie Desmedt ging langsam den langen Mittelgang entlang.

Auch wenn die Messe nicht für sie unterbrochen wurde, rief ihr Vorübergehen doch eine ganz eigene Art von Stille hervor, schwingend, respektvoll, bewundernd, schmerzlich und feierlich.

Herr, unser Gott, in dieser hochheiligen Nacht ist uns das wahre Licht aufgestrahlt. Lass uns dieses Geheimnis im Glauben erfassen und bewahren, bis wir im Himmel den unverhüllten Glanz Deiner Herrlichkeit schauen. Darum bitten wir Dich durch Jesus Christus, unseren Herrn.

Die Ankunft der Desmedts hatte einem Einzug von Büßern geähnelt. Bernadette konnte nur mühsam gehen. Monsieur Desmedt hingegen näherte sich dem Querschiff langsam, aber wild entschlossen, mit gesenktem Kopf und schweren Schritten, als stünde ihm ein Treffen mit dem Priester bevor, als wäre er bereit, es mit Gott höchstpersönlich aufzunehmen.

Am Ende des Gangs blieben sie stehen. In der ersten Bank war kein Platz mehr. Sie wandten sich also wieder dem Hauptschiff zu, als wollten sie es in entgegengesetzter Richtung durchqueren und wieder hinausgehen. Valentine war an die Seite ihrer Mutter getreten. Alle drei standen nebeneinander der Gemeinde zugewandt. Und in dem Bild des seine Wut zurückhaltenden Stiers, der zugrunde gerichteten Frau und ihrer noch unreifen Tochter, die Sex und Scheitern ausstrahlte, lag etwas Herzzerreißendes. Man hätte meinen können, dass diese Familie, der offenkundig der kleine Rémi fehlte, Gott das Bild ihrer Verzweiflung darbot.

Niemand wusste, was als Nächstes passieren würde. Obwohl Antoine weit entfernt saß, spürte er die erbitterte Energie, die von Monsieur Desmedt ausging, als dieser den Kopf hob und die Versammlung anstarrte. Er konnte es sich nicht verkneifen, einen Blick zu Monsieur Mouchotte hinüberzuwerfen, der seit dem Vorfall in der Fabrik, als Monsieur Desmedt ihn geohrfeigt hatte, Rémis Vater gegenüber einen verzehrenden Hass hegte. Unbestreitbar hatte Monsieur Desmedt sich in Beauval durch seine Zanksucht ein paar verlässliche Feindschaften erarbeitet. Dennoch kam angesichts des Anblicks, den er bot, plötzlich Bewegung in die erste Reihe, einige Leute standen überstürzt auf, um Platz zu machen, und liefen durch die Seitenschiffe zum hinteren Ende der Kirche. Die Familie Desmedt setzte sich. Dem Priester gegenüber, der die Messe zelebrierte.

Ja, uns ist ein Kind geboren, ein Sohn ist uns geschenkt ...

Als die Desmedts aus Antoines Blickfeld verschwunden waren, wandte Émilie sich zu ihm um und sah ihn seltsam nachdrücklich an.

Sollte das eine Frage sein? Wusste sie etwas?

Fieberhaft versuchte er, die Bedeutung dieses Blicks zu erfassen, doch sie hatte sich schon wieder weggedreht. War es eine Botschaft? Was wollte sie ihm sagen?

Sie war seltsam still geblieben, als Theo behauptet hatte: »Sie wissen jetzt, wo sie nach der Leiche suchen müssen.« Instinktiv warf Antoine einen Blick zur Kirchentür.

»Es gibt Beweise ...«

Es traf ihn wie ein Schlag: Antoine begriff, dass Émilie ihm mit ihrem Blick riet, nicht hierzubleiben.

Zu fliehen! Genau! Sie warteten nur auf das Ende der Weihnachtsmesse, um ihn festzunehmen. Er war in die Falle getappt. Draußen würde ihn ein Gendarmeriekordon erwarten.

Am morgigen Tag wird die Schuld der Erde zerstört werden, und herrschen über uns wird der Heiland der Welt.

Antoine wäre in der sich zum Ausgang schiebenden Menge der Gläubigen eingekeilt. Nach und nach würden die Leute sich umdrehen und nach dem Grund suchen, der die Ordnungskräfte mitten in der Nacht auf den Plan gerufen hatte, vor der Kirche, an einem Weihnachtsabend. Und schon bald würde nur noch Antoine den Mittelgang entlanggehen, jeder wiche vor ihm zurück.

Schreie würden ertönen …

Es bliebe ihm keine andere Wahl, als sich den Gendarmen zu stellen oder darauf zu warten, dass hinter ihm mit schweren Schritten Monsieur Desmedt zu ihm käme. Antoine würde sich umdrehen. Rémis Vater hätte sein Gewehr angelegt, den Lauf auf Höhe der Stirn.

Antoine stieß einen Schrei aus, der aber von einem anderen übertönt wurde.

Rémi!

In der ersten Reihe war Bernadette aufgestanden, um nach ihrem Sohn zu rufen. Valentine zog sie am Ärmel, und sie setzte sich langsam wieder hin.

Überrascht von dem Schrei hörte Madame Kernevel auf zu spielen, ungeordnet erstarben die Stimmen des Chors.

Dann setzte donnernd Monsieur Mouchotte wieder ein, dicht gefolgt von der Orgel, und der Chor nahm das unterbrochene Lied mit einer Entschlossenheit wieder auf, die allen befahl, sich im Angesicht der Wirrnis zusammenzuschließen.

Gott, unser Heiland, zeigt uns allezeit Seine Güte und Nachsicht mit uns Menschen. Er ist unser Retter! Er …

Der Pfarrer hielt weiter seine Messe und begegnete all diesen Vorkommnissen, dem Auftauchen der Desmedts, den Irrungen von Orgel und Chor und so weiter, mit einem unendlich kleinen Lächeln, das seine Freude darüber ausdrückte, dass Gott ihn damit betraute, die moralische Strenge in einer Kirchengemeinde aufrechtzuerhalten, die sichtlich jegliche Orientierung verlor. Die chaotisch anmutende Zeremonie bestätigte nur das Bedürfnis seiner Schäfchen, in ihm einen Bruder zu finden, einen Vater, der ihnen den Weg wies. Die Gläubigen, von Umständen überwältigt, die ihre Begriffe überstiegen, verfolgten die Messe indes mit der Schicksalsergebenheit von Verdammten.

Antoine hatte sich beruhigt, nein, man schiebt die Verhaftung eines Kindermörders nicht auf, unmöglich, wenn man sich absolut sicher ist, schickt man die Gendarmerie und nimmt ihn fest. Und was Theos Behauptungen anging, so waren sie einzig und allein dazu bestimmt, ihn das Gesicht wahren zu lassen. Selbst die Andeutungen, die er am Vortag gemacht hatte, waren durch die entscheidende Neuigkeit, die Verhaftung Frankensteins, hinfällig. Antoine wusste, dass der Fleischer aus Marmont nichts zu gestehen hatte, sie würden ihn nicht lange festhalten. Was würde danach geschehen?

… ein Engel trat zu den Hirten und sprach: »Fürchtet euch nicht, denn ich verkünde euch eine große Freude,

die dem ganzen Volk zuteilwerden soll: Heute ist euch in der Stadt Davids der Retter geboren; er ist der Messias, der Herr.«

Der junge Priester, der glaubte, seine Gemeinde fest im Griff zu haben, begann seine Predigt mit ernster, verantwortungsvoller Stimme, beseelt vom göttlichen Willen, mit dessen Weitergabe er betraut war.

Er wusste natürlich, was seit dem Vortag in Beauval vor sich ging (er stand im Ruf, der bestinformierte Mann im ganzen Bezirk zu sein), er kannte den kleinen Rémi, der mit seiner Mutter in die Sonntagsmesse kam (den Ehemann sah man deutlich seltener). An diesem Weihnachtsabend betrachtete er ihn vermutlich als eine Art Engel. Er richtete seinen Blick auf die vordersten Reihen, auf die Eltern und auf die ernsten, schmerzerfüllten Gesichter um sie herum, die den Eindruck vermittelten, der Kummer der Desmedts erfasse wie durch Kapillarwirkung die gesamte Gemeinde. Die Erkenntnis erschütterte ihn: Nirgends war etwas von der Freude zu sehen, welche die Ankunft Christi eigentlich in ihnen hervorrufen sollte.

Es war klar, geblendet von den schweren Ereignissen blieb den Gläubigen der Sinn des Erlebten verborgen. Er machte eine lange Pause.

»Das Leben stellt uns beständig auf die Probe …«, fuhr er schließlich fort.

Seine Stimme war plötzlich laut und klar. Sie hallte in der Kirche wider, und er verstärkte den Echoeffekt noch, indem er die letzten Silben stark dehnte.

»Doch denkt daran: ›*Die Frucht des Geistes aber ist Liebe,*

Freude, Friede, Langmut …‹ Langmut! Seid geduldig, und ihr werdet erkennen!«

Den Mienen seiner Schäfchen nach zu urteilen, war die Botschaft noch nicht durchgedrungen. Er musste deutlicher werden. Also legte der junge Priester los, mit leidenschaftlicher Entschlossenheit; in diesem Landpfarrer steckte ein Missionar, der nur auf seine Chance gewartet hatte.

»Meine lieben Brüder, ich kenne euren Schmerz. Ich teile ihn. Und ich leide mit euch.«

Das war deutlicher, die Blicke der Gemeinde sagten ihm, dass diese Sprache Widerhall fand. Er fühlte sich bestärkt.

»Aber Leid widerfährt uns nicht von ungefähr. Denn was ist Leid? Es ist das wundervollste Werkzeug Gottes, denn es bringt uns Ihm und Seiner Vollkommenheit näher.«

Er hatte sein »wundervoll« mit herrlicher Modulierung versehen. Er war in Schwung, war von der lange vorbereiteten Predigt abgewichen, die er in allen Kirchen der Diözese hatte halten wollen. Jetzt sprach sein Glaube aus ihm. Gott wies ihm den Weg. Nie zuvor hatte er sich von einer höheren Mission durchdrungen gefühlt.

»Ja, denn das Leid, der Schmerz und der Kummer sind unsere Buße …«

Er ließ die Worte verhallen, stützte die Ellenbogen auf den Ambo, neigte sich der Gemeinde entgegen und fuhr mit sanfter Stimme fort:

»Und wozu büßen wir?«

Auf diese Frage folgte langes Schweigen. Es hätte niemanden überrascht, hätte sich irgendwo eine Hand erhoben, wie in der Schule. Der Pfarrer richtete sich wieder auf, reckte den Zeigefinger drohend gen Himmel und schleuderte seiner Zuhörerschaft unwiderruflich entgegen:

»Um das Böse zu überwinden, das in uns allen wohnt! Gott stellt uns auf die Probe, damit wir Ihm beweisen können, wie stark unser Glaube ist!«

Er drehte sich zur Seite und richtete ein paar leise Worte an Madame Kernevel, die mit einem deutlichen Kopfnicken reagierte.

Gleich darauf ertönte die Orgel, gefolgt vom schmetternden Gesang Monsieur Mouchottes. Der Rest des Chors stimmte auf halber Strecke in das Danklied ein:

Heilig, heilig, heilig Gott,
Herr aller Mächte und Gewalten.
Erfüllt sind Himmel und Erde von seiner Herrlichkeit.
Hosanna in der Höhe!
Gelobt sei, der da kommt im Namen des Herrn.
Hosanna in der Höhe!

Die Gemeinde fiel nach und nach in den Gesang ein. Es war schwer zu entscheiden, ob er eine tröstliche und heilsame Wirkung auf die Gläubigen hatte oder ob er lediglich ihren Gehorsam zeigte, aber der Pfarrer war glücklich, er hatte das Nötige getan.

Nach Schlussgebet und Entlassungsruf sah man ihn einen Zettel entfalten, wie er es gewöhnlich für die Verlesung allgemeiner Ankündigungen der Pfarrgemeinde tat.

»Um unser Möglichstes zu tun, unseren lieben, kleinen Rémi Desmedt wiederzufinden, wird morgen früh eine große Suchaktion stattfinden. Die Gendarmerie ruft alle, die sich dazu imstande sehen, dazu auf. Treffpunkt ist um neun Uhr vor dem Rathaus.«

Antoine war von dieser Ankündigung wie betäubt.

Man würde den Wald durchkämmen, man würde Rémi finden. Diesmal gab es kein Entrinnen.

Auch bei den Gläubigen hatte die Nachricht Eindruck hinterlassen, ein Stimmengewirr hob an, das der junge Priester mit einer herrischen Handbewegung unterband.

Dann setzte er eilig zum Schlusssegen an, er musste noch nach Montjoue und hatte keine Zeit zu verlieren.

8

Beim Verlassen der Kirche legten die Männer Monsieur Desmedt die Hand auf die Schulter und flüsterten ihm linkisch etwas zu. Bernadette war auf direktem Wege gegangen, ohne jemanden anzusehen. Valentine, ihre Tochter, blieb auf dem Bürgersteig gegenüber stehen, man fragte sich, worauf sie wartete. Sie hatte die Hände in den Taschen ihres Blousons und sah mit einstudierter Gleichgültigkeit zu, wie die Menge die Kirche verließ.

Antoine hingegen hatte Bauchschmerzen, er hatte Angst, er hatte niemanden zum Reden, er fühlte sich schrecklich allein. Er hatte nicht getrödelt, um nach Hause zu gehen. Er hatte sich durch die Gruppen geschlängelt.

Theo war von seinem üblichen Hofstaat umringt und ließ noch ein paar Indiskretionen durchsickern, die in seiner Umgebung zu aufgerissenen Augen führten. Antoine ging mit raschen Schritten seines Weges. Die Feindschaft zwischen Theo und ihm war mit Händen zu greifen. Wenn Antoine endlich überführt wäre, würde Theo der König der Schule sein, der Stadt, niemand würde ihm je seine Autorität streitig machen können.

Antoine fühlte sich geschlagen, zerquetscht, niedergewalzt.

Vor der Gartentür drehte er sich um und entdeckte weit hinter sich seine Mutter, die Bernadettes Arm genommen hatte. Sie gingen langsam.

Der Anblick der beiden schmerzerfüllten Gestalten hatte eine verheerende Wirkung auf ihn: Seite an Seite Madame Desmedt, die ihren ermordeten Sohn beweinte, und Madame Courtin, die Mutter des Mörders …

Antoine drückte die Tür auf.

Das Haus war erfüllt vom Bratenduft des Geflügels, das seine Mutter beim Weggehen in den Ofen geschoben hatte. Am Fuß des Tannenbaums lagen ein paar Päckchen, die sie immer sehr findig so deponierte, dass er es nicht bemerkte. Er machte kein Licht. Der Raum blieb allein von der blinkenden Lichterkette erhellt. Das Herz war ihm schwer.

Nach der schweren Prüfung der Messe streckte die Aussicht auf die mütterliche Bescherung ihn nieder.

Nur wenig entging Madame Courtins Manie, alle Ereignisse des täglichen Lebens zu einem Ritual zu machen, und der Weihnachtsabend verlief jedes Jahr exakt auf dieselbe Weise. Was für Antoine lange Zeit eine aufrichtige und naive Freude gewesen war, hatte sich im Lauf der Jahre in eine Formsache und schließlich in eine Strafarbeit verwandelt. Dazu ist zu sagen, dass er schrecklich lang dauerte. Sie sahen das Programm im Ersten, aßen um 22 Uhr 30 zu Abend, die Geschenke gab es um Mitternacht … Madame Courtin hatte nie zwischen Weihnachts- und Silvesterabend unterschieden, sie organisierte beide nach demselben Muster, abgesehen von den Geschenken.

Antoine ging hinauf in sein Zimmer, um zu holen, was er für seine Mutter gekauft hatte. Auch das war eine verdammte Aufgabe, jedes Jahr etwas anderes für sie zu finden. Er zog ein Päckchen aus seinem Schrank, es gelang ihm nicht, sich zu erinnern, was es war. Das goldene Etikett, das auf der Ecke klebte, verkündete »Tabak Lotto Geschenke – Rue Joseph-Merlin 11«, das war das Geschäft von Monsieur Lemercier, wenn man reinkam, stand links eine Vitrine mit Messern, Weckern, Zierdeckchen, Notizheften … Aber Antoine konnte sich einfach nicht erinnern, was er dieses Jahr gekauft hatte.

Er hörte, wie seine Mutter die Gartentür aufdrückte, stürzte die Treppe hinunter und legte das Päckchen zu den anderen.

Madame Courtin hängte ihren Mantel auf.

»Oh, là, là … was für eine Geschichte.«

Der Rückweg an Bernadettes Arm hatte sie aufgewühlt. Die zweite Nacht, die sich über das Ausbleiben des kleinen Rémi legte, die Messe, der Pfarrer, der einem sagte, man solle sich aufs Schlimmste vorbereiten, na gut, er sagte es nicht so direkt, aber das war doch die Absicht, die Festnahme von jemandem, den sie kannte – all das führte dazu, dass Blanche Courtin sich an etwas stieß, das ihre Fassungskraft überstieg.

Sie nahm den Hut ab und schlüpfte kopfschüttelnd in die Hausschuhe.

»Ich frage dich …«

»Was?«

Sie band sich die Schürze um.

»Einfach so einen kleinen Jungen zu entführen …«

»Oh, hör auf, Mama!«

Aber Madame Courtin war in Fahrt gekommen. Um Dinge zu begreifen, musste sie sich Bilder schaffen:

»Na, wirklich, kannst du dir das vorstellen, einen sechsjährigen Jungen zu entführen? Und zunächst mal, wozu eigentlich?«

Eine Vision überfiel sie. Sie biss sich in die Faust. Sie brach in Tränen aus.

Zum ersten Mal seit Jahren hatte Antoine das Bedürfnis, zu ihr zu gehen, sie in die Arme zu nehmen, sie zu beruhigen, sie um Verzeihung zu bitten, aber das verstörte Gesicht seiner Mutter brach ihm das Herz, er wagte sich nicht zu rühren.

»Man wird ihn am Ende tot auffinden, den Kleinen, ganz sicher, aber in welchem Zustand …«

Sie hatte nach den Zipfeln ihrer Schürze gegriffen, um sich die Augen zu wischen. Antoine konnte nicht mehr, er verließ den Raum, rannte in sein Zimmer hinauf und warf sich aufs Bett. Er begann zu schluchzen.

Er hörte nicht, wie seine Mutter hereinkam. Er spürte nur ihre Hand, die sich ihm in den Nacken legte. Er schob sie nicht zurück. War das der Augenblick der Geständnisse? Das Gesicht ins Kissen gedrückt, ersehnte Antoine es sich mehr als jemals, schon suchte er nach Worten. Aber der Moment der Erlösung war nicht gekommen.

Madame Courtin sagte:

»Mein armer Junge, das macht dir auch Kummer, nicht, diese Geschichte … Ach, was war der Kleine doch für ein verdammt lieber Junge …«

Jetzt sprach sie von Rémi in der Vergangenheit. Sie

verharrte eine ganze Weile, dachte über diese Grausamkeit nach, während Antoine dem Pochen des Bluts in den Schläfen zuhörte, das so dumpf war, dass er Kopfweh davon bekam.

Zum ersten Mal wurde das Weihnachtsritual durcheinandergebracht.

Madame Courtin schaltete den Fernseher ein, aber sah nicht hin. Der Kapaun war so gewaltig wie in den Jahren zuvor (er sollte unbedingt immer wie ein amerikanischer Truthahn aussehen, riesig, wie in den Zeichentrickfilmen, die ganze Woche aßen sie dann davon), sie setzten sich zu Tisch, ohne auf die Uhrzeit zu achten.

Antoine aß nichts. Seine Mutter kaute ein Stück Brust, den Blick zum Fernseher gerichtet. Die Unterhaltungsmusik erfüllte das Esszimmer, Lachen, Rufe; freudestrahlende Showmaster hielten ihr Mikrofon wie Eiswaffeln und brüllten die üblichen Sprüche.

Seine Mutter, die mit den Gedanken woanders war, räumte wortlos seinen Teller ab, was gar nicht zu ihr passte. Sie brachte den Weihnachtskuchen, einen Kuchen, den Antoine immer verabscheut hatte, dann sagte sie mit einer Stimme voll schlichter Herzlichkeit, die munter wirken sollte:

»Wie wär's, wenn wir jetzt endlich die Geschenke ansehen würden?«

Ausnahmsweise hatte sein Vater keinen Fehler gemacht. Das Päckchen enthielt tatsächlich die PlayStation, um die Antoine ihn gebeten hatte, aber er empfand darüber nur eine abstrakte Freude, weil er sich allein fühlte. Mit wem würde er spielen? Er konnte sich nicht vorstellen, dass es ein Morgen geben könnte. Wenn er festgenommen würde, hätte er dann das Recht, sie mitzunehmen?

»Denk dran, deinen Vater anzurufen«, erinnerte ihn Madame Courtin, während sie ihr eigenes Päckchen aufmachte.

Sie übertrieb die Ungeduld, was mag das nur sein … Endlich erinnerte sich Antoine, was er gekauft hatte: Ein kleines Holzchalet, dessen Dach man abnehmen konnte, woraufhin es Musik spielte.

»Wie wunderschön!«, rief seine Mutter bereits. »Ja, wo hast du das denn gefunden, das ist ja herrlich!«

Sie zog den Mechanismus auf und hörte lächelnd zu, während sie in ihren Erinnerungen kramte. Es war die Art Musik, die ein jeder schon tausend Mal gehört hat, ohne sich je Gedanken darüber zu machen, was es ist.

»Ach, das kenne ich«, murmelte Madame Courtin und suchte die Gebrauchsanweisung.

Sie las:

»*Edelweiss* (R. Rodgers). Ah, ja, vielleicht …«

Sie stand auf und gab Antoine, der schon angefangen hatte, seine PlayStation anzuschließen, einen Kuss. Da es sich um ein Geschenk seines Vaters handelte, musste ja irgendetwas falsch sein, er hatte sich *Crash Team Racing* gewünscht und es war *Gran Turismo*, die Version vom Jahr davor.

Madame Courtin räumte den Tisch fertig ab, spülte das Geschirr, dann kam sie mit dem Glas Wein zurück ins Wohnzimmer, das sie sich während des Essens eingeschenkt, aber nicht angerührt hatte. Sie sah Antoine, wie er den Stick seines Spiels in der Hand hielt, aber ins Leere blickte, er starrte auf einen unbekannten Punkt irgendwo jenseits der Wand. Sie wollte gerade eine Frage stellen, als die Türklingel ertönte.

Sofort schreckte Antoine panisch zusammen. Wer konnte das sein, an so einem Abend, zu so einer Stunde …?

Selbst Madame Courtin, die kein ängstliches Wesen hatte, ging zögernd zur Tür. Sie klappte den Spion auf, drückte die Stirn an die Tür und öffnete eilig.

»Valentine!«

Das junge Mädchen entschuldigte sich.

»Es ist wegen meiner Mutter, sie hat sich in ihrem Zimmer eingeschlossen und macht niemandem auf und antwortet nicht … Papa fragt, ob …«

»Ich komme!«

Madame Courtin lief mehrfach zwischen Haustür und Küche hin und her, hakte ihre Schürze auf, suchte ihren Mantel …

»Aber komm doch rein, Valentine!«

Von Nahem gesehen hatte das junge Mädchen nicht ganz die Miene, die Antoine früher am Abend an ihr gesehen hatte, jenes herablassende Schmollgesicht, den verächtlichen Blick. Ihr Lippenstift, in kräftiger Farbe, unterstrich noch die Blässe ihres Gesichts. Die Augen, durch einen breiten dunkelblauen Lidstrich betont, waren tränennass. Sie machte einen Schritt Richtung Wohnzimmer, musterte Antoine, der sich erhob. Sie begnügte sich mit einem Nicken, auf das er mit der Andeutung eines Winkens reagierte. Er sah das junge Mädchen an, sie zeigte jetzt eine gleichgültigere Miene, als wäre sie allein und niemand sähe sie.

Sie trug dieselben Sachen wie vorher in der Messe, eine rote Jeans und einen weißen Kunstlederblouson, den sie seufzend öffnete, als würde ihr plötzlich bewusst, was für eine außergewöhnliche Hitze im Raum herrschte, und entblößte dabei einen rosafarbenen Mohairpulli, der sich eng an eine Brust schmiegte, die Antoine unglaublich rund fand. Er fragte sich, wie Brüste so sein konnten, er hatte noch nie so welche gesehen, so runde. Durch die Wolle erkannte man sogar die Brustwarzen. Ihr Parfüm erinnerte an eine bekannte Blume, aber welche …

»Ja, wie …«, fragte Madame Courtin, den Mantel schon über der Schulter, »bist du nicht fertig?«

»Komme ich auch mit?« fragte Antoine.

»Allerdings, also wirklich! Unter den Umständen …«

Sie sah Valentine betreten an.

Antoine begriff nicht, inwiefern »die Umstände« seine Anwesenheit erforderlich machten. Sagte sie das, weil Valentine dabei war?

»Gut, ich geh los, du kommst nach, Antoine, ja?«

Die Aussicht, das Haus der Nachbarn zu betreten, sich Monsieur Desmedt gegenüber zu sehen, fuhr ihm in den Magen.

Die Tür schlug zu.

Auf der Suche nach einem Ausweg ließ er den Blick schweifen.

»Was ist das?«

Er drehte sich rasch um. Valentine war Madame Courtin nicht gefolgt, sie war noch da, stand vor ihm. Sie hatte den Joystick der PlayStation in der Hand, beide Griffe zur Decke gerichtet. Sie hielt einen davon, wie sie es mit dem

Stiel eines Hammers getan hätte, und tat zutiefst neugierig. Dann begann ihre zierliche kleine Hand, ihn zu betasten, ihn mit gestrecktem Zeigefinger abzufahren, als würde sie ihn entdecken und seinen Glanz, seine Textur ergründen, aber während sie das tat, hatte sie ihren Blick in den von Antoine versenkt.

»Was ist das?«, wiederholte sie.

»Das ... das ist zum Spielen«, stammelte er.

Sie lächelte und sah ihn starr an, ohne aufzuhören, mit dem Joystick zu hantieren.

»Ach, zum Spielen ...«

Antoine pflichtete vage bei, dann haute er ab, rannte die Treppe hinauf, in sein Zimmer, holte tief Luft, sein Herz schlug wie rasend. Er überlegte, weshalb er hergekommen war. Ach ja, die Schuhe. Er setzte sich aufs Bett.

Wieder überkam ihn Erschöpfung, er konnte der Versuchung nicht widerstehen, sich hinzulegen, die Augen zu schließen.

Er sah die Hand von Valentine vor sich, spürte noch ihre magnetische Anwesenheit. Ihn hatte eine so intensive und schmerzhafte Verwirrung ergriffen, dass er zu seiner Ungeduld zurückfand.

Die Ungeduld, geschnappt zu werden, verhaftet zu werden.

Die Ungeduld, zu gestehen. Endlich befreit zu sein. Schlafen können, schlafen.

Angesichts der Unmöglichkeit, so zu leben, mit dieser Angst, mit diesen Bildern, verblassten die schrecklichen Folgen seines Schuldbekenntnisses. Sobald er die Augen schloss, so wie jetzt, erschien ihm Rémi.

Immer dasselbe Bild.

Der kleine Junge, der in dem schwarzen Loch lag und ihm die Hände hinstreckte …

Antoine!

Oder es blieb nur noch die Hand, die versuchte, sich festzuklammern, und Rémis Stimme, die sich entfernte, die dünner zu werden schien.

Antoine!

»Schon im Bett?«

Antoine zuckte zusammen, als hätte er einen elektrischen Schlag bekommen.

Valentine stand in der Tür, sie hatte ihren Blouson ausgezogen, ihn nachlässig über die Schulter geworfen und hielt ihn am gekrümmten Zeigefinger.

Sie nahm das Zimmer mit einer Neugier in Augenschein, die nichts von Neugier hatte, und ging noch ein paar Schritte, mit wiegendem und tänzelndem Schritt, den Antoine nicht an ihr kannte. Das Parfum, das er vorhin wahrgenommen hatte, erfüllte den ganzen Raum.

Valentine sah ihn nicht an. Sie spazierte langsam durch das Zimmer wie eine zerstreute und gleichgültige Museumsbesucherin.

Antoine war es sehr heiß und er suchte nach Haltung. Er bückte sich, griff nach seinen Schuhen und begann, sie zu binden, die Stirn tief unten, den Blick auf den Boden geheftet.

Er spürte, wie Valentine näherkam, in sein so gut wie möglich geschlossenes Blickfeld trat. Sie stellte sich vor ihn, leicht breitbeinig; er sah nur ihre weißen Tennissocken, den unteren Teil ihrer leicht feuchten roten Hose.

Hätte er den Kopf gehoben, so hätte er den Blick auf Höhe des Gürtels gehabt.

Er setzte sein Tun fort, aber seine zitternden Hände gehorchten ihm nicht mehr, eine beinahe schmerzhafte Erektion hatte ihn gepackt. Valentine rührte sich nicht. Sie schien geduldig zu warten, bis er endlich fertig war. Da erhob sich Antoine mit einem Satz, ging an ihr vorbei, um eine Berührung zu vermeiden, aber es war so wenig Platz, dass er das Gleichgewicht verlor und aufs Bett fiel. Er wandte sich mit der Lebhaftigkeit eines Fisches außer Wasser ab, damit das junge Mädchen die Ausbeulung nicht sah, die seine Hose hatte anschwellen lassen. Er erhob sich, war bereits an der Tür …

Valentine hatte sich nicht umgedreht. Ihre Jacke war zu Boden gefallen. Er sah sie von hinten.

Breitbeinig stand sie vor dem Bett, hatte die Arme vor sich verschränkt und umfasste ihre Schultern. Antoine bemerkte die bonbonrosa lackierten Finger. Er konnte nicht umhin, den Blick auf ihre runden, so fest wirkenden Pobacken zu heften, auf ihre schmalen Schenkel und auf das Rückenteil ihres Büstenhalters, der in der Mitte ihres Rückens einen leichten Vorsprung bildete.

Ihm wurde unbehaglich. Er war unfähig zu sagen, ob er das Gleichgewicht verlor oder Valentine gerade wankte, ob sie unmerklich das Becken bewegte, in einem reglosen, stummen und lasziven Tanz.

Antoine stützte sich an den Türrahmen. Er brauchte Luft. Raus. Sofort.

Mit großen Sätzen sprang er die Treppe hinunter, stürzte in die Küche zur Spüle, drehte den Hahn weit auf, tauchte das Gesicht in die Hände. Dann schnaubte er. Griff nach dem Handtuch, rieb sich ab.

Als er es zurückhängte, sah er kurz Valentines Gestalt, die durch den Flur auf die Haustür zuging. Außenluft drang in den Raum; Antoine rannte los. Valentine war bereits auf der Straße und ging mit entschiedenen Schritten, ohne Eile. Sie betrat den Garten ihrer Eltern, den sie teilnahmslos durchquerte, und ging ins Haus, ohne sich damit aufzuhalten, die Tür hinter sich zu schließen, so sicher war sie sich, dass Antoine hinter ihr herrannte.

Bevor er es merkte, war er bei den Desmedts.

Der typische Geruch dieses Hauses sprang ihm entgegen. Er hatte ihn nie gemocht, eine Mischung aus Kohl, Schweiß, Bohnerwachs …

Antoine tat einen Schritt und blieb abrupt stehen.

Vor ihm, am äußersten Ende des langen Wohnzimmertischs, saß Monsieur Desmedt und blickte ihn starr an.

Plötzlich hatte er die Gewissheit, dass Valentine tatsächlich mit dem einzigen Ziel gekommen war, ihn dort hinzuführen, vor ihren Vater.

Das junge Mädchen tat, als trödele sie im Zimmer herum, blätterte nachlässig in der Fernsehzeitschrift, fuhr zerstreut mit dem Zeigefinger über die Kante der Kommode. Dann musterte sie Antoine. Das war nicht mehr dieselbe Person. Die oberflächliche Teenagerin war vom Schatten ihres kleinen Bruders eingeholt worden, der wie eine Drohung im Raum schwebte. Sie wandte sich abrupt ab, ging die Treppe hinauf und verschwand ohne eine Geste, ohne einen Blick.

»Sind da oben«, sagte Monsieur Desmedt mit Grabesstimme.

Mit einer Kopfbewegung deutete er zum ersten Stock, aus dem undeutliches Flüstern drang. Das Wohnzimmer wurde nur durch die Küchenglühbirne und die Lichterkette des Tannenbaums erhellt, genau die gleiche wie bei den Courtins. Sicher im selben Geschäft gekauft.

Antoine war wie gelähmt. Monsieur Desmedt hatte sein leeres Glas und eine Flasche Wein vor sich stehen. Seine Miene war nachdenklich, und er hielt den Blick gesenkt. So verharrte er eine ganze Weile, dann schien er sich mit einem Mal zu erinnern, dass er nicht allein war. Er deutete auf den Stuhl neben sich. Antoine hatte Angst, er würde aufstehen und ihn von der Tür wegholen, um ihn zu nötigen, sich zu setzen. Schüchtern machte er ein paar Schritte. Je näher er kam, je besser er ihn sah, umso größere Angst jagte der massige und grobe Mann ihm ein.

»Setz dich …«

Der Stuhl, den Antoine zurückzog, verursachte das Geräusch von Kreide auf einer Tafel. Monsieur Desmedt sah ihn eine ganze Weile an.

»Du kanntest Rémi doch gut … nicht wahr?«

Antoine presste leicht die Lippen zusammen, ja, na ja, also ein bisschen …

»Denkst du, der Junge reißt aus? Mit sechs?«

Antoine schüttelte den Kopf.

»Denkst du, der läuft einfach so in die Pampa? Und findet dann den Rückweg nicht mehr, wo er hier geboren ist?«

Antoine begriff, dass die Fragen von Monsieur Desmedt keine echten Fragen waren, sondern Gedanken, die er seit mehreren Stunden ständig wiederkäute. Er antwortete nicht.

»Und warum suchen sie ihn nicht in der Nacht, sag? Haben die keine Lampen bei der Gendarmerie?«

Antoine breitete leicht die Arme aus, außerstande zu einer Erklärung.

Der Geruch von Monsieur Desmedt war sehr unangenehm, dazu kam noch der des Weines, von dem er sicher zu viel getrunken hatte.

»Ich geh jetzt …«, murmelte Antoine.

Da Monsieur Desmedt sich nicht rührte, erhob er sich vorsichtig. Man hätte meinen können, er wolle ihn nicht wecken.

Da drehte Monsieur Desmedt sich rasch zu ihm, packte ihn bei den Hüften und zog ihn an sich. Seine Arme umschlangen Antoine auf Höhe des Gürtels, er drückte den Kopf gegen seine Brust und brach in Schluchzen aus.

Antoine hätte unter dem Gewicht beinahe nachgegeben, schaffte es aber standzuhalten. Er sah den feisten weißen Nacken von Rémis Vater, der vom Schluchzen erschüttert wurde, roch seinen starken Geruch.

Gefangen in den starken Armen dieses Mannes wäre er am liebsten gestorben.

Auf der Kommode standen Familienfotos in ungleichen Rahmen. Einer davon war leer, es war der, der das Bild enthalten hatte, das den Gendarmen ausgehändigt worden und in den Fernsehnachrichten gezeigt worden war, Rémi in seinem gelben T-Shirt und mit seiner Strähne …

Man hatte die anderen Rahmen nicht anders hingestellt, um den leeren Platz zu füllen. Man wartete, dass Rémis Foto seinen Platz wieder einnahm, dass die Dinge endlich wieder in Ordnung kamen.

9

Der Tag schien nicht anbrechen zu wollen, über der Stadt hing ein milchweißer, eintöniger Himmel. Die ersten Ankömmlinge fanden Monsieur Desmedt vor seinem Garten unter der Lampe des Glasdachs, er trug schwere Stiefel und einen beigefarbenen Parka und hatte die Fäuste in den Taschen geballt. Er zeigte das verschlossene Gesicht schlechter Tage.

Es waren viel mehr Männer als Frauen, aber auch ein paar Jungen, älter als Antoine, Sechzehn- und Achtzehnjährige, die er nur vom Sehen kannte.

Antoine hatte in der Nacht kein Auge zugetan, er fühlte sich vollkommen leer und schwach. Als er von seinem Fenster aus die Menge sah, die sich vor dem Haus der Desmedts sammelte, um zum Rathaus zu ziehen, verlor er den Mut.

»Wie, du kommst nicht mit?«

Madame Courtin war empört. Wie würde man über ihn urteilen, wenn er nicht mitging, was würde man von ihm denken, von ihr, von ihnen? Und sei es nur für Bernadette … Die ganze Stadt würde sich an der Suchaktion beteiligen, das war eine Pflicht!

»Die Mouchottes gehen auch nicht hin!«, sagte Antoine.

Ihm war klar, dass das ein böswilliges Argument war, niemand hasste die Desmedts mehr als die Mouchottes, es hieß sogar manchmal, es sei ein Glück, dass ihre beiden Häuser durch das der Courtins voneinander getrennt seien, sonst hätten sich die beiden Männer schon längst gegenseitig massakriert.

»Also wirklich«, sagte Madame Courtin, »du weißt doch …«

Um die Diskussion abzukürzen, gab Antoine nach und ging hinunter.

Er gab einigen Leuten die Hand und versuchte, sich möglichst weit entfernt von der Familie Desmedt zu halten, wobei die ohnehin ziemlich belagert war. Valentine trug noch immer ihre rote Jeans, deren Farbe jedoch im Licht dieses traurigen Morgens verblichen schien, und das Mädchen selbst wirkte inmitten der kleinen Menschenmenge älter, fehl am Platz, unwichtig.

Gemeinsam begaben sich die Leute in einem langen Zug in Richtung des Sammelpunktes.

So sehr man auf Höhe der Desmedts respektvolles Schweigen wahrte, so sehr wurde weiter hinten getuschelt und geredet. Zunächst mal dieser Weiher … Also wirklich, seit Jahren schon soll der Zugang gesichert werden, aber die Stadtverwaltung unternimmt nichts.

Und dann diese Suchaktion, ging die von der Stadt aus oder von der Präfektur?

Die dörfliche Gereiztheit, die seit zwei Tagen im Ort schwelte, fand in diesen ungewöhnlichen Umständen ein neues Ventil, man klagte über die Stadtverwaltung, das heißt über den Bürgermeister, das heißt über den Chef der Firma Weiser. In dieser unbestimmten Verärgerung lag all die Feindseligkeit, die aufgrund der sozialen Unsicherheit seit langem auf der Gemeinschaft lastete und die sich, weil sie sich nicht offen ausdrücken konnte, nun auf dieses Ereignis übertrug.

Der Zivilschutz hatte zwei große weiße Zelte vor dem Rathaus aufgestellt, dort standen Feuerwehrleute und Gendarmen. Und wo sind die Hunde?, fragte jemand. Madame Courtin unterhielt sich mit der Lebensmittelhändlerin. Antoine versuchte zuzuhören, verstand aber nichts; in seinem Kopf dröhnte ein dumpfes Grollen, ein ständiges Vibrieren, die Geräusche drangen wie durch Watte zu ihm, er fing eine Silbe hier, einen Satzfetzen da auf, he, Antoine! Er drehte sich um. Es war Theo.

»Du darfst hier nicht sein!«

Antoine öffnete den Mund, und warum sollte er nicht … Der Sohn des Bürgermeisters blies sich auf und verkündete fröhlich die schlechte Nachricht.

»Man muss volljährig sein, um mitmachen zu dürfen!«, erklärte er, als wäre er selbst von dieser Vorschrift nicht betroffen.

Madame Courtin drehte sich hastig zu ihnen um.

»Stimmt das?«

Ein Gendarm kam hinzu, derjenige, der Antoine am Tag zuvor vernommen hatte.

»Man muss mindestens sechzehn sein …«

Er musterte die beiden Jungen mit einem angedeuteten Lächeln und fügte hinzu:

»Schön, dass ihr mithelfen wollt, aber …«

Die Menge wuchs unablässig, ständig kamen neue Leute. Man gab sich die Hand, man setzte eine bescheidene, aber entschlossene Miene auf. Der Bürgermeister beriet sich mit Männern vom Zivilschutz, mit Gendarmen. Man hatte Generalstabskarten ausgerollt. Ein Lieferwagen kam mit vier Hunden, die an ihren Leinen zerrten. Na, also doch!, sagte jemand.

Es dauerte eine ganze Weile, bis die Gruppen eingeteilt waren, die jeweils entweder einem Gendarmen oder einem Feuerwehrmann unterstellt wurden. Die Anweisungen wurden klar und entschlossen formuliert. Die Männer nickten unter ihren Mützen und Kapuzen.

Antoine zählte etwa zehn Gruppen zu je acht Personen.

Das Fernsehen kam und machte Eindruck. Ein Kameramann schwenkte über eine Menge, die darauf bedacht war, diszipliniert, engagiert und verantwortungsvoll zu wirken. Die Journalistin hatte die Qual der Wahl, jeder hatte etwas zu sagen. Eine Frau, die Antoine noch nie gesehen hatte, schilderte, wie sehr sie das alles mitnehme, sie drückte die geballten Hände an die Brust, man hätte schwören können, sie sei die Mutter des verschwundenen Kleinen. Während sie über ihre Gefühle redete, stellte sich die Journalistin auf die Zehenspitzen und suchte verzweifelt nach den Eltern. Als sie sie entdeckte, ließ sie die Frau nicht einmal den Satz zu Ende sprechen und bahnte sich mit den Ellbogen im Zickzackkurs einen Weg durch die Menge, gefolgt vom Kameramann. Schließlich gelangten sie zum weißen Zelt.

Als Madame Desmedt die beiden erblickte, brach sie in Tränen aus. Der Kameramann legte rasch die Kamera an.

Die Bilder, die in diesem Augenblick aufgenommen wurden, würden innerhalb von zwei Stunden in ganz Frankreich die Runde machen.

Die Verzweiflung von Madame Desmedt und ihre Worte zerrissen einem das Herz. Bringt ihn mir zurück. Vier kaum hörbare Worte.

Bringt ihn mir zurück.

Gesagt mit gebrochener, bebender Stimme.

Erschüttert verstummten die Umstehenden nach und nach, Schweigen breitete sich aus und rief eine unfreiwillige andächtige Stille hervor, von der man fürchtete, sie werde sich als Prophezeiung erweisen.

Der junge Gendarm stieg mit einem Megaphon in der Hand die Stufen vor dem Rathaus hoch, während Mitarbeiter, die Armbinden trugen, Flugblätter verteilten.

»Ich danke Ihnen allen, dass Sie gekommen sind, noch dazu an solch einem Tag ...«

Jeder fühlte sich heimlich geschmeichelt und hatte das Gefühl, doppelt hilfsbereit und großzügig zu sein.

»Wir bitten Sie, die verteilten Anweisungen sehr sorgfältig zu lesen. Beeilen Sie sich nicht, konzentrieren Sie sich auf alles, was Sie sehen. Es ist überaus wichtig, dass jeder Quadratmeter, den wir abgesucht haben, definitiv von unseren weiteren Suchen ausgeschlossen werden kann. Habe ich mich verständlich ausgedrückt?«

Es folgte zustimmendes Gemurmel.

Während der Ansprache war Antoine von der Ankunft des Pfarrers abgelenkt worden, der zusammen mit Madame Antonetti eingetroffen war.

»Es wurden neun Gruppen gebildet. Vier werden mit

den Hundeführern in Richtung Weiher aufbrechen, drei weitere gehen zum westlichen Rand des Staatsforstes und die übrigen beiden Gruppen in Richtung Saint-Eustache.«

Antoine erstarrte. Es war vorbei. Er empfand Erleichterung.

Jetzt wusste er, was geschehen würde, er wusste, was er tun würde. In gewisser Weise war jetzt alles einfacher.

»Nach der Mittagspause werden wir die Marschrichtungen der verschiedenen Gruppen entsprechend den Fortschritten, die wir bis dahin gemacht haben, anpassen. Wenn die Suche heute zu keinem Ergebnis führt, werden Sie morgen noch einmal zur Mithilfe gebeten.«

In diesem Augenblick erschien Monsieur Kowalski.

Er ging mit langsamen, zögernden Schritten. Wo er vorbeikam, verstummten die Leute, alle wichen zurück, nicht aus Ehrerbietung, sondern weil der Mann wie mit einem Mal gezeichnet schien. Sie haben ihn freigelassen …, konnte man auf allen Lippen lesen. Man blickte sich vorsichtig an. Hatte man ihn vorübergehend freigelassen? Niemand hatte etwas davon gewusst.

Je näher Monsieur Kowalski dem Rathaus kam, desto mehr Menschen fingen in seinem Rücken an zu tuscheln. Freigelassen, nun gut, sagte man, aber vielleicht nur aus Mangel an Beweisen … Denn schließlich verhaftet man nicht jeden x-Beliebigen, man verhaftet nur die, die irgendwie in die Sache verwickelt sind. Kein Rauch ohne Feuer. Kowalski … Angeblich läuft sein Laden gar nicht gut, deshalb muss er die Dörfer in der Gegend abklappern, um über die Runden zu kommen.

Kowalskis Gesicht aber verriet keine Regung, es war lang und knorrig wie immer, mit den hohlen Wangen, den dicken Augenbrauen …

Er kam dicht an Antoine und dessen Mutter vorbei. Madame Courtin wandte ihm demonstrativ den Rücken zu. Er gelangte zum Gendarmen, blieb stehen und breitete leicht die Arme aus, ich bin da, sagen Sie mir, was Sie von mir erwarten.

Der Gendarm musterte die verschiedenen Gruppen und spürte sofort deren negative Energie. Man drehte sich weg, die Blicke wandten sich ab, ein paar trieben es noch weiter und gingen bereits los, ohne zu warten.

»Nun …«, sagte der Gendarm, und in seiner Stimme schwang ein Hauch von Resignation mit. »Gut, Sie kommen mit uns.«

Die Menge brach auf, die Unterhaltungen setzten wieder ein, der Boden war bereits mit den Flugblättern des Zivilschutzes übersät.

Nachdem Antoine nach Hause zurückgekehrt war, lehnte er sich lange aus dem offenen Fenster seines Zimmers und blickte in die Ferne. Sobald sie die Leiche gefunden hatten, würden sie sich melden, man würde dann die Blaulichter sehen, die drüben auf der Straße den Hang in Richtung Saint-Eustache hochfuhren.

Schließlich machte er das Fenster zu und ging ins Badezimmer.

Dort leerte er den Medizinschrank. Wie die meisten Franzosen konsumierte Madame Courtin eine große Menge an Medikamenten, es gab von allem und jeweils viel davon. Das machte einen riesigen Haufen Tabletten.

Antoine unterdrückte den Brechreiz und schob sie sich mit vollen Händen in den Mund. Dabei weinte er bitterlich.

10

Die Flutwelle bildete sich tief unten im Magen und fuhr mit einem heftigen Schwall durch ihn hindurch, zermalmte ihm die Nieren und explodierte in seiner Kehle, während es ihn buchstäblich aus dem Bett riss. Er ließ den Kopf über die Bettkante hängen und stieß einen kehligen Schrei aus, der sich aus seinen tiefsten Eingeweiden erhob, ein Gallefaden hing ihm aus dem Mund, während er, ohne Luft zu bekommen, versuchte, das Gleichgewicht zu finden.

Er war erschöpft, sein Rücken ein einziger Schmerz. Bei jeder neuen Welle wollte sein ganzer Körper aus seiner Hülle, wollte sich umstülpen, sich auflösen und fliehen.

Es dauerte über zwei Stunden.

Seine Mutter kam regelmäßig herauf, wechselte die Schüssel, die auf dem Bettvorleger stand, wischte ihm die Mundwinkel ab, betupfte seine Stirn mit einem kalten Tuch und ging wieder hinunter.

Als die Krämpfe nachließen, schlief Antoine wieder ein.

In seinem Traum war Rémi erschöpft, auch er hatte keinerlei Kraft mehr. Er lag im schwarzen Schlund und streckte die Arme nicht mehr aus, nur noch mit letzter Anstrengung seine kleinen Hände. Der Tod nahte, er war da, hatte ihn bei den Füßen gepackt, zog ihn zu sich, Rémi sank tiefer, verschwand …

Antoine!

Als er aufwachte, war es dunkel. Er wusste nicht, wie spät es sein mochte, aber es war bestimmt nicht mitten in der Nacht, denn unten hörte er den Fernseher. Er lauschte den Glockenschlägen der Kirche, die bis zu seinem Zimmer drangen, wenn der Wind aus der richtigen Richtung kam. Tatsächlich war da Wind, er fuhr durch die Ritzen der Fensterläden. Antoine zählte sechs Schläge, war sich aber nicht ganz sicher, ob er alle gehört hatte. Wohl zwischen fünf und sieben Uhr.

Er schaute zu seinem Nachttisch. Dort standen ein Wasserglas und ein Krug. Ein ihm unbekanntes Medikament in einem Fläschchen.

Die Türklingel ertönte, der Fernseher ging aus.

Eine Männerstimme, es wurde geflüstert.

Dann waren Schritte auf der Treppe zu hören, und Doktor Dieulafoy erschien, allein, mit seiner großen Ledertasche, die er neben dem Bett abstellte. Er beugte sich zu Antoine vor, legte eine Sekunde lang die Hand auf dessen brennend heiße Stirn, dann zog er immer noch wortlos den Mantel aus, holte sein Stethoskop heraus, schlug die Decke zurück, schob Antoines Schlafanzughemd nach oben (wann hatte er es angezogen? Er konnte sich nicht daran erinnern) und begann, ihn schweigend zu untersuchen, wobei sein Blick auf einen imaginären, unbestimmten Punkt gerichtet war.

Unten war der Fernseher wieder angegangen, war aber leiser gestellt worden. Der Arzt nahm Antoines Puls. Dann räumte er das Stethoskop weg und blieb sitzen, die Beine leicht gespreizt, die Hände verschränkt, nachdenklich und bedächtig.

Doktor Dieulafoy war um die fünfzig. Sein Vater war, der einhelligen Meinung nach, ein bretonischer Matrose gewesen, der viel zur See gefahren war, um die Herkunft seiner Mutter hingegen rankten sich verschiedenste Gerüchte: vietnamesisches Hausmädchen, chinesische Prostituierte, thailändische Schlampe ... Wie man sieht, hatte die Gerüchteküche für diese Frau, über die eigentlich niemand etwas wusste, nicht viel übrig.

Der Arzt war vor fast fünfundzwanzig Jahren hergezogen, und niemand konnte sich rühmen, ihn jemals lächeln gesehen zu haben. Tagein, tagaus klapperte er die Straßen der Umgebung ab, empfing seine Patienten selbst zu Unzeiten, jeder kannte ihn, hatte ihn schon einmal gerufen und rief ihn immer wieder, er war bei Dutzenden Hochzeiten, Kommunionen und Taufen gewesen und hatte Mengen von Alten beerdigt, aber niemand wusste etwas über ihn, keine Frau, keine Kinder, die Tochter der Lebensmittelhändlerin putzte seine Wohnung, um die Praxis kümmerte er sich selbst. Sonntags sah man ihn durch die bei jedem Wetter weit offen stehenden Fenster, wie er mit einem altmodischen Trainingsanzug bekleidet Staub saugte, wienerte, fegte, und wenn ein Patient die Gelegenheit nutzte, ihn anzusprechen und um eine Untersuchung zu bitten, öffnete Doktor Dieulafoy seine Tür, ließ ihn herein, wusch sich die Hände und begann die Behandlung, während die

Dose mit Bohnerwachs und der Staubwedel auf einer Ecke des Schreibtischs ruhten.

Antoine richtete sich auf den Kissen auf. Der tausend Mal umgedrehte Magen schmerzte höllisch, der Geschmack von Erbrochenem im Mund ekelte ihn an.

Der Arzt bewegte sich nicht, er war in seine Gedanken vertieft. Sein breites, halbasiatisches Gesicht, das keinerlei Gemütslage verriet, und seine Reglosigkeit verursachten Antoine Unbehagen, aber nach und nach war es so, als sei der Arzt nicht mehr da, als wäre er nur ein neues Möbelstück im Zimmer. Antoine gab sich seinen eigenen Gedanken hin. Es hatte nicht geklappt. Er hatte sterben wollen und hatte es verbockt. Er würde sich rechtfertigen, erklären müssen. Plötzlich erinnerte er sich an den Beginn der Suche, an die Gruppen, die Richtung Saint-Eustache losmarschierten ... Er brauchte sich nicht mehr zu rechtfertigen, er würde nur noch bestätigen müssen, was inzwischen jedermann wusste. Die Last dessen, was ihn erwartete, war so schwer, dass er von vornherein erdrückt die Augen schloss und sich wieder zwischen die Kissen sinken ließ.

»Möchtest du es mir erzählen, Antoine?«

Der Doktor hatte eine sehr sanfte Stimme. Er hatte sich keinen Millimeter bewegt.

Antoine hatte nicht die Kraft, auf die Frage zu antworten. Der Tod von Rémi war zugleich sehr gegenwärtig und sehr fern, zu viele verschiedene Dinge vermischten sich in seinem Kopf. Wo hatten sie Rémis Leichnam hingebracht? Er stellte sich vor, wie Bernadette neben dem liegenden Körper saß und versuchte, die kleine kalte Hand in ihren Händen zu wärmen ...

Wartete man darauf, dass Doktor Dieulafoy sein ärztliches grünes Licht gab, bevor man ihn verhaftete? Hielten die Gendarmen seine Mutter unten fest? Da er noch minderjährig war, musste vielleicht ein Arzt sein Geständnis einholen … Er wusste nicht mehr, auf welche Frage er antworten sollte.

Die Dunkelheit im Raum näherte ihn Rémi an. Man hatte ihn auch aus einem sehr finsteren Ort gezogen.

Er stellte sich die Männer vor, die sich zu der großen Buche vorbeugten. Monsieur Desmedt hatte nicht zugelassen, dass irgendjemand seinen Sohn aus dem schwarzen Loch holte, sogar die Feuerwehrleute standen in respektvoller Entfernung. Sie hatten nur eine Trage und eine große Decke gebracht, um den Leichnam zu bedecken. Der Augenblick, in dem Monsieur Desmedt die Leiche zu sich heranzog, war herzzerreißend. Er hatte ihn an einem Arm gepackt, als Erstes tauchte Rémis Kopf auf, man erkannte sofort sein braunes Haar, dann folgten die Schultern. Seine Glieder waren so verrenkt, dass man hätte glauben können, er käme in der falschen Reihenfolge an die Oberfläche …

Antoine brach in Tränen aus.

Darüber verspürte er eine unerwartete Erleichterung. Es waren keine Tränen wie zuvor, zu der Zeit, als er frei war, sondern ein tiefer und beruhigender Strom. Reinigende Tränen.

Doktor Dieulafoy nickte zurückhaltend, er hieß etwas gut, das zwar nicht ausgesprochen worden war, er aber gehört zu haben schien.

Antoines Tränenstrom war nicht zu stoppen. Unerklärlicherweise verspürte er in diesem Augenblick Glück. Eine Erleichterung, die er nicht mehr erhofft hatte. Es war vorbei, und diese Tränen waren die Tränen seiner Kindheit, sie hatten etwas Schützendes, sie verschafften ihm ein Gefühl der inneren Ruhe, das er mitnehmen würde, egal, wohin man ihn auch brachte.

Der Doktor blieb eine Weile sitzen und hörte ihm beim Weinen zu, dann erhob er sich, schloss seine Tasche, nahm seinen Mantel, ohne Antoine anzusehen.

Und er verließ wortlos das Zimmer.

Antoine beruhigte sich, schnäuzte sich, richtete sich wieder in den Kissen auf. Vielleicht sollte er sich anziehen, bevor die Leute kamen ... Er wusste nicht, was er tun sollte, es war das erste Mal, dass man ihn verhaften würde.

Zuerst waren die Schritte seiner Mutter auf der Treppe zu hören. Mit ihr würde er sich also anziehen und ins Erdgeschoss hinabgehen müssen. Er hätte sich jemand anderen gewünscht, sie würde sich an ihn klammern, wenn ihn die Gendarmen wegzerrten.

Madame Courtin zog die Nase kraus, als sie hereinkam, dieser Gestank von Erbrochenem ...

Sie nahm die Schüssel und stellte sie in den Flur, dann kam sie zurück und öffnete trotz des Windes draußen, der heftig wehte, einen Fensterflügel. Die kalte Luft drang ins Zimmer. Er bemerkte eine schmale Falte auf der Stirn seiner Mutter, die immer auftrat, wenn sie sich um etwas Sorgen machte.

Sie wandte sich ihrem Sohn zu.

»Es scheint dir besser zu gehen, oder?«

Ohne eine Antwort abzuwarten, griff sie nach dem Medikamentenfläschchen auf dem Nachttisch und maß einen Teelöffel ab.

»Dieser Kapaun, meine Güte … Ich hab alles weggeworfen. Es kann doch nicht angehen, dass so ein Fleisch verkauft wird!«

Antoine reagierte nicht.

»Na, komm«, sagte sie. »Das ist gegen Magenverstimmungen, es wird dir guttun.«

Der Verweis auf eine simple Magenverstimmung gab ihm zu denken und beschäftigte ihn. Besorgt schluckte er die Medizin. Er war nicht sicher, ob er begriff, was geschah. Madame Courtin schraubte das Fläschchen wieder zu.

»Ich habe Brühe gemacht, ich bring dir eine Schale.«

Sie hatte den Kapaun erwähnt, er erinnerte sich, dass er ihn praktisch kaum angerührt hatte. Und wenn er wirklich an einer Magenverstimmung litt, warum war dann nicht auch seine Mutter erkrankt, sie hatte schließlich auch davon gegessen?

Antoine versuchte, sich zu erinnern, wie alles abgelaufen war, aber in seinem Kopf war vieles verschwommen. Er konnte nicht genau erkennen, was Wirklichkeit war und was er geträumt haben musste. Er stand auf. Seine Beine gaben nach, er verlor das Gleichgewicht und musste sich an der Bettkante festhalten. Er dachte an Valentine. War sie Teil des Traums oder der Wirklichkeit? Er sah sie vor sich, als er versucht hatte, sich die Schuhe zu binden, er hatte überstürzt aufstehen wollen, war aber wieder aufs Bett zurückgefallen, wie jetzt …

Später war da der Abend mit den Geschenken gewesen,

davor noch Monsieur Desmedt, der ihn an der Hüfte gepackt hatte. Und schließlich die Suchaktion in Richtung Staatsforst und Wald von Saint-Eustache …

Er schloss die Augen, bis der Schwächeanfall vorüber war, und unternahm einen neuen Versuch. Er stützte sich gegen die Wände, die Möbel und schaffte es bis in den Flur, er stieß die Badezimmertür auf, klammerte sich ans Waschbecken, öffnete den Medizinschrank.

Leer.

Er erinnerte sich genau an die Medikamente, die auf seinem Nachttisch verstreut lagen, als er eingeschlafen war, manche waren sogar zu Boden gefallen … Wo waren sie jetzt?

Er kehrte mit ebenso großer Mühe in sein Zimmer zurück.

Sich hinzulegen war eine Erleichterung.

»Hier …«

Madame Courtin hatte ihm ein Tablett gebracht, auf dem eine Schale mit dampfender Brühe stand, und stellte es sehr vorsichtig aufs Bett.

»Ich hab keinen Appetit«, sagte Antoine schwach.

»Ja, ja, bei Magenverstimmungen ist das so, man ist ganz lange völlig kraftlos, hat auf nichts Appetit.«

Den Fernseher im Wohnzimmer zu hören, verwirrte Antoine. Es gehörte nicht zu Madame Courtins Gewohnheiten, den Apparat tagsüber einzuschalten, man könnte sogar sagen, dass es ihren Werten widersprach. Fernsehen macht dumm.

»Doktor Dieulafoy meinte, er würde heute Abend noch mal kommen, um zu sehen, ob alles in Ordnung ist. Ich hab ihm gesagt, das wäre nicht nötig, weil es dir sehr gut geht, wir werden doch wegen einer einfachen Magenverstimmung nicht so ein Riesentheater veranstalten! Aber du weißt ja, wie er ist, der Mann, von einer Gewissenhaftigkeit … Na ja, er kommt noch einmal vorbei …«

Madame Courtin stöberte im Zimmer herum, ging vom Schreibtisch zum Fenster, schloss eine Tür, die bereits geschlossen war, schob Dinge unnötig hin und her, suchte nach Haltung, und ihre offensichtliche Verlegenheit passte nicht zu der festen und entschlossenen Stimme, mit der sie hinzufügte:

»Ein Kapaun mit Stich, ich weiß nicht, ob dir das klar ist! Oh, wenn mir das noch mal vorkommt!«

Antoine bemerkte, dass sie es vermied, den Namen Kowalski auszusprechen. Das war ganz ihre Art, wenn man nicht über etwas sprach, dann existierte dieses Etwas nicht mehr.

»Na«, fuhr Madame Courtin fort, »eine Magenverstimmung ist schließlich keine Staatsaffäre! Das habe ich Doktor Dieulafoy gesagt, er hat von Krankenhaus gesprochen, also, pff, pff, pff, er hat dir ein Brechmittel gegeben, und damit hat es sich.«

Sie schien ihn zum Zeugen nehmen zu wollen.

»›Emetikum‹ nennt man das wohl, na, meinetwegen … Also, willst du nichts von der Brühe?«

Nach dieser langen Erklärung, deren Zweck Antoine nicht genau erkennen konnte, schien Madame Courtin es auf einmal eilig zu haben, wieder zu gehen.

»Soll ich das Licht ausmachen? Du solltest am besten schlafen … Schlaf ist die beste Medizin … viel Ruhe!«

Entschlossen knipste sie das Licht aus und zog die Tür hinter sich zu.

Im Zimmer, das nun im Dunkeln lag, hörte man nur noch den erstarkenden Wind, vielleicht bahnte sich ein Gewitter an.

Antoine versuchte, Stück für Stück zusammenzusetzen, was er gehört und verstanden hatte, die Medikamente, die vom Nachttisch verschwunden waren, der Besuch des Arztes, die Ausführungen seiner Mutter … Wohin führte das alles?

Er schlief ein.

Die Türklingel ertönte und weckte ihn.

Er wusste nicht, ob er nur kurz eingenickt war oder lange geschlafen hatte. Er schob die Decke zurück, näherte sich der angelehnten Tür, erkannte die Stimme des Doktors.

Madame Courtin flüsterte:

»Sollten wir ihn nicht lieber schlafen lassen?«

Aber kurz darauf waren die Schritte des Arztes auf der Treppe zu vernehmen.

Antoine legte sich wieder ins Bett, rollte sich auf die Seite und schloss die Augen.

Der Arzt trat ein und blieb eine lange Weile reglos neben dem Bett stehen. Verkrampft bemühte sich Antoine, seinen Atem zu beherrschen. Wie atmet man, wenn man schläft? Er nahm einen langsamen und langgezogenen Rhythmus an, der ihm für einen Schlafenden angemessen erschien.

Schließlich trat der Doktor näher und setzte sich auf die Bettkante, genau dorthin, wo er bei seinem ersten Besuch auch gesessen hatte.

Antoine hörte sein eigenes Herz und den Wind draußen.

»Wenn du Probleme hast, Antoine …«

Er sprach leise, beherrscht, vertraulich. Antoine musste die Ohren spitzen, um ihn zu verstehen.

»… kannst du mich jederzeit anrufen. Tag und Nacht. Du kannst zu mir kommen, mich anrufen, ganz wie du willst … Du wirst dich einen oder zwei Tage lang schwach fühlen, danach wird alles wieder im Lot sein, und vielleicht möchtest du dann mit jemandem reden … Du bist nicht dazu verpflichtet, nur …«

Die Worte kamen langsam, die Sätze des Doktors endeten nicht, ihr Ende löste sich im Raum auf wie ein leichter Dunst.

»Hätte ich dich ins Krankenhaus einliefern lassen … dann wäre es anders verlaufen, verstehst du … Hier, so jetzt, weiß ich nicht, wie … Und deswegen bin ich hergekommen. Um dir zu sagen, was auch immer geschieht, ich meine, wenn irgendetwas geschieht, kannst du mich fragen, mich anrufen … Jederzeit. Das wollte ich nur sagen. Um mit mir zu reden … Jederzeit.«

Noch nie hatte Antoine – oder irgendjemand anderes in der Stadt – eine so lange Rede des Doktors Dieulafoy vernommen.

Er blieb eine Weile sitzen und ließ Antoine Zeit, sofern er zuhörte, die Botschaft zu verarbeiten, dann stand er auf und verließ den Raum, wie er gekommen war. Wie eine Erscheinung.

Antoine konnte es nicht begreifen. Doktor Dieulafoy hatte nicht mit ihm gesprochen, er hatte ihm ein Wiegenlied eingeflüstert.

Antoine änderte seine Position nicht. Er ließ sich vom Schlaf davontragen und kämpfte gegen die Echos, die das Brausen des Windes in sein Zimmer trug: ein tausendfach wiederholter herzzerreißender Schrei …

Antoine!

Als er aufwachte, war er, ohne zu wissen warum, diesmal sicher, dass es sehr spät war. Obwohl unten der Fernseher lief.

Die Ereignisse des Vortags kamen ihm klar in den Sinn. Der Beginn der Suche, die Medikamente, der Besuch des Doktors …

Er hätte fliehen sollen.

Auch daran erinnerte er sich: Er hatte gehen wollen.

Er stand auf, er war schwach, konnte sich aber aufrecht halten. Er kniete sich rasch hin und schaute unter sein Bett. Nichts.

Dabei war er sicher, absolut sicher, seinen mit Klamotten gefüllten Rucksack darunter geschmissen zu haben. Und sein zusammengeknülltes Hemd.

Er erhob sich wieder, ging zur Kommode und zog alle Schubladen heraus: Alles war wieder an seinem Platz. Seine Spider-Man-Figur war wieder neben den Globus gestellt worden. Er öffnete die Schubladen seines Schreibtischs. Die Papiere, die er dorthin gelegt hatte, waren nicht mehr da.

Er brauchte Klarheit.

Er öffnete vorsichtig die Tür seines Zimmers und stieg leise die Treppe hinab. Im Erdgeschoss hörte er den Fernseher flüstern. Er ging zur Kommode am Eingang und zog mit einer Grimasse die oberste Schublade auf. Sein Pass und seine Ausreisegenehmigung, beides war da, ganz oben, sauber und ordentlich, da, wo sie hingehörten ...

Seine Mutter, davon war er überzeugt, hatte die Medikamente vom Nachttisch verschwinden lassen, sie hatte den ganz offensichtlich für eine Flucht gepackten Rucksack weggeräumt, hatte Pass und Sparbuch zurückgelegt ...

Was dachte sie darüber, dass Antoine fliehen wollte? Was wusste sie wirklich? Vermutlich nichts. Aber zugleich wusste sie womöglich das Wichtigste. Konnte sie sich vorstellen, wie Antoine in das Verschwinden von Rémi verwickelt sein konnte?

Er schloss die Schublade, machte einen Schritt, dann noch einen. Da erblickte er seine Mutter vor dem Fernseher, dicht vor dem Bildschirm, wie eine Blinde. Sie schaute die Mitternachtsnachrichten auf dem Regionalsender. Der Ton war kaum hörbar:

»... von dem am frühen Freitagnachmittag verschwundenen Kind. Die Suche, die gestern im Staatsforst organisiert wurde, hatte leider keinen Erfolg. Im Tagesverlauf konnte nicht das ganze Gebiet abgesucht werden, in dem das Kind sich möglicherweise verlaufen hat, dies betrifft vor allem den Wald von Saint-Eustache. Die Gendarmerie hat beschlossen, morgen früh eine zweite Suchaktion durchzuführen.«

Der Bericht zeigte Gruppen von Personen, die in breiten Reihen langsam voranschritten ...

»Im Weiher von Beauval fanden erste Tauchgänge des Zivilschutzes statt. Die Taucher werden ihre Bemühungen morgen früh fortsetzen.«

Der Anblick seiner Mutter, die ängstlich vor dem Fernseher kauerte, schnürte Antoine die Kehle zu, löste in ihm wieder das Bedürfnis aus zu sterben.

»Mögliche Zeugen können sich an die kostenlose Telefonnummer wenden, die unten auf Ihrem Bildschirm angezeigt wird. Erinnern wir noch einmal daran, dass der kleine Rémi Desmedt, sechs Jahre alt, bei seinem Verschwinden folgendermaßen bekleidet war ...«

Antoine ging wieder in sein Zimmer hoch.

Man hatte den Wald nicht an einem Tag durchkämmen können, eine zweite Suchaktion war vorgesehen. Für den nächsten Morgen.

Man würde wieder dorthin zurückkehren.

Antoine würde keine zweite Chance bekommen.

Erneut spürte er, wie sehr er sich danach sehnte, dass dieses Gewitter, das seit zwei Tagen über ihm schwebte, endlich ausbrach.

Draußen ließ der immer stärker werdende Wind die Fensterläden in den Angeln klappern.

11

Der Wind nahm die ganze Nacht über an Stärke zu und wurde so heftig, dass selbst der dichte, intensive Regen, der bis in die frühen Morgenstunden gefallen war, vertrieben wurde und die Waffen strecken musste.

Der Sturm hatte mit dramatischen Folgen das Land durchzogen. Anstatt abzuschwächen, wie man hoffte, brach er mit selbstbewusstem Ungestüm über die Region herein.

Alle Bewohner der Stadt waren wach.

Antoine spürte die Last der im Lauf der vergangenen beiden Tage angesammelten Müdigkeit, umso mehr als er die ganze Nacht kein Auge zugetan hatte.

Unentwegt hatte er sich ausgemalt, wie die nun unausweichliche Katastrophe aussehen würde. Er blieb im Bett und lauschte dem Sturm. Die Fenster vibrierten hinter den Läden, der Wind fuhr wummernd in den Kamin. Er empfand eine wirre Parallele zwischen der Lage des Hauses, das im Sturm zitterte, und seinem eigenen Leben. Er dachte auch viel an seine Mutter.

Von Rémis Verschwinden und Antoines Rolle dabei

wusste sie nichts Genaues, jeder andere wäre von grauenhaften Bildern und reinem Schrecken heimgesucht worden, Madame Courtin jedoch hatte ihre eigene Methode. Zwischen Tatsachen, die sie störten, und ihrer Vorstellungskraft errichtete sie eine hohe und stabile Mauer, durch die nur eine vage Furcht hindurchdrang, welche sie mittels einer unerhörten Menge an Gewohnheitsgesten und unerschütterlichen Ritualen in Schach hielt. Das Leben muss immer die Oberhand gewinnen, diesen Ausdruck liebte sie. Das bedeutete, dass das Leben weiter dahinfließen musste, nicht so, wie es war, sondern wie man es sich wünschte. Die Wirklichkeit war nur eine Frage des Willens, es brachte nichts, sich von unnützem Ärger belasten zu lassen, und am sichersten hielt man ihn sich vom Halse, indem man ihn ignorierte; das war eine unschlagbare Methode, und ihr ganzes Leben bewies, dass sie wunderbar funktionierte.

Ihr Sohn hatte versucht, sich umzubringen, indem er den Inhalt des Medizinschranks geschluckt hatte, mag sein, so konnte man es sehen. Aber wenn man das Ereignis auf eine durch den Kapaun von Monsieur Kowalski ausgelöste Magenverstimmung zurückführte, wurde es auf eine Nebensächlichkeit reduziert, eine schwierige Phase, die es zu überwinden galt, zwei Tage Gemüsebrühe, und alles würde wieder gut.

Antoines Gedanken konnten sich kaum von der finsteren Stimmung lösen, die ihn umgab, vom Lärm des Windes, der das Haus umzuwerfen schien, der heulte wie ein wütender Motor.

Antoine beschloss, nach unten zu gehen. Er fragte sich,

ob seine Mutter überhaupt schlafen gegangen war, sie trug dieselben Sachen wie am Vortag. Der Fernseher im Wohnzimmer lief noch immer, der Ton war ganz leise gestellt.

Das Frühstück, das sie zubereitet hatte, die üblichen Sachen, die auf dem Tisch standen, all das ähnelte allen anderen Tagen, aber sie hatte die Fensterläden nicht geöffnet, es war ein wenig, als frühstücke man mitten in der Nacht, während der Wind, der durch das Haus fuhr, die Küchenlampe zum Schwanken brachte.

»Ich habe nicht aufmachen können ...«

Sie betrachtete ihren Sohn bestürzt. Sie hatte ihm nicht Guten Morgen gesagt, hatte ihn nicht gefragt, wie es ihm ging ... Dass es ihr nicht gelungen war, die Fensterläden zu öffnen, haute sie um. Ihre Stimme verriet sehr große Besorgnis. Dieses Wetter, das Schäden verkündete, würde sich nicht mit einer Schale Gemüsebrühe beruhigen lassen ...

»Vielleicht schaffst du es ...«

Hinter ihrer Bitte verbargen sich allerlei andere Dinge, die Antoine erahnte, ohne sie wirklich zu verstehen.

Er trat ans Fenster, drehte den Griff, und der Flügel stieß ihn so heftig zurück, dass er fast nach hinten gekippt wäre. Es gelang ihm, das Fenster wieder zu schließen, indem er sich mit aller Kraft dagegen stemmte.

»Es ist wohl besser, wir warten ab, bis es ruhiger wird ...«

Er setzte sich, um zu frühstücken. Er wusste, dass seine Mutter keine einzige Frage stellen würde. Sie bestrich ihren Zwieback mit den gewohnten Bewegungen, die Marmelade stand an der üblichen Stelle. Antoine hatte keinen Hunger. Nach einigen Minuten eines schweigenden Dialogs, der die

Tiefen ihres gegenseitigen Unverständnisses ergründete, räumte er seinen Teller weg und ging in sein Zimmer zurück.

Die PlayStation lag wieder in ihrer Verpackung. Er holte sie heraus und spielte eine Partie, konnte seine Unruhe aber nicht abschütteln.

Als er hörte, wie der Fernseher lauter gestellt wurde, schlich er in den Flur und ging ein paar Stufen hinab. Für die kommenden Stunden wurde heftiger Sturm angekündigt. Kräftige Winde wurden erwartet. Man riet, das Haus nicht zu verlassen.

Was man gerade erlebte, war nur der Anfang.

Die Bestätigung folgte keine Stunde später.

Die Fenster zitterten wie Laub, der Wind fuhr durch alle Ritzen, im Haus knirschte und knackte es überall bedrohlich.

Besorgt stieg Madame Courtin auf den Dachboden, hielt es dort aber keine fünf Minuten aus: Die Dachziegel bebten unter den Windstößen, durch mehrere Löcher drang Wasser herein und rann die Wände hinab auf den Holzboden. Als sie herunterkam, war sie leichenblass vor Angst.

Als ein dumpfer Schlag zu hören war, zuckte sie zusammen und schrie auf ... Er war von der Nordseite des Hauses gekommen.

»Lass nur«, sagte Antoine. »Ich gehe nachschauen.«

Er zog seinen Parka an, seine Schuhe. Madame Courtin hätte ihn aufhalten sollen, aber sie stand buchstäblich unter Schock, sie begriff die Gefahr, der er sich aussetzte, erst, als er die Tür öffnete. Sie rief ihm etwas nach, es war zu spät, er hatte die Tür schon geschlossen, er war draußen.

Die am Straßenrand geparkten Autos waren auf beunruhigende Weise in Bewegung. Der Donner grollte wie ein sprungbereiter Hofhund, unentwegt zuckten Blitze, die mit blauem Schimmer die Häuser erhellten, von denen bei einigen bereits die Dächer zerstört wurden.

Auf der anderen Straßenseite lagen zwei Telefonmasten übereinander. Ein Wust aus Planen, Eimern und Brettern sauste ihm, vom Wind aufgewirbelt, knapp an den Ohren vorbei. Irgendwo hörte man die Sirenen der Feuerwehr, ohne zu wissen, wohin sie fuhr.

Der Wind hatte eine solche Wucht, dass er in der Lage war, Antoine bis ans andere Ende des Gartens zu werfen und sogar noch weiter. Man musste zusehen, dass man sich an etwas Festes klammerte, aber wenn man die Autos und die Dächer betrachtete, wurde einem klar, dass unter diesen Bedingungen nichts als fest bezeichnet werden konnte. Vornübergebeugt musste er sich an die Hauswand geklammert vorwärtsbewegen. Er warf einen Blick um die Hausecke und konnte sich gerade noch bücken, ein Blech wirbelte durch die Luft und sauste nur wenige Zentimeter an seinem Kopf vorbei. Er kniete sich hin, machte sich so klein wie möglich und schützte sich mit beiden Armen.

Im Garten war die Tanne umgefallen. Ein etwa zehn Jahre alter Baum, den sie an Weihnachten gepflanzt hatten. Antoine erinnerte sich an Fotos von der Familienfeier, damals hatte sein Vater noch zuhause gewohnt.

Die gesamte Stadt war von einer fortwährenden Bewegung gepackt, die sie beugte und bog und drohte, sie aus sich selbst herauszureißen.

Antoine richtete sich auf, war kurz weniger wachsam,

und schon wurde er von einem plötzlichen Windstoß hochgehoben. Er fiel einen Meter entfernt zu Boden, versuchte, sich festzuhalten, aber er kämpfte gegen eine unüberwindliche Kraft; er rollte über den Boden, bis er gegen die Gartenmauer prallte. Dort kauerte er sich zusammen, den Kopf zwischen den Knien. Er bekam kaum Luft.

Er dachte nach. Bis zur Tür des Hauses zurückzukommen, erschien ihm unmöglich.

Die Fassade der Desmedts erinnerte ihn an die zweite Suchaktion, die an diesem Morgen beginnen sollte. Zu dieser Stunde hätten alle bereits in Richtung Saint-Eustache unterwegs sein sollen, aber natürlich war niemand draußen, es wäre nicht einmal möglich gewesen, bis zur nächsten Straßenecke zu gehen.

Er kroch bis zum Zaun, der ihren Garten von dem der Desmedts trennte, und linste hinüber. Die Schaukel lag auf dem Boden. Alles andere war gegen die kleine Grundstücksmauer geschleudert worden. Darunter auch die Müllsäcke. Der Sack mit dem Hundekadaver war zerrissen. Die Überreste von Odysseus schauten heraus, wuschelig, aufgebrochen und düster. Antoine war entsetzt. Er drehte sich zu ihrem Haus um. Die an der Ecke angebrachte Parabolantenne schwankte bedrohlich.

Hätte er nicht gewusst, dass seine Mutter besorgt auf ihn wartete, wäre er dort geblieben, hätte weiter an der kleinen Mauer gekauert und dabei zugesehen, wie das Haus Stück für Stück davonflog.

Schließlich legte er sich flach auf den Boden, um dem Wind möglichst wenig Angriffsfläche zu bieten, und kroch los. Er brauchte über eine Viertelstunde, um den Garten auf diese Weise zu durchqueren. Er schaffte es, ums Haus herumzukriechen und zur kleinen Hintertür zu gelangen, die ein wenig geschützter war. Völlig erschöpft kam er an.

Seine Mutter stürzte auf ihn zu und drückte ihn an sich. Sie keuchte, als wäre sie selbst draußen und dem Sturm ausgesetzt gewesen.

»Oh Gott! Und ich lasse dich bei so einem Wetter rausgehen …«

Niemand konnte sich vorstellen, wann diese Naturkatastrophe vorüber sein würde. Der Regen hatte vollstänig aufgehört. Das Gewitter selbst war weitergezogen. Blieb nur noch der Wind, der jede Viertelstunde stärker und heftiger wurde.

Bei geschlossenen Fensterläden lebte man wie blind, wie belagert, gezwungen zuzuhören, wie das Haus ächzte, als wäre es ein Schiff in Seenot. Bestimmt war die Parabolantenne abgerissen worden: Der Fernseher ging gegen elf Uhr am Vormittag aus. Eine Stunde später fiel dann der Strom aus. Das Telefon funktionierte auch nicht mehr.

Madame Courtin blieb in der Küche sitzen und umklammerte ihre kalte Kaffeetasse. Das weckte Antoines Beschützerinstinkt, er wollte sie nicht allein lassen und setzte sich zu ihr. Sie sprachen nicht. Auf dem Gesicht seiner Mutter zeichnete sich solch ein Leid ab, dass Antoine am liebsten seine Hand auf ihre gelegt hätte, aber er tat es nicht, weil er nicht wusste, welche Tür solch eine Geste unter diesen Umständen öffnen würde …

Er wusste, dass es am Fensterladen des Wohnzimmers eine Stelle gab, durch die man die Straße sehen konnte. Was er sah, erfüllte ihn mit Schrecken. Die beiden Autos, die vor kurzem noch dort gestanden hatten, waren weg, ein über zwei Meter hoher Baum kam vorbei, prallte hier und da gegen Mauern und Gartentore, überschlug sich mit einer irren Geschwindigkeit …

Die heftigste Phase des Sturms dauerte fast drei Stunden.

Gegen 16 Uhr kehrte wieder Ruhe ein.

Niemand hatte mehr daran geglaubt.

Man sah, wie die Haustüren sich nach und nach vorsichtig öffneten.

Stumm vor Entsetzen betrachteten die Einwohner Beauvals die Schäden, die jener Sturm verursacht hatte, den deutsche Meteorologen »Lothar« tauften.

Aber sie mussten rasch wieder zurück in ihre Häuser.

Der Regen, der vorübergehend dem Sturm gewichen war, pochte nun auf seinen Anteil an der Katastrophe.

12

Er ergoss sich mit furchterregender Wucht über Beauval, so dicht, dass er innerhalb weniger Minuten den Himmel verdunkelte. Der Wind hatte sich völlig gelegt, und so ging der Regen senkrecht auf die Stadt nieder. Die rasch unter Wasser gesetzten Straßen verwandelten sich erst in Bäche, dann in Flüsse, und trugen alles davon, was die Windböen wenige Stunden zuvor losgerissen hatten: Mülleimer, Briefkästen, Kleidungsstücke, Kisten, Bretter; man sah sogar einen kleinen weißen Hund, der versuchte, sich über Wasser zu halten, und den man am nächsten Morgen tot an einer Mauer finden würde. Die Autos, die wenige Stunden zuvor vom Sturm in die eine Richtung gezerrt worden waren, wanderten nun im Wasser kreisend wieder zurück.

Antoine hörte aus dem Keller, wie etwas umstürzte, er öffnete die Tür, versuchte, Licht zu machen, aber es gab immer noch keinen Strom.

»Geh da nicht runter, Antoine«, sagte Madame Courtin.

Aber er hatte schon die Taschenlampe genommen, die

an der Wand hing, und war die ersten Stufen hinabgestiegen. Was er sah, raubte ihm den Atem: Das Wasser stand über einen Meter hoch, alles, was nicht niet- und nagelfest war, trieb darin herum, Campingausrüstung, Kleiderkartons, Koffer …

Hastig schloss er wieder die Tür.

»Wir werden wohl hochgehen müssen«, sagte er.

Sie mussten schnell handeln, denn wenn das Wasser ins Erdgeschoss strömte, was kurz bevorstand, konnte man nicht wissen, wann sie wieder hinuntergehen könnten. Während der Regen gegen die Tür peitschte, als wollte er sie einschlagen, sammelte Madame Courtin hastig Vorräte, die sie auf die Treppenstufen legte. Dazu packte sie alles, was ihr wertvoll erschien, ihre Handtasche, Fotoalben, einen Schuhkarton voller offizieller Dokumente, eine Topfpflanze (warum ausgerechnet die, würde man nie erfahren), ein gehäkeltes Kissen von ihrer Mutter; man hatte den Eindruck, sie bereite sich auf den Exodus vor. Antoine ging durchs Haus und steckte alle elektronischen Geräte aus. Das Wasser stieg mit spektakulärer Geschwindigkeit. Zunächst kam es unter der Kellertür hervor, dann überschwemmte es den Fußboden und breitete sich nach und nach in allen Räumen aus. In der Zeit, in der sie alles nach oben trugen, was sie eingesammelt hatten, war der Pegel schon zwei oder drei Zentimeter gestiegen, und es war nicht abzusehen, was den Anstieg aufhalten sollte.

Antoine blieb auf der Treppe sitzen. Das Wasser hatte die erste Stufe erreicht und stieg weiter. An der Oberfläche schwammen träge allerlei Gegenstände, Sofakissen, Fernsehprogramme, Kreuzworträtselhefte, leere Schachteln, der Plastikschrubber aus der Küche …

Die Situation begann ihn zu ängstigen. Sie würden im ersten Stock Zuflucht suchen, aber würde das ausreichen? Er erinnerte sich an Berichte von Überschwemmungen, bei denen das Wasser die Dächer der Häuser erreichte. Die Leute standen auf dem Dach und klammerten sich an den Schornstein. Würden sie auch so enden?

Das Gewitter zog wieder über die Stadt hinweg, der Donner grollte über ihren Köpfen, als wäre er bei ihnen im Zimmer, die zuckenden Blitze warfen helles, grelles Licht auf die Fenster, das sie blendete. Es hörte nicht auf zu regnen, das Wasser stieg weiter.

Antoine beschloss, zu seiner Mutter zu gehen. Nun, da der Wind nicht mehr so heftig wehte, hatte Madame Courtin im oberen Geschoss mühselig alle Fensterläden geöffnet.

Durch die Scheiben entdeckten sie das neue Bild, das ihr Viertel bot. Das Wasser stand etwa dreißig Zentimeter hoch über allem, über Höfen, Gärten, Bürgersteigen, und stürzte mit hoher Geschwindigkeit die Straßen entlang, beige, brodelnd, wie ein plötzlich befreiter tosender Fluss. Der Sturm hatte Dächer verwüstet, hunderte Dachziegel waren davongeflogen.

In welchem Zustand befand sich ihr Dach? Antoine schaute nach oben: Die Farbe der Decke hatte sich verändert, sie war dunkler geworden, und an manchen Stellen tropfte Wasser herab. Er fragte sich, ob nicht das ganze Haus einstürzen würde. Aber sie konnten nicht nach draußen gehen, durch das Fenster sah er, wie der Lieferwagen des kleinen Supermarktes in dem Strom vorübertrieb, gefolgt von einem zweiten Wagen, als wäre ein Damm gebrochen, nichts wurde mehr gehalten, der Peugeot der Mouchottes kam vorbei, drehte sich um die eigene Achse wie ein riesiger Kreisel, stieß gegen eine Mauer und ein Stück weiter gegen ein Verkehrsschild, das unter dem Anprall umknickte. Wenige Minuten darauf trug der immer ungestümer wogende Wasserstrom den Wagen der Stadtverwaltung heran, der auf dem Dach lag, und gleich dahinter den Zaun des Rathauses.

Madame Courtin fing an zu weinen. Sicher hatte sie Angst wie er, aber vor allem weinte sie wegen all der Dinge, die sie immer gekannt hatte und die sie mit frappierender Geschwindigkeit verschwinden sah. Jeder verstand dieses Unglück vermutlich als eine Prüfung, die ihm persönlich galt.

Antoine legte seiner Mutter unwillkürlich den Arm um die Schultern, aber vergeblich. Madame Courtin war abwesend, wie hypnotisiert, vernichtet vom Anblick der Sturzbäche, die die Straße herabrauschten, alles zerbrachen, zerschlugen und nichts verschonten. In einem erstaunlichen Zug sah Antoine alle Möbel aus dem Erdgeschoss der Schule vorübertreiben, als hätten sie sich in einer gemeinsamen Bewegung ins Wasser geworfen; das versetzte ihm einen Schock. Die Überschwemmung näherte sich seinem Leben, überfiel ihn.

Auf einmal dachte er an Rémi.

Das Wasser würde steigen und steigen, den Gipfel der Anhöhe erreichen, den Wald von Saint-Eustache, und Rémi mit sich reißen, sein freigelegter Leichnam würde das Versteck verlassen und davongetragen. In wenigen Minuten würde die ganze Stadt die Leiche des kleinen Rémi wie ein Phantom durch die Straßen treiben sehen, er würde auf dem Rücken liegen, die Arme weit ausgebreitet, der Mund offen, man würde ihn mehrere Kilometer von hier finden …

Antoine war jetzt zu müde, um auch zu weinen.

So verharrten sie mehrere lange Stunden. Antoine ging in regelmäßigen Abständen nachsehen, wie hoch das Wasser im Erdgeschoss stieg. Es hatte inzwischen fast die Höhe der Tischplatte im Esszimmer erreicht.

Dann entfernte sich das Gewitter langsam.

Gegen 15 Uhr fiel auf Beauval ein starker, dichter Regen, der jedoch nichts mit den sturzbachartigen Regenfällen früher am Tag gemein hatte. Antoine und seine Mutter konnten ihre Zimmer nicht verlassen, das ganze Erdgeschoss stand über einen Meter hoch unter Wasser. Überall tropfte es von der Decke, alle Betten waren patschnass, nirgendwo konnte man sich vor der Feuchtigkeit zurückziehen. Es wurde kalt. Sie waren im Haus eingeschlossen ohne Strom, ohne Telefon, zwei Überlebende, die auf die Rettungskräfte warteten.

Der Hubschrauber des Zivilschutzes flog einmal in einem Erkundungsflug über Beauval, dann sah man ihn nicht wieder. Die Stadt war vollkommen sich selbst überlassen. Niemand konnte aus dem Haus, solange das Wasser so hoch stand.

Über dieser geschundenen Szenerie brach die Nacht herein, wobei Madame Courtin und Antoine nur einen von ihren Fenstern aus sichtbaren Ausschnitt sahen.

Obwohl die Straßen nicht mehr beleuchtet waren, glaubte man gegen 20 Uhr zu erkennen, dass der Wasserpegel draußen zurückging. Der Wildbach auf der Straße war deutlich sanfter geworden. Auch im Erdgeschoss floss das Wasser langsam ab. Der Pegel sank erkennbar. Aber es lag eine seltsam apokalyptische Stimmung in der Luft, denn der Wind, der dem Gewitter und dem Regen vorübergehend gewichen war, schien das letzte Wort in dieser Geschichte haben zu wollen.

Je mehr Wasser abfloss, desto stärker wurde er. Erneut spürte man, wie die Häuser in ihren Grundfesten erzitterten, die Türen sich wie unter den Schlägen gigantischer Hände bogen.

Das Heulen der Böen wurde lauter, ebenso das Knarren der Schornsteine, der Fenster und der Türen …

Antoine und Madame Courtin hatten gerade noch Zeit, alle Fensterläden im oberen Stockwerk wieder zu schließen.

Ein zweiter Sturm folgte auf den ersten.

Nach Lothar, der wenige Stunden vorangegangen war, wurde dieser auf den Namen »Martin« getauft.

Von den beiden war er der gewaltigere, der zerstörerischere.

Die Dächer, die bislang nur einige Ziegel verloren hatten, wurden jetzt völlig abgedeckt, die Autos, die still im Wasser gestanden hatten, nahmen ihre wilde Fahrt wieder auf, getrieben von Böen mit einer Stärke von bis zu 200 Stundenkilometern …

Madame Courtin kauerte sich in eine Ecke ihres Schlafzimmers, den Kopf eingezogen.

Sie wirkte äußerst zerbrechlich, Antoine erschütterte das zutiefst. In ihm bekräftigte sich die Gewissheit, dass er ihr niemals wehtun könnte.

Er schmiegte sich an sie.

So verharrten sie die ganze Nacht.

13

Bei Tagesanbruch erwachte die Stadt im Schockzustand. Nacheinander öffneten sich die Türen der Häuser, nacheinander lugten die Bewohner ins Freie und kamen heraus, verstört, entsetzt.

Auch Madame Courtin, vor Müdigkeit völlig erledigt, überzeugte sich vom Ausmaß der Katastrophe. Das Erdgeschoss war vollkommen mit Schlamm bedeckt. Das Mobiliar war nass, das Wasser hatte etwa einen Meter über dem Boden eine gerade Linie hinterlassen, im ganzen Haus roch es nach Schlick, und was tun? Kein Strom, kein Telefon … Es herrschte eine neue Ruhe, eine Art stillstehende Zeit, und in der Luft hing dieses Etwas, das einem sagt, dass es vorbei ist. Madame Courtin spürte es auch, wie die anderen. Antoine sah, wie sie sich langsam wieder erholte. Sie räusperte sich, lief mit festeren Schritten. Sie ging hinaus, erblickte die umgestürzte Tanne, machte ein paar Schritte und drehte sich zum Dach um. Dann bat sie Antoine, zum Rathaus zu gehen und herauszufinden, ob ihnen geholfen werden könne.

Antoine schlüpfte in Mantel und Schuhe und ging durch

den durchtränkten Garten. Es war nicht gerade der erste Gedanke, der einem in den Sinn kam, aber bei genauerem Hinsehen waren seine Mutter und er noch glimpflich davongekommen, ihr Dach war wie durch ein Wunder verschont geblieben, viele Ziegel hatten sich verschoben, manche waren davongeflogen und am Boden zerschellt, aber der Schaden hielt sich in Grenzen.

Die Desmedts hatten weniger Glück gehabt. Ihr Schornstein, den eine Bö umgeworfen hatte, war eingestürzt, hatte dabei das Dach durchbohrt und das Haus von oben nach unten zerpflügt, bis zum Keller hinab, wobei er bei seinem Sturz das gesamte Bad und die Hälfte der Küche mit sich gerissen hatte.

Bernadette stand draußen, in einen Morgenmantel gehüllt, über den sie einen zu großen Parka gezogen hatte. Sie blickte nach oben. Beim Durchbohren des Hauses hatte der Schornstein das Bett aus Rémis Zimmer mitgerissen. Man erschauerte bei dem Gedanken, das Kind hätte im Schlaf überrascht werden können, die Decke hätte auf ihn herabbrechen können ... Rémi wäre auf der Stelle tot gewesen ... Überwältigt vom Ausmaß der Tragödie, die sie seit zwei Tagen heimsuchte, schien Bernadette nichts mehr zu empfinden. Ihre kleine, zerbrechliche Gestalt ähnelte einem Wrack.

Monsieur Desmedt erschien am Fenster von Rémis Zimmer, auch er wirkte benommen, als hätte er seinen Sohn dort gesucht und nicht gefunden.

Valentine stieg ihrerseits die wenigen Stufen der Vortreppe herab und gesellte sich zu ihrer Mutter in den Garten. Sie trug dieselben Sachen wie am Vortag, aber die roten Jeans und der kleine weiße Kunstlederblouson waren schmutzig, als hätte sie sich die ganze Nacht mit jemandem geprügelt. Wirre Haare, blass, die Schultern mit einem Wollschal in Schottenkaro bedeckt, der sicherlich ihrer Mutter gehörte, die Schminke zeichnete ihr dunkle Striche ins Gesicht. Antoine wusste nicht, woher sich ihm das Bild aufdrängte, aber in dieser Endzeitszenerie sah die junge, sexy und arrogant wirkende Halbwüchsige vom Vortag aus wie eine junge Prostituierte, die auf die Straße gestoßen worden war.

Vom Haus nebenan, in dem die Mouchottes wohnten, waren die Fensterläden abgerissen worden, das Vordach war eingestürzt und der Garten mit tellergroßen Glasscherben übersät, zwischen denen Unmengen kaputter Dachziegel lagen.

Hinter einem Fenster erspähte Antoine das müde Gesicht von Émilie, er hob kurz die Hand zum Gruß, aber sie reagierte nicht. Sie starrte auf einen unbekannten Punkt irgendwo auf der Straße. Derart eingerahmt vom Fenster, reglos, ausdruckslos, ähnelte sie dem Portrait eines kleinen Mädchens aus vergangenen Zeiten.

Ihre Eltern hatten sich bereits in Bewegung gesetzt. Mit abgehackten Roboterbewegungen füllte Monsieur Mouchotte Plastiksäcke mit allem, was im Garten verstreut lag. Seine Frau, die Antoine noch immer wunderschön fand, zog Émilie am Ärmel vom Fenster weg, als sei es unanständig, auf die Straße zu sehen.

Während Antoine in Richtung Zentrum lief, entdeckte er das Bild einer bombardierten Stadt.

Kein einziges Auto stand mehr an seinem Platz. Alle waren von den Böen mitgerissen und bis zum Ortsausgang von Beauval gezerrt worden, wo sie sich, von den Pfeilern der über die Straße führenden Eisenbahnbrücke aufgehalten, übereinander zu einem Berg aus Schrott türmten. Motorräder, Roller, Fahrräder, alle leichteren Fahrzeuge, waren weit verstreut worden, man fand sie in Kellern, unter Autos, in Gärten, im Fluss, überall. Mehrere Schaufenster waren geborsten, der Wind war in die Geschäfte gefahren und hatte wasserdurchtränkte Arzneimittel, zerschlagene Eisenwaren und Geschenkartikel aus dem Tabakladen von Monsieur Lemercier in der Stadt verteilt. Hausbesitzer, die nur fünfzig oder sechzig Ziegel verloren hatten, konnten sich glücklich schätzen, denn die anderen hatten schlichtweg kein Dach mehr.

Der Kran einer benachbarten Baustelle war auf das Waschhaus gefallen, dessen Gebälk aus dem fünfzehnten Jahrhundert nun Geschichte war. In den Gärten und im Schutt der verwüsteten Häuser fand man mitunter eine Babywiege, eine Puppe, eine Brautkrone und andere kleine Dinge, die Gott taktvoll platziert zu haben schien, um zu zeigen, dass man bei Ihm alles auf einer höheren Ebene sehen muss. Der junge Pfarrer (zweifellos sehr damit beschäftigt, seinen Schäfchen im Departement zu erklären, dass das, was ihnen widerfuhr, eigentlich eine gute Sache sei, da hatte er sich ordentlich was vorgenommen …) würde bei seiner Rückkehr feststellen können, dass Gott ein Wesen von außerordentlicher Sensibilität ist, aber auch ein großer Spaßvogel: Die Kirche war mit Ausnahme der Rosette relativ verschont geblieben, die Kirchenfenster waren alle zersprungen bis auf eines, das den heiligen Nikolas darstellte, der oft als Schutzpatron der Flüchtlinge betrachtet wird.

Die Platane auf dem Platz vor dem Rathaus war vom Wind entwurzelt worden und lag quer über der Hauptstraße. Sie hatte einen Lieferwagen zerquetscht und teilte die Stadt in zwei gleichermaßen verwüstete Abschnitte. Ein Wohnwagen, den die Wasserfluten vom städtischen Campingplatz herbeigeschwemmt hatten, war gegen die Mauer des Rathauses gekracht, auf dem Bürgersteig lag ein Durcheinander aus Plastikgeschirr, Matratzen, Schranktüren, Nachttischlampen, Kissen und Lebensmitteln.

Am Rathaus traf Antoine auf ein Dutzend Leute, die ebenfalls Hilfe und Unterstützung suchten. Jeder zählte die erlittenen Schäden auf und schien der am schlimmsten Betroffene der Stadt zu sein; hier hatte man kleine Kinder und alte Eltern zu versorgen, dort erklärte man, das Haus drohe einzustürzen. Und alle hatten recht.

Monsieur Weiser kam mit beschäftigter Miene und Papieren in der Hand aus seinem Büro herab. Theo folgte ihm. Im Hof des Rathauses versuchte der Bürgermeister, dem dort versammelten Grüppchen Dinge zu erklären, die niemand hören wollte. Die Feuerwehrleute seien überfordert, und zudem sei es unmöglich, sie anzurufen, da es keine Telefonverbindung gebe. Die Präfektur und die Elektrizitätsbetriebe hätten gewiss einen Einsatzplan erstellt, um die Stromversorgung wiederherzustellen, aber man wisse nicht, ob dies innerhalb von Stunden oder Tagen zu bewältigen sei ... Die Gruppe stieß laute Schreie aus.

»Wir müssen uns selbst organisieren!«, rief der Bürgermeister und fuchtelte mit seinen Papieren herum. »Zunächst müssen wir uns einen Überblick darüber verschaffen, was gebraucht wird. Wir nehmen alle Anfragen im Ratssaal entgegen und erstellen eine Prioritätenliste.«

Angesichts der Umstände griff er auf eine Beamtensprache zurück, die Kompetenz und Handlungswillen ausdrücken sollte:

»Die Turnhalle wurde nicht zu stark in Mitleidenschaft gezogen. Wir müssen sie dringend für alle öffnen, die keine Unterkunft mehr haben, wir müssen Suppe für alle kochen, Decken suchen …«

Monsieur Weiser redete mit fester Stimme. Im allgemeinen Chaos hatten die Selbstverständlichkeiten, die er aussprach, die beruhigende Wirkung klar umrissener Aufgaben.

»Um den Verkehr in Beauval wieder zum Laufen zu bringen, muss die umgestürzte Platane zersägt werden«, fuhr er fort. »Und für all das brauchen wir Helfer … Viele Helfer. Wer weniger dringende Schäden hat, soll denen zur Hilfe kommen, die schwer getroffen wurden.«

Madame Kernevel kam in großer Aufregung herbeigelaufen.

»Maître Vallenères liegt in seinem Garten!«, verkündete sie. »Er ist tot, ein Baum hat ihn erschlagen.«

»Sind … sind Sie sicher?«

Als wären die materiellen Schäden nicht schlimm genug, gab es jetzt auch noch Tote.

»Oh ja! Ich habe ihn geschüttelt, er bewegt sich nicht mehr, er atmet nicht mehr …«

Antoine wurde an Rémis Tod erinnert. Er sah sich wieder vor sich, wie er versuchte, ihn zu wecken.

»Man muss ihn holen«, sagte der Bürgermeister. »Sofort ... Und ihn in sein Haus bringen.«

Er hielt inne. Sicher überlegte er, was unternommen werden musste, falls die Einsatzkräfte auf sich warten ließen, wie sollte man mit einem Toten verfahren? Oder mit mehreren? Und wohin sollte man sie schaffen?

»Wer kümmert sich um seine Tochter?«, fragte jemand.

Monsieur Weiser fuhr sich mit der Hand über den Schädel.

Unterdessen waren weitere Personen eingetroffen, darunter zwei Gemeinderäte, die sich hinter den Bürgermeister gestellt hatten. Stimmen boten eine Unterkunft an, andere wussten, wo Decken zu finden waren, jemand stellte sich als Freiwilliger für die Turnhalle zur Verfügung. Stockend und schüchtern erwachte Solidarität, Monsieur Weiser kündigte an, dass eine Stunde später eine Versammlung im Ratssaal stattfinden würde, an der alle teilnehmen könnten, dort würde man entscheiden ...

Hinter der Gruppe ertönte tobend eine Stimme.

Die Köpfe drehten sich.

»Und was ist mit meinem Sohn?«, brüllte Monsieur Desmedt. »Wer wird uns helfen, ihn zu finden?«

Er war einige Meter entfernt stehengeblieben, mit hängenden Armen, geballten Fäusten ... Das Beeindruckende an seinem Aufschrei war, dass in ihm nicht die Wut lag, die man von ihm erwartet hätte. Vielmehr drückte er pure Not aus.

»War für heute morgen nicht eine Suchaktion vorgesehen?«

Die Eindringlichkeit in seiner Stimme hatte abgenommen, und der Ton seiner Frage ähnelte fast dem eines verirrten Mannes, der nach dem Weg fragt.

Alle Anwesenden hatten am Vortag an der von der Gendarmerie organisierten Suche teilgenommen, niemand musste sich nachsagen lassen, kein Interesse an der Lage von Monsieur Desmedt zu haben, aber es herrschte ein solches Missverhältnis zwischen dem, was er forderte, und der sich vor den Augen aller ausbreitenden Realität, dass niemand den Mut hatte, die notwendige Erklärung zu liefern.

Monsieur Weiser, dem diese Aufgabe zufiel, räusperte sich, aber eine klare und feste Stimme kam ihm zuvor:

»Bist du dir über die Lage im Klaren, Roger?«

Alle drehten sich um.

Monsieur Mouchotte hatte die Arme in seiner typischen Besserwisser-Pose verschränkt. Der Vater von Émilie gab unentwegt den Moralprediger. Vor seiner Entlassung war er ein unangenehmer Vorarbeiter gewesen, pedantisch, niemals großzügig oder nachsichtig. Er stand ein paar Meter vor Monsieur Desmedt, seinem Intimfeind. Alle erinnerten sich noch an die schallende Ohrfeige, die ihm dieser verpasst hatte, als sie noch zusammengearbeitet hatten. Monsieur Mouchotte war zwei Meter zurückgewichen und hatte sich in einen Behälter voller Sägespäne gesetzt, es hatte lautes Gelächter gegeben, zur Erniedrigung war die Lächerlichkeit gekommen. Monsieur Weiser hatte den Schuldigen für zwei Tage freigestellt, sich aber geweigert, ihn zu entlassen. Sicherlich sah er den eher lustigen als tatsächlich gewalttätigen Vorfall wie alle anderen als ausgleichende Gerechtigkeit.

»Alle Verbindungen sind unterbrochen«, fuhr Monsieur Mouchotte fort, »die Stadt ist verwüstet, ganze Familien stehen auf der Straße, bildest du dir ein, du hättest Vorrang?«

Was er sagte, war wahr und furchtbar ungerecht und beruhte auf einer Gier nach Revanche, die so niederträchtig war, dass sie einem sämtliche Energie raubte. Am liebsten hätte Antoine selbst etwas erwidert.

Unter normalen Umständen hätte Monsieur Desmedt sich auf ihn gestürzt, man hätte die beiden trennen müssen. Das war jedoch nicht nötig, Monsieur Desmedt rührte sich nicht. Auf diese Antwort war er gefasst gewesen, und dass sie auf diese beschämende Weise geäußert wurde, änderte daran nichts.

Der Bürgermeister entgegnete lahm:

»Na, na«, sagte er, aber die Worte zeigten keine Wirkung.

Nicht nur die Unmöglichkeit, Monsieur Desmedt zu helfen, war bedrückend, sondern auch der Eindruck, dass das Verschwinden seines kleinen Jungen, so tragisch es auch sein mochte, von nun an in den Hintergrund gedrängt würde und es angesichts des Übels, von dem jeder betroffen war, nie wieder eine kollektive Angelegenheit werden würde.

Man konnte nicht weiter nach dem Kind suchen, man nahm sein Verschwinden hin.

Wenn der Junge sich verirrt hatte und in den vergangenen Stunden noch am Leben gewesen war, dann war er es jetzt nicht mehr.

Man konnte nur noch hoffen, dass er entführt worden war …

Die nun folgende Stille gab Monsieur Desmedt einen Vorgeschmack auf die Einsamkeit, die ihn in Zukunft erwartete.

Monsieur Mouchotte war stolz auf seinen unehrenhaften Sieg. Er ging zum Bürgermeister und bot seine Dienste an, falls es etwas zu tun gäbe, um hier und da Hilfe zu leisten …

Auf dem Rückweg versuchte Antoine, ein paar Sachen aufzutreiben, um das Haus putzen zu können, eine Taschenlampe oder Batterien, er hatte kein Geld dabei, an einem solchen Tag würde man ihm bestimmt einen Kredit gewähren, aber das völlig verbeulte Metallgitter der Eisenwarenhandlung war noch heruntergelassen. Da kam ihm die Idee, in die Kirche zu gehen und Kerzen zu holen.

Beim Eintreten begegnete er Madame Antonetti, die eine schwere Einkaufstasche schleppte und ihn spöttisch musterte.

Auf den Ständern befand sich keine einzige Kerze mehr.

14

Die beiden aufeinanderfolgenden Stürme, das Gewitter, die sintflutartigen Regenfälle hatten einen solchen Schock verursacht, dass in Antoines Kopf alles, was sich davor ereignet hatte, in gewisser Weise verblasst war. Ein paar Stunden zuvor hatte er sich mit Schrecken vorgestellt, wie Rémis Leiche aus Saint-Eustache vertrieben, vom Wildbach mitgerissen würde und den Ort durchquerte, er hatte Rémi vor sich gesehen, wie er auf dem Rücken trieb wie ein toter Fisch, an Antoines Haus vorbei, an dem seiner Eltern … So würde es nicht kommen. Die Ereignisse, so dramatisch sie waren, lieferten Antoine eine unerwartete Atempause. Die Leiche würde vielleicht kilometerweit von Beauval entfernt wiedergefunden, der Sturm hatte sicher einige Indizien weggefegt …

Oder es war nur aufgeschoben, und die Suche würde in ein paar Tagen wieder aufgenommen. Wenn Rémis Leiche sich noch an Ort und Stelle befand, so war sie nicht so gut versteckt, dass sie einer zweiten Suche entgehen würde.

Antoines Schicksal wurde jetzt von einer tiefen Unsicherheit bestimmt, an der er sich festzuklammern begann.

Madame Courtin hatte sich, mit Schrubber und mehreren Scheuerlappen bewaffnet, daran gemacht, das Haus zu säubern, eine endlose Arbeit … Antoine erklärte die im Rathaus verkündeten Maßnahmen, die an ihrer eigenen Situation nicht viel ändern würden.

»Man lässt uns im Stich!«, brummte sie.

»Maître Vallenères ist gestorben …«

»Ach ja? Wie denn?«

Madame Courtin hielt inne, ihr Tuch auf dem Kopf, die Hände noch um den Lappen über dem Eimer geschlungen.

»Anscheinend hat ihn ein Baum erschlagen …«

Mit langsameren Bewegungen nahm Madame Courtin ihre Arbeit wieder auf. Sie gehörte zu jenen Menschen, bei denen das Denken häufig alle anderen Funktionen beeinträchtigt.

»Und seine Kleine, was wird jetzt aus ihr?«

Antoine erschütterte diese Aussicht. Wer würde das abgezehrte kleine Mädchen jetzt am Sonntag durch den Mittelgang der Kirche schieben? Wer würde sie im Sommer durch das Zentrum rollen, vor den Geschäften anhalten, die sie nie betrat, ihr ein Eis kaufen, das sie mit ernstem Gesicht essen würde, an einem Tisch inmitten der anderen Gäste auf der Terrasse des Café de Paris?

Gewöhnlich erfolgten Entwicklungen in Beauval langsam, Änderungen vollzogen sich allmählich. Die Schnelligkeit und Heftigkeit, mit denen die Ereignisse seit drei Tagen aufeinander gefolgt waren, überrumpelten den Ort, die Landschaft änderte sich schnell, zu schnell.

Antoine dachte wieder an Monsieur Weiser, den er, wie

alle hier, nicht sonderlich mochte. Aber er dachte an die Anstrengungen, die er bereits unternommen hatte, um die wenigen verfügbaren Freiwilligen zu mobilisieren. In dieser Situation hatte er eine ganz auf die Gemeinschaft hin orientierte Energie gezeigt, während – das würde man im Lauf des Tages erfahren – das Dach seiner Fabrik davongeflogen war und es galt, dringende Maßnahmen zu ergreifen, um die Maschinen in Sicherheit zu bringen, den Lagerbestand zu schützen, alles zu erhalten, was noch erhalten werden konnte, und es gerechtfertigt gewesen wäre, wenn er an sich dächte, so wie es die meisten anderen taten.

Da sie noch ein Dach und ein stehendes Haus hatten, so sagte sich Antoine, sollten sie da nicht zum Beispiel den Desmedts helfen?

»Ja, glaubst du, ich habe nichts anderes zu tun?«

Die Antwort seiner Mutter war mit schockierender Unbefangenheit gekommen.

Die Platane im Zentrum wurde am frühen Nachmittag vor einer schweigenden Zuschauerschar zerlegt. Man fragte sich, wie alt sie sei, sie war älter als die Erinnerungen der Bewohner. Jetzt war der Platz splitterfasernackt.

Eine beträchtliche Anzahl von Bäumen war auf die Landstraßen um Beauval gestürzt und verhinderte den Einsatz von Technikern. Zwei Tage lang blieben die Verbindungen eingeschränkt.

Schließlich gab es wieder Strom, dann Telefon.

Das Haus der Courtins stank nach Schlamm, das gesamte Mobiliar musste ausgetauscht werden, man begann,

Vordrucke für die Versicherungen auszufüllen, Formulare für das Departement, von dem rasche Hilfen versprochen wurden, auf die man tatsächlich lange würde warten müssen und von denen ein Großteil nie eintreffen würde. Blanche Courtin arbeitete wie eine Ameise, stumm, konzentriert, aber von jeder Kleinigkeit gereizt, grob und jäh in Gesten wie in Reaktionen.

Antoine widmete sich einigen Arbeiten für die Allgemeinheit, in Begleitung von Theo, Kevin und ein paar anderen. Die beiden Stürme hatten die Unstimmigkeiten zwischen Antoine und Theo in die Abstellkammer der Erinnerungen befördert, die Jungen der Schule wetteiferten in Hilfsbereitschaft gegenüber den Familien, die in Schwierigkeiten steckten, vernachlässigten dabei bisweilen die eigene und erweckten den Eindruck einer Pfadfinderarmee.

Schließlich hielt Antoine es nicht mehr aus und schlug den Weg nach Saint-Eustache ein.

Die Bäume des Gemeindeforstes waren zu hunderten umgestürzt. An den Stellen, wo der Orkan gewütet hatte, hatte ihr Sturz beeindruckende, vollkommen geradlinige Schneisen geschlagen.

In Saint-Eustache war die Szenerie noch spektakulärer. Es war schlichtweg unmöglich, den Wald zu betreten, er schien buchstäblich abrasiert, alles lag am Boden … Aus einem seltsamen und unverständlichen Grund hatten einige wenige Bäume standgehalten und wirkten wie Ausguckposten, die auf eine verwüstete Szenerie gepflanzt worden waren.

Nachdenklich kehrte Antoine zurück.

Madame Courtin hatte auf dem Speicher ein altes Transistorradio ausgegraben, das sie mit Batterien aus verschiedenen Apparaten im Haus bestückt hatte. Sie beugte den Kopf über den kleinen krächzenden Apparat, man hätte meinen können, man sei zurück in der Besatzungszeit …

»Sei still, Antoine, lass mich zuhören!«

Der Gendarmeriehauptmann versicherte, die Ermittlungen im Falle des verschwundenen kleinen Rémi Desmedt »würden unvermindert energisch fortgesetzt«, aber die Umgebung von Beauval sei in einem Maße verwüstet, dass weitere Suchen nicht würden durchgeführt werden können. Die bereitgestellten und stark in Anspruch genommenen Kräfte der Gendarmerie etc.

Die Folgen des Sturms im Kanton waren Thema des »Abendberichts«.

In einem Interview erklärte Monsieur Weiser, er lege seine ganze Kraft darein, Unternehmen zu überzeugen, herzukommen und die unzähligen umgestürzten Bäume im Besitz der Gemeinde zu zersägen, damit sie nicht verloren gingen.

Der Wald von Saint-Eustache wiederum, Gegenstand endloser Diskussionen unter einer zu großen Zahl von Erben – nicht mitgerechnet all die, die niemand hatte ausfindig machen können – und ohne irgendeinen Verkaufswert, würde bleiben, wie er war.

Antoine ging in sein Zimmer hinauf. Rémi war tot, verschwunden.

Es war zu Ende.

Rémi Desmedt wurde zu einer Erinnerung und das für lange Zeit. Würde der Wald, eines fernen Tages, endlich neu bewirtschaftet, so wäre nur noch sehr wenig von dem toten Kind zu finden.

Und in jedem Falle wäre Antoine weit weg.

Denn von diesem Moment an hatte er nur noch eine Idee im Kopf: Beauval verlassen.

Und nie wieder zurückkehren.

2011

15

Der Lauf der Zeit hatte nie irgendeinen Einfluss auf Madame Courtins Prinzipien gehabt. Antoine lernte sehr früh, dass es ebenso mühsam wie unnötig war, Widerstand zu leisten. Also einverstanden, er würde zu der Einladung bei Monsieur Lemercier kommen, er wäre gegen 19 Uhr da, ich versprech's dir. Als Einziges konnte er durchsetzen, nicht allzu lang zu bleiben; Prüfungen, auf die er sich vorbereiten musste, bildeten seiner Mutter gegenüber schon immer ein unangreifbares Alibi.

Während er auf einen Anruf von Laura wartete, hatte er beschlossen, ein bisschen zu laufen. Ohne sie langweilte er sich schnell, ihre Anwesenheit fehlte ihm, ihre zierlichen, weichen Arme, ihr zarter Atem. Es drängte ihn, sie wiederzusehen ... und er verspürte ein unbändiges Verlangen, sie zu vögeln. Laura war eine sehr stimulierende, tabulose brünette Frau, für die Begierde und Lust so notwendig waren wie Luft und Essen. Sie war intelligent, einigermaßen verrückt und fähig, sich blindlings in aufregende Geschichten zu stürzen, verfügte aber über ein ausgeprägtes Gespür für ihre Integrität, das sie stets beim ersten Alarm außer

Gefahr brachte. Dieses Mädchen, das eine gute praktische Ärztin zu werden versprach, war auch in der Lage, Antoine in dämonische Abenteuer von seltener Spannkraft hineinzuziehen; das Leben mit Laura war ein Feuerwerk, ein beständiges Versprechen, in das Antoine mit Glück und Leidenschaft eintauchte. Laura war das leuchtende Ufer seines Lebens. Manchmal liebte er jene traurigen und so verheißungsvollen Momente der Trennung von ihr. Und manchmal, so wie heute, belastete ihn die Entfernung, er fühlte sich schrecklich allein. Die Beziehung mit Laura war von Anfang an explosiv gewesen, ganz wie die junge Frau selbst, die sich Liebesbeziehungen nur leidenschaftlich, vorübergehend und widerruflich vorstellen konnte. Und dann hatte es gehalten und gehalten – drei Jahre waren sie jetzt zusammen. Sie hatten den gemeinsamen Wunsch gehabt, ohne Kinder zu leben, etwas Seltenes bei einer jungen Frau, das Antoine bestens passte: Er konnte sich nicht vorstellen, diese Bürde zu tragen, die Verantwortung, das Leben eines Kindes, das war unmöglich, allein bei dem Gedanken daran bekam er Panik. Dann hatte Antoine, den es drängte, so weit fortzugehen wie möglich, von seinem Wunsch erzählt, sich nach seinem Studium in einer Hilfsorganisation zu engagieren, woran Laura ebenfalls gedacht hatte. Ihre Beziehung, die um eine blühende, hemmungslose Sexualität geknüpft war, hatte mit diesem gemeinsamen Vorhaben noch an Intensität gewonnen. Eines Tages hatte Laura gesagt: »Wenn wir in die Dritte Welt gehen, wäre es verwaltungstechnisch gesehen praktischer, wir wären verheiratet …«, ein so dahingesagter Satz, als hätte sie von etwas gesprochen, was noch auf dem Einkaufszettel fehlte, der Antoine aber auf einen neuen Gedanken gebracht und sich nach und nach bei ihm festgesetzt hatte.

Die Aussicht, Laura zu heiraten, tat ihm gut, die Vorstellung, dass sie auf ihre Weise um seine Hand angehalten hatte, versöhnte ihn ein bisschen mit sich selbst.

Er brauchte Batterien für die Maus seines Laptops. Er verließ das Haus, um in die Stadt zu gehen.

Wenn er aus dem Haus seiner Mutter trat, musste er immer unwillkürlich einen Blick zum Garten des Nachbarhauses werfen, das früher das Haus der Desmedts gewesen war. Inzwischen war es renoviert, quasi neu gebaut, und beherbergte ein Paar um die Vierzig mit ihren Zwillingstöchtern, zu denen Madame Courtin herzliche, aber etwas distanzierte Beziehungen unterhielt, weil diese Leute nicht richtig von hier waren.

Nach dem Sturm hatten die Desmedts eine Sozialwohnung in Les Abesses erhalten, einem Viertel außerhalb des Zentrums von Beauval. Erstaunlicherweise war Monsieur Desmedt kein Opfer der Entlassungswelle zu Beginn des Jahres 2000 geworden, die der Zustand der Firma Weiser bewirkt hatte. Das Gerücht ging um, man habe ihm seine Stelle aus Mitleid mit seiner Situation gelassen. Monsieur Mouchotte hatte damals einige hässliche Gerüchte zu dem Thema gestreut, die aber von allein aufgehört hatten, weil Monsieur Desmedt einige Monate später einem geplatzten Aneurysma erlegen war, er war im Schlaf in seinem Bett gestorben.

Madame Desmedt wiederum war stark gealtert: ein gezeichnetes Gesicht, eine müde Gehweise. Antoine begegnete ihr manchmal, sie war jetzt dick und lief schwerfällig, als sei sie ihr ganzes Leben lang putzen gegangen.

Antoines Mutter war nicht mit ihr befreundet geblieben. Sie verhielt sich sogar so, als hätten sie sich zerstritten, als hätte ein verborgenes und unüberwindliches Vorkommnis sie getrennt. Seitdem Bernadette in Les Abbesses untergebracht war, gab es nicht mehr viele Gelegenheiten, sich zu begegnen, außer von Zeit zu Zeit in den Geschäften, aber außer Guten Tag, Guten Abend war nichts mehr, der Sturm hatte ihre einstige Nachbarschaftssolidarität hinweggefegt. Niemand hatte darauf geachtet, nicht einmal Madame Desmedt. Während dieser schmerzhaften und wirren Phase waren Freundschaften erloschen, neue, bisweilen unerwartete Sympathien waren entstanden, das vielfache Unglück, das über der Stadt niedergegangen war, hatte das Spiel der Beziehungen zwischen den Einwohnern grundlegend neu gemischt. Was seine Mutter und Madame Desmedt betraf, so wusste Antoine natürlich mehr als die anderen, aber das gehörte in eine Zeit, von der sie selten sprachen und die von Madame Courtin auf »den Sturm von '99« reduziert wurde, als hätte sich in Beauval außer umstürzenden Bäumen und davonfliegenden Dächern nichts Nennenswertes ereignet.

Lange Zeit war sie sorgenvoll gewesen, hatte aufmerksam die Regionalnachrichten verfolgt, jeden Morgen die Zeitung gelesen, was sie zuvor nie getan hatte. Nach und nach war ihre Sorge eingeschlummert, sie hatte den Fernseher ausgeschaltet und ihr Zeitungsabonnement nicht verlängert.

Antoine wandte sich nach rechts Richtung Zentrum. Er

empfand immer dasselbe. Er hasste alles, dieses Haus, diese Straße. Er hasste Beauval.

Er war von dort geflohen, sobald er aufs Gymnasium gekommen war, seine Mutter war überrascht gewesen, dass er lieber ins Internat wollte. Inzwischen kam er noch zurück, um sie zu besuchen, aber so selten und so kurz wie möglich; Tage davor schon hatte er Angst, brach schnell wieder auf, fand unaufhörlich neue Ausreden.

Im Alltag vergaß er. Der Tod von Rémi Desmedt war eine alte Begebenheit, eine schmerzliche Kindheitserinnerung, Wochen vergingen ohne Unbehagen. Antoine war nicht gefühllos: Sein Verbrechen existierte einfach nicht mehr. Dann lösten ein kleiner Junge auf der Straße, eine Szene im Kino, der Anblick eines Gendarms plötzlich eine nicht zu unterdrückende, nicht zu beherrschende Angst in ihm aus. Panik ergriff ihn, die unmittelbar bevorstehende Katastrophe zerstörte sein Leben, er musste gewaltige Anstrengungen unternehmen, um diesem Druck durch langsames Atmen, durch Autosuggestion Herr zu werden, und er überwachte dieses Pochen seiner Phantasie wie einen Motor, bei dem man nach einer plötzlichen Überhitzung besorgt darauf achtet, dass er auch wirklich abkühlt.

Tatsächlich ließ ihn die Angst nie los. Sie döste, schlief ein und kam wieder. Antoine lebte in der Überzeugung, dass der Mord ihn früher oder später einholen und sein Leben ruinieren würde. Ihn erwartete eine Strafe von dreißig Jahren Gefängnis, um die Hälfte reduziert, weil er zum Zeitpunkt der Ereignisse minderjährig war, aber fünfzehn Jahre waren ein ganzes Leben, denn danach würde es nie mehr ein normales Leben geben, ein Kindermörder wird nie wieder jemand Normales, weil ein zwölfjähriger Mörder nie als jemand Normales angesehen wird.

Die Ermittlungen waren nie offiziell eingestellt worden, Antoine konnte nicht einmal auf Verjährung hoffen.

Früher oder später würde sich ein Sturm von unerwarteter Stärke erheben und mit einer durch die Jahre vervielfachten Kraft alles auf seinem Weg verwüsten, Antoines Leben, das seiner Mutter, seines Vaters; dieser Sturm würde ihn nicht nur töten, er würde ihn Teil der Geschichte werden lassen, sein Name, sein Gesicht würden berühmt und zwar für lange Zeit, nichts von dem, was er jetzt war, würde das überleben, er wäre der »Kindermörder«, das »Mörderkind«, »der Nachwuchsmörder«, ein neuer Fall für die Kriminologie, eine weitere Kategorie innerhalb der klinischen Kinderpsychiatrie.

Deshalb war sein größter Wunsch wegzugehen, weit weg, er wusste, dass er sich von Beauval mit Bildern im Kopf entfernen würde, die ihn auch am Ende der Welt noch verfolgen würden, aber zumindest wäre er erleichtert, nicht mehr jenen begegnen zu müssen, die mehr oder weniger mit seinem Drama verbunden waren.

Laura sah ihn manchmal schweißnass, fiebrig, übererregt oder im Gegenteil niedergeschlagen, jeglicher Kraft beraubt und deprimiert. Diese Panikanfälle, die ohne Ankündigung eintraten, konnte sie sich nicht erklären, und Antoines Berufung für ein humanitäres Engagement schien ihr manchmal sogar gefährdet. Daher, und da sie zu jenen Frauen gehörte, die sich nicht damit abfinden, die Hintergründe für immer zu ignorieren, kam sie regelmäßig auf das Thema zu sprechen. Vergeblich. Antoine hatte sie nie an den Ort geführt, an dem er aufgewachsen war. Würde er sich dazu entschließen, so könnte sie sicherlich mit seinen Angehörigen reden, verstehen und ihm endlich helfen.

Er war auf Höhe des Rathauses, als Laura anrief.

»Und«, fragte sie, »hat deine Mama ...«

Madame Courtin wusste nichts von Lauras Existenz. Dieses Verschweigen lag bei Antoine in einem mysteriösen und irrationalen Geheimnis begründet, das die junge Frau eine Zeitlang gekränkt hatte, aber es entsprach nicht ihrer Art, rein gesellschaftlichen Ereignissen zu viel Bedeutung beizumessen. Sie machte Witze darüber und amüsierte sich umso mehr, als es Antoine unangenehm war.

»Sie ist mir hoffentlich nicht böse, dass ich nicht da bin ...«

Diesmal war es Antoine nicht unangenehm, er hatte Lust auf Laura, Sex war für ihn immer ein starker Angstlöser gewesen. Ohne zu zögern begann er, ihr primitive, ungeduldige Dinge zuzuflüstern, die sie bald verstummen ließen. Er redete mit ihr, als habe er sich auf sie gelegt und sie die Augen geschlossen. Dann unterbrach er sich und ließ lange, mit Begehren angefüllte Pausen entstehen, während derer er ihrem angespannten Atem lauschte.

»Bist du noch da?«, fragte sie schließlich.

Plötzlich war die Stille nicht mehr dieselbe. Antoine war nicht mehr auf ihr, er war anderswo, sie spürte es.

»Antoine?«

»Ja, ich bin da ...«

Seine Stimme schrie das Gegenteil.

Im Schaufenster von Monsieur Lemercier hatte rechts in der Ecke immer das Portrait von Rémi Desmedt gehangen, das von Jahr zu Jahr ein wenig mehr vergilbte. Das Verschwinden des Jungen war noch gelegentlich Gesprächsthema, man findet sich mit einem solchen Geheimnis nie ab, aber die Vermisstenanzeige war gealtert, und wo sie herunterfiel, hatte man sie nicht wieder aufgehängt, man sah sie praktisch nur noch in der Gendarmerie, unter einem Dutzend anderer aus unterschiedlichen Regionen, und hier, bei Monsieur Lemercier.

»Antoine?«

Die Vermisstenanzeige hatte den Ort gewechselt. Sie hing nicht mehr, wie zuvor, in der Ecke des Schaufensters, jemand hatte sie in die Mitte verschoben. Und es war nicht mehr das alte Blatt in verblichenen Farben, sondern ein leuchtendes, vergrößertes, aktuelles Portrait.

Neben dem Kind mit der geglätteten Strähne und dem T-Shirt mit einem kleinen blauen Elefanten sah man einen Jugendlichen, der ihm auf seltsame Weise ähnelte. Mit Hilfe einer Morphing-Software war Rémi Desmedt in einen Siebzehnjährigen verwandelt worden.

»Antoine!«

Die Anzeige beschrieb nicht mehr die Kleidung, die er damals trug, und erwähnte nur noch das Datum seines Verschwindens, Donnerstag, den 23. Dezember 1999. Antoine sah, wie sich sein eigenes Spiegelbild im Schaufenster auf seltsame Weise über das Gesicht dieses Heranwachsenden legte, den er nicht gekannt hatte und von dem er als Einziger wusste, dass es ihn nicht gab. Was jeder in Beauval hoffen konnte, nämlich dass der kleine Rémi noch lebte, irgendwo aufgewachsen war und vergessen hatte, wer er war, war eine Illusion, eine Lüge.

Er dachte an Madame Desmedt. Hatte sie ein Exemplar von dieser Anzeige auf ihrer Anrichte? Betrachtete sie jeden Morgen das Kind, das sie sicher immer noch liebte, und den jungen Mann, den sie nicht kannte? Hoffte sie, ihn eines Tages lebend zu sehen, oder hatte sie aufgegeben?

Endlich antwortete Antoine Laura, aber der Faden war zerrissen. Er hatte seinen Weg wieder aufgenommen, er fühlte sich nervös, die sexuelle Erregung war einer unbestimmten Angst gewichen. Ja, ich bin da, sagte er zu Laura, aber er hatte das Bedürfnis, ins Auto zu steigen und zu flüchten.

»Wann kommst du nach Hause?«, fragte Laura.

»Bald, übermorgen … Morgen. Ich weiß nicht.«

Am liebsten hätte er gesagt: sofort.

Er gab sein Vorhaben, Batterien zu kaufen, auf, ging zurück, in sein Zimmer hinauf, begann zu lesen und sich Notizen zu machen, aber das Plakat hatte ihm Unbehagen verursacht, er blieb besorgt. Und doch, er mochte noch so lange überlegen, außer der Entdeckung der Leiche konnte er sich nicht vorstellen, welche Bedrohung jetzt auftauchen sollte. Die Ermittlungen waren nie offiziell eingestellt worden, aber niemand suchte noch aktiv nach Rémi Desmedt. Es war eine irrationale Haltung, aber er hatte das Gefühl, die Gefahr würde durch die Stadt selbst verkörpert und existiere nur, wenn er sich ihr näherte.

Ein paar Mal hatte er sich gezwungen, nach Saint-Eustache zu gehen. Der Ort war verödet geblieben, so wie der Sturm ihn zwölf Jahre zuvor hinterlassen hatte; die übereinanderliegenden Bäume verrotteten an Ort und Stelle, es war praktisch unmöglich, ins Innere des Waldes vorzudringen. Als Mediziner wusste er, wie die sterblichen Überreste von Rémi Desmedt nach zehn Jahren aussehen mussten …

Und plötzlich, mit dem neuen Bild im Schaufenster von Monsieur Lemercier, nahm das tote Kind wieder eine lebendige Form an, eine Aktualität, so scharf und gegenwärtig wie in seinen Alpträumen. Im Laufe der Jahre hatte sich etwas verändert, was Antoine traurig machte, und das war weniger, dass er nie mit jemandem darüber sprechen konnte, als die Feststellung, dass die Bedeutungen sich verändert hatten; das Wesentliche war heute nicht mehr der kleine Junge, den er getötet hatte. All seine Bemühungen, all seine Aufmerksamkeit hatten sich ihm selbst zugewandt, seinem Streben nach Sicherheit, nach Straflosigkeit. Es war einige Zeit her, seit er das letzte Mal aus dem Schlaf hochgeschreckt war, weil er die schlaffen kleinen Händchen von Rémi vor sich hatte baumeln sehen, seit er seinen herzzerreißenden Schrei das letzte Mal gehört hatte, mit dem er ihn um Hilfe rief. Die Hauptfigur der Tragödie war nicht mehr das Opfer, sondern der Mörder.

Es war bald halb acht, er konnte nicht noch später kommen, er machte sich auf den Weg.

Monsieur Lemercier feierte seinen sechzigsten Geburtstag. Es war Ende Juni und bereits sehr mild, ein fast sommerliches Wetter. Grill im Garten, Musik, Girlanden, der übliche Kram, es roch nach gegrilltem Fleisch, kleine Weiß- und Rotweinfässchen standen da. Man aß von Papptellern, die sich durchbogen, mit Messern, die nicht schnitten.

In Beauval verlief das Leben im Takt eines Uhrwerks. Die Stadt, die früher von einer Reihe von Dramen und ungeklärten Vorfällen erschüttert worden war, hatte zu ihrem friedlichen, quasi unveränderlichen Lauf zurückgefunden, die Leute, die Antoine gekannt hatte, waren zehn Jahre später noch dieselben und auf dem besten Wege, von der folgenden Generation ersetzt zu werden, die, bis auf wenige Ausnahmen, ziemlich vergleichbar war.

»Er macht das gut, findest du nicht?«

Madame Courtin ging ein paar Stunden pro Woche bei Monsieur Lemercier putzen, einem sehr korrekten Mann, wie sie sagte, einem sehr anständigen Mann. In ihrer Sprache hieß das, dass er im Gegensatz zu Monsieur Kowalski (für den sie seit langem nicht mehr arbeitete und von dem sie nie sprach) zahlte, was er ihr zu gegebener Zeit schuldete.

Antoine schüttelte Hände, nahm ein Glas entgegen, ließ sich nachschenken, aß etwas Gegrilltes. Wie seine Mutter ihm geraten hatte, ging er zu Monsieur Lemercier, gratulierte und dankte ihm usw.

Madame Courtin unterhielt sich, ein Plastiksektglas in der Hand, mit Madame Mouchotte. Die Bewegung, die sie von Bernadette Desmedt entfernt hatte, hatte sie eigenartigerweise der Mutter von Émilie nähergebracht, jener so hübschen Frau mit dem strengen Gesicht, die die Hälfte ihrer Zeit immer in der Kirche und die andere Hälfte mit ihrem Haushalt verbrachte. Als die Geschäfte der Firma Weiser wieder florierten, war Monsieur Mouchotte wieder eingestellt worden, hatte aber von der langen Phase der Arbeitslosigkeit eine Bitternis bewahrt, eine Bissigkeit, die man auf seinem Gesicht lesen konnte, nichts fand vor seinen Augen Gnade. Monsieur Weiser, der gleichzeitig sein Martyrium gewesen war, als er ihn hatte entlassen müssen, und sein Retter an dem Tag, an dem er ihn wieder eingestellt hatte, war das wichtigste Objekt seines Grolls gegenüber einer Welt, die sich seiner Ansicht nach definitiv nicht so drehte, wie sie es hätte sollen. Er hatte seine Wiedereinstellung bei Weiser mit einer Art ernsten Befriedigung angenommen, wie ein Mann, der am Ende einer langen Phase der Ungerechtigkeit endlich zu seinem Recht kam. Immer hatte er jemanden gehasst, lange Zeit war es Monsieur Desmedt gewesen. Jetzt, nach dessen Tod, hatte Monsieur Weiser den ersten Platz in der Rangfolge seiner Abscheu eingenommen. Die beiden Männer, die im Garten von Monsieur Lemercier die größtmögliche Entfernung wahrten, würden sich am Abend mehrfach über den Weg laufen, ohne sich zu sehen. Anscheinend nannte ihn Monsieur Weiser, wenn er ihm in der Fabrik Anweisungen geben musste, nie anders als »den Herrn Vorarbeiter«.

Seine Frau blieb für Antoine ein Geheimnis, ein Widerspruch in sich. Diese Betschwester im Körper eines Mannequins redete wenig, lächelte wenig, was ihr den falschen Ausdruck einer Diva verlieh, einer gefühlskalten Schönen, in der Antoine eine Art Hysterie zu erkennen glaubte.

»Guten Tag, Doktor …«

»He, Salut, Doc!«

Blond und lächelnd stand Émilie vor ihm, in der Hand ein Plastikglas, das sie vorsichtig hielt wie eine Frucht. Theo wiederum schluckte gerade den letzten Bissen einer Wurst runter und leckte sich die Finger ab. Antoine hatte sie lange nicht gesehen, es hatte sich nicht ergeben. Er küsste Émilie auf die Wangen, Theo wischte sich ungeschickt die Hand an einer Papierserviette ab und streckte sie ihm hin. Zerrissene Jeans, tailliertes Jackett, spitze Schuhe – sein gesamtes Äußeres vermittelte deutlich, dass er nicht die Absicht hatte, dieser Provinz anzugehören, dass er von einem anderen Schlag war. Er verschwand mit den Gläsern der drei.

Antoine fühlte sich in Émilies Gegenwart gehemmt, sie musterte ihn immer mit einem gewissen Blick.

»Und wie mustere ich dich?«, fragte sie neugierig.

Antoine hätte große Mühe gehabt, es zu erklären. Sie schien immer kurz davor, ihm eine Frage zu stellen. Oder war überrascht von dem, was er sagte, was er war.

Mit der Zeit ähnelte Émilie immer mehr ihrer Mutter, der sie weiterhin leidenschaftliche Zuneigung entgegenbrachte, sie war die Höchste. Dass sie ihr schließlich in diesem Maße glich, war nicht erstaunlich. So war Beauval, eine Stadt, in der die Kinder ihren Eltern ähnelten und darauf warteten, ihre Stelle einzunehmen.

Sie tauschten ein paar Worte über das Fest. Antoine erkundigte sich, was sie so mache. Sie arbeitete beim Crédit agricole in Marmont.

»Verlobt«, sagte sie und zeigte genüsslich einen Ring.

Ach ja, stimmt, Beauval war auch eine Stadt, in der man sich noch verlobte.

»Theo?«, fragte er.

Émilie lachte laut los und hielt sich sofort die Hand vor den Mund.

»Nein«, sagte sie, »mit Theo ganz bestimmt nicht …!«

»Ich weiß ja nicht …«, stammelte Antoine, ein wenig gekränkt, dass seine Frage so lächerlich wirkte.

Erneut zeigte sie ihren Ring.

»Jérôme ist Unteroffizier beim Heer. Er ist in Neukaledonien stationiert, aber wartet auf seine Versetzung nach Frankreich, das passiert im September, dann heiraten wir.«

Antoine war auf seltsame Weise eifersüchtig, nicht darauf, dass es einen Mann in ihrem Leben gab, sondern dass er selbst nie in ihr Leben getreten war. Auch früher, zu Schulzeiten, waren sie nie miteinander gegangen, er hatte den Eindruck, alle Gelegenheiten verpasst zu haben, nicht zu den Männern zu gehören, die sie verführerisch fand, nur zu denen, mit denen man Umgang hat, weil man sie schon immer kennt; er war gekränkt, als er sich erinnerte, wie sehr das kleine Mädchen zu Beginn der Pubertät seine Phantasie beherrscht hatte. Er hatte sich irre Sachen zu ihrem blonden Haar vorgestellt, er wurde rot.

»Und du?«, fragte sie.

»Ähnlich ... Ich muss mein Praktikum machen, die Assistenzzeit zu Ende bringen und dann gehen wir weg ... Arbeit in einer humanitären Organisation.«

Émilie nickte ernst. Humanitäre Organisation ist gut. Auf ihrem Gesicht war zu lesen, dass das für sie ein Begriff ohne Inhalt war, nur ein Wort, dessen moralische Bedeutung aber Respekt verdiente. Das Gespräch war beendet. Was sagen? Zwischen ihnen lag so viel Unausgesprochenes, wie es Erinnerungen gab. Sie sahen auf den Garten, auf die kleine Versammlung mit ihren Rufen, ihrem Lachen, dem rauchenden Grill, sie hörten die Musik, die aus den Boxen neben dem Haus drang, an dessen inzwischen neu gestrichenem Verputz man die alte Linie erkannte, die das Hochwasser von damals markierte.

Theo kam mit Plastikgläsern zurück, sie nahmen das Gespräch zu dritt wieder auf, die Allgemeinheiten. Antoine sah sie plötzlich auf dem Kirchenvorplatz vor sich, am Abend der Weihnachtsmesse. Und er dachte wieder an jene Balgerei, als Theo die hässlichen Gerüchte verbreitet hatte …

Er trank einen Schluck Wein und sah woanders hin.

In Beauval wurde er unvermeidlich an das Jahresende 1999 erinnert. Was damals geschehen war, gehörte zu einem anderen Leben, selbst Beauval hatte damit abgeschlossen, aber da das Geheimnis von Rémi Desmedts Verschwinden nie aufgeklärt worden war, schlummerte die Glut, die von einem beliebigen Windhauch wieder entfacht werden konnte; wenn Antoine so von Menschen umgeben war, fühlte er sich bedroht, alles war voll mit Zeichen, war Deutungen unterworfen, war Quelle der Angst …

»Antoine …!«

Er brauchte ein paar Sekunden, bis er Valentine erkannte, sie musste ein Kilo pro Jahr zugenommen haben. Sie wandte sich zu einem brüllenden Knirps um, Hör auf, hab ich gesagt! Mit einer heftigen Handbewegung, als versuche sie, eine hartnäckige Wespe zu verscheuchen. Sie hatte ein Baby im Arm, das eine Handvoll Chips mampfte. Ihr Mann, ein hübscher Junge mit dem Aussehen eines Holzfällers und faulen Zähnen, umschlang mit besitzergreifender Geste ihre Schultern.

Antoine schüttelte weiter Hände, die sich ihm entgegenstreckten, erwiderte hier und da Umarmungen. Theo war neben ihm geblieben, als habe er ihm etwas zu sagen und warte auf eine Gelegenheit. Über die Schultern der einen und der anderen begegneten sich ihre Blicke, bis Theo sich zu ihm beugte.

»Ich bin wie du, die kotzen mich alle an …«

»Nein, so ist es gar nicht …«

Theo lachte leise.

»Ach, hör auf … Die sind so blöd …«

Antoine war von Theos Haltung unangenehm berührt. Auch er fühlte sich weit entfernt von dieser Welt, von anderer Art, moderner, und fand die Stadt alt, starr und eng; er hasste sie, aber er verachtete sie nicht. Theo war immer herablassend gewesen, es war nicht überraschend zu sehen, dass er Beauval heute mit Geringschätzung betrachtete. Er war gerade dabei, ein Start-up-Unternehmen zu gründen, dessen Zielsetzung Antoine nicht recht begriff, es ging um Expertensysteme, um Netzfunktionen, Theos Vokabular war gespickt mit englischen Ausdrücken, von denen Antoine nichts begriff. Er begnügte sich damit, ein überzeugtes Gesicht zu machen wie jene Leute, die eine Sprache nur schlecht beherrschen, sich aber, zu müde, weiter nach einer Bedeutung zu suchen, damit begnügen zuzustimmen. Émilie, die wieder zu ihnen gekommen war, hörte nicht zu, ein Gespräch unter Männern, das ging sie nichts an.

Dann wurden sie getrennt. Antoine trank. Ein bisschen zu viel, das merkte er. Umso mehr, als er Alkohol nie vertragen hatte.

Er hatte gehalten, was er seiner Mutter versprochen hatte, er war gekommen; er hatte ihr auch gesagt, dass er nicht lang bleiben würde, es war Zeit zu gehen.

Unmöglich, sich von allen zu verabschieden, er musste sich geschickt verdrücken, ohne jemanden zu kränken.

Er schenkte sich nochmal Wein ein, um etwas zu tun, bewegte sich dann Richtung Hecke, niemand sah ihn, er stellte sein Glas auf einen Tisch, ging hinaus, schloss die Gartentür hinter sich, uff.

»Gehst du schon?«

Antoine fuhr zusammen.

Émilie saß auf dem Mäuerchen und rauchte.

»Ja, also, nein …«

Sie lachte ein leises, lebhaftes helles Lachen, das Antoine schon vorhin aufgefallen war. Es war eine Gewohnheit von ihr. Ständig ertönte dieses Lachen, das sie ohne Übertreibung sehr angenehm hätte erscheinen lassen, dessen systematische Wiederholung aber nervte. Man hätte meinen können, es ersetzte Worte, die sie nicht kannte.

»Bringt dich alles zum Lachen?«, fragte er.

Er bedauerte seine Frage, aber Émilie schien die Boshaftigkeit nicht bemerkt zu haben. Sie reagierte mit einer unbestimmten Geste, die alles bedeuten konnte.

»Okay, ich geh dann«, sagte Antoine.

»Ich gehe auch nach Hause …«

Sie setzten sich in Bewegung.

Émilie zündete sich eine zweite Zigarette an, deren Geruch sich angenehm mit der Kühle der Nacht und ihrem unauffälligen Parfüm mischte. Antoine geriet beinahe in Versuchung; das war ein paar Mal in seinem Leben vorgekommen, er hatte es nicht gemocht, sich aber hinreißen lassen. Die Anspannung des Abends fiel ab und hinterließ eine gewaltige Erschöpfung. Eine Zigarette, warum nicht …

Émilie kam auf das Gespräch zurück, das sie früher am

Abend begonnen hatten. Sie erklärte, Antoines Vorhaben beschäftige sie. Eine humanitäre Organisation. Warum wollte er kein … normaler Arzt werden? Was hätte es für eine Energie gebraucht, darauf zu antworten … Antoine machte es so kurz wie möglich:

»Hausarzt ist ein bisschen langweilig …«

Émilie schüttelte den Kopf. Sie stieß sich an etwas.

»Wenn du das langweilig findest, warum wirst du dann Arzt?«

»Nein, nicht der Arztberuf langweilt mich, sondern Hausarzt zu werden, verstehst du …«

Émilie nickte, aber etwas in dieser Theorie war ihr zu kompliziert. Antoine musterte sie unauffällig. Mein Gott, die hohen Wangenknochen, dieser Mund, der Haaransatz, da, im Nacken, der blonde Flaum …

Sie trug ein Oberteil, dessen obere Knöpfe offen standen und das den Ansatz einer Brust enthüllte, die straff zu sein schien, und als Antoine sich ganz leicht zurückfallen ließ, entdeckte er unter ihrem Kleid einen verblüffend wohlgerundeten Hintern …

Sie redete:

»Na ja, also Arzt … Das muss doch total interessant sein, Leute zu behandeln …«

Es lag etwas Schmerzhaftes in der Feststellung, dass eine so entzückende junge Frau, die so sexy war, so offenkundig dumm sein konnte. Sie äußerte nichts als Allgemeinheiten, nichts als Ideen, die, da sie schon fix und fertig waren, praktisch nicht mehr ihren Kopf zu passieren brauchten. Ihr Gespräch hüpfte grund- und übergangslos von einem Thema zum anderen, alle Themen betrafen das Wenige, was sie kannte: die Bewohner von Beauval. Während Antoine sie eingehend musterte und aus nächster Nähe die Vollkommenheit mancher Details beurteilte (ihre Brauen, die Ohren, dieses Mädchen schaffte es sogar, hinreißende Ohren zu haben, es war unglaublich), hatte Émilie sich ihrer Vergangenheit zugewandt, ihrer Kindheit, ihrer Nachbarschaft, ihren Erinnerungen …

»Ich hab lauter Fotos von uns aus der Schule! Und im Freizeitzentrum … Mit Romane, Sébastien, Léa, Kevin … Und Pauline!«

Sie redete von Leuten, an die Antoine sich nur mühsam erinnerte, die für sie aber vollkommen gegenwärtig schienen. Als wäre die Stadt und ihr Leben selbst nichts anderes als der Schulhof ein paar Jahre später.

»Ach, die Fotos … die solltest du wirklich mal sehen, die sind zum Schießen …«

Ihr kurzes Lachen drang durch die Nacht, weiblich, verführerisch und unerträglich. Es war unbegreiflich, was sie derart amüsierte.

Für Antoine waren Klassenfotos weit davon entfernt, gute Erinnerungen wachzurufen. Das Bild des kleinen Rémi Desmedt, das seine Jugend beherrscht hatte, war bei solch einer Gelegenheit gemacht worden; der Tag war ein Ritual, man bekam die Strähne schön glatt gekämmt, ein anderes Hemd angezogen, man ging in die Schule wie an einem Sonntag.

»Ich schick dir welche, wenn du magst!«

Das Angebot schien sie so zu begeistern, dass sie einen Moment stehen blieb. Er starrte sie an. Ihr schönes dreieckiges Gesicht, die hellen Augen, der samtige Mund …

»Na, wenn du willst«, antwortete er.

Beide schwiegen kurz betreten. Antoine senkte den Blick, sie setzten ihren Weg fort.

Vom Zentrum her nahm man in der Ferne noch den Widerhall der Musik bei Monsieur Lemercier wahr. Als Antoine kurz vor dem Haus nicht wusste, worüber er sprechen sollte, erwähnte er die riesige Platane, die der Sturm umgehauen hatte.

»Ach ja«, sagte Émilie. »Die Platane!«

Sie ließ ein paar Sekunden verstreichen, in denen der Schatten der Platane über dem Gespräch lag, dann fügte sie hinzu:

»Die Platane war auf gewisse Weise die Geschichte von Beauval …«

Antoine ließ das unkommentiert, was will man da sagen … Sie schwiegen erneut. Die sommerlich laue Nacht, der Wein, diese unerwartete Begegnung, das hinreißende Mädchen, alles trieb zur Vertraulichkeit und dazu, auf Fragen zurückzukommen, die er sich gestellt hatte.

»Was für Fragen?«, fragte sie.

Ihre Stimme drückte eine Naivität ohne Hintergedanken aus.

»Na, also, zum Beispiel … Theo und du … Was zwischen euch war …«

Diesmal machte Émilies leises helles Lachen ihm nichts aus.

»Wir waren dreizehn!«

Sie blieb mitten auf der Straße stehen und wandte sich überrascht um.

»Also … Du wirst doch nicht eifersüchtig sein, oder?«

»Doch.«

Das war ihm so rausgerutscht. Sofort bedauerte er diesen Reflex, der in erster Linie ein Anfall von schlechter Laune war. Denn im Grunde machte er zunächst einmal sich selbst Vorwürfe, dass er sich so lange ihrem Charme, ihrer Verlockung unterworfen hatte. Und heute machte er ihr Vorwürfe, einfach die zu sein, die sie war.

»Ich war sehr in dich verliebt …«

Das war eine einfache und traurige Feststellung. Émilie stolperte, sie hielt sich an seinem Ärmel fest, aber ließ ihn sofort wieder los, als sei die Geste in der Situation unschicklich. Antoine fühlte sich ertappt.

»Das ist keine Liebeserklärung, keine Angst!«

»Das weiß ich doch.«

Als sie vor ihrem Haus ankamen, sah Antoine plötzlich wieder Émilies Gesicht hinter dem Fenster am Tag des großen Sturms vor sich.

»Du schienst sehr erschöpft … Du warst auch sehr hübsch. Wirklich … sehr schön …«

Dieses späte Geständnis ließ sie lächeln.

Sie drückte das Gittertor auf, ging nach hinten in den Garten und setzte sich auf die Hollywoodschaukel, die leicht quietschte. Antoine folgte ihr. Die hängende Bank war sehr viel schmaler, als man denken würde, vielleicht neigte sie sich auch ein bisschen … Antoine spürte die warme, geschmeidige Hüfte Émilies, er versuchte, Abstand zu halten, aber es gelang ihm nicht.

Émilie schubste sie leicht mit dem Fuß an, sie schaukelten. Von der Straßenlaterne drang bleich-gelbes Licht herüber. Alles war still, sie redeten nicht.

Die Bewegung der Schaukel näherte sie noch stärker einander an. Da tat Antoine etwas, von dem er wusste, dass er es nicht tun durfte, er nahm Émilies Hand, sie reagierte, indem sie sich an ihn drückte.

Sie küssten sich. Es ging auf Anhieb schief.

Er mochte ihre Art des Küssens nicht, die gierige Bewegung ihrer Zunge, die an eine Mundhöhlenuntersuchung erinnerte, aber er machte weiter, weil es im Grunde keine Bedeutung hatte, da sie sich nicht liebten. Wodurch alles einfacher war.

Es war ein Flirt ohne Versprechen, vertraute Liebe, die Folge von jahrelangem Umgang, ohne sich berührt zu haben. Sie konnten es heute tun, weil nichts sie dazu verpflichtete. Sie waren Freunde aus Kindertagen. Zwischen ihnen gab es nur eine lange Geschichte abzukürzen. Um Gewissheit zu erlangen. Um nichts zu bedauern. Das kleine Mädchen, das er so begehrt hatte, hatte nichts mit der hinreißenden und dummen jungen Frau zu tun, die er in den Armen hielt. Und auf die er in diesem Augenblick schrecklich Lust hatte.

Es war eine falsche Situation, und das begriffen sie beide, aber sie wussten auch, dass das, was begonnen war, sich jetzt fortsetzen und bis zu seinem normalen und vorhersehbaren Ende ablaufen würde.

Antoine glitt mit der Hand unter Émilies Oberteil, fand eine Brust von wahnsinniger Wärme und Spannkraft, sie legte ihm daraufhin die Hand in den Schritt. Der Kuss wurde fortgesetzt, ungeschickt und ungestüm, der Speichel rann ihnen übers Kinn, sie lösten sich nicht voneinander, um nicht miteinander reden zu müssen.

Antoine gab ein dumpfes Grunzen von sich, als er auf die feuchte Wärme der jungen Frau stieß.

Sie nahm ihn in die Hand, genau wie sie küsste, mit entschlossener, ungeschickter Derbheit.

Sie wanden sich, um sich unten auszuziehen.

Émilie drehte sich von selbst um, die Hände auf der Schaukel, die Beine weit gespreizt. Antoine drang sofort in sie ein. Sie straffte sich noch weiter, um ihn aufzufordern, noch tiefer in sie einzudringen, dann wandte sie ihm den Kopf zu, um ihn erneut gierig zu küssen, mit der ganzen Zunge, immer diese Gier …

Als sie spürte, wie er sich aufbäumte und in ihr kam, stieß sie ein leises animalisches Quieken aus … Er würde nie erfahren, ob sie ebenfalls gekommen war.

Sie blieben einen Moment aneinandergedrückt, ohne recht zu wissen, was sie tun sollten, fürchteten sich sogar, sich anzusehen, dann lachten sie. Ein Rest Kindheit durchfuhr sie, der Eindruck, den Erwachsenen, dem Leben einen schönen Streich gespielt zu haben.

Antoine zog ungeschickt die Hose wieder hoch, Émilie zog hüftwackelnd ihr Höschen an und streifte ihr Kleid wieder herunter.

Sie standen, wussten nicht, was sie sagen sollten, hatten es eilig, sich zu trennen, es zu beenden.

Émilie lachte ihr leises Lachen, drückte die Knie zusammen, die Hand auf dem Unterleib wie ein kleines Mädchen, das plötzlich mal muss. Sie verdrehte die Augen und bewegte die Hand, wie um etwas davon abzuschütteln, von oben nach unten, mit ausgestreckten Fingern, ui ui ui …

Sie drückte Antoine einen raschen Kuss auf die Lippen

und ging. Als sie kurz davor war, die Tür zu öffnen, warf sie ihm mit den Fingerspitzen einen weiteren zu.

Selbst die Trennung war ein Misserfolg.

Wäre das Ende von Antoines Kindheit nicht erfolgt, als er Bekanntschaft mit dem Tod gemacht, als er Rémi getötet hatte, so hätte er es mit Sicherheit auf diese Nacht datiert.

Als er nach Hause kam, sah er auf sein Handy. Laura hatte vier Mal angerufen, ohne eine Nachricht zu hinterlassen. Er wählte ihre Nummer, aber legte sofort wieder auf. Mit ihr zu reden, das heißt, sie zu belügen, hätte seine Kräfte überstiegen. Dieses Ende des Abends war ein Debakel gewesen, es gelang ihm nicht, sich zu erklären, wie die Dinge derart hatten enden können. Verlangen, ja. Von wegen, was jetzt vom Verlangen übrig war … Er hätte sich ohrfeigen können.

Er verzichtete darauf, Laura anzurufen, er würde eine Ausrede finden … Er würde schon sehen, er würde was finden.

Seine Mutter hatte sein Zimmer für ihn beibehalten, Tapete und Einrichtung aber ändern lassen. Sein Schülerschreibtisch, sein Stuhl, sein ehemaliges Bett und ein großer Teil dessen, was sich im Zimmer befunden hatte, waren pietätvoll im Keller gelagert worden, aber ein paar Gegenstände waren der Verbannung eigenartigerweise entgangen, ein Globus, ein Zidane-Poster, ein Rucksack, ein Stiftbecher, ein GI-Megatron-Transformer, ein Kissen mit der englischen Flagge; eine recht seltsame Auswahl, deren Logik Antoine nie so recht verstanden hatte.

Er hasste diese Ausstattung, die ihn in eine Epoche zurückversetzte, die er auf Abstand hielt, aber da er selten kam und seine Mutter sich Mühe gegeben hatte, das Zimmer herzurichten, hatte er es nicht übers Herz gebracht und auch nicht die Energie gehabt, alles in einen Karton zu werfen und ihn vors Haus zu stellen, wie er es jedes Mal am liebsten getan hätte.

Das Telefon vibrierte. Wieder Laura, es war fast ein Uhr morgens. Er fühlte sich mit diesem Abend unbehaglich, in diesem Zimmer, an diesem Ort, in seinem Leben, er fand nicht die Kraft dranzugehen.

Als der Apparat mit seinen Vibrationen aufhörte, kam Antoine wieder zu Atem, hörte auf der Straße Geräusche. Seine Mutter kam in Begleitung der Mouchottes nach Hause. Was wäre geschehen, wenn er und Émilie wie Heranwachsende brünstig vor der Hollywoodschaukel überrascht worden wären?

Es war jetzt zu spät, um sich hinzulegen und so zu tun, als schlafe er. Er setzte sich an den Tisch, als würde er arbeiten. Es war absurd und demütigend, sich solchen Faxen hinzugeben, aber was soll man anderes tun.

Madame Courtin hatte das Licht in seinem Zimmer gesehen, sie kam hoch.

»Du arbeitest zu spät, mein Großer, geh schlafen!«

Exakt dieselben Worte seit Jahren, hinter denen sich der Stolz zeigte, einen strebsamen Sohn zu haben, einen Sohn, der es schaffte. Sie ging ans Fenster, öffnete es, um die Läden zu schließen, und hielt inne, weil ihr ein Gedanke gekommen war.

»Ach, sag mal, weißt du, dass sie Saint-Eustache erschließen wollen?«

Antoine spürte, wie es ihm kalt über den Rücken fuhr.

»Wie erschließen … was erschließen?«

Madame Courtin hatte sich wieder dem Fenster zugewandt.

»Na, die haben die Erben gefunden. Das Rathaus hat das Gelände gekauft, um einen kleinen Vergnügungspark für Kinder zu machen. Ihrer Ansicht nach kommen die Leute dann aus der ganzen Gegend, na, von mir aus …«

Angesichts jeder Neuheit, jeder Initiative begann Madame Courtin immer größte Zweifel zu äußern.

»Sie sagen, sie hätten Studien erstellt, Familien würden das mögen und es würde Arbeitsplätze schaffen. Wir werden sehen. Na, ab ins Bett jetzt, Antoine.«

»Wer hat dir das gesagt? Das mit dem Park …«

»Das hängt seit zwei Monaten im Rathaus aus, aber nun, du bist ja nie da … Da bekommst du die Sachen natürlich nicht mit …«

Am nächsten Morgen ging Antoine sehr früh joggen, er hatte kein Auge zugetan.

Am Rathaus konnte er in der Vitrine mit den offiziellen Bekanntmachungen die Ankündigung der Errichtung des Saint-Eustache-Parks lesen, dessen Pläne man im Rathaus einsehen könne.

Die Räumarbeiten würden im September beginnen.

16

Die Ferien waren ein endloser Leidensweg. Erfüllt von wahnsinniger Angst. Er hatte seine Prüfungen bestanden, war danach aber vollkommen erschöpft. Er wollte keinen Fuß mehr nach Beauval setzen, das war irrational, früher oder später würde er seine Mutter besuchen müssen, aber er schob einen langen Sommerurlaub mit Laura vor, der aus Geldmangel tatsächlich nur zwei Wochen dauerte. Die Aktualisierung von Rémi Desmedts Foto war ein Schock gewesen, aber die Ankündigung der Arbeiten in Saint-Eustache ließ eine Katastrophe erahnen, bei der schwer vorauszusagen war, wann und wie sie hereinbrechen würde. Seine Phantasie führte ihn zurück in die schlimmste Phase seines Lebens, auf die sich seine ganze Kindheit reduzierte. Man würde die Leiche finden. Die Ermittlungen würden wieder aufgenommen. Man würde erneut Vernehmungen durchführen. Er war einer der Letzten, der das Kind lebend gesehen hatte, man würde ihn vorladen. Die Spur einer Entführung durch einen Fremden würde fallengelassen werden, man würde sich auf die Stadt konzentrieren, auf die Einwohner, auf die Verwandten, auf die

Nachbarn, und so würde die Spur unvermeidlich zu ihm führen, das wäre das Ende. Nach zwölf Jahren war er durch seine eigene Geschichte so erschöpft, dass er nicht mehr lügen könnte.

In diesem Sommer dachte Antoine daran zu fliehen. Er suchte nach einem Land, das ihn nicht ausliefern würde. Aber tief in seinem Inneren wusste er, dass er es nicht tun würde, er hatte weder das Format noch das Temperament eines Mannes, der in der Lage war, im Ausland auf der Flucht zu sein (allein schon das Wort war unvereinbar mit dem, was er war!). Sein Leben erschien ihm klein, beschränkt, er war kein ehrgeiziger, zynischer und organisierter Gangster, nur ein ganz ordinärer Mörder, der bislang Glück gehabt hatte.

Er beschloss zu bleiben, abzuwarten, und versank in düsterer, qualvoller Resignation.

Jetzt, wo er erwachsen war, schreckte das Gefängnis ihn nicht mehr, was ihm Angst machte, war der Wirbel: der Prozess, die Zeitungen, die Fernsehsender, die Presse, die in Beauval einfallen und seine Mutter verfolgen würde, die Schlagzeilen, die Experteninterviews, die Kommentare der Gerichtsreporter, die Fotografen, die Erklärungen der Nachbarn … Er stellte sich vor, wie Émilie dummes Zeug vor der Kamera redete, sie würde nicht damit prahlen, was sie zusammen getan hatten. Der Bürgermeister würde versuchen, seine Stadt von Schuld reinzuwaschen, aber vergebens: In Beauval hatten Opfer und Täter nur wenige Meter voneinander entfernt gewohnt, man würde Madame Desmedt zum Weinen bringen und sie dabei filmen, Valentine wäre an ihrer Seite, drei Bälger auf dem Arm, und man würde ernst die ewige Frage stellen: Wie kann man mit zwölf Jahren zum Mörder werden? Alle würden den Fall lieben, weil sich ihm gegenüber jeder herrlich normal fühlen würde. Das Fernsehen würde eine historische Übersicht berühmter Fälle zeigen, die so weit zurückreichten, wie es die Archive der Polizei erlaubten. Das Verbrechen von Beauval würde die Gewaltanwandlungen eines ganzen Volkes sühnen, man könnte genussvoll die Schuld auf einem Einzelnen abladen, mit der Befriedigung, jemanden für eine Tat bestraft zu sehen, zu der jeder in der Lage war.

Innerhalb weniger Minuten würde er zum Firmament der legendären Mörder aufsteigen. Er würde nicht mehr existieren.

Er wäre kein Mensch mehr, aus Antoine Courtin würde eine Marke.

Sein Gehirn geriet in Wallung, alarmierende Bilder fuhren ihm durch den Kopf, dann kam Antoine plötzlich wieder zu sich, merkte, dass er eine halbe Stunde lang nichts gesagt hatte und Laura weder zugehört noch geantwortet hatte.

Sie lebten in einer kleinen Wohnung in einem Viertel, das weit von der Universität entfernt war, aber in der Nähe des Uniklinikums lag.

So sehr sie sich in den vergangenen Jahren ihrer sexuellen Beziehung gewidmet und zu sehr gewidmet hatten, so rar hatten sich die Gelegenheiten seit Antoines Rückkehr im Juni gemacht. Laura ließ nicht locker, worauf Antoine sich zu ein paar Spielchen mühte, bei denen seine Männlichkeit nicht gefordert war. Laura wartete mit einem Anflug von Furcht und einer guten Portion Frust auf bessere Tage. Sie hatte Antoine noch nie sehr glücklich erlebt, er war ein verschlossener Mensch, still, ernst und unruhig, genau das hatte sie an ihm geliebt, er sah sehr gut aus, aber Fröhlichkeit machte ihn fade. Sein Ernst vermittelte seiner Umgebung ein Gefühl von Robustheit, das urplötzlich von heftigen Angstattacken widerlegt wurde. Und in dieser Phase nahm sein Unwohlsein beunruhigende Ausmaße an. Laura malte sich Dinge aus, die in ihrem Horizont lagen, ging von familiären Problemen aus. Machte er sich Gedanken über seine Berufung als Arzt? Und sie gelangte zwangsläufig zu jener Annahme, die umso wahrscheinlicher war, als sie völlig unmöglich schien: Antoine hatte eine Geliebte.

Für Laura bedeutete es eine große Anstrengung, eifersüchtig zu sein, es gelang ihr nicht. Mangels anderer Erklärungen vertraute sie einer psychologischen Erklärung, was für eine Ärztin letztlich die beruhigendste war: Wenn man das Problem nicht lösen konnte, würde ein sorgfältig gewähltes Medikament heilende Wirkung entfalten.

Laura wollte ihn darauf ansprechen, da entdeckte sie durch Zufall, dass Antoine bereits täglich eine hohe Dosis an Angstlösern einnahm.

Juli und August vergingen.

Madame Courtin machte sich natürlich Sorgen, da Antoine sie seit Mitte Juni nicht mehr besucht hatte. Sie führte peinlich genau Buch über seine Besuche und konnte aus dem Gedächtnis die genauen Daten der vergangenen fünf Jahre nennen. Merkwürdigerweise machte sie ihm nie offen Vorwürfe und beschränkte sich darauf, zu bemerken, dass er selten käme, als wäre die Entfremdung zwischen ihnen das Ergebnis einer bedauerlichen, aber notwendigen stummen Übereinkunft.

Als er mehrmals pro Woche an die bald bevorstehenden Arbeiten für den Vergnügungspark in Saint-Eustache denken musste, wurde Antoine auch immer wieder an den letzten Tag erinnert, den er in Beauval verbracht hatte, schreckliche und unnötige Stunden, an das Foto des jugendlichen Rémi, an dieses Fest, zu dem er ohne das Drängen seiner Mutter nie gegangen wäre, an diese dummen Momente mit Émilie.

Die Art und Weise, wie sich alles mit ihr zugetragen hatte, blieb ein Rätsel. Er hatte sie besitzen wollen, weil sie anziehend war und weil ihn eine kindische Obsession dazu getrieben hatte, es hatte ein wenig Lust und viel Gier nach Revanche darin gelegen. Aber sie, was hatte sie begehrt? Ihn oder etwas anderes? Hatte sie ihn einfach machen lassen? Nein, sie war sogar aktiv gewesen, er erinnerte sich an ihre allgegenwärtige Zunge, an ihre Hand, an die Art, wie sie sich umgedreht und gebogen hatte, wie sie ihm fest in die Augen geblickt hatte, als er in sie eingedrungen war.

Aus der Ferne war er in Bezug auf diese Frau noch immer genauso gespalten. Zum einen sah er ihre Schönheit vor sich, die auf der Skala seiner Werte ganz oben stand, und zum anderen, untrennbar damit verbunden, die entmutigende Geistlosigkeit ihrer Unterhaltung. Er erinnerte sich an ihre kindliche Begeisterung, als sie von den alten Klassenfotos erzählt hatte.

Der kleinste Gedanke schien sie sehr zu beschäftigen,

denn Madame Courtin teilte ihm Mitte September am Telefon mit, dass Émilie zu ihr gekommen war und nach seiner Adresse gefragt hatte.

»Um dir etwas zu schicken, sie hat nicht gesagt, was.«

Diese Sache mit den Fotos suchte ihn danach übrigens mehrmals heim.

Er stellte sich vor, wie er den Umschlag öffnete und die Bilder sah, dabei schob sich in seinen Träumen das Bild von Rémi, als dieser sechs Jahre alt war, dann mit siebzehn, vor sein eigenes Gesicht, und das Ergebnis dieses Verschmelzens ähnelte den Portraits von zu jung gestorbenen Kindern auf Grabsteinen.

Er dachte an die Kommode der Desmedts zurück, an den fehlenden Rahmen, der darauf zu warten schien, dass Gerechtigkeit einkehrte.

Er schwor sich, dass er die Fotos, sobald die Post kam, wegwerfen würde, ohne überhaupt den Umschlag zu öffnen. Er bräuchte sich nicht zu rechtfertigen, er war Émilie in den vergangenen Jahren in Beauval kaum begegnet, und da er nun zum Glück immer seltener hinfuhr …

Es war Ende September.

Da tauchte Émilie auf, aber nicht in Form eines Umschlags mit Fotos in der Post, was kam, war die echte Émilie, leibhaftig, in einem wahrhaft lächerlichen bunten Kleid, das aber nicht in der Lage war, ihre Schönheit zu verbergen. Geschminkt, parfümiert, frisiert, strahlend, zurechtgemacht wie für eine Hochzeit, klingelte sie an der Tür. Laura öffnete, guten Tag, ich bin Émilie, ich möchte zu Antoine.

Für Laura war es eine Offenbarung.

Die Besucherin musste kein weiteres Wort verlieren, Laura hatte sich umgedreht, Antoine, für dich! Sie hatte ihre Jacke geschnappt, war in ihre Schuhe geschlüpft. Sie war schon draußen, als Antoine, völlig überrumpelt von dem unerwarteten Besuch, reagieren wollte, warte, es war zu spät, Laura war bereits weg, man hörte ihre markanten Schritte im Treppenhaus, Antoine beugte sich vor, rief ihren Namen, sah ihre Hand rasch am Geländer entlang bis ins Erdgeschoss hinabwandern. Er fragte sich, wohin sie ging, und wurde von plötzlicher Eifersucht übermannt, er drehte sich um, erinnerte sich an die Ursache dafür.

Wütend ging er in die Wohnung zurück.

Émilie wirkte nicht im Geringsten peinlich berührt.

»Darf ich mich setzen?«, fragte sie.

Um ihre Frage zu rechtfertigen, fügte sie hinzu:

»Ich bin schwanger.«

Antoine erblasste. Émilie schilderte ausführlich »ihren Abend«, es war eine sehr peinliche Szene. Sie erzählte von dem ergreifenden Wiedersehen, von der urplötzlichen Begierde, die sie füreinander empfunden hätten, eine geradezu aus dem tiefsten Inneren kommende Begierde, und, zumindest ihrerseits, eine »Lust, wie sie noch keine gespürt hatte« … Sie könne nicht für Antoine sprechen, aber ich, also wirklich, ich habe seit diesem Tag keine Minute mehr geschlafen, ich habe mich aufs Neue in dich verliebt, kaum dass ich dich gesehen hatte, ich bin sicher, dass ich schon immer verrückt nach dir war, auch wenn ich es mir nicht eingestehen wollte, usw. Antoine traute seinen Ohren nicht. Die Situation war so dumm, dass er gelacht hätte, wenn er die Konsequenzen dieses Vorgehens und die verborgenen Andeutungen nicht begriffen hätte …

»Es war nur …«

Er hielt inne, rang nach Worten. Der Arzt in ihm schrie etwas, das der Mann nicht aussprechen wollte. Er musste sich überwinden, um zu fragen:

»Aber wer sagt, dass … dass es von mir, ich meine, du weißt schon, was ich sagen will …«

Émilie hatte ihr kleines Liedchen auswendig gelernt. Sie stellte ihre Tasche neben sich und schlug die Beine übereinander.

»Ich kann nicht schwanger sein von meinem … also, von Jérôme, er ist seit vier Monaten nicht da.«

»Aber du könntest von jemand anderem schwanger sein!«

»Ja, ganz genau, nenn mich doch gleich eine Nutte!«

Émilie war entrüstet über diese Bemerkung, sie hatte offenbar nie daran gedacht, dass sich diese Frage stellen könnte. Antoine musste sich entschuldigen:

»Das wollte ich nicht …«

Er hielt inne, um nachzuzählen, und stellte entsetzt fest: Dreizehn Wochen waren seit dem Vorkommnis vergangen, das Émilie weiterhin als »unser Abend« bezeichnete.

Kurz gesagt, eine legale Abtreibung war damit nicht mehr möglich.

Alles wurde glasklar: Sie hatte das Ende der gesetzlichen Frist abgewartet, bevor sie zu ihm gekommen war!

»Ja, Antoine, genau! Ich will nicht abtreiben, das tut man nicht. Zum einen werden meine Eltern …«

»Ich scheiß auf deine Eltern!«

»Also, ich scheiß nicht auf sie, und schließlich bin ich es, die schwanger ist!«

Antoine fragte sich, wieviel sie aus der Geschichte herausschlagen wollte. Würde er es bezahlen können?

»Und du bist der Vater«, fügte sie hinzu und schlug die Augen nieder, wie sie es sich aus dem Fernsehen abgeguckt hatte.

»Aber was willst du, Émilie?«

»Ich habe mich von meinem … also, von Jérôme, getrennt. Ich habe ihm nicht die volle Wahrheit erzählt, ich will nicht, dass er eine schlechte Meinung von uns hat, aber gut.«

»Was willst du?«

Sie runzelte ihre wundervollen blonden Augenbrauen, überrascht, dass Antoine solch eine dumme Frage stellte.

»Ich will, dass dieses Kind lebt! Das ist doch normal, oder? Dass es alle Chancen bekommt, auf die es ein Recht hat!«

Er schloss die Augen.

»Wir müssen heiraten, Antoine, meine Eltern …«

Antoine sprang wie von einem Stromschlag getroffen auf und brüllte:

»Das ist unmöglich!«

Er hatte ihr Angst eingejagt, sie zuckte zurück. Er musste sie unbedingt von der Absurdität dieser Idee überzeugen. Er versuchte, sich zu beruhigen, zog seinen Stuhl zu ihrem heran, setzte sich ihr gegenüber und nahm ihre Hände.

»Das ist unmöglich, Émilie, ich liebe dich nicht, ich kann dich nicht heiraten!«

Er musste Argumente finden, die sie begreifen konnte:

»Ich würde dich nicht glücklich machen, verstehst du das?«

Dieses Argument ließ Émilie zweifeln, sie konnte nicht recht erkennen, was er damit sagen wollte. Tatsächlich lebte sie seit mehr als zwei Monaten mit dem Gedanken, dass Antoine »die Situation regeln würde«, etwas anderes war ihr gar nicht in den Sinn gekommen.

»Man kann die Schwangerschaft noch abbrechen«, beharrte Antoine, »ich werde dafür aufkommen, keine Sorge. Ich werde das Geld beschaffen, ich werde eine sehr gute Klinik finden, dir passiert nichts, das versichere ich dir, ich werde mich um alles kümmern, aber du musst dieses Kind wegmachen, weil ich dich nicht heiraten werde.«

»Du verlangst von mir, dass ich ein Verbrechen begehe!«

Émilie presste ihre bebende Faust zwischen die Brüste.

Langes Schweigen folgte.

Antoine begann, sie zu hassen.

»Hast du das absichtlich getan?«, fragte er kalt.

»Warum hätte ich das tun sollen? Ich meine, wie hätte ich …«

Émilie versuchte, einen einfachen Gedanken auszudrücken, sie wusste nicht, wie sie ihn zu packen kriegen sollte, aber sie wirkte aufrichtig.

Antoine war völlig erschlagen von dieser Erkenntnis: Es war ein Unfall. Auch Émilie hätte lieber ihren Unteroffizier geheiratet, nur hatten sie in der Zwischenzeit »ihren Abend« verbracht, so schief er auch gelaufen war und was auch geschehen war, Émilie würde ein Kind kriegen, und Antoine hatte es ihr gemacht.

Er rebellierte. Er stand auf.

»Es tut mir leid, Émilie, aber die Antwort lautet nein. Ich will dieses Kind nicht. Ich will dich nicht, ich will überhaupt nichts von all dem. Ich werde Geld auftreiben, aber ich will kein Kind, niemals, das übersteigt meine Kräfte, ich glaube nicht, dass du das verstehen kannst.«

Die junge Frau war nun kurz davor, in Tränen auszubrechen. Er sah vor sich, wie Émilie mit dieser Nachricht nach Hause käme. Er konnte sich nicht vorstellen, dass sie hergekommen war, ohne das Treffen vorher lange mit ihren Eltern vorzubereiten, mit ihrer hochheiligen Mutter. Er konnte von hier aus den kompletten Stamm der Mouchottes sehen, den Vater, steif wie eine Osterkerze, die Mutter, in ihr Tuch aus Mohairwolle geschlungen … Wie hatten sie denken können, dass Antoine nachgeben und ihre Tochter heiraten würde, das war unglaublich.

Die Situation entwickelte sich nicht so, wie Émilie gedacht hatte. Sie stand ebenfalls auf und näherte sich Antoine.

Sie legte ihm die Hände um den Hals, und bevor er reagieren konnte, presste sie ihre Lippen auf seine und steckte ihm die Zunge tief in den Mund, darauf wartend, dass Antoine irgendetwas damit anfing (sie selbst musste sich wohl auch fragen, wozu dieses Ritual gut sein sollte, dem alle Männer huldigen wollten, aber da sie nichts fühlte, vollführte sie es mit Glaube und gar mit Inbrunst, zugleich aber ohne Idee, ohne Plan, ohne Talent).

Antoine wandte den Kopf zur Seite, löste sich aus Émilies Griff und wich langsam zurück.

Die junge Frau fühlte sich zurückgewiesen, sie brach

in Tränen aus. Dieses weinende Mädchen war schrecklich schön, das verwirrte Antoine. Aber er hatte sich gedanklich bereits an den Mast gebunden, um den Sirenen nicht nachzugeben, es genügte, sich eine Sekunde lang das Leben auszumalen, das sie ihm anbot, um eine Kraft zu sammeln, gegen die niemand ankam. Er legte ihr nur eine Hand auf die Schulter.

Wenige Minuten zuvor hatte er sie noch gehasst, jetzt empfand er Mitleid.

Ein flüchtiger Gedanke kam ihm: Wer außer den Mouchottes war eingeweiht? Er dachte nicht an sich, denn nach Beauval würde er nie wieder zurückkehren, er dachte an seine Mutter. All das war sehr traurig.

»Du lässt uns im Stich …?«, fragte Émilie.

Sie hatte wirklich ein Talent, groteske Dinge zu sagen, wo holte sie die nur her …? Sie schneuzte sich laut.

»Ich kann nichts für dich tun, Émilie, tut mir leid. Ich werde mich um alles kümmern: eine gute Klinik finden, bezahlen, was nötig ist, niemand wird etwas erfahren, das verspreche ich dir. Du bist noch jung, ich bin sicher, dass du mit deinem Jérôme viele Babys haben wirst, mit ihm ist es möglich, aber nicht mit mir. Du musst dich sehr bald entscheiden, Émilie … Mehr kann ich nicht für dich tun.«

Émilie nickte. Sie war mit einer Idee im Kopf gekommen, das hatte nicht geklappt. Sie hatte die Sätze gesagt, die sie vorbereitet hatte, jetzt wusste sie nicht, was sie sonst noch tun konnte. Sie erhob sich schweren Herzens.

Antoine stellte sich einen Moment lang vor, dass sie ein gewisses Vergnügen dabei empfand, eine Situation zu erleben, in der sie eine Rolle spielen konnte: Sie war unglücklich, es geschah etwas Dramatisches in ihrem Leben, sie war eine Heldin, wie im Fernsehen.

Sie legte einen großen Umschlag auf den Tisch. Die Klassenfotos. Himmel, sie hatte sie mitgebracht …

Was hatte sie sich vorgestellt? Dass sie sich aufs Bett setzen und sich lachend aneinandergekuschelt die Bilder ansehen würden? Dass Antoine, ihrem Charme erlegen, hingerissen, verliebt, eine Hand auf ihren Bauch legen und fragen würde, ob das Baby sich bewegte? Soviel Naivität überwältigte ihn.

Als sie gegangen war, dachte er lange über die Folgen nach. Ein Hoffnungsschimmer tat sich am Horizont auf: Wie durch ein Wunder war er bislang unbeschadet aus allen Lebenslagen hervorgegangen, aus allen Fallen, die das Schicksal ihm in den Weg gelegt hatte. Als er dachte, dass man Rémi finden würde, fand ihn niemand; als er überzeugt gewesen war, dass man ihn verhaften würde, war er ihnen durchs Netz gegangen; Émilie war trotz ihrer Schwangerschaft unverrichteter Dinge wieder abgezogen … Er fing an zu glauben, dieses Glück könne womöglich andauern. Seit sehr langer Zeit sprach er zum ersten Mal wieder von Glück. Gerade war ihm eine Last von den Schultern gefallen.

Unerwartet ruhig wartete er auf Laura.

Sie kam nach Hause. Welch ein Gegensatz zu der Frau, die kurz zuvor da gewesen war.

»Du hättest lüften können, hier stinkt's nach Nutte!«

Während sie das sagte, hatte sie ihren Rucksack gepackt und stopfte wild durcheinander alles hinein, was ihr zwischen die Hände kam.

Antoine lächelte, er hatte sich noch nie so stark und sicher gefühlt. Er packte sie an den Schultern, zwang sie, sich umzudrehen, und sagte, noch immer lächelnd:

»Gut, ich habe EINMAL mit einer Klassenkameradin geschlafen, die mir nichts bedeutet. Sie ist gekommen, um sich an mich ranzuschmeißen, ich habe sie rausgeworfen, ich liebe dich.«

Antoine war überzeugend, weil alles, was er sagte, absolut stimmte, es steckte keinerlei Lüge darin, außer durch Unterlassung, was aber in diesem Moment nichts ausmachte.

Er war mit einem Mal unbesiegbar, er strahlte eine Kraft aus, von der selbst Laura überwältigt war. Sie hielt ein Kleidungsstück in den Händen, Antoine lächelte weiter, drückte sie zur Seite.

Entschlossen zog er ihr den Pullover aus, seine plötzliche Lust riss alles mit, sie rollten auf dem Bett umher und vom Bett auf den Boden und rollten weiter, dicht aneinander, bis sie gegen den Tisch stießen. Antoine war bereits in ihr, sie wusste nicht, wie er das angestellt hatte, sie fing an, von Kopf bis Fuß zu zittern, das Beben, das von ihren Fußsohlen aufstieg, hob sie vom Boden hoch und durchfuhr ihre Lenden, sie schrie auf. Zweimal.

Dann wurde sie unter ihm ohnmächtig.

17

Émilie schrieb Briefe. Zwei, drei pro Woche. Laura legte sie mit einem betont entnervten Seufzer auf den Tisch. Antoine las sie, zumindest anfangs. Es handelte sich um schlecht formulierte und wirre Briefe, auch wenn die Kernbotschaft stets auf »Lass mich nicht mit unserem Kind im Stich!« hinauslief. Émilie hatte eine kindliche Schrift (sie machte kleine Kringel über das i) und reihte allerlei Klischees aneinander, die die Verzweiflung illustrieren sollten, in die Antoine sie gestürzt hatte. Floskeln wie »Lass das Fleisch von deinem Fleisch nicht im Stich« folgten auf »Das Feuer, das du in mir entzündet hast«, die »Woge der Begierde«, die über sie »hereingebrochen« war, auf den Abend, an dessen Ende sie »völlig erschöpft vor Lust« gewesen war, ein fast schmerzhaft ärmliches Niveau, man erkannte bestens, welche Art Frau sie war.

Diese Briefe waren idiotisch, aber Émilies Bestürzung war real. Die Frömmigkeit ihrer Eltern (und vielleicht sogar ihre eigene) untersagten eine Abtreibung, weshalb sie wohl das würde, was man eine ledige Mutter nannte, und allein ein Kind aufziehen würde … Er dachte an ihr zukünftiges

Leben. Seine Gedanken waren manchmal wenig ehrenhaft: Selbst mit Kind, sagte er sich, würde sie, schön wie sie war, ohne Schwierigkeiten einen Mann finden. Ihre Eltern würden das Kreuz mit Freude tragen, sie würden es mit einer zur Schau getragenen Würde von Opfern tun, am Ende wären alle glücklich.

Anfang November, regnerisches Wetter in ganz Frankreich. Antoine rannte, um die Straßenbahn zu erwischen, rutschte auf dem Asphalt aus und konnte sich gerade noch fangen, bevor er fiel.

Ein paar Tage darauf hatte seine Mutter weniger Glück. Beim Überqueren der Hauptstraße wurde sie von einem Auto erfasst, man vernahm einen dumpfen Schlag, sah Madame Courtin durch die Luft fliegen und schwer auf den Bürgersteig stürzen. Man brachte sie ins Krankenhaus. Man benachrichtigte ihren Sohn.

Antoine und Laura waren im Bett (unablässig seit über einem Monat, die Angst, sich zu verlieren, hat manchmal derartige Folgen …). Antoine ging ans Telefon, erstarrte. Laura hielt inne. Die Krankenschwester nannte keine Details, aber es sei doch das Beste, sofort zu kommen …

Verstört stürzte sich Antoine in den ersten Zug, der nach Saint-Hilaire fuhr, wo er spät ankam. Auch außerhalb der Besuchszeiten würde man ihn hereinlassen, hatte die Krankenschwester gesagt. Er nahm ein Taxi. Man empfing ihn mit so großer Vorsicht, dass er ein praktisches Mittel der Abkürzung anwandte, ich bin Arzt.

Sein Kollege ließ sich nicht täuschen: Er hatte den Sohn einer Patientin vor sich und nichts anderes.

»Ihre Mutter leidet unter einem Schädeltrauma. Keine Anomalie bei der klinischen Untersuchung, das MRT macht Hoffnung, aber das Koma ist tief … Schwierig, im Augenblick mehr zu sagen.«

Er bot nicht an, die Röntgenaufnahmen zu zeigen, und beschränkte sich auf ein Minimum an Informationen. Er tat genau das, was Antoine an seiner Stelle auch getan hätte.

Madame Courtin schlief, er ging zu ihr, setzte sich, nahm ihre Hand und begann zu weinen.

In der Zwischenzeit hatte Laura ihm ein Zimmer reserviert.

Im Hôtel du Centre.

Er kam in der Nacht dort an. Im Eingang roch es nach Bohnerwachs, seit seiner Kindheit hatte er das nicht mehr gerochen, man konnte fast glauben, es sei der Geruch der Region. Blumentapeten, Vorhänge aus Baumwolle, Tagesdecke mit Paspeln … Laura hatte die richtige Wahl getroffen: Das Zimmer ähnelte seiner Mutter.

Er legte sich angezogen ins Bett und schlief ein. Er glaubte aufzuwachen, unmöglich zu wissen, wie spät es war, seine Mutter war da, im Zimmer, und saß auf der Bettkante.

»Antoine, ist etwas nicht in Ordnung …?«, fragte sie. »Du schläfst komplett angezogen, sogar mit Schuhen … Das sieht dir gar nicht ähnlich … Wenn du krank bist, wieso sagst du es dann nicht?«

Er schnaubte, nahm eine Dusche. Das Wasser brachte die Rohre zum Zittern und weckte sicher das ganze Hotel.

Er rief Laura an, riss sie aus einem tiefen Schlaf, aber ich liebe dich, sagte sie, noch ganz verschlafen, ich liebe dich, ich bin da, und Antoine betrachtete das Zimmer, er wollte nur eines, sich an sie schmiegen, den Geruch seiner Geliebten einsaugen, ihre Wärme spüren, sich in ihr auflösen, verschwinden, und sie sagte, ich liebe dich, mit einer ernsten Stimme, gegenwärtig und fern, und Antoine weinte, dann schlief er wieder ein, aber schon früh am Morgen war er draußen und lief durch die Straßen in Richtung Krankenhaus.

Er fragte sich, ob er seinen Vater benachrichtigen sollte. Das hatte keinen Sinn, seine Eltern waren schon ewig geschieden. Sein Vater würde sich verpflichtet fühlen zu kommen, um zu zeigen, dass er seinem Sohn nahe war, das wäre eine Lüge; oder er würde sich weigern, weil diese Frau ihm seit über zwanzig Jahren nichts mehr bedeutete. Um Antoine herum gab es nur noch Laura. Schon verrückt, auf wie wenige Menschen sich das Leben reduzierte.

Madame Courtin hatte sich seit dem Vortag nicht einen Millimeter bewegt.

Antoine musterte die Diagramme, die Kurven, überprüfte mechanisch die Apparate. Als ihm nichts weiter mehr zu tun blieb, setzte er sich wieder ans Bett seiner Mutter.

Eine Sorge hatte die andere ersetzt. Erst jetzt, in der Stille des Zimmers und aufgrund der Untätigkeit, zu der er gezwungen war, wurde ihm bewusst: Er befand sich nur wenige Kilometer von Beauval entfernt.

Es war unmöglich zu sagen, wie die Geschichte ausgehen würde. Würde Madame Courtin sterben? Würde man Rémis Leiche endlich finden? Und wenn das der Fall war, würde es vor oder nach dem Ableben von Madame Courtin geschehen?

Weder die Schuldgefühle noch die Angst vor Entlarvung machten Antoine jetzt fertig, es war das Warten. Die Unsicherheit. Das Gefühl, dass, solange er nicht weit von hier weg war, alles passieren konnte, dass sein Leben innerhalb weniger Sekunden ruiniert sein konnte. Es war jetzt nur noch eine Sache von Monaten. Wie bei Langstreckenläufen erschienen ihm die letzten Kilometer als die schwierigsten.

Am frühen Nachmittag trat Doktor Dieulafoy auf, wie man es sich vorstellt, diskret und unauffällig. Er erweckte stets den Eindruck, er habe sich im Zimmer geirrt und würde es wieder verlassen, sobald er den Irrtum bemerkte. Das wollte er wohl auch gerade tun, als er Antoine im Raum entdeckte. Er verbarg seine Verlegenheit, aber da war diese Sekunde des Zögerns, das oft die Menschen verrät, die von einer unerwarteten Situation überrascht werden.

Antoine hatte ihn seit Jahren nicht mehr gesehen. Er war sehr gealtert, aber sein inzwischen pergamentenes Gesicht war, wie es immer gewesen war, reglos, undurchschaubar. Lebte er noch sein vereinsamtes und geheimnisvolles Leben, putzte er noch immer sonntags die Praxis in seiner unförmigen Jogginghose?

Die beiden Männer gaben sich die Hand. Sie saßen nebeneinander und betrachteten Madame Courtin, dann fiel ihnen auf, dass ihr Schweigen einer Totenwache ähnelte.

»In welchem Studienjahr sind Sie?«, fragte der Arzt.

»Im letzten.«

»Ah, schon …«

Beim Klang der Stimme von Doktor Dieulafoy wurde Antoine an die merkwürdigen Minuten vor langer Zeit zurückerinnert. »Hätte ich dich ins Krankenhaus einliefern lassen, dann wäre es anders verlaufen, verstehst du …«

Das stimmte. Hätte man Antoine an diesem Tag aufgrund des Selbstmordversuchs ins Krankenhaus gebracht, wären Ermittlungen eingeleitet worden, man hätte ihn befragt, er hätte den Mord an Rémi gestanden, es wäre mit ihm vorbei gewesen, davor hatte der Arzt ihn bewahrt.

Was genau wusste er? Nichts Genaues. Aber wenige Stunden nach dem Verschwinden des Nachbarkindes, während die ganze Stadt unter dem Schock dieses tragischen Ereignisses stand, musste der Wunsch dieses Zwölfjährigen zu sterben einen schrecklichen Sinn annehmen, einen wirklichen Gewissenskonflikt darstellen.

»Wenn irgendetwas geschieht, kannst du mich fragen, mich anrufen …«, hatte er gesagt.

Dieser Tag war nie gekommen. Seltsamerweise tauchte der Arzt in einem Augenblick auf, in dem Antoine dem Abgrund so nah war wie nie.

Jetzt würde »etwas« geschehen, wovon Doktor Dieulafoy nichts ahnte, denn die Leiche von Rémi würde bald entdeckt werden.

Antoine betrachtete das blasse Gesicht seiner Mutter.

Auch sie hatte »etwas« begriffen, aber sie hatte nicht tiefer bohren wollen. Ihre Intuition hatte ihr gesagt, dass ihr Sohn zweifellos mit dem Drama zu tun hatte; sie hatte versucht, ihn vor einem unbekannten, aber eindringlichen Übel zu schützen, und dieses Gerüst aus Lügen, aus Unwissen und Schweigen hatte fast zwölf Jahre gehalten.

Antoine befand sich nun in diesem Krankenzimmer in Gesellschaft der beiden einzigen Zeugen seines Dramas, zwei Erwachsenen, die damals jeder auf seine Weise beschlossen hatten zu schweigen.

Der Kreis schloss sich gerade.

Genau in diesem Augenblick mussten die Langholz-Laster den Hügel in Richtung des Waldes von Saint-Eustache hochfahren, die Bulldozer waren sicher dabei, die Bäume auszuheben und zu stapeln. Die Überreste von Rémi Desmedt würden nicht auf immer verstreut und unter den Ketten der Forstmaschinen zermalmt, sie würden plötzlich und unvermutet zu Tage treten wie die Statue des Komturs, um endlich Gerechtigkeit einzufordern, auf dass Antoine Courtin entlarvt, verhaftet, verurteilt und hinter Gitter geschickt würde.

Madame Courtin begann, unverständliche Silben von sich zu geben.

Die beiden Männer blickten sie an und lauschten den gurgelnden Lauten, denen sie unwillkürlich einen Sinn zu entlocken suchten, natürlich vergebens.

»Was werden Sie danach machen?«, fragte der Arzt.

Wovon sprach er? Antoine kramte in seinem Gedächtnis, dann stellte er die Verbindung der Frage zu der unterbrochenen Unterhaltung her.

»Oh … Eine humanitäre Organisation. Ich hatte ein paar erfolgreiche Vorstellungsgespräche … Normalerweise …«

Doktor Dieulafoy dachte eine Weile nach.

»Ja, Sie wollen fort von hier …«

Er hob auf einmal den Kopf und starrte Antoine an, als sei ihm soeben ein Licht aufgegangen.

»Hier ist es sehr beengt, nicht wahr!«

Antoine wollte protestieren.

»Doch, doch«, sagte der Arzt. »Es ist sehr beengt. Das verstehe ich, wissen Sie ... Ich meine ...«

Er versank wieder in tiefe Gedanken, bis er aufstand und ging, wie er gekommen war, auf seine katzenhafte Weise, mit weichen Schritten und unpersönlich. Er nickte nur und ließ eine überraschende und rätselhafte Bemerkung fallen:

»Ich mag Sie, Antoine.«

Antoines Phantasie, nie mehr einen Fuß nach Beauval zu setzen, überstand diesen Tag nicht: Am späten Nachmittag verlangte die Krankenhausverwaltung Papiere von Madame Courtin, ein paar Sachen, Antoine musste sie holen, niemand anderes war da, um das zu erledigen.

Bei der Vorstellung, nach Beauval zurückzukehren, zog sich ihm der Magen zusammen. Das Haus seiner Mutter stand neben dem der Mouchottes, und er konnte sich bestens die peinliche Szene ausmalen, die ihm blühte, sollte Émilie ihn bemerken.

Er schob es hinaus, erfand allerlei Vorwände: Er würde noch warten, bis seine Mutter gewaschen wäre, er würde nach der Visite des Arztes losfahren, usw.

Mechanisch schaltete er den Fernseher zu den Abendnachrichten ein.

Das wichtigste Ereignis des Vormittags lief in Endlosschleife auf allen nationalen Nachrichtensendern: Im Park Saint-Eustache hatte man gerade die Knochen eines kleinen Kindes entdeckt.

Die Gendarmerie hatte bislang vorsichtshalber nur die Entdeckung bestätigt und erlaubte sich keinerlei Deutung hinsichtlich der Identität des Opfers, aber die Journalisten und alle Bewohner der Gegend hatten natürlich nur einen

Gedanken im Kopf: Es konnte sich nur um den Leichnam von Rémi Desmedt handeln, wer außer ihm sollte es sonst sein?

Antoine war auf die Nachricht gefasst. Er hatte sogar mehr als zehn Jahre Zeit gehabt, sich darauf einzustellen, aber in seinem Innersten war er, wie beim Tod eines Angehörigen, doch nicht wirklich vorbereitet.

Reportage folgte auf Reportage, die anderen Probleme wurden in den Hintergrund gedrängt. Man hatte die Baustelle gefilmt, auf der die Arbeiten unterbrochen worden waren, die stehenden Laster, die stummen Bulldozer, die Techniker der Spurensicherung, die sich in weißer Schutzkleidung um die Fahrzeuge zu schaffen machten, die Blaulichter, die über den mit Absperrbändern abgegrenzten Bereich zuckten, in dem mit ernster Miene Männer in Anzügen und Uniformen arbeiteten, aber all das war nur die Kulisse; was die Medien wirklich interessierte, war Rémi Desmedt. Das Foto, das einst für die Vermisstenanzeige verwendet wurde, war in den ersten Stunden nach der Entdeckung sicherlich das meistgezeigte und meistgesehene Foto in ganz Frankreich. Die Reporter waren zu Madame Desmedt gestürzt und belagerten ihr Haus. Bislang hatten sie es zwar noch nicht geschafft, sie zu interviewen, doch hatten sie keinerlei Mühe gehabt, die Stimmen von Nachbarn, Händlern, Politikern, Passanten, dem Briefträger, von Lehrern und Eltern einzufangen, alle waren zu Tränen gerührt, die Stadt bereitete sich genüsslich darauf vor, sich im Schmerz vereint zu fühlen.

Alles, was Antoine sich mit der Kraft seiner Vernunft auszumalen versucht hatte, war vom vorhersehbaren

Sturm der Vernichtung dieser enormen Medienaufmerksamkeit dahingefegt. Also, sagte er sich, denk nach, was wird passieren …

In diesem Augenblick rief Laura an. Antoine hatte nicht die Kraft, abzuheben.

Während seine Mutter hinter ihm immer lauter phantasierte, folgte er der Entwicklung der Ereignisse, die Erwähnung der Analyse der entdeckten Überreste, die wahrscheinliche Identität des Opfers (man zeigte das Foto des lächelnden Rémi, das Haar glatt gekämmt, bekleidet mit seinem T-Shirt, auf dem der kleine blaue Elefant prangte), das Warten auf die Klärung der Todesursache und der Misshandlung, die das Kind möglicherweise ante oder post mortem erlitten hatte. Man erwähnte die Wiederaufnahme der Ermittlungen, von denen Gendarmerie, Justiz und Ministerium behaupteten, sie seien nie eingestellt worden. Hoffnungsvoll und andächtig erwartete man die Entdeckung eines Hinweises, der es ermöglichen würde, neu zu ermitteln und den Schuldigen endlich festzunehmen.

Antoine überkam Übelkeit, als eine junge Frau, die eine dem Anlass entsprechende Würde zur Schau stellte, mit dem Mikrofon ihres Nachrichtensenders auf dem Marktplatz gefilmt wurde, umgeben von einer ruhigen, innerlich gesammelten Bevölkerung, die trotz allem versuchte, sich auf den Kontrollbildschirmen zu erkennen.

»Den Ermittlern zufolge ist weiterhin die Möglichkeit einer Entführung denkbar, aber es scheint wahrscheinlicher, dass das Kind nicht weit weggebracht und innerhalb der Gemeindegrenzen gefangen gehalten wurde. In diesem Falle werden sich die Ermittlungen auf die Stadt konzentrieren … Auf Beauval, wo wir uns in diesem Moment befinden.«

Die Geschichte kehrte zu ihrem Ausgangspunkt zurück, die Schlange kroch jetzt in Richtung des Hauses von Madame Courtin. Antoine konnte noch einmal befragt werden, man würde das Kind fragen, das er einmal gewesen war, ob ihm noch etwas einfiel. Jede weitere Lüge wäre ein Felsbrocken, der angehoben werden musste, er spürte, dass er die Kraft dazu nicht mehr hatte.

Sollte doch ein Gendarm an der Tür klingeln, Antoine würde ihm einfach die Hände entgegenstrecken.

Er vergaß, dass er nach Beauval fahren musste, um die Papiere zu holen. Obwohl Madame Courtin in ein immer heftigeres Delirium verfallen war, schlief Antoine völlig erschöpft auf seinem Stuhl ein, und es war nach fünf Uhr morgens, als er wieder aufwachte. Im Spiegel des kleinen Bades hatte er das Gesicht eines Vorbestraften. Er verließ das Krankenhaus und ging zum Bahnhof, wo er Taxis fand, die auf den ersten Zug aus Paris warteten; in der Hoffnung, zum Haus seiner Mutter zu gelangen, ohne jemandem zu begegnen, ließ er sich nach Beauval bringen. Dies war der Fall.

Beim Aussteigen aus dem Taxi warf er unwillentlich einen Blick Richtung Nachbarhaus. Mochte es Zufall sein oder Intuition, obwohl es noch nicht einmal sechs Uhr morgens war, stand Madame Mouchotte reglos, zeitlos an ihrem Fenster und folgte ihm mit dem Blick. Ihre gespenstische Schönheit wirkte albtraumhaft, er hatte den Eindruck, eine am Faden hängende Spinne zu sehen, bereit zum Sprung …

Hastig trat er ins Haus seiner Mutter.

Im Haus von Madame Courtin herrschte provinzielle Sauberkeit. Die Papiere befanden sich seit Menschengedenken in derselben Schublade. Er hatte auf dem Stuhl im Krankenhaus sehr unruhig geschlafen, ihm tat alles weh, er legte sich aufs Sofa, schlief ein und erwachte irgendwann am Vormittag, müde, niedergeschlagen, vernebelt wie am Tag nach einem Besäufnis oder einer Weihnachtsfeier, oft ist das ja dasselbe.

Er bereitete sich mit der uralten Maschine seiner Mutter einen Kaffee zu, der genau den Geruch und den Geschmack hatte, den er aus seiner Kindheit kannte.

Er widerstand nicht der Versuchung, sich auf den neuesten Stand der Nachrichten zu bringen, und schaltete den Fernseher ein. Das Gesicht des Staatsanwalts füllte den Bildschirm, er erläuterte »die Identität des Opfers, dessen Skelett gestern gefunden wurde«:

»Es handelt sich in der Tat um den am 23. Dezember 1999 verschwundenen kleinen Rémi Desmedt.«

Die Tasse entglitt Antoines Hand und zerschellte auf dem Teppich. In einem merkwürdigen Reflex blickte er zum Fenster, als erwarte er, die gesamte Bevölkerung von Beauval vor dem ehemaligen Haus der Desmedts zu sehen und ihre Rufe nach Rache durch die Scheiben zu hören.

»Die Überschwemmung von 1999 hatte die Anhöhe von Saint-Eustache nicht erreicht. Die Überreste des Kindes wurden von den vielen damals umstürzenden Bäumen geschützt und über die Jahre gut bewahrt, sodass die Spurensicherung eine erfolgreiche Analyse durchführen konnte.«

Antoine starrte auf die Scherben der Tasse, der Kaffee bildete einen breiten, dunklen Fleck auf dem Teppich, er breitete sich aus wie ein Weinfleck auf einem Tischtuch …

»Das Kind hat einen heftigen Schlag gegen die rechte Schläfe bekommen, dieser führte zweifellos zum Tod. Es ist natürlich noch zu früh, um zu sagen, ob es weitere Misshandlungen erlitten hat.«

Obwohl alles, was geschah, vollkommen logisch war, konnte Antoine nicht fassen, mit welch einer Geschwindigkeit die Ermittlungen in seine Richtung vorankamen. Wenn man dann noch die Müdigkeit nach den vergangenen beiden Tagen hinzufügte …

Er stand auf, sammelte mühsam die Papiere zusammen, die er ins Krankenhaus bringen sollte, rief das Taxi aus Fuzelières und ging nach draußen, um dort zu warten, er brauchte frische Luft.

Ihm blieb keine Zeit kehrtzumachen, als sich ein Radioreporter am Gartentor auf ihn stürzte.

»Wohnten Sie schon zur Zeit seines Verschwindens in dem Gebäude neben dem Haus des kleinen Rémi Desmedt, kannten Sie ihn gut, was für ein Kind war er …?«

Antoine stammelte ein paar Worte, die er auf eine Bitte hin wiederholte:

»Äh …, er war ein Nachbar …«

Antoine war nicht auf der Höhe. Kapierte er nicht, dass eine persönlichere, eine emotionalere Antwort gefordert war? Der Reporter war genervt.

»Ja, natürlich, aber … was war er für ein Kind?«

Das Taxi kam. Antoine stieg hastig ein.

Durch die Scheiben sah er, dass der Journalist sich bereits

einer jungen blonden Frau zugewandt hatte. Es war Émilie, die, in den Schal ihrer Mutter gehüllt, aus dem Haus gekommen war. Sie war dicker geworden. Während sie auf die Frage des Reporters antwortete, sah sie mit einem rachsüchtigen Blick dem davonfahrenden Taxi nach.

Madame Courtin befand sich noch immer in einem immer wieder unterbrochenen, unruhigen Delirium, sie schlug um sich, drehte den Kopf in alle Richtungen, stieß zusammenhanglose Silben aus, die sich wiederholten, rief Vornamen (Antoine! Christian!), den ihres Sohnes, ihres Ex-Mannes und andere (Andrée!), die aus ihrer Kindheit stammen mussten.

Den ganzen Tag über blieb Antoine bei ihr, tupfte ihr die Stirn ab, ging hinaus, wenn man sie wusch, und kam zurück und setzte sich wieder, müde, krank, gemartert.

Madame Courtins Delirium schien sich im Kreis zu drehen. Ihr Kopf machte stets dieselbe Bewegung, ihre Lippen gaben stets dieselben Laute von sich: »Antoine! Andrée!« Neben ihr zu sitzen, war umso bedrückender, als auf dem Fernseher an der Wand unentwegt die Berichte »im Fall Rémi Desmedt« gezeigt wurden.

Man hatte die Archive geplündert. Es war zwar erst zwölf Jahre her, aber die Bilder waren fürchterlich gealtert: Beauval mit der Platane auf dem Rathausplatz, das Haus des kleinen Rémi mit Monsieur Desmedt, der die Journalisten beschimpfte und versuchte, sie wie eine Giftwolke zu verscheuchen; Monsieur Weiser, der Bürgermeister, als beschäftigter Organisator am Morgen der Suchaktion, der Aufbruch der Gruppen in Richtung des Staatsforsts, dann die Bilder vom Sturm, von der Überschwemmung, die demolierten Autos, die umgeworfenen Bäume, die ausgelaugten, demoralisierten Einwohner …

Laura sandte den ganzen Tag über Nachrichten an Antoines Handy, die alle auf dasselbe hinausliefen: Ich liebe dich.

Gegen 18 Uhr erwachte Madame Courtin schließlich aus dem Koma. Antoine rief die Krankenschwestern. Sofort setzte Geschäftigkeit ein, man nahm sie mit, Antoine wartete nervös im Flur. Erst nach über einer Stunde kam eine Schwester zu ihm und teilte ihm mit, seine Mutter sei wieder bei Bewusstsein, sie werde noch eine Weile unter Beobachtung stehen, es sei nicht nötig, hier zu warten, man würde ihn über den Lauf der Dinge informieren.

Er holte seine Sachen, er würde ins Hotel fahren, schlafen, schlafen …

Der Fernseher lief noch. Antoine hob den Blick zum Bildschirm:

»Die Techniker der Spurensicherung haben am Fundort ein Haar gefunden, das vermutlich nicht dem Opfer gehört. Es ist natürlich unmöglich, daraus abzuleiten, dass es sich um ein Haar des Mörders handelt, auch wenn das sehr wahrscheinlich ist … Aktuell läuft die DNA-Untersuchung. Sobald das Ergebnis bekannt ist, das heißt sehr bald, wird man sie mit den DNA vergleichen, die im staatlichen Register genetischer Fingerabdrücke gespeichert sind. Sollte dies zu einer Übereinstimmung führen, wird man die betroffene Person fragen, wie das Haar neben der Leiche des verschwundenen Kindes gelandet ist …«

18

Kurz vor Mitternacht lag Antoine in seinem Hotelzimmer auf dem Bett, als er Schritte auf dem Gang hörte, jemand klopfte. Ohne abzuwarten, trat Laura ein, legte ihre Tasche ab und warf ihre Jacke in die Ecke. Antoine hatte keine Zeit, etwas zu sagen, Laura lag auf ihm, den Kopf an seinem Hals, sie atmete heftig, wie jemand, der gerannt ist. Antoine umarmte sie. Er wusste nicht recht, was diese unerwartete Anwesenheit mit ihm machte.

Zu anderen Zeiten hätte er sie schon längst auf den Rücken gelegt, in dieser Nacht jedoch …

Es schaffte es nicht, sich Lauras Reaktion vorzustellen, wenn sie erführe, was für ein Mensch er in Wahrheit war. Bei seiner Mutter war das anders, sie hatte schon immer etwas gewusst. Die erste würde gehen, die zweite darüber sterben. Nachdem Laura lange auf ihm liegen geblieben war, zog sie sich aus, zog ihn aus, als wäre er ein Kind, hob die Laken, damit sie aneinandergeschmiegt darunter schlüpfen konnten, rollte sich ganz eng an ihn und schlief ein.

Antoine war erschöpft, aber der Schlaf kam nicht. Laura

atmete tief, ruhig. Dieses Vertrauen machte ihn traurig. Ganz leise begann er zu weinen.

Ohne die Augen zu öffnen, ohne sich zu bewegen, fuhr Laura mit einem Finger über seine Wange, um eine Träne aufzuwischen, und ließ die Hand dort liegen.

Ein paar Sekunden später schlief er, und als er erwachte, war es Tag, seine Uhr zeigte 9 Uhr 30, Laura war gegangen und hatte eine Nachricht am Rand eines aus einer Zeitschrift gerissenen Blatts hinterlassen, ich liebe dich.

Es vergingen zwei Tage, während derer man sah, wie sich Madame Courtin von Stunde zu Stunde erholte. Sie blieb blass, erschöpft, aß sehr wenig, redete nur noch manchmal zusammenhanglos, ihr Raum- und Zeitgefühl entwickelte sich wieder, der Gleichgewichtssinn stabilisierte sich und nach einer letzten Röntgenuntersuchung dachte man daran, sie nach Hause zu entlassen.

Madame Courtin bestand darauf, ihren Koffer selbst zu packen, sicher, weil sie unbedingt zeigen wollte, dass sie »wieder ganz klar im Kopf« war, wobei sie sich manchmal mit den Fingerspitzen an die Tischkante oder aufs Bett stützte, wenn sie das Gleichgewicht zu verlieren drohte.

Antoine begnügte sich damit, ihr die Kleidungsstücke zu reichen, die sie dann zusammenlegte und sorgfältig stapelte, aber ihrer beider Blicke blieb auf den Fernseher gerichtet, in dem es ausschließlich um die Neuigkeiten »im Fall Rémi Desmedt« ging.

Antoine erkannte die junge Journalistin, die er ein paar Tage zuvor beim Rathaus von Beauval gesehen hatte.

»Die DNA hat also ›gesprochen‹, und die Polizei weiß jetzt etwas mehr über die Person, von der das Haar stammt, das bei den Überresten des kleinen Rémi Desmedt gefunden wurde. Es soll sich um eine männliche Person kaukasischen Typs handeln. Zwar kann man seine Größe nicht angeben, aber man ist sich sicher, dass er braune Augen und helles Haar hat. Eine Beschreibung, die natürlich auf eine große Anzahl von Personen zutrifft und die es den Ermittlern nicht erlaubt, ein echtes Phantombild des Gesuchten zu erstellen.«

Antoine wartete, bis die Information wiederholt wurde, und zog dann einen Schluss, an den er noch nicht zu glauben wagte: Die Polizei hatte eine DNA, sehr wahrscheinlich seine, aber er war niemals registriert worden, und solange er es nicht würde, war das Risiko, des Mordes an Rémi Desmedt überführt zu werden, etwa gleich null ...

Es schien wenig wahrscheinlich, dass die Ermittlungen wieder aufgenommen würden, und außerdem, in welcher Richtung würde man suchen ...

Mehr als zehn Jahre danach schlug der Fall Rémi Desmedt noch einmal ein paar Wellen, bevor er erneut verschwand.

Würde das Leben Antoines wieder seinen normalen Gang aufnehmen?

»Na sowas, Madame Courtin, wir hatten doch an Weihnachten mit Ihnen gerechnet!«

Sicherlich bedachte die Krankenschwester, eine kleine Brünette mit funkelndem Blick, alle Kranken, die das Krankenhaus verließen, mit diesem Scherz, und sie erwartete denselben Erfolg wie sonst, aber sie stieß auf zwei reglose Menschen, die vom Fernseher angesogen wurden, dem sie sich schließlich auch zuwandte.

Die Kamera filmte den Supermarkt von Fuzelières und insbesondere die Tür an der Seite des Gebäudes, die dem Personal vorbehalten war und aus der gerade Monsieur Kowalski trat, eingerahmt von zwei Gendarmen.

»Der einzige Verdächtige in diesem Fall bleibt Monsieur Kowalski, der ehemalige Fleischer von Marmont, der damals mangels Beweisen freigelassen worden war. Man rechnet nun damit, dass die Ermittler Druck auf den einzigen Zeugen ausüben werden, um eine Probe von ihm zu erhalten und sie mit der DNA zu vergleichen, die an dem unglücklichen Opfer von 1999 gefunden wurde.«

Die Gesten von Madame Courtin waren lebhafter geworden. Sie hatte Mühe, eine Wut zu verbergen, die Antoine immer an ihr gekannt hatte, wenn es um ihren ehemaligen Chef gegangen war, jenen Eindruck, von einem Mann getäuscht worden zu sein, dem sie einst einen soliden Ruf als Geizhals und Ausbeuter angehängt hatte. Sicherlich empfand sie auch jene Gehässigkeit und Empörung, die man verspürt, wenn man sich unwissentlich neben einem Menschen bewegt hat, der sich später als niederträchtig, manipulatorisch, ja ungeheuerlich entpuppt.

Antoine wurde zum zweiten Mal Zeuge von dessen Verhaftung, und zum zweiten Mal spürte er unbestimmt und ohne übermäßige Scham, wie sehr ein Justizirrtum ihn erleichtern würde. Davon würde diesmal natürlich keine Rede sein, anders als ein Zeuge würde die DNA nicht lügen, aber die Hoffnung, dass Kowalski an seiner Stelle verurteilt würde, durchfuhr ihn von Neuem. Antoine hatte ihn seit vielen Jahren nicht gesehen. Auch er war beträchtlich gealtert; sein Haar war weiß, das abgezehrte Gesicht schien noch magerer, er ging mit langsamen Schritten, mit schlenkernden Armen.

Der Ruf seines Ladens hatte seine Festnahme 1999 nicht überlebt. Die Fleischerei war über mehrere Jahre hinweg langsam eingegangen, er hatte sie verkaufen müssen und war Leiter der Fleischtheke im Supermarkt von Fuzelières geworden.

In ein paar Stunden, am nächsten, spätestens übernächsten Tag würde Monsieur Kowalski wieder freigelassen werden, das wäre vielleicht die letzte Wendung in diesem Fall, der jetzt dazu bestimmt war, die Polizeiarchive zu füllen. Minute für Minute spürte Antoine, wie ein Gewicht von ihm abfiel, Bilder zogen ihm unaufhörlich durch den Kopf, Laura, das Ende ihres Studiums, der Aufbruch irgendwohin ins Ausland …

Madame Courtin fuhr nach Hause (»Im Taxi … Wir hätten doch den Bus nehmen können …«), öffnete im Haus alle Fenster, um zu lüften (»Das hättest du immerhin machen können, Antoine!«), stellte eine Liste mit Einkäufen zusammen (»Pass auf, als Zwieback nur den von Heudebert, wenn es den nicht gibt, nimmst du keinen!«) …

Die Bemerkungen seiner Mutter, die Antoine immer nur schwer ertragen hatte, würde er bald nicht mehr erdulden müssen, aber einstweilen nahm er sie mit Gutmütigkeit entgegen, so glücklich und erleichtert war er, sie nach Hause kommen zu sehen. »Mit dem Schrecken davongekommen«, sagte sie den Bekannten, die anriefen. Die Nachricht ihrer Rückkehr hatte in Beauval schon dreimal die Runde gemacht.

Antoine zögerte seinen Gang in die Stadt so lange wie

möglich hinaus, wollte vermeiden, von allen angesprochen und nach seiner Mama befragt zu werden. Na, ist Blanche wieder zu Hause? Ach, um so besser, um so besser, was haben wir uns für Sorgen gemacht, weißt du, ich war ja nicht dabei, aber ich hab's gehört, sie ist ja richtig durch die Luft geflogen, oh, was hatten wir eine Angst … Er fragte sich auch besorgt, ob die Mouchottes das Unglück ihrer Tochter öffentlich gemacht hätten, aber nein, niemand wusste Bescheid. Weder Émilie noch ihre Eltern hatten sich einer Situation aussetzen wollen, die sie bei allen anderen verurteilt hätten.

Theo, der in großen Sätzen die Stufen des Rathauses hinaufrannte, winkte ihm von Weitem. Er begegnete auch Mademoiselle, wie man die Tochter von Maître Vallenères nannte. Zwei Mal die Woche verließ sie das medizinische Gesundheitszentrum, wo sie nach dem Tod ihres Vaters untergebracht worden war, und machte einen Ausflug in die Stadt, bei dem sie von einer Krankenwärterin geschoben wurde. Sie setzte sich auf die Terrasse des Café de Paris. Im Sommer aß sie dort ein Eis, das ihr die Krankenschwester vom Kinn wischte, im Winter wurde ihr in kleinen Schlucken brühheiße Schokolade eingeflößt. Ihr Rollstuhl war nicht mehr das wunderliche und buntscheckige Gefährt von früher, die junge Frau aber hatte sich nicht verändert, ihr Körper glich immer noch einem verdorrten Rebstock, noch immer sah man ihre weißen, eisigen Hände auf der Decke mit Schottenkaro liegen, ihr Gesicht war auch heute noch ein glühender Blick in einer Totenmaske.

Geduldig wartete Antoine in allen Geschäften, in denen

Nachrichten ausgetauscht wurden, ohne auf die Zeit zu achten, bis er an der Reihe war.

Er verspürte eine leichte Euphorie, die natürlich sehr der Erschöpfung der letzten Tage geschuldet war, aber die auch einen fortschreitenden Zustand zurückkehrender Sicherheit ausdrückte. Hätte es nicht diese Geschichte mit Émilie Mouchotte gegeben … Aber selbst das betrachtete er als eine mindere Sorge neben den Bedrohungen, die sich über ihm zusammengeballt hatten … Was wäre da schon zu fürchten, ein bisschen Geld, ein guter Abschluss …

Er konnte noch nicht daran glauben.

Er würde sein Studium beenden, weit weg gehen, sein Leben neu beginnen.

19

Ohne große Überraschung wurde Monsieur Kowalski am übernächsten Tag für unschuldig erklärt und freigelassen, blieb in den Augen der Einwohner Beauvals, die nicht leicht die Meinung änderten, aber immer noch genauso verdächtig, es gibt keinen Rauch ohne Feuer, das würde sich nicht ändern.

In dem Maße, wie sich Antoines Besorgnis legte, ging echoartig auch das Interesse seiner Mutter an den Lokalnachrichten zurück. Sie starrte nicht mehr mit derselben Gier wie während der letzten Krankenhaustage auf den Fernseher. Im Gegensatz zu Antoine achtete sie gerade noch auf die Erklärung des Staatsanwalts, der vor dem Gerichtsgebäude der Präfektur Fragen der Journalisten beantwortete:

»Nein, es wäre unrealistisch, die gesamte Einwohnerschaft von Beauval einen DNA-Test machen zu lassen. Das würde unsere finanziellen Möglichkeiten bei weitem übersteigen, vor allem aber würde es sich auf keinerlei klare Grundlage stützen. Es gibt keinen objektiven Grund, weshalb der Träger der DNA, den wir suchen (ja, es handelt sich um den Mörder des kleinen Rémi Desmedt!), eher ein Einwohner Beauvals sein sollte als ein Bewohner einer Nachbargemeinde oder eine Person auf der Durchreise …«

»Na bitte!«, brummte Madame Courtin, als bestätigte der Staatsanwalt damit eine Theorie, die sie immer vertreten hatte.

Nachdem die letzte Hypothek abgetragen war, war Antoine nun frei aufzubrechen: Madame Courtin hatte sich wieder aufgerappelt, es war Zeit, zurückzufahren und zur Examensvorbereitung zurückzukehren.

»Schon?«, fragte Madame Courtin ohne große Überzeugung.

Seine Mutter, die darauf gedrungen hatte, ein »kleines Essen« zu organisieren (»klein« nannte sie alles, was sie wichtig fand), zog den Mantel an und lief Richtung Zentrum, wo sie in den Läden als wie durch ein Wunder Geheilte auftrat, mit einer falschen Bescheidenheit, die Antoine zum Lächeln brachte.

Er packte seine Sachen. Er wollte Laura nicht anrufen, behielt es sich vor, sie seinerseits durch seine Ankunft zu überraschen.

Madame Courtin gönnte sich beim Essen den Luxus eines Fingerhuts Portwein. Sie aßen zu Mittag, ohne viel zu sagen, der eine wie die andere ein wenig darüber verwundert, gemeinsam da zu sitzen, in dieser unvorhergesehenen Situation, deren Ausgang zwei Tage zuvor noch so ungewiss schien.

Dann sah Madame Courtin auf die Uhr, unterdrückte ein Gähnen.

»Du hast Zeit«, sagte Antoine zu ihr.

Sie ging hinauf, um vor seiner Abfahrt ein kleines Schläfchen zu machen.

Im Haus vibrierte die Stille.

Dann ertönte die Türklingel. Antoine öffnete.

Es war Monsieur Mouchotte.

Die beiden Männer machten keinerlei Bewegung aufeinander zu, beide waren sie von der ungebührlichen Situation peinlich berührt.

Antoine wurde bewusst, dass er noch nie direkt mit Émilies Vater gesprochen hatte.

Er trat zur Seite und bat ihn herein.

Monsieur Mouchotte war ein großer Mann, mit sehr kurzem Haar, wie bei einem Militär, und einer schmeichelhaften Nase. Alles zusammen verlieh ihm, bestärkt durch den beständigen Willen, seine Würde zu unterstreichen, und eine starre Haltung, auf unbestimmte Weise das Aussehen eines römischen Kaisers. Oder eines Volksschullehrers aus dem letzten Jahrhundert; übrigens hielt er die Hände hinter dem Rücken, was ihm erlaubte, die Brust herauszustrecken und das Kinn zu recken.

Antoine fühlte sich unbehaglich, er hatte keinerlei Bedürfnis, eine Moralpredigt hinzunehmen, die ganze Geschichte war nichts anderes als ein Unfall. Wenn die Mouchottes unbedingt darauf bestanden, dass Émilies Kind zur Welt kam, konnte Antoine nichts daran ändern, er empfand keinerlei Schuld, aber an der entschlossenen, ja drohenden Haltung von Monsieur Mouchotte spürte er deutlich, dass er nicht so leicht davonkommen würde: Man war gekommen, um Geld von ihm zu fordern, man spekulierte bereits darüber, was ein Arzt wohl verdiente.

Antoine ballte die Fäuste, man würde versuchen, die Situation auszunutzen, er hatte sich nicht über seine Rechte informiert …

»Antoine …«, begann Monsieur Mouchotte. »Meine Tochter hat Ihren Annäherungsversuchen nachgegeben. Ihrer Beharrlichkeit …«

»Ich habe sie nicht vergewaltigt!«

Intuitiv dachte Antoine, eine offensive, entschlossen unschuldige Haltung sei die wirkungsvollste, er hatte nicht die Absicht, sich etwas vormachen zu lassen.

»Das habe ich nicht gesagt!«, protestierte Monsieur Mouchotte.

»Das ist gut. Ich habe Émilie eine Lösung vorgeschlagen, die sie lieber abgelehnt hat. Das ist ihre Entscheidung, aber es ist auch ihre Verantwortung.«

Monsieur Mouchotte war sprachlos und entrüstet.

»Sie meinen doch nicht …«

Er verschluckte sich, die Worte versagten sich ihm …

Antoine fragte sich, ob Émilie ihrem Vater von seinem Vorschlag einer Abtreibung erzählt hatte oder ob er erst jetzt davon erfahren hatte.

»Doch«, bestätigte Antoine, »das ist genau das, was ich meine … Das ist noch möglich … Es … Es ist an der Grenze, aber möglich.«

»Das Leben ist heilig, Antoine! Gott will, dass …«

»Nerven Sie mich nicht mit sowas!«

Man hätte meinen können, Monsieur Mouchotte habe eine Ohrfeige erhalten. Er mochte noch so sehr den römischen Kaiser spielen, er verlor bereits den Halt, was Antoine in seiner kämpferischen Haltung bestärkte.

Die laute Stimme ihres Sohnes hatte Madame Courtin aufmerksam werden lassen, man hörte ihre Schritte auf der Treppe.

»Antoine?«, fragte sie, als sie auf der letzten Stufe ankam.

Er wandte sich nicht um. Als Madame Courtin den Kopf vorstreckte, sah sie zwei sich gegenüberstehende Männer vor sich, die sich die Krallen zeigten, sichtlich bereit, sich zu prügeln ... Auf Zehenspitzen ging sie wieder in ihr Zimmer hinauf. Von seiner Empörung überwältigt, hatte Monsieur Mouchotte ihre Anwesenheit gar nicht bemerkt.

»Aber ... Sie haben Émilie entehrt!«

Er redete jetzt leise, artikulierte jede Silbe, um zu betonen, dass er nicht glauben konnte, was Antoine da sagte, so ungeheuerlich war es.

»Oh«, fügte der hinzu, um das Maß voll zu machen, »was ›Entehrung‹ angeht, wie Sie sagen, da hat sie nicht auf mich gewartet, das kann ich Ihnen versichern.«

Monsieur Mouchotte geriet außer sich.

»Sie beleidigen meine Tochter!«

Das Gespräch hatte eine schlechte Wendung genommen, und es missfiel Antoine zwar, von einem so leichten Vorteil profitieren zu können, aber er hatte nicht die Absicht, seine Verteidigung aufzugeben, und beschloss, seinen Vorteil auszubauen:

»Ihre Tochter macht mit ihrem Körper, was sie will, das geht mich nichts an. Aber ich werde ...«

»Sie war verlobt!«

»Ja, aber das hat sie nicht daran gehindert, mit mir zu schlafen.«

Antoine musste irgendwie den Kopf aus der Schlinge

ziehen, koste es, was es wolle, und mit einem Gesprächspartner wie Monsieur Mouchotte war es besser, nicht allzu nuanciert vorzugehen.

»Hören Sie, Monsieur Mouchotte, ich verstehe Ihre Bedrängnis, aber unter uns, Ihre Tochter ist nicht von gestern. Sicher, sie ist jetzt von jemandem schwanger, aber ich habe in der Angelegenheit nicht mehr Verantwortung als … sagen wir, all die anderen.«

»Ich dachte mir doch, dass Sie ein verachtenswerter Kerl sind …«

»Na, das nächste Mal empfehlen Sie Ihrer Tochter eben, sich ihre Liebhaber besser auszusuchen.«

Monsieur Mouchotte nickte, gut, gut, gut …

»Wenn Sie es so halten …«

Er zog eine Zeitung hinter dem Rücken hervor und wedelte mit ihr herum wie mit einer Fliegenklatsche. Die Regionalzeitung. Antoine konnte nicht sehen, ob es die vom Tag war.

»Es ist bekannt … man kann das heutzutage testen!«

»Wie?«

Antoine war blass geworden.

Monsieur Mouchotte merkte, dass er sich in die richtige Richtung bewegte.

»Ich werde Strafanzeige gegen Sie erstatten …«

Antoine sah, wie die Bedrohung sich abzeichnete, konnte aber noch nicht verstehen, welche Auswirkungen sie auf sein Leben haben würde.

»Ich werde Sie vor Gericht ziehen und zu einem Gentest zwingen, der klar beweisen wird, dass Sie der Vater des Kindes sind, das meine Tochter trägt!«

Antoine war niedergeschmettert, er stand mit offenem Mund da, unfähig, gelassen über die Situation nachzudenken.

Dieser Schwachkopf sagte Dinge, von deren Folgen er keine Ahnung hatte.

»Hauen Sie ab!«, keuchte Antoine mit tonloser Stimme.

»Noch haben Sie die Möglichkeit, Ihrer Schändlichkeit den Weg der Ehre vorzuziehen – für Émilie und für Sie«, schloss Monsieur Mouchotte. »Denn mich wird nichts dazu bringen, meine Haltung zu ändern, glauben Sie mir! Ich werde zum Gericht gehen, diesen Test fordern und Sie werden gezwungen sein, ob Sie wollen oder nicht, meine Tochter zu heiraten und das Kind anzuerkennen!«

Er drehte sich kriegerisch um, verließ das Haus und schlug die Tür hinter sich zu.

Antoine brauchte einen Halt, er klammerte sich an den Türrahmen. Er musste eine Abwehrstrategie finden.

Er lief in großen Sätzen die Treppe hinauf, betrat sein Zimmer, schloss sich ein und begann, hin und her zu gehen.

Würde er gezwungen sein, Émilie Mouchotte zu heiraten?

Diese Aussicht verursachte ihm Brechreiz. Und wo würden sie überhaupt wohnen, niemals würde Émilie einwilligen, ins Ausland zu gehen, sich von ihren Eltern zu entfernen.

Und was hätte seine Bewerbung bei einer humanitären Organisation für eine Chance, wenn er Vater eines ein- oder zweijährigen Kindes wäre?

Wäre er also dazu verdammt, in Beauval zu bleiben?

Das war unerträglich.

Antoine versuchte, sich die Situation so konkret wie möglich vorzustellen. Monsieur Mouchotte würde Strafanzeige erstatten. Er würde in das Büro eines Richters kommen … der das Ansinnen lächerlich finden würde. »Derlei Dinge tut man nur im Falle einer Vergewaltigung, Monsieur Mouchotte«, würde er sagen. »Hat Ihre Tochter Strafanzeige wegen Vergewaltigung gestellt …?«

Nein. Antoine beruhigte sich: Niemals würde ein Richter dem Antrag stattgeben, das war unmöglich.

Aber zugleich würde der Richter sich unfehlbar eine andere Frage stellen: Wenn Antoine Courtin so sicher war, nicht der Vater zu sein, warum machte er dann diesen Test nicht?

Sicherlich stellte der Richter Überlegungen über den Mann an, der einen Gentest verweigerte … just zu der Zeit, als man gerade die DNA des Mörders von Rémi Desmedt gefunden hatte. Und dieser Mann war ausgerechnet der, der damals als einer der Letzten Rémi lebend gesehen hatte …

Also würde man, um sich keinen Vorwürfen auszusetzen, Antoine erneut befragen.

Und er wusste: Niemals würde er ein Verhör über das, was zwölf Jahre zuvor geschehen war, ertragen. Das war unmöglich. Er würde versuchen, erneut zu lügen, er würde es schlecht machen, würde in Verwirrung geraten, der Richter würde ins Wanken geraten, es wäre nicht das erste Mal, dass der Täter eines Verbrechens anlässlich eines minderen Delikts verhaftet worden wäre …

Vielleicht würde ihn dann sogar der Richter zu einem Gentest zwingen …

Es war besser nachzugeben.

Und den Test jetzt zu machen, um dem Argwohn ein Ende zu bereiten, von dem Antoine sich nie erholen würde.

Diese Vorstellung brachte ihm ein wenig Erleichterung. Denn wenn er wirklich der Vater des Kindes sein sollte, würde er eben Alimente zahlen, und das wär's! Es kam nicht infrage, sich das Leben zu verpfuschen, indem er eine Ehe einging mit dieser … Er suchte nach dem Wort, fand es nicht.

Auf der anderen Seite der Wand hörte er ein paar gedämpfte Geräusche, leise Stöße, wie sie vorsichtige Menschen in zu hellhörigen Hotelzimmern machen.

Es war seine Mutter, die, ganz ihrer Art entsprechend, sicher so tat, als sei nichts, und ihr bereits aufgeräumtes Zimmer aufräumte, wie er sie es schon seine ganze Kindheit über hatte tun sehen.

Ihre Anwesenheit zu hören, fast physisch zu spüren, lähmte ihn bis ins Mark … Wenn er sich als der Vater herausstellen würde, das heißt, als der Schuldige, und sich weigerte, Émilie zu heiraten, würden die Mouchottes es in der ganzen Stadt verbreiten, würden mit dem Finger auf die Familie Courtin zeigen …

Was würde dann aus dem Leben seiner Mutter?

Sie würde diesen Makel auf ihrem Ruf ertragen müssen. Sie wäre für jeden die Mutter eines niederträchtigen Mannes, der unfähig war, zu seiner Verantwortung, seiner Pflicht zu stehen. Beobachtet, beurteilt, moralisch gedemütigt – niemals würde sie ein solches Leben überleben, nein, das war unmöglich.

Antoine hatte nur sie, seine Mutter hatte nur ihn.

Er war unfähig, ihr eine solche Prüfung aufzuzwingen.

Sie würde daran sterben.

Es blieb ihm nur eine Lösung: in den Test einzuwilligen und zu hoffen, dass das Ergebnis seine Unschuld beweisen würde.

Nichts war weniger sicher.

Vor allem aber war da noch etwas anderes.

Antoine hörte wieder die Worte der Journalistin:

»... um eine Probe von ihm zu erhalten und sie mit der DNA zu vergleichen, die an dem unglücklichen Opfer von 1999 gefunden wurde.«

Schwindel überkam Antoine, er musste sich setzen. Wenn er sich diesem Test beugte, sei er nun positiv oder negativ, so würde das Ergebnis irgendwo gespeichert ...

Es würde existieren.

Für lange Zeit, für sehr lange. In welcher Datenbank würde der Test registriert? Welche Behörde wäre damit betraut?

Niemand konnte sicher sein, dass man ihn nicht früher oder später mit ... der DNA von Rémi Desmedts Mörder abgleichen würde.

Eine beliebige gesetzgeberische Entscheidung konnte es der Justiz morgen gestatten, alle verfügbaren DNA-Datenbanken abzugleichen ...

Über seinem Kopf würde auf ewige Zeiten ein Damoklesschwert hängen.

Die einzige Lösung bestand darin, ihn zu verweigern.

Antoine hatte den Kreis vollendet. Es war eine Sackgasse: Ob er den Test machte oder nicht machte, lief auf dasselbe hinaus.

Was heute nicht eintreten würde, wäre eine Bedrohung für morgen.

Und für ein ganzes Leben.

»Um wie viel Uhr geht dein Zug, Antoine …?«

Madame Courtin war aufgetaucht, ohne dass Antoine sie gehört hätte, sie hatte den Kopf zur Tür hereingestreckt.

Sie sah sofort, in welchem Erregungszustand ihr Sohn war.

»Gut, wenn du den nicht nimmst, gibt es ja noch andere …«

Sie schloss die Tür und ging hinunter.

Antoine lief in seinem Zimmer auf und ab, versuchte, seine Gedanken zu sammeln, aber er kam immer zum Offensichtlichen zurück. Es gab nur einen Ausweg: Monsieur Mouchotte daran hindern, Strafanzeige zu stellen.

Oder sich darauf einstellen, in Angst zu leben und vielleicht sogar fünfzehn Jahre im Gefängnis zu verbringen – nach einem Prozess mit nationalem Aufsehen, das schreckliche Schicksal eines Kindsmörders … Alles, was er bislang zu vermeiden geschafft hatte.

Es waren zwölf Jahre seit einem Verbrechen vergangen, das er im Alter von zwölf Jahren begangen hatte, und der letzte Akt der Tragödie, in die er an jenem Dezembertag 1999 gestürzt war, spielte sich vielleicht jetzt gerade hier ab …

Die Nacht brach herein.

Er hörte, wie seine Mutter schlafen ging, ohne etwas zu sagen, ohne eine Frage.

Bis zum Morgen lief er in seinem Zimmer hin und her. Es war für ihn ein absolutes Unglück. Sein Leben war nichts anderes als die riesige Niederlage, zu der ihn seine Kindheit, ein einziges Leid, bestimmt hatte.

Als der Tag anbrach, fragte er sich, ob er sich mit Émilie nicht selbst verurteilt hatte. Seine Strafe für das Verbrechen, das er begangen hatte, bestand nicht in Gefängnisjahren, sondern einem ganzen Leben, das er im Vorhinein schon verabscheute, das alles darstellte, was er nicht ausstehen konnte, inmitten armseliger Menschen, es bestand darin, einen Beruf auszuüben, den er liebte, unter Bedingungen, die er hasste …

Das war seine Bestrafung: seine Strafe in aller Freiheit absitzen, zum Preis seines ganzen Lebens.

Am Morgen hatte Antoine die Niederlage angenommen.

2015

20

Schon über eine Woche regnete es ohne Unterlass. Wenn man noch dazurechnete, dass es inzwischen bereits am Spätnachmittag dunkel wurde, war die Runde der Hausbesuche wirklich anstrengend. Er konnte sich noch so sehr bemühen, sich zu organisieren, die Strecken effizient zu planen, die Anrufe, die während der Runde kamen, zwangen ihn immer, noch zwei Mal nach Marmont, drei Mal nach Varenne zurückzukehren, das blieb nie aus.

Antoine sah auf die Uhr, 18 Uhr 15, bestimmt saß schon ein gutes Dutzend Menschen im Wartezimmer, und er wäre nicht vor 21 Uhr zu Hause. Er sah sein Gesicht im Rückspiegel. Ein paar Tage vor seiner Heirat hatte er beschlossen, sich einen Schnauzbart wachsen zu lassen, und hatte ihn behalten. Er machte ihn beträchtlich älter, sogar seine Mutter hatte ihm das gesagt, das hatte keinerlei Bedeutung, weder für ihn, noch für Émilie. Die war sowieso … Diese Frau war wirklich undurchschaubar. Anfangs war er sehr wütend auf sie gewesen, hatte sich Vorwürfe gemacht, er habe sich zum Narren halten lassen, habe zu leicht der Panik nachgegeben. Er hatte sogar überlegt, den Gentest zu machen, hatte es aber nicht getan, weil das am Lauf, den sein Leben genommen hatte, nichts geändert hätte. Es war zu spät.

Dann hatte er sich beruhigt, hatte seine Frau anders angesehen, er liebte sie nicht, aber er hatte sie verstanden. Sie war wie ein Schmetterling, unbeständig und wankelmütig, plötzlichen Begeisterungsanfällen unterworfen, nicht vorsätzlich, aber auch ohne Bedauern. Sie war noch immer sehr hübsch, sie hatte sich von ihrer Schwangerschaft innerhalb von wenigen Wochen erholt, flacher Bauch, perfekte Brüste und immer noch dieser einmalige Hintern … Wenn er sie unter der Dusche überraschte, war er immer noch sprachlos. Von Zeit zu Zeit legte er sich auf sie, sie akzeptierte alles, immer, tat, als habe sie einen Orgasmus und stieß leise, erstickte Schreie aus »wegen dem Baby«, drehte sich um und versicherte, das sei »noch besser als letztes Mal« gewesen und schlief auf der Stelle ein. Émilie, davon war Antoine überzeugt, hatte niemals einen Orgasmus gehabt. Mit niemandem. Er stellte sich keine Fragen mehr zu ihren Beziehungen, als Arzt begnügte er sich damit, darauf zu achten, dass sie aufpasste, aber das war völlig vergeblich: Diese Frau entglitt jeder Kontrolle.

Anfangs war es für Antoine ein großer Schmerz gewesen, wenn er einmal unerwartet das Haus betrat und sah, wie Émilie aus dem Keller kam, den Rock glattstrich und sich die Haare in Ordnung brachte, und er dann unten einen Elektriker mit rotem Kopf antraf, der nicht einmal den Werkzeugkasten aufgemacht hatte. Hätte er sie geliebt, wäre er sehr unglücklich gewesen. Tatsächlich war er ein bisschen unglücklich, aber nicht ihretwegen. Wenn er sie verstohlen ansah, bei Tisch, in der Küche, so bedrückte es ihn, diese Verschwendung zu sehen: eine melancholische Schönheit, in deren Kopf sich nichts ereignete.

Émilie nahm ihr Leben an, wie sie alles annahm, von allen. Mit einer Vorliebe für geraubte Umarmungen und flüchtigen Sex.

Außer mit Theo. Er hatte zwei Jahre zuvor die Fabrik seines Vaters übernommen und war bei den letzten Wahlen im Rathaus an dessen Stelle getreten. Seitdem spielte er den modernen Chef, den Amtsträger von heute, leitete die Gemeinderatssitzungen in Diesel-Jeans, ging in weißem Hemd, aber ohne Krawatte, zum Kriegsgedenken, empfing die Leute von der Gewerkschaft in Chucks, man machte auf Vertrautheit, feilschte bei den Löhnen, während man sich mit allen duzte. Man besprang die Frau vom Arzt, einem Kinderfreund, das zählte nicht.

Antoine wurde von einem Langholzlaster gestoppt, der auf der Landstraße mitten im Staatsforst manövrierte. Er musste warten. Er fürchtete ruhige Momente, sicherlich war das der Grund gewesen, warum er den Beruf des Landarztes schließlich gemocht hatte. Doktor Dieulafoy, dem er ein Jahr zuvor die Praxis abgekauft hatte, hatte es ihm vorausgesagt: Sie werden diesen Beruf nicht länger als zwei Monate machen – oder Sie machen ihn Ihr ganzes Leben, dazwischen gibt es nichts. Es war wahr. Er hatte sich sofort engagiert, er würde sicherlich nie aufgeben.

Ansonsten hatte sich das Leben eingespielt.

Émilie war sich seit dem ersten Tag gleich geblieben, sie stieß den lieben langen Tag beklagenswerte Gemeinplätze aus, sein Schwiegervater dagegen warf sich in die Brust, weil seine Tochter nun Arztgattin war. Ihr Baby war von der Schwiegerfamilie übernommen worden, weil Antoine »viel zu viel Arbeit hatte, um sich darum zu kümmern«, was nicht falsch war.

Der kleine Maxime war an einem 1. April zur Welt gekommen. Ach, was hatte man aus diesem Anlass für feinsinnige Witze gehört, die ganze Familie hatte sich beteiligt, es ist ein Junge, kein Scherz! Hahaha! Den Vornamen Maxime, der viel über die Phantasien von Größe in der Familie aussagte, hatte natürlich Monsieur Mouchotte durchgesetzt.

Nach der Hochzeit, deren Organisation bereits eine unerträgliche Geschichte gewesen war (drei Monate Vollzeit für vier Personen, Sitzungen der Familie wegen der Anzeigen, Sitzungen in der Kirche wegen der Messe, Verhandlungen wegen des Essens, Zwietracht wegen der Einladungen, die Hölle …), hatte Émilies Schwangerschaft die gesamte Sippschaft mobilisiert, unbestreitbar war sie die erste schwangere Frau seit Erschaffung der Welt.

Émilie war eine triumphierende Mutter. Sie hatte demonstrativ ihren Bauch getragen, deutlich sichtbar, wie ein Zeichen von Wohlstand: Mit siegreichem Lächeln war sie an allen anderen in der Schlange vorbeigegangen, hatte in den Geschäften um einen Stuhl gebeten und ostentativ gekeucht, bis man sich um sie kümmerte, dann gab sie sich der detaillierten Schilderung der Primär- und Sekundärwirkungen dieser Schwangerschaft hin und ersparte niemandem etwas, man bekam alles geliefert, die Schmerzen, die Durchfälle, das Erbrechen, die Müdigkeit; ich dachte, er strampelte, aber nein, das waren die Blähungen! Ach die

Blähungen! Das kommt wegen dem abgedrückten Unterleib, was war das für ein Abenteuer, ja, was für eine Plackerei (sie liebte dieses Wort), aber auch »ein herrliches Geschenk des Lebens«, und wenn sie gut in Form war, so improvisierte sie aufs Bezauberndste über das Thema »welch schönes Abenteuer für eine Frau, einem Kind das Leben zu schenken«. Antoine war sehr deprimiert.

Er hatte zunächst nichts für seinen Sohn empfunden, weder Liebe, noch Hass, er gehörte nicht zu seinem Leben. Émilie und ihre Mutter spielten ständig Puppe mit dem Baby, dem Antoine nur gelegentlich begegnete. Er behandelte es als Arzt wie die meisten Babys der Gemeinde, es war eines unter allen anderen.

Dann hatte Maxime zu laufen begonnen und dann zu sprechen, und es geschah etwas, womit Antoine nicht gerechnet hatte: Er ähnelte den Mouchottes nicht. Manchmal hatte er den Eindruck, dieses Kind schlüge ihm nach, und er fühlte sich geschmeichelt, auch wenn er das bei anderen immer lächerlich gefunden hatte.

Vielleicht nahm er diese Ähnlichkeit wahr, weil er sie sich wünschte. Einstweilen begnügte er sich damit, sie zu bemerken. Er wusste nicht, wozu ihre Beziehung bestimmt war.

Antoine fuhr wieder los, bog rechts ab, mein Gott, mehr als anderthalb Stunden Verspätung, das Wartezimmer würde proppenvoll sein. Da kann man nichts machen, sie würden warten, übrigens warteten sie immer, Antoine war schnell zu einem von den Einwohnern Beauvals sehr geschätzten Arzt geworden. Bei dem kannte man wenigstens die Mutter.

Er stellte das Auto vor der Eingangstreppe ab, ließ die Schlüssel stecken, stieg aus, schützte sich vor dem Regen und betrat das weitläufige Haus. Er würde nicht lange bleiben, aber er hatte es versprochen, also kam er. Guten Tag, Doktor, wir hatten nicht mehr damit gerechnet, dass Sie jetzt noch kommen, geben Sie mir Ihren Mantel, sie ist ungeduldig, wissen Sie.

Ja, aber sie tat immer so, als sei sie mit anderem beschäftigt. Als er ins Zimmer trat, hob sie einen überraschten Blick zu ihm, ach, Sie sind es, welch glücklicher Fügung verdanke ich Ihren Besuch …?

Mademoiselle war jetzt einunddreißig, sie wirkte fünfzehn Jahre älter. Sie war schrecklich mager, aber Antoine wusste, dass dieses Skelett sicherlich jahrzehntelang dem Tod trotzen würde. Sollte Mademoiselle zu sterben gehofft haben, so war der Wunsch ihr vergangen, ein bisschen wie Antoine der Wunsch zu fliehen.

Er zog einen Stuhl heran, kramte in seiner Arzttasche, und nachdem er sich gründlich umgesehen hatte, zog er eine Tafel Schokolade heraus, die er Mademoiselle unter die Bettdecke schob. Es war ein Geheimnis zum Schein, jeder wusste, dass sie das nicht durfte und dass sie welche aß, einschließlich ihres Arztes, der ihr Hauptlieferant war.

Mademoiselle hob unauffällig eine Ecke der Bettdecke an, um die Marke zu sehen, und machte ein ziemlich angewidertes Gesicht.

»Sie sind kein sehr guter Verlierer, Doktor …«

Sie hatten mit dem Schachspielen begonnen, als Antoine im Gesundheitszentrum die Nachfolge von Doktor Dieulafoy angetreten hatte, aber er hatte nie Zeit für eine richtige

Partie gehabt. Die Idee stammte von ihr: Sie tauschten ihre Züge jetzt über E-Mail aus. Antoine dachte im Auto über seine Strategie nach, antwortete unmittelbar vor einem Patientenbesuch, erhielt die Antwort während seiner Konsultation, erwiderte beim Hinausgehen. Mademoiselle hatte recht, er war kein guter Verlierer. Nicht wegen der Niederlage an sich, sondern weil er systematisch verlor: Nie hatte er auch nur eine einzige Partie gegen sie gewonnen. Jedes Mal, wenn er verlor, kam er und brachte ihr Schokolade.

»Ich werde nicht bleiben können, ich habe fast zwei Stunden Verspätung.«

»Na, dann gehen Ihre Patienten eben wieder, vielleicht tut ihnen das gut! Möglicherweise sehen Sie sie morgen, und sie sind geheilt!«

Immer dieselbe Leier, wie ein altes Paar. Antoine griff nach den Fingerspitzen von Mademoiselle, eiskalte, knochige Finger, die gierig nach Antoines Hand schnappten, danke, auf bald.

Rückfahrt im Regen. Beauval.

Die Stadt hatte sich in den letzten Jahren verändert. Der Parc Saint-Eustache war ein Erfolg, während der Saison kamen die Besucher aus der gesamten Region. Ein stadtnaher Park für die ganze Familie, das Konzept brachte einiges ein. Monsieur Weiser hatte es Beauval ermöglicht, eine gute Wendung zu nehmen, sein Sohn war im ersten Wahlgang gewählt worden. Der Tourismus hatte zu Arbeitsplätzen geführt, die Händler waren glücklich, und eine Stadt, deren Händler befriedigt sind, ist eine mit sich zufriedene Stadt.

Diese Wendung war übrigens mit einer Renaissance des Holzspielzeugs zusammengefallen. Galt es in den 90er Jahren noch als altmodisch, so war es mit dem sich entwickelnden ökologischen Bewusstsein bei der französischen Bevölkerung erneut in Mode gekommen, man hatte wieder begonnen, kleine Eisenbahnen aus Esche und Kreisel aus Tanne toll zu finden. *Weiser, Holzspielzeug seit 1921* hatte beinahe zu den Beschäftigungszahlen vor der Krise zurückgefunden.

Proppenvolles Wartezimmer, feuchte Wärme, von den Scheiben rinnende Feuchtigkeit.

Antoine machte das Fenster einen Spalt auf, was sich niemand erlaubt hatte. Er warf ein Guten Tag in den Raum, begleitet von einer kurzen Geste, die seine Verspätung entschuldigen sollte. Billigendes Gemurmel ertönte, man hatte gern einen überlasteten Arzt, dessen Rührigkeit sprach für seine Qualität.

Er erkannte Monsieur Fremont, Valentine, Monsieur Kowalski. Doktor Dieulafoy hatte Antoines Angebot, die Praxis zu übernehmen, mit aller Begeisterung aufgenommen, zu der er fähig war. Die Leidenschaft, die er seinem Beruf entgegenbrachte, hatte Antoine fürchten lassen, er würde sich weigern, aufzuhören, würde vorschlagen, zusammenzuarbeiten, sich beständig einmischen, aber gar nicht. Gleich nach dem Verkauf der Praxis war er nach Viet Tri aufgebrochen, wo er sich um seine achtzigjährige Mutter kümmerte, die er seit fast fünfzig Jahren nicht gesehen hatte. Vor seiner Abreise hatte er Antoine zu jedem Patienten eine außerordentlich detaillierte Akte übergeben, sie hatten sogar unendlich viel Zeit damit verbracht – das hatte der alte Arzt gefordert –, um über die problematischsten Fälle zu sprechen.

Bei der Gelegenheit hatte Antoine entdeckt, dass Monsieur Kowalski zu den Patienten gehörte, er hatte ihn aber noch nie in der Praxis gesehen. Mit Valentine würde er verhandeln müssen, sie kam sechs Mal im Jahr und bat um eine Krankschreibung, immer in Begleitung mehrerer ihrer Kinder, um ihn milde zu stimmen oder sein Mitleid zu erregen. Antoine zeigte sich immer schwach mit ihr, er sträubte sich, die Krankschreibung auszustellen, tat es aber schließlich doch. Er gestand es sich nicht ein, aber Valentine nahm einen unangenehmen Platz in seiner Geschichte ein, sie war vor allem das junge Mädchen, das vom Verschwinden ihres kleinen Bruders heimgesucht worden war, die Schwester des Kindes, das Antoine getötet hatte.

Antoine nahm sich Zeit, um sich für die dritte Runde des Tages bereit zu machen, seine Sachen aufzuräumen, zu überprüfen, dass alles in Ordnung war, seine Brieftasche in die oberste Schublade seines Schreibtischs zu legen, die einzige, die er abschloss, ein eher symbolischer als ein Sicherheitsreflex, ein zehnjähriges Kind hätte sie mit einem Brieföffner in ein paar Sekunden aufgebrochen. Dort bewahrte er, ohne recht zu wissen, warum, Lauras Antwort auf den Brief auf, den er ihr in einem Rutsch geschrieben hatte, Laura (nicht: mein Schatz, ihr nicht den geringsten Raum lassen), ich werde Dich verlassen (einfach sein, klar, endgültig), eine lange Erklärung zu Émilie, der Frau, die er tatsächlich immer geliebt hatte, die er geschwängert hatte und die er heiraten würde, und das ist besser so, ich hätte

Dich unglücklich gemacht usw. Die Art idiotischer, verlogener und voraussehbarer Brief, den alle feigen Männer an alle Frauen schicken, die zu verlassen sie sich endlich entschließen.

Lauras Antwort war unverzüglich gekommen, ein großes Blatt weißes Papier, auf dem oben links stand: »Einverstanden.«

Er hatte es zusammengefaltet, in die Schublade gelegt und sie abgeschlossen. Und mit der Zeit hatte er es sogar fast vergessen.

Antoine stellte eine Krankschreibung von einer Woche für Valentine aus, dann empfing er Monsieur Kowalski, einen dürren Mann, mit sehr sanfter Stimme, langsamen und präzisen Gesten. Antoine hörte ihm das Herz ab, es war erschöpft. Als er den Blutdruck maß, warf er einen Blick auf die Akte, ja, er erinnerte sich, Monsieur Kowalski war Witwer, rasch rechnete er sein Alter aus, sechsundsechzig.

»Gut, ein Virus …«

Monsieur Kowalski lächelte liebenswürdig, fatalistisch. Antoine schrieb sein Rezept, das er wie immer kommentierte, immer legte er Wert auf die Dosierung, versuchte, lesbar zu schreiben, sich nie von oben herab verhalten.

Er räumte die Akte seines Patienten weg, begleitete ihn zur Tür und gab ihm die Hand.

Schon erhob sich Monsieur Fremont und machte ein paar Schritte, als Antoine von einer plötzlichen Eingebung gepackt wurde, er nahm sich nicht die Zeit nachzudenken:

»Monsieur Kowalski?«

Alle drehten sich zur Tür.

»Ähh ... Könnten Sie nochmal kurz zurückkommen?«, fragte Antoine.

Er machte Monsieur Fremont gegenüber eine entschuldigende Geste, es dauert nicht lang, wenn Sie erlauben ...

»Treten Sie ein, treten Sie ein«, sagte er und deutete auf den Stuhl, den Monsieur Kowalski gerade verlassen hatte, »setzen Sie sich einen Moment.«

Und er ging um seinen Schreibtisch herum, nahm nochmal die Akte und warf erneut einen Blick darauf.

Andrei Kowalski, geboren in Gdynia, Polen, am 26. Oktober 1949.

Antoine hatte eine dieser Intuitionen gepackt, die so überzeugend sind, dass sie in einem Moment wie eine Offenbarung auf uns wirken und, einen Augenblick später, vollständig unnütz scheinen.

Aber Monsieur Kowalski senkte den Blick auf die Knie, und Antoine war sofort überzeugt, dass er klar gesehen hatte.

Er selbst schwieg lange, er wusste nicht, wie er es angehen sollte ... Denn er wusste nicht, was sich hinter der Tür befand, die sich gleich öffnen konnte. Und er wusste auch nicht, ob er sie jemals würde schließen können. Er hielt noch immer die Akte seines Patienten in der Hand. André.

»Vor ein paar Jahren lag meine Mutter ein paar Tage im Koma ...«, begann er, ohne den Blick zu heben.

»Ich erinnere mich, ich habe mich damals nach ihr erkundigt, aber jetzt geht es besser, glaube ich ...?«

»Ja, gut ... Im Krankenhaus phantasierte sie ... Sie rief die

Namen ihrer Angehörigen, rief nach meinem Vater, nach mir … Ich frage mich …«

»Ja?«

»Ich frage mich, ob sie nicht auch nach Ihnen gerufen hat. Ihr Vorname ist Andrei, nicht wahr?«

»Andrei ist mein Taufname. Hier sagt man André …«

Vielleicht war Antoine auf der falschen Fährte, aber jetzt, wo er die Frage im Kopfe hatte, konnte er nicht anders als sie zu stellen.

»Hat auch meine Mutter Sie so genannt?«

Monsieur Kowalski starrte Antoine jetzt stirnrunzelnd an. Würde er sich ereifern, aufstehen und hinausgehen, antworten …?

Er erkundigte sich mit sanfter Stimme:

»Worauf wollen Sie hinaus, Doktor Courtin?«

Antoine stand auf, ging um den Schreibtisch herum und setzte sich neben Monsieur Kowalski.

Er war ihm häufig begegnet, hatte ihn wegen seines erstaunlichen Äußeren, das bei ihm wie bei vielen anderen ein unerklärliches Gefühl der Befangenheit hervorgerufen hatte, häufig beobachtet, aber jetzt, wo er ihn von Kopf bis Fuß musterte, war es seltsam, es ging eine gelassene Kraft von ihm aus, eine, die man gern einem Vater zuschreibt, wenn man ein kleines Kind ist.

In Antoines Kopf kämpften die Gedanken, sodass er nicht mehr wusste, wie er in dem Gespräch vorankommen sollte.

Sein Gesprächspartner schien nicht im Geringsten befangen. Im Gegenteil, er vermittelte den Eindruck, er würde nie etwas sagen, was er zu verschweigen wünschte.

»Wenn Sie nicht mit mir sprechen möchten, so sind Sie frei, sich zurückzuziehen, Monsieur Kowalski«, sagte Antoine. »Sie sind zu nichts verpflichtet.«

Monsieur Kowalski dachte lange über seine Entscheidung nach.

»Ich bin letzten Monat in Rente gegangen, Doktor. Ich habe ein kleines Haus im Süden …«

Er stieß ein leises, kurzes und heftiges Lachen hervor.

»Ich sage Haus, damit das schöner klingt, tatsächlich ist es ein Wohnwagen, aber nun … er gehört mir. Dorthin werde ich mich zurückziehen. Ich glaube nicht, dass wir uns wiedersehen werden, Doktor. Ich hatte die Absicht … Ich hatte nicht gedacht, dass Sie mich heute fragen würden, da, einfach so …«

Die Sätze, die er sagte, waren empfindlich, gespannt, sie hätten auf einem Faden Platz gehabt und schienen kurz davor zu fallen, zu brechen.

»Ich spreche von meiner Rente, um zu sagen … dass die Zeit jetzt vergangen ist, all das zählt nicht mehr.«

»Ich verstehe.«

Antoine legte die Hände auf die Knie und schickte sich an aufzustehen.

Aber er wurde daran gehindert.

»Das hat mich sehr irritiert, wissen Sie«, fuhr Monsieur Kowalski fort, »als ich Sie an diesem Dezembertag gesehen habe …«

Für einen Augenblick hörte Antoine auf zu atmen.

»Ich war im Wagen, fuhr gerade durch den Wald am Waldrand von Saint-Eustache, und plötzlich sehe ich da im Rückspiegel diesen Jungen über die Straße rennen und sich verstecken, ich hab sofort gewusst, dass Sie das sind.«

Antoine spürte eine Panik in sich aufsteigen, wie er sie nicht mehr gespürt hatte, seit er vor vier Jahren geglaubt hatte, sein Leben sei endgültig geschützt. In dem Moment, wo sein Leben in der Routine versank wie in Treibsand, stieg mit einem Mal alles wieder hoch, der Tod von Rémi Desmedt, der Marsch durch den Wald von Saint-Eustache mit dem Körper des toten Kindes über den Schultern, die kleinen Hände, die in dem Schlund unter der großen umgestürzten Buche verschwanden …

Er wischte sich den Schweiß von der Stirn.

Wieder sah er sich vor seinem inneren Auge, auf dem Rückweg nach Beauval, wie er im Graben kauerte, nach den Autos Ausschau hielt, bevor er die Landstraße überquerte.

»Also habe ich ein Stückchen weiter angehalten … Ich habe den Wagen abgestellt, bin ausgestiegen und losgegangen, um zu sehen, was da los ist. Ich habe mich gefragt, ob Sie Hilfe bräuchten. Natürlich habe ich Sie nicht gefunden, Sie waren bereits weit weg.«

Monsieur Kowalski war der einzige Zeuge, der die Ermittlungen damals in Richtung Antoine hätte leiten können; er war selbst festgenommen, bis zur Entdeckung von Rémis Leichnam vier Jahre zuvor verfolgt worden, und man hatte ihn erneut festgenommen und verhört …

»Und Sie …«, begann Antoine.

»Es war für Ihre Mutter, verstehen Sie. Ich habe sie sehr geliebt, wissen Sie. Sie mich auch, denke ich …«

Er senkte den Kopf, seine Gesichtsfarbe hatte sich unter

der Wirkung eines Geständnisses, dessen etwas ordinäre Banalität er zu erfassen schien, verfärbt.

»Das wird Ihnen bei einem alten Mann wie mir lächerlich erscheinen, aber … es war eine große Leidenschaft.«

Nein, Antoine fand das nicht lächerlich, er hatte auch eine große Leidenschaft in seinem Leben erlebt.

»Ich habe nie sagen wollen, was ich an dem Tag gemacht habe, denn … wir waren zusammen, sie und ich. In eben diesem Wagen. Ich wollte sie nicht kompromittieren … Sie wünschte, unsere Beziehung solle geheim bleiben … So was respektiert man.«

Um von jeglichem Verdacht abzulenken, hatte Madame Courtin sich immer reserviert, streng gezeigt und über Monsieur Kowalski endgültige Urteile gefällt, die sich rückblickend als sehr grausam erwiesen.

Mühsam klebte Antoine die Stückchen von alldem zusammen. Monsieur Kowalski hält an. Was sagt er zu Madame Courtin?

Sie ist im Auto, dreht sich um, sieht nichts, fragt sich, was er wohl macht, sie will da nicht bleiben, am Rand der Landstraße, sie will von den Leuten nicht gesehen werden …

Monsieur Kowalski ist ausgestiegen, er sucht Antoine, den er gerade gesehen hat, wie er aufgeregt Richtung Beauval rennt, er findet ihn nicht, lässt es sein, steigt wieder ein und fährt los …

Was sagen sie sich?

»Ich habe ihr nichts gesagt. Es war wie ein Reflex, ich hatte den Eindruck … wie soll ich sagen … das sei nicht gut.«

Die Beziehung zwischen seiner Mutter und diesem Mann verursachte Antoine ein Unbehagen, das er nur schwer beherrschen konnte. Nicht, dass sie an sich skandalös gewesen wäre, natürlich ist man immer überrascht und schockiert, dass ein Elternteil ein Sexleben haben kann, selbst wenn man Arzt ist, davon hatte es natürlich auch etwas, aber es war auch etwas Diffuseres, Komplexeres, was Zeit, Nachdenken erfordert hätte und was auf der Frage beruhte: Wann hatten sie sich kennengelernt?

Madame Courtin hatte lange vor Antoines Geburt bei Monsieur Kowalski zu arbeiten begonnen ... Zwei Jahre? Drei Jahre davor? Wann war Antoines Vater gegangen? Daten, Jahre, Bilder verschwammen, der Boden brach unter ihm zusammen.

Antoine überkam plötzliche Übelkeit.

Er drehte sich zu Monsieur Kowalski und merkte, dass dieser aufgestanden und bereits an der Tür war.

»All das hat keine Bedeutung mehr, Doktor. Man stellt sich so viele Fragen, wissen Sie ... Ich selbst ... Und dann, eines Tages, hört man auf.«

Dieser Mann, der ebenfalls viel hatte leiden müssen, suchte gerade nach Worten, um ihn zu beruhigen.

Antoine zitterte, als sei er an einem Schneetag ohne Mantel hinausgegangen.

»Und vor allem, Doktor, machen Sie sich keine Sorgen ...«

Antoine öffnete den Mund, aber Monsieur Kowalski war bereits gegangen.

Zwei Tage später erhielt er ein Päckchen, das er auf dem Tisch in seinem Behandlungszimmer aufmachte, unmittelbar bevor er mit der Sprechstunde anfing.

Es war seine Uhr. Mit ihrem grün fluoreszierenden Armband.

Natürlich war sie stehen geblieben.

Dankbarkeit

Dieser Roman wäre ohne die unerlässliche Anwesenheit von Pascaline nicht entstanden.

Dem Freund Patrice Leconte (heiliger Martin) sei dafür gedankt, dass er den richtigen Brief zur richtigen Zeit geschrieben hat. Und wo die Rede von Freunden ist: Wie könnten Jean-Daniel Baltassat (heiliger Bernhard) und Gérald Aubert, der wesentliche Freund, vergessen werden …

Sollte es hier oder da Fehler geben, so wären weder Daniel Wainblum, noch François Daoust, noch Samuel Tillie zu tadeln, sondern allein ich.

Ihnen gilt vielmehr mein tiefer Dank für ihre Hilfe und ihren Rat.

Gern erkenne ich mich in dem Kommentar von H.G. Wells wieder, der in seiner Vorrede zu *Apropos of Dolores* schrieb: »Man nimmt sich ein Merkmal bei diesem, ein anderes bei jenem; man nimmt es sich bei einem langjährigen

Freund oder bei jemandem, den man kurz auf einem Bahnsteig gesehen hat, während man auf einen Zug wartete. Manchmal nimmt man sich sogar einen Satz, eine Idee aus einer Zeitungsnotiz. Auf diese Weise schreibt man einen Roman, es gibt keine andere.«

So sind beim Schreiben dieses Romans Bilder und Ausdrücke in mir aufgestiegen, von denen ich wusste, dass sie von anderswoher kamen. Jene, die ich identifizieren konnte, stammten (Entschuldigung für das Durcheinander) von: Cynthia Fleury, Jean-Paul Sartre, Georges Simenon, Louis Guilloux, Virginie Despentes, Rosy & John, Thierry Dana, Henri Poincaré, David Vann, Nathaniel Hawthorne, William McIlvanney, Marcel Proust, Yann Moix, Umberto Eco, Marc Dugain, K. O. Knausgaard, William Gaddis, Nic Pizzolatto, Ludwig Lewisohn, Homer und sicherlich ein paar anderen …

Julie Marsh

Die LADYS von SOMERSET

Die Liebe,
der widerspenstige Ambrose
und ich

atb aufbau taschenbuch

Julie Marsh

Die LADYS von SOMERSET

Die Liebe,
der widerspenstige Ambrose
und ich

Roman

atb aufbau taschenbuch

MIX
Papier | Fördert
gute Waldnutzung
FSC® C083411

ISBN 978-3-7466-3942-0

Aufbau Taschenbuch ist eine Marke
der Aufbau Verlage GmbH & Co. KG

1. Auflage 2022

Satz Greiner & Reichel, Köln
Druck und Binden CPI books GmbH, Leck, Germany
Printed in Germany

www.aufbau-verlage.de

Für Linnéa

»Strong tea and scandal – bless me, how refreshing.«

Mr. Garrick in der Vorrede zu »School for Scandal«
von Richard Brinsley Sheridan

Kapitel 1

Es ist eine allgemein anerkannte Tatsache, dass die glaubwürdigsten Liebeserklärungen von Schriftstellerinnen stammen. Auch ist es unbestreitbar, dass die Heldinnen großer Liebesgeschichten einen unfehlbaren Charakter vorweisen, ein tragisches Familiengeheimnis in sich tragen und über besondere Schönheit verfügen.

Daher war es keineswegs verwunderlich, dass niemand Emma für eine Heldin gehalten hätte, nicht einmal sie selbst. Weder war ihr Äußeres übermäßig gefällig noch ihr Charakter fehlerfrei. Auch war ihr nach dem frühen Tod ihrer Eltern kein schreckliches Leid zugefügt worden, denn Mister Ramsbury hatte sie als ihr Vormund mit offenen Armen empfangen. Und wenn sie überhaupt einmal an Liebe dachte, dann mitnichten an eine heimliche Hochzeit, eine erzwungene Heirat oder gar an Selbstmord. Solche Leiden und Ekstasen gehörten zwischen Buchdeckel und auf die Bretter der Bühne.

Eine Leidenschaft jedoch hatte sie, und das war das Theater, das sie bei ihren seltenen Aufenthalten in London besuchte. Wenn sie nach Somerset zurückkehrte, zehrte sie von den Eindrücken, die sie während der Aufführungen sammelte und später in ihrem Journal detailgetreu aufschrieb.

Doch an diesem Abend würde sie nicht nur notieren, was rund um Shakespeares »Romeo und Julia« geschah und ob die Schauspieler überzeugend gewesen waren oder ihre Performance enttäuscht hatte. In der angespannten Hoffnung, nach der Vorstellung etwas sehr Bedeutsames berichten zu können, hatte sie zu Hause bereits das Datum des 23. Mai 1807 mit einer angespitzten Gänsefeder aufs Papier gekratzt. Sie wartete nur noch auf die Gelegenheit, ihren gefassten Plan in die Tat umzusetzen.

Auf der Bühne wurde die tragische Liebende von der bekannten Schauspielerin Susanna Honeyfield – blondgelockt, rotwangig und mit hoch geschnürtem Busen – verkörpert. In ihrer Rolle als Julia stand sie vor einer großen Leinwand, auf der eine toskanische Landschaft gemalt war, und wandte sich an ihre Dienerin, wobei sie bedeutungsschwer in den hell ausgeleuchteten und gut gefüllten Zuschauersaal blickte. In einer großen Geste streckte sie ihre Hand in Richtung des Theatervorhangs aus, hinter dem der ihr noch unbekannte Romeo verschwunden war. »Geh, frag, wie er heißt!«

»James!«, rief ein Zuschauer ganz vorne.

»Nein, George!«, konterte ein anderer.

Der restliche von den Schauspielerinnen gesprochene Dialog ging in lautem Gelächter unter.

Das Publikum war wie üblich unruhig und launenhaft. Seit dem ersten Akt redeten zwei Frauen in der Nachbarloge derart lautstark über Hüte, dass Emmas ohnehin flackerhafte Aufmerksamkeit immer wieder vom Bühnengeschehen abgelenkt wurde. Sie ließ ihren Blick über die von Kristallleuchtern erhellten Zuschauer wandern. In den reich verzierten, blau und weiß gestrichenen Logen an den Seiten des Theaters saßen elegant gekleidete Damen und Herren der Gesellschaft und waren mehr mit sich selbst als mit dem aufgeführten Stück beschäftigt. Geschickt angebrachte Spiegel, die den Kerzenschein reflektierten, sorgten dafür, dass das wohlhabende Publikum ins rechte Licht gerückt wurde. Man kam, um gesehen zu werden und sich ins Gespräch zu bringen.

Zu Emmas rechter Seite hatte ihr Vormund, Thomas Peregrine Ramsbury, die Augen geschlossen und atmete durch den Mund. Er besuchte Theateraufführungen nur ihr zuliebe. Aber an diesem Abend fiel es sogar Emma nicht leicht, dem Stück zu folgen, das sie zudem fast auswendig kannte, so oft hatte sie es ihrem Vormund zur Unterhaltung vorgelesen. Ihre Gedanken schweiften immer wieder zu dem tollkühnen Vorhaben ab, das sie für die nächste Stunde gefasst hatte. In den letzten Monaten hatte sie abends, wenn Mister Ramsbury vor dem Kaminfeuer eingenickt war, Seite für Seite mit einem Liebesdrama aus ihrer Feder gefüllt. Endlich war ihr erstes eigenes Theaterstück fertig und bereit, der Welt präsentiert zu werden.

Wie um sich zu vergewissern, dass der Stapel Papiere noch darin war, legte Emma eine Hand auf die Tasche in ihrem Schoß. Sie lächelte voller Stolz auf das, was ihr gelungen war.

»Ich fühle mich getrieben, den ärgsten Feind aufs Zärtlichste zu lieben«, deklamierte Julia gerade.

Ein Aufschrei im Publikum veranlasste Emma, sich vorzubeugen und nach unten zu den billigen Plätzen zu blicken. Eine Frau hielt ihren Fächer wie ein Schutzschild über den Kopf, während ein Theaterpage mit einem langen Stab heraneilte, um die Flamme am Kronleuchter über ihr zu löschen, von dem Wachs herabgetropft war.

»Mein schönes Kleid ist ruiniert«, beschwerte sich die Frau und zeigte dem Pagen ihr großzügig ausgeschnittenes Dekolleté. Der Mann verzog sich eilig, weshalb sie ihm Schimpfwörter nachrief, die Emma noch nie zuvor gehört hatte.

Mister Ramsbury hatte sich während des ganzen Spektakels nicht einmal gerührt. Die Situation erschien ihr daher günstig, um ihren Plan endlich in die Tat umzusetzen. Da sie in knapp einer Woche wieder aus London abreisen würde, blieb ihr dafür nicht viel Zeit.

Schon am Bühneneingang offenbarte sich die erste Schwachstelle. Sie hatte geklopft, hatte die ihr öffnende Frau nach dem Direktor gefragt und war abgewiesen worden. Diese Möglichkeit hatte sie zuvor nicht in Erwägung gezogen. Emma stand da und überlegte, was sie tun sollte. Wenn eine aufstrebende Theaterautorin nicht zum Direktor vorgelassen wurde, dann hätte sie womöglich mehr Erfolg, wenn sie sich als jemand anderes ausgab. Als überstürzt angereiste Schwester seiner Frau vielleicht oder als Überbringerin eines delikaten Liebesbriefs. Das Problem war nur, dachte Emma, dass sie nicht wusste, ob der Direktor überhaupt verheiratet war und ob er eine heimliche Romanze nicht lieber verleugnen ließe.

Ein modisch gekleideter Dandy mit einem schwarzen Jackett, beiger Hose, hohen Lederstiefeln und einem Strauß Rosen in der Hand trat neben sie. Als er sein Halstuch zurechtrückte, sprach sie ihn einfach an: »Ich brauche Ihre Hilfe. Sagen Sie, dass ich mit Ihnen hier bin.«

Der Dandy musterte sie und zog eine Augenbraue hoch. »Sollten Sie in bedauerlichen Umständen sein, Miss, versichere ich, dass ich Sie heute zum ersten Mal sehe.«

»Was erlauben Sie sich?« Emma trat, über seine Unverschämtheit verärgert, zurück. »Ich wollte bloß mit Ihrer Unterstützung hinter die Bühne gelangen.«

»Dann darf ich annehmen, dass Sie in mir eine ritterliche Seite erkennen, die den meisten Menschen, einschließlich meiner selbst, für gewöhnlich verborgen bleibt.«

Er lächelte so selbstzufrieden, als sonnte er sich in seiner eigenen Wortgewandtheit. Kaum öffnete sich die

Tür, fasste er die überraschte Emma in einer viel zu intimen Geste am Arm.

»Sie steht unter meinem persönlichen Schutz«, erklärte der Dandy, während er sie kurzerhand durch den Bühneneingang führte. »Ich bin Ihnen übrigens zu Dank verpflichtet, dass Sie mir die Rolle des Helden zugeteilt haben. Geradezu wie in einem Roman aus der Leihbibliothek. Stellt sich mir nur die Frage, welche Rolle Sie in der Geschichte einnehmen?«

Sein allzu vertrauliches Benehmen stieß Emma gründlich auf, und sie machte sich energisch von ihm los. »Ganz sicher nicht die einer Jungfrau in Nöten.«

Er lächelte erneut auf eine Art, die an Überheblichkeit grenzte. Sie haderte noch mit sich, ob sie ihn nicht lieber ignorieren sollte, da hatte er längst das Interesse an ihr verloren und betrat vor ihr einen kleinen Saal mit grünen Tapeten, vielen Türen und etlichen Sofas und Sesseln. Dort ließen sich mehrere Gentlemen von Schauspielerinnen unterhalten. Emma folgte ihm.

Sobald der Dandy in den Raum kam, wandten sich die Blicke der Frauen ihm zu, ohne dass er auch nur ein Wort zu sagen brauchte. Er stellte sich in die Mitte des Salons und wartete, als wäre die Aufmerksamkeit, die er erregte, keineswegs bemerkenswert für ihn. Emma versuchte, sich so weit entfernt wie möglich von ihm zu halten, während sie sich umsah. Es waren zwar einige Männer anwesend, aber einen Theaterdirektor konnte sie nicht unter ihnen ausmachen. Wobei sie keinerlei

Ahnung hatte, wie ein solcher wohl aussehen mochte. Während vom Theatersaal her Applaus zu hören war, erschien die Schauspielerin der Julia im Bühnenkostüm. Sie blickte sich suchend um, bevor sie auf den Dandy zueilte.

»Mister Beauchamp.«

»Enchanté.« Er übergab ihr den Strauß Rosen mit einer angedeuteten Verbeugung.

»Sie verwöhnen mich.«

»Nicht doch. Eigentlich waren die Blumen für Ihre Zweitbesetzung gedacht.«

Emma fand seinen Scherz unnötig grausam. Für einen Moment sah die Schauspielerin mit dem Puppengesicht erschöpft aus und ließ sich auf ein freies Sofa fallen. Im Licht des Kronleuchters war der Puder deutlich zu sehen, der sich in den Fältchen um die Mundwinkel und Augen sammelte.

»Warum setzen Sie sich nicht zu mir, Mister Beauchamp?«, fragte Susanna Honeyfield schließlich und zeigte ihre strahlend weißen Zähne. Mit einer Hand klopfte sie auf den Platz neben sich, mit der anderen rückte sie ihren Ausschnitt so zurecht, dass noch mehr Haut zum Vorschein kam.

Emma wandte ihre Aufmerksamkeit von dem Paar ab und drehte sich zu einer Schauspielerin um, die im Stück Julias Dienstmagd gab. Sie trank aus einem Weinglas, während sie Susanna abschätzig fixierte.

»Können Sie mir sagen, wo ich den Direktor finde?«,

fragte Emma die Frau mit dem leichten Doppelkinn, auf deren Wangen unter dem abperlenden Puder rote Flecken erschienen.

»Halten Sie mich etwa für eine Dienerin, weil ich diese Lumpen trage? Ich habe Königinnen in goldenen Gewändern gespielt, bevor die da …«, sie sah Susanna Honeyfield mit unverhohlener Missbilligung an, »den Weg aus dem irischen Schweinestall nach London gefunden hat.«

»Nicht doch …«, versicherte Emma und versuchte, auf ihr eigentliches Anliegen zu kommen, aber die Schauspielerin fuhr fort: »Mit wem sind Sie überhaupt hier?«

»Mit ihm.« Emma deutete in die Richtung des Dandys.

»Mit Mister Beauchamp? Macht es Ihnen denn gar nichts aus, dass er sich mit einer anderen vergnügt?«

Emma verzog bei dem Gedanken daran, sie könnte eine Liebschaft mit dem selbstverliebten Mister Beauchamp haben, belustigt das Gesicht. »Ich bin nicht das, was Sie denken«, korrigierte sie nachdrücklich.

»Natürlich nicht, meine Teure, das sind wir alle nicht. Hier, trinken Sie einen Schluck.« Sie reichte Emma ihr Glas. »Ich werde dem Direktor Bescheid sagen, dass Sie ihn suchen. Ich muss ohnehin gleich wieder auf die Bühne.« Ihr Blick wurde mitleidig. »Wenn ich Ihnen einen Rat geben darf. Was auch immer er Ihnen versprochen hat, geben Sie ihm nichts, ohne zuerst etwas dafür zu bekommen.«

Bevor Emma den peinlichen Irrtum aufklären konnte, war die Schauspielerin bereits dabei, den Raum zu verlassen. Im Vorbeigehen wies sie Susanna spitz darauf hin, dass sie ihren nächsten Auftritt nicht verpassen durfte.

Amüsiert sah Emma zu Mister Beauchamp. Als ob sie jemals Interesse an einem Mann haben könnte, der in dieser manierierten Art und Weise Susanna Honeyfields Hand ergriff, als diese sich vom Sofa erhob.

»Es bricht mir das Herz, Sie gehen zu sehen«, deklamierte er theatralisch. »Ach, könnte ich nur darauf zählen, dass Sie da draußen unter dem tosenden Applaus Ihren einsamen Bewunderer nicht vergessen.«

Doch anstatt Miss Honeyfield nachzusehen, die geschmeichelt auf die Bühne eilte, blickte sich Mister Beauchamp auffordernd im Raum um, bis eine andere Frau nur zu bereitwillig den Platz ihrer Vorgängerin einnahm.

So unterhaltsam Emma den arroganten Auftritt des Dandys normalerweise gefunden hätte – immerhin gab er ihr Material für ihre Charakterstudien –, an diesem Abend war sie viel zu gespannt auf den Direktor, um Mister Beauchamp mehr Aufmerksamkeit zu schenken. Aufgeregt blickte sie zu dem untersetzten Mann, der mit der Schauspielerin, die die Dienstmagd spielte, eintrat. Sein Kinn wölbte sich über den hochgestellten Kragen seines Hemdes, und sein aus violettem Samt gefertigtes Jackett war stramm über dem Bauch gespannt. Nachdem die Schauspielerin auf Emma gedeutet hatte, kam der Mann auf sie zu.

Emma hielt die Luft an. Sie war so kurz davor, ihren Plan, dem Direktor ihr Stück vorzustellen, umzusetzen. Sie presste ihre Finger um die Daumen, um sich Mut zu machen, während der Direktor den Raum durchschritt. Die anderen Schauspielerinnen wichen ihm beinahe ängstlich aus. Als er vor Emma zu stehen kam, knickste sie unwillkürlich. Er musterte sie derart intensiv von oben bis unten, dass sie froh war, ihr schmeichelndes weißes Kleid mit den floralen Stickereien an Saum und Ausschnitt zu tragen.

»Die Figur ist ganz passabel.« Der Direktor legte den Kopf schief. »Wenn man hier und da etwas ausstopft. Und mit Schminke könnte man noch das ein oder andere aus dem gewöhnlichen Gesicht herausholen, aber ich kann Ihnen gleich sagen, Miss …«

»Smart«, ergänzte sie, wild entschlossen, seine nüchterne Beschreibung ihrer Person nicht als Beleidigung aufzufassen.

»… dass ich kein Interesse habe, mein Ensemble diese Saison zu erweitern. Und außerdem fürchte ich, dass ich von meinen Schauspielerinnen erwarte, von Natur aus etwas mehr Anmut mitzubringen.«

Emma schluckte die Kränkung hinunter und holte das Manuskript aus ihrem Taschenbeutel. »Ich bin keine Schauspielerin, sondern möchte Ihnen ein neues Theaterstück ans Herz legen.«

Er machte keine Anstalten, die Papiere zu nehmen. Sie räusperte sich.

»Es ist das Werk eines aufstrebenden Autors«, erklärte sie. Sie würde sich erst als Autorin zu erkennen geben, wenn die Situation günstig dafür war. Deshalb hatte sie auch ihren Namen auf dem Titelblatt weggelassen. Obwohl es schreibende Frauen gab, waren Stücke aus ihrer Feder dennoch eher eine Ausnahme als die Regel.

Sichtlich gelangweilt blickte sich der Direktor im Raum um. Enttäuscht über sein Desinteresse folgte Emma seinem Blick und bemerkte, wie Mister Beauchamp ihn mit einem Nicken begrüßte. Dann richteten sich die Augen des Dandys auf Emma. Rasch drehte sie den Kopf weg.

»Das Stück ist wirklich vielversprechend«, versicherte sie dem Direktor mit Nachdruck, um seine Aufmerksamkeit zurückzugewinnen.

»Wenn Sie wüssten, wie oft ich das zu hören bekomme. Und wie oft meine Erwartungen enttäuscht werden.«

Mister Beauchamp stand auf einmal neben ihnen.

»Warum geben Sie dem Stück keine Chance?«

Argwöhnisch sah Emma ihn an. Sie befürchtete angesichts dessen, was sie bisher von ihm mitbekommen hatte, dass er nur auf eine Gelegenheit wartete, sich über sie lustig zu machen.

»Es ist so rührend mitanzusehen, wie sich diese junge Frau für das Stück ihres mittellosen, aber begabten Liebhabers einsetzt.« Tatsächlich war sein Tonfall spöttisch, während er fortfuhr: »Sicherlich wird den beiden Liebenden von einem hartherzigen Vater die Heirat verwehrt, bevor der Künstler nicht genug Geld verdient.«

Ein weiteres Mal schaffte es der Dandy, Emmas Ärger auf sich zu ziehen. Ihr Gesicht glühte. Zu ihrem Erstaunen lenkte der Direktor jedoch ein.

»Also schön, ich werde einen Blick darauf werfen. Aber versprechen Sie sich nicht zu viel davon.«

Damit nahm er Emma das Manuskript ab. Sie sah auf ihre leeren Hände und konnte kaum fassen, was soeben geschehen war. Ihr erstes Drama für die Bühne würde von einem Theaterdirektor gelesen. Allerdings verschwand das glückliche Lächeln sofort wieder von ihren Lippen, als Mister Beauchamps Gesicht sich ihrem Ohr näherte.

»Danken Sie mir nicht. Ich habe bloß getan, was jeder Ehrenmann an meiner Stelle getan hätte. Es reicht völlig aus, wenn Sie Ihren Erstgeborenen nach mir benennen.«

Angesichts seiner jovialen Art braute sich in Emma ein Gemisch aus Entrüstung und Erregung zusammen. Und bevor sie es verhindern konnte, entschlüpfte ihr eine spitze Erwiderung: »Bedaure. Ich glaube nicht, dass mein mittelloser, aber begabter Liebhaber das akzeptieren würde.«

Mister Beauchamp lachte schallend, was sie nur noch mehr gegen ihn aufbrachte.

»Sie müssen mich für sehr anmaßend halten«, sagte er

mit überraschend normaler Stimme. »Wie schaffe ich es nur, Ihnen doch noch zu gefallen?«

»Versuchen Sie es erst gar nicht. Ersparen Sie uns beiden diesen Aufwand, da wir uns ohnehin nie wieder begegnen werden.«

Einsetzender Applaus aus dem Zuschauersaal erinnerte Emma daran, an ihren Platz zurückzukehren. Während sie durch die reich verzierte Vorhalle eilte, war sie trotz des Ärgers über den Dandy erleichtert und stolz, dass sie den ersten Schritt zur Aufführung ihres Stücks bereits gegangen war.

Kapitel 2

In dem Stadthaus in einer der besseren Straßen Londons tunkte Mister Thomas Ramsbury ein geröstetes Stück Brot in ein weich gekochtes Ei. Währenddessen bereitete Emma mit geübten Handgriffen den Tee zu. Das Bild, das sie abgaben, war der Inbegriff von häuslicher Harmonie, doch ihre Gedanken hätten nicht weniger im Einklang sein können.

Während Emma aufgewühlt daran dachte, dass fast eine Woche vergangen war, seit sie ihr Stück dem Direktor des Ensembles an der Drury Lane anvertraut hatte, kreisten die Sehnsüchte von Mister Ramsbury um seine größte Leidenschaft, seine Sammlung von Schnupftabakdosen. Am Ende der Mahlzeit tupfte er sich den Mund mit der Serviette ab und holte behutsam die neuste Anschaffung aus einem Samtkästchen hervor, das während des Frühstücks neben ihm gestanden hatte. Mit einem Tuch fing er an, das kunstvoll bemalte und mit Gold verzierte Deckelchen der Porzellandose zärtlich zu polieren.

»Onkel, was halten Sie davon, heute Abend ins Theater zu gehen?«, schlug Emma vor.

»Lies mir lieber etwas vor.«

»Ich dachte nur, vielleicht wäre Ihnen nach Abwechslung«, sagte sie betont leichthin.

»Wir waren doch erst letzte Woche im Theater. In ›Romeo und Julia‹, wenn ich mich richtig erinnere. Oder war es ›Macbeth‹?«

»Aber sie spielen heute in der Drury Lane ein anderes Stück«, warf sie ein und verschwieg, dass es sich dabei um die Komödie »School for Scandal« handelte.

»Du weißt, Emma, dass ich den modernen Stücken nichts abgewinnen kann. Und dazu noch diese Tanz- und Musikdarbietungen.« Seiner Stimme war seine Abscheu anzumerken. »Und Pantomime«, er sprach das Wort aus, als habe es etwas mit Unzucht zu tun. »Du liest so schön vor, mein Kind. Deine Stimme und meine Sammlung reichen mir als Abendunterhaltung.«

Mister Ramsbury widmete sich wieder seiner Dose. Emma suchte fieberhaft nach einer Möglichkeit, ihn doch noch dazu zu überreden, ein letztes Mal vor ihrer Abreise aus London ins Theater zu gehen, damit sie den Direktor bei dieser Gelegenheit nach ihrem Stück fragen konnte.

»Ich habe gehört, dass Mister Warner heute in die Drury Lane kommt«, behauptete Emma und blickte zur Wand, um dem Onkel nicht ins Gesicht sehen zu müssen, während sie log. »Vielleicht könnten Sie ihn in der Pause davon überzeugen, Ihnen die Schnupftabakdose König Friedrichs zu überlassen, die Sie so begehren.«

Emma bedauerte diese Täuschung, aber sie war in Zeitnot. Am liebsten verbrachte Mister Ramsbury seine Tage in Somerset auf dem Land. Dass sie überhaupt einmal im Jahr für ein paar Wochen in die Stadt reisten, lag weniger an seinem Bedürfnis nach Abwechslung als an seiner Sammelleidenschaft. Selbst in London verließ er das Haus hauptsächlich, um einen anderen Sammler zu treffen, von dem er eine seltene Schnupftabakdose aufzukaufen erhoffte. Emma hatte ihn lange zu dem Besuch von »Romeo und Julia« überreden müssen.

Für einen Augenblick sah es fast so aus, als würde sich ihr Vormund überzeugen lassen, da kam ein Diener und übergab Mister Ramsbury einen Brief, den dieser mit seinem Messer aufschlitzte und überflog. Sein ernstes Gesicht beunruhigte Emma.

»Ist alles in Ordnung?«

»Mein Bankier will mich sprechen, das ist alles.«

»Hat er Ihnen nicht schon gestern geschrieben?«

»Doch, doch, das hat er. Ich kam nur noch nicht dazu, ihm zu antworten.«

»Ist es, weil die Schiffe, in die Sie investiert haben, von Napoleon beschlagnahmt worden sind?«, fragte Emma mit wachsender Besorgnis.

»Warten wir es erst mal ab.«

Er faltete den Brief und steckte ihn in seine Westentasche, dann widmete er sich wieder seiner Neuerwerbung. Emmas Gedanken überschlugen sich derweil, als sie über einen anderen Weg nachdachte, in die Drury

Lane zu kommen. Sie musste unbedingt wissen, was der Direktor von ihrem Stück hielt.

Während Mister Ramsbury auf seine geliebte Dose hauchte, gab sich Emma kurz einem vertrauten Tagtraum über ein Leben als Theaterautorin hin, in dem sie frei über ihre Zeit verfügte. Im Traum frühstückte sie im Bett und trank, umgeben von Blumen, die ihr zahlreiche Verehrer geschickt hatten, eine heiße Schokolade. Währenddessen las sie die äußerst wohlwollenden Rezensionen über ihr Stück, in denen der geheimnisvolle anonyme Autor gefeiert wurde, der Londons Theaterbühnen im Sturm erobert hatte.

Der Nachteil von Träumereien war, dass sie jäh abbrachen, sobald die Realität ins Spiel kam. So wie an diesem Vormittag, als jemand mit Gewalt an die Haustür schlug. Kurz darauf hörte Emma schwere Schritte auf der Treppe.

Erstaunt sah sie zu Mister Ramsbury, der sich hastig seine Perücke aufsetzte. Gerade noch im letzten Moment, denn der Butler öffnete bereits die Tür. Bevor er jedoch den Besuch ankündigen konnte, wurde er von drei ernst blickenden Männern zur Seite gedrängt, deren Kleidung verriet, dass sie keineswegs von vornehmem Stand waren. Ein Mann mit fleischigem Gesicht erklärte dem erschrockenen Mister Ramsbury unverblümt, dass sie seine Schulden einzutreiben gedachten.

»Emma, mein Kind, wenn du uns bitte entschuldigen würdest«, sagte der Vormund und schickte sie nach draußen.

Zögerlich stand sie auf. Sie wollte ihn mit den Männern nicht allein lassen, doch Mister Ramsbury insistierte. Mit einem unguten Gefühl ging sie zur Tür und schloss diese hinter sich, blieb aber auf dem Flur stehen, wo sie zu lauschen versuchte. Auf den unteren Stufen der Treppe drängte sich das Dienstpersonal, deren fragenden Blicken Emma auswich, da sie selbst nicht wusste, wieso der Vormund die Männer nicht aus dem Haus gewiesen hatte. Was die erwähnten Schulden anging, so hoffte sie, dass es sich um eine Angelegenheit handelte, die umgehend beizulegen wäre.

Zunächst war nur Gemurmel zu hören, doch dann schrie ihr Onkel auf. Emma handelte sofort und riss die Tür auf.

»Ungeheuerlich …«, protestierte Mister Ramsbury, der einen der Männer davon abzuhalten versuchte, ein Ölporträt von der Wand zu nehmen. Die beiden anderen Männer hielten Kerzenleuchter und Bronzegussfiguren unter den Armen.

»Das ist mein Eigentum«, protestierte der Onkel, riss dem Mann das Porträt aus der Hand und hielt es hoch. Seine Körpergröße – er war sehr lang und dünn – verschaffte ihm einen Vorteil, allerdings nur so lange, bis sein Gegenüber ihm einen Faustschlag in den Magen verpasste und Mister Ramsbury sich keuchend zusammenkrümmte.

Emma verstand nicht, was geschah, doch sie konnte unmöglich einfach mitansehen, wie ihr Vormund misshandelt wurde. Sie stürzte zum Onkel und versuchte, den Mann, der Mister Ramsbury weiter malträtierte, wegzuziehen. Der schlug nun nach ihr und erwischte dabei ihren Brustkorb, so dass ihr für einen Augenblick die Luft wegblieb und sie nach hinten stolperte. Dabei landete sie sehr unsanft auf dem Hinterteil.

Bevor sie sich wieder aufrappeln konnte, brachte der Angreifer Mister Ramsbury zu Fall.

»Störrischer alter Bock«, fluchte der Mann mit dem aufgedunsenen Gesicht.

Emma war zu ihrem Onkel gekrabbelt und half ihm dabei, sich mühsam zu erheben. »Er braucht einen Arzt«, sagte sie mit bebender Stimme.

»Er kommt in die Fleet«, war die Antwort.

Vor Entsetzen brachte Emma kein weiteres Wort heraus. Die Fleet war ein Gefängnis für Schuldner. Sie hatte Schreckliches davon gehört. Wie erstarrt musste sie zusehen, wie die Männer die Hände ihres Vormunds mit Fesseln zusammenbanden.

»Das können Sie doch nicht tun«, bat sie den Wortführer inständig. »Mister Ramsbury ist ein Gentleman.«

»Und wenn er der König persönlich wär … Solange das Geld für seine Schulden nicht aufgetrieben wird, bleibt er eingesperrt.« Damit gab er dem Vormund einen Stoß. Der blickte entschuldigend zu Emma.

»Mach dir keine Sorgen, mein Kind, es wird alles wieder gut, du wirst schon sehen.« Doch die Tränen in seinen Augen straften seine Worte Lügen.

Als man ihn nach draußen schleppte, trat einer der Männer auf die Schnupftabakdose, die bei der Rangelei zu Boden gefallen war. Es knackte vernehmlich, als der bemalte Deckel in zwei Teile brach.

Emma hob die Stücke auf und steckte sie in die Tasche, dann folgte sie dem Onkel durch das Treppenhaus.

»Aber wie viel Geld braucht Mister Ramsbury denn, um freigelassen zu werden?«, erkundigte sie sich beim Wortführer.

»Das müssen Sie die Bank fragen«, war die schroffe Antwort.

Da Emma offensichtlich keine andere Wahl blieb, lief sie in ihr Zimmer, zog ihren Mantel an, verknotete die Bänder ihres Huts unterm Kinn und rief nach dem Dienstmädchen, doch niemand kam. Sie wartete verunsichert, rief ein weiteres Mal, und als wieder nichts passierte, beschloss sie, sich unbegleitet auf den Weg zur Bank zu machen. Auch wenn es sich für eine Frau ihres Standes nicht schickte.

Nach einigem Zögern fasste sie sich schließlich ein Herz und stieg die Stufen zur Straße hinab. Einer der Männer, die den Vormund weggebracht hatten, kam ihr entgegen und ging ohne ein Wort an ihr vorbei zurück ins Haus. Auf der Straße parkte ein Eselskarren, auf dem die Dinge, die man aus dem Haus schaffte, verstaut wurden.

Emma sah sich zögernd um. Ihr Atem ging flach, und ihr Herz schlug wild bei dem Gedanken daran, dass sie sich nun zum ersten Mal in ihrem Leben ganz alleine durch die Londoner Straßen bewegen sollte. Unsicher tat sie ein paar Schritte. Als ein Hund sie anknurrte, weil sie der toten Taube, die er fraß, zu nahe kam, beschloss sie, lieber eine Kutsche zu mieten.

Während der Fahrt zur Bank sah sie durch die fleckigen Fenster nach draußen. Ein kleines Mädchen erregte ihre Aufmerksamkeit, das mit einem Stöckchen in Unrat auf dem Pflaster wühlte. Es schien ungefähr so alt zu sein, wie Emma damals gewesen war, als eine Kutschfahrt ihr Leben vollkommen geändert hatte.

Mit sechs Jahren war sie zu ihrem Vormund geschickt worden, nachdem ihre Eltern bei einem Kutschenunglück gestorben waren. Die ganze Reise durch Somerset über – von Bath bis zum Haus des Onkels an der Grenze zu Devon – hatte sie kaum zu atmen gewagt, und bei jeder Erschütterung hatte sie Angst davor gehabt, ebenfalls sterben zu müssen. Derart eingeschüchtert und verängstigt war sie bei Mister Ramsbury angekommen. Die Einsamkeit, die ihr in seinem Haus entgegenschlug, war ihr unerträglich bedrückend erschienen. Kein Hundegebell, sobald man die Tür aufdrückte, kein Schimpfen darüber, dass Emma sich beim Spielen dreckig gemacht hatte, kein Lachen über die Tiere, die sie von draußen hereinzuschmuggeln versuchte, kein Duft nach Kuchen, der von der Küche her durchs Haus zog. Einfach nur Stille, in der man das Ticken der Uhr im Arbeitszimmer deutlich hören konnte.

Auch wenn diese Stille und die steife Art des Onkels ihr am Anfang Angst eingeflößt hatten, hatte sie sich mit der Zeit an Mister Ramsbury gewöhnt, für den es von Beginn an gleichgültig gewesen war, dass sie ein Mädchen war; er hatte ihr beigebracht, was er für wichtig erachtete – Mathematik, Latein und Altgriechisch. Ihr Leben mit ihm war deutlich anders verlaufen als das Leben zuvor, aber es war nicht schlecht gewesen, und sie hatte eine Zuneigung zu dem sonderbaren Mann entwickelt.

»Äußerst bedauerlich, wirklich äußerst bedauerlich.« Der Bankier hatte bereits vom Unglück ihres Vormunds gehört.

Mit einer Handbewegung forderte er Emma auf, vor seinem Schreibtisch Platz zu nehmen.

»Ich möchte Sie bitten, Mister Ramsbury mit meinem Vermögen aus der Fleet freizukaufen«, erklärte sie den Grund für ihr Kommen.

Der Bankier blickte verblüfft.

»Das Geld, das mir meine Eltern hinterlassen haben«, führte sie aus.

»Miss Smart, ich zahle Ihnen das Geld sofort aus, doch ich fürchte, es wird nicht reichen. Sie müssen sich ja auch eine Unterkunft suchen, jetzt, wo die Häuser ihres Onkels verpachtet werden, um die Gläubiger nach und nach auszuzahlen.«

»Auch das Anwesen in Somerset?«

»Ich fürchte, ja.«

»Aber mein Geld … Es müssen mindestens dreihundert Pfund sein«, insistierte sie. Irritiert bemerkte sie, wie der Bankier versuchte, sich ein Lächeln zu verkneifen.

»Es schmerzt mich, Bote dieser Nachricht zu sein, Miss Smart, doch die Schulden Ihres Onkels übersteigen diese Summe um ein Vielfaches.«

Emma war konsterniert. »Um wie viel?«

»Tausende.«

»Ich verstehe nicht.« Sie begriff nicht, wie der Onkel es dazu hatte kommen lassen können.

»Ihr Vormund ist ein sehr gelehrter Mann, leider hat er kein besonders glückliches Händchen, was seine Finanzen angeht.«

»Die gekaperten Schiffe«, vermutete Emma düster.

»Die Spekulation mit der Fracht hat seine Finanzschwierigkeiten nur noch verschlimmert«, führte der Bankier aus.

Ihre Augen fingen zu brennen an, als sie allmählich erkannte, dass sie ihren Onkel nicht aus dem Gefängnis auslösen konnte und sie zudem keinen Ort mehr hatte, an dem sie bleiben konnte. Sie ließ sich ihr Geld auszahlen und verabschiedete sich eilig, um vor dem Bankier nicht die Fassung zu verlieren. Zum allerersten Mal seit vierundzwanzig Jahren hatte Emma niemanden mehr auf der Welt, zu dem sie gehen und bei dem sie sich Rat oder Schutz holen konnte. In ihren Ohren rauschte es, und die Gedanken wirbelten durcheinander.

Kaum war sie durch die Tür der Bank getreten, entfuhr ihrer Kehle ein lauter Seufzer.

Zur Farringdon Street hin ragte eine hohe Ziegelsteinmauer auf. Nur ein winziges Gitterfenster war darin eingelassen. Darüber stand eine Inschrift: *Bitte denken Sie an die armen Gefangenen, die keine Unterstützung haben.*

Eine hölzerne Kiste war auf dem Fensterbrett befestigt, und eine knöcherne, faltige Hand umklammerte einen der Gitterstäbe.

»Miss, erbarmen Sie sich«, flehte eine Frauenstimme aus dem Inneren heraus.

Emma griff in ihre Tasche, in der sich nun ihr gesamtes Vermögen befand, und holte ein paar Münzen hervor. Sie brauchte das Geld zwar für ihren Vormund, doch sie brachte es nicht über das Herz, einfach an der Frau vorbeizugehen.

Über dem aus schweren Steinen gebauten Eingang des Gefängnisses prangte schlicht die Zahl Neun, als handelte es sich bei dem Gebäude um eine beliebige Adresse Londons.

Emma erklärte dem Wächter, was sie herführte, und wurde eingelassen. Sie zuckte zusammen, als sich die schwere Tür hinter ihr mit einem Krachen schloss. Ein herbeigerufener Mann führte sie durch schlecht beleuchtete Gänge, in denen es nach verkochtem Kohl und menschlichen Ausdünstungen roch. Immer wieder stand eine der zahlreichen Türen offen, so dass Emma einen Blick in die kleinen Räume dahinter werfen konnte, in denen sich ganze Familien den engen Platz teilen mussten. Sie hielt die Luft an, als ein ungewaschener Mann in zerrissener Kleidung, die einmal für einen Gentleman geschneidert worden war, an ihr vorbeiging. Alles war schmutzig und roch deprimierend nach Schimmel, denn die Wände waren durch die unmittelbare Nähe zum größten unterirdischen Fluss Londons, der Fleet, ganz feucht.

Den Onkel fand sie in einem überfüllten Raum mit zahlreichen anderen Gefangenen vor, die sich mit einem fleckigen Kartenspiel die Zeit vertrieben oder mit leerem Blick vor sich hinstarrten. Mister Ramsbury stand so weit entfernt von ihnen, wie es in dieser Enge nur möglich war.

Emma konnte nicht anders, als ihn zu umarmen, auch wenn sie wusste, dass er Körperkontakt nicht sehr zugetan war. Zu ihrer großen Überraschung erwiderte er die Umarmung, indem er ihren Rücken tätschelte.

»Sie wollen mir einfach keinen Tee bringen, Emma«, flüsterte er bestürzt. »Dabei habe ich mehrmals danach gerufen. Du weißt doch, wie meine Verdauung darunter leidet, wenn der Tee zu spät serviert wird.«

»Ich kümmere mich darum, Onkel.« Sie sah sich zu dem Mann um, der sie hergeführt hatte.

»Er kann unmöglich in diesem Loch bleiben«, erklärte sie entschieden.

»Kein Problem. Wenn er zahlen kann«, erwiderte der Mann und hielt demonstrativ die Hand auf. Emma konnte riechen, dass er zu viel Gin getrunken hatte.

Doch auch nachdem sie den Wärtern so viel Geld gegeben hatte, dass Mister Ramsbury ein eigenes, deutlich saubereres Zimmer bekam und man ihm einen dünnen Tee mit Brot servierte, hellte sich dessen Miene keineswegs auf.

»Warum haben Sie mir nichts davon gesagt, dass es so schlecht um Ihre Finanzen steht?«, fragte sie den Onkel und konnte die Bestürzung darüber nicht ganz aus ihrer Stimme heraushalten. »Sie hätten von den Mahnungen der Gläubiger erzählen müssen.«

»Ach, Emma, es ist doch so viele Jahre gut gegangen. Es war bisher nie ein Problem, wenn ich die Briefe unbeantwortet gelassen habe.«

Ratlos betrachtete sie ihn, während ihr das Ausmaß seiner Torheit bewusst wurde. Offensichtlich hatten die finanziellen Schwierigkeiten schon viel länger bestanden, während er es vorgezogen hatte, sie zu ignorieren und mit dem gewohnten Lebensstil fortzufahren. Wenn er sie doch nur früher eingeweiht hätte. Vielleicht hätte sie ihm durch Kürzungen ihrer Ausgaben das Schuldnergefängnis erspart. Und sie hätte rechtzeitig Pläne schmieden können, was sie ohne ein Zuhause anfangen sollte.

In der Ferne bellten Hunde. Schließlich blieb ihr nichts anderes übrig, als sich zu verabschieden.

»Ich werde Sie besuchen, wann immer ich kann, und Ihnen schreiben«, versprach sie. Dann holte sie die Schnupftabakdose aus ihrer Tasche und legte sie zusammen mit einem Beutel Kautabak auf den grob gezimmerten Tisch. Sie hatte den zerbrochenen Deckel vor ihrem Besuch eilig mit Kalkpuder und Eiweiß geklebt, so blieb die Dose zwar wertlos, aber war immerhin wieder halbwegs hübsch anzusehen.

Der Vormund sprang auf. »Meine Dose!«

Er strahlte über das ganze Gesicht.

Als Emma ihn verließ, fuhr er liebkosend mit dem Finger über den geklebten Riss im Deckel.

Im Stadthaus war es ganz still. Draußen ratterte eine Kutsche vorbei. Das Klappern der Hufe, das Zischen einer Peitsche und das Schnalzen der Zunge des Kutschers waren zu hören. Als die Geräusche verklangen, vernahm Emma das Echo ihrer eigenen Schritte.

Die Räume, durch die sie ging, waren leer; nur Holzwolle, die dazu gedient hatte, zerbrechliche Gegenstände einzupacken, war achtlos in eine Ecke geworfen worden. Ohne die zahlreichen Gemälde an den Wänden war zu erkennen, wie fleckig die Seidentapeten waren, wie zerschlissen die Vorhänge und wie von Abertausend

Füßen abgetreten und zerkratzt die Böden. Der liegen gelassene Teppich war einmal rubinrot gewesen, jetzt wies er dünne Stellen auf und war von einer blassrosa Farbe.

Sie fühlte sich beinahe so verlassen wie früher einmal. Damals hatte sie sich im Schrank ihrer Mutter unter deren Kleidern verkrochen und war mit Gewalt herausgezogen und in die Kutsche geschleppt worden, die sie zu ihrem Vormund gebracht hatte. Aber mittlerweile war sie volljährig und von nun an auf sich selbst gestellt. Sie musste sich zusammenreißen, musste nachdenken und einen Weg finden.

»Es tut mir leid, Miss.« Martha, eines der Dienstmädchen, tauchte hinter ihr auf, als sie die Kleidertruhe in ihrem Zimmer öffnete. »Es sind schon alle weg außer mir.«

Emma rieb mit den Händen über ihr Gesicht, dann drehte sie sich zu Martha um. »Wir müssen bis heute Abend das Haus verlassen. Du solltest dir so schnell wie möglich eine neue Stellung suchen.«

»Ja, Miss. Was haben Miss jetzt vor?« Die Stimme war voller Besorgnis. Emma konnte das Mitleid nicht an sich heranlassen. Sie hob einen von ihr sehr nachlässig gestopften Strumpf vom ungemachten Bett auf und hielt ihn Martha hin.

»Ich werde mich wohl auch auf Arbeitssuche begeben. Was meinst du, ob ich mich damit als Näherin bewerbe?« Sie versuchte, ihrer Stimme einen fröhlichen Klang zu geben, doch angesichts von Marthas bedrückter Miene vermutete sie, dass ihr schauspielerisches Talent begrenzt war.

»Sie haben so viele Bücher, da können Sie doch Gouvernante werden, Miss.«

Emma zwang sich zu einem Lächeln. »Das werde ich. Wenn ich jemals auf Mädchen und ihre Mütter treffe, die mathematische Kenntnisse, Latein und alte Dramen zu schätzen wissen.«

»Passen Sie auf sich auf, Miss.«

Als das Dienstmädchen gegangen war, ließ Emma sich auf die Matratze fallen und starrte an die Decke. So weit war es also gekommen, dass sie sich eine Arbeit suchen musste. Ohne den Schutz ihrer Familie und ohne Geld war sie nichts. Sie war nicht länger höher gestellt als Frauen wie Martha oder die Schauspielerinnen. Und vielleicht war sie nie wirklich etwas anderes als sie gewesen. Vielleicht hatte nur die Illusion ihres Standes als Tochter eines Gentlemans ihr bislang vorgegaukelt, etwas Besseres zu sein. Der Gedanke war so erschreckend wie ernüchternd. Sie drehte sich auf die Seite und blickte zu Boden. Dort lag ein Buch der Theaterautorin Aphra Behn, aufgeschlagen auf der Seite, an der sie gestern Abend zu lesen aufgehört hatte. Ein Satz stach ihr ins Auge: »Die Gesellschaft ist unserem Geschlecht gegenüber ungerecht, da sie uns keine freie Wahl lässt.«

Emma erhob sich vom Bett. Vielleicht blieb ihr tatsächlich keine Wahl, trotzdem würde sie alles daransetzen, dem Drama noch eine andere Wendung zu geben.

Kapitel 3

Als Emma an die Tür des Bühneneingangs klopfte, drang vom Theatersaal her die salbungsvolle Stimme eines Schauspielers durch die Gänge. Um eingelassen zu werden, erklärte sie der Frau am Eingang, der Direktor erwarte sie, und ließ nach ihm schicken.

Im Raum mit den vielen Sofas und zahlreichen Türen befanden sich abermals eine stattliche Anzahl Gentlemen, darunter leider auch Mister Beauchamp, der wieder mit Susanna Honeyfield plauderte. Emma konnte nur hoffen, dass er sie nicht bemerkte, während sie warten musste. Sie positionierte sich in der Nähe der Tür, aus der der Direktor beim ersten Mal gekommen war. Dabei schnappte sie Fetzen der Unterhaltung zwischen dem Dandy und der Schauspielerin auf, die offenbar über eine gemeinsame Bekannte sprachen.

» … ihre Gestalt ist nichtssagend und ihr Gesicht viel zu gewöhnlich«, lästerte Mister Beauchamp. Er war Emma bei ihrer ersten Begegnung schon nicht gerade sympathisch gewesen, doch diesmal schaffte er es, diesen ungünstigen Eindruck noch zu vertiefen.

»Nein, das erlaube ich nicht«, konterte Miss Honeyfield nun. »Ich stehe immer für mein Geschlecht ein. Ihr

Gesicht mag gewöhnlich sein, aber Miss Dashbush hat schöne Zähne, das müssen Sie zugeben.«

»Schon gut, Sie haben mich überzeugt. In Bezug auf den Rest des Gesichts können die Zähne schön genannt werden. Zumal Miss Dashbush sie oft und viel zeigt, wenn sie redet und redet und redet.«

Susanna Honeyfield warf ihren Kopf in den Nacken und lachte. Offensichtlich gefiel es ihr, dass der Dandy abfällig über die andere Frau sprach, und Emma fragte sich, ob sie diese Miss Dashbush als Konkurrentin empfand oder ob sie generell Spaß an Gemeinheiten hatte.

Mister Beauchamp zog seine Oberlippe hoch, was ihn leicht boshaft wirken ließ. Da fing er Emmas Blick auf. Sie wandte sich ab, weil sie ihn unter keinen Umständen wissen lassen wollte, dass sie der Unterhaltung gefolgt war.

»Genug, Miss Honeyfield. Sie werden kein Wort mehr aus meinem Mund hören«, beendete Mister Beauchamp zu Emmas Überraschung die Lästereien. »Ein Gentleman, der nichts Gutes über eine Dame sagen kann, verdient es, von der Gesellschaft verstoßen und als Monster gejagt zu werden.«

Emma atmete auf, als der Direktor eintrat. Sie erinnerte sich an ihren Entschluss, ihr Schicksal nicht einfach hinzunehmen, hob den Kopf, drückte ihre Schulterblätter nach hinten und ging geradewegs auf ihn zu. Sie hatte den Direktor kaum begrüßt, als sie ihn schon fragte, ob er das Theaterstück gelesen habe. Ihr Gegenüber blickte sie mit unverständigem Gesicht an.

»Was meinen Sie?«

»Ich habe Ihnen letzten Mittwoch das Manuskript überreicht, hier in diesem Raum.«

»Ja?«

»Und? Haben Sie es gelesen?« Aufgeregt sah sie ihn an.

»Warten Sie.« Er fragte eine Schauspielerin, die zunächst mit den Schultern zuckte, dann aber auf einen Stapel Papiere in der Ecke neben dem Kamin deutete. Der Direktor beugte sich wegen seines Bauches ein wenig umständlich hinunter und sortierte einige Papiere um. Endlich hielt er Emmas Theaterstück in den Händen. Doch anhand der versiegelten Schnur, die die Seiten zusammenhielt, erkannte sie, dass er nicht einmal die ersten Sätze gelesen haben konnte. Enttäuschung stieg in ihr auf.

»Bitte, lesen Sie es!« Sie konnte nicht verhindern, dass ein Hauch von Panik in ihrer Stimme mitschwang.

Der Direktor machte zur Antwort bloß eine nichtssagende Geste mit der Hand.

»Es geht um Leben und Tod«, platzte es aus ihr heraus. Sie kümmerte sich nicht darum, was die Anwesenden im Raum von ihr denken mochten. Sie hatte nur diese eine Chance.

Als er sie daraufhin erstaunt ansah, hielt sie seinem Blick hartnäckig stand. Ja, es war eine Angelegenheit auf Leben und Tod. Immerhin blieb es völlig unklar, ob ihr

Onkel noch einmal lebendig aus dem Schuldnergefängnis kommen würde oder nicht.

Der Direktor blickte auf die erste Seite, auf der Emma mit großen schwungvollen Bogen den Titel ihres Stückes geschrieben hatte. Darunter den Zusatz *Liebesdrama in vier Akten.*

»Ist es lustig?«, fragte er wenig euphorisch.

»Es ist moralisch erbaulich«, warf Emma ein.

»Also langweilig.«

»Lesen Sie doch wenigstens eine Seite!«

»Sie haben keine Ahnung, wie oft mir Theaterstücke angeboten werden, die die Tinte nicht wert sind, mit der sie geschrieben wurden.« Trotzdem riss er die versiegelte Schnur ab, auch wenn dies offensichtlich nur dazu dienen sollte, Emma zum Schweigen zu bringen.

Das Titelblatt segelte unbeachtet zu Boden. Während sie aufmerksam und mit angehaltenem Atem verfolgte, wie seine Augen über das Papier wanderten, fragte sie sich, welchen Dialog er gerade las und was die Zungenspitze zu bedeuten hatte, die er zwischen den Lippen hervorstreckte. Nicht die kleinste Bewegung entging ihr. Als er wieder aufblickte, biss sie die Zähne zusammen.

»Die Heldin Camilla zu nennen, ist nicht sehr originell.«

Emmas Herz krampfte sich zusammen.

»Namen lassen sich ändern«, stieß sie hervor. »Lesen Sie nur ein klein bisschen weiter.«

Sie griff nach seinem Arm, ließ ihn aber sofort wieder los, als ihr bewusst wurde, dass die Anwesenden ihrer Unterhaltung aufmerksam folgten. Susanna Honeyfield musterte Emma mit unverhohlenem Interesse.

»Warum lesen Sie uns nicht eine kurze Passage daraus vor, Mister Sherman?«, forderte Mister Beauchamp den Direktor auf. »Wir sind alle sehr gespannt auf das Werk des Künstlers, den diese Frau so leidenschaftlich protegiert. Nicht wahr?«

Emma warf dem Dandy einen scharfen Blick zu, da sie vermutete, dass er sich nur über sie lustig machte. Zustimmendes Murmeln und Gelächter veranlassten den Direktor jedoch, mehrere Seiten umzublättern. Dann begann er mit verstellter Stimme den Dialog zu lesen.

»›Robert, sehen Sie nicht, wie falsch es ist, dass Mister George mir über seine Schwester eine derart teure Kette schenken lässt? Und dass Miss Mariannes freundschaftliche Zuneigung vor allem aus Koketterie besteht?‹«

Während der Direktor mit süßlichem Tonfall die Rolle der Camilla gab, kicherten die Schauspielerinnen schadenfroh. Mister Beauchamp lachte laut vernehmbar.

Emmas Kopf dröhnte, doch sie blieb stehen. Da wechselte der Direktor in einen Bariton.

»›Miss Camilla, bitte glauben Sie mir, Miss Marianne und auch ihr Bruder Mister George haben Herzen aus Gold …‹ Camilla geht in den Garten und blickt in den Himmel.« Die Stimme des Direktors klang normal, während er die Regieanweisungen las, um danach wieder in den Singsang zu verfallen: »›Ach, Robert! Mister George wird, egal wie viel Geld er auch hat, niemals an einen Mann wie dich heranreichen …‹«

Der Direktor brach ab. »Von diesem klebrig-moralischen Brei ist mir schon ganz schlecht. Das ist doch absolut unglaubwürdig. Welche junge Frau würde sich nicht von einem reichen und schönen Mann, der ihr Komplimente macht, den Kopf verdrehen lassen? Nehmen Sie das Stück, Miss, und bringen Sie es ganz schnell weg.«

Die Schauspielerinnen stimmten in sein Gelächter ein. Emma hatte geschwiegen, während das ins Lächerliche gezogen wurde, an dem sie so intensiv gearbeitet hatte. Sie hatte sich zunächst nur entblößt gefühlt. Das Gelächter um sie herum rief jedoch noch etwas anderes in ihr wach. Ihren Zorn.

»Nicht jede Frau wartet darauf, dass ein Mann sich dazu herablässt, sie mit nichtssagenden Komplimenten oder Geschenken zu ködern. Manche Frauen erwarten mehr vom Leben«, stieß sie erregt hervor.

»Die Frage ist doch aber«, mischte sich Mister Beauchamp unaufgefordert ein, »was erwartet der Mann von der Frau? Erwartet Ihr Künstler, dass Sie ihn auf die offensichtlichen Schwachstellen in seinem Theaterstück hinweisen, oder ist ihm vielleicht nur an Ihrer hingebungsvollen Bewunderung seines Werkes gelegen? Genießt er, wie Sie mit treuen Augen zu ihm aufblicken, wenn er seine Ergüsse vorträgt, und überhört Ihre Kritik lieber?«

»Eine kluge Frau sucht sich keinen Mann, dem nur an haltloser Bewunderung gelegen ist«, zischte sie.

»Sieht Ihr Künstler das genauso?« Mister Beauchamps Tonfall wurde jovial. »Lassen Sie einen Mann, von dem Sie sich erhoffen, dass er vor Ihnen auf die Knie gehen wird, niemals wissen, dass Sie sich ihm als ebenbürtig empfinden. Lächeln Sie weiterhin treu ergeben, auch wenn die Zeilen aus seiner Feder vor moralinsaurer Langeweile triefen.«

»Ich brauche keinen Mann. Ich will einfach, dass mein Stück aufgeführt wird«, entfuhr es Emma.

Der Direktor und Mister Beauchamp blickten sichtbar verblüfft zu ihr. Es wurde still um sie herum, ehe das affektierte Kichern Susanna Honeyfields ertönte.

»Angesichts der Umstände ...« Der Direktor drückte Emma das Manuskript in die Hände. »Lassen Sie es mich so formulieren: Ihrem Stück fehlt es dort an echtem Gefühl, wo es ein Zuviel an Moral aufweist.«

Nach diesem vernichtenden Urteil verflog Emmas Wut, und sie fühlte sich nur noch leer. Sie blickte in die feixenden Gesichter der Anwesenden. Seit Monaten hatte sie täglich an ihrem Stück gearbeitet. Mit der Zeit war es angewachsen, hatte sich verändert, war immer mehr zu einem Teil von ihr geworden. Doch jetzt war das Manuskript nicht länger ein Theaterstück, auf das Emma ihre ganze Hoffnung setzte, sondern bloß ein

Stapel Papier. Das spöttische Gelächter drang ihr unter die Haut und sickerte immer tiefer in sie ein. In einem letzten emotionalen Aufruhr warf sie die Papiere in die Flammen des Kamins und lief davon.

Auf dem Flur des Theaters wurde Emma von den Zuschauern mitgerissen, die nach der Aufführung aus dem Saal in die Vorhalle drängten. Sie ließ sich in der Menge treiben, fühlte sich orientierungslos wie ein Stück Holz auf den Wellen der Themse.

Da wurde sie am Arm gepackt und zur Seite gezogen. Vor ihr stand Mister Beauchamp, der ihr reichlich angekokelte Papiere mit einer übertriebenen Verbeugung überreichte. Dabei sah er fast ein bisschen verlegen aus.

»Das gehört Ihnen, Miss.«

Es war ihr Manuskript, das er aus den Flammen gezogen hatte, bevor sich Emmas Worte vollkommen in Asche auflösen konnten.

Misstrauisch sah sie ihn an. »Was soll ich damit?«

Sie nahm an, er ziehe sein Vergnügen daraus, sie bloßzustellen. Tatsächlich setzte er ein Lächeln auf, das wohl charmant sein sollte, sie jedoch nur weiter gegen ihn aufbrachte.

»Als begeisterter Briefeschreiber weiß ich, wie viele Stunden Arbeit in einer einzelnen Seite stecken«, erklärte Mister Beauchamp. »Sehen wir mal von Inhalt und Stil ab, so ist ja jeder Buchstabe allein durch das Spitzen der Schreibfeder, das Aufbringen der Tinte und das Löschen der Flecken ausgesprochen zeitintensiv.«

»Sie haben doch gehört, dass das Stück das Papier nicht wert ist, auf dem es geschrieben steht«, wehrte sie ihn ab. Sie wünschte sich inständig weg von diesem Ort und diesem Mann.

»Wissen Sie, wie viele Frauen mir Ähnliches gesagt haben, wenn sie mir meine Briefe zurückgaben, und wie oft sie nur wenig später darum gebettelt haben, wieder in Korrespondenz mit mir zu treten?«

»Sie vergleichen Ihre amourösen Briefwechsel mit meinem Theaterstück?« Emma war von seinem Eigenlob ebenso abgestoßen wie von seiner fehlenden Moral.

»Wir beide wollen mit unserem Geschriebenen gefallen, wollen Bewunderung. Sie von einem größeren Publikum, ich von einer einzelnen Dame«, erklärte der Dandy unumwunden. »Manchmal müssen wir ein lebloses Herz erst zum Schlagen bringen, das braucht seine Zeit. Sie haben soeben einen ganzen Raum voller Menschen zum Lachen gebracht, ist das etwa kein Erfolg?«

»Was für ein Erfolg soll es sein, von einem Publikum aus angemalten Frauenzimmern ausgelacht zu werden?« Trotz ihrer tiefen Enttäuschung spürte sie Ärger darüber, dass er sich noch über sie lustig machte, während sie längst geschlagen war.

»Jedes einzelne dieser angemalten Frauenzimmer, wie Sie sie nennen, setzt sich jeden Tag auf der Bühne der Gefahr aus, Spott zu ernten. Trotzdem treten sie am nächsten Tag aufs Neue auf. Es ist noch keine über Nacht von der Statistin zur Hauptrolle aufgestiegen.«

Er war so selbstsicher, so überzeugt davon, dass die Welt, wenn sie sich schon nicht um ihn drehte, sich jedoch ganz im Einklang mit ihm und seinen Ansichten bewegte. Während Emma mehr und mehr das Gefühl bekam, auf einem Ball zu stehen, der immer schneller rollte.

»Sie sind …«, fing Emma an, musste den Satz jedoch abbrechen, da sie sich ihrer Umgebung gewahr wurde und alles, was sie über Mister Beauchamp sagen konnte, unziemlich für eine Frau ihres Standes gewesen wäre.

»Spülen Sie Ihre gekränkte Eitelkeit mit einer süßen Tasse Tee herunter«, schlug er gnädig vor, »und versuchen Sie es in ein paar Wochen noch einmal.«

Der Lampenanzünder ging von einer Laterne zur anderen, so dass das Pflaster nach und nach in Licht getaucht wurde. Emma stieg langsam die Treppe vom Stadthaus hinab auf die Straße. Als die Tür hinter ihr ins Schloss fiel, kostete es sie alle Kraft, ihre Tränen zurückzuhalten. Sie fühlte sich ausgestoßen und unendlich einsam.

Planlos machte sie sich mit ihrer Reisetasche und einer Hutschachtel auf ihre Odyssee durch London. Sie hatte ihr altes Leben hinter sich gelassen, ohne überhaupt zu wissen, wohin sie sich nun wenden und was sie als Nächstes tun sollte.

Der größte Teil ihres Geldes würde für die Versorgung

ihres Vormunds in der Fleet draufgehen, daher blieb ihr nichts anderes übrig, als sich eine Arbeit zu suchen. Sie hatte gehofft, mit ihrem Stück Erfolg in der Drury Lane zu haben, doch diese Idee hatte sich endgültig zerschlagen, und ihr fehlte der Mut, um bei anderen Londoner Theatern einen neuen Versuch zu starten.

Emma sah nur mehr eine Möglichkeit, ihr Leben wieder in den Griff zu bekommen. Dafür wollte sie am nächsten Morgen bei einer Arbeitsvermittlerin vorstellig werden, um eine Stellung als Gesellschafterin oder Gouvernante bei einer angesehenen Familie zu erlangen. Auch wenn es ihr sehr merkwürdig vorkam, sich mit einem Mal auf der anderen Seite der Arbeitsverhältnisse zu befinden. Bisher hatte sie die Dienstmädchen eingestellt, während ihr Onkel für die männlichen Hausangestellten zuständig war.

Weil ihr die Tasche schwer wurde, stellte sie sie ab und ruhte sich einen Augenblick aus.

»Hey, hau ab hier! Das ist mein Revier«, fuhr eine junge Frau sie an. Emma blickte verwundert auf.

»Pardon? Ich wohne in der Nachbarschaft. Also, bis heute, aber …«

»Was quatschst du da? Für wen arbeitest du überhaupt?«

»Ich arbeite für niemanden«, erwiderte Emma und fragte sich, ob sie die Frau trotz ihres taktlosen Benehmens um Hilfe bitten sollte. Sie hatte ja sonst keinen mehr.

»Wissen Sie zufällig, bei wem ich Arbeit finden könnte?«

Im Schein der Laterne war die Frau mit ihrem ausgeschnittenen Kleid ausgesprochen schön anzusehen. Sie musterte Emma skeptisch. »Was hast du denn für Erfahrung?«

»Eigentlich keine, es wäre mein erstes Mal. Aber ich kann Latein und Altgriechisch …«, setzte Emma an.

»Noch nie gehört«, erwiderte die Frau. »Ist das sehr verdorben?«

Emma sah sich irritiert um, ob ihnen auch niemand zuhörte. »Sie meinen die in den Sprachen verfassten Bücher?«

Da fing die Frau laut zu lachen an. Im offenen Mund fielen die vielen Zahnlücken auf, die sie gleich wesentlich älter aussehen ließen.

»Sweetie, ich glaub nicht, dass irgendein Mann das von dir will«, sagte sie, nachdem sie sich ein wenig beruhigt hatte. »Männer wollen ihren Spaß, keinen Unterricht. Wobei … Du kannst die Gouvernante spielen. Manche stehen auf Schläge.«

Emma versteifte sich. Ihr dämmerte es, in was für einer Stellung die Frau tätig war. Sie hatte Kurtisanen im Theater gesehen, reich gekleidete Frauen, von denen es hieß, sie würden von Männern ausgehalten werden. Ihr Verdacht verhärtete sich noch, als ein Mann an ihnen vorbeilief und sie mit Blicken musterte, die ihr mehr als unangenehm waren.

»Wie viel?«, sprach er Emma an.

»Hau ab, die kannst du dir nicht leisten«, kam ihr die Frau zu Hilfe. Der Mann antwortete mit Anzüglichkeiten, ging aber weiter. Emma atmete auf.

»So naiv, wie du bist, wirst du von der Straße gefressen«, erklärte die Frau. »Sieh zu, dass du in ein Hotel kommst.«

Als Emma die günstige Unterkunft, die ihre Bekanntschaft genannt hatte, endlich erreichte, war sie zutiefst erleichtert darüber, weder Strauchdieben zum Opfer gefallen noch von Menschenhändlern verschleppt worden zu sein.

Kapitel 4

Im Flur vor dem Büro der Arbeitsvermittlerin saß eine lange Reihe Frauen fast jeden Alters in Kleidern, die von elegant und neu zu schlicht und verschlissen reichten.

Emma nahm auf einem Stuhl Platz, von dem eine zuvor aufgerufene Bewerberin gerade aufgestanden war, und hoffte, dass man ihr nicht ansehen würde, dass sie die Nacht in einem reichlich heruntergekommenen Hotel verbracht hatte. Sie beugte sich zu ihrer Sitznachbarin. »Dauert das lange?«

»Nur so lange, bis die richtige Gesellschafterin gefunden wird.«

Angesichts der vielen Bewerberinnen konnte Emma nicht verhindern, dass Unruhe in ihr aufstieg. Sie schlug das mitgebrachte Buch von Aphra Behn auf. Sofort fing die Frau neben ihr wieder an zu reden.

»Das würde ich mich nicht trauen. Frauen, die lesen, sind verpönt.«

Emma blickte befremdet auf. »Warum?«

»Wer will schon eine Gesellschafterin, die schlauer ist als man selbst? Sie kommen nicht aus London, oder? Ich habe Sie hier noch nie gesehen.«

Emma nahm an, dass ihre Nachbarin damit das Büro der Arbeitsvermittlerin meinte.

»Ich lebe eigentlich in Somerset und bin nur selten in der Stadt. Das ist das erste Mal, dass ich mich auf eine Stelle bewerbe.«

»Wie schön für Sie. Also dass Sie sich vorher noch nie bewerben mussten, meine ich. Somerset hingegen, nun ja, da war ich mal für drei Monate bei einer Dame, bis die gestorben ist. Gott hab sie selig. Nur Felder, Hecken, Schafe, Kühe … Meine nächste Anstellung war allerdings in Bath, das hat mir gefallen. So viele schöne Damen, so viele charmante Offiziere …« Die Frau sah plötzlich viel jünger aus, als ihr grauer Hut, der das Gesicht halb verbarg, ihr graues Kleid und der ebenso graue Mantel vermuten ließen.

»Dann haben Sie viel Erfahrung, nehme ich an. Was muss man als Gesellschafterin überhaupt tun?« Emma kam sich dumm vor, aber es erschien ihr besser, die andere Bewerberin zu fragen, als die Lady, die sie anstellen wollte.

»Ach, das ist wirklich nicht schwer. Das Wichtigste ist, zu lächeln, immer zu lächeln, merken Sie sich das. Und bei jeder Marotte sofort aufzuspringen und den Schal von oben zu holen, obwohl man weiß, dass der Schal gleich wieder abgelegt wird, weil es viel zu heiß dafür ist. Und so zu tun, als hätte man viele Talente, auch wenn man talentfrei ist. Das merken die ohnehin erst, wenn man die Anstellung schon hat.«

Emma sah sich um. Viele der Bewerberinnen hatten etwas mitgebracht, um besagte Talente zu beweisen. Sie bemerkte etliche Mappen, in denen sich vermutlich Bilder verbargen, ein paar tragbare Instrumente und sogar eine muschelbesetzte Schachtel. Die Besitzerinnen dieser Vorzeigetalente wurden eine nach der anderen aufgerufen, doch für die, die gingen, kamen immer weitere nach. Allmählich beschlich Emma das drückende Gefühl, dass sie womöglich nicht mit einer Anstellung aus dem Gespräch herauskommen würde. Sie hatte es bisher nicht infrage gestellt, dass eine Frau ihres Standes eine Stelle als Gouvernante oder Gesellschafterin in einer angesehenen Familie bekommen würde. Doch nun war sie sich nicht mehr so sicher. Ihre Hände und Füße begannen so stark zu kribbeln, dass sie nicht mehr weiterlesen konnte. Sie schlug das Buch zu.

Schließlich war Emmas Sitznachbarin an der Reihe. Es dauerte, bis sie wieder herauskam. Aufgeregt erhob Emma sich.

»Hatten Sie Erfolg?«

»Nein. Ich muss weitersuchen.« Die Frau sah mit einem Mal auch im Gesicht ganz grau aus, so dass Emma Mitleid bekam, allerdings nur so lange, bis ihr einfiel, dass die Absage bedeutete, dass sie eventuell noch eine Chance hatte. Mitleid musste man sich leisten können.

»Wie ist die Lady denn?«, fragte sie.

»Anspruchsvoll, um es mal so zu sagen. Es ist kein großer Verlust, dass ich die Stelle nicht bekommen habe. Mit der wird es bestimmt anstrengend.«

Emma konnte nicht verhindern, dass sie laut aufseufzte. Die Frau reichte ihr die Hand. »Ich wünsche Ihnen viel Glück, Miss …«

Beschämt über die Konkurrenz, die sie zuvor gefühlt hatte, nahm Emma die Hand und drückte sie dankbar.

»Emma Smart. Ich wünsche Ihnen alles Gute.«

»Danke. Ich bin übrigens Miss Hannah Byrd. Vielleicht treffen wir uns ja wieder, wenn wir uns für die nächste Anstellung bewerben.«

»Mathematik? Latein?« Die Arbeitsvermittlerin zog ihre Augenbrauen so hoch, dass sie beinahe an den Haaransatz stießen. »Wer braucht denn so was? Aber was ist mit Französischkenntnissen?«

Emma rutschte auf dem Stuhl vor dem breiten Tisch der Vermittlerin nach vorn und verneinte bedrückt. Der Onkel stand allem Französischen äußerst feindselig gegenüber, wenn es nicht gerade Schnupftabakdosen aus Limoges waren.

»Spielen Sie das Pianoforte?«

»Nein.« Ihr Mund fühlte sich trocken an.

»Ein anderes Instrument?«

»Leider nicht.«

»Singen Sie? Irgendwelche künstlerischen Qualitäten?«

Emma schüttelte den Kopf. Weder war sie in der Aquarellmalerei ausgebildet, noch konnte sie mit Fähigkeiten wie Scherenschnitten oder Seidenstickereien brillieren.

Die Lady, die eine Gesellschafterin anzustellen beabsichtigte, stand derweil mit dem Rücken zu Emma am Fenster. Ihr Mantel war von exzellentem Schnitt und aus einem für die frühsommerlichen Temperaturen passenden Leinenstoff gefertigt, ihr Hut zeigte sich üppig mit Samtblumen verziert.

Verzweifelt blickte Emma auf das Buch in ihrem Schoß. Es war nur noch eine Frage von Augenblicken, bis die Arbeitsvermittlerin sie auffordern würde, einer anderen, vielversprechenderen Bewerberin den Platz zu überlassen. Zu allem Überfluss fing auch noch ihr Magen zu knurren an. Sie hatte ihr Geld nicht für ein Frühstück ausgeben wollen.

Emma verstand nun, dass ihr nur noch ein einziger Ausweg blieb. Sie musste reden, um ihren revoltierenden Magen zu übertönen.

»Ich bin zwar keine ausgebildete Sängerin, aber ich habe eine schöne Vorlesestimme, wie mir oft bestätigt wurde. Fragen Sie mich über Shakespeares Werke aus, ich kann Ihnen etliche Szenen auswendig vortragen.« Emma kam sich bei diesem verzweifelten Versuch, sich anzupreisen, lächerlich vor.

Kaum hatte sie das Wort »Shakespeare« ausgesprochen, drehte sich die Lady am Fenster ruckartig um.

»Sagten Sie Shakespeare? Der, der die Bücher geschrieben hat?«

Emma blickte auf das Buch in ihrem Schoß. Sie hätte auf den Rat von Miss Byrd hören und es in der Halle lassen soll.

»Ja«, gab sie zögernd zu und erwartete ihre endgültige Ablehnung.

»Dann sind Sie engagiert.«

Offensichtlich ebenso fassungslos darüber wie Emma selbst mischte sich die Arbeitsvermittlerin ein.

»Aber Lady Darlington! Wir werden mit Sicherheit eine wesentlich geeignetere Kandidatin für Sie finden.«

»Nicht nötig. Ich habe mich entschieden.«

»Aber …« Die Arbeitsvermittlerin sah nicht aus, als verstünde sie, was geschah, und Emma konnte es ihr nachfühlen. »Sie ist nicht mal besonders hübsch anzusehen.«

»Umso besser. Wann können Sie anfangen?« Die Frage war an Emma gerichtet.

»Sofort, wenn Sie wünschen.«

Es war ein Wunder, das sich Emma nicht erklären konnte. Doch manchmal war es angebracht, Wunder nicht zu hinterfragen.

Auf dem Weg in ein ihr gänzlich unbekanntes Leben beschloss Emma, sich den Luxus einer Mietkutsche zu gönnen, da ihre Reisetasche schwer war und die Hutschachtel ihr in die Seite drückte. Sie mühte sich nicht nur mit den Habseligkeiten ab, als sie die Kutsche bestieg, sondern auch damit, Ordnung in ihre Gedanken zu bringen. So viel war seit gestern passiert. Sie hatte mehr Aufregung erlebt als in den letzten zehn Jahren zusammengenommen, und sie hatte bisher keinen ruhigen Moment gefunden, um das alles zu begreifen.

Nicht nur, dass sie ihr Zuhause verloren hatte und der Onkel im Schuldnergefängnis saß, auch die Hoffnung auf einen Erfolg ihres Theaterstücks, so abwegig diese von Anfang an gewesen sein mochte, hatte sich endgültig zerschlagen. Nach der ersten Verletztheit durch die harschen Worte des Direktors musste sich Emma fragen, ob er nicht recht hatte mit seiner Bemängelung der fehlenden Emotionen. Vielleicht hatte sie wirklich zu viel von Moral und zu wenig von Gefühl geschrieben. Vielleicht hatte das Schreiben von Theaterstücken doch mehr mit dem Schreiben von Liebesbriefen zu tun, als ihr bewusst war. Immerhin war Emma noch nie verliebt gewesen, hatte ihr Herz nie in Flammen gestanden und war nie in tausend Stücke zerbrochen.

Ihre Gedanken wurden jäh unterbrochen, als sie, am Ziel angelangt, mit ihren dünnen Schuhen in einen Haufen noch warmer Pferdeäpfel trat.

Emma war dankbar darüber, dass der Saum ihres langen Kleides das Unglück, das sie nicht gänzlich hatte abstreifen können, zum größten Teil verbarg. Sie begrüßte Lady Darlington, die sie beim Tee antraf. Ihr Schoßhündchen lief zu Emma, kläffte sie erst an und begann dann, ihre Schuhe abzulecken.

»Ah, er mag Sie! Sie können sich glücklich schätzen, dass Muzzle Sie so gut leiden kann. Er ist sehr wählerisch, wissen Sie. Neulich hat er Lady Mershon in die Waden gezwickt, nachdem sie einen sehr garstigen Kommentar zu meinem neuen Turban abgegeben hat.«

Lady Darlington biss in ein Gebäck, legte es wieder zurück auf den Teller und nahm sich ein anderes.

Emmas Magen fing erneut zu knurren an. Die Lady dachte wohl, ihr Mops gebe das Geräusch von sich, und klopfte auffordernd neben sich auf das Sofa. Der Hund sprang auf das Polster und rollte sich dort ein.

»Muzzle mag es nicht, wenn Mama schlecht behandelt wird, nicht wahr, mein Muzzlebuzzle?«

Emma wurde flau vor Hunger, als die Lady ihn mit Gebäck fütterte.

»Sie werden mich aufs Land zu meinen Töchtern begleiten. Anthea und Frances. Frances ist noch sehr jung für ihr Alter, und sie kommt bedauerlicherweise vom Aussehen ganz auf ihren Vater. Aber meine Älteste ist allgemein als Schönheit bekannt.«

Es war Lady Darlington anzusehen, dass sie dieses Glück sich selbst zuschrieb. Tatsächlich war Horatia Darlington eine enorm attraktive Frau, von der Emma aufgrund ihrer beinahe jugendlichen Erscheinung nicht angenommen hätte, dass sie die Mutter zweier Töchter im heiratsfähigen Alter war.

Lady Darlington ließ nun das Gebäck zurückgehen. Emma sah dem Teller mit den Marmeladentörtchen, den dicken Scheiben vom Pound Cake und den Rout Cakes sehnsüchtig nach. Lady Darlingtons Zofe hielt ihrer Herrin derweil zwei Hüte zur Auswahl hin, von denen diese den wählte, der über und über mit künstlichen Früchten bedeckt war. Obwohl die Erdbeeren, Äpfel und Trauben aus Wachs waren, spürte Emma, wie ihr das Wasser im Mund zusammenlief.

»Ich setze große Hoffnung auf Antheas Vermählung mit meinem Nachbarn, Mister Livingston«, plauderte die Lady. »Nur will das nicht so recht gelingen. Ich nenne die Dinge gerne beim Namen, verstehen Sie, deshalb sage ich, wie es ist: Mister Livingston scheint völlig unzugänglich für Antheas körperliche Reize, die – wenn ich es in aller Bescheidenheit so sagen darf – nicht von geringer Natur sind. Man sagt, sie kommt ganz auf mich. Passt der Hut zu meiner Haarfarbe?«

Emma, die den Ausführungen Lady Darlingtons zunehmend verwirrt zugehört hatte, nickte bloß.

»Ich habe im April sogar seine Mutter zum Tee geladen, dieses schreckliche Frauenzimmer. Zwei Stunden lang habe ich mir mit der größten Geduld angehört, was für ein überragender Mensch ihr Sohn ist. Ich konnte das Gähnen nur mit Mühe unterdrücken. Und was ist daraus geworden?«

Obwohl sie Emma anblickte, hatte diese nicht das Gefühl, darauf eine Antwort geben zu können. Lady Darlington fuhr einfach fort: »Sie ist gestorben, bevor sie bei ihrem Sohn ein gutes Wort für meine Anthea einlegen konnte. Es ist so tragisch. Ich weiß einfach nicht mehr weiter. Wenn Mister Livingston blind für Antheas Schönheit ist, so bleibt nur noch die Möglichkeit, ihn mit ihrem Verstand zu überzeugen. Und Sie werden ihr dabei helfen, diesen zu entwickeln. Die Familie Livingston hat eine der größten Bibliotheken des Landes. Was an Regalen voller verstaubter Bücher so großartig sein soll, dürfen Sie mich nicht fragen. Sie werden jedenfalls dafür sorgen, dass Anthea die richtigen Bücher liest und mit ihrem Wissen über Shakespeare Mister Livingston beeindruckt. Gibt Muzzle Frauchen ein Küsschen?«

Der Mops begann mit seiner kleinen rosa Zunge über ihr Gesicht zu lecken. Die Pause gab der überraschten Emma Zeit, sich zu sammeln.

»Ist Mister Livingston denn ein großer Shakespeare-Kenner?«, wagte sie zu fragen.

»Er hat Bücher, da nehme ich das doch an«, war die Antwort.

Emma vermutete, dass Anthea ein schönes, aber an Büchern desinteressiertes Mädchen war, und Mister Livingston ein staubtrockener alter Gelehrter. Doch da sie froh darüber war, so rasch eine Stellung als Gesellschafterin gefunden zu haben, würde sie jede noch so große Herausforderung annehmen. Sie war sicher, es musste eine angenehme Beschäftigung sein, mit Miss Darlington Romane zu lesen.

Bis die Truhen von Lady Darlington auf dem Dach der Kutsche verstaut waren, verging die Zeit. Die Zofe brachte einen ganzen Stapel an Hutschachteln und platzierte sie neben Emma auf der Bank in der Kutsche, bevor sie sich zu ihr setzte. Dann bekam Emma von Lady Darlington Muzzle in den Schoß gedrückt, der sogleich anfing, ihre Finger abzuschlecken. Angeekelt verzog sie das Gesicht, wagte aber nicht, ihn auf den Boden zu setzen, denn ihre Dienstherrin nahm ihr gegenüber Platz. Anschließend warteten sie eine ganze Weile schweigend, ohne dass sich die Kutsche in Bewegung setzte. Emma wurde schon unruhig, traute sich jedoch nicht zu fragen, weshalb sich die Abfahrt verzögerte.

»Wo bleibt er denn nur?«, murmelte die Lady mehr zu sich selbst. »Er wird doch meine Einladung nicht vergessen haben?«

Endlich rief der Kutscher nach Lady Darlington, die ihren Kopf durch die Tür nach draußen steckte. Unbemerkt holte Emma ihr Taschentuch hervor und wischte sich die feuchten Finger ab.

»Gut, dass Sie kommen«, begrüßte die Lady jemanden, den Emma durch die halb vor die Fenster gezogenen Gardinen nicht erkennen konnte. »Ich wollte gerade schon ohne Sie abfahren. Und wie langweilig wäre das dann geworden!«

Lady Darlington zog sich wieder in die Kutsche zurück. Unmittelbar darauf wurde die Tür geöffnet, und ein Gentleman stieg ein. Als der Mann seinen Hut abnahm und sich neben Lady Darlington auf die Bank setzte, blickte Emma ihn erstaunt an.

»Mister Beauchamp?«

Kapitel 5

Wenn Mister Beauchamp überrascht war, Emma zu sehen, so überspielte er dies geschickt. Er zog eine Augenbraue hoch. »Kennen wir uns?«

Sie wusste nicht, ob sie gekränkt oder dankbar darüber sein sollte, dass er sie und ihr unglückliches Zusammentreffen im Theater offenbar längst vergessen hatte. Unsicher blickte sie zu Lady Darlington. Vor ihrer neuen Dienstherrin wollte sie weder zugeben, dass sie ein Theaterstück geschrieben, noch dass dieses abgelehnt worden war, daher schüttelte sie bloß den Kopf.

»Das ist Antheas neue Gesellschafterin, Miss …«, setzte Lady Darlington an.

Bevor Emma ihren Namen ergänzen konnte, war Mister Beauchamps Aufmerksamkeit längst abgelenkt. Während Emma sich darüber wunderte, dass Lady Darlington ausgerechnet ihn eingeladen hatte, mit auf ihren Landsitz zu fahren, rief er seinen Kammerdiener herbei.

»Ihr Valet kann auf dem Kutschbock Platz nehmen«, wehrte Lady Darlington ab.

»Mein Valet reist immer mit mir. Ihre Zofe sitzt doch auch in der Kutsche.«

»Aber er ist …« Lady Darlington zeichnete mit dem

Zeigefinger eine kreisrunde Bewegung um ihr Gesicht.

»Wenn Sie sonst keine Einwände haben …«, sagte der Dandy mit einem entwaffnenden Lächeln. »Mein Valet gehört zur Familie, seit mein Vater ihn von den Bermudainseln mitgebracht hat. Steig ein, Warwick.«

Als der Kammerdiener hereinkletterte, musterte Emma ihn erstaunt. Er hatte eine dunkle Hautfarbe und tiefschwarze Haare. Natürlich hatte sie in London etliche Menschen mit unterschiedlichen Hautfarben gesehen, schließlich war es eine Hafenstadt und zog Leute aus allen möglichen Ländern an. Doch sie war noch nie jemandem von ihnen so nahe gewesen.

Der Valet hatte kaum die Hutschachteln zur Seite geschoben und neben Emma Platz genommen, die dafür dichter an die Zofe heranrutschte, da ruckelte die Kutsche auch schon los. Bemüht unauffällig blickte Emma ihn von der Seite an. Er starrte zurück. Ertappt wich sie seinem Blick aus und wandte sich wieder Mister Beauchamp und Lady Darlington zu, die vertraut über eine Abendeinladung plauderten, bei der sie beide zugegen gewesen waren.

»Man sagt, Lord Armitage habe weit unter seinem Stand geheiratet«, lästerte Lady Darlington hinter vorgehaltener Hand. Sie schien großes Gefallen an der Gesellschaft Mister Beauchamps zu haben. »Seine Braut sei die Gouvernante seiner Kinder gewesen, heißt es.«

Mit einem Mal wurde Emma bewusst, dass sie selbst

vor wenigen Tagen noch dort gesessen hätte, wo Lady Darlington und der Dandy saßen, und sie sich nun auf der Seite der Dienstboten befand, und sie fragte sich, was das in Zukunft für ihren gesellschaftlichen Stand bedeuten würde.

Aus den Augenwinkeln bemerkte sie, wie der Kammerdiener sie düster musterte. Peinlich berührt davon, vorhin beim Starren erwischt worden zu sein, richtete sie ihre Aufmerksamkeit auf die Unterhaltung, die Mister Beauchamp mit Lady Darlington führte.

»Doch, doch«, insistierte der Dandy. »Ich dachte, Sie wären Schwestern.«

Emmas Dienstherrin lachte affektiert auf. »Miss Charings ist so alt wie meine Tochter. Ich weiß genau, dass Sie das nur sagen, um mir zu schmeicheln.«

»Was sollte ich darauf antworten, Lady Darlington? Entweder glauben Sie mir, dann fischen Sie lediglich nach weiteren Komplimenten. Oder Sie glauben mir nicht. Und in dem Fall wird auch ein anderes Kompliment Sie nicht vom Gegenteil überzeugen. Ich kann nur an Ihr Vertrauen appellieren.«

»Wie könnte ich einem stadtbekannten Charmeur wie Ihnen jemals vertrauen, Mister Beauchamp?« Lady Darlingtons Erwiderungen auf die Frivolitäten des Dandys klangen in Emmas Ohren wie Dialoge aus einer Theaterkomödie.

»Und dennoch laden Sie mich in Ihr Haus ein?«

»Wer unterhält mich sonst mit den neusten Skandalen?«, erwiderte die Lady vergnügt. »Ohne amüsante Gesellschaft ist das Leben auf dem Land doch viel zu öde.«

»Haben Sie denn gar keine Angst davor, dass ich Ihren Töchtern den Kopf verdrehe?« Mister Beauchamp sprach in scherzhaftem Ton.

»Ach was, Frances ist noch ein Kind, und Anthea weiß genau, was sich gehört«, tat Lady Darlington seinen Einwand ab. »Sie ist Mister Livingston so gut wie versprochen. Kennen Sie ihn?«

»Bedaure. Hat er um Antheas Hand angehalten?« Der Tonfall des Dandys klang überraschend ernst.

»Es ist bloß eine Frage der Zeit«, erwiderte die Lady und blickte zu Emma, die sich wunderte, wie ausgerechnet Bücher das Feuer der Liebe entfachen sollten, wenn der Nachbar und die Tochter noch nicht von allein füreinander entflammt waren. Sie konnte sich kaum vorstellen, dass Romane das erreichen würden, was Schönheit auf der einen Seite und Reichtum auf der anderen nicht vollbracht hatten.

Als sie am Londoner Tower vorbeifuhren, hörten sie das Brüllen der dort gehaltenen Löwen. Dieser letzte Tag des Monats Mai fiel auf einen Sonntag, daher fehlten die Besucher mit ihren Fleischgaben, so dass die wilden Tiere hungrig blieben. Noch nie hatte Emma derart mit ihnen gefühlt.

Doch sie klammerte sich an die Hoffnung, dass ihr neues Leben, so anders es sein mochte, seine guten Seiten haben würde. Auch wenn sie sich noch nicht vorstellen konnte, was als Nächstes passieren mochte.

Als die Kutsche auf dem Weg nach Somerset jäh abbremste, wurde Emma nach vorne geschleudert, geradewegs auf Mister Beauchamp zu, und landete auf seinem Schoß. Der Geruch nach seinem Parfum und einer leichten Schweißnote stieg ihr in die Nase, und ihr wurde heiß.

»Haben Sie sich wehgetan?«, fragte er.

Sie blickte in seine dunklen Augen unter dichten Brauen und konnte die unschicklichen Gedanken nicht verhindern, die seine Nähe in ihr auslöste.

»Nein, und Sie können mich wieder loslassen.«

Voller Angst, er könne ihr ansehen, woran sie soeben gedacht hatte, stand sie auf. Dabei trat sie Muzzle auf die Pfote, der aufjaulte. Lady Darlington sah sie mindestens genauso vorwurfsvoll an wie der Mops.

»Armes Muzzlebuzzle, hast du Aua-aua?«

»Das wollte ich nicht.«

»Das brauchen Sie nicht mir zu sagen. Sagen Sie es Muzzle.«

Emma blickte verwirrt.

»Na los doch, Miss …, bitten Sie ihn um Verzeihung.«

Die Aufforderung Lady Darlingtons war so unmissverständlich, dass Emma keine andere Möglichkeit sah, als sich zum Hund hinunterzubeugen, der sich in den Rockfalten der Lady verkrochen hatte und knurrte.

»Entschuldige bitte, Muzzle, ich wollte dir nicht wehtun. Es war ein Versehen.«

Der Hund schnappte nach ihr. Sie zog rasch die Hand weg.

»Muzzle meint, dass Sie sich besser vorsehen müssen«, übersetzte Lady Darlington.

»Wir fahren wieder. Ihre Gesellschafterin sollte sich hinsetzen.«

Emma war Mister Beauchamp dankbar für seine Einmischung. Eilig nahm sie wieder Platz und bemerkte dabei, dass die Zofe sie schadenfreudig angrinste. Auf dem Gesicht des Kammerdieners hingegen meinte sie Mitleid zu erkennen. Nach einer Weile erwischte sie sich dabei, wie sie auf die Hand des Dandys starrte, die auf seinem Knie ruhte, und sich fragte, wie sich seine Haut anfühlen mochte. Ruckartig wandte sie ihren Kopf zum Fenster und versuchte, an etwas anderes zu denken. Doch immer wieder wanderte ihr Blick zurück zu seiner Hand, und sie malte sich aus, dass seine Finger auf ihrem Knie lagen und sich dabei sacht bewegten.

Vom langen Sitzen taten Emma die Beine weh, von denen eines einzuschlafen drohte. Ihr Hintern schmerzte zunehmend. Auch die Zofe sah gequält aus und rutschte unruhig hin und her, als müsse sie sich dringend erleichtern.

»Wir sollten eine Pause machen«, bat Emma.

Lady Darlington sah sie erstaunt an, so als erinnere sie sich erst jetzt wieder an die Anwesenheit ihrer Gesellschafterin. Für einen Augenblick schien es, als würde sie den Wunsch abschmettern, dann gab sie nach.

Die Zofe konnte nicht schnell genug aus der Kutsche klettern und hinter einen Busch verschwinden. Emma vertrat sich derweil die Beine. Warwick, der Kammerdiener, stieg ebenfalls aus. Bevor er sich in den Schutz eines Baumstamms stellte, nickte er ihr zu. Danach fuhren sie weiter.

Es dämmerte bereits, als die Kutsche endlich an einem Gasthaus hielt, wo sie die Nacht verbringen konnten.

»Du nimmst die Schachteln, Betty«, forderte Lady Darlington ihre Zofe auf. »Vergiss das Silberbesteck und das Bettleinen nicht. Und Miss … Wie war noch mal Ihr Name? Smart. Miss Smart. Sie tragen Muzzle.«

Schon bekam Emma den Mops in die Arme gedrückt, der die Eskapade in der Kutsche noch nicht vergessen hatte und wieder nach ihr zu schnappen versuchte. Als Lady Darlington außer Sichtweite war, packte der Kammerdiener den Hund und klemmte ihn unter den Arm.

»Danke«, sagte Emma.

Er erwiderte nichts. Schweigend ging er neben ihr auf das mit wildem Wein bewachsene Fachwerkhaus zu. Sie waren an der offen stehenden Eichentür angelangt, da hielt er an, um ihr den Hund zurückzugeben.

»Ich danke Ihnen.« Emma sprach deutlich, damit der Mann sie auch verstehen konnte.

»Wie bitte?«, fragte dieser pikiert.

»Oh, Sie sprechen Englisch?«

»Warum sollte ich nicht?«

»Weil … ich dachte …« Sie brach verlegen ab.

»Weil Sie dachten, dass ein Mann mit meinem Aussehen unmöglich anständiges Englisch versteht«, vervollständigte er ihren Satz in einem scharfen Ton.

»Es war ein Versehen«, verteidigte sich Emma.

»Oh, natürlich«, erwiderte Warwick sarkastisch.

»Miss Smart, wo bleibt Muzzle?« Lady Darlingtons Stimme war von drinnen zu vernehmen. Emma lächelte dem Valet entschuldigend zu und ging zu ihrer Dienstherrin.

Sie durfte mit ihr und Mister Beauchamp an einem Tisch in einem separat gelegenen Zimmer des Gasthofs sitzen, während die Zofe und Warwick woanders speisen mussten. Emma fühlte sich wie ein Zwischenwesen zwischen den Welten, allerdings nur so lange, bis die Speisen aufgetragen wurden, danach war jeder Gedanke außer dem ans Essen aus ihrem Gedächtnis getilgt. Sie hatte einen dermaßen großen Hunger, dass sie sich kaum zurückhalten konnte, nicht vor ihrer Dienstherrin und deren Gast zuzugreifen. Würstchen, geschnittene Zunge, gekochter Blumenkohl, gebackene Kartoffeln, eingelegte Gurken, dazu Kännchen voller Buttersauce und reichlich Portwein, alles war einfach nur köstlich.

Emma stieß einen Seufzer der Erleichterung aus, als

sie endlich das nagende Loch in ihrem Magen gefüllt hatte. Erst danach war sie in der Lage, der Unterhaltung am Tisch zu folgen.

»Es fällt schwer zu glauben, dass Sie bereits zwei Töchter im heiratsfähigen Alter haben«, sprach Mister Beauchamp das aus, was Emma auch schon gedacht hatte, während er mit der Gabel Erbsen aufzuspießen versuchte. Lady Darlington sah geschmeichelt aus.

»Ich war fünfzehn, als ich Lord Darlington geheiratet habe«, erzählte die Lady. »Es ist von Vorteil, so jung eine Ehe mit einem derart älteren Mann einzugehen. Jetzt habe ich noch so viel Leben vor mir.«

In Gedanken fügte Emma »als Witwe« hinzu.

»Dann kann ich Ihren Worten entnehmen, dass Sie eine Befürworterin von frühen Eheschließungen sind«, vermutete Mister Beauchamp.

»Absolut«, bestätigte sie, während sie von all den Speisen nur winzige Portionen aß. »Junge Frauen sind so viel freier, wenn sie verheiratet sind.«

Mister Beauchamp schien amüsiert. »Ich dachte, Frauen haben sich dem Willen ihres Mannes zu unterwerfen.«

»Sicher.« Lady Darlington pulte das Innere aus einem Scone und aß es in kleinen Stückchen. Die Kruste ließ sie auf dem Teller liegen. »Doch dank unserer Reize verstehen wir es nur zu gut, den Willen eines Mannes zu formen. Miss Smart, schneiden Sie mir das Fleisch.«

Emma griff zum Messer und tat, was die Lady von ihr verlangte, dabei dachte sie darüber nach, dass sie bislang dem Willen ihres Vormunds unterworfen gewesen war und nun dem ihrer Dienstherrin. Sie fragte sich, wie es sein musste, frei und unabhängig leben zu können, und ob Lady Darlington recht hatte und eine Heirat ihr diese Freiheit ermöglichen würde.

»Ich bin mir sicher, meine Lady, Sie haben es vortrefflich verstanden, Ihren Gatten dazu zu bringen, sich Ihren Willen zu eigen zu machen«, merkte Mister Beauchamp an.

»Oh ja. Lord Darlington liebte gutes Essen und seinen Sherry. Wenn er genug davon hatte, ist er eingeschlafen, und ich konnte tun und lassen, was ich wollte. Nachdem ich das einmal begriffen hatte, war es eine gute Ehe.«

»Wäre es denn nicht viel besser, wenn beide Partner übereinstimmten und keiner dem anderen seinen Willen aufzwingen müsste?«, sagte Emma.

Erst als sie geendet hatte, fiel ihr ein, dass es ihr in ihrer neuen Stellung womöglich nicht zustünde, sich derart zu äußern. Mister Beauchamp warf ihr einen erstaunten Blick zu. Sie befürchtete schon, die Lady würde ihr diese Freiheit übelnehmen, doch sie lachte nur auf.

»Ich habe noch nie von so einer Liebe gehört. Entweder wird man unterworfen oder man unterwirft, nicht wahr, Mister Beauchamp?«

»So ist es.«

Darlington Mews, der Landsitz der Familie Darlington, lag eingebettet zwischen Wiesen, Wald und grünen Hügeln. Das Haus war weitaus größer als das des Vormunds und im symmetrischen Georgianischen Stil mit Zierbögen, Portalen und Oberlichtern aus gelblichem Stein gebaut. Akkurat gestutzte Hecken säumten den Weg, dahinter lag ein gepflegter Park. Alles wirkte prunkvoll und modern.

Sie kamen an einer Baustelle vorbei, an der Männer eine Mauer errichteten.

»Lassen Sie ein neues Haus bauen?«, fragte Mister Beauchamp.

»Das wird eine Ruine, damit wir beim Spazierengehen etwas zu besichtigen haben«, erklärte die Lady.

Aus dem Augenwinkel sah sie, wie Warwicks Mundwinkel zuckten. Als ihre Blicke sich trafen, entfuhr ihm ein Schnauben.

Lady Darlington blickte den Kammerdiener missbilligend an. »Lacht er etwa?«

»Keineswegs«, versicherte Mister Beauchamp. »Mein Valet neigt auf dem Land zu Schnupfen.« Doch der Blick, mit dem er seinen Kammerdiener bedachte, war vorwurfsvoll.

Anders als bei Emmas früheren Reisen aufs Land wurde nach dem Aussteigen aus der Kutsche dieses Mal von ihr erwartet, dass sie mit anpackte und der Zofe beim Tragen der Hutschachteln half, bis ein Dienstmädchen herbeieilte und sie ihr abnahm.

»Kommen Sie schon«, forderte Lady Darlington Emma auf.

Sie folgte ihr in einen luxuriös eingerichteten Raum mit sonnengelben Seidentapeten. Bei ihrem Eintreten stand eine Frau in einem himmelblauen Kleid vom Pianoforte auf, eine andere blieb auf dem Sofa liegen. Auf den ersten Blick wirkte die Frau, die nun vor Emma stand, wie eine exakte Kopie Lady Darlingtons. Erst auf den zweiten sah sie, dass sie wesentlich jünger war.

»Guten Tag, Mutter, hatten Sie eine angenehme Reise?«

»Es ging. Anthea, das ist deine neue Gesellschafterin«, stellte die Lady vor. »Miss …«

»Smart«, ergänzte Emma.

»Meine Tochter, Miss Darlington.«

Die beiden Frauen knicksten voreinander. Emma stellte fest, dass Anthea die rotblonden Haare sowie die ausdrucksvollen Augen und die gerade Nase ihrer Mutter geerbt hatte. Nur ihr Mund wirkte weicher, weniger entschlossen als der von Lady Darlington, und ihre Gesichtsfarbe war blasser. Emma vermutete, dass die Lady ihrem frischen Teint anders als Anthea mit Rouge nachgeholfen hatte.

»Das ungehobelte Wesen auf dem Sofa ist übrigens meine jüngste Tochter, Miss Frances Darlington.«

Frances setzte sich widerwillig auf und blickte die neuen Ankömmlinge durchdringend an. Wieder knickste Emma, während sie das Mädchen musterte, das offensichtlich auf den Vater kommen musste, denn sein Haar war dunkel und sein Gesichtsausdruck nahezu forschend, was an den großen runden Augen und dem zusammengepressten schmalen Mund liegen mochte.

Sie wurden von einem Dienstmädchen unterbrochen, das auf einem Silbertablett Tee und Gebäck hereinbrachte. Muzzle sprang kläffend an ihr hoch, so dass sie beinahe gestolpert wäre. Das Teegeschirr klirrte, als sie mühsam das Gleichgewicht zu halten versuchte.

»Pass doch auf, Mary, du verschüttest noch alles!«, schalt Lady Darlington.

»Ihr Hund verschüttet es, Mutter«, korrigierte Frances. Der Mops versuchte unterdessen, an die Platte des Tisches zu gelangen, auf dem das Dienstmädchen ihre Fracht abstellte. Seine Pfoten drohten das Tischtuch herunterzureißen und damit all die Köstlichkeiten und zerbrechlichen Teller und Tassen, die sich darauf befanden.

»Muzzle, komm zu mir, Muzzle, komm«, versuchte Anthea, ihn abzulenken, während Lady Darlington dem Treiben ihres Hundes keinerlei Beachtung schenkte.

»Ich habe einen Gast mitgebracht – Mister Beauchamp«, erklärte sie ihren Töchtern. »Ihr werdet ihn beim Abendessen mit Mister Livingston kennenlernen.«

»Hoffentlich nicht noch jemand, der nur von seiner Hundezucht redet«, stöhnte Frances auf, was ihr einen strengen Blick von ihrer Mutter einbrachte.

»Ich wünsche, dass ihr die neuen Pianoforte-Stücke für heute Abend noch mal fleißig übt. Gerade du, Frances.«

Die jüngere Tochter war gerade dabei, Muzzle am Schwanz festzuhalten, damit er dem Gedeck fernblieb. Rasch ließ sie los. »Kann ich nicht das Stück spielen, das ich immer spiele?«

Kurz sah es so aus, als würde Lady Darlington protestieren, dann winkte sie ab. »Es wird sowieso keinen der Anwesenden sonderlich interessieren, was du vorführst.«

Mit einer Handbewegung scheuchte sie ihre jüngste Tochter nach draußen. Anthea schloss das Kästchen mit dem Tee auf, das auf dem Tisch stand, und gab getrocknete Blätter in die Teekanne mit dem heißen Wasser. Lady Darlington nahm auf einem kleinen Sofa mit vergoldeten Füßen Platz, das mit Brokat gepolstert war. Muzzle sprang auf ihren Schoß und ließ sich mit Gebäck füttern.

»Du wirst das rosa Seidenkleid tragen, das ich dir mitgebracht habe, Anthea.«

»Ich wollte eigentlich das neue grüne Kleid tragen. Das ist auch wärmer.«

»Ich habe das rosa Kleid extra von den besten Pariser Damenschneiderinnen in London fertigen lassen. Aber wenn du deinen Geschmack für eleganter hältst als den der Französinnen …?«

»Nein, Mutter, es ist nur … Gut, ich werde das rosa Kleid anziehen. Bitte, nehmen Sie doch ein Stückchen.« Sie hielt Emma mit verzweifeltem Blick den Kuchenteller hin.

Emma griff zu, obwohl sie bereits satt war. Sie wollte nicht noch einmal solchen Hunger erleiden wie zuvor.

»Nun, Miss Smart, ich verlasse mich darauf, dass Sie dafür sorgen werden, dass eine Unterhaltung zwischen meiner Tochter und Mister Livingston in Gang kommt.«

»Wie Sie wünschen«, erwiderte Emma, nachdem sie hektisch den Bissen in ihrem Mund hinuntergeschluckt hatte. Sie musste husten und griff zur Tasse Tee, die Miss Darlington ihr eingeschenkt hatte.

»Beim letzten Mal hat Anthea neben ihm gesessen und den ganzen Abend nicht mehr als drei Worte mit ihm gewechselt. Er muss mein Kind für einfältig halten.«

»Aber Mutter, ich wusste einfach nicht, was ich groß erzählen soll. Wir haben nichts gemeinsam.«

»Unsinn. Es geht nicht darum, was du erzählst. Männer reden gern von sich selbst, aber sie brauchen dafür den ein oder anderen Anstoß. Nicht wahr, Miss Smart?«

Emma, die von der Trompe-l'œil-Malerei an den Wänden abgelenkt gewesen war, hielt es nicht für schlau, wahrheitsgemäß zu antworten, dass sie keinerlei Ahnung hatte, was Männer im Allgemeinen taten, da der einzige Gentleman, mit dem sie sich in den letzten Jahren ausführlicher unterhalten hatte, ihr Vormund war. Und mit ihm hatte sie, wenn es nicht um Shakespeares Werke oder die alten Römer ging, vornehmlich über Schnupftabakdosen geredet.

»Vielleicht wäre es gut, ein Thema zu finden, das beide

Gesprächspartner interessiert«, schlug Emma vor. »Sie hatten gesagt, Mister Livingston wäre an Büchern interessiert, Lady Darlington?«

»Er ist sehr stolz auf die Bibliothek von Seymore House, die sein Vater vor vielen Jahren angelegt hat«, erwiderte die Lady. »Er hat mir schon oft angeboten, mir etwas auszuleihen, aber warum soll ich Stunden über Stunden mit Büchern zubringen, wenn ich Zeitschriften so viel schneller lesen kann?«

Emma blieb ihr eine Antwort schuldig und wandte sich an die Tochter. »Wie sieht es mit Ihrer Leseliste aus, Miss Darlington?«

»Ich lese nicht so viel.«

»Was ist denn Ihr Lieblingsroman?«

»Ich weiß nicht.«

»Es gibt einen Unterschied zwischen vornehmer Zurückhaltung und gemeiner Sprödigkeit«, warf Lady Darlington ihrer Tochter vor. »Hilf Miss … Hilf deiner Gesellschafterin gefälligst weiter.«

»Entschuldige, Mutter.«

Emma bekam Mitleid mit der jungen Frau.

»Wie sieht es denn mit einem Artikel aus einer Zeitschrift aus, der Sie zuletzt interessiert hat?«, fragte sie, um Miss Darlington eine Brücke zu bauen.

Anthea blickte unsicher zu ihrer Mutter, bevor sie antwortete. »Ich habe über ein neues Kleid von Prinzessin Charlotte gelesen. Der untere Rock ist leuchtend blau, mit goldenen Ornamenten verziert, darüber wird ein gerafftes magnolienfarbenes Kleid mit ebensolchen Ornamenten getragen und goldene Troddeln dazu ...«

Lady Darlington rührte mit einem Löffel laut klirrend in ihrer Porzellantasse herum, so dass ihre Tochter verstummte. »Komm gar nicht auf die Idee, Mister Livingston mit Mode zu langweilen. Männer wollen Frauen in schönen Kleidern sehen und nicht darüber sprechen.«

Miss Darlington senkte den Blick.

»Ich kann nicht verstehen, warum du dich so anstellst, Anthea.«

»Entschuldige, Mutter.«

»Miss ...«

»Smart«, half Emma aus.

»Genau. Miss Smart muss denken, ich hätte deine Erziehung vernachlässigt. Sag die Mitglieder der Königsfamilie auf, nun komm schon, Anthea.«

Die Tochter fügte sich.

»König Georg der Dritte, seine Gattin Königin Charlotte, geborene von Mecklenburg-Strelitz. Die Prinzen George Augustus Frederick, Frederick Augustus, William Henry, Edward Augustus, Ernest Augustus, Augustus Frederick und Adolphus Frederick«, zählte Anthea mit einer Ernsthaftigkeit auf, die Emma berührte. »Sowie die Prinzessinnen Charlotte Augusta Mathilda, Augusta Sophia, Elizabeth, Mary, Sophia Matilda und Amelia. Und nicht zu vergessen Octavius und Alfred, Gott hab sie selig.«

Emma dachte bei sich, dass es Mister Livingston unmöglich interessieren könne, wie viele Sprösslinge der Königsfamilie den Namen Augustus oder Augusta trugen, doch Anthea sah so erleichtert aus, als sie die Namen aufgezählt hatte, dass Emma aufmunternd lächelte.

»Sie haben eine sehr schöne Stimme, Miss Darlington.«

Sie wusste noch nicht, wie sie es anstellen sollte, aber im Gespräch mit Lord Livingston musste es ihr irgendwie gelingen, das Gespräch auf die Prinzen und Prinzessinnen zu bringen, so dass Anthea brillieren konnte. Vielleicht gab es eine glückliche Fügung, und Mister Livingston suchte gerade nach Namen für einen Wurf Welpen, die mit dem Buchstaben A beginnen sollten.

Kapitel 6

Der Nachbar Mister Livingston war erstaunlicherweise gar nicht alt, sondern ein junger Mann, der die dreißig kaum überschritten haben konnte. Darüber hinaus war seine Erscheinung sogar recht angenehm, wie Emma feststellte, als sie zu seiner Linken Platz nahm. Anthea saß zu seiner Rechten. Ihnen gegenüber waren Mister Beauchamp und Frances platziert. Am Kopfende des Tisches thronte Lady Darlington und belegte den Dandy mit Beschlag. Sie lachte über die Anekdoten ihres Gastes.

»Ich bin froh, dass Sie meine Einladung so überraschend angenommen haben, Mister Beauchamp«, sagte sie. »Ich dachte schon, dass Sie die Vergnügungen Londons unserer überschaubaren kleinen Gesellschaft gegenüber vorziehen.«

»Nicht doch, Lady Darlington, wie konnte dieser Eindruck nur entstehen? Im Gegenteil, die Ablenkungen der Stadt werden schnell langweilig. Nichts geht über eine vertraute Runde unter Freunden, nicht wahr?«

Er sah sich um. Anthea wusste offenbar nicht, was sie darauf erwidern sollte, und fing an, die gut gewürzte weiße Suppe zu schlürfen, die ihnen aufgetischt wurde.

Emma griff zu den gebratenen Wachteln und versuchte, herauszufinden, was Mister Livingston im Allgemeinen interessierte. Tatsächlich leuchteten seine Augen auf, als er begann, über seine Beagle-Zucht und die Jagd zu sprechen. Kurz entspann sich ein Dialog über den üppig mit Speisen bedeckten Tisch hinweg, da Mister Livingston annahm, dass Mister Beauchamp der Jagd gegenüber ebenso zugetan sei wie er. Doch der Dandy erstaunte.

»Sosehr ich das Vergnügen empfinde, Tiere zu verspeisen, das Vergnügen, sie totzuschießen, erschließt sich mir nicht«, erklärte er, während er einen Schluck von seinem Wein nahm.

Mister Livingston verschluckte sich beinahe an seinem Wein und hustete. »Es ist ein ganz ehrenwerter Sport.« Kopfschüttelnd fuhr er fort: »Ich hätte nicht gedacht, dass es auf dieser Welt einen Gentleman geben könnte, der anders darüber denkt.«

»Es gibt so viele Sportarten, Cricket zum Beispiel, bei denen ich mich vortrefflich unterhalten kann«, erwiderte Mister Beauchamp, der nun mit einem Messer Geflügelfleisch von den Knochen teilte. »Wozu sollte ich dann einen Sport wählen, bei dem ich töte?«

»Ich kann mir gar nicht vorstellen, einem Tier in die Augen zu sehen und ihm das Leben zu nehmen«, sagte Anthea, bevor sie ihre Wachtel verzehrte.

Lady Darlington öffnete den Mund, um etwas zu erwidern, doch Frances kam ihr zuvor.

»Es ist sicher aufregend, im Wald auf der Lauer zu liegen, um im richtigen Moment abzudrücken.«

»Sehr aufregend«, pflichtete Mister Livingston ihr bei. »Ein Mann ist von der Natur dazu erschaffen worden, das Fleisch zu erlegen, das seine Sippe ernährt.« Dabei blickte er abschätzend zu Mister Beauchamp, der sich jedoch keineswegs herausgefordert zu fühlen schien.

»In der Tat«, pflichte er bei, nachdem er in aller Ruhe den Mund mit seiner Damastserviette abgetupft hatte. »Der natürliche Mann hat sein Essen selbst gejagt, aber er trug dabei auch nichts anderes als ein Fell. Das eine hat sich in meinen Augen wie das andere für den modernen Mann erledigt, der Samt mit Seidentüchern kombiniert.«

Emma blickte zu Mister Livingston in seinem grünen Samtjackett und fragte sich, ob dieser sich nun seinerseits provoziert fühlen könnte. Tatsächlich war seine Hautfarbe ins Pinke gewechselt.

»Es muss aufregend sein, nur mit einem Fell bekleidet durch den Wald zu schleichen«, meldete sich Frances wieder zu Wort und entkrampfte damit unbeabsichtigt die Situation, denn Mister Beauchamp fing zu lachen an. Anthea stimmte ein, und sogar Mister Livingston musste schmunzeln.

Nur Lady Darlington war nicht amüsiert.

»Es würde sich für eine junge Frau deines Standes wohl kaum ziemen, Frances. Fell trägt man als Mantelfutter und nirgendwo sonst. Du kommst auf Ideen, da frage ich mich, woher du sie hast. Es muss an diesen Romanen liegen, die du liest.«

Hastig nahm Emma dies zum Anlass, um Mister Livingston nach seiner Bibliothek zu fragen. »Ich habe gehört, dass sie beeindruckend sein soll.«

»Doch, ja, es sind viele Bücher darin.«

»Miss Darlington interessiert sich sehr für Bibliotheken. Und Bücher«, warf Emma ein.

»Tatsächlich? Lesen Sie viel, Miss Darlington?«

Emma atmete auf, erleichtert darüber, dass es ihr gelungen war, die beiden miteinander ins Gespräch zu bringen. Allerdings sorgte Anthea mit ihrer Antwort dafür, dass das Gespräch schon wieder verebbte. »Ein wenig.«

»Ah. Schön. Ja.« Mister Livingston nahm eine dicke Scheibe vom aufgetragenen Schinken.

»Miss Darlington hat natürlich auch anderes zu tun«, warf Emma ein, dabei wusste sie nicht viel über die junge Frau. »Sie übt jeden Tag am Pianoforte, um ihr Spiel zu verbessern.«

»Ich freue mich auf Miss Darlingtons Musikdarbietungen nach dem Essen«, mischte sich Mister Beauchamp ein. »Ihre Mutter hat mir von Ihrer Stimme vorgeschwärmt.«

»Habe ich das?« Lady Darlington wirkte überrascht. Ihre Tochter errötete zwar, lächelte aber über das Kompliment.

Emma musterte Mister Beauchamp kritisch. Es kam

ihr vor, als beabsichtigte er, mit der ältesten Tochter des Hauses zu flirten, auch wenn Lady Darlington offensichtlich bestrebt war, sich seine Aufmerksamkeit zu sichern.

»Sie hatten sicher schon das Vergnügen, Miss Darlington spielen und singen zu hören«, sprach Emma Mister Livingston in dem Versuch an, die Unterhaltung zwischen ihm und Anthea wieder aufleben zu lassen.

»In der Tat. Sie spielt und singt wirklich schön.« Mister Livingston klang wohlwollend, aber keineswegs so enthusiastisch, wie er zu Beginn des Essens über seine Zuchthündin geredet hatte.

»Sind Sie sehr an Musik interessiert?«, fragte Emma.

»Doch, Musik kann ganz unterhaltsam sein.«

Es war augenscheinlich, dass Mister Livingston Anthea genauso viel Interesse entgegenbrachte wie sie ihm. Nämlich keines. Beim Dessertwein verstummten Emma, Lord Livingston und Miss Darlington, nur Mister Beauchamp plauderte angeregt mit Lady Darlington, und Frances gab ab und an ihre Meinung zu den Themen kund. Die Stimmen begannen, in Emmas Kopf zu dröhnen. Am liebsten hätte sie sich zurückgelehnt, doch sie erinnerte sich an ihre neue Stellung als Gesellschafterin und die damit verbundenen Aufgaben, riss sich zusammen und versuchte einen weiteren Anlauf.

»Reisen Sie des Öfteren nach London, um sich zu unterhalten?«, fragte sie Mister Livingston.

»Nicht so oft.«

»Dann sorgen Sie sicher für viel Unterhaltung in Ihrer Nachbarschaft?«

Seine Augen leuchteten auf. »In der Tat. Ich nehme die Verpflichtungen meiner Stellung sehr ernst und lade meine Nachbarn regelmäßig zur Jagd ein.«

Während Emma in dieser Manier weiterfragte, belauschte sie mit halbem Ohr das Gespräch, das Mister Beauchamp mit Lady Darlington führte. Dabei legte die Lady ihre Hand auf den Arm des Dandys, doch wo Susanna Honeyfield vorsichtig versucht hatte, auszuloten, wie weit sie gehen durfte, machte die Lady keinen Hehl daraus, dass sie die Aufmerksamkeiten Mister Beauchamps nicht nur erwünschte, sondern erwartete.

»… außer der Ruine lasse ich noch ein orientalisches Teehaus bauen. Da kann man an der frischen Luft sitzen, ganz natürlich«, erzählte die Lady. »Ich kann mich nur nicht festlegen, wo es hin soll. Ich dachte erst an das Ufer des Sees, aber da sind so viele Mücken.«

»Die Natur ist das einzige Manko am Natürlichen«, bemerkte Mister Beauchamp, und Emma konnte sich nicht entscheiden, wie ernst es ihm wirklich war. Schließlich hatte sie nicht den Eindruck, als nehme er überhaupt etwas im Leben ernst.

»Warum probieren wir nicht einfach bei einem spritzigen Wein und ein paar leckeren Sandwichs und Törtchen aus, wo der beste Platz für den Teepavillon ist?«, schlug er vor.

»Eine ganz phantastische Idee!« Lady Darlington

klatschte in die Hände. »Wir werden morgen ein Picknick veranstalten. Mister Livingston, ich rechne fest mit Ihrer Anwesenheit. Wir essen unter freiem Himmel. Ganz einfach und natürlich. Wie Bauersleute.«

Das angekündigte Picknick fand unter einer Zeltplane statt, und der Himmel schien noch unschlüssig in der Entscheidung, ob diese vor Nieselregen oder Sonne schützen sollte. Der Tisch war mit Damast, Porzellangeschirr und Kristallgläsern eingedeckt. Diener mit weißen Handschuhen trugen das Essen unter Silberhauben auf. Eine Schar Spatzen versuchte derweil, die Krümel aufzupicken, wurde aber von dem Mops mit lautem Gekläff verscheucht.

»Nicht, Muzzle, lass die dreckigen Vögel!«, rief Lady Darlington ihren Hund zurück. Doch als die Spatzen kurz darauf zurückkehrten, begann das laute Spektakel von vorne. Es wollte keine richtige Unterhaltung aufkommen, denn die vorwitzigen Vögel tauchten immer wieder auf. Immerhin amüsierten sich Frances und Mister Beauchamp köstlich darüber.

»Aus«, kommandierte Mister Livingston schließlich energisch. Der Hund verstummte einen Augenblick, begann jedoch bald darauf umso lauter zu bellen.

»Ich sagte ›Aus‹«, wiederholte der Nachbar mit Nachdruck. »Sitz!«

Er stand auf, packte den Mops im Nacken und versuchte, ihn zum Sitzen zu bewegen.

»Nicht, Mister Livingston! Sie tun dem armen Muzzle weh«, beschwerte sich Lady Darlington sogleich. Sie drückte einem Dienstboten ihren bestickten Parasol in die Hand und nahm den Hund auf den Schoß, von wo aus er den Nachbarn so lange empört ankläffte, bis er heiser wurde. Emma bekam den Eindruck, als wäre Muzzles Besitzerin ebenso entrüstet von der Behandlung ihres Lieblings wie dieser selbst.

»Ich liebe das einfache Leben«, sagte Lady Darlington nach einer Weile, um die Unterhaltung wieder in Gang zu bringen. »Ist das einfache Leben nicht herrlich …« Sie suchte nach dem richtigen Wort.

»… einfach?«, kam ihr Mister Beauchamp mit einem ironischen Lächeln zu Hilfe.

»Genau«, bestätigte die Lady. »Einfach.«

»Vor allem für die Tagelöhner auf den Feldern«, knurrte Frances, die neben Emma saß, allerdings so leise, dass alle vorgeben konnten, sie hätten nichts gehört. Sie nippten an ihren Weinkelchen und blickten in die Landschaft des Parks hinaus.

»Ich wäre eine hervorragende Bäuerin geworden«, erklärte Lady Darlington im Brustton der Überzeugung. »Wenn ich von niedrigem Stand wäre. Ich stelle es mir ganz reizend vor, mit niedlichen Lämmchen auf den mit Blumen bewachsenen Feldern zu wandeln. Mister Livingston, können Sie mir nicht von einer ihrer Farmen ein paar Lämmchen schicken? Mit blauen Schleifen um den Hals? Sie werden sich zusammen mit den weißen Pfauen wunderbar in der Landschaft machen.«

»Mit Vergnügen, Lady Darlington. Ich werde Ihnen die Lämmer mit den Mutterschafen bringen lassen.«

»Muss das sein? Große Schafe sind viel zu ungepflegt.«

Als Frances daraufhin ihr Prusten mithilfe einer Serviette zu ersticken versuchte, musste auch Emma auflachen. Lady Darlington blickte fragend zu ihr.

»Mir steckt ein Krümel im Hals.«

Emma hustete demonstrativ. Anthea klopfte ihr hilfsbereit auf den Rücken. Die Dienstherrin wandte ihre Aufmerksamkeit wieder den beiden Gentlemen zu. »Ob ich den Hügel dort hinten weiter nach rechts verschieben lasse, was denken Sie, Mister Beauchamp?«

Emma lehnte sich im Stuhl zurück. Sie fühlte sich ein wenig betrunken, da sie noch nie zuvor Schaumwein getrunken hatte, und es war ein angenehm leichtes Gefühl.

»Wo kommen Sie her?« Frances beugte sich zu ihr. »Was macht Ihre Familie?«

Emma wurde traurig, als sie an ihren Onkel im Schuldnergefängnis dachte. Sie konnte nur hoffen, dass ihn die Schnupftabakdose und ihre regelmäßigen Briefe etwas aufmunterten.

»Ich wurde in der Nähe von Bath geboren«, fing sie an, »aber ich habe die längste Zeit meines Lebens an der Grenze zu Devon gelebt. Bei meinem Vormund Mister Thomas Ramsbury, da ich Waise bin.«

»Sie Glückliche!«, entfuhr es Frances, die auf ihrem Stuhl herumkippelte. »Ich bin nur Halbwaise.«

»Franny! Wie kannst du so etwas sagen?«, wurde sie von ihrer älteren Schwester ermahnt.

»Stell dir doch mal vor, du könntest tun und lassen, was du wolltest«, insistierte Frances. »Du wärst völlig frei und müsstest nicht nett zu ein paar alten Männern sein, nur weil du reich heiraten sollst.«

»Sprich nicht so laut! Wenn Mutter dich hört! Und Mister Livingston ist nicht alt«, widersprach Anthea.

»Er ist uralt. Schon über dreißig«, beharrte Frances auf ihrem Punkt.

»Neunundzwanzig«, korrigierte die Schwester.

»Sag ich doch. Uralt. Und dann spricht Mister Livingston den ganzen Tag lang nur über seine Hunde. Ich liebe Hunde, außer Muzzle, der ist die Pest, aber …«

»Reden Sie über mich?«, erkundigte sich Mister Livingston von der anderen Seite des Tisches her.

Anthea lief rot an, und auch Frances schien verlegen.

»Wir haben von Ihrer beeindruckenden Bibliothek gesprochen«, warf Emma geistesgegenwärtig ein.

Charles Livingston lächelte zufrieden. »Mein Vater hat sie zusammengestellt. Die größte Bibliothek Somersets, wenn nicht von ganz Südengland.«

»Haben Sie die Bibliothek von Seymore House schon gesehen, Miss Darlington?«, wandte Emma sich an Anthea, da Lady Darlington sie auffordernd anblickte.

»Noch nicht«, erwiderte Anthea desinteressiert.

»Bibliotheken sind ein wahres Wunder. Sie quellen nur so über von Wissen und Geschichten.«

Emma sah eine Bibliothek vor sich. Tausende von ledergebundenen Büchern, die nur darauf warteten, aufgeschlagen, gelesen und geliebt zu werden.

»Könnten Sie uns nicht einmal Ihre berühmte Büchersammlung zeigen?«, fragte sie Charles Livingston.

»Aber gern«, versicherte dieser. »Sie sind jederzeit herzlich eingeladen.«

»Das wäre äußerst freundlich, Mister Livingston. Es geht für mich nichts über die Lektüre eines guten Buches«, sagte Emma und freute sich.

»Dann kommen Sie doch gleich morgen vorbei und suchen sich eins aus«, bot er an.

»Das Angebot nehmen Miss Darlington und ich gerne an«, erklärte Emma. Anthea sah im Gegensatz zu ihr wenig begeistert aus.

»Wir haben selber Bücher«, warf Frances ein. »Warum liest du nicht erst mal eines davon, Anthea?«

Rasch wechselte Emma das Thema. »Machen Sie mit Miss Darlington und mir einen Spaziergang, Mister Livingston?«

»Wenn Sie erlauben, Lady Darlington?«

»Mir ist es zu schwül, aber gehen Sie nur«, winkte die Lady ab. »Ich bleibe mit Frances hier.«

»Ich will auch spazieren, Mutter«, beschwerte sich die Jüngste. »So heiß ist es gar nicht, man kann die Sonne nicht mal richtig sehen.«

Während Frances noch mit ihrer Mutter zankte, bot Mister Livingston Anthea seinen Arm an, doch Mister Beauchamp war ihm zu Emmas Unmut zuvorgekommen. Daher nahm Mister Livingston stattdessen Emmas Arm. Die vier schickten sich an, in Richtung des großen Teichs zu wandern.

»Anthea, du ruinierst deinen Teint. Nimm den Parasol mit«, rief ihnen Lady Darlington nach. Emma kehrte in ihrer Rolle als Gesellschafterin um, holte den Schirm, spannte ihn auf und reichte ihn Miss Darlington. Dann setzten sie den Weg fort. Während Mister Livingston schwieg, fing Mister Beauchamp an, über die Vergnügungen Londons zu erzählen.

»Vauxhall Pleasure Gardens würden Ihnen gefallen, Miss Darlington. Musik für jeden Geschmack, Statuen, Bilder, Wasserfontänen und Laternenlichtspiele, wenn es dunkel wird.« Anthea hörte ihm interessiert zu.

»Wann waren Sie zuletzt in London, Mister Livingston?«, versuchte Emma, ihn in die Unterhaltung mit einzubeziehen.

»Ich bin selten in der Stadt. Was soll man da außerhalb der Ballsaison schon groß machen? Nach ein paar Wochen bin ich jedes Mal froh, wieder auf dem Land zu sein.«

Mister Beauchamp lachte ihn aus. »›Was soll man in einer Stadt wie London schon groß machen?‹ Sie sind ein Witzbold. Theater, Ausstellungen, Parks, Bierhäuser … Man könnte sich Jahre dort aufhalten und würde trotzdem immer noch neue Ecken und Menschen kennenlernen.«

»Die Menschen, die es wert sind, dass man sie kennt, reisen doch nach der Saison gleich wieder ab«, widersprach Mister Livingston. »Ich ziehe die Gesellschaft in Somerset der Stadt vor.«

»Wartet auf mich!«, rief Frances, die ihnen nachgerannt war. »Mutter redet mit dem Verwalter, da hab ich mich schnell verdrückt«, sagte sie leiser an Emma gewandt.

»Ich wünschte, ich könnte London einmal sehen«, seufzte Anthea derweil und ließ ihren Blick in die Ferne schweifen.

»Und ich wünschte, ich könnte überhaupt mal was anderes sehen als das hier«, mischte sich Frances ein, wurde von ihrer Schwester aber übergangen.

»London muss phantastisch sein«, meinte Miss Darlington mit einem wehmütigen Unterton.

»Das ist es«, bestätigte Mister Beauchamp. »Aber warum hat Ihre Mutter Sie nicht längst bei einem Debütantinnenball der Londoner Gesellschaft vorgestellt?«

»Ich weiß nicht«, gab Anthea zu. Emma wunderte sich ebenfalls darüber.

Miss Darlington und Mister Beauchamp unterhielten sich weiterhin angeregt, hin und wieder unterbrochen von Frances, während Mister Livingston und Emma den Spaziergang überwiegend schweigend zurücklegten. Der Nachbar machte es ihr schwer, ein Gesprächsthema zu finden. Auf ihre Fragen antwortete er einsilbig und begann seinerseits keinerlei Konversation. Vielleicht war er einfach schüchtern. Emma sagte sich, wie viel sympathischer dies war als der oberflächliche Charme des Dandys und seine ständigen Flirtereien, mit denen er Anthea bedachte, während sie um einen See gingen, auf dem ein Schwan einen Schwarm Enten jagte.

»Warum machen wir keine Bootspartie?«, schlug Mister Beauchamp vor, als sie an einem Steg vorbeikamen, an den zwei Ruderboote festgebunden waren.

»Eine sehr gute Idee«, erwiderte Emma. »Mister Livingston, wenn Sie so freundlich wären und mit Miss Darlington …«

Sie brach ab, weil Mister Beauchamp Anthea schon seine Hand gereicht hatte, um ihr in eines der beiden Boote zu helfen. Kurz darauf löste er den Knoten des Seiles und stieß in Windeseile das Boot vom Ufer ab.

Kapitel 7

»Nehmt mich mit!«, rief Frances. Beleidigt blickte sie ihrer Schwester und Mister Beauchamp nach, die sich in ihrem Ruderboot beständig vom Ufer entfernten. »Ich will auch Boot fahren.«

»Mister Livingston?«, bat Emma den Nachbarn.

Er nickte, und mit seiner Hilfe kletterten sie und Frances in das zweite Boot. Emma klammerte sich an seine Hand, als der Untergrund zu schwanken begann, und war froh, sich setzen zu können. Misstrauisch beäugte sie das mit Teichlinsen dicht bedeckte Wasser. Nachdem Mister Livingston das Seil gelöst und die Ruder ins Wasser getaucht hatte, waren Mister Beauchamp und Anthea bereits ein ganzes Stück voraus. Es schien Emma, als lege sich der Dandy besonders ins Zeug, während Mister Livingston die Ruder ausgesprochen langsam durch das Wasser gleiten ließ.

»Geht es nicht ein wenig schneller?«, fragte sie.

»Ich habe mir bei der letzten Fasanenjagd die Schulter geprellt«, erklärte er.

Emma sah zu, wie sich das Boot mit Mister Beauchamp und Anthea immer weiter entfernte. Wenn Lady Darlington dies mitbekäme, würde sie zornig werden.

»Lassen Sie mich rudern«, forderte Emma den Gentleman auf.

»Wie? Ich soll mich zurücklegen, während Sie die Arbeit machen?«

»Es sieht uns ja niemand«, versicherte sie.

Mister Livingston überlegte erst eine Weile, dann willigte er ein. Als sie die Plätze tauschten, geriet das Boot in heftige Schieflage. Frances kicherte.

Emma wedelte mit den Armen, und schon im nächsten Augenblick landete sie im Wasser. Als ihr Kopf untertauchte und ihr vollgesogenes Kleid sie nach unten zog, bekam sie es mit der Angst zu tun. Das letzte Mal war sie mit ihrem Vater geschwommen, als sie sechs Jahre alt gewesen war. Sie strampelte wild mit Armen und Beinen und schaffte es so, den Kopf wieder an die Wasseroberfläche zu befördern. Panisch rang sie nach Luft und versuchte, nach den Rudern zu greifen, um sich daran festzuhalten. Frances schrie auf Mister Livingston ein: »Tun Sie doch etwas!«

Der zog sein Jackett aus und machte sich daran, sich seiner Stiefel zu entledigen, als es ein Stück entfernt einen weiteren Platsch gab und Mister Beauchamp auf Emma zuschwamm. Eine Ente stob schnatternd vor ihm davon. Mittlerweile hatte Emma es geschafft, sich an den Rand des Bootes zu klammern. Mit Frances' Hilfe wuchtete sie sich ins Trockene. Triefend nass kauerte sie sich auf einen Sitz. Mister Livingston sah sie erleichtert an.

»Ich hatte mir schon Sorgen gemacht«, sagte er.

»Danke. Es ist wohl besser, wir drehen um«, erwiderte sie und dachte an den jämmerlichen Anblick, den sie bieten mochte. Sie blickte verlegen über ihre Schulter zu Mister Beauchamp, der mit schnellen Schwimmzügen zu dem Boot zurückkehrte, in dem Anthea auf ihn wartete. Verschämt über ihren Zustand ließ Emma sich von Mister Livingston zum Ufer zurückrudern. Wenigstens war es Anfang Juni und bereits warm, so dass sie nicht fror. Sie konnte nur hoffen, dass Lady Darlington nichts von der Eskapade mitbekommen hatte, sondern noch mit ihren Vorstellungen vom einfachen Landleben beschäftigt war.

Am Ufer lehnte Emma das Jackett ab, das Mister Livingston ihr anbot, obwohl sie bis auf das Unterkleid hin durchnässt war, aber sie wollte es nicht ruinieren. Das Wasser des Sees hatte ihr helles Kleid mit kleinen Teichlinsen besprenkelt, die wie grüne Tupfen aussahen. Zudem klebte der Stoff an ihrem Körper. Ihre hochgesteckte Frisur hatte sich aufgelöst, und die Haare fielen ihr auf die Schulter. Sie war sich bewusst, was für ein anstößiges Bild sie abgab. Dennoch wartete sie, bis auch das zweite Boot zurückkehrte, denn unter keinen Umständen durfte Emma Miss Darlington aus den Augen lassen.

»Vielleicht will Mister Beauchamp Anthea heiraten?«, überlegte Frances laut. »Dann könnte er uns mit nach London nehmen.«

Emma warf Mister Livingston einen erschrockenen

Blick zu, doch er hatte ihr den Rücken zugedreht, so dass sie nicht ausmachen konnte, was er von dieser Vermutung hielt.

»Ich frage mich«, begann er, »ob es der richtige Zeitpunkt ist. Nein, vielleicht warte ich besser noch.«

»Womit?«, hakte Emma angespannt nach, während sie beobachtete, wie Mister Beauchamp an Land sprang und Anthea galant beim Aussteigen half. Als sie längst auf trockenem Boden war, hielt er noch immer ihre Hand fest. Er hatte sein Jackett ausgezogen, bevor er ins Wasser gesprungen war, und nun offenbarte das auf der Haut klebende Hemd seine athletische Gestalt.

»Mit der Einladung zur Fasanenjagd«, beantwortete Mister Livingston ihre Frage, die Emma längst vergessen hatte, so sehr war ihre Aufmerksamkeit auf Mister Beauchamp gerichtet. Der beugte sich vor und flüsterte Anthea etwas ins Ohr, was diese erröten ließ. Emma ignorierte Mister Livingston, als er von der geplanten Jagd zu erzählen begann, und ging auf Anthea zu.

»Kommen Sie, Miss Darlington, Ihre Mutter wartet mit dem Tee, und ich muss mich dringend umziehen«, drängte sie sich zwischen die junge Frau und Mister Beauchamp. »Mister Livingston, wenn Sie so nett wären und Miss Darlington Ihren Arm anbieten würden? Sie ist sicher von der Aufregung ganz erschöpft.«

»Ich glaube, durch das Rudern ist meine Schulter wieder schlimmer geworden«, erwiderte er.

»Nehmen Sie die andere Seite«, insistierte Emma.

»Aber, aber …«, mischte sich Mister Beauchamp ein. »Sie wollen doch nicht, dass der arme Mister Livingston noch größere Schmerzen erleidet. Selbstverständlich werde ich Miss Darlington stützen.«

Er wollte wieder den Platz an Antheas Seite einnehmen.

»Sie machen sie nur nass«, sagte Emma hastig. »Ich fühle mich nach dem Schrecken im See plötzlich ganz benommen. Wenn Sie mir bitte Ihren Arm reichen würden?«

Ohne auf seine Antwort zu warten, hakte sie sich bei Mister Beauchamp unter.

»Mit Vergnügen«, erwiderte er mit einem süffisanten Lächeln. »Ich habe übrigens immer noch einen Arm frei, wenn Miss Darlington …«

»Miss Frances braucht ein wenig Halt nach dem ganzen Schock«, behauptete Emma nun.

»Mir geht's aber …«, setzte Frances an, doch Emma trat ihr auf den Fuß.

»Autsch!«, schrie das Mädchen auf.

»Mister Beauchamp …«, forderte Emma ihn auf.

»Sehr gerne. Miss Frances?« Er grinste Emma unverhohlen an, während er dem Mädchen seinen freien Arm anbot. »Ich hoffe, Sie machen sich nichts aus ein paar toten Wasserläufern, die sich bei meinem heldenhaften Rettungsversuch an mir verfangen haben.«

Alles an ihm offenbarte das Amüsement, das er aus der ganzen unglückseligen Angelegenheit zog. Emma spürte einen immensen Widerwillen gegen ihn aufsteigen, doch ihr blieb nichts anderes übrig, als an seinem Arm zurück zum Haus zu gehen. Es kam ihr vor, als verlangsamte er seine Schritte auch noch.

Anthea und Mister Livingston liefen ihnen voraus. Wenigstens diesen Nebeneffekt hatte Emmas unfreiwilliges Bad im Teich gehabt. Sie hoffte, dass die beiden darüber genug Stoff für eine Unterhaltung finden würden.

»Warten Sie, Miss Smart, wissen Sie eigentlich, dass Sie mir sehr bekannt vorkommen?«, sagte Mister Beauchamp, als sie das Haus endlich erreicht hatten und Emma seinen Arm losließ. Sie erschrak und fragte sich, ob er sie doch aus dem Theater wiedererkannt hatte. In diesem Augenblick machte sich Frances ebenfalls frei und sprang unbekümmert die Treppenstufen zur Terrasse hoch.

»Wie schön, dass Miss Frances' Schock so schnell verflogen ist«, sagte Mister Beauchamp mit seinem überheblichen Lächeln, das Emma verabscheute. Dennoch konnte sie nicht verhindern, dass ihr das Blut in den Kopf stieg.

»Ich denke, dass es sich wohl gehört, mich für Ihren Rettungsversuch zu bedanken«, erwähnte sie. »Auch wenn ich mich eigentlich selber gerettet habe.«

»Sie wollen mir die Rolle des Helden partout nicht zugestehen, habe ich recht?«, sagte er, beugte sich zu ihr und fuhr ihr mit den Händen durch die Haare. Sein Gesicht war dem ihren ganz nah. So nah, dass sie die Form eines Muttermals auf seiner Wange erkennen konnte.

Emma hielt unwillkürlich die Luft an. Da zog er die Hand schon wieder zurück.

»Das hier hatte sich in Ihren Haaren verheddert.« Er hielt eine Alge zwischen seinen Fingern. »Ein gründliches Bad würde Ihnen sicher nicht schaden.«

Als Emma gebadet und umgezogen in Lady Darlingtons Schlafzimmer trat, saß diese vor einem großen Spiegel und ließ sich von ihrer Zofe die Haare kämmen, während sie dem Dienstmädchen etwas in die Hand drückte, das für Emma wie Schmuck aussah.

»Sag dem Gutsverwalter, das muss reichen.« Dann bemerkte sie Emma. »Was gibt es denn?«

»Ich weiß nicht, wie ich es sagen soll, Lady Darlington, aber ... Es ist möglich, dass Mister Beauchamp ein Interesse für Ihre Tochter entwickelt hat.«

»Gewiss. Er ist mein Gast und zeigt sich meinen Kindern aufmerksam gegenüber.«

»Es ist eher ... Er hegt gewisse Absichten.«

»Was für Absichten? Zieh mir nicht so an den Haaren, Betty.«

»Es scheint, als würde Mister Beauchamp um Miss Darlington werben«, brachte Emma verlegen hervor. »Und ich glaube, dass er es nicht aus Liebe tut. Er versucht, alle möglichen Frauen um den Finger zu wickeln.«

Endlich war es heraus. Sie hoffte nur, Lady Darlington würde sie nicht danach fragen, wie genau sie zu dieser Einschätzung gekommen war.

»Miss Smart, ein Mann wie Mister Beauchamp liebt es, charmant zu sein. Das liegt in seiner Natur. Aber ganz sicher interessiert er sich nicht wirklich für ein unerfahrenes junges Mädchen wie Anthea.« Lady Darlington sah belustigt aus. »Seine Aufmerksamkeiten für sie sind als Kompliment für mich gemeint.«

Emma überlegte, ob sie es wagen durfte, ihr zu widersprechen. »Und wenn er doch Absichten hegt?«

»Selbst wenn es so wäre ... Das kann er sich gar nicht leisten. Machen Sie sich keine Gedanken darum, was Mister Beauchamp tut. Unternehmen Sie stattdessen lieber etwas, damit Mister Livingston Anthea endlich einen Antrag macht. Und nun können Sie sich zurückziehen.«

Damit beendete Lady Darlington das Gespräch. Emma ging, doch ihr Herz war in Aufruhr. Sie fühlte sich davon gedemütigt, wie eine Kupplerin behandelt zu werden. Sie fand die ihr zugewiesene Rolle entwürdigend. Aber wenn sie sich weigerte, würde dies mit Sicherheit ihre Entlassung nach sich ziehen, und das konnte sie nicht riskieren. Emma war so mit sich selbst und ihren Problemen beschäftigt, dass ihr erst viel später die Bemerkung Lady Darlingtons wieder einfiel, Mister Beauchamp könne sich ein Werben um Anthea gar nicht leisten. Sie fragte sich, was das zu bedeuten hatte.

»Die Bücherei hat mein Vater aufgebaut. Ich selbst verbringe nicht so viel Zeit hier drin«, sagte Mister Livingston, obwohl sich seine Erklärung angesichts der geschlossenen Fenster in der Bibliothek von Seymore House erübrigte.

Ein Diener öffnete die Fensterläden und ließ die sich schon reichlich sommerlich gebärdende Juniluft in den dunklen Raum. Die Bibliothek auf dem Anwesen Mister Livingstons war anders, als Emma sie sich ausgemalt hatte. Zwar gab es viele Bücher, darunter teilweise sehr alt und kostbar aussehende, aber sie machten nicht den Eindruck, als wären sie in den letzten zehn oder zwanzig Jahren aufgeschlagen worden. Ein Diener entzündete ein Feuer im Kamin, um die Feuchtigkeit in den Wänden zu vertreiben, die trotz des schönen Wetters tief im Gemäuer saß.

Anthea nahm auf einem Ledersessel vor dem Kamin Platz, spielte mit ihren Locken und trug kein Wort zur Unterhaltung bei. Emma war nur froh, dass Lady Darlington Mister Beauchamp an diesem Tag in Beschlag genommen hatte, so dass er sie nicht noch begleitet hatte.

Um von dem desinteressierten Verhalten Antheas abzulenken, nahm Emma einen Band von einem Tischchen.

»Wollen Sie sich das Buch ausleihen?« Mister Livingston trat neben Emma.

»Wenn ich darf.«

»Mit Vergnügen. Interessieren Sie sich für das Thema?«

Emma sah erst jetzt, dass sie ein Buch über Agrikultur gewählt hatte, und war angesichts der Kapitel über Kartoffeln, Düngung und Schimmelpilz reichlich enttäuscht, doch sie wollte sich ihrem enthusiastischen Gastgeber gegenüber, der ihr das Buch in wärmsten Tönen anpries, nichts davon anmerken lassen.

»Eine sehr empfehlenswerte Lektüre, wirklich sehr empfehlenswert. Mister Tollet beschreibt darin ausführlich die Vorteile für die Zucht von Merino-Schafen.«

»Oh, das klingt … informativ. Dürfte sich Miss Darlington denn einen Roman leihen?«, lenkte sie schnell ab.

»Selbstverständlich. Nehmen Sie so viele, wie Sie wollen. Ich lasse alle paar Jahre die wichtigsten Neuerscheinungen aus London kommen.« Er wies einladend zu einem Regal. Emma war von seiner Gastfreundlichkeit beeindruckt.

Sie zog einen der ledergebundenen Buchrücken heraus. Es war der Roman »Camilla« von Fanny Burney, eines ihrer Lieblingsbücher. Erstaunt bemerkte sie, dass die Seiten nicht einmal aufgeschnitten waren. Aus den gesammelten Shakespearschen Dramen mit Goldaufdruck wählte sie »Der Widerspenstigen Zähmung« aus. Staub wirbelte auf. Anthea hüstelte.

»Verzeihung. Ihre Finger werden noch ganz schmutzig.« Mister Livingston reichte Emma sein Taschentuch. Sie lächelte ihn an. Immerhin behandelte er sie nicht wie eine Dienstbotin, wie es Lady Darlington dann und wann tat, sondern wie eine Frau seines Standes.

»Wenn ich die Damen zum Tee bitten darf«, schlug er nun vor. Trotz der Spuren von Vernachlässigung kam Emma der Raum mit den unzähligen Büchern wie ein Paradies vor. Fast wurde sie traurig darüber, die Bibliothek schon wieder zu verlassen.

Der dargebotene Kuchen war köstlich, der Tee genau richtig, nicht zu stark und nicht zu schwach. Das hübsch eingerichtete Zimmer war im Gegensatz zur Bibliothek angenehm temperiert und bot durch die großen Sprossenfenster einen freien Blick auf den imposanten Springbrunnen vor dem Anwesen. Seymore House wirkte ausgesprochen komfortabel und erinnerte Emma ein wenig an ihr altes Zuhause, in dem sie mit dem Onkel gelebt hatte, auch wenn es nicht ganz so luxuriös gewesen war. Sie lehnte sich behaglich auf die Seidenkissen zurück und hörte ihrem Gastgeber zu, der über die lang zurückreichende Geschichte der Livingstons erzählte. Anthea unterdrückte dezent ein Gähnen.

»Das Fundament von Seymore House diente einmal einem Kloster. Mein Urgroßvater hat den Bau dieses Teils des Hauses 1699 in Auftrag gegeben«, führte Mister Livingston aus. »Mit den Fassaden mit Säulen, Statuen und Ornamenten war es eines der frühsten Barockgebäude hierzulande. Allerdings wurde der Westflügel erst unter meinem Großvater beendet.«

Während er redete, stellte sich Emma vor, wie er abends allein in der Bibliothek saß, an seinem Sherry nippte und langsam Seite für Seite seiner Lektüre umschlug, seine Jagdhunde zu Füßen. In ihrer Phantasie tauschte sie das Buch über Agrikultur in seinen Händen gegen ein Theaterstück von Aphra Behn aus. Dann fügte sie dem Bild noch eine Frau hinzu, ebenso konzentriert lesend. Die Lesende bekam in ihrer Vorstellung mehr und mehr Züge von Emma selbst, bis sie es war, die über ein aufgeschlagenes Buch hinweg zu Mister Livingston blickte und ihm ein Lächeln schenkte. Kein Mensch konnte in einer großen Bibliothek auf Dauer unglücklich sein.

In diesem Moment nahm sie das Geräusch von Antheas Schuhsohlen wahr, die auf das Parkett tappten, und sie errötete ein wenig.

»Möchten Sie noch einen Schluck Tee?«, bot Mister Livingston an.

»Danke, wir müssen nach Hause.«

Anthea stand bereits auf, während sie das sagte, verabschiedete sich freundlich, aber knapp von ihrem Gastgeber und ging zur Tür. Emma blieb nichts anderes übrig, als sich ihrerseits zu erheben und Antheas und ihre Bücher an sich zu nehmen, auch wenn sie den frühen Aufbruch bedauerte.

»Vielen Dank, dass Sie uns die Bücher leihen.«

»Dann kommen sie wenigstens mal an die Luft.«

Emma musste lachen. Es beeindruckte sie, dass Mister Livingston mit seinen Schätzen so großzügig umging.

Im alten Schulzimmer forderte Emma Anthea auf, ihr aus »Der Widerspenstigen Zähmung« vorzulesen. Sie war als Gesellschafterin eingestellt worden, um Miss Darlington Romane näherzubringen, daher würde sie genau das tun. Was die Kuppelei anging, so hoffte Emma, sie müsste gar nicht erst zu solchen Mitteln greifen, auch wenn ihr Schützling leider nicht den Eindruck machte, sonderlich von Mister Livingston hingerissen zu sein. Nicht einmal seine Bibliothek hatte sie beeindrucken können.

»Das Buch stinkt«, beschwerte sich Anthea. Emma schnüffelte an dem Band, der tatsächlich muffig roch.

»Wir geben nachher ein paar Tropfen Eau de Cologne darauf«, schlug sie vor. »Ihre Mutter bat mich, Ihnen Literaturkenntnisse zu vermitteln, also werden wir uns heute mit Shakespeare beschäftigen. Hier, lesen Sie diesen Abschnitt.«

Anthea gab sich geschlagen und begann zu lesen.

»›Was Ihr nicht tut mit Lust, verzeiht Euch nicht. Dein Vater wär ein Narr!‹«

»Gedeiht, nicht verzeiht«, verbesserte Emma.

»Ah, ja, gedeiht Euch nicht, richtig … ›Dein Vater wär ein Narr. Dir alles geben und in alten Tagen von deiner Gnade leben? Der Weiber Freundlichkeit, nicht schöne Augen, gewinnt mein Herz. Ein Weib wird bald zum Narren gemacht, wenn sie nicht Mut hat, sich zu widersetzen …‹ Ich verstehe das nicht, Miss Smart.«

»Lesen Sie einfach weiter.«

»›Unter faulen Äpfeln gibt's nicht viel Wahl. Niemand unterscheidet am Gesicht, wer Herr, wer Diener ist.‹ Wozu soll ich das lesen?«

»Weil Sie, wenn wir die Bücher wieder zurückbringen, Mister Livingston erzählen können, worum es geht.«

»Warum kann er mit seinem Geld nicht etwas Schöneres machen, als Bücher zu kaufen?«

Emma unterdrückte ein Seufzen. Sie war ihrer Aufgabe nicht gewachsen und fragte sich, wie lange sie Lady Darlington etwas vormachen konnte.

»Was würden Sie denn mit dem vielen Geld anfangen, wenn Sie es hätten?«, fragte sie mit dem Hintergedanken, wenigstens Charles Livingstons Vermögen in Antheas Sichtfeld zu rücken.

»Ich weiß nicht. Etwas, das nicht so unendlich gleichförmig ist wie das alles.« Anthea deutete um sich herum. »Sie waren doch schon in London, Miss Smart, ist es in der Stadt nicht so viel aufregender als hier?«

»Sicher.« Aufregend waren die Verhaftung ihres Vormundes und ihre Nacht allein in einem Londoner Hotel in der Tat gewesen. »Nur braucht man ein gewisses Maß an Unabhängigkeit, um sich in London wirklich frei zu bewegen. Als unverheiratete Frau ist man so vielen Beschränkungen unterlegen, was sich schickt und was den Ruf ruiniert.«

»Auch wenn ich vielleicht nicht alles machen könnte, was ich wollte, es wäre dennoch so viel spannender. Das echte Leben und nicht so etwas hier …« Sie hob das

Buch hoch und zitierte daraus, ohne noch einmal auf die Seiten zu blicken. »›Ein Weib wird bald zum Narren gemacht, wenn sie nicht Mut hat, sich zu widersetzen. Unter faulen Äpfeln gibt's nicht viel Wahl.‹«

Emma war erstaunt, dass Anthea sich an die gelesenen Worte so gut erinnerte.

»Lesen Sie bitte den nächsten Abschnitt«, forderte sie Miss Darlington auf.

»Noch einen?« Anthea las ohne Begeisterung, aber sie las. Und als Emma das Buch zuschlug und sie abfragte, konnte sie auch diese Sätze fehlerfrei vortragen.

Emma griff zu Feder und Papier und fing an zu schreiben.

»Was machen Sie da?«, wollte Anthea wissen.

»Ich schreibe ein Gespräch über Literatur für Sie auf.«

»Aber warum?«

»Sie können die Sätze auswendig lernen und bei der nächsten Begegnung mit Mister Livingston anbringen.«

Es war gar nicht so viel anders, als ein Theaterstück zu verfassen, redete sie sich ein. Und es konnte nicht schaden, wenn Anthea im Beisein ihrer Mutter eine Unterhaltung mit Mister Livingston führte, die aus mehr als einzelnen Wörtern bestand.

Sie schrieb noch immer, als Mister Beauchamp ins Schulzimmer platzte.

»Hier sind Sie, Miss Darlington, ich suche Sie schon überall. Ihre Schwester löchert mich damit, Tennis zu spielen. Machen Sie mit?«

Anthea sprang auf. »Mit Vergnügen.«

Emma konnte sie nicht aufhalten. Als sie allein war, stellte sie sich wieder vor, wie sie mit einem Mann in der Bibliothek saß, beide ein aufgeschlagenes Buch auf dem Schoß, und angeregte Gespräche über Literatur und Dramen führte. Sie war sich sicher, dass die Liebe zu Büchern zwei Menschen zusammenbringen konnte.

Kapitel 8

Nach drei Tagen Wartezeit, um es glaubwürdig aussehen zu lassen, brachten Emma und Anthea die Bücher wieder zurück. Im Park kam ihnen der elegant gekleidete Warwick entgegen. Emma wusste nicht, wie sie ihm begegnen sollte. Dienstboten grüßte man nicht, andererseits war ihr Stand einer Gesellschafterin nicht mehr weit von Warwick entfernt. Da sie jedoch in Begleitung Miss Darlingtons war, beschloss sie, Mister Beauchamps Valet lediglich freundlich zuzunicken. Er lüftete seinen Hut.

Miss Darlington blieb stehen und musterte ihn und seine feine Erscheinung interessiert.

»Wollen Sie Ihren Bekannten gar nicht vorstellen, Miss Smart?«

»Das ist …«, Emma zögerte, ihn einfach Warwick zu nennen.

»Mister Freeman«, sprang dieser ein und verbeugte sich.

Miss Darlington lächelte. »Was verschlägt Sie zu uns nach Somerset, Mister Freeman?«

»Ich stehe im Dienst Mister Beauchamps.«

»Sind Sie sein Verwalter?«

»Sein Valet. Haben Sie meinen Herren gesehen? Ich

bringe ihm ein paar neue Handschuhe. Sein altes Paar ist von den Pfauen zerrissen worden.«

»Oh.« Anthea erkannte, dass sie mit einem Dienstboten geredet hatte. Verunsichert über ihren Fehler, nahm sie Emmas Arm. »Ich wünsche einen guten Tag.«

Sie nickte Warwick knapp zu und zog Emma weiter.

»Ich dachte wirklich, er sei ein Verwalter von Übersee-Geschäften. Er sieht aus wie ein Gentleman«, sagte Miss Darlington bedauernd, als sie außer Hörweite waren.

Emma blickte sich zu Warwick um und bemerkte, dass ihnen Mister Beauchamp gefolgt war. Durch seinen Valet wurde er glücklicherweise aufgehalten. Die beiden Männer unterhielten sich, und Emma hoffte, der Kammerdiener würde seinen Herren möglichst lange beschäftigen. Dann fiel ihr auf, wie ähnlich sich der Gentleman und sein Diener von Statur und Haltung her waren.

Kaum hatten sie den Park hinter sich gelassen und spazierten über die von einem Bussard umkreisten Felder, die an das Anwesen Mister Livingstons grenzten, schloss sich ihnen Mister Beauchamp jedoch an. Emma musste an sich halten, nicht laut aufzuseufzen.

»Guten Tag. Kommen Sie, Miss Darlington, nehmen Sie meinen Arm. Miss Smart?«

Mit einer Geste bot er ihr seine freie Seite an, doch Emma beugte sich gereizt hinunter und tat, als fege sie Dreck vom Saum ihres Kleides. Sie konnte seine Anwesenheit nicht verhindern, zog es aber vor, ihn weitgehend zu ignorieren.

Mister Livingston zeigte sich erfreut, sie alle zu sehen, und lud wieder zum Tee. Einen seiner hereinstürmenden Jagdhunde forderte er mit einem Schnipsen auf, Platz zu machen, woraufhin sich das Tier zu seinen Füßen niederließ.

»Ihre Rout Cakes sind wirklich köstlich«, begann Emma das Gespräch. Mister Livingston lächelte zufrieden.

»Und wir hatten viel Freude mit Ihren Büchern. Besonders Miss Darlington wusste Ihre Großzügigkeit zu schätzen«, fuhr sie fort. »Nicht wahr?«

Doch Anthea schlürfte wortlos ihren Tee. Unter dem Tisch stieß Emma sie mit dem Fuß an.

»Warum treten Sie mich?«, wollte Mister Beauchamp wissen. Sie hatte offenbar das falsche Bein erwischt und blickte peinlich berührt zur Seite.

»Das war ein Versehen«, beeilte sie sich zu sagen. »Miss Darlington, wollten Sie nicht Ihre Meinung zu dem Shakespeare-Stück kundtun, das Sie gelesen haben?«

Anthea sah betreten aus, nickte aber und stellte ihre Tasse mit einem leisen Klirren auf die Untertasse zurück.

»Mir hat an dem Stück ›Der Widerspenstigen Zähmung‹ der Aufbau, äh, der dramatische Aufbau sehr gut gefallen.«

Während Anthea die vorgeschriebenen Sätze nicht ganz so enthusiastisch aufsagte, wie Emma gehofft hatte, blickte Mister Beauchamp sie sichtlich verwundert an. Mister Livingston hörte ihr aufmerksam zu, dabei kraulte er seinen Jagdhund hinter den Ohren. Um den Schein eines spontanen Gesprächs über Literatur zu erwecken, warf Emma nun ihrerseits einen Satz ein.

»Was halten Sie eigentlich von den ganzen Täuschungen und Verwechslungen im Stück, Miss Darlington?«

»Die Rahmenhandlung um den armen Mann, dem eingeredet wird, ein Lord zu sein, soll uns lehren, dass das Äußere täuschen kann und es auf den inneren Wert eines Menschen ankommt.«

Diesmal sprach Anthea flüssig, so dass es sich nur noch ganz schwach nach einem auswendig gelernten Satz anhörte. Es klang beinahe wie eine echte Unterhaltung, und Emma war zufrieden. Anthea hatte wirklich schauspielerisches Talent. Doch nun mischte sich Mister Beauchamp ein.

»Was? Sie sehen im Stück nur die Moral, nicht den Humor? Es ist doch so amüsant. Und dann Petruchio, der seiner Frau einredet, die Sonne sei der Mond, um sie seinem Willen zu unterwerfen, ist das nicht brüllend komisch?«

Darauf wusste Anthea keine Antwort. Hilfe suchend sah sie zu Emma, die einsprang.

»Ich würde es eher Manipulation nennen. Aber da es sich, wie schon gesagt, im Stück von Anfang an um Täuschungen handelt, ist dies nur eine weitere Variante des Themas. Miss Darlington hat gestern noch gesagt, dass Intrigen die Leser und Zuschauer besonders unterhalten, nicht wahr, Miss Darlington?«

Emmas Versuch, Anthea wieder mit einzubeziehen, schien diese nicht zu verstehen. Um sie vor Mister Livingston nicht einfältig dastehen zu lassen, sah sich Emma gezwungen, ihre Serviette zum Mund zu führen, als tupfe sie sich damit Krümel ab, in Wirklichkeit aber versuchte sie, im Schutz des Tuchs zu soufflieren.

»Miss Darlington«, flüsterte sie. »Verkleidung und Verstellung …«

»Verkleidung und Verstellung sind elementare Bestandteile von Komödien«, sprach Anthea nach. Mister Livingston nickte höflich zu ihren Worten.

Mister Beauchamp hatte währenddessen die Augen nicht von Emma genommen, jetzt wandte er sich an Anthea.

»Und wie, darf ich fragen, deuten Sie das Ende der Rahmenhandlung, wenn der arme Mann einfach wieder auf die Straße gelegt wird?«

»Ich weiß nicht«, gestand Miss Darlington. »So weit habe ich nicht gelesen.«

»Wie weit haben Sie denn gelesen?«, drängte Mister Beauchamp.

»Nur die ersten paar Seiten.«

Emma war sicher, dass er das mit Absicht getan hatte. Sie warf ihm einen vorwurfsvollen Blick zu, denn seine

Einmischung ließ Anthea nicht gerade gebildet dastehen. Emma fragte sich nur, warum er das einer Frau antat, um die er so auffällig warb. Vielleicht wollte er einen Nebenbuhler auf diese Art loswerden. Jedenfalls war sie erleichtert, als Mister Livingston das Thema wechselte und auf seine Ländereien zu sprechen kam. Da sie über ihren Vormund einiges über das Verwalten eines Anwesens auf dem Land mitbekommen hatte, unterhielt sie den Gastgeber mit praktischen Ansichten und Erfahrungen. Damit lenkte sie zwar von Antheas Fauxpas ab, konnte jedoch nicht verhindern, dass Miss Darlington von Mister Beauchamp in Beschlag genommen wurde.

»Nehmen Sie noch eine Aprikose«, bat Mister Livingston Emma. »Sie wachsen dieses Jahr ganz wunderbar. Hier, ich schneide Ihnen die Haut ab. Kosten Sie mal.«

Doch Emma fand es schwierig, es zu genießen, von Mister Livingston umsorgt zu werden, wo er seine Aufmerksamkeit eigentlich auf Anthea richten sollte.

»In der Tat. Sehr süß für Juni. Ihre Glashäuser sind sicher das ganze Jahr über geheizt? Sie müssen unbedingt Miss Darlington probieren lassen. Sie liebt Aprikosen.«

Bevor Mister Livingston Anthea das Stück Frucht hinüberreichen konnte, nahm Mister Beauchamp den Teller an sich, stach mit einer Gabel in die Aprikose und bot sie so Anthea an. Allmählich begann der Dandy für Emma zu einem ernsteren Problem zu werden.

Es verwunderte sie nicht, dass Mister Livingston sich vor Anthea zum Abschied keineswegs länger verneigte, als er es Emma gegenüber tat. Offenbar bestand keinerlei Anziehung zwischen ihm und Anthea, und ehe Emma es schaffte, einen winzigen Funken zu entzünden, hatte Mister Beauchamp schon einen Eimer Wasser darüber ausgegossen.

Die Kerzen auf der Tafel von Lady Darlingtons Abendeinladung flackerten hoch. Anthea und Mister Livingston saßen schweigend nebeneinander. Emma hatte keinen Appetit. Sie war zu sehr damit beschäftigt, Lady Darlingtons abwechselnd auffordernden oder vorwurfsvollen Blicken auszuweichen. Die Lady versuchte ein paarmal vergeblich, Lord Livingston mit ihrer Tochter ins Gespräch zu bringen. Die Einzigen, denen die bedrückte Stimmung am Tisch gar nichts auszumachen schienen, waren Frances und Mister Beauchamp. Frances warf einen schadenfrohen Blick nach dem anderen in Richtung ihrer Mutter, während Mister Beauchamp Lady Darlington Anekdoten aus London erzählte, denen diese jedoch nur mit halbem Ohr folgte. Emma war erleichtert, als sich die Frauen nach dem Essen in den Salon zurückzogen.

Als sie unter sich waren, setzte sich Lady Darlington neben ihre ältere Tochter aufs Sofa und schnippte mit dem Finger, dass Emma eines der Seidenkissen vom Sessel bringen und ihr in den Rücken legen sollte. Nachdem sie den Wunsch erfüllt hatte, setzte sich Emma in Frances' Nähe auf einen Sessel und sah dem Mädchen zu, wie es mit großer Unlust einen Stickrahmen zur Hand nahm.

»Anthea, was zum Himmel ist in dich gefahren!«, ermahnte Lady Darlington ihre Tochter. »Du hast den ganzen Abend kaum ein Wort gesagt.«

»Mutter, ich weiß einfach nicht, was ich mit Mister Livingston reden soll. Es ist so ermüdend.« Miss Darlington fuhr sich mit den Händen erschöpft über das Gesicht.

»Unfug! Wie kann ein Mann mit einem solchen Vermögen langweilig sein?«

»Warum heiraten Sie ihn dann nicht einfach?«, schlug Frances ungeniert vor, was ihr einen konsternierten Blick ihrer Mutter einbrachte. Schnell beugte sie sich wieder über die äußerst schlampig angefertigte Stickarbeit in ihrem Schoß.

»Ich und Mister Livingston? Unvorstellbar. Er würde niemals zulassen, dass Muzzle in meinem Bett schläft. Und er würde das arme Hündchen ständig mit seinem ›Platz‹ und ›Sitz‹ drangsalieren. Wir sind hier doch nicht beim Militär.« Lady Darlington nahm einen Schluck vom Sherry, den ihr ein Diener einschenkte. »Du wirst gleich etwas vorsingen und auf dem Pianoforte spielen, Anthea. Wenn du schon nicht die Zähne auseinanderbringst, zeigst du Mister Livingston dadurch wenigstens, dass du für Unterhaltung sorgen kannst.«

Anthea kam wenig später, als die Gentlemen nach einer Rauchpause zum Kaffee wieder zu ihnen stießen, dem Wunsch ihrer Mutter nach. Sie setzte sich ans Pianoforte, spielte das Volkslied *Married to a Mermaid* und sang dazu, während Mister Beauchamp zum Instrument eilte, um ihr die Notenblätter umzuschlagen.

»*There was a gay young farmer, who lived on Salisbury plain. He loved a rich Knight's daugther dear and she loved him again …*«

Wenn ihr Spiel auch nicht immer erstklassige künstlerische Qualitäten vorzuweisen hatte, glich sie das mit ihrer Ausstrahlung doch wieder aus. So blass die schweigende Anthea am Esstisch noch gewirkt hatte, so lebendig erschien sie während ihrer Darbietung. Vielleicht lag es auch nur an dem Schein der Kerzen, die auf dem Pianoforte standen, aber ihre Augen strahlten.

»Ich wollte Ihren Rat einholen, Miss Smart«, sprach Mister Livingston Emma an, nachdem er mit der Kaffeetasse in der Hand an sie herangetreten war. Neugierig wandte sie sich ihm zu, in der leisen Hoffnung, er wolle von ihr wissen, wie man das Herz der Sängerin gewinnen konnte. »Ich überlege, meine Bibliothek um ein paar Bände zu erweitern. Würden Sie mir bei der Auswahl helfen?«

»Sehr gerne, aber lassen Sie uns erst Miss Darlington zu Ende zuhören.« Emma fühlte sich ernüchtert über sein mangelndes Interesse an Anthea.

»Natürlich.« Er blickte eine Weile zum Pianoforte hinüber, dann beugte er sich wieder zu Emma hinunter. »Sind Sie Musikvorführungen sehr zugetan?«

»O ja.« Emma sprach so knapp und leise wie möglich.

»Haben Sie in London viel Musik gehört?«

»Nur im Theater.«

»Ah, ja, das Theater. Wunderbar.«

Emma warf Mister Livingston einen erstaunten Seitenblick zu.

»Sie lieben das Theater?«, fragte sie flüsternd.

»Wenn ich in London bin und ein neues Stück gespielt wird, immer. Ich bin allem Neuen gegenüber sehr aufgeschlossen, wissen Sie. Mein Obergärtner kam letztes Jahr auf die Idee, die Glashäuser zu erweitern, um mehr exotisches Obst auf die Teller zu bringen, und ich habe ihm ohne Umschweife zugestimmt. Haben Sie schon mal Ananas gegessen?«

»Leider nicht.«

»Sobald die Ananasfrucht reif ist, müssen Sie kommen und sie kosten.«

»Miss Darlington wird begeistert sein.«

»Miss Darlington ist selbstverständlich auch eingeladen.«

Als Anthea ihre Darbietung beendete und vom Hocker aufstand, klatschten alle. Sie lächelte. So glücklich hatte Emma sie noch nicht gesehen.

»Ich danke Ihnen für diesen Genuss.« Mister Beauchamp nahm Antheas Hand und deutete einen Kuss an.

Nun sah sich auch Mister Livingston genötigt, zu ihr

zu gehen, sich vor ihr zu verbeugen und zu gratulieren. »Wunderbar.«

Lady Darlington sah sehr zufrieden drein, während sie mit ihrem bemalten Fächer hantierte, der farblich auf die Stickereien an ihrem Kleid abgestimmt war. »Es war mir immer wichtig, meine Tochter gut auszubilden. Mit ihren Talenten wird sie einem Mann eine hervorragende Ehefrau sein, mit der es selbst auf dem Land nie eintönig wird. Denken Sie nicht auch, Mister Livingston?«

»O ja.« Er legte überrascht die Stirn in Falten. Dann drehte er sich zu Emma um. »Haben Sie nachgedacht?«

»Worüber?«

»Über die Auswahl für meine Bibliothek.«

»Ich kam noch nicht dazu.« Unwohl blickte Emma zu Lady Darlington, die sie kritisch über ihren Fächer hinweg beäugte.

»Miss Smart, wenn Sie so freundlich wären, mit mir eine Runde durch den Raum zu drehen«, forderte die Lady sie auf.

Emma sprang sofort auf. Lady Darlington griff nach ihrem Arm und hielt ihn so fest, dass es wehtat. Frances warf Emma von ihrem Platz aus einen mitfühlenden Blick zu. Kaum waren sie ein paar Schritte gegangen, zischte ihre Dienstherrin ihr zu: »Ich sehe Sie im Gespräch mit Mister Livingston, aber nicht meine Tochter. Machen Sie endlich etwas! Ich bezahle Sie doch nicht dafür, dass meine Tochter Bücher liest. Sie sollen dafür sorgen, dass Mister Livingston sein Herz an Anthea verliert.«

»Ich bin keine Kupplerin«, wehrte sich Emma unsicher.

»Sie sind das, was ich Ihnen auftrage zu sein«, beschied die Lady und ließ Emma einfach stehen.

Sie sah ihr aufgewühlt nach. So beschämend es war, die Lady hatte recht. Emma stand in ihrem Dienst. Sie mochte als Tochter eines Gentlemans von höherer Geburt sein als die Zofe oder Warwick, aber ihr blieb keine andere Wahl, als sich zu fügen.

Doch selbst wenn sie wollte, ihr fiel einfach nicht ein, was ausgerechnet sie tun könnte, um Mister Livingstons Interesse an Anthea zu wecken, wenn er nicht von allein auf ihre Reize ansprang.

Gerade beendete Anthea ein weiteres Lied mit einem lebendigen Lächeln. Mister Beauchamp und Mister Livingston standen um sie herum und applaudierten.

»Wunderbar, ganz wunderbar«, schmeichelte der Dandy.

»Ja, ganz wunderbar«, stimmte ihm Mister Livingston zu, während er ein Haar von seinem Samtjackett zupfte. Lady Darlington winkte ihn zu sich.

»Würden Sie meiner Tochter die Ehre erweisen, sie bei Ihrem Sommerball das Piano spielen zu lassen?«, schlug sie vor.

»Oh. Ich weiß nicht.«

Lady Darlington wechselte einen pikierten Blick mit Anthea. Emma bekam Mitleid wegen dieser rüden Zurückweisung, die einem Gentleman so gar nicht zu Gesicht stand. Sie hatte von Mister Livingston Besseres erwartet. Als dieser die vorwurfsvollen Blicke der anderen wahrnahm, erblasste er.

»Nein, nein, meine Damen, so habe ich das nicht gemeint! Ich wäre selbstverständlich sehr geehrt, wenn Miss Darlington so gnädig wäre, etwas vorzuführen.«

»Gerne.« Anthea schien glücklich über diese Aussicht zu sein.

»Ich kann auch etwas vorspielen«, bot Frances an.

»Dich hat niemand gefragt«, brachte ihre Mutter sie zum Schweigen.

»Es wird dieses Jahr bedauerlicherweise keinen Ball geben«, erklärte Mister Livingston nun.

»Keinen Ball?« Lady Darlington wirkte entsetzt, als sie ihren Fächer sinken ließ. »Aber Ihre Familie veranstaltet jedes Jahr einen Sommerball. Am dreizehnten Juli, wenn ich mich recht erinnere.«

»Das ist richtig«, bestätigte Livingston. »Nur erscheint es mir dieses Jahr angesichts der Trauer um meine verstorbene Mutter, Gott hab sie selig, pietätlos.«

Die Anwesenden schwiegen und griffen aus Verlegenheit zu ihren Kaffeetassen. Auch Mister Beauchamp schien es zu bedauern, dass es keine Ablenkung in Form eines Balls geben würde. Eine drückende Stille legte sich auf die kleine Gesellschaft im Salon.

»Aber wenn Sie das Andenken Ihrer Mutter wirklich hochhalten wollen«, tönte Lady Darlington auf einmal,

»dann müssen Sie den Ball abhalten. Das letzte Mal, als ich mit Ihrer werten Frau Mutter sprach, erzählte sie mir noch, wie stolz sie darauf sei, dass Sie Ihre Pflichten zur Unterhaltung Ihrer Nachbarschaft ernst nehmen und die Tradition der Familie aufrechterhalten.«

Emma blickte die Lady erstaunt an. Dass ihr das ausgerechnet jetzt einfiel. Auch Mister Livingston wirkte verblüfft.

»Hat sie das wirklich?«

»O ja«, bestätigte Lady Darlington. »Sie hat noch gesagt, dass sie sich nichts mehr wünschte, als dass ihr Porträt nach ihrem Verscheiden im Ballsaal hängt, damit sie an dem stolzen Vermächtnis der Livingston weiter teilhaben kann.«

Nun war sich Emma geradezu sicher, dass Lady Darlington log und sich den Wunsch der Verstorbenen einfach ausgedacht hatte. Sie blickte zu Mister Beauchamp, dessen Lippen sich gekräuselt hatten. Als er Emmas Blick auffing, grinste er. Sie drehte sich weg.

»Wenn das so ist … Meinen Sie wirklich?« Mister Livingston schien mit seinem Gewissen zu ringen.

»Ich meine nicht nur, ich weiß es«, erklärte Lady Darlington nun entschieden. »Verteilen Sie an die Gäste kleine schwarze Schleifen, die sie sich anheften können, und verneigen Sie sich vor dem Porträt von Mrs Livingston, bevor der Ball losgeht. Ich denke, mehr Ehre kann ein Sohn seiner Mutter nicht erweisen, als ihr diesen letzten Wunsch zu erfüllen.«

»Nun, Sie haben sicher recht … Und ich bin ja meiner Nachbarschaft gegenüber auch wirklich verpflichtet, für Unterhaltung zu sorgen …«

»Phantastisch! Dann sind wir uns einig. Sie laden zum Ball«, beschied Lady Darlington die Diskussion und griff nach den Erdbeeren, die in einer silbernen Schale auf dem Beistelltisch standen.

»Was für ein Theater«, seufzte Mister Beauchamp kaum hörbar, doch Emma hatte es gehört. Dieser eine Satz genügte. Vor ihr tat sich auf einmal ein Weg auf, wie sie es doch noch schaffen könnte, Anthea und Mister Livingston einander näher zu bringen. Miss Darlington verfügte über schauspielerisches Talent, und Mister Livingston war als Mann seines Standes daran gelegen, Vergnügungen für die bessere Gesellschaft zu finden. Je mehr Emma darüber nachdachte, umso klarer wurde ihr, was sie zu tun hatte.

Wenn Mister Livingston und Miss Darlington in einem Theaterstück über Liebe die Hauptrollen spielen würden, die über Irrungen und Wirrungen zusammenfänden, dann müssten die beiden nicht nur viel Zeit miteinander bei den Proben verbringen, sondern ihre Gedanken würden dabei permanent um Liebe kreisen. Einen besseren Nährboden für Verliebtsein konnte sich Emma gar nicht vorstellen. Sie musste es nur schaffen, Lady Darlington und Mister Livingston von der Idee zu überzeugen, dass man gemeinsam ein Theaterstück einstudierte.

Der günstige Augenblick, um ihre Idee vorzubringen, kam noch am selben Abend. Lady Darlington gähnte recht unverhohlen hinter ihrem Fächer.

»Ich verstehe gar nicht, warum ich auf dem Land immer so müde bin.«

»Das ist die gute Landluft«, erklärte Mister Livingston. »Viel gesünder als dieser ganze Rauch in der Stadt.«

»Es wird Langweile sein«, widersprach Mister Beauchamp. »In London geht man um diese Zeit ja erst richtig aus.«

Lady Darlington stimmte ihm zu. »Hier hat man nichts, um die langen Abende zu füllen. Keine Kartensoireen, keine Skandale, nicht mal einen unvorteilhaften Hut, den man belächeln kann.«

»Warum üben Sie nicht alle zusammen ein Theaterstück ein?«, platzte es aus Emma heraus.

Die anderen sahen sie an.

»Das ist gar kein dummer Vorschlag«, meinte Lady Darlington, die auf einmal viel munterer wirkte und sich von Anthea noch einen Kaffee einschenken ließ. »Ich fand schon immer, dass ich eine gute Schauspielerin geworden wäre. Ich würde in der Rolle der Julia sicher brillieren.«

Offenbar sah sich Lady Darlington zweifelsohne als Heldin, deshalb musste sich Emma etwas einfallen lassen.

»Eine Hauptrolle ist doch sehr mühsam einzustudieren. So viele Szenen und Dialoge. Ich dachte da eher an Anthea, die mehr Zeit hat als Sie. Und sie würde auf der Bühne sicher gut mit Mister Livingston harmonieren.«

Emma blinzelte, um Lady Darlington zu signalisieren, dass es eine Chance war, die beiden aneinander zu spielen.

»Ich kann sehr schnell lernen«, widersprach Lady Darlington.

Emma wusste nicht, was sie darauf entgegnen sollte.

»Ich habe leider nicht so viel Zeit«, ergriff Mister Livingston das Wort. »Meine Ländereien …«

»Kein Problem. Ich übernehme gerne«, sprang Mister Beauchamp ein.

»Auf gar keinen Fall!«, entfuhr es Emma, die zusehen musste, wie sich ihr schöner Plan bereits in Luft auflöste, bevor er sich richtig zu formen begonnen hatte.

»Wie bitte?« Mister Beauchamp sah sie erstaunt an.

»Ich dachte an ein Theaterstück, in dem Miss Darlington und Mister Livingston die ideale Besetzung für die Hauptrollen wären. Es gibt aber auch noch eine etwas kleinere Rolle, die hervorragend zu Ihnen, Lady Darlington, passen würde. Als Frau Ihres Standes müssen Sie aufpassen, was Sie darstellen«, redete sich Emma um Kopf und Kragen.

»Das muss ich auch«, warf Mister Livingston ein.

»Selbstverständlich ist die Rolle, die Sie spielen sollen, eine ganz ehrbare«, behauptete Emma. »Ihrem Stand vollkommen angemessen.«

»Aber nicht meinem?«, hakte Mister Beauchamp nach. Emma sah ihn gequält an. Mister Livingston warf ihr einen fragenden Blick zu.

»Mister Livingston hat als Gentleman seines Rangs die moralische und gesellschaftliche Verpflichtung, seinen Nachbarn Unterhaltung zu bieten«, fiel Emma ein. »Wie würde es denn aussehen, wenn er nicht den herausragenden Platz einnähme, der ihm von seinem Ansehen und seiner Stellung her zustände?«

Mister Livingston streckte daraufhin seine Brust heraus.

»Und wer würde vom gesellschaftlichen Rang her besser zu ihm passen als meine Anthea?«, mischte sich Lady Darlington ein, die Emmas Plan endlich durchschaut hatte. Anthea blickte unbeteiligt, doch Frances grinste belustigt in sich hinein.

Mister Beauchamp hatte Emma die ganze Zeit über mit zusammengezogenen Augenbrauen beobachtet.

»Was ist das denn eigentlich für ein Stück, das so vortrefflich auf Miss Darlington und Mister Livingston passt?«, fragte er.

Emma zögerte erst. Sie wusste, es wäre besser, ein renommiertes Theaterstück wie »Romeo und Julia« zu nennen, aber es wäre ohnehin nicht das Richtige für ihre Zwecke, da es für ihre kleine Gesellschaft viel zu viele Rollen benötigte. Daher nannte sie in einem Anfall von Wahnsinn und Verzweiflung den Titel ihres eigenen Stückes.

»Nie gehört«, erklärte Lady Darlington.

»Ich kenne es auch nicht«, sagte Mister Beauchamp und sah Emma lauernd an. »Und ich habe jedes Stück gesehen, das in den letzten Jahren auf den Londoner Bühnen aufgeführt wurde.«

»Es ist noch recht unbekannt. Von einem jungen Autor geschrieben. Aber sehr Erfolg versprechend«, sprudelte es aus ihr hervor.

Als alle nach schier endlosen Diskussionen darüber, wie viele Wochen geprobt werden sollte, wer überhaupt zur Aufführung geladen würde und etlichen anderen Details – Emma hatte versprochen, die erste Szene für alle zu kopieren –, spät zu Bett gingen, hielt Mister Beauchamp Emma an der Treppe zurück.

»Auf ein Wort, Miss Smart.«

Sein zufrieden wirkendes, amüsiertes Gesicht verhieß nichts Gutes. »Ich habe Sie durchschaut. Wenn Mister Livingston und Lady Darlington davon erfahren …«

»Lady Darlington weiß Bescheid«, brachte Emma, die annehmen musste, er redete von ihrem Verkupplungsauftrag, in ihrer Not hervor. »Und bitte verraten Sie Mister Livingston nichts. Das wäre zu peinlich für Miss Darlington.«

»Lady Darlington weiß davon, dass Sie Ihr eigenes Theaterstück aufführen wollen?«

Emma wurde blass.

»Dann haben Sie mich also doch erkannt?«

Der Kerzenleuchter, den Mister Beauchamp in der Hand hielt, erhellte sein Gesicht derart, dass seine Züge durch tiefe Schatten etwas Rätselhaftes bekamen.

»Sie sind die junge Frau aus der Drury Lane mit dem selbst geschriebenen Theaterstück«, verkündete er in einem genüsslichen Ton. »Ich habe die Gesellschafterin der Darlingtons zuerst nicht mit der entschlossenen Theaterautorin aus der Drury Lane in Verbindung gebracht, aber nach und nach ist mir der Verdacht gekommen, es könnte sich bei Ihnen um ein und dieselbe Person handeln.«

Ihr Herzschlag setzte für einen Augenblick aus.

»Bitte erzählen Sie Lady Darlington nichts davon«, bat sie ihn schließlich.

»Es würde sie sicher erstaunen, dass ihre Gesellschafterin ihr eigenes Stück aufführen lässt.«

Emma fühlte sich mit einem Mal unendlich erschöpft. Kaum hatte sie eine Lösung für ihre Probleme gefunden, brachte diese nur eine weitere Hürde mit sich. Lady Darlington würde sie garantiert hinauswerfen, wenn sie von den Ambitionen ihrer Gesellschafterin erfuhr. Es war so ungerecht, befand Emma. Sie konnte nichts für ihre missliche Lage. Und es war unfair, dass ein Mann wie Mister Beauchamp, der einen Sport daraus machte, mit Frauen zu flirten, und für sein Verhalten nicht zur Verantwortung gezogen wurde, sie mit seinem Wissen derart in der Hand haben konnte.

»Wir wollen doch beide nicht, dass die Umstände unseres Zusammentreffens bekannt werden«, wehrte sich Emma in ihrer Not.

»Wieso?«, ließ Mister Beauchamp sie auflaufen. »Es gehört durchaus zu den Tugenden eines Gentlemans, regelmäßig das Theater zu beehren. Ich habe nichts zu verbergen.«

Emma kniff die Augen zusammen. »Ist das so? Möchten Sie wirklich, dass Lady Darlington von Miss Honeyfield erfährt, während Sie um ihre Tochter werben?«

»Wollen Sie mich erpressen?« Seine überlegene Belustigung wich Erstaunen. »Die Lady weiß, dass ein Mann gewisse Vergnügungen braucht. Sie wird Verständnis zeigen.«

»Lady Darlington vielleicht«, warf Emma ein. »Aber Miss Darlington ist eine junge Frau, die garantiert kein Verständnis für eine Susanna Honeyfield in Ihrem Leben haben wird. Wollen Sie es etwa darauf ankommen lassen?«

Sie sahen einander in die Augen, beide entschlossen, nicht als Erste den Blick abzuwenden. Es war Mister Beauchamp, dessen Mundwinkel schließlich zuckten. Er nahm Emmas Hand und deutete einen Kuss an. Durch ihren Handschuh hindurch spürte sie die Wärme seiner Berührung und hielt den Atem an.

»Chapeau, Miss Smart, es wird unser kleines Geheimnis bleiben.«

Damit ließ er ihre Hand los und ging die Treppe hoch.

In ihrem Zimmer nahm Emma das angekokelte Manuskript aus ihrer Tasche und legte es vor sich auf die aufgeklappte Platte des kleinen Sekretärs. Nachdem

Mister Beauchamp es ihr im Theater zurückgegeben hatte, hatte sie es nicht übers Herz gebracht, es wegzuwerfen. Er hatte – auch wenn sie es hasste, dies zugeben zu müssen – recht gehabt mit seiner Bemerkung, dass viele Stunden Arbeit darin steckten. Selbst wenn das Stück niemals auf einer echten Theaterbühne aufgeführt werden würde, so war es jetzt doch noch von Nutzen, und all die Mühen, die Emma sich dafür gemacht hatte, würden nicht völlig umsonst gewesen sein. Außerdem wusste außer Mister Beauchamp niemand von ihrer Autorenschaft, und sie hoffte, dass er darüber Schweigen bewahren konnte.

Im Schein der Kerze spitzte sie eine Gänsefeder an, schraubte das Tintenglas auf und legte ein neues Blatt Papier neben das Manuskript. Sorgfältig fing sie an, die erste Szene abzuschreiben. Doch schon am Anfang waren Dialogpassagen durch die Funken des Feuers unleserlich geworden, so dass sie sie neu schreiben musste. Bei den nächsten Sätzen fing sie an, auch diese zu überarbeiten, zumal ihr Stück in der ursprünglichen Fassung mehr Rollen hatte, als in dieser Laienproduktion zur Verfügung standen. Daher kürzte sie und formulierte mehr und mehr um.

Als sie zum ersten Mal an dem Theaterstück geschrieben hatte, hatten ihr keine realen Personen vor Augen gestanden, die die Sätze sprechen würden. Nun sah sie Anthea und Mister Livingston mit ihren Vorzügen und Schwächen vor sich und formte die Figuren dahingehend um. Bei Anthea musste sie nicht so viel anpassen, bei Mister Livingston griff sie öfter in den Text ein, was den Effekt hatte, dass er zu einem zunehmend faszinierenden Mann wurde, der genau die Sätze sagte und die Dinge tat, die ein Gentleman in Emmas Vorstellung sagen und tun sollte.

Am Ende der arbeitsreichen Nacht war sie von ihrer männlichen Hauptrolle richtiggehend ergriffen. Sie trocknete die Tinte mit einem Löschpapier und war überzeugt davon, dass auch Anthea im Verlauf der Proben keine andere Wahl blieb, als sich Szene für Szene in Mister Livingston zu verlieben.

Nach dem Frühstück traf sich die Gesellschaft einschließlich Mister Livingston im Salon, um alles Weitere zu besprechen, was das Theaterstück betraf.

»Es ist ein Stück über die Liebesgeschichte der reichen Erbin Camilla und des herzensguten, aber armen Pfarrers Robert«, erklärte Emma. »Beide verlieren trotz ihrer ungleichen Stellung ihr Herz aneinander. Doch bevor es dazu kommen kann, dass sie sich ihre Gefühle gestehen, taucht ein Geschwisterpaar auf, Marianne und George. Ihre Tante, bei der sie leben, will George mit der reichen Camilla verheiraten, um an deren Vermögen zu gelangen. Damit George Camilla den Hof machen kann, soll Marianne Robert von ihr ablenken. Es wird viele Intrigen und Missverständnisse geben, bis am Ende Camilla und Robert ihre Augen öffnen und erkennen, was mit ihnen gespielt wird – und dass sie in Wirklichkeit einander lieben.«

Emma teilte die Abschriften aus. »Miss Darlington ist für die Rolle der Camilla wie geschaffen, und Robert wird von Mister Livingston gespielt. Sie können ja den Part von George übernehmen, Mister Beauchamp.«

Er setzte sich mit den von Emma abgeschriebenen Seiten ans Fenster, um besseres Licht zum Lesen zu haben. Mister Livingston überflog die Szene, die Emma ihm reichte.

»Das sind aber sehr viele Sätze, die ich sprechen soll.«

»Und es ist nur die erste Szene«, bemerkte Mister Beauchamp.

»Vielleicht lässt sich noch etwas kürzen«, versprach Emma und ging im Kopf den gesamten Ablauf durch, um zu überschlagen, ob sie der Rolle des Roberts weniger Spiel geben konnte. »Warum probieren Miss Darlington und Sie es nicht einfach mal aus?«

Mister Livingston stellte sich neben Anthea in die Mitte des Salons. Er las seinen Part mit wenig Esprit, während Miss Darlington, obwohl sie die Sätze vorher nie zu Gesicht bekommen hatte, sie nach einem Mal Lesen bereits mit Gefühl vortrug. Mit theatralisch geweiteten Augen wandte sie sich von ihrem Spielpartner ab und zum Publikum hin, das aus Emma, Mister Beauchamp, Lady Darlington, Frances und Muzzle bestand.

»›Merkt er denn gar nicht, dass ihm, allein ihm, mein ganzes Herz gehört?‹«

»Wo steht denn, was ich darauf sagen soll?«, verlangte Mister Livingston zu wissen. Frances fing zu kichern an.

»Das ist kein Satz, den Camilla an Robert richtet. Sie spricht nur aus, was sie denkt, damit der Zuschauer über ihre Gefühle Bescheid weiß. Robert selbst ist in der Szene längst von der Bühne abgegangen und darf noch gar nicht wissen, dass sie in ihn verliebt ist, denn er ist ja auch schon in sie verliebt«, erklärte Emma.

»Wenn ich doch in Miss Darlington, pardon, ich meine in Camilla verliebt bin, warum merkt sie das dann nicht, sondern denkt, ich würde sie nicht lieben? Die beiden könnten sich doch sagen, was sie füreinander empfinden, das würde alles vereinfachen«, meinte Mister Livingston und setzte sich.

»In der Tat«, erwiderte Mister Beauchamp. »Es wäre viel einfacher.« Als Mister Livingston sich bestätigt sah, fügte er hinzu: »Nur wäre es auch äußerst unbefriedigend für ein Stück über die Liebe, wenn das Liebespaar bereits im ersten Akt zusammenfindet, denken Sie nicht? Ich jedenfalls glaube nicht, dass das Publikum bereit wäre, drei weitere Akte mit sich ständig wiederholenden glücklichen Liebesbeteuerungen zu überstehen.«

Emma konnte sich ein Lächeln nicht ganz verkneifen, dennoch tat ihr der vorgeführte Mister Livingston leid.

»Wir müssen noch die übrigen Parts verteilen«, lenkte sie ab. »Alle weiteren Fragen werden sich bestimmt klären, wenn ich die anderen Szenen des Stücks abgeschrieben habe. Lady Darlington, Sie übernehmen doch sicher die Rolle der Tante, dann kann Frances …«

»Was? Die Tante ist viel zu alt für mich! Es ist nicht denkbar, dass ich in meiner Stellung eine verhutzelte alte Frau spiele. Frances übernimmt den Part.«

»Wieso soll ich denn die verhutzelte alte Tante spielen? Warum kann das nicht Anthea tun, und ich spiele Camilla?«, beschwerte sich Frances.

»Weil Anthea nun mal schöner ist als du«, entschied ihre Mutter die Sache. Emma zuckte zusammen. Ihr Herz verzog sich vor Mitleid für Frances, die sichtlich verletzt wirkte, sich zu Muzzle beugte und tat, als spiele sie mit dem Hund.

»Es tut mir leid, wenn Frances die Tante spielt, haben wir keine Rolle mehr für Sie, Lady Darlington.«

»O doch! Ich werde die schöne Marianne spielen.«

Darauf wusste Emma nichts mehr zu sagen.

»Welche Rolle spielen Sie eigentlich, Miss Smart?«, fragte Mister Beauchamp, während er sie herausfordernd anblickte.

»Ich kann nicht schauspielern. Stattdessen werde ich dafür sorgen, dass niemand den Einsatz oder den Text vergisst.«

»Wie gut, dass Sie das Stück so gut kennen, als wäre es ihr eigenes«, sagte Mister Beauchamp mit einem lauernden Lächeln.

Kapitel 9

Am nächsten Tag verteilte Emma die neu überarbeiteten Szenen. Zum ersten Mal trafen hier Camilla und Robert mit Marianne und George zusammen. Eigentlich sollte für den Zuschauer klar werden, dass Camilla und Robert das ideale Paar waren und Marianne und George eine Gefahr für diese große Liebe darstellten, doch Mister Livingston spielte den Robert dermaßen hölzern und Mister Beauchamp den Part des George wiederum mit solcher Leidenschaft und Charme, dass man sich wünschte, Camilla würde den langweiligen Robert endlich für den viel faszinierenderen George fallenlassen. Zu allem Überfluss machte Lady Darlington als Marianne nicht etwa Robert schöne Augen, sondern flatterte mit ihren Lidern, sobald sie Mister Beauchamp in der Rolle des George nur ansah.

»Sie sind Georges Schwester«, korrigierte Emma zaghaft. »Sie sind nicht an ihm interessiert, nur an Robert.«

»Warum muss ich denn die Schwester sein?«, echauffierte sich Lady Darlington und klappte als Zeichen ihrer Missbilligung ihren Fächer auf. »Ich kann auch eine entfernte Cousine oder Freundin der Familie sein, die mit George am Ende glücklich wird.«

»Aber die Liebesgeschichte wird schon zwischen Camilla und Robert erzählt«, verteidigte Emma das Stück.

»Dann gibt es ab jetzt eben eine zweite«, beendete Lady Darlington die Diskussion, klappte den Fächer wieder zu, setzte sich und hob Muzzle auf ihren Schoß. Die Lady begann, ihren Mops zu liebkosen. Emma fügte sich, auch weil ihr Einsatz dringend gebraucht wurde, denn während Mister Livingston und Anthea ihre Szenen probten, vergaß er ständig den Text. Sie schob einen Stuhl auf den Teppich in der Mitte des Salons und soufflierte.

Mister Livingstons Unbeholfenheit war vor allem im Kontrast zu Mister Beauchamp augenfällig, der, als er dran war, seine Sätze nicht nur mit Verve vortrug, sondern sie zudem ausschmückte und mit Gesten komisch unterstrich, was Anthea, Lady Darlington und Frances zum Lachen brachte.

»Das steht so nicht da«, ermahnte Emma ihn.

»Stimmt. Aber es sollte so dastehen«, antwortete er. »Denn meine Version ist viel besser.«

»Das finden Sie. Ich glaube nicht, dass der Verfasser des Stücks das genauso sieht.«

»Da der Verfasser, wie Sie selber sagten, ein noch unerfahrener Autor ist, gebe ich mehr auf meine Meinung als auf seine.«

Die Unverfrorenheit, mit der Mister Beauchamp ihr Schreiben kritisierte, löste in Emma Wut aus, die ihr jedoch im Hals stecken blieb. Er wusste ganz genau, dass sie dagegen machtlos war, weil sie sich nicht verraten durfte, und das nutzte er schamlos aus.

»Sie haben recht, der Autor ist noch unerfahren, doch ich bin sicher, dass er die Rolle des George niemals so gockelhaft gedacht hat, wie Sie sie spielen.«

Denn genau das war Mister Beauchamp, ein herumstolzierender Gockel, der versuchte, der schillerndste Hahn im Hühnerstall zu sein. Dagegen war Mister Livingstons Unbeholfenheit weitaus sympathischer. Nur leider versank Anthea nicht in seinen Augen, während sie ihre Liebe deklarierte, sondern blickte gelangweilt zum Fenster hinaus.

»Geht das noch ein klein wenig überzeugender?«, schlug Emma vorsichtig vor, während Mister Livingston und Miss Darlington wieder probten. »Mit etwas mehr Gefühl vielleicht.«

»Es wäre besser, wir hätten schon Kostüme«, warf Lady Darlington ein. »Dann würde ich Anthea viel eher für Camilla halten und Mister Livingston für Robert. Ich werde meine Schneiderin aus London kommen lassen.«

»Bis dahin wird Warwick uns helfen«, mischte sich Mister Beauchamp ein. »Mein Valet kann nähen wie kein anderer.«

Er ließ nach ihm rufen. Warwick holte umgehend Papier und einen Kohlestift und fing an, erste Skizzen für Kostüme zu fertigen. Der Dandy sah ihm über die Schulter und kommentierte anerkennend, während sein Kammerdiener in schnellen Strichen erste Eindrücke von möglichen Gewändern auf Papier festhielt. Auch wenn Emma nicht allzu gut auf Mister Beauchamp zu sprechen war, musste sie zugeben, dass er seinen Diener zuvorkommend behandelte. Die beiden waren sich erstaunlich ähnlich und lachten sogar auf die gleiche Art und Weise.

»Wir dürfen den Vorhang und die Kulissen nicht vergessen«, fiel Emma ein, in deren Körper sich allmählich ein Kribbeln ausbreitete, je mehr ihr Theaterstück Gestalt annahm. »Wir brauchen dringend einen Schreiner.«

»Wie wäre es, wenn wir die Proben nach Seymore House verlegen?«, schlug Mister Livingston vor. »Dann könnten wir vor meinem Ball das Theaterstück aufführen. Ich kann meine Handwerker aus dem Dorf mit dem Anfertigen einer Bühne und eines Gestells beauftragen.«

Alle stimmten zu. In drei Wochen würde ihr Stück also zum ersten Mal auf einer Bühne aufgeführt werden, dachte Emma mit einem ganz warmen Gefühl in ihrem Inneren. Es war noch immer nicht zu fassen.

Warwick zeigte ihnen am Nachmittag mit Aquarellfarbe kolorierte Entwürfe für die Kostüme.

»Das Kleid ist so schön«, schwärmte Anthea, während sie sich über die auf dem Esstisch ausgebreiteten Zeichnungen beugte. »Mir gefällt dieses blasse Rosa mit dem kräftigen Pink der aufgesetzten Stoffrosen.«

»Das Rosa unterstreicht das Unschuldige in der Liebe, die Camilla zu Robert empfindet«, erklärte Warwick, stellte sich neben sie und lenkte ihre Aufmerksamkeit auf die Details. »Das Pink hingegen ist eine Signalfarbe, die davor warnt, was passieren kann, wenn sie sich in den durchtriebenen George verliebt. Und Rosen haben Dornen, an denen man sich verletzen kann.«

»Warum muss mein Kostüm so blass sein?«, beschwerte sich Mister Livingston über den lindgrünen Anzug, den er tragen sollte. »Mir stehen dunkle Töne viel besser.«

»Weil Mister Beauchamp die dunklen Töne im Kostüm zugeordnet bekommt. Er ist als George eine Bedrohung für die gute Camilla. Robert ist in der hellen Farbe seines Kostüms auch optisch derjenige, der am besten zu ihr passt«, erläuterte Warwick mit einer Ruhe, die Emma imponierte. Sie war beeindruckt davon, wie klug er alles durchdacht hatte.

»Die Farbe steht mir aber nicht«, insistierte Mister Livingston.

Anthea lächelte ihn überraschend an.

»Das ist so schade, ich dachte gerade noch, wie vornehm Sie in dieser Farbe aussehen würden«, sagte sie, während sie Warwick einen konspirativen Blick zuwarf, den dieser mit einem heimlichen Nicken erwiderte.

»Finden Sie wirklich?« Mister Livingston sah fragend auf den Entwurf.

»Sie können Miss Darlingtons Meinung vertrauen«, versicherte Emma ihm.

»Wenn Sie meinen. Na gut.« Livingston gab sich geschlagen. Hinter seinem Rücken lächelte Anthea zufrieden.

Mister Beauchamp hatte derweil zu einem Kreidestift gegriffen und zeichnete damit auf dem Entwurf seines Kammerdieners mit Strichen einen Umhang.

»Den kann ich beim ersten Auftritt mit großem Schwung beiseiteschlagen. Das wird Eindruck machen.«

Emma wollte aus einem Reflex heraus protestieren, weil sie fürchtete, er könne sich damit zu wichtig machen, doch als sie auf den Entwurf blickte, musste sie zugeben, dass es dem Charakter des George etwas Unheimliches verlieh. Bei professionellen Schauspielern im Londoner Theater wären diese Unterstreichungen sicher nicht nötig, aber bei der Laiengruppe, die vor ihr stand, würde alles helfen, was den Zuschauern die Einordnung der Charaktere erleichtern würde.

Während Warwick mit Anthea darüber sprach, aus welchem Material er die Stoffrosen anfertigen wollte, besah sich Lady Darlington, die etwas zu spät zu ihnen stieß, den Entwurf für ihr Bühnenkostüm kritisch.

»Ich trage keine derart nichtssagende Farbe. Ich will einen gelben Stoff. Oder rot. Leuchtend rot. Das Kleid ist auch viel zu streng geschnitten. Es fehlen Spitzen und Bänder. Und Stoffrosen.«

Wieder sprang Anthea ein. »Aber Mutter, es gibt doch einen Plan dahinter, wem welche Farben zugeordnet wurden und welcher Besatz.«

»Das interessiert mich nicht. Er …«, sie deutete zu Warwick, »ist ein Valet und keine Pariser Damenschneiderin. Ich werde bestimmt nicht in einem hässlichen Kleid auf die Bühne treten. Ich will ein opulentes Kleid. Und Mister Beauchamps Valet soll damit anfangen.«

Während die Tage mit Proben gefüllt waren, saß Emma bis spät in die Nacht an ihrem Stück. Sie schrieb nun mit einer Leidenschaft die Geschichte um, wie sie es nach der vernichtenden Kritik durch den Theaterdirektor nicht mehr für möglich gehalten hatte. Dabei musste sie jedoch daran denken, was Mister Beauchamp ihr an den Kopf geworfen hatte: »Da der Verfasser, wie Sie selber sagten, ein noch unerfahrener Autor ist, gebe ich mehr auf meine Meinung als auf seine.«

Ja, sie war unerfahren. Sie zweifelte selbst oft genug an ihrem Schreiben. Aber die Unverfrorenheit, mit der er sie kritisiert hatte, stieß Emma übel auf. Er hatte sich geirrt, wenn er glaubte, sie hätte keine Möglichkeit, sich gegen seine Einmischung zu wehren. Sie konnte vielleicht nicht in die offene Konfrontation mit ihm gehen, doch sie war in der Lage, ihm mithilfe der Figur des George eine Lektion zu erteilen.

Emma tauchte die Feder in die Tinte ein und fing an zu schreiben. Ihre Feder kratzte tief ins Papier, weil sie daran dachte, dass Mister Beauchamp sich benahm, als würden alle Frauen nur darauf warten, von ihm umworben zu werden. Während sie sich ihre Empörung von der Seele schrieb, bereitete es ihr zunehmend Vergnügen, dem Dandy in seiner Rolle als George mehr und mehr unangenehme Züge zu verleihen. Als sie die Feder endlich ablegte, lächelte sie triumphierend.

Am nächsten Morgen erschienen sie pünktlich zu den Proben bei Mister Livingston. Einzig Lady Darlington traf mit Muzzle erneut etwas verspätet ein, da der Mops die Lämmer durch den Park gejagt hatte und dabei von den Mutterschafen angegriffen worden war.

»Was haben Sie mir da für gemeingefährliche Tiere geschickt, Mister Livingston?«, beschwerte sich die Lady. »Und die Lämmer bleiben mit den blauen Schleifen andauernd hängen.«

»Entschuldigen Sie, Lady Darlington.« Livingston verbeugte sich. »Vielleicht kann ich Ihnen statt der Lämmer ein paar rosige Ferkel zukommen lassen?«

Lady Darlington überlegte erst, dann verzog sie das Gesicht. »Nein, das wäre doch zu gewöhnlich. Ich denke, ich werde ein paar exotische Tiere aus London ordern.«

»O ja, ein paar Raubkatzen«, hoffte Frances, »die Muzzle auffressen.«

Der Mops schien sie gehört zu haben, denn er schnappte nach ihr, als sie sich mit hämischem Ausdruck zu ihm beugte.

Das Hämmern des Schreiners dröhnte durch den Saal

in Seymore House. Warwick präsentierte ihnen derweil Stoffe, die der Kaufmann aus der nahe gelegenen Ortschaft geliefert hatte. Die Farben, die es nicht gab, wurden nachbestellt. Der Valet hielt Anthea einen zart gefärbten Musselin an. Der Ton schmeichelte ihrem Teint.

Emma verteilte die neu abgeschriebenen Szenen. Sie konnte ihr Lächeln nicht ganz verbergen, als sie Mister Beauchamp seine Abschrift überreichte. Während er die Seiten überflog, beobachtete sie seine Reaktion, doch er bewegte keine Miene. Als er fertig war, ließ er die Blätter sinken und blickte Emma provokant an.

»Ich sehe, ich bin endgültig zum kaltherzigen Schurken degradiert worden.«

»Ihre Rolle war immer nur als Gegenpart zum guten Robert gedacht«, verteidigte sie sich.

»Gewiss. Aber George sollte auch etwas Charmantes haben. Seine Absichten sind dermaßen offen böse, dass man Camilla für einfältig hält, wenn sie nicht begreift, welch übles Spiel er spielt.«

»Camilla ist ein völlig unerfahrenes junges Mädchen«, konterte Emma.

»Aber nicht jedes junge Mädchen ist auf den Kopf gefallen«, platzte Frances dazwischen.

Emma überging sie und redete weiter mit Mister Beauchamp.

»Sie weiß nichts von der Welt und fällt deshalb zunächst auf den üblen George herein.«

»Marianne ist nicht viel älter als Camilla«, warf er ein. »Dennoch ist sie ein durchtriebener Charakter. Überhaupt sind sie und George viel zu stark als Bösewichte angelegt.«

»Weil sie Bösewichte sind«, insistierte Emma.

»Menschen sind doch nicht entweder Schurken oder Helden. Menschen können für ihr unmoralisches Handeln durchaus gute Gründe haben.« Mister Beauchamp gab nicht auf. »Das, was sie tun, mag für andere zu verurteilen sein, aber vor sich selbst werden sie sich zu rechtfertigen wissen, dass ihnen keine andere Wahl blieb.«

»George will Camilla in sich verliebt machen, um an ihr Geld zu kommen. Das ist böse«, beharrte Emma auf ihrem Standpunkt, während ihr der Verdacht kam, dass der Dandy womöglich selbst Derartiges in Bezug auf Anthea beabsichtigte. Glücklicherweise war diese mit Warwick in einer lebhaften Diskussion über ihr Kostüm verstrickt und hatte keine Augen für ihn. Allerdings auch keine für Mister Livingston.

Emma hatte dessen Sätze massiv eingekürzt, doch als männliche Hauptrolle musste er unweigerlich viel sprechen. Als er die Szene, die er mit Anthea proben sollte, vorlas, klang seine Stimme äußerst monoton. Emma schnappte Frances' Kommentar auf: »Da schläft Camilla ja ein, wenn er so mit ihr redet.«

Leider musste Emma ihr recht geben. Es war ihr äußerst unangenehm, aber sie unterbrach Mister Livingston, um ihn zu bitten, einzelne Wörter stärker zu betonen. Als er es tat, bemühte er sich zwar wirklich, leider wurde das Resultat nicht unbedingt besser. Glücklicherweise brachte Anthea eine natürliche Begabung für die Bühne mit. Wenn sie mit Mister Livingston als Robert sprach, klang sie tatsächlich verliebt. Allerdings nur bis zur nächsten Pause.

»Woher kann Ihr Valet so gut schneidern?«, fragte Anthea Mister Beauchamp, nachdem sie ihre Szene beendet hatte. Sie saß neben dem Kammerdiener, der mit Nähen beschäftigt war, auf dem Sofa und trank zur Erfrischung einen Tee.

»Mister Beauchamp hatte eine Nanny, die mich die Näharbeiten an seinen Sachen machen ließ, weil sie fast nichts mehr sehen konnte«, antwortete Warwick anstelle seines Herren, den dies nicht zu stören schien.

»Sie war irgendwann so blind, dass sie gar nicht gemerkt hat, dass du die Kleider immer stärker verändert hast«, erinnerte sich Mister Beauchamp lachend. »Am Ende glichen sie mehr Kostümen als etwas, das man Jungen anzieht. Als mein Vater nach einem Jahr auf den Bermudainseln wieder nach Hause kam, hat er Nanny vorgeworfen, aus mir einen Hanswurst zu machen, weil ich einen kanariengelben Anzug mit leuchtend grünen Strümpfen trug.«

»Nanny konnte mich danach noch weniger leiden als zuvor«, fuhr Warwick fort. »Aber mir hat das Nähen so großen Spaß gemacht. Ein einziges Stück Stoff beinhaltet unzählige Möglichkeiten der Verwandlung.«

Anthea sah aus, als wolle sie etwas dazu sagen, da platzte ihre Mutter dazwischen.

»Ist mein Kostüm bald fertig?«

Frances verdrehte die Augen.

»Leider noch nicht, Lady Darlington«, erwiderte Warwick. Die Lady überging ihn einfach und wandte sich an Emma.

»Ich glaube übrigens nicht, dass das Stück, das Sie ausgewählt haben, taugt, Miss Smart«, sagte sie entschieden. »Wir müssen es grundlegend ändern. Oder die Aufführung absagen.«

Kapitel 10

Beim Abendessen thronte Lady Darlington wie gewohnt am Kopfende und unterhielt sich mit Mister Beauchamp. Emma hoffte, dass die vernichtende Kritik an dem Stück nur eine Laune ihrer Dienstherrin wäre, und wartete auf eine Gesprächspause, um die Lady darauf anzusprechen.

»Warum gefällt es Ihnen denn nicht?«, fragte sie angespannt, als neue Speisen aufgetragen wurden.

»Ich habe nachgezählt«, erwiderte die Lady. »Ich habe viel weniger Text als Anthea.«

»Das liegt daran, dass Ihre Tochter die Hauptrolle spielt.«

»Aber Mister Beauchamp hat viel mehr Text als Mister Livingston.«

Dem konnte Emma nicht widersprechen. Da sie den wahren Grund dafür in Mister Livingstons Gegenwart nicht offenbaren konnte, musste sie sich etwas einfallen lassen.

»Männliche Helden sind eher schweigsam«, setzte sie an.

»Widerspricht das nicht dem Gesetz des Theaters?«, mischte sich Mister Beauchamp ein. »Schließlich hat die Hauptrolle auf der Bühne nur einen einzigen Weg, die

Frau seines Herzens für sich einzunehmen. Und das ist die Sprache.«

»In diesem Stück ist das eben anders«, versuchte Emma, seinen durchaus berechtigten Einwand abzuwehren.

»Jedenfalls habe ich mir selber etwas geschrieben«, erklärte Lady Darlington unbeeindruckt von der Unterhaltung. »Damit das Stück besser wird.«

»Wie bitte?« Emma sah die Lady ungläubig an.

»Liest du es uns vor, Mutter?«, bat Frances mit süßlicher Stimme, aber ihr Lächeln war nicht anders als hinterhältig zu bezeichnen.

»Gerne.« Lady Darlington legte ihre Gabel zur Seite, holte ein Papier aus ihrem Taschenbeutel und setzte sich in Positur.

»Wenn George zu mir sagt, dass er Camilla umwerben will«, setzte sie an, »dann sage ich nun: ›Du brichst mein Herz, und wenn du ein Herz hättest, würde es dir auch brechen müssen, aber da du kein Herz hast, spürst du den Schmerz nicht, den ich fühle, weil du keins hast.‹«

Als Lady Darlington ihren Vortrag beendet hatte, sah sie sich Beifall heischend am Tisch um.

Emmas Hand krallte sich um die Lehne ihres Stuhls. Frances verschluckte sich an einem Stück Fleisch, so dass Anthea ihr auf den Rücken klopfen musste. Mister Beauchamp blickte tief in sein Weinglas und konnte dennoch nicht verhindern, dass seine Mundwinkel zuckten. Auch Mister Livingston sah belustigt aus.

Emma wusste nicht, was sie tun sollte. Wenn Lady Darlington derart in ihr Stück eingriff, würde sie es damit unweigerlich zerstören. Auch wenn außer Mister Beauchamp niemand ahnte, dass es aus Emmas Feder stammte, widerstrebte es ihrer Ehre als Autorin dennoch, diese Verstümmelung hinzunehmen. Aber wenn sie das Stück nicht änderte, lief sie Gefahr, dass die Lady es tatsächlich absagen würde. Daher nahm sie ihren Mut zusammen.

»Das hat der Autor so sicher nicht vorgesehen.«

»Ach was, der Autor interessiert nicht. Er kriegt es sowieso nicht mit«, tat Lady Darlington den Einwand ab.

»Aber …«, setzte Emma hilflos an und fing Mister Beauchamps Blick über den Tisch hinweg auf. Natürlich schien er über die Lage, in der sie sich befand, äußerst vergnügt. Ihre Augen verengten sich aufgebracht, als er sich zufrieden den Mund mit seiner Serviette abtupfte.

»Wissen Sie, Lady Darlington, Sie sollten unbedingt einmal ein Theaterstück schreiben, es wäre sicher sehr … speziell«, mischte sich Mister Beauchamp zu Emmas Verblüffung ein. »Allerdings wird das Publikum ohnehin schon von Ihrer Erscheinung in dem Kostüm geblendet sein, und wir wollen doch die Aufmerksamkeit nicht völlig von Ihrer Tochter ablenken, nicht wahr?«

»Wenn Sie es so sagen, muss ich Ihnen zustimmen«, ließ die Lady endlich von ihrem Vorhaben ab. Ein allgemeines Aufatmen war die Folge. Emma blickte zum Dandy, der ihr ein Lächeln zuwarf.

Als nach dem Abendessen alle aufbrachen, wartete Emma, bis sie mit Mister Beauchamp allein war.

»Danke.«

Sie blickte ihm ins Gesicht, das vom Kerzenschein umschmeichelt wurde. Für einen Augenblick fragte sie sich, wie sich seine vollen Lippen wohl anfühlen mochten.

»Ihr Dank ist unnötig«, sagte er leichthin. »Ich habe es vor allem für mich getan. Stellen Sie sich vor, wie es wäre, wenn ich mitten auf der Bühne in schallendes Gelächter ausbrechen würde. Auch denke ich, dass es meine Chancen bei Miss Darlington schmälert, wenn ich mich öffentlich über ihre Mutter lustig mache.«

Kaum hatte Emma seinen arroganten Tonfall vernommen, war die Anziehung schon wieder verflogen.

»Dann geben Sie also zu, dass Sie versuchen, Miss Darlington zu verführen? Merken Sie denn nicht, wie falsch es ist, mit den Gefühlen einer Frau zu spielen?«

»Wer sagt, dass es diesmal ein Spiel für mich ist?«

»Sie lieben sie nicht.«

»Was spielt das für eine Rolle?«

»Wollen Sie nur an ihr Geld? Das ist schändlich.«

»Das ist kein schlechteres Motiv für eine Ehe als alle anderen auch. Wenigstens hat es länger Bestand als schnell verrauchte Liebesschwüre. Ich beabsichtige, Miss Darlington am Abend des Balles einen Antrag zu machen, und ich bin sicher, dass sie ihn annehmen wird. Eine gute Nacht wünsche ich Ihnen.«

Nach einer eiligen Verbeugung ging er die Treppe hinauf. Emma sah ihm fassungslos nach. Sie musste unbedingt mit Lady Darlington reden.

Als Emma das Zimmer der Lady betrat, war der Butler bei ihr. Er stockte mitten im Satz, doch Lady Darlington schenkte Emma keine Aufmerksamkeit.

»Wir brauchen aber acht Kisten vom besten französischen Wein«, insistierte sie. »Wie kann das sein, dass der Name Darlington nicht Garantie genug ist?«

»Nun, gewisse … äh …«, er wirkte bedrückt, »Schwierigkeiten lassen den Lieferanten davon Abstand nehmen, uns die Kisten zu schicken.«

»Dann wechseln Sie den Lieferanten«, tat Lady Darlington seinen Einwand ab.

»Ich werde es versuchen.« Der Butler verbeugte sich, dann ging er mit starrem Blick an Emma vorbei nach draußen.

»Was wollen Sie?«, fragte die Lady hörbar unzufrieden.

»Ich wollte nur nachfragen, ob die Probe morgen doch so wie geplant stattfindet«, erklärte Emma den Grund ihres Kommens.

»Wieso sollte sie nicht«, erwiderte die Lady gereizt. Emma verbat sich die Bemerkung, dass Lady Darlington das Theaterstück vorhin um ein Haar ganz abgesagt hätte. Sie knickste nur und zog sich zurück.

Auch wenn sie nicht viel von der Unterhaltung zwischen der Lady und dem Butler mitbekommen hatte, so dämmerte Emma jedoch allmählich, warum Anthea noch keine Debütantinnensaison in London bekommen hatte und weshalb ihre Mutter so darauf bedacht war, sie möglichst bald mit dem reichen Nachbarn zu verheiraten.

Tagsüber soufflierte Emma übernächtigt bei den Proben, da sie bis in die Nacht hinein die Szenen überarbeitete, bis von dem ursprünglichen Stück nicht mehr allzu viel vorhanden war. An ihrem rechten Mittelfinger hatte sich durch die starke Reibung mit dem Federschaft Hornhaut gebildet, und ihre Hände waren überall von der Tinte befleckt. Obwohl sie sie mit viel Seife schrubbte, gelang es ihr bloß, das Schwarz zu einem dunklen Grau abzuschwächen. Nachdenklich betrachtete sie die gemusterte Haut mit den Spuren ihrer Anstrengungen. Sie hatte gehofft, dass ihre Bemühungen, Anthea und Mister Livingston einander näher zu bringen, ebenso hartnäckige Spuren hinterlassen hätten. Aber sie konnte diesbezüglich keinerlei Anzeichen erkennen. Wenigstens auf der Bühne sollte es daher zu emotionalen Liebesszenen kommen, wenn sonst schon kein Funke übersprang. Sie schrieb Mister Livingston als Robert die Worte auf den Leib und hörte erst auf, als sie eine Liebeserklärung erdacht hatte, die sie selbst gerne bekommen hätte. Beinahe stellte sie sich vor, dass sie sich in ihn verliebte, dabei war er für Miss Darlington gedacht.

Nur war deren Zusammenspiel auch bei der nächsten Probe trotz Antheas Talent selbst mit viel Wohlwollen weiterhin nur als steif zu bezeichnen. Emma half Mister Livingston, wann immer er seinen Dialog vergaß, gleichzeitig schlug sie ihm Betonungen und Gesten vor, die er bereitwillig übernahm, beim nächsten Versuch jedoch wieder vergessen hatte. Auch Mister Beauchamp verhielt sich anstrengend, nachdem er die neuen Szenen überflogen hatte.

»George und Marianne sind jetzt also keine Geschwister mehr. Verstehe ich das richtig, Marianne ist in dieser neuen Version ein unschuldiges Wesen, deren Liebe den Bösewicht zum Guten verändern könnte, wenn er sich nur reinen Herzens auf sie einlassen würde?« Sein Tonfall klang skeptisch.

»Es gibt der Rolle mehr Tiefe, wenn George eine Wahl hat, das Richtige zu tun«, erklärte Emma. »Sie wollten ihn doch als vielschichtigen Charakter sehen.«

»In der Tat, Miss Smart, nur wirkt Marianne gegen ihn jetzt nicht unschuldig, sondern einfach bloß simpel. Finden Sie nicht?«

Leider musste sie ihm insgeheim recht geben. Lady Darlington fügte sich nicht in die Rolle des jungen Mädchens. Zu allem Überfluss sprang Muzzle kläffend um sie herum und schnappte nach Mister Beauchamps Hosenbein, während die beiden ihre Szene probten. Frances biss in ihre Faust, damit ihre Mutter nicht mitbekam, dass sie sich über sie lustig machte. Auch Mister

Beauchamp lächelte verstohlen. Selbst Anthea verbarg ihr Gesicht hinter einem Fächer, und Warwick beugte sich tief über seine Näharbeiten. Dennoch bemerkte Lady Darlington es.

»Frances, warum lachst du?«

»Ich lache nicht, Mutter.«

Damit lief das Mädchen mit hochrotem Kopf nach draußen. Kaum war sie durch die Türen verschwunden, war vom Flur her ein lautes Prusten zu vernehmen.

»Anthea, was ist mit dir? Ich habe gesehen, dass du dein Gesicht vor mir versteckt hast.«

»Ich … ich glaube, es könnte vielleicht sein, dass Sie etwas zu viel Betonung in die Rolle legen«, stammelte die arme Anthea.

»Denkst du etwa, dass ich mich lächerlich mache?« Die Stimme der Lady vibrierte vor Empörung.

»Nein Mutter, gewiss nicht. Nur …«

»Ich werde garantiert nicht in dieser Farce mitspielen, in der eine Frau meines Standes lächerlich gemacht wird«, erklärte Lady Darlington brüskiert.

Mister Livingston reagierte alarmiert.

»Ich könnte meinen Gästen so etwas niemals zumuten«, stimmte er ein.

Emma dachte erschrocken, dass dies das Ende ihrer Träume wäre. Sie suchte fieberhaft nach einer Möglichkeit, ihre Dienstherrin zu besänftigen.

»Nicht doch, Lady Darlington, Sie irren, wenn Sie denken, hier hätte jemand über Sie gelacht«, kam Mister

Beauchamp ihr ein weiteres Mal zu Hilfe. Die Lady sah ihn etwas besänftigt an. Allerdings nur so lange, bis er weitersprach. »Wir lachen nur mit Ihnen.«

»Ich bin aber keine Witzfigur.«

»Warum nicht? Die wunderbarsten Figuren sind immer die, die uns zum Lachen bringen. Die Menschen lieben humorvolle Charaktere.«

Emma lag die Replik auf der Zunge, dass Marianne in ihrem Stück nicht als komische Figur angelegt war, verkniff es sich aber, da Lady Darlington deutlich beschwichtigt erschien.

»Wenn Sie meinen, Mister Beauchamp.«

»Ich meine nicht nur, ich bin sogar davon überzeugt.«

»Ich wusste schon immer, dass ich ein Talent für Komik habe.«

Endlich ließ sich Lady Darlington dazu herab, wieder auf die gezimmerte Bühne zu gehen und sich zwischen die beiden Pfosten zu stellen, an denen später der Vorhang befestigt werden sollte. Mister Livingston wirkte verwirrt.

»Dann ist das Stück doch angemessen?«, fragte er Emma, die dies erleichtert bestätigte und sich auf ihrem Stuhl zurücksinken ließ.

Die Lady spielte ihren nächsten Part bewusst komisch, übertrieb ihre Gesten und lachte ständig an Stellen, an denen es keineswegs etwas zu lachen gab. Emma seufzte, war aber froh, dass es überhaupt weiterging. Außerdem fand Mister Beauchamp durch die Proben mit Lady

Darlington keine Gelegenheit, mit Anthea zu flirten. Es brachte diese zwar nicht stärker an Mister Livingston heran, aber immerhin auch nicht weiter von ihm weg.

Leider erwies sich nun Mister Beauchamp als Problem.

»Ich verstehe nicht, warum Marianne und George einander nicht bekommen.«

»Weil George die falsche Wahl trifft. Anstatt sich für die ihn aufrichtig liebende Marianne zu entscheiden, will er weiterhin Camilla für sich gewinnen. Am Ende verliert er deshalb beide Frauen«, erklärte Emma.

»Warum kann es nicht trotzdem gut ausgehen? George lernt seine Lektion und wird am Ende glücklich.«

»Weil …«, Emma suchte nach einer Erklärung. »Weil er dann nicht für sein unmoralisches Handeln bestraft würde.«

»Wer will schon Bestrafung und Moral, wenn er Unterhaltung haben kann?«, beschwerte sich Mister Beauchamp. »Die Zuschauer wollen an die Liebe glauben. Nicht an die reale Liebe, sondern an eine wahre Liebe, die stärker ist als alles andere. Und dazu gehört nun mal ein glückliches Ende.«

Emma holte tief Luft. »Wohl wahr, Mister Beauchamp, die Hauptrollen kommen glücklich zusammen, aber Sie vergessen, dass Sie hier keine Hauptrolle spielen.«

Nachdem Emma seine Idee abgeschmettert hatte, machte sie sich nach dem Abendessen ans Abschreiben weiterer Szenen. Doch Mister Beauchamps Einwand ging ihr nicht mehr aus dem Kopf. Der Wunsch der Menschen nach einem glücklichen Ende war groß, weil es einem das Versprechen gab, dass man nicht allein bleiben würde, was auch immer passierte.

Mister Beauchamp grinste breit, nachdem er am nächsten Morgen die neuen Szenen überflogen hatte. Emma bedauerte ihre Überarbeitung schon fast wieder. Doch wenigstens war Lady Darlington von dem glücklichen Ende für ihre Rolle begeistert und spielte die Szene weniger übertrieben als sonst. Währenddessen nahm Warwick Änderungen an Antheas Kostüm vor, und Frances hielt den kläffenden Muzzle davon ab, sich auf Mister Beauchamp zu stürzen, weil dieser in der Szene mit einem angedeuteten Kuss seinem Frauchen zu nahe kam. Mister Livingston lernte in der Zwischenzeit seine neuen Sätze auswendig, wobei er im Raum auf und ab ging.

Lady Darlington gähnte verstohlen, als sie und Mister Beauchamp ihre Probe beendet hatten. Emma hatte Mühe, selbst ein Gähnen zu unterdrücken. Seit drei Wochen bekam sie viel zu wenig Schlaf.

»Wenn Sie sich ausruhen möchten, kann ich Ihnen die Zimmer meiner Mutter herrichten lassen«, bot Mister Livingston der Lady an. Anthea, die bei Warwick stand, lächelte ihm dankbar zu.

»Das wäre überaus freundlich. Ich habe meine ganze Kraft in die Rolle der Marianne gelegt und fühle mich künstlerisch erschöpft«, erklärte Lady Darlington.

Mister Livingston gab den Dienstboten Anweisungen, bevor er selbst auf die Bühne stieg. Anthea kam dazu. Emma sah ihnen zu, wie sie ihre Szene probten. Anthea wirkte hinreißend verliebt. Selbst Mister Livingston schlug sich passabel. Er erinnerte sich an die meisten Sätze oder vergaß zumindest nur die Hälfte davon. Als die beiden pausierten, hielt er weiterhin Antheas Hand in seiner, und Emma fühlte Hoffnung in sich aufsteigen. Offenbar half ihr Stück wirklich dabei, dass sich die beiden annäherten.

Als Mister Beauchamp dicht hinter sie trat, während sie das Geschehen beobachtete, spürte sie, wie sich die Haare auf ihren Armen aufstellten.

»Sie glauben nicht wirklich, dass Sie dieser Holzschnittfigur jemals echte Leidenschaft abringen können«, raunte er ihr ins Ohr, und seine Anziehungskraft war verflogen. Sie kniff die Lippen zusammen und versuchte, ihn zu ignorieren.

»Ihr Auftritt, Miss Frances«, sagte sie hastig.

Frances stieg zu Anthea und Mister Livingston auf die Bühne, doch dieser verhaspelte sich mit den neuen Sätzen hoffnungslos.

»Ich weiß gar nicht, wann ich meinen Text sagen soll, wenn der da alles durcheinanderbringt«, beschwerte sich Frances.

»Sei still, Franny«, ermahnte Anthea ihre Schwester, die nur die Augen verdrehte.

Emma trat nun auf die Bühne und korrigierte Mister Livingston vorsichtig, dabei fing sie Mister Beauchamps Feixen auf.

»Es spricht für Mister Livingston, dass er nicht gewohnt ist, seine Gefühle zur Schau zu stellen«, zischte sie dem Dandy zu, als sie von der Bühne kam und sich unweit von ihm auf einen Stuhl setzte. »Es sind doch meist nur Lippenbekenntnisse, die von Männern gesprochen werden, um Frauen zu umwerben. Nicht wahr?«

Sie dachte an seine Unterhaltungen mit Miss Honeyfield im Theater der Drury Lane.

»Es stimmt, im Überschwang der Eroberung äußert man manchmal mehr, als man wirklich fühlt, das gebe ich zu. Aber woher wollen Sie wissen, was für Gefühle Mister Livingston hat. Vielleicht ist dort, wo andere Leidenschaft empfinden, einfach nichts.«

Seine Überheblichkeit brachte Emma gegen ihn auf.

»Sie irren sich, Mister Beauchamp, denn ständig wechselnde Leidenschaft ist keineswegs ein Anzeichen tiefergehender Gefühle, sondern einfach nur für Oberflächligkeit.«

»Glauben Sie denn, dass Mister Livingston überhaupt in der Lage ist, tiefe Gefühle zu empfinden? Außer zu seinen Hunden, meine ich.«

»Ich weiß es«, behauptete sie und blickte zu Warwick, der unweit von ihr an den Kostümen nähte.

»Woher?«

Sie fühlte, wie ihr das Blut in den Kopf schoss. »Seine Bibliothek, sein Interesse an Büchern …«

»Weil Bücher bei ihm Staub fangen, macht das Mister Livingston längst nicht zu einem empfindsamen Mann«, beharrte Mister Beauchamp. »Es ist einzig und allein Ihre Phantasie, die ihn mit all diesen Attributen ausstattet. Nicht die Realität.«

Die Dreistigkeit empörte sie. »Sie sind doch nur eifersüchtig, weil Sie mit Miss Darlington nicht so ein leichtes Spiel haben wie mit Ihren Schauspielerinnen. Deshalb machen Sie Ihren Nebenbuhler schlecht.«

Warwick blickte von seiner Näharbeit auf. Sie schämte sich für ihren Ausbruch und senkte die Augen.

»Verzeihung.«

»Und schon ziehen Sie sich wieder in Ihr Schneckenhaus an Rechtschaffenheit zurück«, kommentierte Mister Beauchamp. »Lassen Sie Ihre Gefühle einmal anders heraus als nur durch Ihre Szenen. Wobei es Letzteren sicher auch zuträglich wäre.«

Emma bebte. Sie atmete flach, um sich zu beruhigen, bevor sie aufstand. Mit zitternden Fingern nahm sie die Kanne vom Beistelltisch und goss Tee in eine zierliche Tasse. Doch sie bekam das Zittern kaum unter Kontrolle, als sie die Tasse zum Mund führte. Kurz stellte sie sich vor, wie es wäre, Mister Beauchamp den Inhalt der Tasse ins Gesicht zu schütten, aber sie tat es nicht. Natürlich nicht. Für sie hing viel davon ab, dass sie ihre Gefühle in den Griff bekam. Sie hatte dies nach dem Tod ihrer Eltern gelernt, als sie zu ihrem Vormund gebracht worden war. Wann immer sie in Tränen ausgebrochen war, hatte er sie hilflos angeblickt und war aus dem Zimmer gegangen. Da sie sich allein in dem großen Haus gefürchtet hatte, hatte sie das Weinen bald bezwungen.

Sie besiegte ihre Emotionen auch jetzt wieder, als sie in kleinen Schlucken den heißen Tee trank. Mit jedem Schluck gewann sie ihre Fassung zurück, bis Mister Beauchamp neben sie trat und in seine Teetasse vier Löffel Zucker häufte.

»Ich brauche Stärkung, um das Elend auf der Bühne zu überstehen«, kommentierte er mit Blick auf Mister Livingston, der mit seinen Sätzen durcheinanderkam, weil er verwechselte, ob er Frances oder Anthea damit adressierte.

»Pscht! Nicht so laut, sonst hört er sie noch«, schalt Emma ihn.

Mister Beauchamp kümmerte sich nicht um ihre Warnung: »Er ist wie Sie – vor Rechtschaffenheit steif wie ein Stock.«

Noch einmal ließ sie sich nicht provozieren. Sie nippte in Ruhe an ihrem Tee, bevor sie antwortete.

»Ein wenig mehr Rechtschaffenheit würde Ihnen sicher nicht schaden.«

»Das hat mein Vater auch immer gesagt, wenn ich beim Spielen mal wieder verloren habe«, sagte Mister

Beauchamp mit einem Lächeln. Emma bemerkte nun, dass Warwick ihrer Unterhaltung folgte.

»Kein Wunder, wenn Sie sein Geld verspielt haben«, gab sie zurück.

»Wozu lebt man, wenn nicht zum Vergnügen?«

Damit stellte er die leere Tasse auf den Tisch und ging, um sich den anderen auf der Bühne anzuschließen. Emma sah, dass sich Warwick mit der Nadel gestochen hatte.

»Sie bluten.« Sie reichte ihm ihr Taschentuch, doch er schüttelte nur den Kopf. Düster blickte er auf den anschwellenden Blutstropfen auf seinem Finger.

»Wissen Sie, wie das Geld angehäuft wird, das die Gentlemen bei Pferdewetten und beim Kartenspiel auf den Kopf hauen?«, fragte er.

Emma ahnte, worauf er anspielte. »Sie meinen den Sklavenhandel? Aber der ist verboten worden.«

»Handel?« Er sah sie gereizt an. »Ein euphemistisches Wort dafür, dass Engländer Menschen in andere Länder verschleppt haben. Wo sie ihren Willen gebrochen haben, indem sie ihre Frauen, Töchter, Männer und Söhne vor ihren Augen töteten. Und wo sie sie noch immer vergewaltigen und misshandeln und ihnen jeden Tropfen Leben restlos auspressen. Aber das alles passiert weit entfernt von den empfindlichen englischen Ladys.«

Kapitel 11

Noch erschüttert von Warwicks Worten suchte Emma Lady Darlington in den Zimmern der verstorbenen Mrs Livingston auf. Sie sah den Reichtum, der sie umgab, auf einmal mit anderen Augen und fragte sich, wenn Warwicks Worte stimmten, wie viele Menschen für die Seidentapeten und Brokatvorhänge in den Landhäusern der vornehmen englischen Gesellschaft geblutet hatten.

»Muss ich zur Probe?« Die Lady blickte vom Frisiertisch auf, als Emma hereinkam. »Ich bin gleich so weit. Ich wollte mir die Haare kämmen, aber die Bürsten sehen so staubig aus. Wie der Rest hier. Haben Sie die Tapeten gesehen? Die sind bestimmt schon fünfhundert Jahre alt. Wenn Anthea hier lebt, muss sie alles rausreißen lassen und ein großes Feuer mit den Möbeln veranstalten. Danach werde ich hier mal Stil und Geschmack reinbringen.«

Emma erschien es nicht richtig, in den Räumen einer Toten so respektlos zu reden. Doch es stand ihr nicht zu, ihre Dienstherrin zu kritisieren, daher kam sie auf ihr eigentliches Anliegen zu sprechen.

»Ich glaube wirklich, Mister Beauchamp ist auf Miss

Darlingtons Mitgift aus. Mir scheint, als habe er eine erhebliche Summe seines Vermögens verspielt.«

»Ich habe Ihnen schon einmal gesagt, dass dies Unfug ist. Die Mitgift meiner Tochter ist keineswegs von einer Größe, die Mister Beauchamp interessieren könnte. Sorgen Sie lieber dafür, dass es endlich zu Fortschritten kommt, was Mister Livingston und Anthea angeht. Bisher habe ich nicht den Eindruck, als würden die Kirchenglocken bald läuten.«

Emma spürte, wie sich alles in ihr anspannte, doch sie knickste bloß. »Sehr wohl, Lady Darlington.«

»Deshalb bitte ich Sie von Herzen, werden Sie meine Frau.« Mister Livingston deklamierte hölzern seine Liebe zu Anthea in ihrer Rolle als Camilla, aber immerhin versprach er sich nicht. Emma versuchte, sich so leise wie möglich an den Rand zu setzen, um die beiden nicht zu stören. Sie nickte Warwick zu, der über den schwarzen Umhang gebeugt saß, den er für die Rolle von Mister Beauchamp nähte.

»Nein, nein, nein, so geht das nicht. Das klingt ja, als würden Sie eine Predigt bei einer Beerdigung halten und nicht wie eine Liebeserklärung«, echauffierte sich Mister Beauchamp. »Sie müssen mehr Gefühl in Ihre Worte legen. Stellen Sie sich vor, Sie hätten noch nie eine so schöne Frau wie Miss Darlington gesehen.

Oder in Ihrem Fall, denken Sie an eine Hirschkuh direkt vor ihrer Flinte. Denken Sie daran, wie Ihr Herz bis zum Hals schlägt, wenn sich der Finger um den Abzug krümmt.«

Damit trat er neben Mister Livingston auf die Bühne. Er blickte Anthea tief in die Augen.

»Mich hat noch nie ein Mensch so berührt, wie Sie mich berührt haben. Mich hat noch nie jemand so durchschaut, so verstanden und so akzeptiert wie Sie mich. Deshalb bitte ich Sie, werden Sie meine Frau, Camilla. Ich flehe Sie an.«

Gegen ihren Willen fühlte Emma sich bewegt. Die eben noch so sperrig klingenden Worte, die sie an ihrem eigenen Schreiben hatten zweifeln lassen, wurden nun mit einer Überzeugung vorgetragen, dass sie wünschte, ein Gentleman würde in dieser Art zu ihr sprechen. Selbstverständlich dürfte es niemals ein Mann wie der Dandy sein.

»Wir sollten Mister Livingston den Raum geben, seine Rolle zu proben, denken Sie nicht, Mister Beauchamp?«, platzte sie dazwischen.

Er verbeugte sich daraufhin vor Miss Darlington und verließ die Bühne. Mister Livingston versuchte sich nun in einer Kopie von Mister Beauchamps Spiel, doch leider vergeblich. Immerhin erklärte ihm Anthea geduldig, wie er es verbessern könnte.

Mister Beauchamp gesellte sich zu Emma, setzte sich auf einen Stuhl neben sie und streckte seine Beine aus, die in engen, blank gewienerten Reiterstiefeln steckten. Die Troddeln an den Stiefelhälsen baumelten hin und her.

»Ich muss zugeben, Ihre Szenen sind gar nicht so schlecht, wie ich dachte. Es ist nur dieser Holzkopf, der alles verhunzt.«

Emma zeigte sich keineswegs erfreut über das Kompliment. Um seine Überheblichkeit zu dämpfen, teilte sie ihm mit, was sie von Lady Darlington erfahren hatte. »Sie können Ihren Plan übrigens vergessen, denn Miss Darlington hat keine Mitgift, die Sie reich machen könnte.«

Warwick ließ seine Näharbeiten ruhen und blickte von Emma zu Mister Beauchamp.

»Sie irren, Miss Smart, wenn Sie glauben, mit diesem Wissen trumpfen zu können«, erklärte Mister Beauchamp in einer Gelassenheit, die sie reizte. »Ich habe längst erkannt, dass Lady Darlington mehr Geld ausgibt, als sie jemals besessen hat. Aber ich sehe noch einen anderen Vorzug, den eine Verheiratung mit Miss Darlington bieten könnte.«

»Und der wäre?«

Er legte nur einen Finger auf den Mund und setzte sein überhebliches Lächeln auf. Emma überlegte noch, was sie erwidern sollte, als ein Diener mit einer Nachricht von Lady Darlington erschien, die darauf bestand, mit Mister Livingston in seinem Arbeitszimmer über die Ballplanung zu reden. Selbstverständlich wurden die Proben deshalb unterbrochen.

Warwick nahm seine Näharbeiten und setzte sich nach draußen, um besseres Licht für die kleinen Stiche zu haben. Frances folgte ihm.

»War meine Darbietung dieses Mal zufriedenstellend?«, fragte Mister Livingston Emma, als er mit Anthea von der Bühne kam.

»Durchaus. Ja.«

Abgelenkt sah sie, wie Mister Beauchamp Anthea zuwinkte. Doch diese schien es nicht zu bemerken. Sie ging durch die Fenstertüren auf die Terrasse zu Frances, die bei Warwick auf einer steinernen Bank im Schatten saß.

»Mister Livingston, verzeihen Sie meine Offenheit«, hielt Emma den Gentleman zurück, bevor er sich Lady Darlington im Arbeitszimmer anschließen konnte. Sie hoffte inständig, dass sie mit ihrer Vermutung recht haben möge, dass ihr Stück geholfen hatte, Anthea stärker in Mister Livingstons Fokus zu rücken. »Ich möchte Ihnen einen Rat geben. Manchmal kann ein Gentleman auch zu höflich und zurückhaltend sein. Manchmal kommt ihm dann jemand zuvor.«

»Was meinen Sie?« Er sah nicht so aus, als verstünde er ihre Andeutungen. Der ohnehin winzige Funke Hoffnung verglomm. Doch nun hatte Emma nichts mehr zu verlieren.

»Dass es einen Konkurrenten um die Gunst einer gewissen Frau gibt.« Sie blickte demonstrativ durch die offen stehenden Fenstertüren zu Anthea, die mit ihrer Schwester lachte.

Mister Livingston sah Emma nachdenklich an. »Ich bin mir nicht ganz sicher, ob ich Sie richtig verstehe, aber ich danke Ihnen für Ihr Vertrauen.«

Damit verbeugte er sich und verließ den Raum.

So hatte ein Gentleman zu sein, höflich und zurückhaltend. Und nicht so ein eitler Geck wie Mister Beauchamp, der seine nächste Szene gerade mithilfe eines Spiegels alleine probte und sehr angetan von seinem Spiegelbild zu sein schien.

Emma gesellte sich zu Frances und Anthea auf die Terrasse und lauschte deren Unterhaltung, während sie ihr Gesicht für einen kurzen Augenblick in die gleißend warme Julisonne hielt.

»Liebe ist grenzenlos überbewertet«, gab Frances ihre Meinung im Schatten der Säulen kund. »Eigentlich macht sie Menschen nur unglücklich. Wieso sollte man sich dann überhaupt verlieben wollen?«

»Du redest wie ein Kind, Franny«, erwiderte Anthea. »Liebe ist etwas so Kostbares.«

Derweil wurde sie rot, wie Emma verwundert feststellte, die bei ihnen im Schatten Schutz vor der Sonne suchte. So viel Emotion hatte sie bei Miss Darlington noch nicht erlebt. Sie hoffte nur, dass sie nicht dabei war, sich in Mister Beauchamp zu verlieben.

Ausgerechnet in diesem Moment trat dieser zu ihnen. Emma beobachtete Antheas Reaktion ganz genau, aber es sah nicht so aus, als machte seine Präsenz sie nervös.

Miss Darlington sprach einfach weiter, während sie starr auf die Nadel blickte, mit der Warwick durch die Stofflagen des Kostüms auf seinem Schoß stach.

»Manchmal kann Liebe dort wachsen, wo man es nie für möglich gehalten hätte«, sagte Anthea mit Wehmut in der Stimme.

Emma entschloss sich, diese Sentimentalität zu nutzen, um Miss Darlington etwas stärker in Richtung Mister Livingston zu steuern.

»Manchmal hält man es auch für unwahrscheinlich, sich in eine bestimmte Person verlieben zu können, weil diese nicht wie der Mann zu sein scheint, den man sich in der Vorstellung ausgemalt hat«, sagte Emma. »Und dann merkt man, dass es doch geschehen kann. Dass Gefühle entstehen, mit denen man nicht gerechnet hat.«

Anthea sah sie erstaunt an. »Ja, so ist es.«

»Das, wovon Sie reden, Miss Smart, ist nicht Liebe. Sondern erotische Anziehung«, mischte sich Mister Beauchamp ein.

»Sie vergessen sich«, warf ihm Emma vor. »Frances, du gehst zu deiner Mutter.«

»Wieso darf ich nicht hören, was geredet wird?« Stur blieb die jüngere Miss Darlington sitzen und verschränkte die Arme vor der Brust. »Gerade jetzt, wo es interessant wird.«

»Weil das, was Mister Beauchamp von Liebe versteht, Laster ist«, erklärte Emma scharf.

»Und was Sie von Liebe verstehen«, erwiderte Mister Beauchamp süffisant, »ist das Hirngespinst einer Jungfer.«

In der Nacht vor der Aufführung warf sich Emma von einer Seite auf die andere, dann stand sie auf und öffnete das Fenster, um ihr erhitztes Gesicht zu kühlen. Nur das dumpfe Quaken der Frösche war in der warmen Nacht zu hören. Hier und da blinkten schwache Lichter von Glühwürmchen auf. Ansonsten war es dunkel und unheimlich still. Es erschien ihr nahezu unvorstellbar, dass nicht alles um sie herum in dieser erregten Anspannung vibrierte, die sie gepackt hatte. Die vergangenen Wochen waren äußerst erschöpfend gewesen, da sie tagsüber den Proben beigewohnt, nachts heitere Briefe für ihren Onkel erdacht und danach noch an ihrem Theaterstück gefeilt hatte. Sie hoffte darauf, dass sich die ganze Anstrengung am nächsten Tag auszahlen würde, wenn ihr Stück zum allerersten Mal auf einer Bühne aufgeführt werden würde. Der dreizehnte Juli 1807 würde damit für immer eine Bedeutung in ihrem Leben haben.

Emma befand sich in einem Zustand der Überspanntheit. Auch wenn das Publikum nur aus Familien der Nachbarschaft und aus Dienstboten bestand und die meisten von ihnen womöglich niemals eine professionelle Aufführung in London gesehen hatten, an der sie das Stück messen konnten. Obwohl ihr Name nicht erwähnt wurde, hing für Emma dennoch so viel davon ab, was die Zuschauer von dem Stück halten würden.

Beim Aufstehen fühlte sie sich wie zerschlagen. Vor Nervosität konnte sie nur ihren Tee trinken, der Anblick des gebutterten Toasts hingegen löste Übelkeit aus. Sie war froh darüber, dass sie während der Aufführung, von den Blicken der Zuschauer verborgen, seitlich der Bühne stehen konnte, und sie beschloss, einfach vor dem Ende den Saal zu verlassen, so dass sie nicht mitbekommen würde, falls ihr Stück ausgebuht werden sollte.

Derart in Gedanken versunken reagierte sie keineswegs alarmiert, als das Dienstmädchen ihr ausrichtete, sie solle sofort zu Lady Darlington kommen.

Diese lag im Bett und ließ sich von ihrer Zofe mit nassen Tüchern die Stirn abtupfen. Muzzle kauerte neben ihr auf der Matratze und winselte.

»Miss Smart, ich bin unpässlich«, jammerte sie schwach. »Ich konnte gar nicht schlafen, und jetzt habe ich Augenringe. So kann ich unmöglich auftreten.«

In Emma stieg Panik auf. »Das sind bestimmt nur die Nerven. Und die Augenringe lassen sich mit Puder abdecken.«

»Nein, ich muss im Bett bleiben«, beharrte die Lady ein wenig energischer.

»Aber die Aufführung!« Emma konnte nicht glauben, dass ihr Stück so kurz vor der Premiere noch abgesagt werden sollte. Damit wären die Anstrengungen der letzten Wochen völlig umsonst gewesen.

»Das können Sie mir nicht antun«, platzte es aus ihr heraus. Als die Lady sie erstaunt anblickte, verbesserte sie sich eilig. »Alle haben sich so darauf gefreut, das Stück aufzuführen. Denken Sie nur an Ihre Tochter und Mister Livingston. Die beiden geben so ein reizendes Paar auf der Bühne ab.«

Lady Darlington ließ sich davon nicht beeindrucken. »Marianne hat ohnehin nicht so viel Text. Meine Rolle kann einfach gestrichen werden.«

»Man kann den Part nicht einfach streichen, davon ist so viel Handlung abhängig«, erklärte die aufgelöste Emma den anderen im Frühstückszimmer.

»Aber das würde bedeuten, wir müssten die Aufführung absagen«, realisierte Anthea traurig. »Ich wollte doch so gerne auftreten.«

Ratlos blickte Emma sie an. Ihr Traum, ihr eigenes Stück aufgeführt zu sehen, hatte so kurz vor der Erfüllung gestanden und wurde auf einmal wieder unerreichbar, weil Lady Darlingtons Nerven wichtiger waren als die Enttäuschung der anderen.

»Frances kann den Part übernehmen«, schlug Anthea vor.

»Auf gar keinen Fall! Ich mache mich bestimmt nicht

so lächerlich wie Mutter.« Stur verschränkte Frances die Arme vor der Brust. »Außerdem habe ich die Sätze nicht gelernt.«

»Warum springen Sie nicht ein, Miss Smart?«, schlug Mister Beauchamp vor.

»Ich? Nein.«

»Sie können den Text schließlich auswendig. Als wäre es ihr eigener.« Er konnte sich den kleinen Seitenhieb nicht verkneifen.

»Ich bin keine Schauspielerin.«

»Das sind wir alle nicht.«

»Schlechter als Mutter können Sie auch nicht sein«, kommentierte Frances aufmunternd.

»Bitte, Miss Smart, bitte helfen Sie uns«, flehte Anthea.

Nur kurze Zeit später half Anthea Emma dabei, das Kostüm von Lady Darlington überzuziehen, damit Warwick es für sie umändern konnte. Unwohl blickte Emma an sich hinunter auf das weit ausgeschnittene Dekolletee. Dort, wo Lady Darlington den Stoff sinnlich ausgefüllt hatte, hing er lose an ihr herab.

»Das lässt sich mit ein paar Stoffblumen und Spitze kaschieren«, schlug der Kammerdiener vor, als Emma im Kostüm wieder zu den anderen trat. Er stellte sich hinter sie und begann, das Kleid mit Nadeln abzustecken.

Mister Livingston, den sie vor lauter Schreck gerufen hatten, verbeugte sich vor ihr. »Ich habe gerade vom

Unglück gehört, aber Miss Darlington hat mir schon die freudige Nachricht mitgeteilt, dass die Aufführung dank Ihnen doch stattfinden wird. Wenn ich Sie um ein Wort bitten dürfte?«

Sie entschuldigte sich bei Warwick. Nachdem Mister Livingston sie am Arm zum Fenster geführt hatte und sichergehen konnte, dass die anderen nicht zuhörten, strahlte er Emma an. »Das wird heute ein Tag voller Freuden.«

Sie merkte auf und fragte nach: »Freuden?«

»Ich habe vor, jemandem auf dem Ball eine lebensentscheidende Frage zu stellen. Und ich hoffe, eine positive Antwort auf diese Frage zu erhalten. Was meinen Sie, Miss Smart?«

Obwohl es sie durchaus erleichterte, ihr Ziel damit erreicht zu haben, wusste sie nicht, was sie erwidern sollte. Denn auch wenn Antheas Benehmen ihm gegenüber zuletzt Hoffnung in ihr hatte aufkommen lassen, konnte sie nicht sicher sein, ob sein Antrag wirklich angenommen werden würde. Daher entschloss sie sich für eine diplomatischere Antwort.

»Ich wünsche Ihnen alles Glück – für die Aufführung und für Ihre Frage.«

»Das reicht mir als Versicherung«, beschied Mister Livingston. Mit einem Lächeln verabschiedete er sich.

»Was wollte er?«, fragte Warwick die verwirrte Emma, als sie zu ihm zurückkehrte, damit er mit dem Abstecken des überschüssigen Stoffes weitermachen konnte.

»Ich glaube, er will Miss Darlington heute Abend um ihre Hand bitten. Aua!«

Der Valet hatte sie beim Abstecken am Rücken gestochen.

»Verzeihung.«

»Schon gut.«

Eigentlich müsste Emma Erleichterung darüber empfinden, dass sie erfolgreich gewesen war. Doch zum einen würde damit ihre Anstellung enden, und sie wusste nicht, womit sie dann ihren Lebensunterhalt verdienen sollte. Zum anderen fühlte sie beinahe so etwas wie Enttäuschung darüber, dass ihre heimlichen Träume von häuslicher Sicherheit am Kamin in Mister Livingstons Bibliothek damit ein für alle Mal zerplatzt waren.

»Meinen Sie, dass Miss Darlington seinen Antrag annehmen wird?«, fragte Warwick, der nun von vorne versuchte, das viel zu weite Dekolleté auf Emmas Oberweite anzupassen.

»Ihr bleibt keine Wahl. Nur das Geld der Livingstons kann Lady Darlington noch vor dem finanziellen Ruin retten.«

So viel hatte Emma hinter den Kulissen mittlerweile mitbekommen.

»Aber das heißt im Grunde, Miss Darlington wird verkauft?« Der Valet blickte Emma forschend an.

»Ich würde es anders nennen, aber wenn Sie es so formulieren, heißt es das wohl. Es sei denn, sie liebt Mister Livingston, wovon ich nicht unbedingt ausgehen würde.«

Das Publikum setzte sich aus festlich gekleideten Mitgliedern der besseren Familien der Umgebung und den Dienstboten des Anwesens zusammen. Die sich am späten Nachmittag im Saal drängende Menschenmenge verbreitete eine vorfreudige Anspannung. Die gezimmerte Bühne wurde von einem Samtvorhang geschmückt, dem man die Zeit auf dem Dachboden nicht mehr ansah, nachdem er einen ganzen Nachmittag lang von drei Dienstmädchen ausgeklopft worden war. Es war zwar lange nicht so feierlich und professionell wie im Theater in der Drury Lane, aber das Publikum war nicht weniger enthusiastisch und klatschte viel und großzügig. Wenn Emma nicht so nervös vor ihrem ersten Auftritt gewesen wäre, hätte sie die Atmosphäre vielleicht genießen können.

Immerhin waren die ersten Szenen vielversprechend. Anthea sah als Camilla in dem von Warwick genähten Kleid wunderschön aus und sprach nach anfänglichen Unsicherheiten mittlerweile flüssig und mitreißend ihren Monolog.

»›Und ich dachte, du wärest anders, Robert, du würdest mich treu lieben. Stattdessen sehe ich dich kaum mehr, und meine Zofe hat mir erzählt, du würdest einer anderen deine Gunst schenken. Warst du nur auf mein Erbe aus? Ach, wird denn jemals ein Mann willens sein, mich aufrichtig zu lieben?‹«

Es schien Emma, als glitzerten echte Tränen in Antheas Augen, so überzeugend spielte sie. Da auch Mister Livingston einen halbwegs passablen Auftritt abgeliefert hatte, konnte sie allmählich darauf vertrauen, dass ihr Stück kein völliges Desaster ergeben würde.

»Miss Smart, Sie müssen auf die Bühne«, erinnerte Mister Beauchamp sie an ihren Auftritt. Ihr Herz fing an zu rasen, und sie atmete schwer.

Emma stolperte auf die Bretter, weil sie sich im opulenten Stoff des Kleides verfing. Aus dem Publikum war vereinzeltes Lachen zu hören. Voller Panik blickte sie in die Zuschauerreihen. Sie wusste, sie musste etwas sagen, aber die Zunge lag bleiern in ihrem Mund. Anthea sah sie auffordernd an, doch Emma hatte das Gefühl, das Sprechen verlernt zu haben. Ihr fielen die Worte nicht mehr ein, die sie zuvor auswendig hatte vorhersagen können. Allein der Gedanke, sich zu blamieren, lähmte sie. Angesichts der erwartungsvollen Blicke all der fremden Menschen brach sie zudem in Schweiß aus. Am liebsten wäre sie umgedreht und von der Bühne gelaufen, aber nicht einmal dafür brachte sie die nötige Kraft auf.

Da trat Mister Beauchamp, der hinter dem Vorhang gestanden hatte, noch vor seinem eigentlichen Auftritt auf die Bühne und improvisierte.

»Miss Camilla, Sie müssen Miss Marianne entschuldigen, Sie hat so viel von Ihnen gehört, dass sie ganz stumm vor Verehrung geworden ist.«

Sie war so erleichtert, dass er sich vor sie stellte und sie dadurch für einen Augenblick vor den Blicken des Publikums verbarg. Leise raunte er Emma den Satz zu, den sie eigentlich sagen sollte: »›Miss Camilla, ich habe viel von Ihnen gehört. Von einem gemeinsamen Bekannten.‹«

Damit trat er zur Seite.

»Miss Camilla. Ich habe … von Ihnen gehört. Von einem … Bekannten«, würgte Emma hervor. Wörter aus ihrer Feder, die ihr nun sperrig im Mund lagen. Ihre Hände begannen so stark zu zittern, dass sie sicher war, jeder im Publikum müsste dies sehen können und sich über ihre Unbeholfenheit amüsieren. Nur dank Mister Beauchamp schaffte sie es, ihre erste Szene zu überstehen, ohne mehr als den ein oder anderen unbeabsichtigten Lacher zu verursachen. Dennoch war ihre Erleichterung groß, als sie endlich wieder hinter die Bühne flüchten konnte. Dort wartete bereits Anthea, die nah bei Warwick stand. Seine Hand lag auf ihrer Taille.

»Eine Naht ist aufgegangen«, erklärte er die Situation.

Emma hörte kaum hin, sondern stürzte nach draußen in den Park. In der kühlen Abendluft stützte sie ihre Arme auf die steinerne Balustrade und atmete aus. Eigentlich hätte sie Stolz empfinden müssen, ihr eigenes Stück aufgeführt zu sehen, bei dem die Zuschauer an den richtigen Stellen lachten und an anderen bewegt zuhörten. Stattdessen fühlte sie nichts als Scham. Sie würde nie, nie wieder eine Bühne betreten.

»Wie geht es Ihnen?«

Sie blickte sich um und sah Mister Beauchamp vor sich stehen. Die Nachmittagssonne tauchte sein Gesicht in warmes Licht, so dass sie beinahe glauben konnte, er wäre aufrichtig um sie besorgt.

»Unter keinen Umständen gehe ich da wieder rein«, presste sie hervor.

»Aber es ist Ihr Stück.«

»Sie können doch so gut improvisieren. Biegen Sie das hin. Wie auch immer.«

Er trat vor sie und nahm ihre Hände in seine. »Aufgeben gilt nicht. Sie werden sich wegen eines flauen Magens nicht um den Genuss Ihres Erfolgs bringen. Ein dankbareres Publikum als dieses finden Sie so schnell nicht wieder.«

Er zog sie in Richtung Seymore House. Sie sträubte sich. Allein der Gedanke, wieder auf die Bühne zu gehen, verursachte Übelkeit bei ihr.

»Nein, ich gehe nicht zurück. Ich schreibe Stücke, ich bin keine Schauspielerin. Ich …« Sie entriss ihm ihre Hand, um sich gegen seinen Überredungsversuch zu wehren. Sie mochte, nein, sie konnte nicht im Fokus so vieler Menschen stehen und hielt es nicht aus, von ihnen beobachtet und bewertet zu werden.

»Sie benehmen sich wie ein Feigling und nicht wie die mutige Frau, die versucht hat, ihr Theaterstück dem Direktor der Drury Lane anzubieten. Wenn Sie jetzt nicht da raufgehen, werden Sie es für immer bereuen.«

Mister Beauchamp sah sie fest an, und Emma wusste trotz ihrer lähmenden Angst, dass er recht hatte. Sosehr sie auch befürchtete, sich zu blamieren, sie wollte ihr eigenes Stück aufgeführt sehen. Es lag nun an ihr, ob die Vorführung fortgesetzt oder abgebrochen würde. Daher folgte sie Mister Beauchamp schließlich ins Haus zurück.

Bevor sie die Bühne betraten, fasste er sie noch einmal an den Händen und blickte ihr in die Augen.

»Sehen Sie da oben nur mich an, nicht das Publikum.«

Das tat sie. Während sie sprach, konzentrierte sie sich völlig auf ihn und versuchte, alles andere um sie herum auszublenden. Auf diese Weise schaffte sie es tatsächlich, sich nicht zu verhaspeln. Dennoch war sie heilfroh, als sie am Ende ihres letzten Parts anlangte. Mister Beauchamp bat sie in seiner Rolle als George, ihm zu verzeihen, dass er Camilla umworben hatte.

»Ich liebe Sie«, presste Emma als Marianne hervor und beabsichtigte eigentlich mit einer eleganten Geste den Fächer aufzuschlagen, hinter dem sie den Kuss andeuten würde, doch ihren vor Aufregung zitternden Fingern gelang es nicht.

Mister Beauchamp nahm ihr den Fächer ab, breitete ihn aus und hielt ihn mit ruhiger Hand vor ihre Gesichter. Sie waren sich so nah, dass Emma seinen Atem spürte, der warm ihre Wangen streifte, was ein Kribbeln in ihr hervorrief, das sich wellenartig in ihrem ganzen

Körper ausbreitete. Sie sah, wie sie sich in seinen dunklen Pupillen spiegelte. Dann beugte er sich näher zu ihr, bis sein Mund sacht den ihren berührte. Sie hielt die Luft an und schloss die Augen.

Es war der erste Kuss ihres Lebens, und in ihr braute sich ein Sturm an Gefühlen zusammen.

Kapitel 12

Mister Beauchamp klappte abrupt den Fächer zu und ging ab. Emma blieb auf der Bühne stehen und konnte nicht begreifen, was soeben geschehen war. Mit dem Finger tastete sie ihre Lippen ab, so als könne sie das Gefühl des Kusses damit festhalten.

»Miss Smart«, flüsterte Miss Frances. »Sie müssen runter von der Bühne.«

Emma errötete. Sie glaubte, jeder Mensch könne sehen, dass sie Mister Beauchamp geküsst hatte, aber Anthea und Mister Livingston drängten für ihre letzte Szene an ihr vorbei, ohne ihr auch nur die geringste Aufmerksamkeit zu schenken.

Benommen stolperte sie hinunter und hielt sich dabei am Vorhang fest. Sie wusste nicht, was sie tun, denken oder fühlen sollte. Auf der Bühne kam es nun zu der finalen Liebeserklärung zwischen Anthea und Mister Livingston. Sie versprachen, sich bis ans Ende ihrer Tage zu lieben. Dann ließ Frances den Vorhang fallen. Das Publikum johlte und klatschte. Mister Beauchamp stieg an Emma vorbei auf die Bühne, Frances stieß sie an.

»Kommen Sie, Miss Smart, wir lassen uns feiern!«

Wie in Trance folgte Emma ihr. Sie verbeugte sich mit

den anderen vor den begeisterten Zuschauern. Mister Beauchamp drehte sich zu ihr um. Wieder kamen seine Lippen den ihren gefährlich nah, und wieder hielt sie den Atem an, befürchtete sie doch, er würde sie hier vor den Augen der anderen küssen.

»Gratulation zu Ihrer gelungenen Premiere«, sagte er nur.

Erst als sie von der Bühne getreten war und Mister Livingston ihr begeistert die Hand schüttelte und sie beglückwünschte, das Stück mit ihrem Einsatz gerettet zu haben, wurde Emma allmählich klar, dass sie nun eine aufgeführte Theaterautorin war. Es war weder Gemüse auf die Bühne geflogen, noch war das Stück ausgelacht worden. Alles in allem war es tatsächlich ein Erfolg gewesen. Ihr Erfolg. Und zu der Konfusion, die sie wegen des Kusses empfand, gesellte sich allmählich das Gefühl von Stolz. Auf einmal schien es nicht mehr so abwegig zu sein, dass ein richtiges Londoner Theater ihr Stück eines Tages ins Repertoire aufnehmen würde.

Trotz der Rosen und der Spitze, die Warwick an das Dekolleté genäht hatte, war das Kostüm noch immer viel zu tief ausgeschnitten und fühlte sich wie eine fremde Haut an, die ihr übergestülpt worden war. Erleichtert zog Emma es aus. Sie blickte in den Spiegel, um sich die Frisur zu richten, denn durch das Umkleiden hatten sich ein paar Haarsträhnen aus ihrem Dutt gelöst. Als sie ihr Gesicht betrachtete, um zu ergründen, ob die Ereignisse der vergangenen Stunden Spuren hinterlassen hatten, die sie weniger nach einer Gesellschafterin und mehr nach einer Theaterautorin aussehen ließen, erinnerte sie sich an den wie im Rausch erlebten Applaus. Mit dem Finger fuhr sie sanft ihre Lippen nach, die Mister Beauchamp geküsst hatte. Emma schrak zusammen. Lady Darlington durfte auf keinen Fall davon erfahren.

Verwirrt stieg sie in ein abgelegtes Kleid von Anthea, das sie für den Ball bekommen und selbst geändert hatte, damit es ihr passte. Durch viele Wäschen war der vormals silbern schimmernde Stoff zu einem Grau ausgeblichen. Warwick hatte ihr geraten, einen grünen Seidenschal darüber zu drapieren, so dass der blasse Ton nicht mehr auffiel. Aber auch modische Überlegungen konnten nicht verhindern, dass Emmas Gedanken wieder zum Kuss wanderten.

Gedankenverloren riss sie sich eine Naht auf. Sie schimpfte wegen ihrer Unachtsamkeit, dann schlüpfte sie in ein Alltagskleid und machte sich auf die Suche nach Warwick, damit er ihr helfen würde, die Naht zu flicken.

Sie war nicht wenig erstaunt, ihn in der Etage der Dienstboten in Reisekleidung und mit einer Tasche in der Hand anzutreffen. Er schien ebenso überrascht wie sie.

»Reist Mister Beauchamp schon ab?« Emma wusste nicht, wie sie darüber denken sollte. Ihr Hals wurde eng, und sie konnte kaum schlucken.

»Nein, keineswegs. Es ist nur … Ich …«, stammelte Warwick und wirkte dabei reichlich schuldbewusst.

Im ersten Moment war Emma beruhigt, dann sah sie den Valet misstrauisch an und folgte ihm, als er zum Treppenhaus ging.

»Sind Sie entlassen worden? Was ist passiert?« Etwas stimmte hier nicht.

»Nichts. Entschuldigen Sie mich, ich muss los.«

»Es wird schon dunkel.«

»Machen Sie es gut, Miss Smart.«

Damit drehte er sich um und entfernte sich. Aus einem Impuls heraus schlich Emma ihm nach. Warwick benutzte den Dienstboteneingang, um das Haus zu verlassen. Bevor die Tür hinter ihm ins Schloss fallen konnte, drückte Emma sie wieder auf. Als er ein paar Meter über die Kiesauffahrt gegangen war, kam eine Gestalt, die sich hinter einem Busch verborgen haben musste, hervor und nannte seinen Namen. Emma erkannte die Stimme sofort.

»Miss Darlington? Was haben Sie vor?«, rief sie.

Warwick und Anthea blieben stehen und drehten sich um. Miss Darlington war in den dunklen Umhang gehüllt, den Mister Beauchamp als George getragen hatte, und hielt ebenfalls eine Tasche in der Hand.

»Bitte, Miss Smart, schlagen Sie keinen Alarm. Lassen Sie uns gehen.«

»Ich werde nicht zulassen, dass sie an diesen Livingston verschachert wird, nur damit ihre Mutter im Luxus leben kann«, fügte Warwick hinzu.

»Wir lieben uns«, erklärte Anthea nun mit einer Festigkeit in der Stimme, die Emma neu war. Sie begriff nicht, wie diese seltsame Verbindung unbemerkt unter ihren Augen hatte zustande kommen können.

Anthea nahm Warwicks Hand und sah ihn an. Emma hätte es nicht für möglich gehalten, dass sich eine Frau vom Stand einer Miss Darlington in einen Dienstboten verlieben konnte. Aber so war es, daran ließ ihr Blick keinen Zweifel.

»Lady Darlington wird die Verbindung ihrer Tochter mit einem Dienstboten niemals gutheißen«, appellierte Emma an die beiden. »Und was soll dann aus Ihnen werden, Miss Darlington? Sie werden entehrt sein. Niemand wird Sie mehr heiraten wollen.«

»Als ob ich einen langweiligen Gentleman zum Mann nehmen würde, den meine Mutter für mich ausgesucht hat, nur weil er reich ist. Wir flüchten nach Schottland und heiraten in Gretna Green«, erklärte Anthea fest.

»Das ist Wahnsinn«, entfuhr es Emma. »Man wird Sie verstoßen, Miss Darlington, und Sie werden von allen geächtet. Sie enden in Armut, denn Ihre Mutter wird Ihnen ganz sicher nichts geben.«

»Warwick ist alles, was ich brauche. Ich liebe ihn. Lassen Sie uns einfach gehen.«

»Sie machen einen Fehler. Sie kennen ihn doch kaum.«

Anthea lachte auf. »Ich habe während der Proben so viel mehr mit Warwick über meine Gedanken und Gefühle geredet als mit Mister Livingston in all der Zeit zuvor. Und Sie hatten keine Skrupel, mich mit ihm zu verkuppeln.«

Emma erinnerte sich an Momente der intensiven Nähe zwischen Miss Darlington und Warwick, die sie in den letzten Wochen mitbekommen hatte. Sie hatte immer geglaubt, es wäre darum gegangen, Änderungen am Kostüm vorzunehmen. Sie hatte die Möglichkeit wachsender Gefühle der beiden gar nicht in Betracht gezogen, einzig und allein, weil der Valet ein Dienstbote war. Sie war völlig blind gewesen. Aber gerade weil er ein Dienstbote war, ging diese Verbindung nicht und würde Anthea ins Unglück stürzen.

»Sie können ihn nicht heiraten. Er ist der Sohn einer Sklavin«, brachte Emma vor.

Voller Verachtung sah Warwick sie an, und sie fühlte Scham in sich aufsteigen, weil sie ihn verletzt hatte.

»Ich bin ein freier Mann«, presste er mit kaum unterdrückter Wut hervor.

»Wenn Sie keine anderen Gründe als seine Hautfarbe, sein Geld und seinen Status gegen unsere Heirat vorbringen können, Miss Smart …«, mischte sich Anthea vehement ein. »Ich liebe ihn so, wie er ist.«

Emma kam sich vor wie in einem Theaterstück. Allerdings in keinem, das ein gutes Ende finden würde.

»Sie lesen doch so gerne Shakespeare, Miss Smart! Wir sind wie Romeo und Julia«, übertrieb Anthea melodramatisch. »Wenn wir uns nicht lieben dürfen, wollen wir lieber sterben.«

Angesichts einer solchen Liebesbeteuerung schwieg Emma und sah hilflos zu, wie die beiden sich entfernten. Als sie in der Dunkelheit verschwunden waren, wusste sie noch immer nicht, ob sie richtig gehandelt hatte. Sie hätte Anthea aufhalten sollen und sie wenigstens dazu überreden müssen, eine solch weitreichende Lebensentscheidung noch zwei, drei Tage länger zu überlegen. Anthea war schließlich minderjährig, ohne Geld und ohne Freunde, und konnte nicht übersehen, welche Folgen für die Zukunft das Abenteuer haben würde, auf das sie sich einließ. Panik ergriff Emma, als sie überlegte, ob Warwick wie sein Herr nur an schnellen Eroberungen interessiert war. Vielleicht hatte er gar nicht vor zu heiraten. Vielleicht war das Versprechen von Schottland nur ein Trick, um Miss Darlington ohne Widerstand entehren zu können.

Mit diesem Gedanken ging sie ins Haus zurück. Ihre Phantasie malte sich diverse Schicksale aus, denen Anthea ausgeliefert war. Wie sie einsam in der Gosse landete, wo sie das uneheliche Kind, das sie in Schande geboren hatte, nur durchbrachte, weil sie ihren Körper anbot. Die Varianten des Elends, die Emma sich ausdachte, wurden immer tragischer, als Lady Darlington nach ihr rufen ließ.

Die Lady schmierte sich eine Creme auf die Zähne, um sie vor dem Ball zu weißen, während die Zofe aus einer von London nach Somerset geschickten Ausgabe des

Magazins »La Belle Assemblée« vorlas. Lady Darlingtons Unpässlichkeit vom Nachmittag schien vergessen.

»›Alle Fähigkeiten des tragischen Schauspielers können erlernt werden, die des komödiantischen sind das Geschenk der Natur allein‹«, las die Zofe. »›Wir können daher hervorheben, dass Mister Young niemals als komödiantischer Schauspieler gefeiert werden wird.‹«

»Uh.« Lady Darlington verzog das Gesicht mit sichtlichem Vergnügen. »Mister Young wird in Zukunft ganz sicher keine Rollen mehr in Komödien bekommen. Blätter weiter, ich will die Bilder mit den neusten Kleidern sehen.«

Emma stand stumm auf der Schwelle und hoffte, Antheas Flucht noch ein wenig länger vor der Mutter geheim halten zu können.

Die Zofe zeigte ihrer Dienstherrin die Modeabbildung in der Zeitschrift.

»Diese gezackten Säume sind superb«, rief Lady Darlington aus, dann fiel ihr Blick auf Emma.

»Miss Smart, ich habe gehört, die Aufführung ist gut gelaufen.«

Emma nickte.

»Nun, ich bin sicher, wenn ich aufgetreten wäre, wäre es noch besser geworden«, befand die Lady. »Ich habe nach meiner Tochter schicken lassen, aber sie kommt einfach nicht.«

»Ich weiß nicht, wo sie jetzt ist«, wählte Emma ihre Worte mit Bedacht.

»Es ist Ihre einzige Aufgabe, meiner Tochter Gesellschaft zu leisten, und Sie haben keine Ahnung, wo sie steckt? Ich bin sehr unzufrieden mit Ihnen.«

»Pardon«, stammelte Emma.

»Nun stehen Sie nicht einfach nur so rum. Holen Sie Anthea, damit meine Zofe sie für den Ball fertig machen kann. Sie soll alle anderen Frauen überstrahlen. Ihre Versuche, Mister Livingston von Antheas Vorzügen zu überzeugen, haben ja nichts gebracht. Bücher!« Lady Darlington blickte ihre Zofe an, die den abschätzigen Ausdruck ihrer Dienstherrin imitierte.

»Aber Sie wollten doch, dass ich es mit Büchern versuche«, verteidigte sich Emma.

»Ich wollte Resultate sehen. Und jetzt werde ich es so einfädeln müssen, dass Anthea mit Mister Livingston in eine kompromittierende Situation gerät und er sie aus Gründen der Ehre heiraten muss. Was stehen Sie hier noch herum? Tun Sie endlich, was ich sage.«

Emma blieb stehen.

»Haben Sie nicht verstanden? Sie sollen meine Tochter holen.«

»Das geht nicht.«

»Sind Sie schwer von Begriff?«

»Ihre Tochter … Sie ist nicht da.«

»Was soll das heißen? Wo ist sie denn?«

»Ihre Tochter ist geflohen«, presste Emma hervor.

»Ach, dieses dumme Ding. Das hat sie schon öfter gemacht. In zwei Stunden ist sie wieder da.«

»Das denke ich nicht.« Emma verstand nicht, wie Lady Darlington so ruhig bleiben konnte. Offenbar begriff sie den Ernst der Lage nicht. »Sie will nach Schottland.«

»Was sollte Frances denn in Schottland wollen?«

»Nicht Frances, Ihre Tochter Anthea! Sie will dorthin, um Mister Beauchamps Valet …« Weiter kam sie nicht.

»Anthea ist mit Mister Beauchamp geflohen?«

»Nein, mit seinem Kammerdiener.« Jetzt war es heraus.

Die Lady lachte auf. »Soll das ein Scherz sein? Reden Sie nicht solchen Unsinn!«

»Es ist wahr«, versicherte Emma.

»Das ist unmöglich«, insistierte Lady Darlington, wirkte aber nicht mehr so überzeugt wie zuvor. »Das ist es doch, oder?«

Emma schüttelte den Kopf. Schockiert sah Lady Darlington sie an. Ihre Hand, die das Magazin gehalten hatte, ließ es los, so dass es zu Boden flatterte. Mit der anderen Hand griff die Lady an ihr Herz. Ihre Augen traten hervor, und sie wurde ganz blass. Emma nahm die Zeitschrift hoch und fächerte ihr damit Luft zu, dabei forderte sie die Zofe auf, ihrer Herrin ein Glas Wasser zu bringen. Als die Zofe mit dem Glas zurückkam, stieß Lady Darlington sie zur Seite.

»Wie konnte das passieren?«, ging sie Emma an. »Wieso haben Sie meine Tochter aus den Augen gelassen?«

»Ich weiß auch nicht, wie es dazu gekommen ist«, verteidigte sich Emma. »Ich war damit beschäftigt, Mister Livingston dazu zu bringen, Ihrer Tochter einen Antrag zu machen. Das will er auch tun, später auf dem Ball. Was sollen wir ihm nur sagen?«

»Nichts«, entschied Lady Darlington mit erstaunlicher Klarheit und richtete sich auf. »Sie sagen gar nichts. Sie gehen zum Ball und sorgen dafür, dass Mister Livingston nichts von dieser unglückseligen Eskapade erfährt.«

»Und wie soll ich ihm erklären, dass Miss Darlington nicht kommt?«

»Die Aufregung um die Aufführung war zu viel für ihre delikate Seele. Etwas in der Art. Bring mir meine Reisekleider«, forderte die Lady ihre Zofe auf.

»Was haben Sie vor?«

»Ich werde sie aufhalten. Nun gehen Sie schon! Und denken Sie daran, zu niemandem ein Wort über Anthea.«

Auch wenn es nur ein Ball auf dem Land war und keineswegs mit den Abendeinladungen des Ton, der vornehmen Londoner Gesellschaft, zu vergleichen war, hatte Mister Livingston keine Kosten und Mühen gescheut, um die geladenen Gäste zu empfangen. Er stand in der Eingangshalle und begrüßte die eleganten Damen mit Perlenketten und Federn in kompliziert aufgetürmten Frisuren und die in Samt gekleideten Herren, in deren silbernen Schuhschnallen sich die Flammen der Kerzen spiegelten. Jedem Ankömmling überreichte Mister Livingston eine kleine schwarze Seidenschleife, die mit

Stecknadeln an den Revers der Herren und den Ausschnitten der Damen befestigt wurden. An jedem anderen Abend hätte Emma die Atmosphäre genossen und sich von den fein gekleideten Tänzern faszinieren lassen, die sich im Kreis drehten, hätte an einem Glas Schaumwein genippt, bis sie leicht angetrunken gewesen wäre, hätte sich womöglich sogar von einem Gentleman auf die Tanzfläche führen lassen, ihre mit Tinte befleckten Hände unter langen weißen Handschuhen verborgen.

Dies war ihr allererster Ball, und sie hätte mindestens erregt sein müssen, doch als sie sich in die Schlange der Gäste reihte, die darauf warteten, den Gastgeber zu begrüßen, empfand Emma nichts von den Hoffnungen einer Debütantin, sondern war von Sorgen um Anthea erfüllt.

Als sie an der Reihe war, verbeugte sich Mister Livingston vor ihr.

»Miss Smart, wie schön, Sie wiederzusehen.«

»Miss Darlington lässt sich entschuldigen. Sie ist unpässlich geworden. Lady Darlington sieht gerade nach ihrer Tochter«, platzte es aus Emma heraus.

»Ich hoffe sehr, dass es Miss Darlington bald wieder besser geht.« Er sah angemessen bedauernd aus. »Wenn ich Sie um einen Tanz bitten dürfte?«

Vermutlich hatte er sich Tänze für Anthea freigehalten, die er nun füllen musste. Emma trug ihn auf ihrer Tanzkarte ein, dann ging sie zur Seite, damit er weitere Gäste empfangen konnte. Sie hoffte bloß, dass er nicht von Antheas Flucht erfuhr, und überlegte, wie sie seinen Fragen während des Tanzes ausweichen konnte. Dann fiel ihr ein, dass sie noch nie richtig getanzt hatte, und ihr wurde ganz schwindelig. Sie hatte ein paar Tanzstunden erhalten, als sie jünger war, doch sie hatte nie woanders getanzt als zu Hause und nie mit jemand anderem als dem Tanzlehrer.

»Möchten Sie ein Glas Schaumwein?«

Mister Beauchamp war unbemerkt von Emma hinter sie getreten. Als sie sich umdrehte, stieß sie gegen ihn, so dass er seinen Wein über sich schüttete.

»Oh, Verzeihung.«

Er wischte über sein schwarzes Jackett. »Nicht schlimm, das wird Warwick rausbürsten. Aber zur Strafe müssen Sie mit mir tanzen.«

»Auf gar keinen Fall.«

»Ist das Ihr Ernst?«

Sie wollte sich umdrehen, aber Mister Beauchamp griff nach ihrem Arm.

»Bisher haben sich die Frauen immer darum gerissen, mit mir zu tanzen.« Es wurde nicht deutlich, ob er Emmas Absage als Affront oder als Herausforderung betrachtete. »Ich bestehe darauf.«

Schon zog er sie zur Tanzfläche, die von dem Ölporträt der streng blickenden Mrs Livingston überwacht wurde.

»Ich kann nicht tanzen«, raunte sie ihm zu. »Sie werden sich mit mir blamieren.«

»Folgen Sie einfach dem, was ich tue.«

Ihr wurde heiß. Sie erinnerte sich an ein paar Schritte, aber nicht mehr an die ganze Abfolge, daher blickte sie sich nervös um, was die anderen Tanzenden taten. Wie diese legte sie die rechte Hand um die Taille ihres Partners, während Mister Beauchamp die ihre umfasste. Emma hob ihre linke Hand, so dass ihre Finger seine berührten. Nun drehten sie sich auf den Fußspitzen nicht nur umeinander, sondern auch mit den anderen Paarungen im Kreis herum.

Emma war sich bewusst, keine elegante Figur abzugeben, doch ihr Ziel war es nur, die Tanzfläche ohne allzu große Blamage wieder verlassen zu können. Allerdings hatte sie die Rutschgefahr der Ledersohlen ihrer Tanzschuhe auf dem gebohnerten Parkett unterschätzt. Gerade als sie auf Zehenspitzen tänzeln wollte, geriet sie ins Schlittern. Wäre Mister Beauchamp nicht gewesen, wäre sie gestürzt. Er hielt sie fest, obwohl er damit seine Tanzposition aufgeben musste. Die anderen Paare tänzelten um sie herum.

»Entschuldigung«, murmelte Emma beschämt. »Ich habe Ihnen gesagt, dass ich nicht tanzen kann.«

»Ich habe nichts dagegen, wenn Sie sich in meine Arme stürzen.«

Sie verzog das Gesicht. Im weiteren Verlauf des Tanzes führte Mister Beauchamp sie so entschieden, dass es ihr nach einer Weile sogar gelang, den Blick von ihren Füßen zu heben. Sie sah ihm ins Gesicht. Seine Augen begegneten den ihren und erinnerten sie daran, wie er sie geküsst hatte. Ihre Zunge benetzte ihre Lippen, und ihr Herz fing an, laut zu schlagen.

Als der Tanz endete, glühte ihr Gesicht vor Aufregung. Mister Beauchamp verneigte sich vor ihr. Sie knickste.

»Es ist wirklich heiß hier drin. Ich brauche etwas zu trinken.«

Damit ließ sie ihn stehen, aber ihre Hochstimmung hielt nur so lange an, bis ihr Miss Darlington wieder einfiel. Sie fragte sich, wo Warwick und Anthea gerade stecken mochten. Beim Anstehen für die Bowle wurden ihre Gedanken jedoch erneut abgelenkt, als sie merkte, wie einer ihrer Strümpfe zu rutschen begann. Das Strumpfband musste sich beim Tanz gelockert haben. Sie versuchte, den Strumpf so diskret wie möglich mit dem anderen Fuß etwas höher zu ziehen.

»Miss Smart, ich habe Sie gesucht. Sie haben mir doch einen Tanz versprochen«, erinnerte Mister Livingston an ihre Verabredung, als er unvermittelt neben ihr auftauchte.

Emma ließ erschrocken von ihrem Strumpf ab, legte ihre Hand auf seine und wurde so zum zweiten Mal an diesem Abend zur Tanzfläche geführt. Dieser Tanz war wesentlich komplizierter als der erste, so dass sie sich völlig verstrickte. Ihr Strumpf war mittlerweile ganz zur Wade heruntergerutscht. Ein paar der Gäste deuteten zu ihr und lachten hinter vorgehaltenen Händen. Sie betete, dass auch dieser Tanz endlich dem Ende zugehen würde, und wartete Mister Livingstons Verbeugung am Schluss gar nicht mehr ab, sondern lief auf die Terrasse.

Die kühle Nachtluft tat ihrem vor Scham erhitzten Gesicht gut. Sie war froh, ein leichtes Leinenmieder zu tragen, das sie lockerer als üblich geschnürt hatte. Hastig vergewisserte sie sich, dass niemand in der Nähe war, dann hob sie den Saum ihres Kleides an, um den Strumpf wieder hochzuziehen. Durch die geöffneten Fenster drangen Musik und Lachen zu ihr. Aufgestellte Öllaternen spendeten warmes Licht, das Motten anzog, die sich zum Klang der Musik weitaus anmutiger bewegten, als Emma dazu in der Lage gewesen war. Es roch herb nach frisch gemähtem Gras und süßlich nach der Lindenblüte.

»Hier sind Sie.«

Mister Livingston trat zu Emma an die Balustrade. Rasch ließ sie den Saum des Kleides fallen.

»Ein schöner Abend, finden Sie nicht?«

»Ja, doch.« Sie bewunderte, wie gefasst er sich gab, obwohl Anthea nicht gekommen war. Auch wenn sie lieber alleine hier draußen gewesen wäre, lächelte sie ihm zu.

Da ging er vor ihr auf die Knie. Sie vermutete, dass ihn ein Steinchen in den Schuhen drückte, und als er ihr die Hand reichte, griff sie zu, um ihm dabei zu helfen, sich wieder aufzurichten. Stattdessen hielt er ihre Hand fest und verharrte auf dem Knie.

»Mister Livingston, was tun Sie da?«

»Miss Smart.« Er blickte sie von unten herauf an. »Ich bitte Sie um Ihre Hand.«

»Die halten Sie ja schon.« Sie spürte Ungeduld in sich aufsteigen.

»Heißt das, Sie willigen ein, meine Frau zu werden?«

Kapitel 13

Emma konnte es nicht glauben, dass Mister Livingston ihr einen Antrag machte. Ausgerechnet ihr.

»Aber was ist mit Miss Darlington?«

Er blickte düpiert. »Was soll mit ihr sein?«

»Sie wollten doch Miss Darlington heute Abend einen Antrag machen.«

»Wie kommen Sie darauf?«

»Weil Sie das sagten.«

»Ich? Niemals.« Er erhob sich, entzog Emma seine Hand und fuhr sich durch die Haare. »Ich hatte nie vor, Miss Darlington zu meiner Frau zu machen.«

Emma verstand gar nichts mehr. »Aber ich dachte … Sie haben sich auf der Bühne so gut verstanden. Und sie ist eine so schöne Frau.«

»Wunderschön sogar.« Mister Livingstons Antwort verwirrte Emma nur noch mehr. Da machte er ihr einen Antrag und schwärmte gleichzeitig von einer anderen Frau. »Doch Miss Darlington ist viel zu jung und unerfahren für meine Zwecke. Was bringt mir ein trillernder Kanarienvogel? Ich brauche eine Ehefrau, die die Verantwortung tragen kann, die mit dem Anwesen und den Landgütern einhergeht. Eine Frau wie meine treue Zuchthündin. Kurzum, eine Frau wie Sie, Miss Smart.«

»Wie mich?« Emma wusste nicht, ob sie geschmeichelt sein sollte. »Ich habe keine Mitgift, kein Vermögen, nichts.«

»Geld habe ich genug. Dafür haben Sie einen wachen Verstand und praktische Fähigkeiten. Das sind die entscheidenden Kriterien bei der Wahl meiner Gattin. Und Ihr Stand ist nicht so weit unter meinem, dass eine Heirat gänzlich unerhört wäre.«

Emma war immer noch zu erstaunt, um erfreut darauf zu reagieren, von einem Mann wie Mister Livingston als Ehefrau ausgewählt worden zu sein. Zugegebenermaßen hatte sie ein klein wenig davon geträumt, in Seymore House zu Hause zu sein. Allerdings war es bei diesen Vorstellungen weniger um den Gentleman als um seine Bibliothek gegangen.

»Ich hoffe, dass Sie mir die Ehre erweisen, meinen Antrag anzunehmen.«

Mister Livingston griff erneut nach ihrer Hand und sah sie erwartungsvoll an. Emma empfand nichts von dem, was eine junge Frau in dieser Situation empfinden müsste, zumindest wenn es nach Romanen und Theaterstücken ging. Weder schlug ihr Herz vor Aufregung wild, noch stieg ein unbändiges Glücksgefühl in ihr auf. Sie fühlte sich eher befremdet.

»Das kommt alles so überstürzt.« Fieberhaft dachte sie nach, was sie tun sollte. Immerhin würde eine Eheschließung mit Mister Livingston ihre finanziellen Sorgen beseitigen und Mister Ramsbury die Freiheit erkaufen.

»Sagen Sie einfach Ja.«

Sie kam nicht dazu, etwas zu erwidern, da in diesem Moment Mister Beauchamp die Terrasse betrat und auf sie zuging.

»Hier sind Sie, Miss Smart.«

Mister Livingston war alles andere als erfreut über die Unterbrechung. Er blickte Mister Beauchamp genervt an, dann wandte er sich an Emma. »Ich erwarte Ihre Antwort in einer Stunde.«

Er verbeugte sich vor ihr und ging. Sie sah ihm verwirrt nach.

»Wissen Sie, wo Miss Darlington steckt?«, fragte Mister Beauchamp.

»Sie ist mit Warwick auf dem Weg nach Schottland. Und alles nur Ihretwegen«, fuhr Emma ihn an. Mit dem Zeigefinger deutete sie anklagend auf den Dandy.

»Meinetwegen?« Mister Beauchamp sah völlig verdattert aus.

Emmas ganze Anspannung drängte nun aus ihr heraus. »Wenn Sie nicht nach Somerset gereist wären, hätte Ihr Valet Miss Darlington nicht getroffen. Und ich hätte noch eine Anstellung.«

»Wie kann das alles meine Schuld sein?«, wollte Mister Beauchamp verblüfft wissen. »Erst haben Sie mir vorgeworfen, dass ich Miss Darlington erobern will, nun werfen Sie mir vor, dass sie sich in meinen Kammerdiener verliebt hat?«

»Weil Sie versucht haben, mit ihren Gefühlen zu spielen.«

»Moment, ich habe nichts anderes getan, als Sie getan haben. Sie haben ebenso wie ich versucht, Antheas Gefühle zu lenken.«

»Das war mein Auftrag«, verteidigte sich Emma, auch wenn sie seine Worte mehr trafen, als sie zugeben wollte.

»Trotzdem war es Manipulation. Sie wollten, dass Anthea sich in diesen Langweiler von Mister Livingston verliebt.«

»Mister Livingston ist kein Langweiler.«

»Natürlich ist er das. Das einzig Beruhigende an dieser ganzen unschönen Affäre ist, dass Mister Livingston kein Herz hat, das gebrochen werden könnte.«

»Sie haben doch gar keine Ahnung, was für ein Mann Mister Livingston ist. Er versteht mehr von Liebe als Sie mit Ihren ganzen amourösen Abenteuern.«

Er sah sie durchdringend an. »O nein, sagen Sie mir nicht, dass Sie sich in ihn verliebt haben. Ich hätte Sie für schlauer gehalten.«

»Das habe ich nicht.«

»Zum Glück.«

»Aber ich empfinde große Dankbarkeit für ihn und erwäge, seine Frau zu werden.« Emma wusste nicht, warum sie das verriet. Sie erwartete Mister Beauchamps Spott, trotzdem traf es sie, als er zu lachen anfing.

»Warum lachen Sie? Halten Sie es etwa für undenkbar, dass Mister Livingston mir einen Antrag gemacht hat?«

»Er ist ein noch größerer Langweiler, als ich gedacht habe.«

»Sie finden es also lachhaft, dass er mich zur Frau nehmen will?«

»Nein, aber ich kann mir beim besten Willen nicht vorstellen, dass Sie sich in das triste Leben an seiner Seite fügen können. Ihnen ist doch hoffentlich klar, dass Mister Livingston eine solche Lebensentscheidung nicht von Gefühlen abhängig macht.«

»Sie denken, dass ich so naiv wäre zu glauben, dass Mister Livingston in Liebe zu mir entbrannt ist? Sie unterschätzen mich, Mister Beauchamp.« Emma konnte nicht fassen, dass er sie für derart einfältig hielt. »Ich weiß sehr wohl, dass dies eine Vernunftentscheidung ist, und ich achte Mister Livingston dafür. Er sucht eine Partnerin, die ihn bei seinen wichtigen Aufgaben unterstützen kann. Das ist ein edles Anliegen. Sie hingegen wollten Anthea heiraten, um an Geld zu gelangen.«

»Weil ich keines mehr habe. Mister Livingston aber schwimmt in Geld. Er könnte es sich leisten, sich von einem hübschen Gesicht den Kopf verdrehen zu lassen.«

Nun war Emmas Eitelkeit, auch wenn diese nicht allzu ausgeprägt war, zutiefst gekränkt. Sie hatte nicht erwartet, dass Mister Beauchamp sie bildschön fand, aber dass er es kategorisch ausschloss, dass Mister Livingston sie attraktiv finden könnte, versetzte ihr einen Stich.

»Es gibt auch Männer, die den Kopf einer Frau für mehr als nur ein hübsches Gesicht zu schätzen wissen. Mister Livingston und ich haben viel gemeinsam.«

»Ach, tatsächlich. Was denn?«

Seine Frage brachte sie nur noch mehr gegen ihn auf. Es ärgerte sie, dass sie nicht sofort eine passende Antwort fand.

»Nun, wir … wir lieben Bücher und das Theater«, stammelte sie.

»Unfug. Mister Livingston gibt nur vor, sich für die Bibliothek zu interessieren, weil sein Vater sie errichtet hat. Und was das Theater angeht … Sie haben ihn doch spielen sehen. Nennen Sie das etwa Leidenschaft? Er will Sie heiraten, weil er eine kluge Frau sucht, die es ihm abnimmt, seine häuslichen Angelegenheiten zu regeln. So hat er mehr Zeit für seine Hundezucht, nehme ich an.«

Zwar hatte Emma ja selbst keinen Augenblick lang gedacht, dass ihr der Antrag aus Liebe heraus gemacht worden war, aber Mister Beauchamps Worte riefen dennoch ihren Unmut hervor. »Sie haben gar keine Ahnung davon, was Mister Livingston und mich verbindet.«

»Das habe ich nicht. Und Sie auch nicht. Wenn Sie allen Ernstes glauben, dass ein Mann wie Mister Livingston seiner Frau erlauben würde, ein Theaterstück zu schreiben, dann sind Sie einfältiger, als ich es für möglich gehalten habe.«

»Und Sie sind unerträglich«, stieß Emma hervor und hastete zurück in den Ballsaal.

Die Luft war vom Atem der Tanzenden stickig, und über allem lag das Gewirr lauter Stimmen. Ein Gentleman rempelte Emma an, als er sich an ihr vorbei zu einer Gruppe von Damen drängte. Er schien seinen Fauxpas noch nicht einmal zu bemerken. Emma fühlte sich in dem ausgelassenen Pulk von Menschen, die entschlossen waren, sich zu amüsieren, völlig fehl am Platz.

»Da sind Sie ja.« Mister Livingston trat auf sie zu. »Ich warte auf eine Antwort.«

Emma stand vor ihm. Ein »Ja« lag ihr auf der Zunge, doch sie brachte es einfach nicht heraus. Sie verstand selbst nicht, warum sie noch zögerte. Mister Beauchamp hatte ihr nichts gesagt, was sie nicht schon gewusst hatte. Aber er hatte etwas in ihr hervorgebracht, das sie zu verdrängen versucht hatte.

»Was halten Sie davon, dass Frauen Theaterstücke schreiben?«, fragte sie.

»Wie bitte?« Lord Livingston blinzelte mehrmals. »Ich verstehe nicht ganz.«

»Antworten Sie ehrlich.«

»Frauen sind auf der Bühne hübsch anzusehen, aber Frauen, die schreiben?« Er schüttelte befremdet den Kopf.

»Würden Sie es Ihrer Frau erlauben zu schreiben? In ihrer Freizeit?«

»Meine Frau wird viel zu viel zu tun haben. Es würde sich für eine Frau ihres Standes auch gar nicht ziemen.«

Emma war äußerst unbefriedigt, obwohl sie im Grunde

nichts anderes hätte erwarten dürfen. Es half nicht, dass sie in der Menge Mister Beauchamp ausmachte, der sich bestens unterhielt.

»Also, Miss Smart, darf ich endlich Ihre Response erwarten?«

Wie konnte sie seinen Antrag ablehnen? Ein solches Angebot würde sie nie wieder erhalten, und als Frau eines so reichen Mannes wie Mister Livingston könnte sie ihren Onkel aus dem Schuldnergefängnis freikaufen. Aber waren finanzielle Sicherheit und ein geachteter gesellschaftlicher Stand wirklich alles? Müsste nicht so etwas wie Liebe dabei sein?, fragte sie sich. Außerdem gab es das Theaterstück, das mittlerweile mit Erfolg aufgeführt worden war. Vielleicht fand sich noch eine Möglichkeit, es erneut anzubieten. Emma spürte die Gewissheit in sich aufsteigen, dass sie die Hoffnung darauf, eines Tages ein Theaterstück aus ihrer Feder auf einer Londoner Bühne aufgeführt zu sehen, nicht aufgeben wollte.

»Haben Sie vielen Dank für Ihr Angebot, ich fürchte nur, ich bin nicht die richtige Frau für Sie«, stellte sie klar.

Die Antwort schien Mister Livingston völlig aus dem Konzept zu bringen. »Soll das heißen, Sie lehnen ab?«

»Es tut mir wirklich leid.«

»Sie, ohne jeden Status und ohne Mitgift, lehnen es ab, meinen Namen zu tragen und Herrin über mein Haus zu werden?«

»Ich bin mir sicher, dass es ein vortreffliches Angebot ist und für viele Frauen das größte Glück wäre. Nur für mich ist es nicht passend.«

»Sie reden wirr.«

»Vielleicht.«

»Sie müssen verrückt sein.«

»Dann seien Sie froh, dass Ihnen eine solche Frau erspart geblieben ist. Suchen Sie sich lieber eine treue Zuchthündin.«

Nachdem sie den Ball überstürzt verlassen hatte, lief Emma in der Eingangshalle von Darlington Mews auf und ab. Sie wusste nicht, ob sie richtig gehandelt hatte, aber wenn sie in sich hineinspürte, fühlte sie keinerlei Reue, sondern einzig Erleichterung darüber, den Antrag abgelehnt zu haben. Die Geräusche von Rädern auf Kies alarmierten sie, und sie eilte nach draußen, wo soeben die Kutsche ihrer Ladyschaft vorfuhr. Die schnaufenden Pferde trieften vor Schweiß. Während der Butler eine Laterne hielt, um zu leuchten, ließ sich Lady Darlington von ihrem Verwalter aus der Kutsche helfen. Emma wartete einen Augenblick lang angespannt darauf, dass Anthea als Nächstes erscheinen würde, dann begriff sie erschrocken, dass die Lady allein zurückgekommen war. Sie fragte sich, was mit Anthea und Warwick geschehen war, als Lady Darlington auf sie aufmerksam wurde.

»Das ist Ihre Schuld«, schrie sie Emma an. »Sie sollten auf Anthea aufpassen.«

»Wo ist Miss Darlington denn?«, wagte sie zu fragen.

»Ungeheuerlich … Diese Schande … Dass mir so etwas passieren muss, mir!«

Lady Darlington war zu erregt, um eine zusammenhängende Antwort zu geben. Es dauerte, bis Emma verstanden hatte, dass die Lady zusammen mit dem Verwalter und ein paar kräftigen Dienern ihrer Tochter gefolgt war. Anthea war mit Warwick noch nicht weit gekommen, als sie eingeholt wurden. Offensichtlich hatten die Männer den Valet geschlagen, doch Anthea hatte sich vor den Liebsten geworfen, um ihn zu schützen. Als die Mutter sie wegziehen wollte, hatte ihre Tochter erklärt, Warwicks Kind unterm Herzen zu tragen.

»Das kann nicht sein!«, sagte Emma impulsiv.

»Ach, denken Sie?«, echauffierte sich Lady Darlington. »Sie haben genug Unheil angerichtet. Packen Sie Ihre Sachen und verschwinden Sie!«

Kapitel 14

Nach dem Aufstehen hatte Emma nicht lange gebraucht, um ihre wenigen Habseligkeiten in ihre Tasche zu packen. Das von Anthea geerbte Kleid, das sie auf dem Ball getragen hatte, hängte sie über eine Stuhllehne. Sie würde in ihrem weiteren Leben wohl kaum Verwendung dafür haben. Emma seufzte auf, als sie die Tür öffnete und den Flur entlang zur Treppe ging. Jeder Schritt fühlte sich unsicher an, so als laufe sie auf Watte. Nur in einem herrschte Klarheit: Sie bedauerte ihre Absage an Mister Livingston nicht.

»Müssen Sie wirklich gehen, Miss Smart?« Frances folgte ihr auf halber Treppe.

»Ich fürchte, ja. Ich bin nur als Gesellschafterin von Miss Darlington eingestellt worden. Und jetzt, wo Ihre Schwester …« Emma verschwieg die harschen Worte, mit denen Lady Darlington sie rausgeworfen hatte.

»Aber wenn Anthea weg ist und Sie auch noch, dann bleibe ich mit Mutter allein.« Frances sprach mit belegter Stimme. »Bitte gehen Sie nicht.«

Emma sah sie traurig an.

»Ich muss. Ihnen wünsche ich alles Gute für die Zukunft, Miss Frances.«

»Wünschen Sie mir, was Sie wollen, aber ich weiß, es wird schrecklich.«

Trotz des Ernstes ihrer eigenen Lage musste Emma über Frances' Neigung zur Dramatik lächeln.

»Sie haben immer noch Mister Beauchamp zur Unterhaltung«, tröstete sie.

»Ugh, bei dem Süßholzgeraspel fangen meine Ohren zu bluten an«, erwiderte Frances unbeeindruckt.

»Reden Sie von mir?«

Der Dandy stand mit einer großen Reisetasche neben der Tür, zu seinen Füßen waren Kisten aufgestapelt.

»Sie reisen ab«, stellte Frances hoffnungsvoll fest.

»Ich warte darauf, dass die Kutsche vorfährt.« Er musterte Emma kritisch, die in ihrer Jacke mit der Reisetasche in der Hand vor ihm stand. »Ziehen Sie etwa schon nach Seymore House um?«

»Ich will nach London«, erwiderte sie kurz angebunden.

Auf seinem Gesicht erschien ein breites Grinsen. »Ah, ich verstehe. Sie haben sich meine Warnung vor Mister Livingston zu Herzen genommen. Was bin ich froh, dass Sie den Langweiler abgewiesen haben. In Ihnen steckt Potenzial. Vermutlich können Sie sogar recht amüsant sein, wenn Sie erst einmal Ihre Steifheit ablegen.«

»Nehmen Sie eigentlich nie etwas ernst?« Emma sah ihn voller Missbilligung an.

»Oh, natürlich nehme ich alles ernst. Es ist sehr ernst, wenn ein Gentleman meines Standes gezwungen wird, ohne Valet zu sein. Ich musste meine Morgentoilette heute früh allein besorgen.«

Frances verdrehte die Augen, während Emma Mister Beauchamp nur mit einem durchdringenden Blick bedachte. Dann reichte sie Frances zum Abschied die Hand. Diese ergriff sie zunächst, besann sich jedoch eines Besseren und umarmte Emma spontan.

»Kann ich mit?«, bat sie. Emma schüttelte den Kopf.

»Leider nein. Ich weiß selbst nicht, wovon ich in Zukunft leben soll.«

Damit machte sie sich gerührt los und ging nach draußen. Zu ihrem Leidwesen folgte Mister Beauchamp ihr.

»Was wollen Sie noch?«, fragte sie. »Können Sie mich nicht in Ruhe lassen?«

»Aber das wäre so öde. Schließlich müssen wir uns die Zeit bis zur Abfahrt der Postkutsche gemeinsam vertreiben.«

»Sie reisen also auch nach London.«

»Was soll ich noch hier, wenn die Frau, die ich heiraten wollte, in der Nacht getürmt ist?«

»Ach, und welcher Frau wollen Sie als Nächster den Kopf verdrehen, um an Geld zu kommen?«, gab sie ungeniert zurück.

»Das werden wir sehen«, erwiderte Mister Beauchamp nonchalant. Doch hinter der zur Schau getragene Lässigkeit meinte Emma einen Anflug von Unsicherheit zu erkennen.

»Steigen Sie ein«, forderte er sie auf und reichte ihr die

Hand, um ihr in die einspännige Kutsche zu helfen, die ihn von Lady Darlingtons Anwesen zur nächsten Postkutschenstation bringen würde. Emma erinnerte sich an die letzte Kutschenfahrt und ihre Gefühle, als sie auf seinem Schoß gelandet war, sowie an den Kuss auf der Bühne. Keine dieser Erinnerungen war ihr willkommen.

»Nein danke, lieber laufe ich«, lehnte sie entschieden ab.

»Wie Sie wollen.« Der Dandy stieg ungerührt ein.

Es dauerte nicht lange, da rollte die Kutsche an Emma vorbei. Mister Beauchamp besaß auch noch die Unverfrorenheit, ihr zum Abschied zu winken. Mit hoch erhobenem Kopf ging sie hinter ihm her, doch der aufgewirbelte Staub reizte ihre Kehle, so dass sie pausieren musste. Als sie sich hüstelnd wieder auf den Weg machte, bemerkte sie, wie schnell ihr die Tasche schwer wurde. Die Hutschachtel schlug ihr zudem bei jedem Schritt auf die Hüfte. An ihrer Ferse bildete sich eine schmerzende Blase, und Emma bedauerte schon ihren Stolz, mit dem sie das Angebot, in der Kutsche zu fahren, abgelehnt hatte. Am liebsten hätte sie das Gepäck abgesetzt, stattdessen zwang sie sich, bis zur nächsten Kurve zu laufen, sonst würde sie nie bei der Postkutsche ankommen.

Als sie die Kurve nahm, erspähte sie hinter den Bäumen Lady Darlingtons Gespann, das auf sie wartete. Emma seufzte befreit auf und stieg wortlos ein. Allerdings wich das Gefühl der Erleichterung, als sie in das triumphierende Gesicht Mister Beauchamps blickte.

»Habe ich mir doch gedacht, dass Sie sich meiner nicht entziehen können.«

Emma schreckte aus ihren Gedanken hoch, als Mister Beauchamps Kopf auf ihre Schulter sank. Sie saßen in der Postkutsche nach London, und er schien trotz der schlechten Straße mit zahlreichen Löchern eingeschlafen zu sein. Für einen Augenblick saß Emma einfach nur da und war sich der Berührung überbewusst, doch dann fing sie den Blick der Mitreisenden ihr gegenüber auf und beugte sich vor, so dass Mister Beauchamps Kopf ins Leere sackte. Davon wachte er auf.

»Sind wir da?« Er blinzelte, begriff, dass sie das Ziel noch lange nicht erreicht hatten, lehnte sich wieder zurück und schlief weiter.

Emma blickte nach draußen. Obwohl sie schon eine Weile fuhren, waren sie noch immer in Somerset. Gelbliche Felder, die darauf warteten, dass das Korn geerntet würde, wechselten sich mit sattgrünen Wiesen ab, dazwischen erstreckten sich dunkelgrüne Waldstücke. Über allem erstrahlte der Himmel beinahe wolkenlos. Es war noch gar nicht so lange her, da war Emma jeder Tag wie diese Fahrt vorgekommen: unendlich lang, ohne große Abwechslung oder Höhepunkte.

Und nun war innerhalb weniger Wochen so viel passiert. Das tragische Schicksal ihres Onkels, ihre erste Anstellung und deren jähes Ende, ein Heiratsantrag, und gleichzeitig war ihr Theaterstück nicht nur fertig geschrieben, sondern auch noch gründlich überarbeitet und aufgeführt worden. Kein Tag war mehr wie der andere und würde es vielleicht nie mehr sein.

Die schrillen Schreie der Möwen, die über der Kutsche kreisten, verrieten, dass sie sich der Themse näherten. Emma blickte aus dem Fenster und beobachtete die Menschen auf den Straßen, an denen sie vorbeifuhren. An zahlreichen Ecken schichteten Maurer auf Baustellen Ziegelsteine auf, um neue Gebäude zu errichten. Ein paar Kinder trieben eine Herde Kühe über die Straße. Frauen schleppten Körbe mit Wäsche oder Gemüse. Sie alle hatten ihren Platz in der Großstadt gefunden.

»Sind wir jetzt da?«

Neben ihr streckte Mister Beauchamp die Beine aus. Er sah ausgeschlafen und erholt aus. Nach zwei Tagen auf der Straße, die sie weitgehend schweigend in der Kutsche gesessen hatten, und einer unruhigen Nacht in einem viel zu lauten Gasthaus, in dem Emma sofort auf ihr Zimmer gegangen war, um nicht noch mehr Zeit mit dem Dandy verbringen zu müssen als unbedingt nötig, fühlte sie sich hingegen wie zerschlagen.

»Ach, wie ich den Geruch Londons vermisst habe«, sagte Mister Beauchamp, als die Tür geöffnet wurde.

»Den Gestank nach Abfall?«, fragte Emma befremdet. London brachte nach tagelanger Trockenheit Mitte Juli üble Gerüche mit sich.

Mister Beauchamp lachte auf. »Den vielleicht nicht. Aber es ist diese ganz spezielle Mischung. Der feuchtsalzige Geruch der Themse, der würzige Duft der Pferde und der der süßen Früchte vom Markt … Ich kann auch geröstete Walnüsse riechen.« Er fuhr sich über die seitlich abstehenden Haare. »Wir haben uns nach der Fahrt ein kräftiges Mittagessen verdient. Was ist, kommen Sie mit?«

»Danke, aber ich habe zu tun.« Sie log nicht, als sie seine Einladung ablehnte. Sie musste tatsächlich eine bezahlbare Bleibe und eine Arbeit finden, und zwar so bald wie nur möglich.

»Na dann.« Er stieg aus der Kutsche, ohne ihr die Hand zu reichen.

Während sie in einiger Entfernung von Mister Beauchamp mit den anderen Reisenden auf das Gepäck wartete, das vom Dach heruntergeholt wurde, blickte Emma sich um. Händler wuselten zwischen den Reisenden herum.

»Austern. Frische Austern«, rief ein Mann. Ein anderer übertönte ihn: »Streichhölzer. Wer braucht Streichhölzer? Die besten Streichhölzer von ganz London. Nur hier!«

»Frische, frische Austern«, brüllte der erste Mann noch lauter und hielt den Umherstehenden den Korb mit den Muscheln ins Gesicht. Emma hatte ein paarmal Austern gegessen und war nicht unbedingt begeistert davon gewesen. Sie winkte ab, und auch Mister Beauchamp verzog das Gesicht.

»Im Juli verzichte ich lieber darauf«, erklärte er Emma, die nur nickte.

»Heiße Cross-Buns«, pries eine Marktfrau ihre Waren an, während sie sich durch die Menge drängte. »Heiß und süß.«

Das war schon mehr nach Emmas Geschmack. Der Geruch nach Gebackenem stieg in ihre Nase und brachte ihren Magen in Aufruhr.

»Gib mir zwei«, sagte Mister Beauchamp, drückte der Frau im Austausch für die süßen Brötchen ein paar Münzen in die Hand und biss dann in eines der Gebäckstücke. Emma lief das Wasser im Mund zusammen. Er sah ihren Blick, mit dem sie die Cross-Buns bedachte, und bot ihr das zweite süße Brötchen an. Sie zögerte, weil es nicht schicklich war, in der Öffentlichkeit zu essen, aber sie hatte solchen Hunger. Verstohlen blickte sie sich um. Aus den Augenwinkeln bemerkte sie zwei Männer, die sich den Weg durch die Menschenmenge rund um die Postkutschenstation bahnten. Etwas an ihnen kam ihr bekannt vor, doch sie verwarf den Gedanken sogleich. Woher sollte sie auch zwei Männer aus der Arbeiterklasse kennen?

»Was starren Sie so finster vor sich hin?«, zog Mister Beauchamp sie auf. »Sind Sie traurig, dass sich unsere Wege trennen werden?«

Emma antwortete nicht. Einer der Männer, der mit

dem fleischigen Gesicht, ging ihr nicht mehr aus dem Kopf. Dann erinnerte sie sich. Er hatte sie derart geschlagen, dass sie zu Boden gefallen war.

»Da sind die Männer, die meinen Vormund in die Fleet gebracht haben«, teilte sie Mister Beauchamp aufgeregt mit.

»Wo?«

»Dort!« Sie deutete zu den Männern, die jeden Reisenden, der einem Gentleman ähnelte, misstrauisch musterten.

Mister Beauchamp blickte in die Richtung, in die Emma zeigte, dann duckte er sich hinter ein Kutschenrad.

»Was ist?« Sein Verhalten verwirrte sie mal wieder.

»Ich glaube, die sind hinter mir her. Woher wissen die, dass ich hier angekommen bin?« Er sah sich vorsichtig um.

»Vielleicht steckt Lady Darlington dahinter«, vermutete sie ins Blaue hinein. »Womöglich ist sie verletzt, dass Sie so einfach abgereist sind.«

Er ging nicht darauf ein. »Haben die mich bemerkt?«

»Wahrscheinlich wissen die gar nicht so genau, wie Sie aussehen.«

»Ich bin der einzige Gentleman, der aus der Postkutsche gestiegen ist.«

Sie beobachtete die Schuldeneintreiber.

»Sie kommen auf uns zu«, warnte ihn Emma.

»Verdammt.« Mister Beauchamp setzte an, geduckt wegzulaufen, doch sie hielt ihn zurück.

»Warten Sie. Die holen Sie sofort ein.«

»Was soll ich sonst tun?«

»Überlassen Sie das mir.« Sie drehte ihm den Rücken zu und ging auf die Männer zu.

»Sind Sie zufälligerweise auf der Suche nach Mister Ambrose Beauchamp?«

»Wissen Sie, wo er ist?« Der Kleinere von beiden packte Emma am Arm.

»Sie tun mir weh. Ja, ich weiß, wo er ist. Aber Sie müssen mich erst loslassen.«

Nachdem der Mann Folge geleistet hatte, rieb sie demonstrativ über die Stelle, an der seine Finger gewesen waren, und zögerte eine Antwort hinaus. Sie hatte das Gefühl, je mehr Zeit sie sich ließe, desto eher würde ihr geglaubt werden.

»Was ist jetzt?« Der zweite Mann kam ihr so nah, dass sie seinen faulen Atem riechen konnte.

»Er ist da langgelaufen«, behauptete Emma und deutete in die Richtung, die von der Kutsche wegführte. »Aber Sie müssen sich beeilen, er ist schon vor einer ganzen Weile weg.«

Ohne ein Wort des Dankes folgten die Männer der vermeintlichen Spur.

Emma atmete aus und merkte in diesem Augenblick, dass sie vor Aufregung ganz angespannt war. Mister Beauchamp tauchte hinter dem Kutschenrad auf. Er lächelte sie an.

»Sie haben mein Leben gerettet.«

Damit schnappte er sich seine Reisetasche und lief in die entgegengesetzte Richtung davon. Sie sah ihm nach, und als er hinter dem Stand eines Metzgers und damit für immer aus ihrem Leben verschwand, wurde Emma von dem Stich, den ihr dies versetzte, völlig überrascht.

Kapitel 15

Das Gebäude des Theaters in der Drury Lane ragte streng vor ihr auf. Emma spürte, wie der Mut sie verließ, weil sie sich wieder an die Demütigung erinnerte, die sie hier erlitten hatte, als der Direktor ihr Theaterstück in Grund und Boden verdammte. Bei der Erinnerung daran fingen ihre Handflächen an zu schwitzen. Auf einmal erschien ihr die Begeisterung des Publikums von Seymore House nur noch ganz verblasst. Schließlich waren die Zuschauer Nachbarn und Dienstboten gewesen, die nicht viel Ahnung vom Theater besaßen. Der heiß umkämpfte Londoner Theatermarkt hingegen war etwas völlig anderes. Emma fühlte ihre Zuversicht, dass ihr Stück hier Anklang finden würde, rapide schwinden. Immerhin boten die Theater der Großstadt den verwöhnten Zuschauern skandalöse Verbrechen, lebende Tiere und sogar Wasserkaskaden auf der Bühne, während ihr Stück einfach nur von Liebe handelte.

Immer unsicherer machte sie einen Schritt zurück und wäre fast auf eine tote Ratte im Abflussgraben getreten, wenn eine Frau sie nicht gewarnt hätte.

»Hoppla, passen Sie auf!«

Emma sah die Frau dankbar an. Deren Haar war auffallend mit Federn und Bändern dekoriert, und der Schal, den sie um die Schultern trug, war mit bunten Blumen bestickt. Ihr fiel ein, dass es die Schauspielerin war, die die Rolle der Dienerin Julias gespielt hatte.

»Guten Tag, erkennen Sie mich wieder?«, fragte Emma sie.

»Sollte ich?«

»Wir sind uns schon einmal begegnet, als ich Mister Sherman ein Theaterstück von mir angeboten hatte. Emma Smart.«

»Ach ja, wie könnte ich das vergessen. So verblüfft habe ich Mister Sherman noch nicht gesehen. Guten Tag. Mrs Alice Drew, sehr erfreut. Was führt Sie hierher?«

»Ich habe mein Theaterstück grundlegend überarbeitet, es ist sogar aufgeführt worden. Auf einer privaten Bühne. Daher dachte ich ...«, sie brach ab.

»Sie wollen es noch einmal anbieten«, vermutete die Schauspielerin.

»Meinen Sie, ich könnte Chancen haben?«, erkundigte sich Emma hoffnungsvoll.

»Hmm. Wenn Mister Sherman gut gelaunt ist, wer weiß. Manchmal hat er einen guten Tag.«

»Kann ich mit reinkommen und sehen, ob der Tag heute geeignet wäre, Mrs Drew?«

»Sicher. Im grünen Salon gibt es immer einen heißen, starken Tee. Dann sehen wir weiter.«

Der Tee war in der Tat sehr stark und sehr süß, nachdem Emma drei Löffel Zucker dazugegeben hatte. Sie sah sich unwohl in dem Raum um, in dem sie zuletzt eine enorme Schmach erlitten hatte. Mrs Drew nippte derweil an ihrer Tasse und beobachtete einen Schauspieler, der neben einer reich gekleideten Dame auf dem Sofa saß. Es sah nicht so aus, als sei er glücklich mit dem Verlauf der Unterhaltung, von der Emma Teile aufschnappte.

»Ich verstehe nicht, wieso wir uns nicht trotzdem sehen können«, insistierte er. Emma konnte den Blick nicht von dem gelben Turban auf seinem Kopf lassen. Sie nahm an, dass er zu seinem Bühnenkostüm gehörte.

»Mister Clarke darf nie etwas von dir erfahren«, erwiderte die Frau. »Ein Schauspieler! Er würde mich aufs Land schicken. Für immer! Nun guck nicht so traurig, mein Hase.« Mit dem Zeigefinger fuhr sie ihm über das ausgeprägte Grübchen im Kinn. »Wir sehen uns doch wieder.«

Damit hauchte die Dame dem Schauspieler einen Kuss zu und ging. Er sah ihr mit angewidertem Gesichtsausdruck nach.

»Der arme Guy«, sagte Mrs Drew ohne jedes Mitgefühl zu Emma. »Sein Geldsack hat ihm gerade mitgeteilt, dass es die nächsten Wochen keine großzügigen Geschenke mehr gibt.«

Besagter Guy wurde nun auf sie aufmerksam. Er musterte Emma von oben bis unten, erhob sich dann und kam auf sie zu. Vor ihr stehend legte er eine Hand auf den Rücken und machte einen tiefen Diener. »Guy Lovell, zu Diensten.«

Als Emma ihm ihren Namen genannt hatte, nahm er ihre Hand, deutete einen Kuss an und blickte ihr unverwandt in die Augen. »Sehr erfreut, Miss, darf ich fragen, was Sie in unser bescheidenes Haus führt?«

Emma konnte beim besten Willen nicht sagen, ob sein vornehmes Getue ernst gemeint war oder ob er sie aufzog.

»Lass gut sein, Guy«, versuchte Mrs Drew, ihn zu verscheuchen, doch er blieb beharrlich an Emmas Seite.

»Ich möchte mit Mister Sherman sprechen«, erklärte sie vage.

Er musterte sie mit zusammengekniffenen Augen. »Auf welcher Bühne habe ich Sie schon einmal gesehen?«

»Auf keiner«, mischte sich Mrs Drew wieder ein. »Die arme Frau braucht keinen drittklassigen Schauspieler, der sich vor ihr als Mentor aufspielt, um unter ihren Rock zu gelangen.«

Mister Lovell sah seine Kollegin äußerst feindselig an und schnaufte. »Drittklassig, sagst du, ja? Mister Sherman hat mir die nächste Hauptrolle zugesagt, Alice.«

Mrs Drew blies belustigt in ihre Tasse. »Sicher doch. Und wovon träumst du nachts?«

Er schob seine Unterlippe nahezu trotzig vor.

»Vielleicht erinnern Sie sich an mich«, unterbrach Emma den Streit, »weil ich Mister Sherman vor einiger Zeit mal ein Theaterstück angeboten habe.«

»Sie sind die Frau …« Er brach ab.

»… über die sich der Direktor lustig gemacht hat«, vervollständigte Emma. »Aber ich habe das Stück gründlich überarbeitet. Und es ist in der Zwischenzeit mit Erfolg aufgeführt worden«, fügte sie nicht ohne Stolz hinzu, auch wenn sie verschwieg, dass dies auf einer privaten Bühne geschehen war. »Ich hoffe, dass Mister Sherman dem Stück noch mal eine Chance gibt.«

»Ich verstehe. Wenn Sie wollen, führe ich Sie zu ihm.« Er nahm ihre Hand.

»Gern.« Sie verabschiedete sich von Mrs Drew.

»Halten Sie sich mit dem lieber von dunklen Ecken fern«, rief die Schauspielerin ihr noch nach.

Mit einem mulmigen Gefühl ließ sich Emma von Guy Lovell durch die Gänge führen, die zu ihrer Erleichterung von zahlreichen Menschen frequentiert wurden, die geschäftig Kostüme oder Instrumente trugen. Zwei Männer rollten sogar einen lebensgroßen Tiger aus Pappmaschee an ihnen vorbei.

Bevor der Schauspieler an die Tür zum Büro des Direktors klopfte, hörten sie von innen eine laute, erregte Stimme.

»Dieser Dilettantismus gefährdet meine Gesundheit.«

»Aber Mister Sherman, ich …«

»Genug von diesem Mist!« Der Direktor brüllte nun.

Mister Lovell drehte sich mit bedauerndem Blick zu Emma um. »Ich fürchte, es ist gerade kein passender Moment.«

Sie war enttäuscht, setzte aber ein tapferes Lächeln auf, um sich keine Blöße zu geben. »Dann komme ich ein anderes Mal wieder.«

»Wenn Sie so gütig wären, mir Ihre Angelegenheit anzuvertrauen«, bot Mister Lovell an. »Ich werde sehen, was ich für Sie tun kann.«

Sie verstand nicht genau, was er von ihr wollte. »Sie meinen?«

»Warum geben Sie mir nicht Ihr Stück, und ich passe eine günstige Gelegenheit ab, bei der Mister Sherman besserer Laune ist?« Er streckte seine Hand nach dem Manuskript aus, das sie bei sich trug.

»Das würden Sie wirklich tun?«

»Es wäre mir eine Ehre.« Beim Lächeln entblößte er seine erstaunlich gerade gewachsenen weißen Zähne.

Mit klopfendem Herzen übergab sie ihm ihr Manuskript.

Die Tage, während Emma darauf wartete, dass der Schauspieler Mister Sherman in einer guten Verfassung erwischte, waren für sie kaum auszuhalten, lief ihr doch die Zeit und vor allem das Geld davon. Es tat ihr leid, es für eine Unterkunft ausgeben zu müssen, ohne zu wissen, ob diese Investition sich auszahlen würde. Ein Großteil ihres Erbes ging für die bessere Unterbringung des Vormunds in der Fleet drauf, den sie jeden Tag besucht hatte, seit sie zurück in London war. Sein Gesundheitszustand war durch das feuchte Gemäuer nicht gerade besser geworden, aber wenigstens schien Mister Ramsbury sich noch immer an der Gesellschaft seiner Schnupftabakdose aufzurichten. Doch jedes Mal, wenn sie aus dem mit Elend gefüllten Gemäuer auf die Straße trat, fühlte sie sich deprimiert und seltsam hoffnungslos.

Emma klammerte sich an die Chance, dass ihr erneuter Versuch nicht umsonst gewesen sein würde, als sie nun wieder vor dem Theater wartete. Die Ersten, die nach der Vorstellung aus dem Hintereingang kamen, waren ein paar lachende Orchestermusiker. Es dauerte, bis endlich Mister Lovell erschien, zusammen mit Susanna Honeyfield und einer Gruppe anderer Schauspieler.

Emma trat auf ihn zu. »Haben Sie mit dem Direktor reden können?«

»Huch, Miss …« Er runzelte die Stirn, als denke er nach.

»Smart«, erinnerte sie ihn.

»Miss Smart! Haben Sie mich erschreckt.«

»Hat Mister Sherman mein Stück gelesen?«

Der Schauspieler hakte sie unter. »Ich sage es Ihnen, wenn Sie mit uns kommen.«

»Wohin?« Ihr war seine Berührung unangenehm, aber aus Angst, ihn vor den Kopf zu stoßen, wagte sie nicht, sich loszumachen. Sie wollte nicht riskieren, dass er ihr nachher noch Schwierigkeiten machte.

»Vauxhall Pleasure Gardens. Kommen Sie, ich spendiere Ihnen einen Wein.« Sie folgte ihm zu einer Mietkutsche, in die die anderen Schauspieler bereits eingestiegen waren.

»Danke, aber was hat er denn gesagt?«, wiederholte sie ihre Frage.

»Guy, wo bleibst du?« Susanna Honeyfield beugte sich nach draußen. »Sollen wir ewig warten?«

»Wir reden später darüber, Miss Smart.«

Emma ließ sich von ihm in die Kutsche helfen. Dort setzte er sich neben einen Kollegen und deutete auf den schmalen Platz an seiner Seite. Emma zwängte sich zu ihm. Wenigstens waren mit Miss Honeyfield und einer anderen Schauspielerin noch weitere Frauen anwesend, doch besonders wohl fühlte sie sich nicht.

Während der Fahrt durch London erwähnte sie ihr Theaterstück nicht mehr, da es ihr vor den fremden Menschen peinlich war. Die Schauspieler scherzten über die beendete Vorstellung, warfen sich Anzüglichkeiten an den Kopf und die eine oder andere Bemerkung, die wie eine Beleidigung klang, über die dennoch lauthals gelacht wurde. Die Atmosphäre war angespannt und trotz des Gelächters nahezu feindselig.

Emma war froh, als sie endlich den Lustgarten erreichten. Wieder folgte sie Mister Lovell, der für sie am Eingang zahlte. Am Anfang der langen Allee, die zu den Vergnügungen von Vauxhall Gardens führte, hielt sie den Schauspieler zurück. Sein Gesicht wurde von einem der unzähligen bunten Lampions, die in den Bäumen hingen, bläulich beleuchtet. Von weiter hinten drangen Musikfetzen an ihr Ohr.

»Bitte, Mister Lovell, sagen Sie mir endlich, ob Sie was bei Mister Sherman erreichen konnten.«

»Er ist ein schwieriger Charakter. Los, wir müssen uns beeilen, sonst sind die besten Plätze weg.«

Seine Antwort ließ Emma nichts Gutes ahnen. Sie biss sich auf die Lippen und lief ihm nach, ohne einen Blick auf die bunten Blumenbeete zu ihren Seiten zu werfen.

»Dann hat es ihm nicht gefallen?«, fragte sie noch im Laufen. Ihr Herz schlug ihr vor Aufregung bis zum Hals.

»Lassen wir uns den wundervollen Abend doch nicht von solchen Nebensächlichkeiten verderben«, erwiderte der Schauspieler und steuerte auf einen Pavillon zu, der in einem Stil errichtet war, den die Londoner »chinesisch« nannten. Ein Orchester spielte einen Walzer, zu dem etliche Paare tanzten. Mister Lovell fasste Emma an den Händen und wollte sie zur Musik drehen, aber sie blieb stehen.

»Ich muss es wissen«, flehte sie ihn an. Er schien nicht zu begreifen, wie wichtig dies für sie war.

»Nun gut, wenn Sie so darauf drängen. Es bricht mir das Herz, glauben Sie mir, doch leider konnte die neue Version Mister Sherman nicht überzeugen«, sagte der Schauspieler mit einem gleichgültigen Lächeln, das seine empathischen Worte Lüge strafte.

»Aber hat er das Stück wirklich gelesen?«

»Ja. Wenn Sie mir nicht glauben, dann fragen Sie doch Miss Honeyfield, die war dabei. Warten Sie, ich rufe sie, damit sie meine Worte bestätigen kann. Susanna!«

»Nicht nötig«, brachte Emma noch hervor.

Mit einem Mal war es, als verschwände der Boden unter ihren Füßen. Sie konnte nicht glauben, dass ihre einzige Chance vorbei war. Ihr Stück hatte versagt. Sie hatte versagt. Schon wieder.

Wie in Trance ging sie hinter Mister Lovell her zu einem Tisch und ließ zu, dass er Essen und Getränke für sie bestellte, ohne dass sie einen Gedanken daran verschwendete, wovon sie das alles bezahlen sollte. Um sie herum herrschte ein reges Treiben, nur in ihr war nichts als Leere. Sie war sich so sicher gewesen, dass ihr Stück durch die Überarbeitung wirklich gut geworden war. Schließlich hatte das Publikum bei Mister Livingstons Einladung begeistert geklatscht. Was sollte sie jetzt bloß anfangen? Wovon sollte sie auf Dauer leben?

Sie trank den Wein, den Mister Lovell ihr anreichte, in einem Zug aus. All die Entscheidungen, die sie getroffen hatte, hatten sie zu diesem Punkt geführt, an dem es für sie einfach nicht mehr weiterging. Sie hatte Mister Livingstons Antrag abgelehnt, weil sie weiter Theaterstücke schreiben wollte, dabei hätte sie als seine Frau ihren Vormund aus der Fleet freikaufen können.

Emma trank ein weiteres Glas Wein, das ihr hingestellt wurde. Der Alkohol stieg ihr zu Kopf und machte sie benommen. Alles begann an ihr vorbeizurauschen. Die

Kaskade des Springbrunnens, das wie Peitschen auf Pferderücken klatschende Gelächter. Die unanständigen Schmusereien, Miss Honeyfields ständige Blicke in Richtung Eingang. Guy Lovells Schmeicheleien, die er in Emmas Ohr raunte. Die immer wieder gefüllten Gläser. Emma trank, auch wenn sie das Gefühl hatte Essig zu schlucken, so sauer war der Geschmack auf ihrer Zunge.

Später spürte sie, wie Mister Lovells Finger über ihren Oberschenkel streichelten. Sie erhob sich, um die Hand abzuschütteln, doch kaum stand sie, fing sie zu schwanken an. Jemand griff nach ihr, hielt sie fest.

»Lassen Sie mich.«

Emma versuchte, ihn abzuwehren, doch der Griff blieb hart.

»Mister Beauchamp.«

Susanna Honeyfields Gesicht verzog sich zu einer Grimasse. Emma blinzelte, versuchte, sich zu fokussieren. Schemenhaft erkannte sie den Dandy über sich. Er blickte auf sie herab, bis alles um sie herum verschwand.

Kapitel 16

Als sie die Augen aufschlug, sah Emma als Erstes einen Herrenhut, der auf einem Stuhl abgelegt worden war. Entsetzt wurde ihr klar, dass sie zu einer gefallenen Frau geworden sein musste, allerdings hatte sie keinerlei Erinnerung daran, wie sie in das fremde Bett gekommen war. Hinter ihrer Stirn pochte es, während sie versuchte, zu rekonstruieren, was letzte Nacht passiert war.

Sobald sie sich mühsam im Bett aufgerichtet hatte, wurde ihr übel. Sie würgte, schaffte es aber, sich nicht zu übergeben. Schweiß perlte auf ihrer Stirn. Ihre Kehle fühlte sich staubtrocken an, und sie musste unbedingt etwas trinken. Allein die Vorstellung, aufzustehen, brachte sie erneut zum Würgen.

»Guten Morgen.«

Mister Beauchamp kam herein. Er trug einen Krug Wasser und füllte damit ein Glas, das er Emma reichte. Sie trank so begierig, dass Tropfen an ihrer Kehle hinunterrannen.

Erst als er das Glas ein zweites Mal gefüllt hatte, brachte sie sich dazu, etwas zu sagen.

»Was haben Sie getan?«

»Gar nichts.« Er wirkte verwundert.

»Sie haben mich ruiniert«, stieß sie hervor.

»Das schaffen Sie schon ganz allein, möchte ich meinen. Wenn Sie so um Ihren Ruf bedacht sind, sollten Sie sich besser nicht in Begleitung von Schauspielern in Lustgärten betrinken. Sie sollten mir lieber danken, dass ich Sie davor bewahrt habe, mit einem fremden Mann mitzugehen.«

Emma schwieg gedemütigt und auch, weil ihr erneut schlecht wurde.

»Meine Dienerin hat Sie übrigens entkleidet. Nur damit Sie nicht auf noch mehr dumme Gedanken kommen«, fügte Mister Beauchamp hinzu.

Besagte Dienerin trat mit einem Tablett herein und stellte es auf einem kleinen Tisch ab. Emma wandte ihren Kopf ab, um der Frau nicht in die Augen sehen zu müssen.

»Erdbeere oder Aprikose?«, fragte der Dandy.

»Was?«

»Marmelade. Für Ihren Toast.«

»Ich kann nicht.« Bei dem Gedanken an Nahrung drehte sich ihr Magen um.

»Trinken Sie wenigstens einen Kaffee, dann fühlen Sie sich besser.«

Er nötigte ihr eine Tasse auf. Während Emma in die heiße dunkle Flüssigkeit pustete, setzte sich Mister Beauchamp zu ihr aufs Bett und biss in einen Toast. Sie nahm an, dass dies keine ungewöhnliche Situation für ihn war. Wahrscheinlich saß er morgens oft bei seinen Kurtisanen und Schauspielerinnen. Aber welches Recht hatte sie nach letzter Nacht noch, darüber zu urteilen? Sie war nun eine entehrte Frau, keineswegs erhabener als diejenigen, die sie im Theater gesehen hatte. Frauen, die vom Geld großzügiger Männer lebten.

»Wie wird man Kurtisane?«, fragte sie impulsiv.

Mister Beauchamp verschluckte sich am Toast. Er hustete, lief rot an, und erst als er vom Wasser getrunken hatte, gelang es ihm zu antworten.

»Haben Sie überhaupt eine Ahnung, wovon Sie da reden, Miss Smart?«

»Ich bin nicht so naiv, wie Sie denken, Mister Beauchamp. Ich weiß sehr wohl, dass manche Frauen Männern ihre Körper anbieten.« Sie musste an ihre nächtliche Begegnung mit der Frau denken, die sie unter einer Laterne getroffen hatte. Dann fiel ihr der Mann ein, der sie angesprochen hatte, und es schüttelte sie innerlich. »Es ist sicher nicht besonders angenehm. Aber wenn einer Frau andere Wege, Geld zu verdienen, verwehrt sind …« Sie brach ab, da sie das Reden zu sehr anstrengte.

»Sie haben keine Vorstellung davon, was so ein Leben heißt. Glauben Sie mir, Ihnen fehlt das Zeug dazu, Männer mit sinnlichen Künsten zu umgarnen.«

Absurderweise fühlte Emma sich von ihm beleidigt. Sie trank vom Kaffee, ließ die starke Flüssigkeit ihre Kehle hinabrinnen, bevor sie antwortete. Die Empörung, die sie empfand, verlieh ihr Kraft.

»Wenn Sie sich erinnern, habe ich bereits einen Heiratsantrag bekommen. Es gibt also Männer, die meine Künste zu schätzen wissen. Und überhaupt. Hätten Sie mir nicht von Mister Livingston abgeraten, wäre ich längst verheiratet und bräuchte mich nicht darum zu sorgen, wovon ich in der nächsten Zeit leben soll.«

Sie hatte so viel geredet, dass ihr wieder übel wurde, und legte den Kopf zurück auf das Kissen.

Mister Beauchamp sah sie erstaunt an. »Ich wollte nur verhindern, dass Sie sich unglücklich machen.«

»Ich bin unglücklich. Sie haben gar nichts verhindert, aber alles verschlimmert.«

Danach herrschte Schweigen. Nach einer Weile setzte sie sich wieder auf. Dann trank sie ihren Kaffee aus und hoffte, nun halbwegs in der Lage dazu zu sein, aufzustehen. Das Problem bestand jedoch darin, dass sie bloß in Unterwäsche gekleidet war.

»Wo ist mein Kleid?«

»Es war … nun ja, Sie haben sich … Meine Dienerin hat es gewaschen.«

»Lassen Sie es bringen. Ich will gehen.«

»Es muss noch trocknen.«

»Ich ziehe es nass an«, insistierte Emma.

»Es gibt doch gar keinen Grund für Ihre Eile. Ihr Ruf ist ohnehin ruiniert, weil Sie bei mir genächtigt haben.« Mister Beauchamp sah unbekümmert aus, als er das sagte, was sie nur noch mehr gegen ihn aufbrachte.

»Sie haben meine Lage ausgenutzt. Sie … Sie …« Ihr fiel kein Wort ein, das treffend genug wäre.

»Ich ritterliche Gestalt, wollten Sie sicherlich sagen. Wo ich Sie immerhin aus einer zutiefst gefährlichen Situation befreit habe.« Er lächelte breit.

Sie kniff die Lippen zusammen und wog ihre Optionen ab. Wenn sie nicht aufstand, würde sie vermutlich noch stundenlang so daliegen. Aber wenn sie aufstand, bekäme Mister Beauchamp ihre Unterwäsche zu sehen. Falls er es nicht ohnehin schon getan hatte, seinen Worten konnte sie schließlich nicht vertrauen.

»Drehen Sie sich um«, forderte sie ihn auf.

Als er Folge leistete, schlug sie die Decke weg und erhob sich unsicher. Da ihr erneut schwindelte, stützte sie sich auf dem Tischchen ab, das zu kippeln begann. Eine Tasse darauf geriet prompt ins Ungleichgewicht und rutschte zu Boden, wo sie zerbrach. Mister Beauchamp wandte sich um. Emma stieß einen überraschten Schrei aus und riss ein Kissen vom Bett, um es sich vorzuhalten. Der Dandy grinste.

»Üben Sie schon für Ihre Laufbahn als Kurtisane?«

Sie warf ihm das Kissen an den Kopf. Er fing es auf, legte es auf einen Stuhl und lachte dabei.

»Wer hätte gedacht, dass Sie so temperamentvoll sind? Sie erstaunen mich, Miss Smart.«

»Und mich erstaunt es, dass Ihnen nicht längst jemand den Hals umgedreht hat.«

Emma griff nach dem Seil der Dienstbotenklingel und zog daran.

»Nicht doch, es ist ein so schöner Hals. Ein sauberer

Stich ins Herz wäre besser. Ich könnte Ihnen mein Buttermesser leihen, wenn Sie wünschen.«

Endlich erschien das Dienstmädchen.

»Bring mir mein Kleid«, bat Emma und verschränkte die Arme vor ihrem Körper.

Das Mädchen knickste und senkte den Kopf, doch der schnelle Blick, mit dem sie Emma streifte, war verächtlich. Emma wartete, bis das Dienstmädchen den Raum verlassen hatte, dann schlug sie die Hände vors Gesicht.

»Ich bin eine gefallene Frau«, stieß sie hervor.

»Gewiss«, provozierte Mister Beauchamp. »Aber es gibt noch eine Rettung.«

»Was? Ein Kloster?« Sie sah ihn an, aufgebracht darüber, dass er seinen Spaß mit ihr trieb.

»Heiraten Sie mich.«

»Was soll das werden?« Sie hatte viel zu starke Kopfschmerzen für seine Scherze.

»Ein Handel. Ein für beide Seiten lukratives Geschäft«, erwiderte er.

»Haben Sie schon vergessen, dass Sie gar kein Geld mehr haben?«, wies sie den bizarren Antrag ungehalten ab.

»Im Moment nicht, nein, aber wenn wir als Ehepaar zu meiner Tante reisen, dann können wir sie gemeinsam von meiner Läuterung überzeugen, damit sie meine Schulden zahlt und mich wieder als Erben einsetzen lässt. Ich erwarte von Ihnen nichts weiter, als dass Sie für eine kurze Weile meine liebende Ehefrau geben«, erklärte er.

»Dafür zahle ich Ihnen eine beachtliche Summe Geld, sobald ich die Gunst meiner Tante gewonnen habe. Na, was denken Sie?«

Das Ganze hörte sich völlig aberwitzig an.

»Ich gebe Ihnen auch genug für den Lebensunterhalt, damit Sie Ihre Stücke weiterschreiben können«, lockte er.

»Wieso sollte ich mich darauf einlassen, wo ich doch augenscheinlich kein Talent als Autorin habe?«, sagte Emma.

»Wer behauptet das?«

»Mister Sherman. Der Theaterdirektor.«

»Dann ist er ein Banause. Haben Sie vergessen, wie das Publikum in Somerset applaudiert hat?«, erinnerte sie Mister Beauchamp. »Also wie lautet Ihre Antwort?«

Sie konnte nicht glauben, was er ihr vorschlug. Es klang viel zu bizarr. Wie könnte sie einen Mann heiraten, der ihr die meiste Zeit über zuwider war? Zudem konnte sie sich keinen Reim darauf machen, was er sich von diesem Handel wirklich versprach. Ihr Kopf schmerzte, und sie hätte sich am liebsten hingelegt und weitergeschlafen.

»Sie können natürlich immer noch Kurtisane werden, wenn Ihnen das lieber ist«, schlug er vor. Ihm war anzusehen, wie sehr ihn die Vorstellung amüsierte.

Kapitel 17

Wenn sich Emma in der Vergangenheit einmal ihre Hochzeit ausgemalt hatte, dann hatte sie sich in einem bestickten Seidenkleid gesehen, mit einem Blumenstrauß in den Händen, einen neuen Hut auf dem kunstvoll frisierten Haar und einem glücklichen Lächeln im Gesicht, während sie am Arm ihres Vormunds auf die kleine Dorfkirche zuschritt, wo die Liebe ihres Lebens auf sie wartete, um sie zur Frau zu nehmen. Nie hatte Emma sich vorgestellt, in einem klammfeuchten Kleid mit einer Mietkutsche überstürzt zu einer Kapelle zu fahren, um dort einen Mann zu ehelichen, den sie nicht einmal leiden konnte.

Sie blickte aus dem fleckigen Kutschenfenster. Hintereinander hatte Emma gleich zwei Heiratsanträge bekommen, und beide mit ganz unromantischen Intentionen. Während Mister Livingston eine Frau gesucht hatte, die ihm Arbeit auf dem Anwesen abnahm, wollte Mister Beauchamp sie zur Frau nehmen, um seine reiche Tante davon zu überzeugen, dass er einen Lebensstilwandel vollzogen hatte. So wie er es bereits geplant hatte, als er um Anthea Darlington warb.

Emma fragte sich noch, ob sie nicht völlig verrückt

war, sich auf diesen Handel einzulassen, da ratterte die Kutsche bereits über den Hanover Square in die Great George Street hinein. Als sie vor der Kirche hielten, half Mister Beauchamp ihr aus der Kutsche. Sie blickte zu dem mit Säulen verzierten Eingang und bemerkte, wie die Feuchtigkeit des Kleides durch ihr Unterkleid auf ihre Haut drang. Es hätte unbedingt noch länger vor dem Ofen trocknen sollen, doch Mister Beauchamp hatte darauf gedrängt, sofort zur St. George's Chapel zu fahren, um ohne Umschweife zu heiraten. Sie hatten nur einen kurzen Zwischenstopp bei einem Juweliergeschäft eingelegt, um einen Ring zu kaufen.

Der Dandy ließ ihr auch jetzt keine Zeit, ihre Erscheinung zu richten, sondern nahm die wenigen Treppenstufen zur Kirche mit einem Satz. Sie hastete hinter ihm her und konnte sich des Eindrucks nicht erwehren, dass die Möwen, die auf dem Dachvorsprung saßen, sie höhnisch auslachten. Mister Beauchamp drückte die Holztür auf, und Emma folgte ihm in die Kapelle hinein.

»Sie müssen uns verheiraten.« Seine Stimme hallte durchs Mittelschiff der Kirche.

Der Pfarrer sah vom Altar auf, auf dem er Kerzen anzündete.

»Habt ihr euch etwa dem Laster hingegeben, und die Sünde hat Früchte getragen?«

Er blickte streng zu Emma und ließ seinen Blick abfällig über ihren Körper gleiten. Sie senkte den Kopf, so dass die Krempe ihres Huts ihr Gesicht verbarg.

»Hast du keinen Anstand?«, ging er sie an. »Die Unschuld ist die größte Tugend einer jungen Frau …«

Emma spürte Unmut in sich gären. Selbst wenn sie sich Mister Beauchamp hingegeben hätte, so wäre er ja immer noch an ihrem moralischen Fall beteiligt gewesen. Doch der Tadel des Pfarrers richtete sich einzig gegen sie.

»Wir bereuen zutiefst, was wir getan haben«, mischte sich Mister Beauchamp ein. »Ich möchte für meine Sünde büßen, damit nicht noch ein uneheliches Kind mehr in diese Welt geboren wird.«

Emma warf ihm einen unfreundlichen Seitenblick zu. Offenbar war der Geistliche Mister Beauchamp gegenüber aber wohlgesonnen, der ihm etwas in die Hand drückte, was der Pfarrer sogleich in den Falten seiner Soutane verschwinden ließ.

»Ich wäre Ihnen äußerst verbunden, wenn wir heute noch heiraten könnten«, drängte Mister Beauchamp.

»Ohne Bann zu heiraten, geht nur mit einer speziellen Lizenz«, erwiderte der Pfarrer. Wieder wechselte Geld den Besitzer. »Das ist sehr ehrenhaft, mein Sohn. Ich wünschte, es gäbe mehr anständige Männer deines Schlages. Ihr seid beide volljährig?«

Emma nickte.

»Und keiner von euch ist bereits verheiratet?«

Sie verneinten.

»Ihr braucht Trauzeugen«, sagte der Geistliche.

»Kein Problem.«

Mister Beauchamp verließ die Kirche. Unruhig wartete Emma auf seine Rückkehr. Sie wand sich unter dem Blick des Pfarrers und war erst beruhigt, als Mister Beauchamp endlich zurückkehrte, einen Mann und eine Frau im Schlepptau.

»Unsere Zeugen.«

Die Frau, die sich neben Emma vor den Altar stellte, roch durchdringend nach Alkohol, und eines ihrer Augen war zugeschwollen, die Haut drum herum von dunkelvioletter Färbung. Der stark tätowierte Mann, von dem Emma annahm, er müsse mal ein Seemann gewesen sein, spielte mit einer Hand mit Münzen in seiner Hosentasche und kaute schmatzend am Tabak. Der Pfarrer schien an der merkwürdigen Konstellation nicht allzu viel auszusetzen zu haben. Emma sah zu Mister Beauchamp hinüber, der ihr zuzwinkerte, bevor er sich mit ernster Miene wieder dem Pfarrer zuwandte.

»Werte Gemeinde, wir sind hier unter Gottes Blick zusammengekommen …« Er leierte die Hochzeitsansprache herunter, als wolle er das Spektakel so rasch wie möglich zu Ende bringen. Emma konnte es ihm nicht verdenken. Alles fühlte sich so unecht an wie ein schlecht gespieltes Theaterstück.

»Willst du …« Der Pfarrer blickte Mister Beauchamp an, der nun nach Emmas Hand griff und sie festhielt. Sie traute sich nicht, sie ihm zu entziehen.

»Ambrose Fitzwilliam Beauchamp«, erklärte dieser mit salbungsvoller Stimme.

»Willst du, Ambrose Beauchamp, die hier anwesende …«

»Emma Caroline Smart«, brachte sie hervor. Ihre Stimme hörte sich in der fast leeren Kirche schrill an.

»… zu deiner Angetrauten nehmen, so sprich mir nach. ›Ich nehme dich zu meiner angetrauten Ehefrau. Ich werde dich halten und behüten von diesem Tag an, in guten wie in schlechten Zeiten, reich oder arm …‹«

Mister Beauchamp wiederholte die Sätze mit einem emotionalen Zittern in der Stimme. Er war ein begnadeter Schauspieler, dachte Emma voller Abneigung.

»Das schwöre ich.« Nun hallten seine Worte fest und bestimmt durch das Kirchenschiff.

»Miss …«

»Smart.«

»Willst du Ambrose Beauchamp zu deinem Mann nehmen, dann sprich mir nach. ›Ich nehme dich zu meinem angetrauten Ehemann.‹«

Emma zögerte noch. Sie fragte sich, ob sie nicht völlig den Verstand verloren hatte, sich mit dem Dandy zu vermählen, dessen Augen die ganze Zeit über belustigt glänzten. Wenn sie seine Frau wurde, musste sie sich ihm unterwerfen und seinem Urteil Folge leisten, auch wenn sie es für falsch hielt. Wenn sie Ja sagte, würde sie ihm ausgeliefert sein. Für immer.

»Jetzt antworten Sie schon«, raunte Mister Beauchamp ihr zu. Auch der Pfarrer begann sie missmutig anzusehen, und die Frau neben ihr ließ laut vernehmlich einen

Furz fahren. Das Ganze war einfach unwürdig für den Beginn einer Ehe, die für immer Bestand haben sollte.

Emma kam sich vor wie ein wildes Tier, das von Jägern in einen Hinterhalt gedrängt wurde. Für einen Moment überlegte sie sogar, einfach aus der Kirche hinaus auf die Straße zu laufen. Doch als sie an Mister Ramsbury und die Fleet dachte und an ihre mangelnden Zukunftsaussichten, wusste sie, dass ihr kein Ausweg blieb.

»Ich nehme dich zu meinem angetrauten Ehemann«, wiederholte sie langsam und ohne viel Überzeugung.

»Na endlich«, kam es von Mister Beauchamp.

»Zur Hölle aber auch«, entfuhr es dem Seemann, was ihm einen scharfen Blick vom Pfarrer eintrug.

»Kann ich gehen?«, fragte die Frau.

»Augenblick noch«, sagte Mister Beauchamp.

Er zog Emma langsam den Handschuh von den Fingern. Sie schluckte, weil ihr dabei die Erinnerung an seinen Kuss in den Sinn kam. Nun griff er in die Tasche und holte einen Ring mit einem herzförmig geschliffenen Rubin hervor. Er blickte auf und sah ihr geradewegs in die Augen, als er den Ring über ihren Finger gleiten ließ.

»Mit diesem Ring heirate ich dich. Mit diesem Körper werde ich dich verehren.« Als er eine Kunstpause machte, fiel Emma ein, wie sein nasses Hemd nach ihrem Sturz in den See an seiner Haut geklebt hatte. Sie wandte eilig den Blick ab aus Angst, er könne ihr ansehen, was sie dachte.

»Ich werde dich mit all meinen irdischen Gütern ausstatten«, fuhr er fort, während seine Mundwinkel spöttisch zuckten. »Im Namen des Vaters, des Sohnes und des Heiligen Geistes. Amen.«

Damit atmete er aus. Der Pfarrer schien froh, dem unwürdigen Schauspiel ein Ende bereiten zu können.

»Damit erkläre ich euch zu Mann und Frau. Amen«, haspelte er. Emma konnte nicht glauben, dass sie trotz des ganzen Trauerspiels nun wirklich verheiratet war.

Bevor sie die Kirche verlassen konnten, mussten sie sich noch in ein Buch eintragen. Zum letzten Mal unterschrieb Emma mit dem Namen, den ihre Eltern ihr gegeben hatten. In Zukunft würde sie den Namen ihres Mannes tragen und als Mrs Beauchamp angesprochen werden. Sie fragte sich, ob sie sich jemals an den Namen gewöhnen würde und an den Gedanken daran, mit jemandem verheiratet zu sein, den sie, wenn sie ihn auch nicht gleich verachtete, nicht im Geringsten liebte. Das rubinrote Herz an ihrem Finger erschien ihr wie Hohn.

Aber nun waren sie verheiratet, und es gab keinen Weg zurück.

Nach der überstürzten Eheschließung hatte Mister Beauchamp darauf bestanden, dass sie geradewegs zu seiner Tante nach Somerset reisten. Nicht einmal ein Hochzeitsfrühstück war Emma vergönnt.

In der Postkutsche pfiff er gut gelaunt eine Melodie vor sich hin.

»Und wie fühlen Sie sich so als Braut?«, fragte er Emma, nachdem sie Londons Straßenzüge hinter sich gelassen hatten und Richtung Südwesten fuhren.

»Wie soll ich mich schon fühlen, wo Sie mir nicht mal Zeit gelassen haben, mich umzuziehen?«

»Seien Sie froh, normalerweise kann ein Mann es doch gar nicht abwarten, seine Braut ausgezogen zu sehen.«

Sie warf ihm einen vernichtenden Blick zu. Die Dame, die ihnen gegenübersaß, starrte sie beide schockiert an.

»Wir haben uns soeben vermählt«, beruhigte Mister Beauchamp sie.

»Glückwunsch«, antwortete sie sehr zurückhaltend.

»Danke schön. Meine Braut, die liebreizende Emma, und ich sind in tiefer Liebe zueinander entbrannt. Ich war ein liederlicher Lebemann, verprasste mein Geld mit Wetten, Frauen und am Spieltisch, bis dieses wunderbare Wesen in mein Leben trat. Ich bin entschlossen, mich ihrer Liebe würdig zu erweisen und ein besserer Mensch zu werden«, phantasierte er, während er die Geschichte übte, die er seiner Tante aufzutischen gedachte. Die Dame blinzelte verwirrt.

»Das Märchen soll Ihnen irgendjemand abkaufen?«, versuchte Emma, Mister Beauchamp zum Schweigen zu bringen.

»Wenn Sie mich weiterhin so finster ansehen, wird es schwer«, entgegnete er. »Lächeln Sie doch mal verliebt. Uh. Bei dem Blick bekommt man es ja mit der Angst zu tun. Zeigen Sie Ihre Zähne. So, ja. Und jetzt heben

Sie die Mundwinkel an. Schon besser. Auch wenn Sie so aussehen, als ob Sie am liebsten zubeißen würden.«

»Wenn ich noch länger Ihr Gewäsch anhören muss, kann ich für nichts garantieren«, gab Emma zurück. »Was erzählen wir Lady Fudge überhaupt, wie wir uns kennengelernt haben?«

»Sie sind doch die Autorin. Denken Sie sich etwas Hochromantisches aus. Machen Sie mich zum Helden Ihrer Jungmädchenträume, egal was. Hauptsache, es kommt rüber, dass Sie in ehrlicher Liebe zu mir entbrannt sind.«

»Das ist unmöglich. Sie hätten besser eine Schauspielerin heiraten sollen.«

»Daran hatte ich auch gedacht. Aber meine Tante wird Ihre Herkunft prüfen lassen. Und über Sie wird sie sicher nichts Schlechtes herausfinden. Dass Sie zudem die Tochter eines Gentlemans sind, ist wenigstens halbwegs respektabel in Lady Fudges Augen. Dass ihr Vormund in der Fleet sitzt, ist auch nicht zu skandalös, das passiert den Besten unter uns. Nur erwähnen Sie das Theater besser mit keinem Wort. Lady Fudge hält es für Sodom und Gomorra. Und Frauen, die etwas anderes als Briefe und Tagebücher schreiben, existieren in ihrer Welt nicht.«

Die mitreisende Dame folgte der Unterhaltung mit weit aufgerissenen Augen. Emma spürte, wie sie von ihr taxiert und bewertet wurde, und befürchtete, dass ihr Urteil nicht sonderlich wohlwollend ausfiel. Um zu verhindern, dass sich ihre Blicke trafen, sah Emma nach draußen.

Es hatte einen ordentlichen Sommerregen gegeben, und nun stiegen Dampfschwaden aus den Wäldern auf. Je weiter sie London hinter sich ließen, umso unwegsamer wurde die Straße, über die die Kutsche ruckelte. Dafür konnte man ungehindert von Rauch und Gestank durchatmen. Emma sog die klare Luft ein und dachte darüber nach, was in den letzten Stunden geschehen war. Sie hatte sich auf einen Handel eingelassen, bei dem nicht feststand, ob sie jemals davon profitieren würde. Und doch galt sie nun vor dem Gesetz, aber auch in den Augen der anderen Menschen, als Mister Beauchamps Ehefrau. Wenigstens hatte er ihr zugesichert, die Ehe niemals in einer speziellen Weise zu vollziehen.

Emma sah ihren Gatten von der Seite an. Sein Kopf war auf seine Brust gesunken, während er schlief. Den Hut hatte er abgenommen, daher fielen ihm seine Locken ins Gesicht. Für einen Moment stellte sie sich vor, wie ihre Fingerspitzen seine Wangen berührten. Ihre Hand zuckte, so dass sie sie mit der anderen in ihrem Schoß festhalten musste. Was um alles in der Welt hatte sie sich nur dabei gedacht, ihn zu heiraten?

Die Hochzeitsnacht verbrachten sie in einem Gasthaus. Emma atmete auf, als Mister Beauchamp zwei Zimmer verlangte. Am Fuß der Treppe verabschiedete er sich von ihr.

»Gute Nacht, Miss … ich meine, Mrs … Emma.«

Angesichts seiner Vertrautheit zögerte sie kurz, bevor sie antwortete. »Gute Nacht, Mister Beauchamp.«

Er sollte gar nicht erst auf die Idee kommen, sich ihr gegenüber mehr herauszunehmen. Dann folgte sie dem Mädchen die Treppe hinauf. Ihr Zimmer war einfach, aber halbwegs sauber.

»Ich bringe Ihnen gleich heißes Wasser, Mrs Beauchamp«, sagte das Dienstmädchen.

Emma ließ sich aufs Bett fallen. Als das Mädchen zurückkam, wusch sie sich kurz und schlief dann bald ein.

Am nächsten Morgen erinnerte sie sich mit einem Schrecken daran, was geschehen war. Sie streckte die Hand aus und betrachtete den Ring an ihrem Finger. Dann fiel ihr ein, wie Lady Darlington gesagt hatte, dass eine verheiratete Frau über so viel mehr Freiheiten verfügte als eine unverheiratete. Emma stellte sich vor, wie unabhängig sie sich in London von nun an bewegen würde. Vielleicht würde es gar nicht so schlimm werden, Mrs Beauchamp zu sein.

Es klopfte, und Mister Beauchamp trat ein, bevor sie ihn hereingebeten hatte.

»Guten Morgen, wie geht es meiner liebsten Emma?«

»Ich bin noch nicht angezogen«, wehrte sie ihn ab.

»Das sollte nach unserer Hochzeitsnacht keinen mehr stören«, sagte er lachend, und alle Vorteile einer Ehe, die

Emma sich gerade ausgemalt hatte, waren mit einem Mal wie weggeblasen.

»Wir sind gleich da«, sagte Mister Beauchamp.

An der letzten Postkutschenstation waren sie in die Kutsche von Lord und Lady Fudge gewechselt. Von der weich gepolsterten Bank aus hielt Emma nach Tufton Hall Ausschau, dem Sitz der Familie Fudge. Es dämmerte bereits, so dass sie nur das imposante Gebäude ausmachen konnte, während vom Park nicht mehr als die Schatten der Baumkronen gegen den blassgrauen Himmel sichtbar waren. Ein gelber Lichtschein und der Geruch von Verbranntem verrieten, dass ein Gärtner Äste verfeuerte.

Sie wurden von einem Butler begrüßt, der ihnen nach seiner Verbeugung zur Vermählung gratulierte und ihnen mitteilte, dass Lord und Lady Fudge bereits zu Bett gegangen waren. Emma reagierte erleichtert darauf, mit dem unrühmlichen Schauspiel einer verliebten Braut noch nicht in dieser Nacht beginnen zu müssen. Sie folgte dem Butler an Mister Beauchamps Seite eine ausladende Treppe hoch. Das Licht des Kerzenleuchters, den der Bedienstete hielt, ließ die rosa Färbung des Alabasters leuchten, mit dem die Halle ausgekleidet war. An den Wänden streifte der Schein der Kerzen unzählige Porträts von Urahnen der Fudges. Auch wenn sie wusste, dass es lediglich die Nerven waren, kam es ihr vor, als fragten diese sich missbilligend, wie es nur dazu hatte kommen können, dass sich ab nun eine derart gewöhnliche Frau in ihre ehrwürdige Familienlinie einreihte.

»Was für ein beeindruckendes Haus«, raunte Emma Mister Beauchamp zu, weil sie das dringende Bedürfnis bekam, sich der Anwesenheit lebendiger Menschen zu versichern.

»Doch, ganz nett für ein Mausoleum«, erwiderte dieser. »Nur für die Lebenden ist es nicht so ideal.«

»Hier ist Ihr Schlafzimmer, mein Herr.« Der Butler hatte vor einer Tür gehalten und sie aufgestoßen.

»Danke, Jeffries.«

»Ich wünsche den Herrschaften eine geruhsame Nacht.« Damit ging der Butler.

»Und wo ist mein Zimmer?«, fragte Emma.

Mister Beauchamp grinste. »Wir sind ein frisch verheiratetes Liebespaar, haben Sie das schon vergessen?«

Er trat ein, hob den Leuchter, den der Butler entzündet hatte, und deutete auf das große Bett.

»Kommen Sie? Ich bin zu erschöpft, um Sie über die Schwelle zu tragen.«

Kapitel 18

Es war gut, dass der Flur im Schatten lag, denn Emma wurde bleich. Sie hatte noch nie in ihrem Leben ein Bett mit einem Mann geteilt. Mal abgesehen von der vorletzten Nacht, die sie bei Mister Beauchamp im Schlafzimmer verbracht hatte. Aber da hatte er ihr sein Bett überlassen.

Da der Butler längst verschwunden war, blieb ihr nichts anderes übrig, als ebenfalls ins Zimmer zu treten. Ihr Gepäck war bereits nach oben gebracht worden. Ohne Umschweife begann Mister Beauchamp, sich zu entkleiden. Sie wusste nicht, wo sie hinsehen sollte, als er sein Hemd aufzuknöpfen begann.

»Wollen Sie nicht zu Bett gehen?«, fragte er, weil sie unschlüssig mitten im Raum stand.

»Sie dürfen nicht gucken«, bat Emma, als sie die Klammern aus ihrem hochgesteckten Haar löste, das ihr auf die Schultern zu fallen begann.

Erst als er sich umgedreht hatte, fing sie an, ihr Kleid unter dem Brustbesatz zu öffnen. Glücklicherweise trug sie in Ermangelung von Dienstmädchen seit Tagen bereits ein Kleid und ein Mieder, die sie eigenständig aus- und anziehen konnte, so dass sie Mister Beauchamp nicht um Hilfe bitten musste. Sie riss ihr Nachthemd aus der Reisetasche und stieg hinein, wobei sie sich mit einem Seitenblick davon überzeugte, dass ihr der Dandy noch immer den Rücken zugedreht hatte. In Windeseile schlüpfte sie unter die Bettdecke und legte sich ganz an den Rand der Matratze.

»Darf ich mich jetzt umdrehen?«

»Ja.« Sie hasste das Zittern in ihrer Stimme.

Mister Beauchamp wandte sich um. Er trug eine lange Unterhose, doch sein Oberkörper war nackt. Emma konnte den Blick nicht von seiner Brust abwenden. Natürlich hatte sie bereits Männer ohne Hemden gesehen, die im Sommer auf Feldern oder auf Baustellen arbeiteten, aber immer nur aus der Ferne. Mit einem derart unverhüllten Mann war sie noch nie auf so engem Raum zusammen gewesen und schon gar nicht allein. Nun kam er zum Bett.

»Ziehen Sie sich nichts an?«, fragte Emma erschrocken.

»Ich schlafe immer so.« Er schlug die Decke zur Seite und legte sich zu ihr. »Gute Nacht.«

Damit blies er die Kerzen aus. Nun war es dunkel im Raum. Unter der Decke bemerkte Emma die Wärme, die von seinem halb nackten Körper ausging. Sie konnte seinen Atem hören und dazu ihr Herz, das immer lauter schlug.

»Haben Sie noch einmal etwas von Warwick und Miss Darlington gehört?«, fragte sie in die unheilvolle Stille hinein.

»Nein.«

»Ich hoffe nur, es geht ihnen gut.«

Er schwieg. Nach einer Weile vermutete Emma anhand seiner langsamen und regelmäßigen Atemzüge, dass er eingeschlafen war. Zunächst war sie froh darüber, doch bald wurde sie unruhig. Sie spürte den verwirrenden Drang, mit den Fingern über seine nackte Haut zu fahren.

Emma befreite sich zur Kühlung von der Bettdecke, aber sie fühlte sich weiterhin erhitzt. Sie hatte keine Ahnung, wie lange sie so dalag. Irgendwann drehte Mister Beauchamp sich zu ihr um. Dabei streckte er seinen Arm aus, so dass seine Hand ihre Hüfte berührte. Sie hielt die Luft an, wusste sie doch nicht, ob er wach war oder schlief. Ihren Körper durchlief ein Zittern. Wenn er sie in diesem Augenblick an sich gezogen hätte, hätte sie sich nicht dagegen gewehrt. Da stieß er ein Schnauben aus. Sie begriff, dass er gar nichts von der Nähe mitbekam, die sie so erregte. Eine ganze Weile lang wagte sie es nicht, sich zu bewegen, schließlich hielt sie die innere Anspannung nicht länger aus. Ärger über Mister Beauchamp stieg in ihr auf, der so unschuldig neben ihr schlummerte. Sie wälzte sich absichtlich von der einen auf die andere Seite, aber er rollte sich nur ein wenig zusammen, wachte jedoch nicht auf.

In den frühen Morgenstunden musste auch Emma eingeschlafen sein, denn sie erwachte von klirrenden Teetassen.

»Guten Morgen, liebste Emma.«

Mit zusammengekniffenen Augen blickte sie in Mister Beauchamps gut gelauntes Gesicht, der ihr einen Tee reichte. Ihre Antwort war ein Grunzen.

»Ich entnehme dem Klang Ihrer lieblichen Stimme, dass Sie mir ebenfalls einen ganz wunderbaren Tag wünschen«, plauderte er, während er sich zu ihr aufs Bett setzte und Tee schlürfte. Im fahlen Licht des Morgens erschien ihr die Wahl, die sie vor zwei Tagen getroffen hatte, noch irrsinniger als zuvor.

»Lassen Sie mich in Ruhe«, murmelte sie, stellte die Tasse ab und zog die Decke über den Kopf. Unerbittlich riss er ihr die Decke weg.

»Kommen Sie schon, Emma, je schneller wir ans Werk schreiten, desto eher sind Sie mich wieder los.«

Die Worte klangen überzeugend, immerhin konnte es für sie nicht schnell genug gehen, dass sich ihre Wege wieder trennten. Vor allem nicht nach letzter Nacht.

Emma hatte sich nicht vorstellen können, dass es besonders kompliziert wäre, eine alte Tante für sich einzunehmen. Doch Lady Fudge, die sie mit ihrer Sehhilfe, die sie an einem vergoldeten Griff hielt, von oben bis unten einer gründlichen Betrachtung unterzog, machte weit mehr den Eindruck einer uneinnehmbaren Burg als den einer kinderlosen alten Dame, die sich nach Gesellschaft sehnte.

»Und Ihre Eltern haben keinen Titel?«, fragte Lady Fudge, nachdem ihr Neffe seine Braut vorgestellt hatte. Emma hatte auch vor Lord Fudge geknickst, der in einem Sessel kauerte, doch er hatte gar nicht auf sie reagiert. Sein leerer Blick hatte sie nicht einmal gestreift.

»Mein Vater war ein Gentleman und Kaufmann«, erwiderte sie nun.

»Hat er etwa für sein Geld gearbeitet?« Die Lady klang angewidert.

»Ja«, antwortete Emma mit fester Stimme.

»Meine geliebte Emma ist bei ihrem Vormund aufgewachsen«, sprang Mister Beauchamp ein.

»Hat er einen Titel?«

»Nein.« Emma spürte genau, dass dies zu ihren Ungunsten ausgelegt wurde, doch sie richtete sich auf und blickte die Tante geradeheraus an.

Diese schnalzte mit der Zunge und ließ die Sehhilfe sinken. »Und die Mitgift?«

Emma sah nicht ein, warum sie sich schämen sollte, die Wahrheit zu sagen. Wenn Mister Beauchamp sich Geld von seiner Tante erhoffte, sollte diese ruhig wissen, dass seine Braut nichts mit in die Ehe gebracht hatte.

»Unsere Liebe ist so stark, dass wir uns von irdischen Fallstricken nicht aufhalten lassen wollten«, kam Mister Beauchamp ihrer Antwort zuvor. »Meine Emma ist ein guter Mensch und hat mich dazu inspiriert, meinem bisherigen Lebenswandel abzuschwören und mich zu bessern.«

Emma fand, dass er zu dick auftrug, ähnlich schien es wohl auch Lady Fudge zu sehen, die ihn nüchtern anblickte. »Gut, es gibt ja auch wirklich einiges zu verbessern. Du bist wie dein Vater …«

Der Satz blieb unvollendet, doch ihr Neffe wusste augenscheinlich, worauf sie anspielte, und schwieg ungehalten. Der Tee, der gebracht wurde, war für alle Seiten eine willkommene Unterbrechung. Auf den Teetassen und der Kanne prangte das Familienwappen der Fudges. Im Kontrast zu diesem opulenten Dekor war der Tee zu wässrig und der trockene Früchtekuchen zu dünn geschnitten.

»Wissen Sie, Emma, die Familie Fudge reicht weit zurück«, fing die Tante an. »Wir stammen von einer langen Linie von Edelmännern und Edelfrauen ab.«

Emma nickte, um ihr Interesse an der Unterhaltung zu zeigen.

»Wir haben immer nur standesgemäß geheiratet und Nachfahren gezeugt«, sagte Lady Fudge, dabei blickte sie den Dandy vorwurfsvoll an.

»Ach ja? Welche Nachfahren haben Sie denn gezeugt, Tante?«, fragte er scharf.

»Es war mir leider nicht vergönnt, Lord Fudge einen Erben zu schenken«, erklärte die Tante an Emma gewandt, dabei waren ihre Lippen verkniffen. Lord Fudge schien von dem Gespräch nichts mitzubekommen. Sein rechter Mundwinkel hing herunter, und ein Speichelfaden lief auf seine Anzugsjacke. Emma bekam Mitleid mit der Lady, die bei dem versagt hatte, was vermutlich ihre wichtigste Aufgabe gewesen wäre.

»Sie wissen«, Lady Fudge beugte sich vertraulich vor, »dass mein Neffe den Namen und Titel meines Mannes erben könnte?«

Emma neigte zustimmend den Kopf.

»Und ich würde ihm Ehre erweisen, das verspreche ich, Tante«, sprang Mister Beauchamp ein.

Die zog es vor, ihn zu ignorieren, und sprach weiter zu Emma. »Wie haben Sie sich überhaupt kennengelernt?«

»Über gemeinsame Interessen«, erwiderte sie und versuchte, bei dem Gedanken an den Salon im Theater nicht zu erröten.

»Ach, interessiert sich mein Neffe noch für etwas anderes als unmoralische Frauenzimmer und überteuerte Herrenschneider?«

Mister Beauchamp biss die Zähne aufeinander. Schließlich erklärte er wenig überzeugend: »Das wird sich dank meiner liebreizenden Frau alles ändern.«

»Das werden wir sehen.«

Mister Beauchamp stach mit der Gabel wild auf ein Stück Früchtekuchen ein.

Kapitel 19

Emma zeigte auf das Porträt eines Ahnen des Hauses Fudge, während sie an Mister Beauchamps Seite die Treppe hochstieg, um sich fürs Abendessen umzuziehen.

»Wer ist das?«

»Woher soll ich das wissen? Ein gichtkranker Urururonkel halt.« Das erste Zusammentreffen mit seiner Tante war ganz und gar nicht nach seinen Vorstellungen gelaufen. »Dieses Biest. Ich bin es nicht gewohnt, mich so von oben herab behandeln zu lassen.«

»Sie sind es nicht gewöhnt, dass Frauen Ihnen nicht zu Füßen liegen, meinen Sie?«

»Ach was, die alte Hexe ist einfach verbittert über ihr Leben mit dem halb toten Lord.«

»Ich denke, sie durchschaut uns.«

»Dann bin ich verloren.«

Und ich auch, dachte Emma bei sich. Wenn Mister Beauchamps Plan misslang, wäre sie nicht nur mit einem Mann verheiratet, der wie ihr Vormund im Schuldnergefängnis saß. Sie würde als Ehefrau vermutlich keine Anstellung als Gouvernante oder Gesellschafterin mehr finden. Es sei denn, sie wäre Witwe.

»An was denken Sie?«, verlangte Mister Beauchamp

zu wissen. Sein fordernder Ton widerstrebte ihr, und sie fühlte sich herausgefordert.

»An Ihren Tod«, lautete ihre schroffe Antwort.

Emma schob die Erbsen mit der Gabel hin und her. Auch wenn es auf mit dem Familienwappen verzierten Tellern serviert wurde, war das Essen doch nicht anders als schlecht zu bezeichnen. Ihr gegenüber saß der Lord und wurde von einem Diener mit Brei gefüttert, wobei die Hälfte des Essens auf die um seinen Hals gebundene Serviette tropfte. Lady Fudge und Mister Beauchamp aßen schweigend. Die goldenen Armbänder der Lady klirrten, wann immer sie das zähe Fleisch schnitt. Ansonsten herrschte eine bedrückende Stille, die nicht gerade zu Emmas Appetit beitrug.

»Schmeckt es Ihnen nicht?«, fragte die Tante.

»Es ist ein bisschen …« Emma suchte nach einem Weg, niemanden zu beleidigen. »Es fehlt etwas Butter und Salz, finde ich.«

»Solche Verschwendungen dulde ich nicht. Unsere Vorfahren haben keine Reichtümer zusammengetragen, damit wir sie verprassen. Im Gegensatz zu meinem Schwager und seinem Sprössling«, dabei blickte sie ihren Neffen an, »weiß ich das Geld zusammenzuhalten.«

Emma sah, wie sich Mister Beauchamps Kiefermuskeln bewegten, dann platzte es aus ihm heraus.

»Und was bringt es Ihnen, Tante, in diesem Mausoleum auf dem Geld zu sitzen? Warum sollte man wie die Armen speisen, wenn man reich ist? Wozu lebt man, wenn man es sich nicht gut gehen lässt?«

»Verschwendung ist ein Laster. Und Laster verderben den Charakter. Wir müssen den uns unterlegenen Menschen zeigen, dass wir ihnen in allem überlegen sind. Sonst geht es uns wie den Franzosen.«

»Ein Klacks Butter bringt uns schon nicht aufs Schafott«, konterte Mister Beauchamp, woraufhin er sich von seiner Tante einen bitterbösen Blick einfing. Wenn er auf diese Art und Weise weitermachte, wäre sein Plan grandios zum Scheitern verurteilt.

»Ich stimme Ihnen zu«, erklärte Emma an Lady Fudge gewandt, um ein weiteres Streitgespräch zwischen Tante und Neffen zu verhindern. »Jeder Mensch sollte als Vorbild leben, doch leider kann sich nicht jeder die Wahl zwischen moralisch richtigem Handeln und unmoralischem Tun leisten.« Sie verschwieg, dass sie selbst ein anschauliches Beispiel dafür war. Es war moralisch sicher nicht richtig, jemanden zu heiraten, um an das Geld seiner Familie zu kommen. Aber wenn einem aber sonst kein anderer Ausweg blieb.

»Ach was.« Die Lady zeigte sich unbeeindruckt. »Die Armen haben sich ihre Lebensumstände selber zuzuschreiben. All der Dreck und die Hässlichkeit. Warum können sie nicht mehr auf ihre Erscheinung achten und sich eleganter kleiden?«

»Weil sie arm sind«, entgegnete Mister Beauchamp.

»Kein Grund, sich gehenzulassen. Das gilt im Übrigen auch für reiche Menschen«, beschied die Lady.

»Mrs Beauchamp und ich«, setzte ihr Neffe an, und Emma brauchte einen Augenblick, um sich in Erinnerung zu rufen, dass sie mit dieser Bezeichnung gemeint war. »Wir sind jedenfalls entschlossen, unseren Lehnsleuten ein anständiges Leben vorzuführen. Sobald wir ein Gut haben, von dem wir leben können.«

»Wenn du das Geld deines Vaters nicht verprasst hättest, würdest du dein Gut längst haben«, erwiderte die Tante ungerührt von dem Versuch ihres Neffen, ihr ein Versprechen abzuringen.

Um die angespannte Situation aufzulockern, bemühte sich Emma um unverfängliche Konversation. »Was steht eigentlich Neues in der Zeitung?«

»Ich lese keine Nachrichten. Was soll in der Welt schon groß passieren, das mich interessieren könnte?«, antwortete Lady Fudge.

Mister Beauchamp blickte zu Emma und verdrehte die Augen. Sie konnte ein Lächeln nicht unterdrücken und versuchte, es zu verbergen, indem sie das Weinglas an den Mund führte. Im Vergleich mit Lady Fudge wirkte sogar Lady Darlington nahezu umgänglich.

»Nun«, versuchte es Emma erneut, »es passieren so viele wichtige Dinge. Der Frieden von Tilsit ist zum Beispiel keine gute Nachricht für uns. Damit hat Napoleon seine Vormachtstellung auf dem Kontinent ausgebaut.«

»Ach«, wiegelte Lady Fudge entschieden ab. »Seit Marie Antoinette mit erhobenem Haupt zur Guillotine geschritten ist, habe ich das Interesse an den Franzosen ein für alle Mal verloren.«

»Wussten Sie, dass das Gesetz zur Abschaffung des Sklavenhandels das Geschäft mit Menschen zwar verboten hat, nicht aber die Sklaverei selbst?«, begann Emma ein neues Thema.

»Fürchterlich, auf was für Ideen Politiker heutzutage kommen.« Die Lady schnalzte mit der Zunge. »Die Abschaffung des Sklavenhandels … Was kommt als Nächstes? Frauen, die wählen? Werden Mörder bald nicht mehr gehängt, sondern laufen frei durch die Straßen?«

»Die Welt verändert sich, Tante, es bleibt nicht alles beim Alten, und das ist gut so«, mischte sich Mister Beauchamp ein. »Der Handel mit Menschen ist ein barbarisches Relikt.«

»Kein Wunder, dass ausgerechnet du so redest. Als Sohn deines Vaters hast du sicher ein spezielles Verhältnis zu Sklaven, kann ich mir denken.«

»Was meinen Sie damit?«

Mister Beauchamp klang irritiert, doch die Tante aß schweigend weiter. Emma und er tauschten einen verwunderten Blick.

Als sie sich später ins Schlafzimmer zurückzogen, fragte Emma, auf was Lady Fudge mit ihrer Bemerkung angespielt haben könnte.

»Ich weiß es nicht«, gab Mister Beauchamp zu, während er sein Jackett auszog und sich vor einem Spiegel positionierte, unter dem eine mit heißem Wasser gefüllte Waschschüssel stand. »Sie hasste meinen Vater, Lord Fudges Bruder, vielleicht ist es das.«

»Warum hat sie ihn gehasst?«

Er fing an, mit einem Pinsel seine Wangen einzuseifen. »Weil ihr eigener Mann, Lord Fudge, selber mal ein simpler Mister Beauchamp war. Bis ein entfernter Verwandter ihn adoptierte, da er keinen männlichen Erben besaß. Lady Fudge war die Tochter dieses Verwandten. Indem sie meinen Onkel heiratete, stellte sie sicher, eine Fudge zu bleiben.« Während er redete, nahm er ein Rasiermesser zur Hand. »Sie hat schon immer auf die Verwandtschaft ihres Mannes hinabgesehen und will lieber nicht an seine familiäre Herkunft erinnert werden.«

»Wie traurig.«

Fasziniert sah Emma zu, wie er mit der scharfen Messerklinge über die Haut fuhr, um die Bartstoppeln zu entfernen. Als er damit auch die Härchen an seiner Kehle rasierte, hielt sie aus Angst, er könne sich verletzen, die Luft an.

Er spülte den Seifenschaum vom Messer und rieb sich mit einem Handtuch die Gesichtshaut trocken. »Ach, das hat alles sowieso keinen Zweck. Besser, wir reisen morgen früh ab.«

»Nein!«, entfuhr es Emma. Sie konnte ihn doch nicht völlig umsonst geheiratet haben. »Warum versuchen Sie nicht, etwas netter zu Ihrer Tante zu sein?«, schlug sie vor.

»Zu dem Biest? Sie haben doch selbst erlebt, wie sie ist.«

»Sicher, aber wenn wir abreisen, haben wir nichts. Hier haben wir immerhin ein Dach über dem Kopf und etwas zu essen.«

»Was Sie selbst als ungenießbar empfinden.« Er tröpfelte etwas von dem Inhalt einer Parfümflasche auf seine Finger und klopfte damit auf die Wangen. Ein betörender Geruch erfüllte die Luft. Rasch öffnete Emma das Fenster und atmete die Sommerluft ein.

»Bitte. Geben Sie nicht schon auf.«

»Na gut, ich versuche es. Obwohl ich Ihnen gleich sagen kann, dass es nicht leicht wird. Wobei … Können Sie mir nicht Dialoge schreiben, so wie Sie es für Miss Darlington getan haben?«

Sie lächelte schief. »Meine derartigen Versuche waren nicht gerade von Erfolg gekrönt, wie Sie sehr wohl wissen.«

»Weil Miss Darlington keinerlei Interesse an einer Heirat mit dem langweiligen Mister Livingston hatte. Aber ich versichere Ihnen, sehr großes Interesse an der Gunst meiner Tante zu haben.«

Emma willigte ein, was ihr eine weitere zum größten Teil schlaflose Nacht bescherte. Erst dachte sie darüber nach, wie um alles in der Welt das Herz von Lady Fudge zu erweichen war, dann nahm sie Mister Beauchamps

Präsenz im gemeinsamen Bett umso stärker wahr. Nicht zuletzt wegen des Duftes, der von ihm aufstieg. Sie konnte es sich nicht erklären, aber sie empfand erneut ein körperliches Verlangen nach ihm, das sie mit klopfendem Herzen wachhielt und ihr ihren eigenen Körper mehr als bewusst machte.

Das gutmütige Blöken der Schafe, die den Rasen des Parks von Tufton Hall kurzhielten und sich an diesem Morgen vor dem Schlafzimmerfenster die Mägen vollschlugen, weckte Emma. Mister Beauchamp schlief noch. Seine Lippen waren leicht geöffnet aufs Kissen gepresst. Sie erinnerte sich an den Moment, als diese Lippen die ihren berührt hatten.

Wie magisch angezogen streckten sich ihre Fingerspitzen nach ihnen aus. Erst kurz vor der Berührung ballte Emma die Hand zur Faust. Sie stand leise auf, um ihn nicht zu wecken, zog sich an und lief nach draußen.

Es hatte in der Nacht wieder geregnet, so dass der Boden matschig war, doch sie raffte den Saum des Kleides und schritt aus. Auch wenn ihre Schuhe durchweichten und völlig verdreckten, ging sie weiter. Emma musste den Kopf freikriegen. Es würde schwer genug sein, Sätze zu erfinden, die Lady Fudges Herz erweichen konnten. Das Letzte, was sie dabei brauchen konnte, waren ihre eigenen Emotionen, die ihr in die Quere kamen.

In der zunehmenden Hitze wurde die aus der Erde aufsteigende Feuchtigkeit zu Nebel. In den Hecken zwitscherten Vögel. Über dem Feld zu ihrer Linken kreiste ein Bussard und stieß im Flug herunter, um seine Nahrung einzufangen. Emma fragte sich, wem sie in diesem Naturschauspiel glich. Dem Raubvogel, der versuchte, seine Krallen in seine ahnungslose Beute zu schlagen, oder der Feldmaus, die erst begriff, dass es zu spät war, wenn sie längst in der Luft schwebte?

Als die Julisonne hoch am Himmel stand und Schmetterlinge um sie herumflatterten, wuchs auch Emmas Zuversicht wieder. Sie hatte ein Theaterstück geschrieben, das vom Publikum wohlwollend aufgenommen worden war. Da würde sie doch vor der neuen Aufgabe nicht kapitulieren, bevor sie es nicht wenigstens versucht hatte. In einem Anflug von Übermut zog sie ihre Schuhe und Strümpfe aus und grub ihre nackten Zehen in das vom Tau noch feuchte Gras. Sie fühlte sich seltsam frei und ungezwungen.

»Wie geht es Ihnen heute, liebe Tante?«

Mister Beauchamp setzte ein Lächeln auf, als er hinter Emma den Salon betrat, in dem die Lady auf dem Sofa saß und der Onkel im Sessel schlief. Emma befürchtete schon, etwas zu dick aufgetragen zu haben, als sie die Sätze für ihn geschrieben hatte, aber die Tante zeigte als Reaktion tatsächlich eine Grimasse, die einem Lächeln ähnelte.

»Wie wäre es, wenn ich Ihnen etwas vorlese? Was ist Ihr Lieblingsroman?«, erkundigte er sich charmant.

»Ich lese nur die Bibel.«

»Dann lese ich etwas daraus. Sitzen Sie bequem?«

Obwohl die Lady nickte, trug Mister Beauchamp Emma auf, ihr noch ein Kissen in den Rücken zu schieben. Er schlug das schwere Buch auf und fing an, eine Stelle aus der Bibel vorzutragen. Seine Lesestimme klang so angenehm wie damals auf der Bühne, und er setzte Betonungen geschickt ein. Zwischendurch hielt er inne, um die Tante zu fragen, ob er vielleicht nach einem Tee läuten sollte oder nach einem weiteren Kissen. Emma hatte das Gefühl, erneut der Aufführung eines ihrer Theaterstücke beizuwohnen. Und wie schon beim ersten Mal schmückte Mister Beauchamp seine Rolle zunehmend aus.

Lady Fudge schien es augenscheinlich zu gefallen, auf diese Art umworben zu werden. Aber womöglich sehnte sie sich auch einfach nach Zuwendung, fiel Emma ein, als ihr Blick zum Lord wanderte, der in seinem Sessel vor sich hindämmerte. Er und die Dienstboten schienen Lady Fudges einziger menschlicher Kontakt zu sein.

Als Mister Beauchamp geendet hatte und das Buch zuschlug, wobei er ein Gähnen vor seiner Tante verbarg, richtete diese sich auf und ließ nach heißer Schokolade schicken. Kaum wurde sie gebracht, gab Lady Fudge drei Löffel Zucker hinein und rührte um. Dann fing sie Emmas Blick auf.

»Meine kleine Sünde«, gestand sie mit einem Lächeln, das sie gleich viel zugänglicher erscheinen ließ. »Nehmen Sie, Emma. Und du, Ambrose, du auch. Du hast es dir verdient.«

Alle tranken für eine Weile schweigend, dann stieß Lady Fudge einen zufriedenen Seufzer aus. »Ach, das ist schön. Ein Haus voller englischer Werte.«

Emma kräuselte die Nase, als ihr Blick von der chinesischen Tapete an der Wand über das Kleid der Lady aus indischer Seide und das Porzellan aus China zum Zucker und Kakao aus den Kolonien wanderte.

Ein paar Tage lang formulierte Emma abends und nachmittags die Sätze, die Mister Beauchamp einstudierte, um sie bei den gemeinsamen Mahlzeiten flüssig vorzutragen. Nach einer Woche jedoch gingen ihr die Ideen aus. Daraufhin wiederholte Mister Beauchamp einfach das, was er schon einmal gesagt hatte. Emma kam sich zunehmend überflüssiger vor, wenn sie bei Lady Fudge saßen. Da sie große Teile der ersten heißen Augustnächte damit zubrachte, mit ihrem Verstand den Körper niederzuringen, der sich nach dem halb nackten Mister Beauchamp neben ihr unter der Decke verzehrte, nickte sie wie Lord Fudge immer wieder ein, wenn Ambrose um die Tante warb.

Eines schwülen Nachmittages, als Emma aus einem

kurzen Schlummer aufwachte, räusperte sich Lady Fudge.

»Bislang hielt ich dich für hoffnungslos dem Laster verfallen, Ambrose. Doch auch wenn ich mir für dich eine Frau von höherer gesellschaftlicher Stellung gewünscht habe, so muss ich zugeben, dass dir die Heirat offensichtlich gutgetan hat. Und in deinem Fall ist eben einfach nicht mehr von einer Ehefrau zu erwarten.«

Die Tante redete, ohne Emma zu beachten.

»Ich bin jedenfalls bereit, deine lasterhafte Vergangenheit zu vergessen und deine Schulden zu begleichen.«

Mister Beauchamp stieß einen tiefen Seufzer aus. »Danke!«

»Moment!« Die Lady streckte einen Zeigefinger nach oben. »Vorausgesetzt, deine Ehefrau sieht zu, dass deine Ausgaben in Zukunft im Rahmen dessen bleiben, was ich dir jährlich zur Verfügung stellen werde. Im Gegenzug werde ich dafür sorgen, dass du wieder als Erbe eingesetzt wirst.«

Emma war jetzt hellwach. Sie spürte, wie sich tiefe Erleichterung in ihr breitmachte. Auch Mister Beauchamp sah gelöst und hoffnungsvoll aus, bis seine Tante weitere Bedingungen nannte.

»Allerdings erwarte ich, dass du den schrecklichen Namen Beauchamp sofort ablegst und den Namen deines Onkels annimmst. Dein Vater hat zugelassen, dass der Name Beauchamp durch den Schmutz gezogen und besudelt wird.«

Als Ambrose etwas zur Verteidigung sagen wollte, brachte ihn die Tante zum Schweigen. »Ich will keine Entschuldigungen hören. Dein Vater hat die Unverschämtheit besessen, seinen schwarzen Bastard mit nach England zu bringen.«

Angewidert von Lady Fudges Worten fiel Emma erst einen Moment später auf, was sie damit gemeint hatte. Erstaunt blickte sie zu Mister Beauchamp, dessen Miene sich verhärtet hatte.

»Ich verspreche, dass ich den Namen Beauchamp nicht länger verwenden werde.« Damit erhob er sich, verbeugte sich vor seiner Tante und verschwand.

An diesem Abend entkleidete Emma sich und legte sich allein in das große Bett. Sie hatte keine Ahnung, wo Mister Beauchamp abgeblieben war. Auch beim Essen hatte er gefehlt. Ihr gingen alle möglichen konfusen Gedanken durch den Kopf. Sie hatte sich kaum an den Namen Mrs Beauchamp gewöhnen können, da galt sie schon als Mrs Fudge. In nicht allzu weit entfernter Zukunft wäre sie vermutlich sogar Lady Fudge. Aber noch irritierender war, was die Tante über Warwick gesagt hatte. Zumindest nahm Emma an, dass sie den Valet damit gemeint hatte, als sie von dem Bastard des Vaters sprach. Wenn Warwick dieses uneheliche Kind war, dann hieß es aber auch, dass er Mister Beauchamps Halbbruder war. Was hatte es wohl für ihn bedeutet, dass er all die Jahre im Dienst seines eigenen Bruders gestanden hatte?

Da flog die Tür auf, und Mister Beauchamp erschien. Er hielt eine Flasche Champagner hoch. »Wir feiern.«

»Aber …«, stammelte sie. »Wie soll ich Sie jetzt überhaupt nennen? Mister Fudge?«

»Mir doch egal«, erwiderte er nur.

Als die Flasche mit einem lauten Plopp geöffnet wurde und der Champagner überlief, reichte er sie an Emma weiter. »Auf das Geld. Hier, trinken Sie!«

Zögerlich nippte sie, während er sich zu ihr aufs Bett setzte.

»Wir haben erreicht, was wir wollten. Cheers!«

Er nahm ihr die Flasche wieder ab, trank und reichte sie ihr zurück.

»Ist es Ihnen denn wirklich recht, den Namen Ihres Vaters abzulegen?«, fragte sie vorsichtig.

»Sie haben für die Aussicht auf Geld doch auch meinen Namen angenommen.«

»Schon, aber …« Emma brach ab und wechselte das Thema. »Was wollen Sie eigentlich wegen Warwick unternehmen?«

»Wegen wem?« Er nahm einen tiefen Schluck. »Ach, wegen des Bastards. Nichts. Warum sollte ich?«

Er drängte ihr die Flasche erneut auf. Sie trank, während sie damit haderte, ob sie noch etwas sagen sollte. Als sie den Champagner absetzte, konnte sie sich eine Bemerkung nicht verkneifen. »Er ist Ihr Bruder.«

»Nur weil das meine alte Tante behauptet, ist es längst nicht wahr.«

»Sie haben selbst gesagt, dass er zur Familie gehört«, erinnerte sie ihn an seine Worte zu Lady Darlington in der Kutsche.

Statt einer Antwort leerte er die Flasche. Nachdem er sie achtlos auf den Boden hatte sinken lassen, beugte er sich über Emma und küsste sie. Sie stieß ihn zurück.

»Was fällt Ihnen ein?« Sie zog die Bettdecke bis zum Kinn hoch, obwohl es viel zu heiß dafür war.

»Ich werde doch meine Frau noch küssen dürfen.« Er warf den Kopf zurück und lachte.

»Ist denn alles im Leben immer nur ein Spiel für Sie?«

»Warum sollte es keines sein?«

»Wie können Sie nur so gleichgültig sein, nach dem, was heute passiert ist? Nehmen Sie nie etwas ernst?«

Er stand vom Bett auf. Sein ganzer Körper war in Anspannung, als er antwortete: »Ausgerechnet Sie werfen mir das vor? Sie, die für Geld eingewilligt haben, meine Frau zu werden? Ganz schön scheinheilig, finden Sie nicht, Mrs Fudge?«

Emma sah ihn bebend an. »Ich bin nicht Mrs Fudge. Ich bin auch nicht Mrs Beauchamp, sondern einfach nur Emma. Ich habe mich auf diesen Handel eingelassen, weil ich nicht wusste, was ich sonst tun sollte. Aber ich bereue es zutiefst, das kann ich Ihnen versichern.«

»Warum? Sie haben eine schöne Summe herausgeschlagen und können bequem als bestbezahlte Kurtisane Londons leben, das wollten Sie doch so gerne.«

Emma hielt es vor Wut nicht länger im Bett aus. Sie

warf die Decke zurück und sprang auf, dabei war es ihr völlig gleichgültig, dass er sie im Nachthemd sah.

»Als ob ich das hier jemals wollte. Jede Kurtisane ist freier als ich. Ich bin dazu verdammt, mein Leben lang mit einem Mann verheiratet zu sein, von dem ich keine Ahnung habe, wer er überhaupt ist.«

Jetzt stand auch er auf. Sie fixierten sich über das Bett hinweg.

»Sie wissen nicht, wer ich bin? Sie haben doch in mir gelesen wie in einem offenen Buch. Sie wussten immer, woran Sie mit mir sind. Ich habe Ihnen nie etwas vorgemacht. Aber was ist mit Ihnen? Sie leben nur durch andere und schreiben über deren Gefühle, weil Sie selber keine haben.«

Seine Worte trafen Emma wie ein Faustschlag ins Gesicht. Auch weil mehr Wahrheit darin steckte, als sie zugeben wollte.

»Sie sind ein Mann«, schrie sie ihn an. »Sie können es sich leisten, mit Gefühlen zu spielen. Ich, ich kann mir keine Gefühle leisten. Was bringen sie mir? Sagen Sie mir das!«

Sie brach ab, weil er zur Tür ging. Doch so einfach wollte sie ihn nicht davonkommen lassen. Sie war noch nicht fertig mit ihm. Emma eilte zu ihm, bevor er die Klinke herunterdrücken konnte.

»Sie bleiben gefälligst hier! Gefühle bringen mir nichts. Gar nichts. Wenn ich mich verliebe, kann ich dem Mann keinen Antrag machen. Ich darf keinerlei Leidenschaft zeigen, um meinen Ruf nicht zu ruinieren, und muss warten, ob er dasselbe für mich empfindet oder nicht. Ich muss lächeln und meinen Blick senken, auch wenn ich viel lieber vor Wut brüllen oder vor Enttäuschung weinen würde, denn Gefühle sind nichts, was Frauen ausleben dürfen. Wir müssen sie unterdrücken, wo es nur geht. Aber ich gratuliere Ihnen, Sie haben es tatsächlich geschafft, Gefühle in mir hervorzurufen, wie noch nie ein Mann zuvor.«

Ihr Gesicht spannte, so aufgeregt war sie. Er sah sie überrascht an.

»Was meinen Sie damit?«

»Dass ich Sie von ganzem Herzen verabscheue. Sie und Ihre grenzenlose Selbstsucht.«

Sie standen sich ganz nah gegenüber. Emma konnte sehen, wie sich seine Brust hob und senkte. Sie hörte ihre lauten Atemzüge. Er sagte nichts. Er stand nur da und blickte sie an. Dann benetzte er seine Lippen mit der Zungenspitze. Alles, was sie in den wachen Stunden der vergangenen Nächte gefühlt hatte, drängte nach oben, die ganze Sehnsucht, das Verlangen. Sie dachte an den Kuss auf der Bühne und hielt den Druck nicht länger aus.

Emma stellte sich auf die Zehenspitzen und küsste ihn. Seine Lippen waren so weich, wie sie sie in Erinnerung hatte, und schmeckten nach Champagner. Sie schlang die Arme um ihn und küsste ihn mit einer Leidenschaft, die sie selbst nie für möglich gehalten hätte.

Nun presste sich auch sein Mund auf den ihren. Seine Lippen strichen sanft von den Wangen bis zu ihrem Hals. Sein Atem hauchte über die Haut hinter ihren Ohren. Seine Hände umfassten ihre Taille. Er zog sie an sich heran, sie drängte sich ihm entgegen. Von ihm ging eine Hitze auf sie über, die sie zum Brennen brachte. Ihre Hände fuhren seinen Rücken hinunter, dabei konnte sie seine Wirbel einzeln spüren. Seine Hände wanderten von den Hüften an ihren Seiten nach oben, bis seine Fingerspitzen ihre Brüste berührten. Emma keuchte auf, und ich denke, Sie, werte Leserin, werden mir zustimmen, dass es an der Zeit ist, sich an dieser Stelle diskret, aber schleunigst zurückzuziehen.

Kapitel 20

Noch bevor Emma die Augen aufschlug, rekelte sie sich auf dem Laken. Sie fühlte sich nach den Ausschweifungen der letzten Nacht gleichsam hungrig und gesättigt und streckte ihre Hand nach Ambrose aus, um ein weiteres Mal seine Haut zu berühren, seinen Duft einzuatmen und ihn zu schmecken, so wie sie es nur wenige Stunden zuvor getan hatte. Noch nie hatte sie ihren Körper auf diese Art und Weise gespürt, und sie wollte mehr davon.

Doch ihre Finger fassten ins Leere. Der Platz, wo Ambrose unter der Decke gelegen hatte, war kaum mehr warm. Das Zimmer war leer. Emma nahm an, dass er aufgestanden war, um etwas zu essen und zu trinken zu holen, und wartete im Bett auf ihn.

Sie spürte in sich hinein und fand sich erstaunlich verändert. Das vorherrschende Gefühl war vollkommene Gelöstheit, und sie fühlte erneut eine unendliche Sehnsucht nach Ambrose. Aber er kehrte nicht zurück.

Als sie es überdrüssig war, auf ihn zu warten, kleidete sie sich an und ging nach unten. Im Frühstücksraum traf sie auf die Tante und den Onkel. Emma grüßte und sah sich vergeblich nach Ambrose um, bevor sie sich setzte. Ihre

Hand griff nach der Teekanne. Unter dem erstaunten Blick von Lady Fudge besann sie sich jedoch und ließ sich den Tee von einem Diener einschenken. Sie wartete einen Augenblick, dann gab sie sich Mühe, ihrer Stimme einen betont beiläufigen Klang zu geben, als sie fragte: »Wo ist denn Mister Beauchamp, ich meine … Mister Fudge?«

»Er ist abgereist«, erwiderte die Lady.

»Wie bitte?«

Emma hatte das Gefühl, keine Luft mehr zu bekommen. In ihren Ohren rauschte es, und sie umklammerte die Stuhllehnen. Schließlich brachte sie eine weitere Frage hervor: »Wohin?«

»Nach London natürlich. Um seine Schulden zu begleichen. Wieso wissen Sie nicht davon?«

»Ach ja. Doch, ich muss es kurz vergessen haben.« Emma blinzelte die Tränen weg, die in ihr aufstiegen, und zwang sich dazu, ruhig sitzen zu bleiben. »Hat er … etwas für mich hinterlassen? Einen Brief?«

Ein galliger Geschmack legte sich auf ihre Zunge.

»Nicht dass ich wüsste. Aber er hat mich gebeten, Ihnen genug Geld mit auf den Weg zu geben und Ihnen die Kutsche zur Verfügung zu stellen, sobald er die Postkutsche erreicht hat und sie zurückschicken kann.«

Emmas Augen brannten. Sie fühlte sich wie gehäutet. Um sich nichts anmerken zu lassen, tat sie, als nippte sie an ihrem Tee, und verbarg ihr Gesicht hinter der Tasse. Sie war erleichtert, als Lady Fudge ihre Aufmerksamkeit auf ihren Mann richtete und den Diener anherrschte, der den Lord fütterte: »Wischen Sie ihm den Brei vom Revers.«

Emmas Hand zitterte, als sie die Tasse mit einem lauten Klirren auf dem Unterteller abstellte. »Wenn Sie mich bitte entschuldigen würden. Ich muss packen.«

Die Lady entließ sie mit einer Handbewegung. »Das wird das Mädchen für Sie erledigen. Wenn Sie nach London zurückkehren, brauchen Sie neue Visitenkarten. Und denken Sie unbedingt daran, eine Liste mit Mister Fudges und Ihren Wäschestücken zu erstellen, an denen die Monogramme zu AF und EF geändert werden müssen …«

Emma nickte nur. Der Druck auf ihrer Brust wurde immer stärker. Sie konnte nicht länger warten, bis Lady Fudge mit ihren Ratschlägen fertig war, sondern lief einfach aus dem Raum und geradewegs weiter aus dem Haus. Sobald sie sich hinter einer Hecke vor Blicken verborgen glaubte, schritt sie immer schneller und schneller aus, bis sie rannte.

Auf einer Wiese zwischen rot leuchtendem Mohn und blassblauen Kornblumen ging sie mit einem Schrei auf die Knie.

Er hatte sie verlassen. Und es tat so weh.

Lange fühlte Emma nichts anderes als diesen Schmerz. Ihre Bitterkeit, von Ambrose benutzt worden zu sein, ihre Wut auf ihn und die gleichzeitige Sehnsucht nach seinen Berührungen zerriss sie. Erinnerungen an die empfundene Intimität zwischen den Laken vermischten sich mit Phantasien davon, wie oft er solche Nächte mit anderen Frauen wie Susanna Honeyfield erlebt hatte. Das, was für Emma einer Erweckung gleichgekommen war, war für ihn bloß eine weitere Zerstreuung, dies wurde ihr immer bewusster.

Erst als sie anfing, das laute Summen der Bienen und Hummeln um sich herum wahrzunehmen, erhob sie sich und machte sich auf den Rückweg.

Lady Fudge ging davon aus, dass Emma ihrem Neffen nachzureisen beabsichtigte, und sie widersprach nicht. Sie nahm den Beutel mit Münzen und die Anweisung an die Bank entgegen, die die Tante ihr aushändigte, ließ deren Ratschläge für die Reise über sich ergehen und stieg wie betäubt in die vierspännige Kutsche der Fudges mit dem Familienwappen auf den Türen.

Emma hatte mit Erleichterung vernommen, dass die Kutsche sie bis nach London bringen würde, denn in ihrem Zustand hätte sie es nicht ertragen, sich mit anderen Menschen den engen Raum einer Postkutsche teilen zu müssen. Sie blickte auf das rubinrote Herz an ihrem Finger, das sie zu verhöhnen schien. Verletzt zog sie den Ring ab und verstaute ihn im Beutel. Die Heirat war ein Geschäft gewesen, sagte sie sich, eine klare Absprache, die ihr die Bankanweisung eingebracht hatte, mit der sie über genug Geld verfügen würde, um ihren Vormund aus dem Schuldnergefängnis freizukaufen. Es war allein ihr Fehler gewesen, dass sie in der letzten Nacht die Kontrolle über ihre Gefühle verloren hatte. Schließlich hatte sie von Anfang an gewusst, wer Ambrose war. Er hatte ihr nie etwas vorgemacht, ihr nie etwas anderes versprochen, als seinen Teil des Deals einzuhalten, was er tatsächlich getan hatte. Dennoch stiegen ihr Tränen in die Augen, die sie im Schutz der Kutsche fließen ließ.

Vor der verhängnisvollen Nacht hatte sie nicht gewusst, wie unstillbar das Verlangen sein konnte, einem anderen Menschen so nah zu sein, wie sie es Ambrose gewesen war. Auch wenn sie dagegen ankämpfte, konnte sie es weder verhindern, sich an die Berührung seiner Hände auf ihrer Haut zu erinnern, noch daran, wie das Stöhnen aus ihren Kehlen zu einer Art Musik geworden war. Doch nun blieb sie allein.

»Emma.« Nachdem er durch das Tor der Fleet getreten war, umarmte Thomas Peregrine Ramsbury sie in einem für ihn ungewöhnlichen Überschwang der Gefühle. »Ich danke dir, mein Kind.«

Seine Perücke, die sonst mit Stärke sorgfältig gepflegt war, sah verfilzt und dreckig aus. Ein Geruch nach Moder und Armut stieg aus seinen Kleidern auf, und Emma beschloss, neue Anzüge für ihn zu bestellen, wenn er erst einmal richtig gefrühstückt hatte.

»Lassen Sie uns ins nächste Gasthaus einkehren, Onkel.«

Sie hakte ihn unter. Dabei bemerkte sie, wie stark er sich auf ihren Arm stützen musste und wie langsam sie vorankamen. Mehr als zwei Monate im Schuldnergefängnis hatten ihn sehr altern lassen.

Vergeblich suchte sie in der Gegend um die Fleet nach einem respektablen Teehaus für Damen, deshalb lotste sie den Vormund zu einem etwas besseren Kaffeehaus. Weil es kein separates Zimmer für Ladys gab, wählte sie einen Tisch in einer entlegenen Ecke. Die anwesenden Männer waren ihr mit Blicken gefolgt und sahen auch weiterhin unverhohlen zu ihr herüber.

Emma vermutete, dass sie für eine käufliche Frau gehalten wurde, und senkte den Blick. Zum Glück verbarg die Krempe ihres Hutes einen Teil des Gesichts. Während sie auf das Essen warteten, dachte sie daran, dass die Vermutungen der Gaffer nicht allzu weit von der Realität entfernt lagen. Sie war tatsächlich zu einer Art Kurtisane geworden, wenn auch der Preis, den sie für die eine Liebesnacht mit Ambrose erhalten hatte, die kühnsten Träume der meisten Frauen überstieg.

Mister Ramsbury blickte sie erstaunt an, als sie unvermittelt auflachte. »Was ist, mein Kind, was amüsiert dich?«

Emma schlug die Hand vor den Mund und schüttelte nur den Kopf. Ihr war wirklich nicht nach Lachen, fand sie doch, dass sie für die Liebesnacht einen hohen Preis gezahlt hatte. Sie fasste in ihren Taschenbeutel und fühlte nach dem Ring. Sie drehte ihn zwischen den Fingern, doch bevor sie ihn überziehen konnte, stellte der Gastwirt Platten mit Würstchen, geräucherten Makrelen, gekochten Eiern und Schweinebratenscheiben vor sie hin.

Sie fragte sich, wann ihr Onkel sich wundern würde, wie sie das Geld aufgebracht hatte, um ihn freizukaufen. Mister Ramsbury war jedoch derart mit dem Essen beschäftigt, dass er keine Fragen stellte. Als er seinen duftenden Mokka getrunken hatte, seufzte er auf.

»Lass uns aufs Land reisen, Emma. Wir können ins Cottage des Verwalters ziehen.«

Ihre erste Reaktion war Abwehr, dann aber dachte sie darüber nach, was sie noch in der Stadt verloren hatte. Ihre Träume waren zerplatzt, ihr Herz war gebrochen. London hatte ihr nichts mehr zu bieten.

»Wie Sie meinen«, erwiderte sie. »Nur können wir unmöglich abreisen, bevor Sie nicht wenigstens zwei neue Anzüge besitzen.«

Lady Fudge war von ihrem Neffen angewiesen worden, Emma großzügig zu bedenken, so dass sogar noch Geld übriggeblieben war, nachdem sie die Schulden des Vormunds bezahlt hatte.

In der Bond Street wählte Emma das Geschäft eines Herrenschneiders aus, der nicht ganz so teuer wirkte wie die anderen. Trotzdem hoffte sie, angesichts Mister Ramsburys schäbigen Aufzugs nicht gleich vor die Tür gesetzt zu werden.

»Verfluchter Idiot«, schimpfte der Schneider jemandem hinterher, der gerade im Hinterzimmer verschwand. Kaum hörte der Mann das Klingeln der Türglocke, änderte sich sein Tonfall zu einem Singsang.

»Kommen Sie herein, meine Dame«, bat er Emma.

Erst in diesem Augenblick wurde er des Vormunds gewahr. Der Schneider zog seine Augenbrauen nach oben, und seine Mundwinkel wanderten nach unten. Bevor er sie abweisen konnte, legte Emma Geld auf den Tresen.

»Wir brauchen zwei Anzüge«, erklärte sie bestimmt. Der Schneider sah von dem Geld zu ihr, dann zu Mister Ramsbury und wieder zum Geld. Er setzte ein hauchdünnes Lächeln auf.

»Gewiss, meine Dame. Ich werde sofort Maß nehmen. Mein Herr, wenn Sie zu mir kommen würden.« Er nahm das Maßband, das ihm um die Schultern hing. Nun war ein Poltern aus dem Hinterzimmer zu vernehmen. Selbst das dünne Lächeln verschwand aus seinem Gesicht. »Trödel nicht so rum, der Mantel muss heute noch zum Colonel!«

Aus dem Hinterzimmer trat jetzt der Beschimpfte. Emma reagierte verwirrt, als sie ihn erkannte. Mit einem Paket in der Hand ging der Mann an ihr vorbei, ohne sie eines Blickes zu würdigen.

»Ich bin gleich wieder da«, sagte Emma schnell, dann folgte sie dem Valet nach draußen. Auf der Straße rief sie nach ihm. »Warwick, warten Sie!«

Kapitel 21

Warwick reagierte nicht.

»Mister Freeman!«, rief Emma daher lauter.

Er drehte sich um, erkannte sie und sah sie feindselig an. »Miss Smart.«

Offensichtlich hatte er noch nichts von ihrer Heirat mit Ambrose gehört, doch sie korrigierte ihn nicht. »Mister Freeman, es tut mir so leid, dass ich Ihre und Miss Darlingtons Flucht an Lady Darlington verraten habe, das müssen Sie mir glauben …«

»Meine Frau heißt Mrs Freeman.«

»Natürlich. Wie geht es Mrs Freeman in ihrem Zustand?«

»Anthea erwartet kein Kind. Sie hat auch nie eines von mir erwartet, das haben wir nur behauptet, damit Lady Darlington uns ziehen lässt.« Warwick sah Emma herausfordernd an.

»Ah. Aber … wie geht es ihr?«

»Gut.« Er wirkte nicht sehr überzeugend.

»Warum arbeiten Sie als Laufbursche für diesen unverschämten Kerl?«, wollte Emma wissen. »Sie können ja mindestens so gut nähen wie er. Und als Kammerdiener verdienen Sie doch sicher so viel mehr.«

»Wer soll mich denn jetzt noch als Valet nehmen, wo Lady Darlington überall rumerzählt hat, dass mir nicht zu trauen ist? Ich muss dankbar für die Arbeit sein, die ich haben kann.«

Er drehte sich um und ging ohne ein Wort. Sie sah ihm nach, wie er mit vorgebeugten Schultern lief, so ganz anders als der aufrechte, elegant gekleidete Kammerdiener, als den sie ihn kennengelernt hatte. Sie hielt es nicht aus, ihn derart gebrochen zu sehen.

»Mister Freeman!«

Sie folgte ihm erneut. Er drehte sich nicht nach ihr um, so dass sie ihre Schritte beschleunigen musste, um ihn noch einzuholen. Endlich hatte sie es geschafft und ging atemlos neben ihm her.

»Anthea, wie geht es ihr wirklich?«

Warwick sah aus, als wollte er nicht antworten. Er schritt noch weiter aus, und Emma hatte Mühe mitzuhalten. Die Leute auf der Straße drehten sich zu ihnen um. Schließlich sprach Warwick doch.

»Sie ist das Leben in Armut nicht gewöhnt.«

Er klang mutlos und traurig.

»Es tut mir so leid.« Emma wusste nicht, was sie sonst noch sagen sollte.

Da blieb er stehen. »Manchmal frage ich mich, ob ich sie nicht besser freigeben sollte.«

»Nein«, entfuhr es Emma. »Sie liebt Sie doch. Warum fragen Sie nicht …« Sie brach ab, weil es sie schmerzte, an Ambrose zu denken, aber dann redete sie weiter. »Fragen Sie Mister Fudge, ich meine, Mister Beauchamp, ob er Sie wieder einstellt.«

»Wieso sollte er das? Ich habe ihn heimlich verlassen. Mit der Frau, die er heiraten wollte.«

»Oh, ich bin sicher, dass er das längst verziehen hat«, versicherte Emma. Als Warwick weiterhin nicht überzeugt aussah, fügte sie noch hinzu: »Ganz bestimmt.«

»Ich weiß nicht …«

Sie zögerte erst, dann überwand sie sich, ihm die Frage zu stellen: »Kann es sein, dass Mister Beauchamp und Sie mehr verbindet als nur ein Dienstverhältnis?«

Er sah ihr in die Augen. »Sie meinen, weil sein Vater mich gezeugt hat?«

»Sie wissen davon?«, fragte Emma erstaunt.

»Ich war fünf Jahre alt, als Mister Beauchamp mich meiner Mutter stahl, um mich mit nach England zu nehmen. Er hat sie mit der Peitsche geschlagen, als sie versucht hat, ihn daran zu hindern. Manchmal höre ich in meinen Träumen noch ihre Schreie, als er mich aus ihren Händen riss.« Er sprach mit belegter Stimme weiter. »Ich war ein Kind, aber ich wusste immer, dass meine Mutter von Mister Beauchamp vergewaltigt worden war. Ich bin das Kind dieser Gewalt. Und das macht mich und Ambrose Beauchamp nicht zur Familie.«

Emmas Augen füllten sich mit Tränen, als sie sich vorzustellen versuchte, wie es für das Kind gewesen sein mochte, ohne Mutter in ein fremdes Land verschleppt zu werden. Ausgerechnet von dem Mann, der ihr Gewalt angetan hatte. Wie es sich für ihn angefühlt haben musste, neben einem Halbbruder aufzuwachsen, der der Erbe war, während Warwick immer nur als Dienstbote galt. Sie legte eine Hand auf ihre eng gewordene Brust, als sie sich fragte, was er empfunden haben musste, wenn er miterlebte, wie Ambrose das Geld verprasste, das durch das vergossene Blut von Menschen wie Warwicks Mutter angehäuft worden war.

Emma klopfte an die Tür des kleinen, heruntergekommenen Hauses, in dem Warwick und Anthea lebten. Es dauerte eine ganze Weile, bis von innen eine Stimme rief: »Ich komme gleich.«

Sie wartete noch ein wenig länger. Als die Tür nach längerer Zeit geöffnet wurde, stand Anthea in einer fleckigen Schürze vor ihr.

»Miss Smart«, sagte sie und glättete mit der Hand verlegen ihre zerzausten Haare.

»Guten Tag, Mrs Freeman, Ihr Mann hat mir Ihre Adresse gegeben.«

Anthea verschränkte die Arme vor der Brust. »Was wollen Sie?«

»Ich wollte wissen, wie es Ihnen geht.«

»Sie können Lady Darlington ausrichten, dass ich meinen Mann nicht verlassen werde. Also los, gehen Sie schon und sagen Sie es ihr.«

Anthea war drauf und dran, die Tür vor Emmas Nase zuzuknallen.

»Nein, warten Sie! Ich bin nicht im Auftrag Ihrer Mutter hier. Und Sie müssen mir glauben, ich habe Ihre Flucht nicht freiwillig …« Sie brach ab, als ihr beißender Rauch in die Nase stieg. »Es brennt!«

»Der Herd!«

Anthea stürzte ins Haus zurück und ließ die Tür offen stehen, weshalb Emma ihr nach kurzem Zögern folgte. Sie ging in die Richtung, aus der es qualmte, und musste den Kopf einziehen, um nicht an den Balken zu stoßen, der die Küche von dem schmalen Flur trennte.

Anthea hielt sich die Schürze vors Gesicht und versuchte, mit einem Kehrblech den Rauch, der aus der Feuerstelle quoll, durch ein winziges Fenster nach draußen zu fächern. Emma hustete und wedelte mit der Hand, um etwas sehen zu können. Der Qualm stach ihr in die Augen. Sie konnte die Umrisse eines Wassereimers ausmachen, ergriff ihn und kippte den Inhalt über die Herdstelle. Es rauchte und zischte noch mehr, doch bald hatte sich ein großer Teil des Rauchs verzogen.

»Danke«, sagte Anthea und hustete.

»Warum kümmert sich das Dienstmädchen nicht um das Feuer?«, fragte Emma. Sie drängten sich um das kleine Fenster, um frische Luft zu bekommen.

Anthea blickte sie mit ihrem rußverschmierten Gesicht an. »Wir haben keines.«

Emma wusste nicht, was sie sagen sollte. »Oh« war ihre einzige Antwort. Als sie zu Anthea hinübersah, malten Tränen helle Linien auf ihre Wangen.

»Ich habe nicht gedacht, dass es so sein würde«, gab Anthea zu und hustete erneut. »Ich habe gedacht, wenn mich jemand liebt, so wie Warwick, dann werde ich glücklich. Das war ich auch. Für eine Weile. Aber nun bin ich den ganzen Tag allein …« Sie brach ab.

Emma schwieg. Was wusste sie schon über die Liebe, um etwas Tröstendes sagen zu können? Stattdessen griff sie in ihren Taschenbeutel und holte ein sauberes Tuch hervor, das sie Anthea gab. Die fuhr mit dem Tuch über ihr Gesicht, bis der Stoff grau verfärbt war.

»Er schreit fast jede Nacht im Schlaf«, erzählte sie. »Nach seiner Mutter …«

Beide schwiegen eine Weile.

»Können Sie mir zeigen, wie man ein Feuer richtig entfacht, Miss Smart?«, bat Anthea schließlich. »Wenn ich es versuche, qualmt es immer nur.«

»Ich weiß nicht, das machen sonst die Dienstboten.«

»Wir haben ein Mädchen, das zweimal die Woche kommt und mir zur Hand geht, und eine Waschfrau. Mehr nicht. Warwicks Geld reicht gerade mal für das Nötigste. Und das, obwohl er eine Arbeit macht, die er hasst. Wenn das so weitergeht, werden wir vor Hunger sterben, weil ich einfach nichts Genießbares zustande bringe.« Sie lachte unglücklich auf.

»Wir können es zusammen probieren«, schlug Emma

vor und dachte bei sich, dass es schon nicht so schwer sein konnte. Da von Anthea kein weiterer Protest kam, klopfte sie an ein paar Türen in der Nachbarschaft, bis sie eine Frau gefunden hatte, die zwar unwillig war, sich aber immerhin nach reichlich Murren und Knurren bereit erklärte, ihnen zu erklären, wie man ein Feuer entzündete.

Als dies mit kaum qualmender Flamme brannte, beugten sich Emma und Anthea über das von einer Mrs Rundell verfasste Kochbuch, das Warwick seiner Frau mitgebracht hatte, damit sie das Kochen lernte.

»Wie häute ich denn Tauben?«, fragte Anthea.

»Ich weiß es nicht. Wahrscheinlich muss man die Federn rupfen, bevor die Haut abgeht.«

Anthea tat es mit sichtlichem Widerwillen. Die Federn flogen in der Küche herum. Emma musste davon niesen.

»Und nun?«

»Vielleicht werden erst mal die Flügel entfernt?«, schlug Emma vor.

Es knackte laut, als Anthea diese herausdrehte. Blut lief über ihre Hände, und einzelne herumfliegende Federn klebten darauf fest. Sie machte tapfer damit weiter, den Vogel auseinanderzunehmen, aber ihr Gesichtsausdruck war sichtlich angeekelt. Währenddessen mühte sich Emma ab, den Kohlkopf in schmale Scheiben zu schneiden. Es dauerte, bis sie herausfand, dass er sich leichter verarbeiten ließ, wenn sie ihn erst einmal in zwei Hälften teilte. Sie kochte ihn nach Mrs Rundells Rezept mit etwas Milch und Butter auf. Anthea hatte in der Zwischenzeit die Tauben und ihre Hände von Blut und Federn gereinigt.

»Das ist barbarisch«, stellte sie fest und blickte ins Kochbuch. »Hier steht, man soll die Tauben reichlich mit Salz und Pfeffer würzen. Wie viel ist denn ›reichlich‹?«

Weil Emma nur die Schultern hob, nahm Anthea eine Handvoll Salz und gab eine kleine Schüssel zerstoßener Pfefferkörner hinzu. Beides streute sie auf das, was von den Vögeln übrig geblieben war. Dann kam alles zum Kohl in den Topf.

»So schwer ist es ja gar nicht zu kochen«, stellte Anthea erstaunt fest, während sich ein appetitlicher Duft in der Küche verbreitete. »Es ist bloß ekelhaft.«

Sie tranken einen Tee, während sie darauf warteten, dass das Essen fertig wurde. Emma erzählte von ihrem Onkel und dass sie ihn aus dem Schuldnergefängnis hatte freikaufen können, erwähnte aber nicht, woher das Geld dafür stammte.

Nach einer Weile stand Anthea auf, ging zu der Feuerstelle und probierte mit einem Löffel.

»Urgh!« Sie verzog das Gesicht und stürzte zu ihrer Teetasse, um nachzuspülen.

»Vielleicht fehlt noch etwas Salz?«, schlug Emma vor und nahm ihrerseits den Löffel, um zu probieren. Sie streckte die Zunge heraus. »Das schmeckt scheußlich.«

»Wir sind die schlechtesten Köchinnen von ganz England«, stellte Anthea fest. Sie sahen sich an und fingen an zu lachen. Sie lachten so lange, bis ihnen Tränen kamen und die Bäuche so wehtaten, dass sie sie festhalten mussten.

»Ich habe so Hunger«, stöhnte Anthea auf. »Ich könnte ein ganzes Abendmahl essen. Erst weiße Suppe mit Hühnchen, dann ein Brotpudding, gebratene Pilze, gebutterter Reis mit Zimt und Zucker …«

Auch Emma merkte, wie ihr Magen zu knurren anfing.

»Wir waschen uns die Gesichter und gehen in einen Teesalon«, schlug sie vor, »wo wir uns Kuchen und Sandwiches bestellen und …«

»Ich kann doch in diesem Zustand nicht unter Leute«, unterbrach Anthea und sah traurig an sich hinunter. »Meine Kleider sind alle viel zu dreckig. Sie müssen allein gehen, Miss Smart.«

Nachdem Emma bei einem Bäcker ein paar Pasteten für Anthea und Warwick besorgt und ihnen vorbeigebracht hatte, hing ihr nicht nur der beißende Gestank des Rauchs nach, der sich in ihren Haaren festgesetzt hatte, sondern auch die Umstände, in denen die beiden lebten. Sie hätte sich so sehr ein glückliches Ende für deren Liebesgeschichte gewünscht. Aber augenscheinlich waren glückliche Enden allein dem Theater und Romanen vorbehalten.

Nachdem sie ihren eigenen Hunger in einem Teesalon gestillt hatte, schlenderte Emma auf der Piccadilly Street entlang. Um Schutz vor der gleißenden Augustsonne zu finden, blieb sie vor der Fassade von Hatchards stehen. Ihr Herz geriet angesichts der Bücher in den Fenstern in Aufruhr. Bücher waren ihr schon immer ein Trost gewesen und Geschichten ihre Flucht aus Einsamkeit und Langeweile. Auch jetzt konnte Emma darauf hoffen, Erlösung zwischen Buchdeckeln zu finden. Wenn sie mit dem Vormund aufs Land zurückkehrte, wollte sie genügend interessante Lektüre dabeihaben. Emma betrat den Laden mit dem guten Gefühl, frei über ihr Geld verfügen zu können.

Der von ihr ausgewählte Bücherstapel war bereits stattlich, als sie überlegte, ob sie den skandalösen neuen Roman »Der Freigeist« aus der Feder von Charlotte Dacre, von der sie bereits Schauerromane unter dem Pseudonym Rosa Matilda gelesen hatte, noch dazupacken sollte. Da sah sie in ihrer Nähe einen Gentleman, der in einem Exemplar des Romans las. Es war Ambrose.

Emma erstarrte. Als seine Finger über die Seiten der Lektüre strichen, so wie sie über ihre Haut gestreichelt hatten, schluckte sie schwer. In ihr stieg ein unstillbares Verlangen danach auf, sich an seine Brust zu werfen und sich mit ihm zwischen Laken zu wälzen – und das ausgerechnet in einer Buchhandlung.

Ein Keuchen entfuhr ihr. In diesem Augenblick drehte sich Ambrose um. Sofort duckte sich Emma hinter einem

Tisch mit Büchern. Mit klopfendem Herzen kauerte sie in dieser Position und hoffte, dass er nicht bemerkt hatte, wie sie ihn anstarrte. Doch dann fiel ihr ein, wie viel peinlicher es wäre, von ihm in dieser unwürdigen Lage erwischt zu werden. Wenn er um den Tisch herumginge, würde er sie unweigerlich entdecken. Das Starren hätte sie erklären können. Aber dass sie sich vor ihm versteckte?

In der Hocke fing Emma an, den Rückzug anzutreten. Vorsichtig robbte sie zurück, bis sie gegen ein Hindernis stieß und sich umwandte. Beine in Kniebundhosen verstellten ihr den Weg. Emma wünschte sich, unter ihr würde sich eine Klappe wie auf der Bühne des Theaters auftun, durch die sie verschwinden könnte.

»Kann ich Ihnen behilflich sein, Madame?«

Befreit hörte sie, dass es nicht Ambroses Stimme war. Der Buchhändler sah verwundert auf sie herab.

»Ich habe etwas fallen lassen«, behauptete sie, aber der Boden um sie herum war leer. Sie lächelte verlegen zu dem Händler hoch und erhob sich in der Erwartung, über den Tisch hinweg in Ambroses amüsiertes Gesicht zu blicken. Doch als sie wieder stand, konnte sie ihn nirgendwo entdecken. Sie atmete auf und griff nach den Büchern.

»Würden Sie mir den Stapel bitte bringen lassen?«

Während sie dem Buchhändler die Adresse ihrer Unterkunft mitteilte, sah sie sich verstohlen um. Ambrose war nicht mehr zu sehen. Sie war über die Enttäuschung verwundert, die sie darüber empfand, und sagte sich, dass sie nur die versäumte Gelegenheit bedauerte, bei ihm ein gutes Wort für Warwick und Anthea einzulegen. Aber sie hatte ihn verpasst und wusste nicht, wo er jetzt wohnte, seit die Tante ihn mit reichlich Geld ausgestattet hatte. Vermutlich hatte er längst eines der besten Häuser Londons bezogen.

Entschlossen wandte sie sich an den Händler: »Können Sie mir die Adresse von Mister Fudge geben?« Als der Mann nicht antwortete, fügte sie hinzu: »Vielleicht kennen Sie ihn hier auch noch als Mister Beauchamp. Ich bin seine Ehefrau.«

Dies ließ den Buchhändler äußerst misstrauisch blicken. Er musste die Frau, die auf dem Boden seines Ladens herumgekrochen war und sich zudem für die Gattin eines Kunden ausgab, für völlig überdreht halten.

»Das kann ja jede behaupten«, sagte er schroff.

Emma wollte gerade den Laden verlassen, als ein Laufbursche hereinkam.

»Bring die Bücher zu Mister Fudge«, forderte der Händler ihn auf.

Vor der Buchhandlung blieb Emma in einiger Entfernung stehen und wartete auf den Jungen. Sie folgte ihm, sobald er mit einem in Papier eingeschlagenen Buchpaket auf die Straße trat. Sie hatte Mühe, mit ihm Schritt zu halten, während er ungerührt über Abwassergräben sprang, die sie ohne ein hölzernes Brett als Brücke nicht überqueren konnte.

Erst als der Laufbursche am Hintereingang eines stattlichen Hauses in einer sehr vornehmen Gegend klopfte, überlegte Emma, wie sie Ambrose gegenübertreten sollte. Sie wollte ihn bitten, Warwick wieder als Valet einzustellen. Egal, was dieser sagte, glaubte sie fest daran, dass er bestimmt lieber in seinen alten Beruf zurückkehren würde, als sich weiter von einem übellaunigen Schneider herumkommandieren zu lassen.

»Wen darf ich melden?«

Der Diener, der die Vordertür öffnete, nachdem Emma geläutet hatte, sah sie abwartend an. Sie zögerte, erinnerte sie sich doch an die Reaktion des Buchhändlers, als sie sich als Ehefrau von Ambrose vorgestellt hatte.

»Ich bin eine gute Bekannte von Mister Fudge und muss ihn dringend sprechen«, erklärte sie dann.

Nach einer kurzen Weile kehrte der Diener zurück und ließ sie eintreten. Sie folgte ihm durch luxuriös ausgestattete Wohnräume und fürchtete, dass Ambrose schon wieder über seine Verhältnisse lebte. Aber es ging sie nichts an, sagte sie sich, es war seine Sache, ob er das Geld seiner Tante verprasste.

»Mister Fudge erwartet sie.«

Zu ihrem Befremden hatte der Diener die Tür zu einem Schlafgemach geöffnet. Zaghaft trat Emma ein. Als ihr Blick auf das große Bett fiel, konnte sie nicht verhindern, erneut an Ambroses nackten Körper zu denken.

»Hatte ich nicht gesagt, ich komme heute Abend zu dir, Rosella?«

Ambrose kam hinter einem Paravent hervor. Er blieb stehen und starrte sie an.

»Emma? Miss Smart, ich meine …«

Kapitel 22

Eine ganze Weile lang standen sie sich schweigend gegenüber. Emma fühlte sich von dem drängenden Bedürfnis überwältigt, sich an seine Brust zu werfen und mit ihm zum Bett zu taumeln, um sich unter den Laken der Sehnsucht hinzugeben. Gleichzeitig war in ihr ganz viel Wut auf ihn, dass es bereits eine Rosella in seinem Leben gab.

»Brauchst du Geld?«, fragte Ambrose, und ihre ganzen Sehnsüchte lösten sich auf. »Warte, ich rufe nach einem Tee.«

»Geht es Ihnen immer nur um Geld?«, konterte sie aufgebracht. »Ich brauche kein Geld.« Sie ermahnte sich selbst, sich zusammenzunehmen, und senkte ihre Stimme wieder. »Ich bin wegen Warwick hier. Ich möchte Sie bitten, ihn wieder in Ihre Dienste zu nehmen. Anthea und er leben unter erbärmlichen Umständen. Sie können sich nicht einmal eine Köchin leisten.«

»Ich habe längst einen neuen Valet.« Ambrose klang abweisend.

»Können Sie ihn nicht wenigstens einem Bekannten empfehlen?«, forderte sie ihn ungehalten auf.

»Bedaure.« Er drehte ihr den Rücken zu, um im Spiegel seinen Kragen zu richten.

»Wie können Sie so stur sein?«, ärgerte sie sich. »Er ist Ihr Bruder.«

»Dafür gibt es keinerlei Beweise.« Ambrose sprühte sich mit einem Parfum aus einem Flakon ein. Der Duft nach Sandelholz und Moschus erfüllte den Raum und verwirrte Emmas Sinne. Sie bemühte sich, sich nicht von der Erregung, die sie ergriff, ablenken zu lassen.

»Natürlich gibt es keine Beweise. Wie soll eine Sklavin auch beweisen, dass sie von ihrem Herrn vergewaltigt wurde? Aber jeder Mensch kann sehen, wie ähnlich Sie und Warwick sich sind. Sie haben die gleiche Statur, die gleichen Bewegungen. Sie ziehen beide die Augenbrauen auf genau die gleiche Art zusammen, wenn Sie skeptisch sind …«

»Hirngespinste«, tat Ambrose dies ab. »Stecken Sie Ihre Kreativität lieber in Ihre Theaterstücke, dann wird vielleicht auch mal eines auf der Bühne akzeptiert.«

Emma kniff die Augen zusammen. Ihr Atem ging flach, und ihr Blick wanderte zu den Parfümflakons auf seinem Frisiertisch. Sie griff nach einer der Glasfläschchen, schloss die Hand darum und war dabei, die Flasche hochzuheben, um sie zu werfen, da ging die Tür auf.

Der Diener ließ eine auffallend herausgeputzte Frau herein. Angesichts von Emma blieb sie stehen und blickte verwirrt zu Ambrose.

»Wer ist das, Darling?«

Emma stellte den Flakon ab und ging zur Tür.

»Darf ich mich vorstellen? Ich bin seine Frau«, sagte

sie im Vorbeigehen, ehe sie Ambrose seinem Schicksal überließ.

Bevor Emma London endgültig hinter sich lassen konnte, musste sie noch auf die Fertigstellung der Anzüge des Onkels warten. Um sich die Zeit zu vertreiben, überredete sie Mister Ramsbury, sie zur Eröffnungspremiere der neuen Theatersaison in der Drury Lane zu begleiten. Sie konnte sich selbst nicht erklären, warum es sie ausgerechnet dorthin zog, wo sie so sehr gedemütigt worden war. Aber auch wenn ihre Hoffnungen endgültig zerplatzt waren, so konnte sie dennoch nicht ganz vom Theater lassen.

Aufgewühlt nahm Emma auf den oberen Rängen Platz. Mister Ramsbury setzte sich neben sie.

»Was wird heute überhaupt gespielt?«

»Ein ganz neues Stück. Ein Liebesdrama«, informierte sie ihn.

»Ich würde meinen, wir hätten in den letzten Monaten genug Drama gehabt«, erwiderte er. Sie zog es vor, nicht darauf zu antworten.

»O nein, jetzt fangen sie mit einer Pantomime an«, beschwerte er sich. »Ich verstehe nicht, was diese Unsitte soll.«

»Den Leuten gefällt es eben«, sagte sie.

»Warum?«

Sie blendete die Beschwerden des Vormunds aus und blickte auf die Bühne. Während dort die Pantomime als Vorprogramm dargeboten wurde, schloss sie die Augen und stellte sich vor, ihr eigenes Stück würde an diesem Abend aufgeführt werden. Der Applaus der Zuschauer, nachdem die Pantomime geendet hatte, vermischte sich mit ihren Erinnerungen an das Klatschen des Publikums am Abend von Mister Livingstons Ball. Sie spürte, dass Tränen über ihre Wangen liefen. Aber sie war sich nicht ganz sicher, worüber sie weinte.

»Was für eine sinnlose Zeitverschwendung«, seufzte Mister Ramsbury, »sich freiwillig anzusehen, wie ein Harlekin um ein schönes Mädchen buhlt. Ich hoffe nur, es gibt nicht auch noch Jongleure oder Seiltänzer.«

Als das eigentliche Stück endlich begann, wünschte Emma sich, es würde eher seinem Geschmack entsprechen.

Auf der Bühne spazierten ein Mann und eine Frau vor der gemalten Kulisse einer Parklandschaft. Beide scherzten miteinander und schienen sich gut zu verstehen.

»Ist es nicht ein wundervoller Tag, Mister Percy?«, fragte die Frau, die Emma als Susanna Honeyfield erkannte.

»Das ist es«, erwiderte der Mann.

Emma beugte sich vor, um ihn besser sehen zu können, doch ihr Platz war zu weit von der Bühne entfernt, um seine Gesichtszüge auszumachen.

»Ich könnte mir kaum einen schöneren Tag vorstellen«, sagte die Schauspielerin. »Ich könnte für immer so mit Ihnen spazieren. Mein Herz brauchte nicht mehr, um glücklich zu sein.«

»Sie sind zu bescheiden«, erwiderte der Schauspieler. Anhand seiner Stimme erkannte Emma unter dem großen Hut und der vielen Schminke Guy Lovell. »Aber ich bin sicher, Sie versprechen sich wie jede junge Dame ein wenig mehr an Unterhaltung. Haben Sie mir nicht selbst erzählt, wie sehr Sie es lieben zu tanzen?«

Emma rutschte unruhig auf ihrem Sitz herum. Etwas an dem Stück stieß ihr auf.

»Das stimmt. Ich liebe nichts so sehr wie …« Susanna Honeyfield brauchte einen Augenblick, um sich an den weiteren Dialog zu erinnern.

»Ich liebe nichts so sehr wie Musik und Tanz«, vervollständigte Emma murmelnd.

»… wie Musik und Tanz«, fügte Miss Honeyfield auf der Bühne hinzu.

»Dann werde ich …«, raunte Emma.

»Dann werde ich einen Ball veranstalten und alle Welt einladen«, sprach Mister Lovell in der Rolle des Percys. »Und Ihnen, Miss Angel, werden die Männer zu Füßen liegen. Sie werden sich vor Verehrern gar nicht mehr retten können.«

Nachdem Mister Lovell von der Bühne gegangen war, tänzelte Miss Honeyfield an den Bühnenrand und sprach ins Publikum. »O Percy! Wenn er nur wüsste, wie gleichgültig mir all die Verehrer sind. Merkt er denn gar nicht, dass allein ihm mein ganzes Herz gehört?«

Emma konnte nicht glauben, was sie da hörte. Das Stück wies eine frappierende Ähnlichkeit mit ihrem eigenen Stück auf. Statt Camilla und Robert wurden die Figuren hier zwar Angel und Percy genannt und Marianne und Charles Letitia und William, und ein paar Dialogsätze waren verändert worden, aber ansonsten war es ihre Geschichte. Sie redete sich zu, dass es pure Einbildung sein musste. Wahrscheinlich war es ihr Neid auf den Erfolg dieses Stückes, der ihre Phantasie zu diesen Blüten trieb.

Verwirrt verfolgte sie die weiteren Szenen. Als Miss Angel abermals für einen Monolog an den Bühnenrand trat, sprach Emma die Wörter mit.

»Und ich dachte, du wärest anders, Robert …«, sagte sie, während Susanna Honeyfield redete.

»Und ich dachte, du wärest anders, Percy, du würdest mich treu lieben. Stattdessen sehe ich dich kaum mehr, und meine Zofe hat mir erzählt, du würdest einer anderen deine Gunst schenken …«

Die restlichen Szenen brachten schließlich Gewissheit. Es war Emmas Stück, auch wenn man den Titel und Namen geändert und einige Dialoge umgeschrieben hatte. Man hatte es ihr gestohlen. Hinter ihren Schläfen pochte es, als sie fassungslos das weitere Bühnengeschehen verfolgte.

Am Ende schlug Letitia vor sich und William den Fächer auf, und die Schauspieler deuteten dahinter einen Kuss an. Kurz wurde Emma ihr erster Kuss mit Ambrose in Erinnerung gerufen, doch sie war zu wütend über den dreisten Diebstahl ihres Stückes, um den Gedanken weiter zuzulassen.

»Sie haben mein Stück gestohlen«, ging Emma Guy Lovell mitten im Grünen Salon an, wo sich die Schauspieler nach der Vorstellung trafen. Um hinter die Bühne gelassen zu werden, hatte sie mit der Polizei gedroht. Mister Lovell blinzelte erschrocken und versuchte, an ihr vorbeizugelangen, doch sie verstellte ihm den Weg. »Sie haben behauptet, es wäre abgelehnt worden. Sie Lügner!«

»Meine Dame, beruhigen Sie sich bitte.« Der Schauspieler blickte nervös zu allen Seiten. Die anderen Schauspieler und ein paar Gentlemen sahen interessiert zu ihnen.

»Ich kann mich nicht beruhigen«, redete sich Emma weiter in Rage. »Ich habe Ihnen vertraut. Wie konnten Sie so etwas tun?«

Da erhob sich Mrs Alice Drew von einem der Sofas und stellte sich neben Emma. »Hast du mal wieder eine Frau ausgenutzt, Guy?«

»Er hat mich belogen«, beschwerte sich Emma.

»Da bist du nicht die Einzige, Schätzchen. Er ist ein Mistkerl, dem Gott leider die Gabe geschenkt hat, leidlich überzeugend den Helden zu spielen.«

»Halt dich da raus«, zischte Mister Lovell. Er griff nach Emmas Arm. »Ich bitte Sie, das haben Sie völlig falsch verstanden. Ich habe Ihnen nur geholfen.«

»Wer's glaubt«, lachte Mrs Drew.

»Glauben Sie mir«, beeilte sich Guy, Emma zu beschwichtigen. »Lassen Sie uns in Ruhe darüber reden.«

Er zog sie nach draußen, wo sie zwischen die Kulissenarbeiter gerieten, die die Bühne für die nächste Darbietung umbauten.

»Ich habe dafür gesorgt, dass Ihr Stück die Chance einer Aufführung erhält. Mit Ihrem Namen als Autorin hätte es niemals funktioniert.«

»Aber es ist mein Stück, und Sie haben mir nichts davon gesagt. Sie haben behauptet, der Direktor habe es abgelehnt.«

»Das hat er auch … zuerst. Aber ich habe mich nicht geschlagen gegeben, weil ich an Ihr Werk geglaubt habe. Ich habe es wieder versucht und wieder und wieder … bis ich mehr Erfolg hatte. Und wenn ich gewusst hätte, wo ich Sie finden könnte, hätte ich Ihnen längst davon erzählt und Ihnen das Geld für die erste Aufführung geschickt.« Er holte Münzen aus einer Westentasche. »Hier, nehmen Sie, was ich habe, den Rest gebe ich Ihnen später. Nun nehmen Sie schon.«

Sie ließ sich von ihm das Geld in die Hand drücken.

Nachdem sie in der Unterkunft dafür gesorgt hatte, dass der Vormund mit einer heißen Milch im Bett lag, setzte sie sich an den kleinen Tisch in ihrem Zimmer und spitzte mit einer Messerklinge die neue Schreibfeder zurecht. Sie streckte die Zungenspitze zwischen den Lippen hervor und fing zu schreiben an – entschlossen, ein neues Werk zu erschaffen, das dieses Mal mit ihrem Namen aufgeführt werden würde. Der Applaus des Publikums am Ende der Aufführung in der Drury Lane hatte auch ihr, der Autorin, gegolten. Ihr Stück war nun bereits zum zweiten Mal aufgeführt worden, jedes Mal mit Erfolg. Obwohl die Umstände unbefriedigend waren, so war die Tatsache an sich dennoch beflügelnd.

Kaum hatte Emma mit dem Schreiben begonnen, brach etwas in ihr auf, löste sich und floss in Form von Wörtern aus ihr heraus. Sie hatte so viele Emotionen durchlebt, die sie unter Verschluss halten musste: der Kuss, der Stolz auf ihr Werk, die Ehe unter falschen Vorzeichen, die Liebesnacht … Das, was sie niemandem anvertrauen konnte, ließ sie nun ihre Figuren durchleben. Figuren, die glücklich waren, wenn sie sie glücklich sehen wollte, oder unglücklich, wenn sie es ihnen zuschrieb. Wenigstens auf dem Papier hielt Emma das Leben in der Hand. Und so entstand noch in dieser Nacht das Gerüst zu einem neuen Theaterstück.

»Ich werde Sie nicht nach Somerset begleiten«, teilte Emma Mister Ramsbury am nächsten Morgen beim

Frühstück mit. Er verschluckte sich am Rührei. Sie klopfte ihm auf den Rücken, bis der Hustenanfall vorbei war.

»Was soll das heißen? Willst du etwa alleine in London bleiben?«, presste er hervor. »Das erlaube ich nicht.«

»Sie vergessen, Onkel, dass ich volljährig bin.«

»Ach was, ein Mädchen wie du in einer Stadt wie dieser. Das schickt sich nicht.«

Es schickte sich auch nicht, dass sie sich alleine hatte durchschlagen müssen, während er in der Fleet war, dachte Emma bei sich, sprach es jedoch nicht aus.

»Ich bin verheiratet«, sagte sie stattdessen.

»Was redest du da?«

Sie griff in ihren Taschenbeutel und streifte den Herzring über ihren Finger, dann zog sie die Hand hervor und streckte sie Mister Ramsbury hin.

»Ich sagte, dass ich verheiratet bin.«

Er sah sie völlig ungläubig an. »Das kann nicht sein.«

»Es ist aber wahr. Ich bin mit Mister Fudge verheiratet, dem Erben von Lord Fudge«, erklärte sie.

»Und wo ist er? Warum hat er nicht bei mir um deine Hand angehalten?« Mister Ramsbury sah überfordert aus.

»Die Dinge hatten sich überstürzt«, redete sie sich heraus.

Es tat ihr leid, den Vormund alleine reisen zu lassen, doch sie blieb in ihrem Entschluss unerschütterlich.

Sie umarmte ihn fest, bevor er in die Postkutsche stieg, die ihn aufs Land bringen würde.

»Danke, Onkel, für alles. Und ich hoffe, Sie werden bald wieder Schnupftabakdosen sammeln können.«

Emma fand eine günstige Unterkunft im Haus einer Frau, bei der sie sich als Mrs Fudge vorstellte, um sich freier bewegen zu können. Ihr Mann war angeblich in den Krieg gegen Napoleon gezogen, behauptete sie, um seine Abwesenheit zu erklären. Sie war entschlossen, die Vorteile ihrer Eheschließung auszunutzen, auch wenn sie den Ring nur im Haus am Finger trug. Sobald sie auf der Straße war, nahm sie ihn ab und verstaute ihn im Taschenbeutel.

Den kleinen Anteil, den sie von Ambroses Geld für sich behalten hatte, verwendete Emma sparsam und beabsichtigte, es nur so lange zu verwenden, wie sie brauchte, um ihr zweites Theaterstück fertigzustellen. Diesmal war sie zuversichtlich, dass sie es verkaufen würde.

Von dem Geld zwackte sie noch eine Summe ab, um ein Abendkleid zu kaufen. Es war zwar gebraucht, aber dennoch von guter Qualität und musste einmal einer hochgestellten Frau gehört haben.

Anthea reagierte überrascht, als Emma vor der Tür stand. »Wollen Sie mir dabei helfen, ein weiteres Essen anbrennen zu lassen?«

»Ich wollte Sie fragen, ob Sie mit mir heute Abend ins Theater gehen«, erklärte Emma, nachdem sie eingelassen worden war. Bevor Anthea etwas sagen konnte, sprach sie weiter: »Ich weiß, Sie haben nichts Passendes anzuziehen. Aber dafür ist gesorgt.«

Damit öffnete sie das mitgebrachte Paket und entrollte das Kleid. In der schäbigen Umgebung leuchtete das Pink der Seide besonders intensiv. Anthea streckte die Hand danach aus und fühlte den Stoff, dann zog sie die Finger gleich wieder zurück.

»Möchten Sie es nicht anprobieren?«, forderte Emma sie auf.

Es war Anthea anzusehen, wie sehr sie mit sich rang. Immer wieder blickte sie zu dem Kleid, fuhr sich mit der Zunge über die Lippen, verschränkte die Finger ineinander, bis sie das Kleid doch an sich nahm und damit hinter einer Zimmertür verschwand.

Während Emma wartete, sah sie sich um. Vom Flur führte eine Tür in ein kleines Zimmer, in dem zwei Sessel vor einem Kamin standen. Auf beiden häuften sich Kleider. Emma nahm an, dass Warwick abends noch Flickarbeiten übernahm, um Geld dazuzuverdienen.

»Und, was meinen Sie?«, fragte Anthea, als sie wieder zurückkehrte. Sie drehte sich im pinken Kleid vor Emma im Kreis.

»Es steht Ihnen hervorragend.«

»Finden Sie?« Anthea strich mit den Händen über den Stoff. »Es fühlt sich so fein an.«

»Ein, zwei Nähte sind schnell enger genäht, und dann sieht es aus wie für Sie geschneidert«, versicherte Emma. »Also tragen Sie es heute Abend?«

»Gern.« Anthea lächelte gelöst.

In dem Augenblick betrat Warwick das Haus. Er starrte seine Frau an, sagte aber nichts.

»Ich wollte Mrs Freeman bitten, mich heute Abend ins Theater zu begleiten«, erklärte Emma ihm. »Deshalb habe ich ihr ein Kleid mitgebracht.«

Er schwieg.

»Gefällt es dir nicht?«, fragte Anthea.

»Doch. Du bist wunderschön.« Sein Blick war traurig.

»Aber?«

»Es tut mir weh, dir so etwas nicht bieten zu können.«

Anthea streckte die Hände nach ihrem Mann aus. In ihren und Warwicks Blicken lag unendlich viel Zärtlichkeit. Das war also Liebe, dachte Emma bei sich. Sie spürte ein Ziehen in ihrem Inneren und den drängenden Wunsch, eine solche Intimität mit einem anderen Menschen erleben zu können.

»Ich stecke schnell ein paar Nähte ab«, schlug Warwick seiner Frau vor, »dann nähe ich es um.«

Anthea warf Emma ein befreites Lächeln zu, während ihr Mann das Kleid auf ihre Figur hin änderte.

»Ich werde Sie heute ins Theater begleiten, Miss Smart.«

»Das freut mich.«

»Wenn du das Kleid ausgezogen hast, mach unserem Gast doch einen Tee«, sagte Warwick. »Setzen Sie sich.«

Er räumte die Kleidungsstücke von einem der Sessel, während Anthea verschwand.

»Danke«, sagte Emma.

»Nein, ich habe zu danken«, erwiderte Warwick. »Ich bin froh, wenn Mrs Freeman mal etwas anderes zu sehen bekommt als das hier.«

Anders als alles, was Anthea bisher in ihrem Leben gesehen hatte, war die Drury Lane auf jeden Fall. Auch wenn sie ganz vorne auf den billigen Plätzen vor der Bühne standen, blickte sie sich zu allen Seiten hin aufgeregt um. Das Licht der Kerzenleuchter über ihren Köpfen brachte ihre Augen zum Strahlen.

»Ich war schon so lange nicht mehr unter so vielen Menschen. Wie alles glänzt, und wie rot der Vorhang ist!«

Emma ließ sich von Antheas Begeisterung anstecken. Auch sie fand mit einem Mal alles besonders festlich, obwohl neben ihnen ein Mann mit Zeitungspapier raschelte, in das Nüsse eingewickelt waren, die er ganz nah an ihrem Ohr laut zerknackte. Damit übertönte er beinahe den Gesang auf der Bühne. Als er Emmas Blick auffing, bot er ihr von den Nüssen an. Erst war sie drauf und dran, abzulehnen, dann griff sie zu.

Nach zwei Szenen beugte sich Anthea mit gerunzelter Stirn zu ihr. »Das klingt alles fast genauso wie in dem Stück, das wir bei Mister Livingston aufgeführt haben. Nur die Namen sind anders. Finden Sie nicht auch?«

Emma nickte bloß. Ihr Ärger über den Diebstahl ihres Stückes wurde schwächer, je länger die Aufführung andauerte und je stärker sie die Reaktionen der Zuschauer auf sich wirken ließ. Das Publikum klatschte und johlte an den richtigen Stellen.

»Gutes Stück«, sagte auch der Nachbar mit den Nüssen, als er das Kauen unterbrach. »Nicht so langweilig wie sonst.«

»Ich habe es geschrieben«, platzte Emma heraus. Er betrachtete sie erstaunt, dann griff er wieder nach einer Nuss.

»Ja klar, Mädchen.« Er kaute einfach weiter. Doch Anthea sah sie mit großen Augen an.

»Sie haben das wirklich geschrieben, Miss Smart?«

Emma nickte voller Stolz.

»Und wir haben Ihr Stück die ganze Zeit geprobt, ohne zu wissen, dass die Autorin mit uns im Raum ist«, amüsierte sich Anthea. Emma lächelte und blickte wieder zur Bühne.

»Dann eröffnen Sie den Tanz mit … mit …«, deklamierte Susanna Honeyfield als Miss Angel. Sie brach ab und schien zu lauschen. Als Nächstes blickte sie fragend zu Guy Lovell.

»Mit Miss Letitia«, schlug er vor.

»Ah, dann eröffnen Sie den Tanz mit Miss Letitia.« Miss Honeyfield zog ihre Mundwinkel weit nach unten.

»Ich denke, Sie werden mir verzeihen, wenn ich meinem Herzen folge«, sagte Mister Lovell als Percy.

»Gewiss. Ich …« Wieder geriet die Schauspielerin ins Stocken und blickte zur Seite.

»Mein Freund wird hocherfreut sein«, sprach Mister Lovell rasch seinen Dialogpart, der ohne den Satz von Miss Honeyfield jedoch keinerlei Sinn ergab, dann verschwand er von der Bühne.

Die Schauspielerin trat näher an den Vorhang heran, so als wolle sie sehen, was hinter der Bühne passierte.

»Und ich dachte, du wärest anders, Percy, du würdest mich treu lieben. Stattdessen schenkst du deine Gunst einer anderen. Warst du nur … Warst du …« Miss Honeyfield brach ab und wartete eine ganze Weile sichtlich ungehalten darauf, dass der Souffleur ihr endlich Stichworte lieferte. Emma hielt es nicht länger aus. Auch wenn man ihr das Stück geklaut hatte, so war es doch immer noch ihr Stück.

»Warst du nur auf mein Erbe aus? Ach, wird denn jemals ein Mann willens sein, mich aufrichtig zu lieben?«, rief sie von ihrem Platz aus laut vernehmlich in Richtung der Bühne.

Miss Honeyfield schaffte es danach, die Szene ohne weitere Unterbrechungen zu Ende zu bringen. Doch bereits in der nächsten Szene geriet sie wieder ins Stocken. Diesmal sprang Emma sofort ein, so dass eine längere, peinliche Stille vermieden wurde.

»Gut gemacht, Mädchen«, lobte der Mann mit den Nüssen.

Als die Pause ausgerufen wurde, drängte sich ein Junge

durch die Zuschauerreihe zu Emma und überreichte ihr einen Zettel, den sie auffaltete.

Werte Dame, wenn Sie bitte umgehend zu mir hinter die Bühne kommen würden. Ergebenst, Ihr Mister Sherman, Direktor.

Kapitel 23

Emma kämpfte sich mit Anthea zusammen durch die Menschenmenge, die sich in der Pause Getränke, Früchte und andere Leckereien kaufen wollten. Als sie es erst einmal zum Bühneneingang geschafft hatte, erhielt sie dank des Zettels des Direktors sofort Zutritt. Anthea nahm beeindruckt das hektische Geschehen hinter den Kulissen wahr. Schauspielerinnen liefen durch die Gänge, und Requisiten wurden an ihnen vorbeigetragen.

»Wie aufregend das alles ist!«, staunte sie.

Emma fragte einen Schauspieler nach Mister Sherman, der sie daraufhin in eine Richtung schickte, aus der ein lautstarker Streit zu vernehmen war. Dort traf Emma auf den Direktor, Susanna Honeyfield und Mister Lovell, die auf einen sichtlich betrunkenen Mann einredeten, der sich kaum mehr auf den Beinen halten konnte. Am Rand stand die Schauspielerin Alice Drew und schien sich über den Eklat zu amüsieren. Als sie Emma sah, nickte sie ihr grinsend zu.

»Manchmal ist das Spektakel hinter der Bühne spannender als das auf den Brettern.«

»Das ist die allerletzte Warnung«, drohte der Direktor.

»Seinetwegen werden wir noch alle in der Gosse landen«, beschwerte sich Miss Honeyfield.

»Verzeihung«, meldete sich Emma zu Wort. Nun wurde der Direktor auf sie und Anthea aufmerksam.

»Was steht ihr hier mit offenem Mund rum und gafft? Wenn ihr eine Vorstellung wollt, bezahlt gefälligst dafür!«

»Sie haben mich rufen lassen«, klärte Emma ihn auf.

»Ach. Sind Sie die Dame, die die Sätze des Stücks auswendig kann?«

Emma bestätigte es.

»Na, dann stellen Sie sich hinter den Vorhang und zeigen Sie diesem betrunkenen Trottel, wie seine Arbeit richtig geht.«

»Als Souffleuse? Das habe ich noch nie gemacht«, entgegnete Emma überrollt.

»Doch, das haben Sie, Miss Smart«, mischte sich Anthea ein.

Der Direktor unterzog Emma nun einer genaueren Betrachtung. »Kennen wir uns?«

Da er sie offenbar nicht sofort mit der Frau zusammenbrachte, die ihm das Theaterstück angeboten hatte, zog es Emma vor, ihn nicht an diese unangenehme Begegnung zu erinnern.

»Ich werde es versuchen«, erwiderte sie stattdessen. Der Direktor brummelte etwas Unverständliches und verzog sich. Der Souffleur kauerte sich auf dem Boden zusammen und schlief ein; Susanna Honeyfield stolzierte davon, und Alice Drew zwinkerte Emma noch zu, dann ging auch sie.

Nur Anthea blieb bei ihr und legte den Kopf in den Nacken. Beeindruckt betrachtete sie die vielen Seile, Räder, Leinwände und Löschwasserfässer über ihren Köpfen.

»Oh, es ist so riesig hier und aufregend und so … so anders.«

Als Emma am nächsten Tag zurück ins Theater kam, worum der Direktor sie gebeten hatte, stimmten die Orchester-Musiker gerade ihre Instrumente, während ein paar Tänzerinnen, die auf der Bühne probten, über einen verpatzten Einsatz in Streit gerieten. Emma war froh darüber, wieder hier zu sein. Sie hatte sich so sehr gewünscht, ein Teil des Theaters zu werden.

Der Geruch nach frischer Farbe zog vom hinteren Teil der Bühne nach vorne. Emma nahm den ihr mittlerweile vertrauten Platz auf einem Hocker an der Seite der Bühne ein, legte das Theaterstück aufgeschlagen auf ihren Schoß und wartete auf den Beginn der Vorstellung. Im Zuschauerraum wurden die großen Kerzenleuchter heruntergelassen und die heruntergebrannten Kerzen gegen neue ausgetauscht. Als der Leuchter wieder nach oben gezogen wurde, verscheuchten die Bühnenarbeiter die probenden Tänzerinnen, um den Vorhang zuzuziehen. Emma spürte, dass es bald losgehen würde. Da stand plötzlich der Souffleur vor ihr.

»Verschwinde!«, herrschte er sie an.

»Ich bin nur …«, setzte sie an.

»Das ist meine Arbeit. Die lasse ich mir nicht von einer Pute wie dir wegnehmen«, spuckte er ihr seine Abscheu entgegen.

»Mister Sherman hat mich hierhinbestellt«, erklärte Emma zögerlich.

»Und ich sag dir jetzt, dass du abhauen sollst.« Er hauchte ihr seinen mit Alkohol geschwängerten Atem entgegen. »Wenn du nicht gleich weg bist, zieh ich dich an den Haaren hier raus«, drohte er, daher gab sie den Hocker frei. Der Souffleur holte eine Flasche aus seiner Jacke und trank einen ordentlichen Schluck.

Emma entschloss sich, dennoch dazubleiben. So nah würde sie der Aufführung ihres Stückes sonst nie wieder kommen. Sie stellte sich auf die andere Seite der Bühne und wartete. Durch eine Lücke im Vorhang blickte sie ins Publikum. Die Schauspieler konnte sie nur von hinten sehen, dafür hatte sie freien Blick auf die Reaktionen der Zuschauer und registrierte, wann sie sich amüsierten und wann sie sich langweilten und ablenken ließen. Vorne auf den billigen Plätzen kreisten Flaschen mit Alkohol. Eine Frau lachte hysterisch auf, weil ein Mann sie kitzelte.

Ab und zu stand Emma einem Bühnenarbeiter im Weg, doch ansonsten war sie vor den Blicken verborgen und ganz eins mit ihrem Stück, und es fühlte sich großartig an. Zumindest bis Susanna Honeyfield erneut Sätze vergaß und darauf wartete, dass der Souffleur ihr weiterhalf. Dieser brabbelte undeutlich. Die Schauspielerin blickte auffordernd in seine Richtung. Wieder kam nur unverständliches Zeug aus seinem Mund.

»Was?«, raunte Miss Honeyfield. Erneut folgte Genuscheltes.

»Was?«, zischte die Schauspielerin lauter. Das Publikum bekam mit, dass etwas nicht stimmte.

Emma hielt es nicht länger aus und rief Miss Honeyfield die nötigen Stichworte zu. Diese verloren sich jedoch im Gebrüll einer Zuschauerin: »Hey? Wieso geht's nicht weiter?«

Als Emma erneut die richtigen Stichwörter liefern wollte, übersprang Guy Lovell ein paar seiner Sätze, auf die die Schauspielerin Antworten hätte geben müssen. Stattdessen ging er zu dem Part über, in dem er Letitia anpries. Um die ungehaltenen Stimmen aus dem Publikum zu übertönen, redete er besonders laut.

»Haben Sie jemals so ein liebliches Wesen gesehen wie Miss Letitia?«, deklamierte er, während er immer wieder Blicke nach hinten warf, wo der mittlerweile aufgetauchte Direktor den Souffleur am Kragen gepackt hatte. »Ihre anmutige Gestalt, ihr schönes Gesicht, ihre zarte Stimme, mit der sie meinen Namen haucht …«

»Bastard!«, schallte es hinter dem Vorhang hervor.

Das Publikum johlte und pfiff.

Emma war überzeugt, wenn Mister Lovell keine Schminke getragen hätte, wäre er ganz blass geworden, doch so behielt er seine rosigen Wangen. Sie rechnete es ihm an, dass er weitersprach, auch wenn zwischen dem Direktor und dem Souffleur nun ein Handgemenge ausbrach, bei dem der Letztere schließlich vom Hocker auf die Bühne fiel, direkt vor Susanna Honeyfields Füße.

In den nächsten drei Wochen blieb Emma kaum Zeit, sich über ihre Gefühle Gedanken zu machen. Morgens schrieb sie an ihrem neuen Stück, alle paar Tage setzte sie dazu noch einen Brief an den Onkel in Somerset auf, am frühen Nachmittag begann ihr Engagement im Theater, wenn sie bei den Proben half. Ab halb sieben soufflierte sie den Schauspielern während der Vorführung. Von ihnen wusste niemand, dass sie die Autorin des aufgeführten Stückes war. Es erschien ihr besser, keine besondere Aufmerksamkeit auf sich zu ziehen. Im Theater galt sie lieber weiterhin als Miss Smart, obwohl sie eine verheiratete Frau war.

Es waren lange, erfüllte Tage, und sie vergaß Ambrose manchmal sogar für mehrere Stunden – bis sie ihn eines Abends vor dem Beginn der Vorstellung, als sie sich bereits auf ihre Position begeben hatte und von dort aus in den Zuschauerraum blickte, in Begleitung einer fremden Frau in einer Loge entdeckte. Das Gefühl von Verlust schnürte ihr die Luft ab. Erst nach einer Weile gelang es ihr, wieder durchzuatmen. Sie war überrascht, mit welcher Wucht ihr sein Anblick zusetzte. Sie wollte dies alles nicht fühlen, vor allem nicht seinetwegen. Zudem fiel ihr nun ein, dass ihre Menstruation längst überfällig war. Die schreckliche Angst beschlich sie, ihre Liebesnacht könnte unerwünschte Folgen haben.

»Miss Smart, ich habe in Szene vierzehn ein, zwei Sätze verändert, damit sie mehr Gewicht haben«, riss Susanna Honeyfield Emma aus ihren Gedanken. Die Schauspielerin überreichte ihr ein beschriebenes Blatt Papier, das Emma befremdet überflog. Aus einer kurzen, aber wirkungsvollen Dialogpassage hatte Miss Honeyfield einen langatmigen Monolog gemacht.

»Das geht nicht«, wehrte sich Emma gegen die Verstümmelung ihres Stücks. »Das ergibt überhaupt keinen Sinn. Miss Angel ist entsetzt über Percys Untreue und zieht sich zurück. Sie würde niemals derart offen an ihn appellieren.«

»Ich werde doch wohl am besten wissen, was ich als Miss Angel sage und tue«, erklärte Miss Honeyfield schnippisch.

Es lag Emma auf der Zunge, zu kontern, dass sie aber die Autorin war, doch sie hielt sich gerade noch zurück, da Alice Drew zu ihnen hinter den Vorhang getreten war.

»Die glaubt auch, sie pisst Champagner, weil mal die Rolle einer Lady Sowieso mit ihr besetzt worden ist«, kommentierte Mrs Drew, als Susanna in den Umkleideraum abrauschte. Emma lächelte schwach.

Es war nicht die erste Verstümmelung ihres Stückes und würde nicht die letzte bleiben. Mister Sherman hatte bereits einige Änderungen vorgenommen, die Emma missfielen.

Glücklicherweise vergaß Susanna Honeyfield ihre eigenen Sätze auf der Bühne, so dass Emma einspringen und ihr den ursprünglichen Dialog einflüstern konnte. Das Unheil war erst mal abgewehrt. Allerdings nur, bis die Schauspielerin nach der Vorstellung vor dem Grünen Salon auf sie zugestürzt kam.

»Ich hatte Ihnen extra die geänderten Sätze gegeben, Sie dumme Kuh«, fauchte sie.

»Susanna, dein Verehrer wartet auf dich. Wenn du nicht bald kommst, wird sich Lydia ihn schnappen«, unterbrach Alice Drew ihre Kollegin.

»Mister Fudge?« Miss Honeyfield fuhr herum. »Ich komme! Der Schlange von Lydia werde ich was husten. Was fällt der ein, sich an meinen Beau ranzuschmeißen.«

Damit ließ die Schauspielerin Emma stehen. Alice sah ihr grinsend nach.

»Mit Honig fängt man Fliegen«, amüsierte sie sich.

»Besucht Mister Fudge Miss Honeyfield oft?«, fragte Emma und gab sich Mühe, nicht allzu interessiert zu klingen. Alice Drew musterte sie dennoch skeptisch.

»Hat der Dandy Ihnen etwa auch den Kopf verdreht? Ich hoffe, Sie bilden sich nicht wie Susanna ein, Sie könnten ihn vor den Traualtar zerren«, lachte die Schauspielerin. »Am Ende landen Sie noch mit seinem Bastard im Armenhaus.«

»Unsinn.« Emmas Hand wanderte zu ihrer Tasche, wo sie den Ehering mit dem Herzstein versteckt hielt. Ihre Wangen glühten.

»Wie wäre es mit einem Schlückchen Wein in meiner Umkleide?«, unterbrach Guy Lovell, als er an ihnen vorbeilief.

»Ich gehe lieber nach Hause«, erwiderte Emma, der nach Alice Drews Bemerkung über den Bastard schlecht geworden war.

»Dann ein anderes Mal, hoffe ich«, beschied Mister Lovell und setzte seinen Weg in den Grünen Salon fort.

»Halten Sie sich von dem da fern«, warnte Alice, aber Emma hatte ohnehin keinen Gedanken für den selbstverliebten Schauspieler übrig. Sie fragte sich nur, ob es möglich war, dass sie nach einer einzigen Liebesnacht schwanger sein konnte. Vor allem hatte sie Angst davor, was es für ihre Zukunft bedeuten würde. Sie hatte doch gerade erst ihren Platz am Theater gefunden und sich ein Stück Unabhängigkeit erarbeitet. Das wollte sie nicht aufgeben. Außerdem wäre ihr Kind vom Vater sicher niemals erwünscht.

Als sie müde und verwirrt in ihrer Unterkunft eintraf, wartete die Vermieterin mit einer Nachricht von Ambrose auf sie. Gegen ihren Willen begann ihr Herz heftig zu schlagen, doch die Aufregung hielt nur so lange an, bis sie den Anfang gelesen hatte. Es war keineswegs ein Liebesbrief, in dem er ihr mitteilte, dass er nicht aufhören konnte, an sie zu denken, sondern die geschäftsmäßige Mitteilung, dass seine Tante in der Stadt weilte und seine Frau zum Tee erwartete. Außerdem sei sein Onkel gestorben.

»Nehmen Sie Platz«, wurde sie im Townhouse von Lady Fudge begrüßt, die ganz in Schwarz gekleidet war. Emma setzte sich auf den Rand eines der zierlichen Sessel. Sie wusste nicht, wie sie ihr Beileid ausdrücken sollte, doch Ambroses Tante schnipste schon nach dem Dienstmädchen, das einen Beistelltisch mit Gebäck und einer Kanne herbeitrug.

»Wollen Sie einen Tee? Mit wie viel Zucker?«

»Zwei Löffel, danke. Es tut mir übrigens sehr leid, dass Lord Fudge verstorben ist«, sagte Emma.

Lady Fudge deutete dem Mädchen an, was es zu tun hatte, das daraufhin ein Gebäckstück auf Emmas Teller legte. Dabei redete sie über ihren Mann, als ob sie Konversation übers Wetter hielten. »Er ist sechsundneunzig Jahre alt geworden, älter, als ich es jemals für möglich gehalten habe.«

Emma überschlug, wie alt die Tante wohl gewesen sein mochte, als sie den Lord geheiratet hatte. Viel älter als sechzig konnte sie heute unmöglich sein. Kurz kam Mitleid in ihr auf, als sie daran dachte, wie jung die frisch getraute Lady Fudge gewesen war und wie alt ihr Bräutigam, aber die Lady war keine Person, mit der man lange Empathie aufbringen konnte.

»Ambrose ist nun Lord Fudge«, teilte die Tante ihr mit. »Ich hoffe, Sie sind sich darüber im Klaren, was das für Sie bedeutet.«

Emma nickte bloß. Sie war demnach Lady Fudge und als solche gesellschaftlich im Rang hochgestiegen, aber wenn sie ehrlich war, berührte sie dies kaum.

Die Tante beäugte sie misstrauisch. »Es wird Zeit, zu verkünden, dass mein Neffe und seine Frau nun die Tradition der Familie Fudge fortführen werden. Bisher habe ich Ambroses Eheschließung nicht an die große Glocke gehängt, aber mit dem neuen Titel wird man Ihre Herkunft hoffentlich nicht so kritisch betrachten. Ich werde daher eine Abendeinladung veranstalten. Am Freitag.«

Emma dachte als Erstes daran, dass sie dann Ambrose wiedersehen würde. Anschließend ärgerte sie sich über sich selbst. Es war nur ein Termin, dem sie Folge leisten würde, weil dies Teil einer Abmachung war. Nicht mehr und nicht weniger. Sie hatte es sich beinahe überzeugend eingeredet, als die Tante sie aus den Gedanken riss.

»Und sehen Sie zu, dass Sie sich standesgemäß kleiden.«

Auf der Straße musste Emma plötzlich loslachen.

»Lady Fudge«, sagte sie laut, und ein Passant drehte sich erstaunt nach ihr um.

»Gestatten, Lady Emma Fudge«, wiederholte sie, woraufhin der Mann seinen Schritt beschleunigte. Sie kam sich vor wie eine Schauspielerin, die von einer Rolle in die nächste wechseln musste.

»Emma! Kommen Sie herein.« Anthea öffnete ihr die Tür.

»Ist Ihr Mann da?«, fragte sie.

Anthea führte sie in den Raum, in dem Warwick beim Nähen saß. Er blickte auf, als Emma hereinkam, und nickte ihr zu.

»Ich habe Arbeit für Sie«, erklärte sie. »Ich brauche ein Kleid.«

»Wie soll es denn aussehen?«

»Standesgemäß.« Auf seinen verblüfften Blick fiel ihr ein, dass er und Anthea nichts von ihrer Eheschließung mit Ambrose wussten. »Es soll sehr schön werden«, sagte sie deshalb nur.

»Ich muss nach dem Essen sehen«, entschuldigte sich Anthea.

Emma blieb mit Warwick zurück, der sie nachdenklich musterte. Dann griff er zu einem Papier und einem Kohlestift und fing an zu zeichnen. Sie stand eine Weile unschlüssig im Raum herum, schließlich ging sie zu einem Stapel von Stoffen und hob einen davon hoch. Es war ein fein gewebter Baumwollstoff.

»Ist das ein echter indischer Musselin?«, fragte sie.

»Nein, der Stoff ist hier in England gewebt worden«, erklärte Warwick. »Und die Fäden dafür stammen aus einer kleinen Seidenspinnerei in Somerset.«

»Das ist doch gut, nehme ich an«, bemerkte Emma.

»Kommt darauf an, wen Sie fragen«, erwiderte er. »Für den britischen Fabrikanten sicherlich. Für die Kinder, die dort arbeiten, manche nicht einmal sechs Jahre alt, ganz bestimmt nicht.«

Emma schwieg. Vor der Begegnung mit Warwick hatte sie sich nie groß Gedanken darum gemacht, woher etwas kam und wer dafür in welcher Form bezahlen musste.

»Geben Sie mal her.« Er nahm ihr den Stoff aus der Hand und fing an, ihn um sie herum zu drapieren. »Hm, ich denke, wir bräuchten einen leuchtenden Farbton, etwas, das mit Ihren Haaren kontrastiert.«

»Aber nichts zu Auffälliges«, bat sie.

»Lassen Sie mich einfach machen. Sie wollen ein schönes Kleid, und das werden Sie bekommen«, versprach Warwick.

Während er entwarf, tauchte Anthea mit dem Essen auf. Emma räumte einen Tisch frei, damit die Teller Platz hatten. Eng aneinandergedrängt nahmen sie Platz. Unentschlossen tauchte Emma den Löffel in eine seltsam graue, matschige Masse. Langsam führte sie ihn zum Mund. Sie musste sich überreden, davon zu probieren. Wie erwartet, schmeckte es scheußlich, völlig verkocht und noch dazu angebrannt, aber sie traute sich nicht, es zu sagen, wollte sie doch Anthea nicht beleidigen.

»Das schmeckt widerlich«, sagte diese schließlich selbst. Erleichtert lachten Warwick und Emma auf. »Ich habe gedacht, kochen wäre so einfach, stattdessen ist es schwieriger, ein genießbares Mahl zu kochen, als eine Sonate von Scarlatti einzuüben.«

»Ich lade Sie zum Essen ein«, bot Emma an.

»Das können wir nicht annehmen«, erwiderte Warwick.

»Natürlich können Sie. Ich habe gerade eine neue Arbeit im Theater gefunden. Als Souffleuse. Das werden wir feiern.«

»Dann hat es geklappt«, sagte Anthea erfreut. »Und Ihr eigenes Stück wird auf einer Londoner Bühne aufgeführt! Wie wunderbar. Und wir haben auch etwas zu feiern.« Sie legte ihre Hand auf Warwicks und lächelte. »Wir erwarten ein Kind.«

»Ich gratuliere.«

Emma verdrängte ihre eigenen Sorgen wegen einer möglichen Schwangerschaft und versuchte, sich ganz auf Antheas und Warwicks Glück einzulassen. Doch als sie Warwick einen Blick zuwarf, fand sie, dass der werdende Vater nicht ganz so erfreut erschien. Als Anthea sich zurückzog, sprach sie ihn vorsichtig darauf an, ob sie ihnen mit Geld aushelfen könnte.

»Geld ist nicht das größte Problem, auch wenn wir davon ganz entschieden zu wenig haben«, entgegnete er.

»Was ist es dann?«

»Ach, es ist … Wir haben keine Familie. Nichts. Niemanden. Anthea … sie fühlt sich so allein. Und ich habe keinen blassen Schimmer, wie sich ein Vater verhalten soll. Ein richtiger Vater, meine ich.«

Emma wusste nicht, was sie sagen sollte. Bevor sie sich eine Antwort überlegen konnte, kehrte Anthea zurück.

»Worüber habt ihr geredet?«

Warwick warf Emma einen warnenden Blick zu.

»Darüber, dass ich gerne die Patin für das Kind werden würde, wenn ich darf«, erwiderte sie.

Anthea fiel ihr um den Hals. Emma erwiderte die unerwartete Umarmung glücklich.

»Da sind Sie ja endlich.« Lady Fudge hakte Emma unter, kaum war sie auf dem Empfang angekommen, und führte sie zu einer Gruppe grauhaariger Damen. »Darf ich vorstellen? Lady Emma Fudge.«

Die Damen wurden Emma als Countess Comerford, Lady Fagean und Baroness Manning vorgestellt. Sie konnte sich die Namen nicht alle merken und setzte ein starres Lächeln auf.

Angesichts der taxierenden Blicke der älteren Frauen war sie dankbar über das von Warwick genähte Kleid, dessen sattblaue Farbe ihr Haar zum Leuchten brachte, das Anthea kunstvoll frisiert hatte.

»Wo ist Ambrose?«, raunte Lady Fudge ungehalten, während sie Emma zu der nächsten Gruppe an Gästen führte.

»Ich weiß nicht«, gab sie zu, woraufhin die Tante missbilligend mit der Zunge schnalzte. Doch da sie mittlerweile bei den Gästen angelangt waren, begann sie mit einer weiteren Vorstellungsrunde. Nachdem ein Herr, dessen Namen Emma längst wieder vergessen hatte, sie mit einer Konversation über Tee in Beschlag nahm, sah sie sich verstohlen um, konnte Ambrose jedoch nirgendwo entdecken.

»… ich empfehle immer, genau dreiundzwanzig Tropfen vorgewärmte Milch in die Tasse zu geben. Exakt abgezählt, dreiundzwanzig …« Mit dem Stock, den er mit sich führte, tappte er mehrmals auf das Parkett, um seinen Punkt zu unterstreichen.

Emma entschuldigte sich schließlich unter einem Vorwand und suchte auf der Fensterbank Zuflucht, wo sie hoffte, sich für eine Weile hinter der hohen Lehne eines Sessels verbergen zu können. Von diesem Platz aus blickte sie hinab auf die Straße.

»Guten Tag, Miss Smart«, hörte sie eine Stimme hinter sich und erschrak.

Kapitel 24

Emma fuhr herum. Charles Livingston stand vor ihr und verbeugte sich. Offenbar hatte er noch nichts von ihrer Heirat mit Ambrose mitbekommen.

Sie begrüßte ihn mit einem Knicks und vergewisserte sich, dass niemand von den geladenen Gästen gehört hatte, wie sie angesprochen worden war.

»Wie geht es Ihnen?«, fragte sie, als sie sich sicher wähnte, dass sie ungestört waren.

»Bestens, bestens. Ich nehme an, Sie haben von meiner Vermählung gehört?«

»Sie haben geheiratet?« Das war eine Erleichterung für Emma. Offenbar hatte er ihre Zurückweisung sehr schnell hinter sich lassen können. »Ich gratuliere. Wo ist denn Ihre Frau?«

»Zu Hause in Seymore House natürlich. Meine Zuchthündin erwartet in Kürze einen neuen Wurf, da kann sie nicht allein gelassen werden«, erklärte er.

Emma fragte sich, was er in London machte, wo er dem Großstadtleben nicht gerade zugeneigt erschienen war. Doch bevor sie etwas sagen konnte, wurden sie von Gebell unterbrochen, und ein Mops sprang an ihr hoch.

»Muzzle?« Emma versuchte, den Hund davon abzuhalten, sich mit den Krallen in dem feinen Stoff ihres neuen Kleides zu verfangen.

»Charles, hast du Frances gesehen?«, fragte eine Frauenstimme.

»Lady Darlington!« Emma knickste unwillkürlich, als sie unerwartet ihrer ehemaligen Dienstherrin gegenüberstand. Die reagierte erstaunt, aber wenig erfreut, sie zu sehen. Offensichtlich trug sie ihr noch nach, dass Anthea mit Warwick geflohen war.

»Haben Sie schon von der Vermählung Mister Beauchamps, ich meine, Lord Fudges, gehört?«, fragte sie kühl.

Emma nickte verlegen.

»Da hat die Frau aber Glück gehabt«, fuhr Lady Darlington fort. »Mister Livingston, gib mir Muzzle … Mein Muzzlechen, süßes Muzzlechen. Wenn ich gewusst hätte, dass er so schnell zu Rang und Namen und damit Geld kommen würde … Es ist Ihre Schuld, Miss Smart, dass aus dieser Verbindung nichts geworden ist.«

Emma nahm an, dass die Lady von Mister Beauchamp und ihrer Tochter Anthea redete. Sie wollte etwas zu ihrer Verteidigung anbringen, da wurde sie unterbrochen.

»Miss Smart!« Frances fiel ihr um den Hals. Emma freute sich, die junge Frau zu sehen. Die zischte ihr nun ins Ohr: »Es ist so furchtbar. Mama ist entschlossen, mich zur neuen Anthea zu machen. Ich soll auf ein Mädchenpensionat, um dort für den Heiratsmarkt in Form gepresst zu werden.«

»Was bist du für ein undankbares Geschöpf, Frances«, mischte sich Lady Darlington ein, die Teile davon gehört hatte. »Andere junge Mädchen wären froh über eine solche Chance.«

Ihre Tochter verdrehte nur die Augen.

»Du solltest Mister Livingston auf Knien dafür danken, dass er dir den Aufenthalt ermöglicht, damit du eine gute Partie machen kannst«, fuhr ihre Mutter fort, und Emma schlussfolgerte daraus, dass der reiche Nachbar ihren Lebensstil mittlerweile finanzierte.

»Lieber lasse ich mich nackt auspeitschen, als dass ich heirate«, gab Frances trotzig zur Antwort. Lady Darlington seufzte auf.

»Das Pensionat muss wirklich ausgesprochen gut sein, wenn sie aus dir eine junge Dame machen wollen. Manchmal glaube ich, du bist bei der Geburt vertauscht worden, so wenig benimmst du dich wie meine Tochter.«

Emma hatte erst gezögert, ob sie über Anthea sprechen sollte, jetzt tat sie es doch.

»Lady Darlington, was Ihre älteste Tochter angeht. Ich habe sie heute noch gesehen, sie …«

Die Lady hob eine Hand, und Muzzle, den sie auf dem Arm hielt, fing zu knurren an. »Ich habe keine Tochter namens Anthea.«

Schockiert sah Emma sie an, aber Lady Darlington redete einfach weiter.

»Wie sie alle ihre Nasen gerümpft haben, als herauskam, was passiert ist. Vor allem Lady Mutton. Die hat gut reden. Als wäre es nicht allgemein bekannt, dass sie vor ihrer Heirat mit Lord Mutton Tänzerin war. Ah, Mister Livingston, da ist Lady Teltage. Lady Teltage, hallo, hallo!«

Ohne ein weiteres Wort ließ Lady Darlington Emma stehen und ging auf die Bekannte zu. Mister Livingston verbeugte sich knapp, dann folgte er ihr.

»Obwohl er geheiratet hat, ist er nur noch bei uns und ständig um Mutter herum«, beschwerte sich Frances. »Na ja, wenigstens muss ich beide nicht mehr ertragen, wenn ich nach Schottland geschickt werde.«

»Schottland ist doch sicher sehr aufregend«, befand Emma tröstend.

»Und sehr weit weg von meiner Mutter«, erwiderte Frances trocken. »Seitdem sie Anthea verstoßen hat, ist sie noch anstrengender als sonst. Wenigstens habe ich jetzt erst mal etwas Ruhe, bis sie über meine Verheiratung nachdenkt. Zumindest bis Gras über die Sache mit dem Kammerdiener gewachsen ist. Wer heiratet schon eine Miss Darlington, deren Schwester mit einem Dienstboten davongelaufen ist … Wenn Sie Anthea sehen, würden Sie ihr bitte das hier geben?« Frances kramte in ihrer Tasche und drückte Emma etwas Geld in die Hand. »Mehr habe ich leider nicht, aber bitte geben Sie es ihr zusammen mit lieben Wünschen, ja?«

»Frances!« Lady Darlington rief ihre Tochter zu sich.

»Das mache ich«, versprach Emma. Miss Darlington lächelte sie an, dann kam sie dem Drängen ihrer Mutter nach.

Weil sie mit keinem der anwesenden Gäste mehr sprechen mochte, entzog sich Emma und ging in die Halle, wo der Butler gerade weitere Ankömmlinge hereinließ. Darunter befand sich endlich auch Ambrose.

»Lord Fudge.« Sie knickste aus Verlegenheit, er verneigte sich steif. Er hatte mehr Fältchen um die Augen als zuvor, und sie vermutete, dass er mit dem Geld seiner Tante viel zu viel feierte.

»Wie geht es Ihnen, Lady Fudge?« Die mit ihm eingetretenen Gäste blickten Emma erstaunt an.

»Nennen Sie mich nicht so«, gab sie leise zurück und deutete ihm an, ihr in ein angrenzendes Zimmer zu folgen. Im Durchgang blieben sie stehen.

»Wie soll ich Sie dann nennen?«, entgegnete er mit gereiztem Unterton.

Sie erinnerte sich daran, wie er in jener Nacht ihren Namen geflüstert hatte. Eine Nacht, die ihr wie aus einem anderen Leben vorkam.

»Emma«, bat sie.

»Wie geht es Ihnen, Emma?« Seine Stimme klang auf einmal sanfter, aber womöglich war das auch nur Einbildung.

»Ich arbeite jetzt in der Drury Lane«, erzählte sie ihm. »Als Souffleuse.«

»Das Stück, das dort unter einem anderen Namen aufgeführt wird, ist Ihrem mehr als ähnlich«, meinte Ambrose. Er hatte es also bemerkt.

»Ja, aber ich schreibe schon an einem neuen.«

»Ich bin gespannt darauf«, sagte er, und es klang, als meine er es ehrlich. Sie lächelte, und er erwiderte es. Er blickte an ihr herunter.

»Ein neues Kleid«, stellte er fest. »Es steht Ihnen sehr gut.«

Es lag ihr auf der Zunge, ihm zu erzählen, dass Warwick es für sie entworfen und genäht hatte, und sie fragte sich, ob sie ihm nicht auch von ihrer ausbleibenden Menstruation berichten sollte, da wurden sie von einer lauten gellenden Stimme unterbrochen.

»Mister Beauchamp! Lord Fudge!«

Es war Susanna Honeyfield, die am Arm eines wohlhabend aussehenden Mannes hereingekommen war. Noch schien sie Emma in ihrem eleganten Aufzug nicht erkannt zu haben. Aus einem Impuls heraus verbarg sie sich daher hinter einem Vorhang, schließlich durfte keiner der Gäste und vor allem nicht die alte Lady Fudge erfahren, dass sie im Theater als Souffleuse arbeitete. Wenn dies herauskäme, wäre es der Beginn eines handfesten gesellschaftlichen Skandals und sicherlich das Ende ihres Theaterengagements.

Ambrose blickte sich ein paarmal irritiert zu Emmas Versteck um, während er mit Miss Honeyfield einige höfliche Sätze austauschte, verriet sie jedoch nicht. Schließlich ging er mit der Schauspielerin und ihrer männlichen Begleitung zu den anderen Gästen. Emma wartete, bis die Eingangshalle gänzlich leer war, dann kam sie hinter dem Vorhang hervor. Hektisch schrieb sie eine Nachricht für Lady Fudge, dass sie sich wegen Unpässlichkeit entschuldigen müsse, drückte sie dem Butler in die Hand und verließ das Haus.

»Und dann hat sich die alte Lady von Lord Fudge zum Essen führen lassen. Irgendein alter Count Irgendwas sollte die neue Lady Fudge führen, aber die war nicht mehr da«, erzählte Susanna Honeyfield von der Einladung, als Emma am nächsten Tag in den Grünen Salon kam. »Die Tante hat ganz hektisch mit dem Butler geflüstert, und der Stuhl von Lord Fudges Frau blieb das ganze Essen über leer. Angeblich war sie unpässlich, dabei war sie von ein paar Gästen zuvor noch ganz munter gesehen worden.«

Die Tänzerinnen und Schauspielerinnen drängten sich um Miss Honeyfield, um den Klatsch aus der besseren Gesellschaft zu hören, den sie brühwarm verbreitete.

»Aber was ist denn mit ihr passiert?«, wollte eine der Garderobenfrauen wissen. Emma dachte bei sich, dass die Wahrheit vermutlich alle enttäuschen würde. Sie war nämlich geradewegs nach Hause gegangen und hatte sich mit einer Wärmflasche ins Bett gelegt, da zu ihrer großen Erleichterung ihre Blutungen angefangen hatten.

Anschließend hatte sie mehr als zehn Stunden geschlafen. Erst als das Unheil abgewehrt war und sie sicher sein konnte, kein Kind von Ambrose zu tragen, hatte sie gespürt, wie viel Angst sie vor einer Schwangerschaft und den damit verbundenen Konsequenzen für ihr weiteres Leben wirklich gehabt hatte.

Susanna Honeyfield zuckte mit den Schultern. »Das ist das große Geheimnis. Mister Beauch… Lord Fudge hat ein sehr unzufriedenes Gesicht gezogen. Der Arme! Mit so einer launischen Frau gestraft zu sein. Dazu soll sie noch sehr unscheinbar sein. Nachdem ich ihn aufgeheitert habe, hat er sie mit keinem Wort mehr erwähnt.«

Emma konnte sich vorstellen, was Miss Honeyfield mit Aufheiterung meinte. Bilder von der Schauspielerin und Ambrose in einer engen Umarmung stiegen gegen ihren Willen in ihr auf, obwohl sie sie zu unterdrücken versuchte.

»Ach, jetzt, wo Lord Fudge zu Geld gekommen ist, ist dein Bankier nicht mehr interessant, oder was?«, sagte Mrs Alice Drew und lachte Miss Honeyfield aus.

»Lord Fudge und ich sind gute Freunde«, gab Susanna Honeyfield schnippisch zurück. »Es ist doch selbstverständlich, einem alten Freund beizustehen, wenn er so offensichtlich unglücklich ist.«

»Wie kommst du darauf?«, gab Alice zurück. »Er hat gerade erst geheiratet und einen Haufen Geld geerbt. Ich würde meinen, er müsste ganz schön glücklich sein.«

Emma entzog sich, setzte sich auf eine Rolle Seile im

Gang hinter der Bühne und biss in eine mit Gemüse gefüllte Pastete. Währenddessen überflog sie einen Artikel aus der mit Fettflecken gesprenkelten, ein paar Tage alten Zeitung, in die das Gebäck eingepackt war. Sie war gerade bei dem Artikel angelangt, in dem über die Kapitulation der Insel Helgoland am elften September 1807 berichtet wurde, die seitdem unter englischer Herrschaft stand.

»Miss Smart!«

Emma blickte auf und war überrascht, Ambrose vor sich zu sehen.

»Lord Fudge. Wenn Sie Miss Honeyfield suchen …«, setzte Emma an, doch er schnitt ihr das Wort ab.

»Ich will zu Ihnen.«

Abwartend sah sie ihn an.

»Meine Tante war sehr ungehalten, dass Sie einfach verschwunden sind«, sagte er.

»Ich hoffe, sie enterbt Sie nicht«, erwiderte Emma nur. »Wenn das alles ist, Lord Fudge? Ich habe zu arbeiten.«

Sie sah nicht ein, warum sie sich vor ihm erklären sollte. Sie hatte ihren Teil der Abmachung erfüllt. Er hatte alles bekommen, was er wollte.

Unschlüssig stand er vor ihr, und es schien ihr, als hätte er noch was zu sagen.

»Wie schön, Sie so bald wiederzusehen, Lord Fudge.« Miss Honeyfield kam strahlend auf ihn zu, dabei streifte sie Emma mit einem misstrauischen Blick. »Ich sehe, Sie kennen unsere neue Souffleuse schon. Sie ist immer bereit, einzuspringen, wenn andere ihren Einsatz verpassen.« Ihre Stimme war ungenießbar wie vergorener Essig. »Aber natürlich ist sie kein Ersatz für eine Schauspielerin, die sich auf ihr Metier versteht, denken Sie nicht auch, mein Lord?«

Ambrose sah verwirrt und etwas verlegen aus. Bevor er sich verplappern konnte, knickste Emma vor ihm.

»Wir kennen uns noch nicht, mein Lord. Miss Smart, sehr erfreut.«

Befremdet verbeugte Ambrose sich vor ihr. Emma hoffte, dass Miss Honeyfield nicht bemerken würde, dass etwas an dieser angeblich ersten Begegnung seltsam war. Doch die Schauspielerin war viel zu sehr damit beschäftigt, sich zwischen den Lord und Emma zu drängen.

»Sie glauben gar nicht, was ich heute erlebt habe«, fing sie an zu erzählen.

»Susanna, Mister Sherman will dich sehen«, erklärte Guy Lovell, der vorbeilief. »Jetzt.«

Miss Honeyfield verdrehte die Augen. »Hat man denn nie auch nur eine ruhige Minute für die Menschen, die einem wirklich wichtig sind? Verzeihen Sie, Lord Fudge, die Pflicht ruft.«

Sie warf Ambrose noch eine Kusshand zu und ging mit sichtbarem Bedauern.

»Ach, Sie und Miss Honeyfield«, merkte Emma an, wobei sie versuchte, nicht bitter zu klingen. »Dann ist Rosella wohl längst Geschichte?«

»Wie bitte?« Ambrose sah nicht so aus, als würde er

das Gesprächsthema vertiefen wollen, weshalb es sie besonders reizte.

»Ihre Affäre mit Miss Honeyfield brauchen Sie vor mir nicht geheim zu halten.« Sie versuchte, unbeteiligt zu klingen. Mit mäßigem Erfolg. »Im Gegenteil. Das passt mir sehr gut. Doch.«

Ambrose blickte skeptisch, weshalb sie sich genötigt sah, weiterzureden. »Schließlich geht es mir genauso. Also ... ich meine ... ich habe auch Gefühle für jemanden.«

Sie hatte den Eindruck, als rede sie sich um Kopf und Kragen.

»Für wen denn?«, fragte Ambrose.

»Ich ... wüsste nicht, was Sie das angeht«, stammelte sie. Als in diesem Moment Guy Lovell an ihnen vorbei ging, lächelte sie ihn aus purer Peinlichkeit an. Ambrose blickte von ihr zu dem Schauspieler.

»Doch nicht etwa für den?« Der Lord sah pikiert aus. Sie ärgerte sich über seine Reaktion. Was fiel ihm ein, sich abfällig darüber zu äußern, dass Emma ihrerseits etwas mit einem Schauspieler haben könnte?

»Ist was?«

Mister Lovell hatte augenscheinlich bemerkt, dass über ihn geredet wurde, und kam auf sie zu.

»Ich wusste nicht, dass Sie und Emma ...« Ambrose klang entgeistert. Sie wurde über seine Unterstellung zornig, aber noch viel mehr über die Art und Weise, mit der er die Angelegenheit behandelte.

Der Schauspieler sah erstaunt aus, fing dann aber Emmas Blick auf, die ihm signalisierte, nichts weiter zu sagen. »Ich und Emma, doch, doch … Emma und ich …«

Er legte einen Arm um ihre Schulter und zog sie an sich. Die Nähe zu ihm war ihr unangenehm, und sie hatte ihm auch noch längst nicht verziehen, dass er ihr Stück heimlich verkauft hatte, aber sie lächelte steif, einfach nur, um Ambrose eins auszuwischen.

»Nun, ich nehme an … Gratulation.«

Ambrose verbeugte sich und ging in schnellen Schritten davon. Kaum war er weg, wollte sich Emma aus Mister Lovells Umarmung lösen. Er nutzte die Gelegenheit, um sie zu küssen, doch sie schob ihn energisch weg.

»Das war nur Theater«, wies sie ihn zurecht.

Kapitel 25

»Das ist das hässlichste Kleid, das ich je gesehen habe«, beschwerte sich Susanna Honeyfield an einem der Probetage für ein Shakespeare-Stück, das neu aufgeführt werden sollte. »Diesen Lumpen ziehe ich nicht an.«

Ein paar der Bühnenarbeiter lungerten herum, um nichts von dem sich ankündigenden Spektakel zu verpassen. Emma konnte auf ihrem Hocker kaum stillsitzen. Die Schauspielerin mochte für andere unterhaltsam sein, aber sie selbst fand deren Eskapaden vor allem anstrengend.

»Das ist das Kleid, das ich als Desdemona getragen habe«, mischte sich die nebenstehende Alice Drew in den Disput der Schauspielerin mit dem Kostümbildner ein.

»Eben«, sah sich Miss Honeyfield bestätigt. »Ein uralter Lumpen ist das. Ich will ein neues Kleid!«

»Das Kleid ist gereinigt und angepasst worden«, insistierte der Kostümbildner. »Es ist absolut angemessen für die Rolle.«

»Das riecht nach Gosse«, behauptete die Schauspielerin. »Und es sieht auch so aus.«

Schnaubend stellte sich Mrs Drew neben Emma und murmelte: »Was die sich einbildet.«

Auch der Kostümbildner reagierte gekränkt und wandte sich an den Direktor, der vorbeikam, um zu sehen, weshalb sich ein Auflauf gebildet hatte. »Ich kann kein neues Kleid nähen, Mister Sherman. Es ist viel zu viel zu tun. Und mein Etat gibt das auch gar nicht her.«

»Das ist Arbeitsverweigerung, Mister Sherman«, hetzte Miss Honeyfield. »Sie sollten ihn feuern.«

Bevor der Direktor etwas sagen konnte, konterte nun der Kostümbildner wieder: »Für diese Schlampe mach ich keinen Handschlag mehr. Soll sie ihre Kostüme doch selber schneidern.«

»Jetzt wird es spannend«, merkte Alice Drew trocken an.

»Es reicht!«, donnerte Mister Sherman. »Wir sind hier im Theater, nicht im Hühnerstall.«

»Na, da wäre ich mir nicht so sicher«, platzte Mrs Drew dazwischen. Der Direktor zog es vor, ihren Kommentar zu übergehen.

»Sie kriegen sich wieder ein, Miss Honeyfield«, kommandierte er. »Und Sie, Mister Werner, sehen, was sich aus dem Kleid machen lässt. Nähen Sie eine Spitze an oder was weiß ich.«

»Nicht nachdem sie meine Arbeit so beleidigt hat«, insistierte der Kostümbildner.

»Herrgott«, fluchte der Direktor. »Miss Honeyfield, entschuldigen Sie sich bei Mister Werner.«

Die Schauspielerin reagierte verstockt.

»Als ob ich von der noch eine Entschuldigung annehmen würde«, entgegnete der Kostümbildner. »Und wir haben sowieso viel zu viel zu tun. Alle Hände sind beschäftigt.«

Der Direktor sah aus, als stünde er haarscharf davor, beide rauszuschmeißen, da mischte sich Emma ein.

»Entschuldigung, Mister Sherman, ich wüsste jemanden, der ein neues Kleid für Miss Honeyfield anfertigen könnte. Dann hätte Mister Werner nicht noch mehr Arbeit.«

Für den ersten Augenblick sah es so aus, als würde der Direktor ablehnen, dann seufzte er auf.

»Na gut, meinetwegen. Hauptsache, dieses Trauerspiel hier findet ein Ende. Los jetzt, an die Arbeit ...«

Emma ließ sofort einen Boten nach Warwick schicken.

»Nein«, lehnte Miss Honeyfield abermals einen gezeichneten Entwurf ab, und Emma hätte sie am liebsten geohrfeigt. Warwick war so aufgeregt gewesen, als er im Theater erschien, und hatte sich mit Elan an die Arbeit gemacht. Doch nun drohte die kapriziöse Schauspielerin, alles zunichtezumachen, bevor es richtig begonnen hatte.

»Das sieht ganz gut aus«, sagte Miss Honeyfield auf einmal. Emma blickte auf die Zeichnung auf Warwicks Schoß, die exakt so aussah wie sein allererster Entwurf, der mit zahlreichen anderen auf dem Boden gelandet war. Warwick zwinkerte ihr zu.

Nachdem die Schauspielerin zufriedengestellt abging, atmete er auf. »Was für eine Herausforderung.«

»Allerdings«, pflichtete ihm Emma bei.

»Trotzdem danke ich Ihnen für die Chance, mich hier zu beweisen. Ich werde mein Bestes geben.«

»Davon bin ich überzeugt«, erwiderte sie. »Wie geht es Mrs Freeman?«

»Bis auf ein wenig Übelkeit am Morgen sehr gut.«

»Grüßen Sie sie von mir. Und geben Sie ihr bitte das hier.« Sie drückte ihm das Geld in die Hand, das Frances ihr gegeben hatte. Seine Miene verfinsterte sich.

»Wir wollen keine Almosen, Miss Smart.«

»Nicht doch, es ist ein Geschenk Ihrer Schwägerin Frances, die Ihre Frau leider nicht besuchen kann, aber ihre guten Wünsche schickt.«

Als er das Geld daraufhin nahm, atmete Emma erleichtert auf. Dass sie die Summe etwas aufgestockt hatte, verschwieg sie lieber.

Als Emma eine Woche später zur Arbeit erschien, bat Warwick, der gerade eine Anprobe mit Susanna Honeyfield hinter sich hatte, um ein Wort.

»Wissen Sie eigentlich, was dieser gelackte Schauspieler über Sie herumerzählt, Miss Smart?«

Sie schüttelte ahnungsvoll den Kopf.

»Mister Lovell meint, Sie und er hätten eine Affäre gehabt, die er beendet habe, über die Sie aber nicht hinweggekommen seien. Seitdem würden Sie ihm dauernd nachstellen«, erklärte Warwick. Emma knirschte mit den Zähnen. »Hab ich mir doch gleich gedacht, dass es Lügenmärchen sind«, fuhr Warwick fort. »Das habe ich auch Miss Honeyfield gesagt, die es mir erzählt hat.«

Emma sagte sich, dass es ihr völlig gleichgültig sein konnte, was Guy Lovell und Susanna Honeyfield über sie behaupteten. Schließlich war Miss Smart nicht mehr davon abhängig, einen tadellosen Ruf zu bewahren. Aber sie spürte dennoch Ärger darüber.

Ihre Laune wurde nicht besser, als sie dazukam, wie Susanna Honeyfield im Grünen Salon auf dem Sofa liegend aus einem Society-Journal vorlas, während sie Pralinen naschte.

»… ist uns aus verbürgter Quelle zu Ohren gekommen, dass eine namhafte Schauspielerin eine enge Beziehung zu dem frisch ernannten Lord unterhält, dessen Name wie eine Süßigkeit klingt.« Miss Honeyfield lachte affektiert auf. »Amüsant, nicht wahr?«

»Das hast du doch selbst an die Zeitung durchgestochen«, gab Mrs Drew zur Antwort. »Namhafte Schauspielerin, das verrät ja schon alles. Wer würde das sonst behaupten, wenn nicht du selbst?«

Verschnupft stand Miss Honeyfield vom Sofa auf. »Eifersüchtig?«

»Ich bin ja nicht die Ehefrau«, sagte Alice Drew lachend.

Emmas Hals verengte sich. Sie war zwar die Ehefrau, aber sie hatte keinerlei Recht darauf, eifersüchtig zu reagieren. Mit wem sich Ambrose amourös abgab, war allein seine Angelegenheit. Und doch …

Miss Honeyfield kräuselte ihre Nase, warf den Kopf in den Nacken und verließ den Raum. Ein paar der anderen Schauspielerinnen kicherten. Alice Drew verdrehte die Augen. Emma war verwirrt davon, wie viel ihr das Gerücht ausmachte. Mehr denn je sagte sie sich, dass sie sich niemals ihrer Leidenschaft hätte hingeben dürfen. Emotionen mochten ein Drama bereichern, aber im wirklichen Leben waren sie nur hinderlich.

Es war tiefdunkel, als Emma zusammen mit Alice Drew das Theater verließ. Nach der Vorstellung hatten sie noch einen Wein getrunken, während die Schauspielerin ihre Kolleginnen und die Gentlemen kritisierte, die sich im Grünen Salon vergnügten. Ambrose war nicht zugegen gewesen.

»Gute Nacht, Miss Smart«, wünschte Mrs Drew, als sie von ihrem Ehemann abgeholt wurde. Emma erwiderte den Abschiedsgruß, dann wandte sie sich auf der Suche nach einer Mietkutsche in die entgegengesetzte Richtung. Sie wollte zu so später Stunde nicht mehr unbegleitet durch Londons Straßen laufen, auch wenn sie sich tagsüber längst daran gewöhnt hatte und es sogar genießen konnte.

Sie war noch nicht weit gekommen, da löste sich eine Gestalt aus einem Schatten und stellte sich ihr in den Weg. Emmas Herz setzte für einen Augenblick aus. Ohne weiter darüber nachzudenken, nahm sie ihr in Leder gebundenes Theaterstück, das sie während der Vorstellungen aufgeschlagen auf ihrem Schoß liegen hatte, um daraus zu soufflieren, und schlug damit nach der Gestalt. Diese schrie auf:

»Em… ma!«

»Ambrose?« Ungläubig sah sie ihn an. Jetzt erst bemerkte sie den maßgeschneiderten Anzug und die glänzend polierten hohen Lederstiefel.

»Ich habe dich vermisst«, lallte er und umarmte sie. Für einen winzigen Moment ließ sie die Berührung zu.

»Du bist betrunken. Geh nach Hause«, erwiderte sie und machte sich von ihm los. Er drehte sich um, dabei schwankte er sichtlich. Als er stolperte, hinfiel und liegen blieb, überlegte sie kurz, ob sie ihn einfach zurücklassen sollte. Doch dann beugte sie sich zu ihm hinunter und zog an ihm. Er bewegte sich nicht von der Stelle.

»Komm schon«, forderte sie ihn auf und griff ihm unter die Arme, »steh auf.«

Unter erheblichem Aufwand brachte sie ihn dazu, sich hinzustellen, wobei er sich an ihrer Schulter abstützte. Er hauchte ihr seinen alkoholgeschwängerten Atem ins Gesicht. »Ich liebe dich.«

Als sie am Morgen im Sessel aufwachte, war ihr Nacken steif. Sie rieb sich die schmerzende Stelle und blickte ungehalten zu Ambrose, der in ihrem Bett schlummerte. Sie hatte in der Nacht nicht gewusst, was sie sonst tun sollte, nachdem sie eine Mietkutsche bis zu seinem Haus genommen und vergeblich versucht hatte, seine Dienerschaft herauszuklingeln. Da sie wusste, dass ihre Vermieterin mit einem tiefen Schlaf gesegnet war, hatte sie es schließlich fertiggebracht, den torkelnden Ambrose die Treppe hoch und in ihr Zimmer zu bugsieren, wo sie ihm die Stiefel ausgezogen und eine Decke über ihn gelegt hatte.

Während sie so vor ihm stand und ihn betrachtete, spürte sie widersprüchliche Emotionen. Sie bemitleidete ihn und fühlte sich zugleich von ihm abgestoßen. Dann dachte sie an seine Liebeserklärung. Allerdings war er betrunken gewesen, sie konnte daher nichts auf seine Worte geben. Besser war es, diese ganz schnell wieder zu vergessen. Emma machte sich bewusst, dass Ambrose viel zu viel Macht über ihre Emotionen hatte. Das musste sich ändern, und zwar bald.

Sie setzte sich an ihr kleines Schreibpult und fing an, einen Brief zu schreiben.

»Lieber Ambrose«, begann sie, doch sie zerknüllte das Papier sogleich wieder. Diese Anrede ließ viel zu viel

Raum für Interpretation. Sie musste klare, unmissverständliche Worte finden.

»Lord Fudge, wenn Sie gehen, sehen Sie zu, dass meine Vermieterin Sie nicht sieht. Und bitte suchen Sie mich nie wieder auf. Ihre Miss Smart.«

Sie strich das Wort »Ihre« mehrfach durch. Den Zettel legte sie neben seine Stiefel, so dass er ihn sofort entdeckte, wenn er aufwachte. Er würde nach Lektüre dieser Zeilen sicherlich verstehen, dass sie keinerlei Kontakt mehr zu ihm wünschte.

Sie setzte ihren Hut auf, zog ihre Jacke über und ging in der Hoffnung, dass dieser Schlussstrich ihr helfen würde, Ambrose wirklich zu vergessen.

Der Tag im Theater war ausgesprochen anstrengend gewesen, so dass Emma völlig übermüdet war und nur noch in ihr Bett wollte. Als sie ihr Zimmer betrat, hoffte sie, Ambrose hätte nichts hinterlassen, was das Dienstmädchen beim Bettenmachen bemerkt haben könnte. Als sie feststellte, dass ihr Zettel fehlte und es keine Nachricht von ihm gab, ließ sie sich müde aufs Bett fallen. Doch sie fühlte auch noch etwas anderes. Ein tiefes Bedauern.

Da flog die Tür auf, und die Wirtin stand im Zimmer.

»Was fällt Ihnen ein!«, schrie sie Emma an. »Sie haben meinen guten Namen in Verruf gebracht. Packen Sie Ihre Sachen und verschwinden Sie.«

Also war Ambrose doch bemerkt worden. Emma überlegte noch, ob sie die Situation erklären sollte. Aber zu sagen, dass es ihr Ehemann gewesen war, der bei ihr genächtigt hatte, während sie vorgegeben hatte, dass er im Krieg sei, klang nicht überzeugend. Daher fing sie an, ihre Habseligkeiten in ihre Reisetasche zu packen. Erinnerungen an den Rauswurf von Lady Darlington kamen in ihr hoch. Es war noch nicht einmal so lange her, als sie zuletzt eines Hauses verwiesen worden war. Doch diesmal fühlte sie sich nicht so verängstigt wie damals. Diesmal hatte sie eine Arbeit und genügend Geld, um sich eine neue Unterkunft zu mieten. Eine, bei der die Wirtin nicht in ihren Sachen herumspionieren würde. Und bei der es nicht so dünnen Tee zum Frühstück gäbe.

Mit hoch erhobenem Kopf ging Emma die Treppe hinunter. Im mit wurmstichigen Stühlen, Tischchen und Vasen vollgestopften Flur wartete die Vermieterin auf sie.

»Sie haben mein Haus beschmutzt, Sie liederliches Frauenzimmer!«

Emma war nicht willens, sich weiter beleidigen zu lassen, und öffnete die Tür.

»Sie Hure«, ereiferte sich die Wirtin gerade, als Emma sich unverhofft Auge in Auge mit Lady Fudge befand, die vor der Tür stand.

»Was geht hier vor?«, fragte die Tante entsetzt.

Kapitel 26

»Es ist nicht so, wie Sie denken«, versuchte Emma, sich Lady Fudge zu erklären, aber die Vermieterin stieß schon eine Flut an Anklagen und Verleumdungen über das lasterhafte Leben ihrer Mieterin aus. Außer dass Emma spätabends nach Hause kam, war nichts davon wahr.

»Und dann hat sie letzte Nacht einen Mann hier schlafen lassen, stellen Sie sich das vor.«

Das stimmte allerdings. Schockiert sah Lady Fudge Emma an.

»Ich war bei meinem Neffen, weil mir Gerüchte über seine Untreue zu Ohren gekommen sind, und musste erfahren, dass Sie längst separiert voneinander sind. Und dann komme ich hierher zu Ihnen, um mit Ihnen zu reden, und höre, dass Sie die Ehe gebrochen haben.«

»So ist das alles überhaupt nicht«, begann Emma sich zu rechtfertigen, doch die Tante hörte ihr nicht zu.

»Sodom und Gomorra, Sodom und Gomorra.« Sie schüttelte angewidert ihren Kopf, während sie zu ihrer Kutsche ging. »Warum muss der ehrwürdige Name der Fudges nur so besudelt werden?«

Es war mittlerweile zu spät, um noch auf Zimmersuche zu gehen, daher hatte Emma sich entschlossen, im Theater zu nächtigen. Sie pustete das Licht aus und rollte sich auf einem der Sofas im Grünen Salon zusammen, das nach Parfüm und verschüttetem Wein roch. Ihr von der Nacht im Sessel strapazierter Nacken schmerzte auf dem unbequemen Polster wieder, dazu tat ihr noch der untere Rücken weh. Sie richtete sich auf und entzündete die Kerze erneut. Im Schein dieser sah sie sich um. Ihr Blick fiel auf eine Flasche Sherry, die auf einem Tischchen stand und in der ein kleiner Rest schimmerte. In Ermangelung eines sauberen Glases trank Emma aus dem Flaschenhals. Der Sherry schmeckte süß und etwas hölzern, aber wärmte sie von innen. Sie hoffte, mit seiner Hilfe besser in den Schlaf finden zu können, und stellte die Flasche auf den Boden neben das Sofa. Nachdem sich die Aufregung um Lady Fudges unerwartetes Auftauchen gelegt hatte, fühlte sie sich noch müder als zuvor. Wieder legte sie sich auf das Sofa und musste tatsächlich eingeschlafen sein.

Sie erwachte benommen, als sich jemand über sie lehnte. »Ambrose?«, nuschelte sie.

Eine Hand fasste in ihren Ausschnitt. Sie hörte heftiges Atmen. Alles fühlte sich falsch an.

»Nein!«

»Ach komm schon«, flüsterte der Mann, und sie erkannte abgestoßen, dass es Guy Lovell war. Er lag nun schwer auf ihr, und sein Mund drückte sich auf ihre Lippen. Seine Hände waren damit beschäftigt, den Saum ihres Kleides hochzuschieben. Sie ekelte sich, schaffte es jedoch nicht, ihn von sich herunterzudrücken. Seine Beine zwängten sich zwischen ihre Oberschenkel. Es war widerlich, und sie hatte Angst. Emmas Hand tastete nach der Flasche mit dem Sherry, die sie neben sich abgestellt hatte. Ihre Finger schlossen sich um den Hals. Sie nahm ihren ganzen Mut zusammen, dann schlug sie mit der Flasche auf Guys Kopf.

Es gab ein seltsam dumpfes Geräusch, gleichzeitig schrie er zu ihrer Genugtuung auf. Im nächsten Augenblick gab der Druck seines Körpers nach. Emma ließ die Flasche fallen und schob ihn mit beiden Händen von sich herunter. Er plumpste zu Boden.

Sie sprang auf, nahm, ohne darüber nachzudenken, ihre Tasche mit sich, lief zur offen stehenden Tür hinaus und rannte durch den Gang. Sie wollte nur noch weg von Guy. Wegen der Dunkelheit stieß sie sich das Schienbein, humpelte aber weiter, bis sie den Hinterausgang fand, wo der Nachtwächter eingenickt war. Sie sah davon ab, ihn zu wecken, riss die Tür auf und stolperte nach draußen.

Zu ihrem Glück fand sie bald eine Mietkutsche, von der sie sich zu Warwick und Anthea bringen ließ. Die beiden hatten schon geschlafen, als sie an die Tür klopfte, so dass es dauerte, bis ihr endlich aufgemacht wurde.

»Miss Smart! Was tun Sie hier?«, fragte Warwick. Anthea stand im Nachthemd hinter ihm.

»Lass sie doch erst mal rein. Sie sieht ja ganz erschrocken aus.«

Anthea wickelte Emma in eine Decke und half ihr, sich auf einen Stuhl vor dem Kamin zu setzen, dann entfachte sie ein brennendes Feuer, während Warwick Wasser aufsetzte.

Bei einem heißen, stark gezuckerten Tee erzählte Emma wenig später von dem Übergriff.

»Dieses Schwein«, stieß Warwick aus.

»Ich hoffe, die Flasche hat ihm ordentlich wehgetan«, sagte Anthea wütend. Da fing Emma an, gleichzeitig zu lachen und dabei den Kopf zu schütteln.

»Und das Verrückte ist, ich habe noch meine Tasche mitgenommen, bevor ich weggelaufen bin, weil da mein neues Theaterstück drin ist«, erzählte sie.

Während sie lachte, liefen ihr Tränen die Wangen hinunter und sie begann am ganzen Körper zu zittern. Anthea rückte einen Stuhl an Emma heran und legte ihr den Arm um die Schulter. Emma tat die Berührung gut, und sie fühlte sich ein wenig getröstet.

»Sie …«, begann Anthea, fuhr dann jedoch fort: »Du kannst dich in unser Bett legen.«

Emma lehnte ab. »Ich kann noch nicht schlafen. In mir ist alles ein einziges Chaos.«

»Wie können wir dir helfen?«, fragte Warwick.

»Ich weiß nicht, lenkt mich ab.«

»Darf ich das neue Stück lesen?«, bat Anthea.

»Es ist noch nicht ganz fertig«, wiegelte Emma ab, dann

überlegte sie, dass ein frischer Blick darauf ihr weiterhelfen könnte. Sie holte die Papiere heraus, die sie bisher beschrieben hatte. Anthea fing sofort mit der Lektüre an.

Warwick erzählte derweil, dass Ambrose am Nachmittag bei ihnen gewesen war.

»Er hat mir einen Anteil vom Erbe seines Vaters gegeben, weil er meinte, egal ob ich Mister Beauchamp als Vater ansehe oder nicht, stünde es mir zu. Ich habe meinen Stolz heruntergeschluckt, und wir haben jetzt genug Geld, um in eine anständige Unterkunft zu ziehen. Und eine Köchin zu beschäftigen«, fügte er schief grinsend hinzu.

Dass Ambrose diesen Schritt auf seinen Halbbruder zu getan hatte, berührte Emma. Obwohl die Anspannung von ihr gewichen war und sie kaum mehr aufhören konnte zu gähnen, musste sie noch etwas loswerden. Sie war Anthea und Warwick die Wahrheit schuldig.

»Es gibt etwas, das ich euch sagen will«, fing sie unsicher an. Die beiden blickten sie offen an. »Mister Beauchamp oder Lord Fudge oder wie ihr ihn auch immer nennen …« Sie zögerte, dann fuhr sie fort: »Wir haben geheiratet.«

Anthea und Warwick runzelten die Stirn.

»Doch, es stimmt. Wir haben einen Pakt geschlossen, damit Ambrose, also Lord Fudge, an das Geld seiner Tante kommt. Es klingt für euch sicher verwerflich, aber es war in der Situation die beste Lösung für uns, das müsst ihr mir glauben.«

Anthea blickte erst zu ihrem Mann, dann musterte sie Emma. »Ich wüsste nicht, was daran verwerflich ist. Hast du etwa schon vergessen, dass ich Mister Livingston heiraten sollte, damit meine Mutter weiterhin im Luxus leben kann?«

Emma senkte beschämt den Kopf. Sie würde garantiert nicht vergessen, welchen unrühmlichen Anteil sie an diesem Plan gehabt hatte.

»Es tut mir nur leid«, sagte Anthea und sah dabei ihren Mann an, »dass du dadurch nicht mehr erleben kannst, wie es ist, aus Liebe zu heiraten.«

Warwick ergriff ihre Hand. Emma schluckte. Sie fühlte, wie sich Tränen in ihren Augen sammelten. Da sie nicht weinen wollte, rieb sie sich über das Gesicht.

»Ich bin müde«, erklärte sie.

»Leg dich besser hin«, befand Warwick. »Ich mache dir ein Bett aus ein paar Decken.« Emma hatte keine Kraft zu widersprechen.

»Darf ich das Stück weiterlesen, während du schläfst?«, bat Anthea.

Vor dem Beginn der Vorstellung drehten sich die Köpfe des Publikums zu einer Loge um, in die Emma von ihrem Platz hinter dem Vorhang aus nicht blicken konnte. Das lautstarke Geraune und Gelächter im Zuschauersaal machte sie jedoch so neugierig, dass sie zu einer

Gruppe von Schauspielern trat, die weiter vorne durch einen Spalt im Vorhang linsten.

»Wer ist es? Etwa jemand vom Königshaus?«, wollte Emma wissen. Bei dem Gedanken daran, dass derart hochgestellte Menschen ihr Stück sehen konnten, wurde ihr ganz flau im Magen.

»Es ist Lord Fudge mit einer alten Frau«, erklärte ihr Alice Drew.

»Seine Tante?«, fragte Emma. Als die Schauspielerin zur Seite trat, nahm sie deren Platz am Spalt ein. Es war tatsächlich Lady Fudge in Begleitung von Ambrose. Dass sie derart öffentlich ihre Unterstützung für ihren Neffen zeigte, war wohl ein Versuch, die Gerüchte über seine Affäre zum Schweigen zu bringen. Nun bemerkte Emma, wie Guy Lovell, der unweit von ihr vorübergebeugt stand, sie mit einem bösen Seitenblick bedachte. Bevor sie zurück zu ihrem Platz ging, ließ sie ihren Ellenbogen wie zufällig gegen seinen Kopf stoßen und hoffte inständig, dass die Stelle, die sie in der Nacht mit der Sherryflasche getroffen hatte, ordentlich schmerzte.

Die ganze erste Hälfte der Vorstellung über war Emma sich Ambroses Nähe sehr bewusst und wunderte sich, ob er sich seinerseits ein einziges Mal fragte, wie nah sie ihm war. In der Pause kam Alice Drew zu ihr, um sie mit dem neusten Klatsch zu versorgen, den der Logendiener in Umlauf gebracht hatte. Angeblich hatte er mit angehört, wie die Tante Ambrose drohte, ihm den Geldhahn zuzudrehen, wenn noch einmal Affären mit Schauspielerinnen die Runde machen würden.

»Das wird Susanna bestimmt nicht gefallen«, freute sich Mrs Drew. Emma dachte nur darüber nach, wie gerne sie mit Ambrose darüber sprechen würde, was er für Warwick und Anthea getan hatte, aber sie durfte sich vor Lady Fudge nicht sehen lassen. Deshalb war sie nicht wenig überrascht, als ein Theaterpage Ambrose in diesem Moment zu ihr führte.

»Miss Smart.« Er verbeugte sich vor ihr.

»Ambro… Lord Fudge«, korrigierte sie sich hastig, da Alice Drew noch immer anwesend war. Sie knickste verlegen. Die Schauspielerin machte große Augen, dann umspielte ein Lächeln ihre Lippen.

»Das wird Susanna noch weniger gefallen«, bemerkte sie zufrieden, bevor sie sich diskret zurückzog.

Emma vergewisserte sich, dass sie nicht belauscht wurden.

»Ich wollte mit dir reden«, sprudelte es dann aus ihr hervor. »Warwick und Anthea können das Geld wirklich gebrauchen. Es war sehr nett von dir …«

Ambrose brachte sie mit einem undurchdringlichen Blick zum Schweigen. So hatte sie ihn noch nie erlebt. Arrogant, überheblich, eitel, ja, alles das, doch niemals derart abweisend.

»Was ist passiert?«, fragte sie mit einem unguten Gefühl.

»Das wollte ich Sie fragen«, erwiderte er mit eisiger

Stimme. »Meine Tante hat erfahren, dass Sie eine Affäre haben.«

»Ich wüsste nicht, was das Lady Fudge angeht«, gab sie nun ebenso kühl zurück.

»Sie sind meine Frau.«

Sie schnaubte auf. »Was Sie nicht davon abhält, unzählige Verehrerinnen zu haben.«

»Das ist etwas anderes. Meine Tante kann bei einem Mann das eine oder andere Auge zudrücken. Aber nicht bei einer Frau, die den Titel der Fudges trägt.«

»Nun, das wird sie wohl müssen. Immerhin haben Sie mich geheiratet.«

»Leider.«

Seine kalte Arroganz brachte sie noch stärker gegen ihn auf.

»Ach ja? Dann haben Sie von unserer Abmachung wohl gar nicht profitiert? Sie haben die Taschen voller Geld und einen Titel geerbt, das ist doch das, was Sie wollten. Und nichts hindert uns daran, die …« Sie stolperte über das Wort Ehe und brachte es nicht über die Lippen. »Die Abmachung aufzulösen.«

»Eine Scheidung kommt nicht infrage«, erklärte er.

»Warum nicht? Diese Verbindung ist sowieso nur eine Farce«, konterte sie. »Wir haben unsere Rollen mit Erfolg gespielt, jetzt ist es an der Zeit, dass wir uns neue suchen.«

»Es hat noch nie eine Scheidung im Haus der Fudges gegeben«, insistierte er.

»Nun, es gibt immer ein erstes …«, setzte Emma an, da wurden sie von einer energischen Frauenstimme unterbrochen.

»Ambrose, wo steckst du? Emma! Was machen Sie hier?«

Sie drehten sich zu der Stimme um. Es war Lady Fudge. Hinter ihr blickte der Logenpage Emma entschuldigend an.

»Was machen Sie hier, Tante?«, fragte Ambrose entgeistert.

»Du bist während der Pause einfach verschwunden, ohne mir zu sagen, wohin. Da lag die Vermutung doch nahe, dass du wieder zu dieser Schauspielerin bist«, ging ihn die alte Lady Fudge an.

»Wie Sie sehen, treffe ich mich mit meiner Frau.«

Die Tante schien davon völlig überrascht zu sein. Sie sah Emma mit Verwunderung und Abscheu an. »Ich will wissen, was Sie hier zu suchen haben?«

Emma überlegte, was sie darauf antworten sollte. In diesem Augenblick kam zu allem Überfluss Susanna Honeyfield angelaufen, gefolgt von Alice Drew. Die Schauspielerin versuchte, Miss Honeyfield zurückzuhalten, doch diese stürzte sich auf Emma und schrie sie an: »Was fällt dir ein, dich an den Lord ranzuschmeißen, du Miststück?«

Sie packte Emma am Dutt und zog daran. Ambrose ging dazwischen, aber Susanna ließ einfach nicht locker. »Hör auf!«

Er umklammerte Miss Honeyfields Handgelenk und zwang sie so dazu, Emma loszulassen.

»Denk nicht, dass ich ihn dir so einfach überlasse«, ereiferte sich Susanna Honeyfield Emma gegenüber.

»Da habe ich wohl auch noch ein Wörtchen mitzureden«, erklärte Ambrose, während Lady Fudge verwirrt von der einen zur anderen blickte. Der Tumult lockte weitere Schauspieler an, darunter auch Guy Lovell, der Emma wieder finster anblickte.

»Ach, deshalb hast du mich gestern abgewiesen«, zischte er. »Wo du einen Lord haben kannst, ist dir ein Schauspieler nicht mehr gut genug.«

»Unerhört«, meldete sich Lady Fudge zu Wort.

»Schlange!«, schimpfte Susanna Honeyfield.

Die Gaffenden tuschelten und raunten.

Ambrose blickte Emma mit einem finsteren Blick an. »Ausgerechnet mit so einem …«

»So ein Blödsinn«, verteidigte sie sich. »Derjenige, mit dem ich angeblich eine Affäre habe, bist du.«

»Ich verstehe nicht«, setzte er an.

»Das mit Mister Lovell war alles gelogen. Du hast bei mir geschlafen, deshalb glaubte meine Vermieterin, dass ich eine Affäre habe, und hat mich auf die Straße gesetzt. Und dann kam deine Tante und hat das alles in den falschen Hals bekommen«, erklärte Emma ihm.

Sein Gesicht zeigte zunächst Verwunderung, dann hellte es sich auf. Als sie geendet hatte, fing er an zu lachen.

»Was soll denn daran komisch sein?«, mischte sich Lady Fudge ein.

»Das Ganze ist ein einziges Missverständnis, Tante«, sagte Ambrose. »Weder habe ich eine Affäre mit einer Schauspielerin, jedenfalls schon lange nicht mehr, noch hat meine Frau eine Affäre mit einem anderen Mann.«

»Deine Frau?« Susanna Honeyfield sah verständnislos zwischen Ambrose und Emma hin und her. Lady Fudge blickte pikiert.

»Verstehe ich das richtig, Miss Smart ist gar nicht Miss Smart, sondern Lady Fudge?«, fragte Alice Drew bass erstaunt. Emma wandte sich ihr zu.

»Es tut mir leid, ich konnte doch nicht als Lady Fudge am Theater arbeiten«, versuchte sie zu erklären.

»Wieso arbeiten? Was soll der ganze Unfug?« Die Tante sah äußerst ungehalten drein.

»Alles ein Missverständnis«, wiegelte Ambrose ab. »Besser, wir gehen, dann erkläre ich Ihnen alles.«

Doch Emma hielt sie zurück und sah Lady Fudge fest ins Gesicht. »Nein, ich will keine Lügen mehr. Ich arbeite hier am Theater, als Souffleuse.«

Die Tante fasste sich ans Herz. »O mein Gott.«

»Und ich habe das Stück geschrieben, das gerade aufgeführt wird«, fügte Emma noch hinzu. Die Gaffer blickten sie verblüfft an.

»Das ist ein Skandal«, entfuhr es Lady Fudge. »Eine Affäre hätte man vertuschen können, aber das? Du musst es deiner Frau verbieten, Ambrose, sofort!«

Kapitel 27

Ambrose sah seine empörte Tante ruhig an.

»Das will ich aber gar nicht«, erwiderte er.

Emma blickte ihn irritiert an.

Seine Tante schnaubte heftig. »Diese Schande. Oh, was für eine Schande!« Sie schüttelte angewidert den Kopf. »Du hast den Namen der Fudges durch den Schmutz gezogen, Ambrose.«

»Es tut mir leid, dass Sie das so sehen, Tante.«

Sie ging ohne ein weiteres Wort. Die Umstehenden blickten ihr erst nach, dann starrten sie Ambrose und Emma an. Dieser Akt war für sie offensichtlich der Höhepunkt des Theaterabends.

»Danke dafür«, wandte Emma sich an Ambrose. Sie sah in seine Augen und fühlte sich an die gemeinsame Nacht erinnert, als sie ihm ganz nah gewesen war.

Er erwiderte ihren Blick. »Ich hoffe, du wirst glücklich.«

Verunsichert sah sie ihn an. »Was heißt das?«

»Ich reise ab und besuche Irland, Schottland und Wales, das hatte ich schon immer mal vor.«

»Oh.« Mehr brachte sie nicht heraus, da ihre Kehle sich vor Enttäuschung zuschnürte.

»Mach es gut, Emma«, sagte er, ohne den Blick von ihr zu lassen. Dabei streckte er die Hand aus und schob ihr eine Haarsträhne aus dem Gesicht. Seine Berührung löste Sehnsucht in ihr aus.

»Deine Haare sind durch die Zankerei ganz zerzaust«, erklärte er in liebevollem Ton. Sie hätte ihn so gerne gebeten, bei ihr zu bleiben, doch sie schaffte es nicht.

»Viel Glück«, brachte sie noch heiser hervor, dann ging er.

Sie sah ihm mit angehaltenem Atem nach, bis er aus ihrem Blickfeld verschwunden war. Nun entfuhr ihr ein Seufzer. Aus den Augenwinkeln nahm sie erst jetzt die vielen neugierigen Menschen wahr, die sie umringten. Es würde bald die Runde machen, wer Miss Smart tatsächlich war. Das würde alles nicht gut ausgehen, befürchtete Emma düster.

Angespannt klopfte sie am nächsten Tag an die Tür zum Büro des Direktors. Mister Sherman hatte sie zu sich bestellt. Vermutlich hatte er, nachdem er von dem Skandal erfahren hatte, in ihr mittlerweile die junge Frau mit dem Stück wiedererkannt, das er in Grund und Boden verdammt hatte. Sie glaubte nicht, dass er besonders erfreut darüber sein würde, eben jenes Stück unter einem anderen Namen untergeschoben bekommen zu haben. Da der Direktor nicht wie ein Mann wirkte, der darüber lachen könnte, musste Emma befürchten, dass dies ihren Rausschmiss nach sich ziehen würde.

»Kommen Sie herein«, rief er von drinnen. Sie atmete mehrmals durch, bevor sie das Büro betrat.

»Setzen Sie sich.« Mister Sherman winkte Emma zum Stuhl vor seinem Tisch. »So, Lady Fudge, ja?«

Sie nickte.

»Und Sie haben ein zweites Stück geschrieben, habe ich gehört?«

»Lassen Sie mich erklären, warum ich Ihnen nie etwas davon gesagt habe, dass ich das erste Stück …«

Er hörte ihr gar nicht zu. »Vortrefflich.«

»Wie bitte?«

»Ihr neues Stück, geben Sie es mir.«

Sie hatte eine Abschrift dabei, die sie in den Pausen im Theater durchlesen wollte. Diese reichte sie dem Direktor. Er zog die Kerze auf seinem Schreibtisch heran, drückte sich eine gläserne Lesehilfe auf seine Nase und fing an, die erste Seite umzuschlagen, auf der sie den Titel und ihren Namen, Emma Smart, geschrieben hatte.

Angespannt wartete sie auf seine Reaktion, während er die Seiten überflog. Sein Gesichtsausdruck war nicht zu deuten, und das Einzige, was er für eine ganze Weile immer wieder von sich gab, war »Hmm« oder ein Räuspern.

Endlich blickte er von der Lektüre auf und lehnte sich in seinem Sessel zurück. Sie biss sich auf die Lippen. Er nahm die Lesebrille ab, verschränkte die Finger ineinander, streckte die Arme durch und drehte ihr die Handflächen entgegen. Es knackte.

»Wir werden es auf die Bühne bringen«, sagte er dann.

»Wirklich?« Emma konnte ihr Glück kaum fassen. »Wann?«

»So bald wie möglich.«

Es war das, was sie sich so sehr gewünscht hatte, doch nun fiel ihr ein, dass das Stück noch nicht ganz zu ihrer Zufriedenheit fertiggestellt war. »Ich bin mir aber unsicher, was das Ende anbelangt.«

»Das kriegen Sie schon hin.«

Sie zögerte damit, die Frage zu stellen, die ihr auf der Seele brannte, und leckte sich über die Lippen. »Wird es meinen Namen tragen?«

»Selbstverständlich wird es das.«

Emma spürte einen Schrei der Freude in sich aufsteigen. Stattdessen biss sie sich auf die Lippen. Es entfuhr ihr nur ein kleiner Seufzer. »Ich danke Ihnen.«

»Nicht doch. Ich habe zu danken. Das Stück wird alle Aufmerksamkeit auf sich ziehen. Die Zeitschriften werden voll davon sein, dass nach dem Skandal um Lord Fudge und die Schauspielerin ausgerechnet seine Frau ein Theaterstück herausbringt. Die Leute werden in der Hoffnung auf Klatsch und Tratsch ins Theater strömen.« Er rieb sich zufrieden die Hände.

Emmas Euphorie, dass ihr zweites Stück akzeptiert worden war, wurde dadurch leicht gedämpft. Dennoch akzeptierte sie, dass auf den Anzeigen in den Zeitschriften, die für das neue Stück warben, der Name »Lady Fudge« stehen würde.

Dann ging alles Schlag auf Schlag. In Windeseile ließ Mister Sherman Susanna Honeyfield und Guy Lovell die Hauptrollen proben und setzte die Premiere kurzfristig auf den siebzehnten Oktober an.

Am Tag der Aufführung ging Emma bereits früh ins Theater, um sich zu vergewissern, dass auch nichts mehr schiefgehen konnte. Die Kostüme hingen hinter der Bühne an einer Stange. Warwick hatte großartige Arbeit geleistet. Auf seine Mitarbeit hatte Emma beim Direktor gedrängt, und sie war froh darüber. Erleichtert stand sie auf der Bühne vor dem noch leeren Zuschauersaal und sah zu, wie ein paar Arbeiter Farbeimer und Pinsel wegräumten. Das Bühnenbild war in der Nacht fertiggestellt worden und roch durchdringend nach Farbe. Im Grunde konnte gar nicht mehr so viel schiefgehen. Es konnte höchstens passieren, dass Miss Honeyfield Teile der Sätze vergaß, die sie zu sagen hatte, aber Emma war ohnehin entschlossen, sich weiterhin als Souffleuse hinter dem Vorhang zu positionieren.

Womit sie nicht gerechnet hatte, war, dass die zwei Hauptdarsteller gar nicht erst auftauchten. Es wurde immer später, so dass der vor Wut schäumende Mister Sherman nach ihnen schicken ließ. Der Bote kehrte mit der

Nachricht zurück, dass Mister Lovell und Miss Honeyfield London in der Nacht überstürzt verlassen hatten.

Emma verstand gar nichts mehr. Sie fühlte sich im Stich gelassen.

»Dieses Miststück von Susanna ist nach Irland geflohen, hab ich gehört«, sagte Alice Drew, als sie zu ihr trat. »Offenbar wollte ihr Banker sie nicht mehr zurückhaben, nachdem sie ihn verlassen hat, weil sie auf Lord Fudge aus war. Aber ausgerechnet mit Guy? Ich hätte ihr einen besseren Geschmack zugetraut. Oder zumindest einen teureren. Mit dem landet sie schneller wieder im Schweinestall, als ihr lieb ist.«

»Warum denn heute, so kurz vor der Premiere? Warum nicht morgen oder in ein paar Wochen?«

Mrs Drew hob nur die Schultern.

Mister Sherman hatte derweil nach den Zweitbesetzungen für Miss Honeyfield und Mister Lovell geschickt. Leider war der Ersatz für die Schauspielerin so stark erkältet, dass sie nur heiser krächzte. Der Direktor warf einen verzweifelten Blick an die Decke des Theaters, murmelte zu sich selbst und ließ sich auf einen Stapel zusammengerollter Seile sinken. Er machte einen hoffnungslosen Eindruck.

Emma kämpfte mit den Tränen. Sie konnte nicht fassen, dass der Traum von ihrem eigenen Theaterstück zerplatzt war, noch bevor er Wirklichkeit werden konnte.

Da zupfte Warwick an ihrem Ärmel. Sie drehte sich um und sah, dass er die Kostüme für die Hauptrollen in den Händen hielt, die er auf die neuen Schauspieler umnähen sollte.

»Ich glaube, die brauchen wir heute nicht mehr«, sagte Emma dumpf.

»Du hast doch Anthea dein Stück zum Lesen gegeben.« Er war ganz aufgeregt.

»Ja?« Verständnislos sah sie ihn an.

»Anthea hat die weibliche Hauptrolle auswendig gelernt, weil ihr das Theaterstück bei Mister Livingston so viel Spaß gemacht hat. Sie hat die Sätze vor dem Spiegel geprobt. Und sie war wirklich nicht schlecht, wenn ich das so sagen darf.«

Auf einmal begriff Emma, worauf er hinauswollte. »Du meinst, Anthea könnte für Miss Honeyfield einspringen?«

Kapitel 28

Ungläubig blickte Emma Warwick an.

»Wäre doch einen Versuch wert«, beharrte dieser auf dem Vorschlag, seiner Frau die Hauptrolle zu geben.

»In ihrem Zustand?« Emma konnte nicht glauben, dass es so einfach eine Lösung für ihr Problem gäbe.

»Anthea passt sicher nicht mehr in das Kleid, das ich für Miss Honeyfield genäht habe. Aber darauf kommt es doch gar nicht so sehr an. Wir finden bestimmt ein anderes Kostüm.«

Stumm und mit Tränen in den Augen umarmte Emma Warwick, der ihr überrascht auf den Rücken klopfte und dabei »na« sagte.

Dann ging sie zu Mister Sherman. »Wir haben eine neue Besetzung für die weibliche Hauptrolle.«

Er sah sie erstaunt an. »Ist Mrs Drew nicht ein bisschen zu alt? Und so schnell wird sie den Text nicht auswendig lernen können.«

»Nein, eine Freundin. Sie hat bisher nur auf dem Land auf der Bühne gestanden, aber ich versichere Ihnen, dass sie sehr gut ist. Außerdem kennt sie das Stück auswendig.«

»Eine Laiin? Ich denke nicht, dass das eine gute Idee ist.«

»Haben Sie eine bessere? Warum lassen Sie sie nicht einfach vorsprechen und überzeugen sich selbst davon? Das Stück absagen und das Geld der verkauften Tickets zurückzahlen, können Sie dann immer noch.«

Die Erwähnung der Finanzen war das ausschlaggebende Argument. Der Direktor ließ tatsächlich nach Anthea schicken, die kurz darauf mit vor Aufregung geweiteten Augen erschien.

Während sie trotz ihres offensichtlichen Lampenfiebers erstaunlich textsicher ihren Part vortrug und mit Guy Lovells Ersatz auf der ansonsten leeren Bühne eine halbwegs professionelle Figur abgab, stellte sich Emma neben Warwick, der seiner Frau bewegt zusah.

»Sie ist gut«, erklärte sie.

»Nicht wahr?« Er schien vor Stolz beinahe zu vibrieren. »Was denkst du, was Mister Sherman sagen wird?«

Sie beobachtete den Direktor, der sich zunächst im Hintergrund gehalten hatte, doch weiter nach vorne kam, je länger Anthea sprach. Er begann, ihre Aussprache an mehreren Stellen zu korrigieren.

»Ich denke, er wird es riskieren«, erwiderte Emma zuversichtlich.

»Das wäre so wunderbar.« Warwick reagierte hocherfreut. »Dann hätte Lord Fudges Aktion doch noch etwas Positives bewirkt.« Er blickte wieder voller Stolz zu seiner Frau.

»Was hat Ambrose mit dem Ganzen zu tun?«, wollte Emma irritiert wissen.

»Oh, weißt du das nicht?« Warwick sah verlegen aus.

»Was sollte ich wissen?« Emma blickte ihn herausfordernd an.

»Er ist wieder in London.«

Die Nachricht versetzte ihr einen Stich. Er war in der Stadt und hatte es sie nicht wissen lassen. Weshalb hätte er das auch tun sollen, sagte sie sich.

»Aber was hat er mit der Aufführung zu tun?«, hakte sie nach.

»Er hat es mit guter Absicht getan, vergiss das nicht«, sagte Warwick ausweichend.

»Was hat er getan?«

»Du hast mir und Anthea neulich anvertraut, dass Guy Lovell in der Nacht über dich hergefallen ist.«

Emma nickte mit ungutem Gefühl.

»Nun ja«, fuhr Warwick fort. »Als Lord Fudge uns gestern besucht hat, habe ich ihm davon erzählt.«

»Und dann?«

»Hat er diesen Mistkerl zum Duell gefordert. Und der hat sich aus dem Staub gemacht, so schnell er konnte«, klärte Warwick sie auf.

Emma wurde wütend auf Ambrose und darauf, was er sich anmaßte. Er war keineswegs der Beschützer ihrer Ehre oder was auch immer er geglaubt hatte, auf diese Art und Weise verteidigen zu müssen. Vor allem hatte er mehr Glück als Verstand gehabt, dass Guy Lovell abgehauen war. Emma fürchtete keineswegs um Ambroses Leben. Im Gegenteil. Bei einem Duell wäre er es vermutlich gewesen, der den Schauspieler niedergeschossen hätte. Und sich anschließend dafür vor Gericht hätte verantworten müssen.

Kurz nach dem Öffnen der Türen um halb sechs am Abend, eine ganze Stunde vor dem Beginn der Aufführung, drängten sich die Zuschauer im Theater. Es war noch nicht allzu viel Zeit seit dem Skandal um Lord Fudge vergangen, so dass man große Hoffnung auf das Stück seiner Frau setzte. Man ging allgemein davon aus, dass es reichlich neue Nahrung für Klatsch liefern würde.

»Du schaffst das«, versicherte Emma der völlig aufgelösten Anthea. Sie hielt deren schwitzige Hände in den ihren. Warwick kam an und half seiner schwangeren Frau in ein Kostüm, das er auf die Schnelle geändert hatte. Während Anthea fertig gemacht wurde, ging Emma auf die Bühne und lugte durch den Spalt des Vorhangs. Ihre Augen wanderten über die Menschen in den Logen, die bereits auf ihren Plätzen saßen. Zwar hatte sie es beinahe erwartet, doch ihr Herz setzte dennoch einen kurzen Augenblick aus, als sie Ambrose erkannte.

Ihr neues Stück hatte mehr als nur einige Ähnlichkeiten mit ihrer gemeinsamen Geschichte. Die weibliche Hauptfigur musste am Ende zwischen zwei Männern wählen. Mister Dodger war an Mister Livingston angelehnt, allerdings an eine Version von ihm, die es liebte, über Literatur zu reden. Lord Crook ähnelte Ambrose, und das nicht gerade auf besonders schmeichelhafte Art und Weise. Aber es war längst zu spät, um noch Änderungen vorzunehmen.

Der Vorhang ging unwiderruflich auf.

Zu Beginn war Anthea ruhelos und verhaspelte sich bereits, so dass Emma einspringen musste. Doch schon in der vierten Szene hatte die unerfahrene Schauspielerin ihre Sicherheit auf der Bühne gefunden.

»Es ist eine wunderbare Idee, Mister Dodger, eine Lesung zu veranstalten. Ein Gentleman wie Sie hat schließlich die gesellschaftliche Verpflichtung, seine Nachbarschaft zu unterhalten«, sagte Anthea.

Nun trat der zweite Schauspieler nach vorne und schlug dabei den schwarzen Umhang zurück, den er trug. »Ich weiß auch schon, was ich lesen werde. Shakespeare.«

»Eine gute Entscheidung«, erwiderte Anthea. »Aber sollte nicht Mister Dodger die erste Wahl haben, Lord Crook?«

Doch der Lord überging ihren Einwand und fing an, mit großen, komischen Gesten aus einem Buch vorzutragen.

Wie erhofft lachte das Publikum über den eitlen Lord Crook und seine übertriebenen Handbewegungen.

»Das steht so gar nicht im Buch«, wandte Anthea in ihrer Rolle ein.

Lord Crook wickelte sich in seinen Umhang ein. »Das stimmt«, erwiderte er. »Es sollte aber so dastehen. Denn meine Version ist viel besser als die von diesem alten Shakespeare.«

Wieder lachte das Publikum.

»Das finden Sie«, protestierte Anthea. »Ich glaube nicht, dass der Verfasser des Stücks das genauso sieht.«

»Da der Verfasser unter der Erde von Würmern aufgefressen wurde, gebe ich mehr auf meine Meinung als auf seine«, entschied Lord Crook.

Die Zuschauer johlten, als er abging.

Emma war froh, dass der dicke Vorhang sie von Ambrose trennte. Es würde einem Wunder gleichkommen, wenn er sich nicht in Lord Crook wiedererkannt hatte. Sie konnte nur auf die nächste Szene hoffen, in der er ein wenig liebenswerter gezeigt wurde.

Das Publikum klatschte noch immer. Laute Rufe forderten eine Wiederholung. Immer mehr Zuschauer stimmten ein. Anthea und die Darsteller von Mister Dodger und Lord Crook blickten zu Mister Sherman, der die Premiere von der Seite aus verfolgte. Mit hektischen Handbewegungen gab er den Schauspielern zu verstehen, dass sie dem Wunsch des Publikums nachkommen sollten. Nun wurde die Szene wieder von vorne begonnen. Diesmal setzte der Schauspieler, der Lord Crook spielte, noch einen drauf und stolzierte wie ein Gockel über die Bühne, während er vorlas, was Shakespeare besser hätte schreiben sollen.

»Das steht so gar nicht im Buch«, wandte Anthea zum zweiten Mal an diesem Abend ein.

Lord Crook verhedderte sich in seinem Umhang und geriet ins Straucheln. Das Publikum hielt es für absichtliche Komik und goutierte diese mit brüllendem Gelächter.

Obwohl sie hinter dem Vorhang verborgen war, fühlte Emma Scham darüber, dass Ambrose zum Zeugen wurde, wie seine Person derart ins Lächerliche gezogen wurde. Und das nun schon zum zweiten Mal.

Erst als die Szene vorbei war, wagte es Emma, durch einen Spalt wieder ins Publikum zu blicken. Ambrose saß aufrecht in der Loge. Seine Miene war regungslos.

Emmas flaues Gefühl im Magen legte sich, je weiter das Stück voranschritt und je sicherer sie sich sein konnte, dass das Publikum sich von dem gebotenen Spektakel bestens unterhalten fühlte. Doch als die vorletzte Szene beendet wurde, krampfte sich alles in ihr zusammen. Für einen Augenblick blieb die Bühne leer. Die Zuschauer fingen an, unruhig zu tuscheln, und jemand rief: »Kommt da noch was?«

Da trat der Direktor auf die Bühne.

»Guten Abend, verehrtes Publikum«, sagte er. »Ich bin Mister Sherman, der Direktor dieses exzellenten Hauses. Sie werden über meine Anwesenheit auf dieser Bühne sicherlich verwundert sein.«

Emma schloss die Augen. Sie konnte nur hoffen, dass

der ungewöhnliche Entschluss, den sie für das Ende ihres Stückes getroffen hatte, beim Publikum ankommen würde. Innerlich wappnete sie sich für Buhrufe und sogar für Gemüse, das auf die Bühne geschleudert würde. Noch blieben die Zuschauer ungewöhnlich still und warteten darauf, dass Mister Sherman weitersprach.

»Ich bin hier, weil mir eine ehrenvolle Aufgabe zukommt. Wie Sie sicher alle wissen, wurde dieses Stück von Lady Fudge geschrieben«, fuhr er fort.

»Lady Crook!«, brüllte eine Frau, und Gelächter war die Antwort.

»Die Autorin konnte sich einfach nicht für ein Ende der Geschichte entscheiden«, erklärte der Direktor. »Sie ist ja keine Schicksalsgöttin. Deshalb obliegt mir heute Abend die Aufgabe, Sie, hochverehrtes Publikum, darüber abstimmen zu lassen, mit welchem Mann unsere Heldin für den Rest ihres Lebens glücklich wird. Sie … und Sie … und Sie«, er deutete mit ausgestrecktem Arm mal hierhin, mal dorthin, »haben beide Männer erlebt, die um die Dame werben, haben alles an Für und Wider erfahren. Jetzt liegt es an Ihnen, Schicksalsgötter zu spielen. Durch Klatschen können Sie sich für einen der beiden Gentlemen entscheiden, und wir müssen uns dem Urteil beugen. Also, Sie haben die Wahl.« Er machte eine Kunstpause, in der jemand »Lord Crook!« dazwischenrief, andere brachten ihn aber zum Schweigen.

»Wer ist dafür, dass unsere liebreizende Heldin mit Lord Crook bis ans Ende ihrer Tage glücklich wird?«

Ein paar Gestalten setzten an zu applaudieren, doch wütendes Raunen brachte sie zum Verstummen.

»Ah«, sagte Mister Sherman, »ich sehe schon, Sie haben einen klaren Favoriten. Wer von Ihnen ist also dafür, dass die Heldin mit Mister Dodger glücklich wird?«

Lautes Klatschen war die Antwort. Emma blickte aus ihrem Versteck heraus zu Ambroses Loge. Er hatte sich nicht gerührt. Es tat ihr weh, ihn so steif dasitzen zu sehen, denn sie war sicher, dass ihn die Ablehnung des Publikums treffen musste. Und dass er glauben würde, auch sie empfinde ihm gegenüber so.

»Sie haben entschieden, meine Damen und Herren. Daher gebe ich nun die Bühne frei für die letzte Szene, die Liebeserklärung von Mister Dodger an unsere Heldin.«

Mit eiligen Schritten verließ er die Bühne. Anthea und der Schauspieler des Mister Dodger traten an seiner Stelle auf. Sie versicherten sich ihrer tiefen Zuneigung und Liebe zueinander, dann fielen sie einander in die Arme.

Als Emma abermals zur Loge von Ambrose sah, war diese leer.

Kapitel 29

»Ambrose«, versuchte Emma, ihn zurückzuhalten. Er blieb in der Eingangshalle stehen, drehte sich um und sah sie abwartend an.

»Das im Stück, das bist nicht du. Es ist alles nur überspitzt dargestellt«, erklärte sie schuldbewusst.

Er blickte sie abweisend an.

»Bitte«, bat sie atemlos, »sag etwas.«

»Das alles mag überspitzt sein, gewiss, aber ich habe trotzdem verstanden, dass ich in deinen Augen nur ein selbstverliebter Geck bin. Und du hast ja recht, ich bin es auch.«

»Nein, das ist nicht wahr. Nicht immer, nicht wirklich.«

»Emma«, seine Stimme bebte, während er ihren Namen aussprach, »alle Welt weiß, dass ich Lord Crook bin. Und dass das Stück aus deiner Feder stammt.«

»Es ist doch nur ein Theaterstück«, verteidigte sie sich. »So habe ich dich vielleicht am Anfang gesehen, jetzt sehe ich, dass du so viel mehr bist. Lass mich dir erklären …«

»Ich denke, es ist alles gesagt.« Er verbeugte sich knapp und ging.

»Was wird nun aus uns?«, rief sie ihm nach.

Er blieb wieder stehen. Als er sich umdrehte, wirkte er unnahbar.

»Was schon? Es gibt keinen Grund mehr für unser … Geschäft. Ich nehme an, du wirst bald auch im richtigen Leben deinen Mister Dodger finden.«

Erschrocken sah sie ihn an. »Das heißt …«, sie musste ihre Stimme dazu zwingen, nicht zu zittern, »wir lassen uns scheiden?«

»Das heißt es wohl«, sagte er. »Ich werde alles dafür in die Wege leiten.«

Getroffen blickte sie in sein Gesicht, das wie aus Stein gemeißelt schien. Wie leicht das alles für ihn war.

»Dann bist du endlich frei für eine neue Frau«, sagte sie verletzt. »Sicher findest du eine reiche Kandidatin.«

Sie wandte sich ab und ließ ihn stehen. Ihr Herz schlug bis zum Hals, und Tränen sammelten sich in ihren Augen, aber sie drehte sich nicht noch einmal um.

Mit geschwollenen Augen betrat Emma am Tag nach der Premiere das Theater. Sie gähnte, als sie an der offenen Tür zum Grünen Salon vorbeilief.

»Lady Fudge«, rief Alice Drew. »Das müssen Sie sich anhören.«

Zögernd betrat Emma den Raum, in dem Anthea,

Warwick, die männlichen Hauptrollen ihres neuen Stückes und andere Schauspielerinnen und Schauspieler um den Direktor versammelt standen.

»Die Vorstellung heute Abend ist schon restlos ausverkauft«, flüsterte Mrs Drew und drückte Emmas Hand. Anthea lächelte ihr von der anderen Seite des Raumes aus zu.

Mister Sherman blickte von der Zeitschrift auf, aus der er gerade vorgelesen hatte.

»Ah, Sie sind da. Dann fange ich noch mal an. ›Der gestrige Abend in der Drury Lane war voller Überraschungen. Viel Aufmerksamkeit lag auf der Premiere des Stückes aus der Feder von Lady Fudge. Pure Neugier drängte das elegante Publikum ins Theater, und es wurde nicht enttäuscht. Die bislang unbekannte Mrs Freeman wird nach ihrem ersten Auftritt auf einer Bühne der Metropole gewiss nicht mehr lange unbeachtet bleiben. Sie wurde mit Applaus gefeiert.‹«

Emma blickte zu Warwick, der Anthea umarmte und sie auf die Stirn küsste.

»›Besonders interessiert war das Publikum an der Frage, was an dem Gerücht stimmt, dass die Charaktere nicht in Gänze erfunden sind, sondern Paten im wirklichen Leben haben. Was die Aufführung am Ende jedoch zu einem triumphalen Erfolg machte, war der originelle Einfall der Autorin, den Zuschauern Einfluss auf das Geschehen zu geben.‹«

Alle Anwesenden sahen nun Emma an. Sie spürte, wie

sich das Gefühl von Glück in ihr ausbreitete. Ihr Traum, eine anerkannte Theaterautorin zu werden, hatte sich endlich erfüllt.

Dennoch flatterten ihre Nerven vor der zweiten Aufführung nicht weniger als vor der ersten. Sie fürchtete, die Premiere könne eine Ausnahme gewesen sein und das Publikum an diesem Abend würde ganz anders reagieren.

Als am Ende die Wahl der Zuschauer anstand, entschieden sich auch diese wieder eindeutig für Mister Dodger und gegen Lord Crook. Und Emma redete sich ein, dass dies tatsächlich der beste Ausgang war.

Während das Publikum lautstark applaudierte, forderten einzelne Stimmen, die Autorin zu sehen. Mister Sherman holte Emma auf die Bühne, obwohl sie sich sträubte. Verlegen knickste sie, brachte kein Wort hervor und nutzte die erste Gelegenheit, wieder hinter dem Vorhang zu verschwinden. Sie war einfach nicht für öffentliche Auftritte geschaffen.

Nach der erfolgreichen zweiten Aufführung waren die Schauspieler deutlich gelöster als nach der Premiere. Emma stieß mit ihnen an, dann verabschiedete sie sich, um Schlaf nachzuholen. Als sie aus dem Hintereingang trat, wurde sie von einer Frau angesprochen.

»Sind Sie es wirklich?«

Emma musterte die Frau, konnte sie jedoch nicht einordnen.

»Sie sind doch Miss Smart«, sagte diese. »Oder Sie waren es zumindest mal, nicht wahr?«

»Ja.« Mit gerunzelter Stirn suchte Emma in ihrem Gedächtnis.

»Miss Hannah Byrd. Wir haben uns bei der Arbeitsvermittlerin kennengelernt, wissen Sie nicht mehr?«

Endlich erkannte Emma die Frau wieder. »Natürlich! Miss Byrd.«

»Ich dachte, Sie werden Gesellschafterin wie ich«, fuhr die Frau aufgeregt fort. »Stattdessen sind Sie Theaterautorin geworden. Oh, Miss Smart – Verzeihung, ich meine Lady Fudge –, ich bin so stolz auf Sie!«

Angesichts ihrer Begeisterung musste Emma breit lächeln. »Und wie geht es Ihnen?«

»Ach, ich bin bei einer launischen Lady in Stellung, aber das bin ich ja gewohnt. Wissen Sie, Miss Fudge, ich meine, Lady …«

Emma winkte ab. »Nennen Sie mich Emma.«

»Das kann ich nicht tun. Sie sind mein großes Vorbild. Wenn es eine von uns schafft, dann können wir es alle schaffen, eines Tages etwas aus uns zu machen.« Miss Byrd strahlte sie an.

»Das ist das schönste Kompliment, das ich mir vorstellen kann«, gab Emma mit dem wärmenden Gefühl von Stolz zu.

Bereits seit einer Woche war das Stück restlos ausverkauft. An diesem Abend trat Mister Sherman auf die Bühne und hielt routiniert seine Ansprache an das Publikum. Wieder stellte er die Zuschauer vor die Wahl. Emma erwartete, dass quer durch den Saal drei oder vier Scherzbolde für Lord Crook klatschen würden, so wie es jeden Abend zuvor gewesen war, dass der absolut größte Teil des Publikums jedoch für Mister Dodger stimmen würde. Dieses Mal aber fing bei der Abstimmung für Lord Crook auf den billigen Plätzen ganz vorne an der Bühne eine große Gruppe junger Männer an zu klatschen, zu grölen und ihre Hüte in die Luft zu werfen und hörte gar nicht mehr damit auf. Andere schlossen sich ihnen amüsiert an. Sie waren so laut und so penetrant, dass es gar nicht mehr zur Abstimmung über Mister Dodger kam. Emma fragte sich für einen Moment, ob sie in Bezug auf Ambrose nicht eine völlig falsche Entscheidung getroffen hatte.

Hinter dem Vorhang machte sich Verwirrung breit. Als Mister Sherman nach hinten trat, obwohl die Männer draußen noch immer mit ihrem Spektakel weitermachten, wurde er von Anthea und den anderen Schauspielern umringt.

»Was sollen wir tun?«, fragte der Darsteller des Mister Dodger ein wenig eingeschüchtert. »Nicht dass es zu Ausschreitungen kommt.«

»Ach was«, wiegelte der Direktor ab, »vermutlich will das Publikum auch mal das andere Ende sehen. Aus reiner Neugier. Geben wir ihm einfach, was es verlangt.«

Doch so einfach war es nicht. Da sie seit einer Woche das alternative Ende nicht einmal aufgeführt hatten, wurde Anthea unsicher und verhaspelte sich mit ihren Sätzen. Während sie die Liebesschwüre an Lord Crook vortrug, musste Emma ihr mehrmals vorsagen.

»Sie sind so anders als die anderen Gentlemen. Ich habe zu Beginn hart über sie geurteilt. Habe in Ihnen nur den leichtsinnigen Lebemann gesehen, der …« Anthea stockte.

»Gefühle und Vergnügungen«, rief Emma ihr die entscheidenden Stichworte zu.

»Der Gefühlen aus dem Weg geht, weil sie ihn in seinen Vergnügungen stören«, redete Anthea weiter. »Aber jetzt weiß ich, dass Sie auch ganz andere Seiten haben, Lord Crook. Seiten, die ich zu lieben gelernt habe. Ich habe gelernt, Sie zu lieben.«

Endlich kam es zu der finalen Umarmung auf der Bühne. Emma blickte mit Wehmut zu dem Liebespaar.

Als das Publikum tumultartig zu klatschen anfing, sah sie hinter dem Vorhang hervor in den Zuschauersaal. Und bemerkte zu ihrer völligen Überraschung Ambrose, der mitten zwischen den Klatschenden stand. Verwirrt zog sie sich zurück.

Nach der Vorstellung sprachen alle aufgeregt über die neue Wendung und wieso diese derart frenetisch gefeiert worden war. Emma war noch benommen von den

Ereignissen, als sie in den Grünen Salon kam, um mit Mister Sherman zu reden. Der Erste, den sie sah, war Ambrose. Er verbeugte sich und überreichte ihr einen Strauß Rosen. Hinter ihm standen die Schauspielerinnen und sahen Emma neidvoll an. Sie erinnerte sich an ihre allererste Begegnung, als Ambrose als Verehrer Miss Honeyfields ebenfalls mit Blumen in ebendiesem Raum gestanden hatte. So viel war seitdem passiert.

»Du steckst hinter dem Ende«, stellte Emma nüchtern fest.

Er lächelte zufrieden. »Ich wollte dir sagen, dass ich mich gegen eine Scheidung entschieden habe.«

Verblüfft sah sie ihn an. »Wie? Warum?«

Verlegen blickte er sich um und sprach leiser. »Ich war gekränkt und etwas vorschnell, denn ich habe entdeckt, dass ich Gefühle für dich habe.«

War dies nicht das, was sie sich heimlich seit ihrer gemeinsamen Nacht auf Taunton Hall sehnsüchtig gewünscht hatte? Warum spürte sie dann diesen Ärger in sich aufsteigen?

»Unsinn«, platzte es aus ihr heraus.

Er blickte sie verdattert an, öffnete den Mund, schloss ihn aber sogleich wieder. Sie fühlte eine gehörige Portion Wut in sich. Seit ihrer gemeinsamen Nacht waren Wochen vergangen, in denen sie sich nach ihm verzehrt hatte, während er sich mit Frauen wie dieser Rosella vergnügte.

»Das einzige Gefühl, das du hast«, brauste Emma auf,

»ist gekränkte Eitelkeit. Du hast es doch nur nicht ausgehalten, dass sich das Publikum gegen dich entschieden hat.«

»Aber …«, stammelte er und sah sich hastig um, »das ist nicht wahr. Können wir nicht in Ruhe darüber reden?«

Sie blickte sich um und sah in Gesichter, die begierig ihrer Unterhaltung lauschten. Wer wusste schon, mit wie vielen der Schauspielerinnen, die ihm im Salon Blicke zuwarfen, er noch Affären unterhalten hatte.

»Raus!«, brüllte Emma. »Alle raus!«

Sie war erstaunt, als die Leute ihr wirklich Folge leisteten. Als alle draußen waren, schloss sie die Tür. Sie war jetzt allein mit Ambrose. Die Wut, die sie eben gepackt hatte, war etwas abgeklungen und hatte Platz für Traurigkeit gemacht.

»Was hast du denn gedacht«, fragte sie, »bevor du die Männer bezahlt hast, damit sie für dich klatschen? Dass du nur mit dem Finger zu schnippen brauchst, und ich liege dir zu Füßen?«

Sie sah seiner ertappten Miene an, dass er tatsächlich etwas in dieser Art erwartet hatte.

»Offenbar ist für dich alles nur ein Geschäft. Auch die Liebe.«

»Das ist nicht wahr.«

»Aber es geht dir nur um dich. Immer nur um deine Bedürfnisse, wie auch immer die gerade sein mögen. Du hast eine Nacht mit mir verbracht und bist danach einfach abgehauen«, stellte sie klar. »Du wolltest eine Reise antreten und hast es doch nicht getan. Vor einer Woche noch hast du mir vorgeworfen, dich öffentlich bloßzustellen, und die Scheidung verlangt. Jetzt willst du eine Ehe aufrechterhalten, die für dich nie etwas anderes als Mittel zum Zweck war. Was du willst, ändert sich ständig. Und es spielt offenbar überhaupt keine Rolle, was ich will oder für dich empfinde.«

»Ich dachte …« Er brach überfordert ab.

»Es ist mir egal, was du denkst. Oder deine bezahlten Fürsprecher. Für mich zählt nur, dass ich deinen Beteuerungen einfach keinen Glauben schenken kann.«

Damit öffnete sie die Tür und ließ ihn zurück. Auf dem Flur drängten sich die Mitarbeiter des Theaters, die darauf gehofft hatten, noch den ein oder anderen Fetzen ihres Streites mitzubekommen.

Emma saß in ihrem Apartment und schrieb an ihrem Stück, als das Dienstmädchen klopfte und Besuch ankündigte. Es war Anthea, die nicht nur von dem Eklat im Theater gehört hatte, sondern eine Zeitschrift mitbrachte, in der der Skandal ausgeschmückt wurde.

Nachdem Emma gelesen hatte, dass Lord Fudge nach seiner sensationellen Liebeserklärung für seine Frau im Theater von dieser einen Korb bekommen hatte, seufzte sie auf.

»Die haben doch nur auf den kleinsten Anlass gewartet, um so etwas zu behaupten«, versuchte Anthea zu trösten.

»Ich habe mir schon gedacht, dass so etwas passieren wird«, erwiderte Emma.

»Und was willst du nun machen?«, fragte Anthea.

Sie reichte der Freundin das Papier, auf dem sie geschrieben hatte. »Es wird ein neues Ende geben«, erklärte sie.

Kapitel 30

Nachdem Anthea das neue Ende gelesen hatte, sah sie auf und lächelte.

»Wie bist du darauf gekommen?«, fragte sie.

»Durch eine Frau, die ich so leicht hätte sein können«, erwiderte Emma in Gedanken an Miss Hannah Byrd.

»Ich bin stolz, dass ich dies vortragen darf«, erklärte Anthea bewegt. »Und ich bin dir von Herzen für die Chance dankbar, die du mir gegeben hast, Emma. Ich liebe das Theater und will so lange auf der Bühne stehen, wie es möglich ist.«

Liebevoll streichelte sie den sich rundenden Bauch. »Ich würde gerne zurückkehren, sobald das geht. Warwick wird mich dabei unterstützen.«

»Das freut mich so sehr«, erklärte Emma bewegt. »Übrigens schreibe ich schon an einem neuen Stück. Darin wird es eine Rolle geben, die dir auf den Leib geschnitten sein wird. Auf den nicht schwangeren Leib, meine ich.«

Anthea drückte sie fest.

Skandal war die beste Werbung, das zeigte sich auch an diesem Abend wieder. Das zahlreiche Publikum fieberte merkbar dem Ende entgegen, wenn es die Macht bekommen würde, darüber abzustimmen, welchen Mann die Hauptfigur bekommen sollte. Doch dieses Mal trat nicht etwa der Direktor auf die Bühne, sondern Emma.

»Verehrtes Publikum.« Ihre Stimme versagte, als sie in die Menge an Gesichtern blickte, die sie erwartungsvoll anstarrten. Im Saal war es still geworden. Sie versuchte, ihre Augen auf einen Punkt am Boden zu richten. Mit einem Mal hatte sie Ambroses Stimme im Ohr, wie er sie auf der Bühne in Seymore House aufforderte, sich ganz auf ihn zu konzentrieren.

»Sie haben sicher erwartet, Mister Sherman an meiner Stelle zu sehen«, fuhr sie unsicher fort. »Ich bin die Autorin dieses Stücks und …«

Weiter kam sie nicht. »Lady Crook«-Rufe wechselten sich mit »Lady Fudge«-Sprechchören ab. Emma wartete eine Weile, dann verschaffte sie sich wieder Gehör.

»Wie auch immer Sie mich bezeichnen, ob als Miss Smart, Mrs Beauchamp oder Lady Fudge, ich bin und bleibe immer noch ich und damit die Autorin dieses Stücks. Und als solche habe ich mich endgültig für ein Ende entschieden.«

»Nimm den Dodger!«, schrie eine Frau.

»Nein, den Lord!«, widersprach eine andere.

»Wie ich mich entscheide, werden Sie gleich hier auf der Bühne sehen können«, erklärte Emma mit fester werdender Stimme. »Ich weiß, Sie wünschen sich ein glückliches Ende, und ich verspreche Ihnen, das wird es geben. Aber vorab möchte ich noch etwas sagen. Helden auf der Bühne retten die Heldinnen aus Türmen, duellieren sich mit Schurken und kämpfen gegen Ungeheuer, aber sie haben nichts mit dem wahren Leben zu tun. Um Helden zu sein, müssen sie überzeichnete Figuren bleiben.«

Emma blickte zu Anthea, die sich neben Warwick hinter dem Vorhang verborgen hielt.

»Im echten Leben kämpfen wahre Helden höchstens gegen die eigenen Dämonen, aber vor allem helfen sie der Heldin dabei, sich selbst zu retten.«

Wieder musste sie an Ambrose denken. Dann überließ sie Anthea die Bühne, die Darsteller von Mister Dodger und Lord Crook folgten ihr. Beide gingen vor Anthea auf die Knie.

»Ich verehre Sie«, deklamierte Dodger.

»Ich verspreche Ihnen, Sie auf Händen zu tragen«, warf sich der Lord in die Brust.

»Danke«, erwiderte Anthea in ihrer Rolle. »Aber ich denke, es ist nicht gerecht, dass wir Frauen darauf warten müssen, bis sich ein Mann unserer erbarmt und uns sein Herz schenkt oder wenigstens das, was er dafür hält.«

Ein Raunen ging durchs Publikum.

»Selbst wenn ein Mister Dodger und ein Lord Crook gleichzeitig um unsere Hand anhalten, haben wir keine richtige Wahl. Denn wenn wir die hätten, könnten wir selbst darüber entscheiden, wen wir uns an unserer Seite wünschen, anstatt darauf zu warten, dass ein Mann auf uns aufmerksam wird.«

Anthea machte eine Pause und blickte in den Zuschauersaal. »Nein, ich möchte nicht warten, bis sich ein Mann meiner erbarmt. Ich möchte mich selbst entscheiden. Und wenn ich mich entscheide, dann für einen Mann, der mir dabei hilft, ich selbst zu sein.«

Damit fiel der Vorhang.

Die Zuschauer waren mucksmäuschenstill. Auf der Bühne hielten alle den Atem an. Draußen begannen die Leute zu raunen, bis ihre ungehaltenen Fragen immer lauter wurden:

»Was soll denn das?«

Dann fing ein Einzelner an zu klatschen. Emma linste gespannt in den Zuschauersaal. Es war Ambrose.

Sie rannte durch die Gänge des Theaters. Ihr Herz schlug so laut, dass es den Applaus des Publikums übertönte. Ein Teil in ihr stellte mit Erleichterung fest, dass die Neuerung des Endes nach der ersten Konfusion offensichtlich doch noch goutiert wurde. Aber dem weitaus größeren Teil in ihr war es völlig egal. Sie wollte zu Ambrose. Sein Klatschen für ihre Deklaration am Ende hatte ihr gezeigt, dass ihre Vorwürfe an ihn unfair waren. Oder zumindest nicht in dem Maße zutrafen, wie sie es ihm unterstellt hatte. Wenn er eines in der ganzen Zeit, seit sie ihn kannte, konsequent getan hatte, war es, sie dabei zu unterstützen, ihren Traum vom eigenen aufgeführten Theaterstück in die Tat umzusetzen.

Sie riss die Tür zu einer Loge auf. Eine Gruppe von

elegant gekleideten Damen und Gentlemen drehte sich erstaunt um. Emma ließ die Tür wieder zufallen.

»Wo sitzt Lord Fudge?«, herrschte sie den Pagen an, der auf sie zukam. Er öffnete eine andere Tür. Emma trat hindurch. Vor ihr saß tatsächlich Ambrose, der sich zu ihr umwandte.

»Emma.« Er stand auf. Sie sah ihn an. Er öffnete den Mund, doch sie brachte ihn zum Schweigen.

»Nein, hör mir erst zu, Ambrose. Ich habe dich als Schurken gezeichnet, weil ich verletzt davon war, dass du mich nach unserer Nacht ohne ein Wort verlassen hast. Dass du danach getan hast, als wäre alles zwischen uns immer bloß ein Geschäft gewesen. Und dass du nur betrunken deine Gefühle offenbaren konntest. Aber …« Ihr Mund wurde trocken. »Ich war zu hart in meinem Urteil. Viel zu hart. Du warst eine Herausforderung, das stimmt, aber du hast mir dabei geholfen, mein erstes Theaterstück umzuschreiben. Du hast mich dazu gebracht, mich meinen Gefühlen zu stellen, damit mein Schreiben emotionaler wird. Und auch wenn es mir schwerfällt, das zuzugeben, es ist dadurch tatsächlich so viel besser geworden.«

Er blinzelte, wagte jedoch nichts zu sagen. Sie musste über seine augenscheinliche Unsicherheit lächeln.

»Du bist und bleibst eine Herausforderung«, erklärte sie. »Meine Herausforderung. Ich liebe sie, und ich liebe dich. Höchst sehnsüchtig.«

Ambrose blies die Backen auf, dann stieß er die Stühle

in der Loge zur Seite. Im nächsten Augenblick war er bei Emma und schloss sie in seine Arme.

»Und du, du bist meine Herausforderung. Du peinigst mich, lachst über mich und streitest mit mir.« Er schluckte, bevor er weiterreden konnte. »Oh, wie ich dich liebe.«

So, wie sich Emma nicht mit einem Ende begnügen konnte, kann sich auch die Autorin dieses Buches nicht damit abfinden, die Geschichte mit dieser Szene zu beenden. Wer genug von romantischen Offenbarungen hat, den bitte ich darum, das Buch zuzuklappen und sein Seelenheil im wahren Leben zu finden. Wer aber wie die Verfasserin dieser Zeilen nicht so einfach von den Hauptfiguren lassen kann, möge ein letztes Mal umblättern.

Emma schlug die Augen auf und schmiegte sich an den vom Schlaf erhitzten Körper des Mannes, der neben ihr lag. Ihre Lippen küssten die Haut seines Oberarms, ihre Zunge fuhr über das Schulterblatt zu seiner nackten Brust. Er schmeckte salzig nach dem Schweiß der Nacht. Mit dem Finger streichelte sie über seine Brustwarzen, als er nach ihrem Handgelenk griff und sie näher an sich zog.

»Du bist wach«, murmelte sie an seinen Hals gepresst und sog seinen Duft ein. Anstelle einer Antwort drängte er sich ihr entgegen.

»Ich muss schreiben«, protestierte sie, aber sie hörte selbst, wie schwach dies klang. Er ging auch gar nicht erst darauf ein, sondern widmete sich mit den Fingerspitzen jedem Zentimeter ihres Rückens, bis er an den Seiten angelangt war und weiter nach vorne zu ihren Brüsten wanderte. Sie stemmte sich von seinem Oberkörper hoch und warf den Kopf in den Nacken. Jede erneute Aufführung dieser Szene ihrer Ehe fühlte sich so aufregend an, wie es die Premiere gewesen war.

Nass geschwitzt löste sich Emma von ihm und griff nach Feder, Tinte und Papier, die neben dem Bett lagen.

Mit dem Kissen als Polsterung fing sie an, weiter an ihrem neuen Stück zu schreiben. Ambrose stand auf, um das Fenster zu öffnen. Für einen Augenblick war sie abgelenkt, betrachtete voller gesättigter Liebe seinen nackten Körper, bis er sich zurück ins Bett legte, um an seinen Schilderungen ihrer gemeinsamen Reise zu arbeiten. Kalte Dezemberluft drang ins Zimmer. Draußen ragten die grasbewachsenen Hügel der Highlands vor einem leuchtend blauen Himmel auf. Malerisch wie eine Theaterkulisse lag die schottische Landschaft im Licht der Morgensonne.

Mein A–Z des Dankes

A für *Andrea Wildgruber*, Agentin, weil sie es möglich gemacht hat, dass die Ladys von Somerset das Licht der Bücherwelt erblickten.

&

Alessandra Reeves, Kulturvermittlerin, die mich in die Geheimnisse der Regency-Mode eingeweiht und vergeblich versucht hat, für mich ihre Ballschuhe zum Quietschen zu bringen.

B für *Beate Sauer*, die nicht nur meine Leidenschaft für das Schreiben, Bücher und Fernsehserien teilt, sondern mir auch geholfen hat, den Geschichtskern zum Keimen zu bringen.

&

Brigitte Glaser, deren Freundschaft mich immer wieder aufbaut.

C für *Constanze Bichlmaier*, Lektorin, deren intensive Textarbeit von unschätzbarem Wert für mich ist.

F für *Florentina Maurer*, die mir mit professionellen Einflüsterungen geholfen hat, die Aufgaben einer Souffleuse am Theater besser zu verstehen.

J für *Jasna Mittler*, für mittlerweile so viele Jahre wichtigen kollegialen Zuspruch.

&

Julie Hecq, für ihre klugen Anmerkungen zum Manuskript, dank derer etliche Stellen einfach schöner geworden sind.

&

Julia Neumann, die mit den Ladys von Anfang an durch dick und dünn gewandert ist, mir immer wieder geholfen hat und deshalb so viele Versionen der Geschichte gelesen hat, dass sie eigentlich für immer genug davon haben müsste.

K für *Katharina Katzenberger*, für den dramaturgischen Draufblick und den Feinschliff des Anfangs.

L für *Lucca Müller,* die entscheidende kritische Fragen gestellt hat, mithilfe derer ich noch mehr aus dem Text herausholen konnte.

P für *Pamela Heyden*, für ihre wichtigen und klugen Anmerkungen und den ganzen Beistand. Jane Austen Lovers United!

S für *Sabine Leipert*, die langweiligen Szenen einen Push gegeben hat, damit sie zu Lieblingsstellen werden.

&

Sargon Youkhana, für unsere intensiven Gespräche

übers Schreiben, für seine Aufmunterungen und so wichtigen Anmerkungen, die mir geholfen haben, die Zeit besser zu greifen zu bekommen.

Z für *Zusammen*. Zwar verbringt eine Autorin viele, viele Stunden alleine vor dem Bildschirm, doch ohne all diese wunderbaren Menschen wäre es nicht möglich gewesen, das Buch in dieser Form zu schreiben. Ein schlichtes Danke ist dafür eigentlich gar nicht genug.

LESEPROBE

CATHERINE BELL
JANE
AUSTEN
und
die Kunst der Worte
ROMAN
atb

PROLOG

London, 13. November 1815

Der Himmel über dem Hyde Park war rauchumwölkt. Selbst der Reif auf den Zweigen und auf den Dächern, denen sich die Kutsche nun näherte, hatte eine schmutzige Färbung. In Hampshire war der Horizont meist milchig, oft aber auch klar und so licht, dass er in seiner Weite an ein still daliegendes Meer erinnerte. Und so fühlte sich Jane dort auch: ruhig und bereit, ihre Gedanken ungebremst in alle Richtungen schweifen zu lassen.

Befand sie sich hingegen in London, spielte sich das Leben dicht vor ihren Augen ab. Hier gab es keine klare Sicht, überall standen Häuser, Bäume, Kutschen, Menschen. Egal, wo sie war, klopfte ihr Herz schneller. Schließlich gab es in einer großen Stadt wie dieser immer etwas zu tun – ins Theater gehen, auf Partys oder zum Einkaufen.

Die Kutsche rollte auf Piccadilly zu. Die Gehsteige vor ihren Augen füllten sich. Laut schallte das Hämmern der Schmiede aus den Hinterhöfen und wurde untermalt von dem Klappern der Hufe und dem Gebrüll der Brauer, die ihre Gäule durch die engen Gassen trieben.

Janes Nervosität, die den ganzen Morgen über in Wellen herangerollt und wieder abgeebbt war, brandete erneut auf. Ihre Wangen fühlten sich heiß an und sie hatte das Gefühl, dass alles in ihr prickelte wie Champagner. Wenn die Enge des mit Seide und Brokat ausgeschlagenen Landauers ihr den

Platz dazu ließe, würde sie sich mit ihrem Hut Luft zufächern. Natürlich war sie entzückt gewesen, in die Kutsche des Prinzregenten einsteigen zu dürfen, zumal diese über Fenster aus Glas verfügte. Normalerweise sah Jane nach einer Kutschfahrt im Winter so aus: vollgespritzt mit Schneematsch, durchgefroren, hin und wieder hatten sich auf ihren Wimpern sogar feine Eiskristalle gebildet. Nicht so jetzt und hier! Allerdings war ihr die Hitze auch nicht angenehm. Die einzige Hilfe dagegen schien ihr, das Gesicht gegen die Scheibe zu pressen, was aber womöglich Fettflecken darauf hinterließe.

Besser also nicht.

Aufgeregt starrte sie hinaus. Zeitungsjungen priesen die Neuigkeiten aus aller Welt an. Das Rot der Schleife im Schaufenster von Smith & Hanson wirkte gleich noch leuchtender, die glänzenden Stoffe der Kleider bei Mr Vanderbilt luxuriös und weich. So häufig hatte sie sich die Nase an den Schaufenstern der Geschäfte plattgedrückt und nicht genug Geld besessen, sich auch nur hineinzuwagen. Für hübsche Stoffe, eine Köstlichkeit zu essen oder ein Paar exakt solcher Seidenhandschuhe, wie sie sie jetzt in einer Auslage an sich vorbeigleiten sah, hatte Jane seit jeher etwas übrig. Heute könnte sie sogar aussteigen. Ja, wer wollte sie daran hindern, gleich zwei Paar Handschuhe zu kaufen oder fünf Tafeln Schokolade bei Fortnum & Mason für Cass, die ein Leckermäulchen war wie alle Austens?

Niemand. Bis auf die Zeit vielleicht, die drängte. Man konnte nämlich nicht behaupten, der Kutscher habe nicht auf sie warten müssen. Schließlich stellten sich in manchen Lebenslagen ganz neue Fragen. Jene etwa, wie in aller Welt sie in einem weißen Musselinkleid eigentlich eine matschige

Londoner Straße überqueren sollte? Glücklicherweise gab es ja die *Crossing Sweepers.* Gleich, als Jane aus dem Haus ihres Bruders auf die Straße trat, hatte sie einen entdeckt und zu sich gerufen, der den Schnee, vor allem aber den Unrat mit dem Besen zur Seite geschafft hatte. Kein Fleck auf ihrem Rocksaum, stellte sie erleichtert fest, nachdem sie sich zum wiederholten Mal hinabgebeugt hatte. Auch ihre Schuhe schimmerten seidig. Selbstverständlich hatte Jane sie im Innern des Landauers gegen ihre alten Slippers eingetauscht. Zudem trug sie einen Pelzmuff, dessen zarter Veilchenduft die Erinnerung an Eliza wachrief, ihre Cousine und Henrys verstorbene Ehefrau, die ihn ihr vermacht hatte. Des Weiteren Perlen im Haar und ein bisschen Lippenrot.

Nicht überkandidelt, aber dem Anlass doch entsprechend, wie Jane hoffte.

Während sie hinausblickte auf das Leben, das sich vor den Fenstern des Vierspanners abspielte, und einem Jungen in kurzen Hosenbeinen und mit nackten Füßen einen Shilling durch die Tür hinausreichte, kam sie nicht umhin, sich zu wundern. Wie hatte es sie aus einem kleinen, verschlafenen Ort wie Steventon nur hierher verschlagen können? Nach London. In die Kutsche des zukünftigen Königs des Vereinigten Königreichs Großbritannien und Irland.

Sie, eine Pfarrerstochter!

Es war wie in einem schlechten Roman. Allerdings war sie nicht wie von Zauberhand in dieser Kutsche gelandet. Sie hatte auch keinen Prinzen geheiratet. Dass sie hier saß und nervös ihren Hut zerknautschte, hatte sie niemand anderem zu verdanken als sich selbst.

Nun rollten sie durch die St James's Street, wo von Getümmel keine Spur mehr war. Die Häuser strahlten weiß und erhaben vor dem dunkler werdenden Himmel, niemand war auf den Straßen zu sehen, und das Geklapper der Hufe klang hier seltsam hohl. Jetzt war es nicht mehr weit, und Carlton House mit seinem herrschaftlichen Portikus an der Pall Mall würde vor ihr erscheinen.

Es war ein prächtiges Bauwerk, das wusste sie. Dort tauchten schon die Säulen im Dunst auf, die bemützten Soldaten, die Ärmsten, die in Reih und Glied in vollendeter Bewegungslosigkeit dastanden. Mit einem Mal hatte der Himmel eine enorme Weite. Als könnten sie sich von dem Anblick des Palastes nicht losreißen, hingen darüber wie festgezurrt die schweren Wolken. Krähen zogen ihre Kreise. Von ihren Rufen abgesehen war es gespenstisch still.

Vor Jahren hatte ihr jemand erzählt, in Carlton House gebe es einen Raum, der die Größe, aber auch die Form einer Kathedrale habe. Das war eigentümlich, wenn auch nicht weiter verwunderlich. George IV. war eigen. Eigen und … Ach, sie konnte ihn nicht ausstehen, so, bitte sehr. Er war verschwendungssüchtig, untreu, unsympathisch, kurz: niemand, für dessen Audienz sie sich normalerweise begeisterte.

Dann wiederum war er der Prinzregent, und so peinlich es ihr war: Jane freute sich diebisch über die Einladung. Sie war auf zartem Seidenpapier ins Haus geflattert, und Jane, von der so gut wie niemand wusste, dass sie und niemand anderes die Verfasserin so beliebter Romane wie *Stolz und Vorurteil* und *Verstand und Gefühl* war, hatte eine ganze Weile lang ungläubig darauf geguckt.

Auch wenn sie nicht gänzlich überraschend kam. Der Arzt, der in den schlimmen vergangenen Wochen ihren Bruder behandelt hatte, der so krank gewesen war, dass sie um sein Leben fürchtete, hatte Jane eigentümlich intensiv gemustert und eines Nachmittags leise gefragt: »Würden Sie mir die Erlaubnis erteilen, im Palast zu verbreiten, dass Sie sich in London aufhalten, Miss Jane?«

Jane hatte laut aufgelacht und einen Moment lang gewartet, ob er sich für seinen Scherz entschuldigen wollte.

Sie war eine Pfarrerstochter. Aus Steventon, Hampshire. Wer in aller Welt wollte im Palast von ihrem Besuch in London erfahren?

»Gern«, hatte sie schließlich geantwortet und die kommenden Tage über fast nichts anderes nachgedacht. Dann war nichts weiter passiert, und Jane hatte die seltsamen Worte des Arztes zwar nicht vergessen, aber vergessen wollen, und das war ja fast ebenso gut.

Darauf kam der Brief, den sie, wie sie zugeben musste, am liebsten rahmen lassen würde. Und nun fuhr sie auf den Palast des Prinzregenten zu, spürte ihr Herz kräftig pochen und war erleichtert darüber, dass der Prinzregent nicht persönlich bei ihrem Besuch anwesend sein würde.

Wenngleich es natürlich herrlich wäre, beiläufig in ein Gespräch einfließen zu lassen, welche Farbe seine Strümpfe bei ihrem Besuch gehabt hätten …

Die Kutsche wurde langsamer und blieb dann ganz stehen. Ein kurzer, breiter Mann auf stummeligen Beinen setzte sich in Bewegung und eilte auf sie zu.

»Es ist mir eine solche Ehre! James Stanier Clarke, wenn ich mich Ihnen vorstellen dürfte.«

Alles im Gesicht des Bibliothekars strahlte. Auch Jane setzte ihr nonchalantestes Lächeln auf und dann den Hut, den sie jedoch gleich wieder abnahm – in der Kutsche passte er auch jetzt noch nicht auf ihren Kopf.

Eine Treppe wurde bereitgestellt. Sie holte tief Luft.

Hier war sie. Jane Austen, die ohne achtbares Vermögen oder nennenswerte Aussichten auf die Welt gekommen war. Die eine Vielzahl an Wegen ausprobiert hatte, denn wozu waren Kreuzungen gut, wenn nicht, um jeden Pfad zumindest bis zur nächsten Biegung abzuschreiten? Eine, die sich letztlich für eine Richtung entschieden hatte, die kaum je eine Frau zuvor gewählt hatte.

Sie kletterte aus der Kutsche und lauschte, wenn auch nur mit halbem Ohr, dem Wortschwall Mr Clarkes. Erneut wallten Nervosität, aber auch Stolz in ihr auf. Die Kutsche, der Palast, ja sicher auch die Bibliothek waren luxuriös. Der wahre Luxus aber, wurde es ihr in diesem Augenblick bewusst, war die Freiheit, die zu erkämpfen sie so viel gekostet hatte.

Es hatte dunkle Jahre gegeben in ihrem Leben. Solche auch, die von nicht definierbarer Färbung gewesen waren, in denen es weder vor noch zurück gegangen war. In denen in ihr das Gefühl wuchs, innerlich wie tot zu sein. Und nun war ihr, als wäre um sie herum nur noch Licht.

Den Bemühungen des Königlichen Bibliothekars zum Trotz, sie dazu zu bringen, endlich den Palast zu betreten, legte Jane den Kopf in den Nacken. Die Wolken bewegten sich doch, ganz langsam und kaum merklich, aber genug, um einen schmalen Sonnenstrahl hindurchzulassen, der auf ihre Nase fiel.

Sie schloss die Augen, spürte die Kälte des Novemberwindes auf ihren Wangen, spürte, wie die Feuchtigkeit vom Boden in ihre seidenen Schuhe kroch. Es war ihr gleich. Wie ihr Leben verlaufen war, es konnte keiner Phantasie entspringen. Vor allem, wenn man bedachte, dass sie kein Junge war und daher nicht einmal der dörflichste Hahn danach krähte, Einblick in ihre Gedanken und Überlegungen zu erhalten.

Aber es war wahr und so wunderbar und erstaunlich, dass sie den Kopf schüttelte und nun doch wieder die Augen öffnete, um in des Bibliothekars verwundertes Gesicht zu blicken.

»Wollen wir, Mr Clarke?«

Steventon, Grafschaft Hampshire

22. DEZEMBER 1795

Fahles Morgenlicht sickerte durch einen Spalt, der sich zwischen den Vorhängen auftat, und schien auf den glatten Dielenboden in Janes Zimmer. An jedem anderen Tag würde sie sich die Decke über die Nasenspitze ziehen und darüber nachdenken, ob sie gellend nach dem Mädchen rufen sollte oder nicht. Täte sie es, würde in Windeseile ein heimeliges Feuer im Kamin brennen. Sie könnte sich unter der Decke hervorwagen, den Sekretär ohne Frostbeulen an den Fußsohlen erreichen und sogar die Feder halten, ohne allzu sehr zu zittern. Der Nachteil allerdings lag – üblicherweise – klar auf der Hand. An Cass würde ihr Geschrei nicht vorübergehen. Diese würde sich aufsetzen, so verstrubbelt wie finster in Janes Gesicht starren und sie schließlich tadeln, wie es nur eine ältere Schwester verstand: »Jane, *muss* das sein?«

Aber heute war eben kein normaler Tag, und genau hierin lag das Unglück. Jane könnte brüllen, so viel sie wollte, Cass würde sie damit nicht wecken. Diese nämlich weilte meilenweit entfernt in Kintbury. Nicht, um *irgendwen* zu besuchen, sondern um Weihnachten mit ihren zukünftigen Schwiegereltern zu verbringen, was hieß, dass Cass heiratete, und das war ein scheußlicher Gedanke. Immerhin hatten sie seit jeher das Zimmer miteinander geteilt. Beinahe zwanzig Jahre lang. Und nun würde alles anders werden.

Der Raum wirkte groß und ungemütlich, wie er im Dämmerlicht dalag. Jane seufzte. Es gab noch eine Sache, die ihr schlechte Laune bereitete, und das war, dass auch Susanna, das Mädchen, nicht kommen würde. Genauso wenig, wie sie Cass' und Janes Betten machte oder das Feuer schürte. Um an Weihnachten die Austens umsorgen zu können, feierte die gute Seele ein vorgezogenes Weihnachtsfest bei ihrer Mutter in Basingstoke. Keine Frage, Susanna verdiente ein paar Tage weit weg von hier, doch in diesem Augenblick vermisste sie sie fast so sehr wie ihre Schwester.

Was, bei Licht betrachtet, natürlich blanker Unsinn war. Susanna war eine nette junge Frau, mit Cass aber nicht zu vergleichen. Jane schlug die Decke zurück. Himmel, war das kalt! Bibbernd zog sie sich das Plumeau gleich wieder über die Nasenspitze und haderte flüsternd mit ihrem Leben. Was ganz und gar keine angenehme Weise war, seinen Tag zu beginnen.

Nun, sie würde alle Kraft und allen Tatendrang zusammennehmen und selbst das Feuer schüren. Und dann würde sie den lieben langen Morgen weder an Susanna noch an Cass denken, sondern sich auf die Festtage freuen, Alethea besuchen und mit großen Ohren lauschen, was es an Dorftratsch zu hören gab. Niemand war in dieser Hinsicht informierter als ihre beste Freundin – und das, obwohl ihr Zuhause erheblich weiter von Steventon entfernt lag als das Pfarrhaus, in dem Jane lebte. Jane hingegen schnatterte zwar selber gern über ihre Mitmenschen, konnte sich die Fülle an Details aber schwer merken. Sie vermischten sich häufig mit dem, was ihre Phantasie ersann. Das mochte durchaus praktisch für die Arbeit einer Schriftstellerin sein, doch Aletheas Ansprüchen, dass Gerüchte mindestens einen Hauch von Wahrheit enthalten sollten, genügte Jane damit nicht.